LUZIFER
VERLAG

IAN GRAHAM
ALTE WUNDEN

EIN **BLACK SHUCK** THRILLER

Diese Geschichte ist frei erfunden. Sämtliche Namen, Charaktere, Firmen, Einrichtungen, Orte, Ereignisse und Begebenheiten sind entweder das Produkt der Fantasie des Autors oder wurden fiktiv verwendet. Jede Ähnlichkeit mit tatsächlichen Personen, lebend oder tot, Ereignissen oder Schauplätzen ist rein zufällig.

Deutsche Erstausgabe

Titel der Originalausgabe: VEIL OF CIVILITY

Dieses Buch wurde nach Dudenempfehlung (Stand 2016) lektoriert

Cover & Umschlaggestaltung: Michael Schubert
Übersetzung: Andreas Schiffmann

ISBN: 978-3-95835-124-0

Printed in Germany

Bibliografische Information der Deutschen Nationalbibliothek:
Die Deutsche Nationalbibliothek verzeichnet diese Publikation in der Deutschen Nationalbibliografie; detaillierte bibliografische Daten sind im Internet über http://dnb.d-nb.de abrufbar.

Für Kinley, deren Geburt mich dazu brachte,
dieses Projekt umzusetzen,
und deren junges Leben mich auch weiterhin
jeden Tag aufs Neue inspiriert.

Prolog I

Ende September 2004, Grenze zwischen den USA und Mexiko

Juan Ramirez schraubte den Deckel von seiner Zweiliter-Thermoskanne ab und spritzte sich warmes Wasser ins Gesicht, mit dem er die Schweißperlen abwusch. Nachdem er kurz daran genippt hatte, gab er sie seinem Sohn Ignacio und drehte sich halbherzig zu den zwölf Männern um, die hinter ihm standen. Ihm war flau im Magen. Gleich als er die Kerle gesehen hatte, wäre er am liebsten davongelaufen. Etwas an ihnen ängstigte ihn.

»*Señores*, wir sind bald da. Jetzt müssen wir besonders vorsichtig sein. Falls Sie etwas trinken wollen oder eine kurze Pause benötigen, dann bitte jetzt. Sobald wir die Grenze überqueren, können wir nicht mehr haltmachen, bis wir auf Ihre Freunde stoßen.«

Letzten Endes hatte er seine Furcht mit gesundem Menschenverstand überwunden. Wäre er seinem Instinkt gefolgt, hätte er sich vor seinen Auftraggebern rechtfertigen und dann auf eine Bestrafung einstellen müssen – eine beunruhigende Vorstellung, weil er sicher zu wissen glaubte, sie seien Mitglieder eines der vielen Kartelle, die in der Gegend aktiv waren. Stattdessen hatte er beschlossen, die Bedingungen seines Kontrakts zu erfüllen und das Dutzend durch die Wüste New Mexikos auf eine verlassene Ranch zu bringen. Dort sollte jemand warten, um sie tiefer ins Land zu bringen, woraufhin Juan ihnen, wie er hoffte, nie wieder begegnen würde.

Einige quittierten seine Ankündigung mit heiserem Stöhnen. Sie waren seit Stunden unterwegs und standen jetzt 100 Yards vor dem mexikanischen Grenzübergang in die USA, wo einzig ein niedergetrampelter Stacheldrahtzaun darauf hindeutete, dass sie gleich anderes Staatsgebiet betraten. Nun da sie knapp weniger als die Hälfte ihrer Reise hinter sich hatten, erweckten die

Männer schon den Eindruck, von der morgendlichen Hitze erschöpft zu sein; sie ließen sich langsam auf die staubige Erde nieder und öffneten ihre Feldflaschen.

Juan mied Blickkontakt, während er die Gesichter rasch betrachtete, die er vor sich hatte. Alle waren rot von der Sonne, die seit etwas mehr als einer Stunde auf sie herunterbrannte. Schweiß rann von ihren Köpfen. Er erkannte, dass ihnen die Temperaturen zusetzten, aber sie sahen wohlbehalten aus – keine Anzeichen von Hitzschlägen.

Anhand des kehligen Klanges der Sprache, in der sie sich unterhielten, mussten es Europäer sein, vielleicht Slowenen oder Rumänen. Fest stand nur, dass sie deutlich kühleres Klima gewohnt waren, denn das zeigte sich deutlich: Die abgehärmten Züge, ihr blasser Teint und gebrochenes Englisch bedeuteten Juan, dass er es hier nicht wie üblich mit anderen Mexikanern oder Südamerikaner zu tun hatte, sondern mit einer Ethnie, die er nicht kannte und noch nie in die Staaten hatte kommen sehen.

»Gehen wir weiter, *Señores*. Wir dürfen Ihre Freunde nicht warten lassen.«

»Warum müssen wir so schnell aufbrechen?«

Juan war sich nicht sicher, welcher Mann gesprochen hatte, doch der respektlose Unterton der Stimme ließ ihn trotz der gleißenden Sonne schaudern. »*Señores*, wenn wir unser Ziel erreichen möchten, darf man uns nicht entdecken; wir müssen uns möglichst zügig bewegen.«

Zähneknirschend rafften sich die Fremden auf. Sie folgten Juan und Ignacio im Gänsemarsch über den demolierten Zaun in die Wüste, die sich dahinter erstreckte. Als sie die Grenze überschritten hatten, schlugen sie einen schnelleren Schritt an. Während er seine Augen mit der Hand vor der Sonne schützte, behielt Juan den Horizont genau im Blick. Was er sah, gab ihm keinen Grund zur Beunruhigung: Nur mit Felsen gespickter Sand, in dem hier und dort Wüstenbeifuß oder Kakteen wuchsen.

Juan ließ sich zurückfallen und seinen 16-jährigen Sohn vorausgehen. Das Schlusslicht der Gruppe bildete derjenige der Zwölf, der am jüngsten aussah. Er mühte sich, um mit den anderen schrittzuhalten. Wenngleich es sich Juan wohlweislich verkniff, Fragen zu stellen, hätte er gern gewusst, woher die Männer stammten, und dieser eine kam ihm am umgänglichsten vor. Weder sein Gesicht noch die Arme waren vernarbt, allerdings wirkten die Kleider an seinem dürren Körper zu groß. Doch er hatte eine gewisse Ausstrahlung, die den anderen fehlte.

»*Señor,* geht es Ihnen gut? Der Fußmarsch ist doch nicht zu anstrengend für Sie, oder?«, fragte Juan.

Der junge Mann schaute ihn für einen Moment abfällig an, wobei seine Pupillen hin und her schnellten, als suche er etwas. Juan dachte kurz, er habe sich geirrt; vielleicht war der Kerl älter und abgeklärter, als er geglaubt hatte.

»Mir geht es gut«, antwortete der Mann endlich. »Wie weit ist es noch?«

»Wir werden die Ranch in etwas weniger als drei Stunden erreichen. Dort, wo Sie herkommen, ist es nicht so warm, richtig?«

»Nein, im Kaukasus ist es kälter, und die Sonne … so wie hier habe ich sie noch nie gespürt.«

»Das liegt am Sand, *Señor*. Er wirft das Licht zurück, sodass es sich noch heißer anfühlt. Wo liegt die Gegend, die Sie erwähnt haben?«

»Die Republik Itschkerien befindet sich im Süden des Gebietes, das der Westen Russland nennt, wurde aber früher von einem unabhängigen Volk bewohnt – uns – und es wird uns, so Allah will, bald wieder gehören.« Der Mann hob den Zeigefinger seiner rechten Hand, während er das sagte.

»Das reicht!«, grollte jemand weiter vorn. Die ganze Gruppe hielt inne, und Juan schaute auf. Alle zwölf starrten ihn an.

»Ihre Aufgabe besteht darin, uns dort abzusetzen, wo wir hinwollen, nicht im Stellen von Fragen«, rief ein großer Mann mit einer langen, senkrechten Narbe an einer Seite seines Gesichts, während er zu Juan stapfte.

»Verzeihung, *Señor,* ich wollte nicht unhöflich sein«, entschuldigte sich der Führer und schaute in den Sand. Dabei verschränkte er die Finger, damit seine Hände nicht zitterten, während ihn der Kerl anstierte.

»Von jetzt an laufen Sie, statt zu quatschen«, fuhr er Juan an, ehe er sich dem Jüngeren zuwandte, mit dem jener gesprochen hatte.

»*Nasıl bu kadar aptal olabilir*«, schrie er – »Wie konntest du nur so dumm sein?« – und ohrfeigte seinen Landsmann mit dem Handrücken, sodass dieser fast umgefallen wäre. Dann zog der große Mann den kleineren am Kragen mit sich, stieß ihn vorwärts und kehrte sich wieder Juan zu, um ihn erneut anzustarren. »*Kafkasya'da size ölü olacaktı*«, bellte er, während er auch ihn vor sich herschob: »Im Kaukasus wärst du tot.« Der Blick des Mannes ruhte ununterbrochen auf Juan, während er ihn zur Spitze der Gruppe drängte.

»Dann gehen wir doch jetzt weiter, *Señores*«, schlug Juan mit bebender Stimme vor. Er wusste nicht, was der Kerl gesagt hatte, aber es konnte sich nur um eine Drohung handeln, und diese Männer gehörten einem Schlag an, der imstande war, Taten folgen zu lassen. So drehte er sich um und setzte sich, ein stummes Gebet sprechend, in Bewegung.

Fast drei Stunden später drückte Juan Ignacios Schulter, als ein urtümlich wirkendes Gebäude in Sicht geriet. »Da«, sprach er und zeigte darauf. Nicht mehr lange, dann war er diese unsäglichen Typen los.

Das Gehöft vor ihnen bestand aus ein paar rustikalen Bauten, alten Wassertanks und leeren Pferchen. Juan hatte sich nicht getraut, nach dem Schicksal der Rancher zu fragen, deren Land dies gewesen war. Neben den Gebäuden stand ein zerbeulter Kleinbus mit zerkratztem, abblätterndem Lack. Juan und Ignacio behielten die Umgebung genau im Blick, während sie sich näherten. Etwa 50 Yards vor dem Wagen blieben sie stehen.

»Hier werden wir Sie zurücklassen, *Señores*. Ihre Freunde warten.«

Elf liefen wortlos an ihm vorbei, doch der Große mit der Narbe verharrte. Juan hielt die Luft an, solange er angestiert wurde.

Zwei weitere Männer kamen aus einem Gebäude und zogen die Schiebetür des Busses auf, als die Gruppe näherkam. Im Nu waren die Männer eingestiegen und wegen der dunkel getönten Fensterscheiben nicht mehr zu sehen.

»Worauf warten Sie?«, rief einer der beiden neben dem Wagen. Dann redete er in der Sprache des Vernarbten weiter, und obwohl Juan nicht verstand, was gesagt wurde, war die Bedeutung offensichtlich: »Wir müssen hier weg!«

Der große Mann starrte weiter, ohne einen Ton von sich zu geben. Juan bekreuzigte sich, da schnaubte er wieder: »Im Kaukasus wärst du tot!« Beim Fortgehen spuckte er auf den Boden, nicht ohne sich kurz umzudrehen und in den Boden zu treten, sodass Erde auf Vater und Sohn spritzte.

Juan beobachtete aufmerksam, wie der Mann den Wagen erreichte, wo er sich mit dem Fahrer und dem Beifahrer gegenseitig auf die Schultern klopfte, bevor sie ebenfalls einstiegen. Wenige Augenblicke später fuhren sie los, wobei die Hinterräder Sand und Staub aufwirbelten. Während der Bus sich in Richtung Norden entfernte und immer kleiner wurde, kehrte sich Juan seinem Sohn zu, der bleich geworden war.

Er schlug noch ein Kreuz und sagte auf Spanisch, seiner Muttersprache: »Lass uns für die Seelen der Amerikaner beten, die zu töten diese Männer gekommen sind.«

»Ja«, entgegnete Ignacio. »Und bitten wir auch Gott um Vergebung, weil wir ihnen den Weg gewiesen haben.«

Prolog II

Vor 14 Tagen, Gefängnisinsel Ognenny Ostrov – 650 Meilen nördlich von Moskau, Novosero-See – Oblast Wologda, Russland

Vizedirektor Antonin Turow wartete ungeduldig, während das kleine Motorboot strandete, wobei sich sein kleiner Außenborder im seichten Wasser in Ufernähe aufrichtete. Die beiden Unteroffiziere des Staatsgefängnisses, die mit ihm an Bord waren, stießen kräftig mit Holzrudern auf das Seebett aus Kies und bemühten sich nach Kräften darum, dass ihr Vorgesetzter beim Aussteigen keine nassen Füße bekam. Als das Boot auf Grund lief, kletterte Turow über die Bordwand, ohne ein Wort zu sagen, und ließ die beiden Unteroffiziere hinter sich, indem er auf einem Schotterweg zur Kuppe der Böschung lief. Er holte schnaufend Luft, die in der Kälte als sichtbarer Dampf entwich, während ein wenig Schnee fiel und den Scheitel seiner Pelzmütze bestäubte.

Vor einem zwölf Fuß hohen Tor, das oberhalb mit Stacheldrahtspiralen gesichert wurde, blieb er stehen und schaute auf die Stahlflügel, hinter denen sich die Bauten der Anlage verbargen. Zu beiden Seiten des Eingangs war je ein uniformierter Wachmann mit Kalaschnikow postiert, die er sich einsatzbereit vor die Brust hielt.

Die Feuerinsel, dachte Turow mit belustigtem Lächeln, während er darauf wartete, dass die Wächter näherkamen. Der Name ging auf irgendeinen religiösen Fanatiker zurück, der vor 500 Jahren gesehen haben wollte, dass die Insel von einer Feuersäule verwüstet wurde, woraufhin sich wie üblich, wenn jemand behauptete, ein mutmaßliches Zeichen Gottes empfangen zu haben, Schäfchen einfanden und ein Kloster erbauten. Es war jahrhundertelang von Mönchen bewohnt gewesen, bis die Bolschewisten es eingenommen und zu einem Gefängnis umgebaut hatten.

Ein Gefängnis war es seitdem geblieben, wozu sich die nahezu uneinnehmbare mittelalterliche Architektur auch hervorragend eignete, wie Turow fand.

»*Kto tam?*«, blaffte einer der Wachmänner auf Russisch, als die beiden vortraten. »Wer ist da?«

»*Zam nachalnika Antonin Turow*«, antwortete der stellvertretende Direktor zackig. »*Pozvol'te mne proiti!*« – »Lassen Sie mich rein!«

Die Wachen taxierten den Uniformträger und nahmen Haltung an, bevor sie erwiderten. »Zu Befehl, Direktor!«

»Macht das Tor auf«, rief der eine zu einem Wachturm hinauf.

Ein Alarmsignal brummte los, als ein Druckluftmechanismus in Gang gesetzt und die beiden Torflügel langsam auseinandergezogen wurden. Als Turow das Straflager betrat, stellten sich zwei weitere Wächter vor ihn, die in einem Häuschen neben einem der Türme gesessen hatten. Dichter, weißer Rauch quoll aus dem Blechschornstein des Gebäudes, und die Luft roch nach verbranntem Holz.

»Ich bin Leutnant Rostislaw Kutzow. Wie dürfen wir Ihnen helfen, Kamerad Vizedirektor?«, fragte der Wachleiter beim Näherkommen und stand schließlich stramm. Das Tor glitt quietschend hinter Turow zu.

Er richtete seinen gedrungenen Leib auf und spannte die Schultern an. »Bringen Sie mich zum Aufseher.«

»Sehr wohl, Direktor«, entgegnete der Leutnant und salutierte, bevor er sich umdrehte und auf eine Gruppe zweistöckiger Gebäude zuging, die unscheinbar wirkten und dank ihres weißen Putzes mit der Umgebung verschwammen. Nach fast 100 Jahren, in denen die Anlage die schlimmsten Verbrecher des Mutterlandes beherbergt hatte, war jeglicher Hinweis auf ihren einst frommen Zweck getilgt. Verräter, Deserteure, Spione und Nazis – sie alle hatten hier eingesessen und innerhalb dieser Mauern den Tod gefunden, woraufhin ihre Gebeine in leidlich tiefen Gräbern auf Nachbarinseln beigesetzt worden waren. Seit Ende des 20. Jahrhunderts war das Gefängnis, das die Russen *Pyatak* nannten, ausschließlich Häftlingen vorbehalten, die sich mit ihren Vergehen ein Todesurteil eingehandelt hatten.

Wer einmal auf der Feuerinsel landete, verließ sie nicht mehr, nicht einmal nach der Verhängung seiner Strafe. Dies sollte sich heute Abend allerdings ändern. Gegen einen Betrag von einer Million Euro wollte Antonin Turow, einer von sechs stellvertretenden Direktoren des Staatsgefängnisses, dafür sorgen, dass ein Insasse vom Gelände entkam und in der umgebenden Wildnis verschwand.

Der Leutnant vor ihm löste ein Schlüsselbund von seinem Gürtel und trat vor eine Metalltür. Als er hörte, dass sie von innen aufgeschlossen wurde, hielt er inne. Kurz darauf trat ein Mann mit strenger Miene und sorgfältig gebügelter Uniform heraus. Der Leutnant schlug unumwunden die Hacken zusammen, salutierte und blieb dann völlig reglos stehen. Unterdessen betrachtete der Mann ihn, bevor sein Blick zu Turow wanderte. Ein wissender Ausdruck huschte über sein Gesicht, und er nickte kurz. Er war der Gefängnisaufseher; seine Komplizenschaft hatte lediglich 25.000 Euro gekostet.

»Oberst Witalj Kuptschenko, richtig?«, fragte Turow.

»Sieh zu, dass du Land gewinnst«, zischte der Aufseher dem Leutnant zu, der sich trollte, ehe sich der Atemhauch seines Vorgesetzten in der kalten Luft aufgelöst hatte. »Wer soll ich sonst sein?« Damit drehte er sich wieder zur Metalltür um und ging zurück ins Gebäude.

Turow beschloss, vorerst darüber hinwegzusehen, dass der Aufseher ihn als ranghöhere Person nicht gebührend zur Kenntnis genommen hatte, und folgte ihm ins Gefängnis.

Als er drinnen war, warf der Mann die Tür zu und sperrte wieder ab. Turows Augen fingen sofort zu tränen an, denn der Gestank war überwältigend. Bei dem, was da in seiner Nase kitzelte, konnte es sich nur um eine Mischung aus Kot, Urin und dem Geruch von menschlichem Zerfall handeln. Er zog seine Pelzmütze aus und hielt sie vor sein Gesicht, um sich nicht zu übergeben, womit er dem Schweißodeur seines Kopfes gegenüber den Düften des Gefängnisses den Vorzug gab. Der Leutnant wirkte ungerührt. Er ging Turow voraus und führte ihn tiefer in die Anlage.

Der Boden bestand aus unbehandeltem Holz, das unangenehm knarrte, wenn die beiden stämmigen Männer auftraten, die Wandverkleidung aus rauem Stuckgips, der bis auf halbe Höhe grün und darüber weiß gestrichen war, obwohl er augenscheinlich schon seit Jahren keine frische Farbe gesehen hatte, denn an vielen Stellen lag das Holz darunter blank, wo der Baustoff abgebröckelt war. Turow konnte sich durchaus vorstellen, dass man dort Gefangene mit den Köpfen gegen die Mauer geschlagen hatte; in Russlands Strafvollzugsanstalten stand Brutalität an der Tagesordnung, besonders so weit entfernt von Moskaus Aufsicht.

»Ich muss zugeben, Kamerad Direktor, dass ich meine Zweifel hatte, als Sie mir mitteilten, wen Sie wollten. Ich kann mir nicht vorstellen, wer Verwendung für dieses Tier finden soll«, bemerkte der Aufseher, während sie durch eine weitere Tür gingen. Der Knall, als er sie hinter sich zufallen ließ, hallte über den leeren Flur.

»Ich habe keine Verwendung für ihn. Sehr wahrscheinlich wird man ihn jagen wie Freiwild, aber das ist nicht unser Problem.«

»Nein, Kamerad Direktor«, stimmte der Aufseher zu und reichte Turow eine olivgrüne Mappe.

Von nun an gingen sie schweigend weiter durch das Gewirr von Korridoren in der Haftanstalt. Darin reihten sich zu beiden Seiten Metalltüren, die Eingänge in Zellen. Eine jede verfügte über einen Schlitz von drei mal sechs Zoll, durch den die Sträflinge ihre Unterarme schieben mussten, um sich Handschellen anlegen zu lassen. Jetzt, für die Nacht, waren alle zugeschoben. Gelegentlich kamen die Männer an einem größeren offenen Raum vorbei, in dem gelangweilte Wachleute vor Fernsehgeräten mit verrauschtem Empfang saßen, die nicht größer waren als Turows offene Hand. Sie alle sprangen ruckartig auf und salutierten, als die Oberen passierten.

Nachdem sie eine Serpentinentreppe hinuntergestiegen waren, die in den Keller der Anlage führte, und weitere 50 Yards zurückgelegt hatten, trat der Aufseher gegen eine weiße Tür, schloss den Schiebeschlitz auf und blaffte: »Aufstehen, Abschaum! Du hast Besuch!«

Ein paar Sekunden vergingen, dann steckte der Insasse seine Hände durch die Öffnung. Der Aufseher löste Handschellen von seinem Gürtel, legte sie um die Handgelenke des Mannes und ließ die Bügel einrasten, bevor er die schwere Tür aufsperrte und nach außen öffnete. Aus der Dunkelheit der Zelle trat nun ein dürrer Mann mit dunkler Hautfarbe. Er schien haarlos zu sein und trug einen gestreiften Overall mit entsprechender Mütze auf seiner Glatze. Als Turow in anschaute, war ihm schleierhaft, warum irgendjemand nach so einem Menschen fragte, doch er hatte einen eindeutigen Auftrag erhalten. Diejenigen, die ihn entlohnten, wollten den tschetschenischen Kindermörder Ruslan Baktayew.

Turow wickelte das Band ab, mit dem die olivgrüne Mappe verschlossen war, und schlug sie auf. Darin lag eine Akte mit Fahndungsfoto.

Statt den Inhalt zu lesen, sah er sich das Bild genau an und glich es mit Baktayews Gesicht ab. Es war kaum zu glauben, dass er denselben Mann vor sich stehen hatte. Von acht Jahren in der realen Hölle der Feuerinsel blieb man nicht unberührt. Obwohl der Verbrecher anscheinend noch nie beleibt gewesen war, ließen sich merkliche Veränderungen an seinem Gesicht ausmachen; er hatte teigige Haut und stierte hohläugig – offensichtliche Anzeichen von Mangelernährung. Die Kleidung hing an seinem Körper wie Lumpen von einer Vogelscheuche. Als der Aufseher sein Kinn nach oben drückte, konnte man auf Russisch eintätowiert den Schriftzug ›Hier schneiden‹ an seiner Kehle lesen. Dies war der Mann, den Turow gesucht hatte. Er nickte dem Aufseher zur Bestätigung zu.

Dieser befahl: »Stell dich hin, wie du es gelernt hast.«

Baktayew wandte sich schweigend ab und bückte sich.

Der Aufseher packte seine gefesselten Hände, zog sie vom Körper weg nach oben und zwang ihn so zu einer sogenannten Belastungshaltung. Während er den Vornübergebeugten den ganzen Weg die Treppe hinauf stieß, erreichten sie die Tür, durch die sie hinuntergegangen waren. Turow folgte ihnen in geringem Abstand. Statt aber durch die Tür zu gehen, drängte der Aufseher Baktayew in einen Nebenraum, in dem zwei Klappstühle aus Metall an einem einfachen Schreibtisch – Staatseigentum – mit Telefon standen. Auf einem musste sich der Häftling niederlassen, woraufhin er die beiden russischen Offiziere mit vor Hass funkelnden Augen anstarrte.

»Heute Nacht begegne ich also Allah?«, fragte er in einem nahezu freudigen Tonfall.

Der Aufseher spuckte ihn an. »Die Einzigen, denen du im Jenseits begegnen wirst, du Schwein, sind die wütenden Seelen der Väter, deren Kinder du umgebracht hast.«

Baktayew grinste, wobei man seine kariösen Zähne sah, während der Speichel an seinem Gesicht hinunterlief.

Turow trat hinter den Tisch und griff zum Telefon. Nachdem er eine Nummer gewählt hatte, wartete er darauf, dass das Gespräch angenommen wurde. Er tauschte sich kurz mit jemandem aus, legte wieder auf und nickte dem Aufseher erneut zu, der dann zu einem Schränkchen ging, die Tür öffnete und ein kleines, schwarzes Paket herausnahm. »Da kommst du rein«, sagte er zu Baktayew, während er es auf dem Boden ausrollte: einen Leichensack. Dann zog er ein Messer unter seiner Uniform hervor und schnitt sorgfältig auf Kopfhöhe drei Schlitze hinein. »Jetzt.«

Kapitel 1

Heute, 21:28 Uhr, Eastern Standard Time – Donnerstag, Verndale Drive, Roanoke, Virginia

Seine Schritte und gelegentliches Rauschen, wenn ein Auto über die nasse Fahrbahn kroch, waren die einzigen Geräusche, die Declan McIver hörte, während er durch die alten Wohnsiedlungen im Nordosten von Roanoke joggte. Einstöckige Farm- und Terrassenhäuser, die in den 1960ern und '70ern gebaut worden waren, flankierten die Straßen auf kleinflächigen Grundstücken, die meisten davon mit fein säuberlich gemähtem Rasen. Vereinzelt standen obligatorische Pick-ups am Bordstein vor den Anwesen der Besitzer, und manchmal bellte ein Hund hinter einem Zaun, wenn er vorbeilief. Der stark bewölkte Himmel verhieß Regen und gab den Sichelmond nur selten preis. Silbrig belaubte Birken, die sich an der Hauptstraße entlangzogen, raschelten ein wenig im Wind dieses Frühlingsabends und die feuchte Luft roch nach Kohlenwasserstoff vom viel befahrenen Asphalt.

Mit knapp über 1,80m, dunkelblondem Haar, eisblauen Augen und kurz rasiertem, grau meliertem Bart fiel Declan in der Nachbarschaft nicht weiter auf. Obwohl er beim Laufen ständig absichtlich andere Wege nahm, musste ihn jeder, der achtsam war, als regelmäßigen Jogger auf den nach Blumen benannten Straßen wiedererkennen, ob er sich nun vorm Morgengrauen aufmachte oder kurz nach Einbruch der Dämmerung wie heute. Für einen Mann Anfang 40 war er körperlich topfit, und sein schroffes, aber für Frauen nicht unattraktives Äußeres fügte sich trefflich in das mittelständische Wohngebiet.

Sein täglicher Lauf war mehr als nur Training; die fünf bis sechs Meilen dienten ihm zur Flucht – als Zeit, in der er über die Irren und Wirren seines Alltags als erfolgreicher Unternehmer nachdenken konnte. Mit seinem Büro DCM Properties hatte er sich einen Traum erfüllt, der Kopfschmerzen allerdings nicht ausschloss. Unter dieser Firma kaufte, renovierte und veräußerte er nun seit zehn Jahren Immobilien von in Finanznot geratenen Unternehmen, wobei er ein moderates Vermögen angehäuft hatte.

Während er alles, woran er vorbeikam, bewusst wahrnahm und den Kopf kurz drehte, um in die Richtung zu schauen, aus der er gekommen war, bog Declan auf den Weg nach Süden rechts ab und vergewisserte sich, dass ihm niemand folgte. Lediglich Beobachtern mit sehr scharfem Blick wäre seine scheinbar paranoide Gewohnheit aufgefallen. Er aber hatte gute Gründe zur Vorsicht; 16 Jahre auf den Abschusslisten von sechs Terrororganisationen forderten gewisse Verhaltensregeln ab.

Am Fuß einer steilen Anhöhe sah er sich schnell nach beiden Seiten um, bevor er die breite Straße überquerte und den Park betrat, der an die Siedlung grenzte. Der lockere Kies knirschte unter seinen New-Balance-Laufschuhen, während er die Füße ein ums andere Mal mit den Fersen aufsetzte und auf den Zehenspitzen abrollte, um sich weiter zu pushen, nicht ohne schwer zu keuchen, als er dem Ende seiner Strecke näherkam. Plötzlich blieb er auf dem sich durch das bewaldete Gelände schlängelnden Weg stehen, denn das Handy in der Tasche seiner grauen Jogginghose vibrierte. Verärgert über die Störung zog er das Samsung-Smartphone heraus und schaute auf die Anzeige, wo die Nummer des Anrufers aufleuchtete. Nachdem sich seine Augen an das grelle LED-Display gewöhnt hatten, las er die Zahlenfolge, konnte sie aber niemandem zuordnen. Er überlegte, während er auf die Nummer schaute, deren Vorwahl 202 darauf hindeutete, dass die Person aus Washington D.C. anrief. Er nahm den Anruf entgegen, als er noch vergeblich versuchte, langsamer Luft zu holen. »Hallo?«, begann er mit einem Akzent, der ihn als Iren auswies.

»Hoffentlich ist es dir nicht gerade ungelegen, alter Freund.«

»Bin bloß draußen beim Joggen«, erwiderte Declan, während er sein Stimmgedächtnis nach der Identität des Unbekannten absuchte. Er hatte einen tiefen Tonfall und war offensichtlich

Ausländer, sprach aber perfektes Schulenglisch. Es bedurfte keiner langen Grübelei: Die Stimme gehörte McIvers ehemaligem Vorgesetzten, mit dem er sich in den letzten zehn Jahren seit seinem Ausscheiden selten unterhalten hatte.

Dr. Abidan Kafni war ein bekannter Schriftsteller, Lehrer und Experte in Fragen von Terrorismusbekämpfung und den Krisen im Mittleren Osten. Sein aktuelles Buch hatte gleich nach Veröffentlichung den ersten Platz der Bestsellerliste der New York Times für Sachliteratur erreicht und rekordverdächtige 13 Wochen lang innegehalten. Nur wenige Auserwählte wussten indes, dass Kafni auch ein ehemaliger Mossad-Agent war, Mitarbeiter des israelischen Geheimdienstes also.

»Lange nichts von dir gehört«, hob Declan überrascht an. »Was kann ich für dich tun?«

»Wie wäre es für den Anfang, wenn du mir erzählen würdest, was du so getrieben hast? Wie du richtig sagtest: Lange nichts von dir gehört.«

»Mir ging's gut. In den letzten beiden Jahren war der Markt ein wenig träge, doch ich bin ein vorsichtiger Investor, also kein Grund zur Sorge. Aber bestimmt rufst du nicht an, um zu erfahren, wie es gerade um Immobilien an der mittleren Atlantikküste bestellt ist, oder?«

»Nein«, gestand der Israeli glucksend. »Ich gedachte, mich vielleicht kurzfristig mit einem alten Freund treffen zu können.«

»Natürlich«, meinte Declan. »Meine Frau und ich, wir wollten uns morgen Abend deine Rede anhören.«

Kafni hatte kürzlich ein Ehrenamt an der konservativen, proisraelischen Liberty-Universität in Lynchburg erhalten, eine Fahrstunde von Declans Heimat Roanoke entfernt. Am nächsten Abend sollte er eine Festansprache halten, und zwar anlässlich einer Gala zur Einweihung des jüngst fertiggestellten C.H. Barton Centers für Internationale Beziehungen und Politik, wo neue Grund- und Aufbaustudiengänge angeboten werden.

»Richtig, man sagte mir, dein Name stände auf der Gästeliste. Ich dachte, wir könnten hinterher gemeinsam essen.«

»Klar, klingt gut. Constance freut sich darauf, dich kennenzulernen.«

»Ganz meinerseits. Sie muss eine außergewöhnliche Frau sein, wenn sie es mit dir aufnimmt.«

Declan kicherte. »Stimmt. Ich bin mir sicher, Zeva und sie können einander so einige Geschichten von der Front erzählen.«

Kafni musste lachen. »Eins zu null, der Punkt geht an dich, mein Freund.«

Er hatte lange als Geheimagent gearbeitet, weshalb er nach seinem Dienst für den Staat Israel eigentlich einen friedvollen Ruhestand mit seiner Frau Zeva und ihren gemeinsamen Kindern verdiente, war aber stattdessen für eine andere Sache eingetreten. Kafni erwärmte sich seit je für die akademische Welt und Politbühne, also war er in die USA übergesiedelt, um als Buchautor und politischer Redner tätig zu werden. Nach den Anschlägen des 11. Septembers 2001 hatte er beobachtet, wie seine Tätigkeit zusehends in Verruf geraten war. Durch seine eiserne Treue zu Israel, weil er den Krieg gegen den Terror unterstützte und sich schonungslos ausdrückte, konnte er sich nicht über zu wenige Gegner beklagen. Während der vergangenen 15 Jahre hatte es sechs Attentate auf ihn gegeben, allesamt ausgeführt von radikalen Islamisten. Als mehrjähriges Mitglied von Kafnis Leibgarde war Declan, ehe er gekündigt hatte, um sich selbstständig zu machen und ein neues Leben zu beginnen, persönlich für die Vereitlung der Hälfte dieser Mordversuche verantwortlich gewesen.

»Wir sehen uns also morgen Abend?«, fragte er rhetorisch.

»Wird mir ein Vergnügen sein«, entgegnete Kafni. »Ich schicke euch gegen sechs einen Wagen.«

»Das ist nicht nötig, ich fahre gern selbst.«

»So spricht ein wahrer Einzelkämpfer. Nun gut, Levi wird euch am Eingang abholen – und danke, mein Freund. Du weißt, ich würde dich nicht anrufen, wenn es nicht dringend wäre.«

»Selbstverständlich«, beteuerte Declan, der nicht auf Kafnis unvermittelten Ernst vorbereitet war. »Ist etwas im Busch? Was verschweigst du mir?«

»Alles Weitere morgen.« In der Leitung knackte es, als der Israeli die Verbindung trennte.

Declan drückte gleichsam die rote Taste und steckte das Handy wieder ein. Als er sich gerade aufrichtete und zwischen den Bäumen hindurchschaute, konnte er sich einer finsteren Vorahnung nicht erwehren. Abidan Kafni zählte nicht zu dem Schlag Mensch, der sich von Kleinigkeiten ins Bockshorn jagen ließ. Grund zur Sorge gaben in seiner Welt auf Israel abzielende Atomwaffen im Iran oder russische U-Boote vor der Küste Floridas. Obwohl er sich Jahre zuvor aus der internationalen Spionage zurückgezogen hatte, blieb er dank seines einflussreichen Standes und vieler Freunde bestens informiert.

Nachdem er sein Training im vollen Lauf wieder aufgenommen hatte, um seinen Puls hochzutreiben, ließ Declan den Schotterweg hinter sich und nahm eine Betonbrücke über einen knöcheltiefen Bach, die das Wohngebiet mit einem größtenteils begrünten Terrain verband. Hinter zwei moosbewachsenen Steinsäulen – die Begrenzung eines ehemaligen Tores – erstreckte sich auf der anderen Seite des Weges, der aus dem Park führte, ein befestigter Straßenabschnitt von einer Viertelmeile: die Auffahrt zu seinem Haus.

Regennasses Laub, das von den Ahornbäumen ringsum gefallen war, knatschte unter Declans Füßen, während er auf den letzten Metern zum Haus noch einmal alles gab. Als er aus dem Dickicht auf die kleine Lichtung lief, wo das Gebäude stand, bremste er sich, blieb stehen und zog sein durchgeschwitztes T-Shirt aus. Dann neigte er sich nach vorne und stützte die Hände auf seine Knie, um Luft zu schnappen. Kafnis Worte klangen noch in seinem Kopf nach, während er sich wieder aufrecht hinstellte und an seinen nackten Armen hinabschaute. Gedanken an seine Vergangenheit holten ihn ein, als er der vielen Narben gewahr wurde.

Auf seinem linken Handrücken war die Haut nach einem Unfall mit der chemischen Substanz einer Briefbombe großflächig für immer vernarbt. Der Unterarm darüber hatte einen vier Zoll langen Schnitt davongetragen, verursacht von einer fliegenden Glasscherbe bei der Sprengung eines Gebäudes durch eine improvisierte Bombe, in das er gerade getreten war. Er hatte den Angriff nur knapp überlebt, wenn auch mit einem zusätzlichen runden Brandmal von einem flammenden Stück Holz an der Schulter auf derselben Seite. Es war irgendwo in dem Haus heruntergestürzt, während er erfolglos versucht hatte, einen Freund aus den Trümmern zu ziehen.

Immer noch angestrengt keuchend wischte er sich die Stirn mit dem Shirt ab und besah seinen rechten Arm. Auch ihn zeichneten zahlreiche Narben, doch eine stach besonders heraus: Sie war seelisch die Schlimmste von allen und gleich unterhalb des Ellbogens an der Innenseite zurückgeblieben, ein Symbol für sein altes Leben, das er gern ausgeblendet hätte. Die drei Furchen, die an Krallen denken ließen, rührten aus seiner Zeit als Mitglied der Provisorischen Irisch-Republikanischen Armee, einer Elite-Terroreinheit mit dem Codenamen Black Shuck.

Kapitel 2

Gebell drang durch die feuchte Abendluft und riss Declan aus seinen Gedanken zurück in die Gegenwart. Er bückte sich mit freudigem Lächeln, als ein Hund mit Schlappohren auf ihn zukam. »Hallo, altes Mädchen«, rief er, während der Beagle seine Hände ableckte, mit denen er beide Seiten des Gesichts streichelte. »Bist auf nächtlichem Streifzug, was?« Das Tier reagierte, indem es vergnügt mit den Vorderpfoten trippelte und mit dem Schwanz wedelte. Declan erhob sich und sah zu dem zweistöckigen Haus hinüber, das mit Zedernholz verkleidet auf einem abgerundeten Hügel in der Mitte der Lichtung stand, vor dem sich der Fahrtweg gabelte und ringsherum führte.

Gedämpftes Licht im Wohnzimmer verhieß, dass seine Ehefrau noch wach war. Leicht federnden Schrittes ging er die Einfahrt hinauf auf den Panoramavorbau zu, wobei er sich auf den Oberschenkel klopfte, damit der Beagle ihm folgte. Während er sich auf der Veranda an den Fenstern vorbei zur Tür bewegte, blickte er hinein. Seine Frau saß alleine da, ein Papiertaschentuch in einer Hand, einen Schwangerschaftstest in der anderen. Obwohl er die Farbe des Streifens nicht sah, wusste er, dass sie es wieder nicht geschafft hatten.

Constance McIver war etwas größer als 1,70m und hatte goldbraunes, schulterlanges Haar, das sie offen trug. Sie stand vom Ledersofa auf und tappte barfuß über den Wohnzimmerteppich, als Declan durch die Haustür eintrat. Während sie ihren schlanken Körper an seinen schmiegte, küsste sie ihn zärtlich und sagte: »Hab dich vermisst.«

»Ach ja?«, fragte er und erwiderte den Kuss.

Die beiden waren seit acht Jahren verheiratet, aber bis vor Kurzem beruflich zu eingespannt gewesen, um sich Gedanken über Nachwuchs zu machen. Im vergangenen Sommer hatten sie beschlossen, dass es an der Zeit sei. Während der letzten acht Monate waren sie mehrmals enttäuscht worden. Ihre grünen Augen füllten sich mit Tränen, als sie ihn fest drückte.

»Hey, ist ja gut, ist ja gut«, beschwichtigte er sie und wischte eine Träne weg, die an ihrer Wange hinunterlief. Er wusste, was sie dachte. Mit 35 Jahren befürchtete Constance allmählich, dass der Zug für Kinder abgefahren sei.

Sie lachte und trocknete weitere Tränen, während sich der Beagle beharrlich zwischen ihren und Declans Beinen hindurchzwängte, um in die Wohnung zu schlendern.

»Oh Shelby, ich könnte dich ...«, begann sie, als der Hund auf das Ledersofa hüpfte und das Paar mit offenem Maul über die Rückenlehne hinweg anstierte, sodass man es nur als Lächeln deuten konnte. »Du bist ein nerviger Hund.«

Declan, der gerade die Tür schloss, lachte kurz auf. »Ich bin unterwegs angerufen worden.« Er ging zu einem Schrank aus Kastanienholz hinüber, der an der Wand zwischen Küche und Wohnzimmer stand, nahm eine Thermoskanne aus Metall heraus und schraubte den Verschluss ab.

Während er etwas trank, fragte Constance: »Oh, von wem denn?«

Declan nahm noch ein paar Schlucke. Es war eine spezielle Zusammenstellung von Vitaminen in Mineralwasser und schmeckte furchtbar. »Ekelhaft«, prustete er, nachdem er die Kanne abgesetzt hatte, und fuhr sich mit einem Unterarm über den Mund.

Constance lachte. »Tja, niemand zwingt dich, das zu trinken.«

»Soll gesund sein«, entgegnete er und stellte die Kanne zurück in den Schrank.

»Nichts, was so übel riecht und schmeckt, kann in irgendeiner Weise gesund sein. Jetzt sag schon, wer hat dich angerufen? Spann mich nicht auf die Folter.« Sie stieß ihn sanft an.

»Kafni«, antwortete er in sachlichem Ton.

Sie schaute ihn einen Moment lang an, in der Annahme, dass er scherzte. Für sie war Abidan Kafni ein Prominenter, der bei

Nachrichtensendungen und Meinungsmachern im Fernsehen gastierte. Sie wusste zwar, dass ihr Mann für ihn gearbeitet hatte, doch das war lange her, und zwischen den beiden herrschte schon seit vielen Jahren Funkstille.

»Im Ernst«, beteuerte er. »Ihm sind unsere Namen auf der Gästeliste aufgefallen. Einer seiner persönlichen Gehilfen wird uns morgen Abend am Eingang abholen.«

Constance lächelte und wirkte gleich wieder unbekümmerter, worauf er mit der Neuigkeit auch spekuliert hatte. Er versuchte, sie vom negativen Ergebnis des Schwangerschaftstests abzulenken und aufzuheitern. Seine Entscheidung, die Gala am morgigen Abend zu besuchen, war auch dadurch motiviert, dass er seine Frau endlich in seine Vergangenheit einweihen wollte, welche er ihr so lange gewissenhaft vorenthalten hatte. Sie wusste nichts von seinem früheren Leben in Nordirland. Warum er ihr noch keinen reinen Wein eingeschenkt hatte, war ihm selbst nicht ganz klar, und seine Unaufrichtigkeit in dieser Hinsicht nagte an ihm.

»Dein Abend beginnt um sechs, Mrs. McIver«, sagte er lächelnd. »Da Dr. Kafni während des Festakts vermutlich nicht viel Zeit haben wird, lud er uns zum Abendessen danach ein. Ich sagte ihm, dass wir versuchen würden, es in unserem eng gesteckten Terminplan unterzubringen.«

»Tatsächlich?«, hakte sie nach, als sei sie beeindruckt. »Ich wusste gar nicht, dass du ein Mann mit solchen Beziehungen bist. Darf ich dich berühren?« Sie streckte einen Zeigefinger nach ihm aus und grinste dabei wie ein Teenager, der einen Star anhimmelte.

Er lachte kopfschüttelnd.

»Aber sicher darfst du.«

Dann nahm er ihr Gesicht behutsam in seine Hände und küsste sie wieder. Sie rieb sich die Augen mit den Fingern und ließ sich hingebungsvoll auf den Kuss ein. Als er sie hochhob und über den Flur zum Schlafzimmer trug, lachte sie und tat so, als sträubte sie sich dagegen.

»Mir ist gerade eingefallen, was wir jetzt tun könnten«, deutete er an, nachdem sie eingetreten waren, und stieß die Tür mit einem Fuß zu.

»Was du nichts sagst … könnten wir?«

»Oh ja.«

Kapitel 3

8:46 Uhr, Eastern Standard Time – Freitag, Industriepark Van Deman, Dundalk, Maryland

Die Bremsscheiben des klapprigen Crown Victoria quietschten, als das Taxi in einem Industriegebiet südwestlich von Dundalk anhielt, einem der ersten Vororte des inneren Stadtrings von Baltimore. Anzor Kasparow wusste, welch hohes Risiko er einging, wenn er am helllichten Tag kam. Hinsichtlich seiner Kleidung – ein offenes Flanellhemd über einem ausgebleichten blauem T-Shirt und einer Jeans mit Loch an einem Knie – hoffte er, ein glaubwürdiges Bild von jemandem abzugeben, der zu dieser Stunde in diese Gegend gehörte.

»Möchten Sie, dass ich warte?«, fragte der Taxifahrer, während er den Kopf drehte, um über seine Schulter zu schauen. »Das macht 20 Dollar.«

»Nein«, antwortete Kasparow und zog sich die Mütze mit dem Logo der Baltimore Orioles ins Gesicht, damit der Mann ihn nicht genauer betrachten konnte.

»In Ordnung, die Fahrt kostet 55.«

Kasparow warf drei zerknitterte 20-Dollar-Scheine auf den Beifahrersitz, bevor er seine Tür öffnete und ausstieg. Er wartete, bis der Wagen außer Sicht war, dann drehte er sich um und ging zurück zur Straßenecke, von wo er die Van Deman Street nach Norden nahm. Nachdem er zwei Blocks hinter sich gelassen hatte, stand er vor einem Gebäude mit einem rostigen Schild über dem Eingang, auf dem *Schweißerei Broughman* stand. Er sah sich in der Umgebung um, wobei ihm ein merkwürdiger Haufen Gerümpel an der Seitenmauer auffiel. Er zückte seine Brieftasche und nahm einen Schlüssel heraus.

Mit diesem öffnete er die Metalltür und betrat einen Raum, der wohl einmal der Empfangsbereich eines kleinen Handwerksbetriebes gewesen war. Jetzt standen verschimmelte und verstaubte Kartons darin. Es stank nach modriger Pappe. Kasparow sperrte hinter sich ab. Als er das Kreischen eines Elektrowerkzeugs im weitläufigeren Gebäudeteil hinter dem Büro hörte, ging er dem Geräusch nach.

In der nahezu leeren Halle lag ein einzelner Mann auf dem Rücken unter einem betagten Lieferwagen. Dieser war auf ein Paar mobiler Rampenelemente gefahren worden, um den Unterboden leichter inspizieren zu können. Beidseits des Mechanikers standen Werkzeugkästen. Kein Zweifel, ihr mysteriöser Gönner sah vor, dass sie diesen Wagen nutzten, um unbemerkt herumzukommen. So bescheiden getarnt konnten sie beobachten, Informationen sammeln und endlich ein Ziel wählen, ohne ernsthaft Gefahr zu laufen, von irgendwem entdeckt zu werden. Nach der Zielerfassung würde ihr Gönner dafür sorgen, dass sie unverzüglich alle erforderlichen Dokumente erhielten: Technische Zeichnungen, Notfallwegbeschreibungen, Maschinenkarten, Rohr- und Elektroleitungspläne, was auch immer sie brauchten. Es war perfekt ausgeklügelt, wofür Kasparow Allah dankte, während er zu dem Mechaniker ging.

Als ob er ahnte, dass jemand zugegen war, drückte sich der Mann unter dem Fahrzeug vor, zog den Schweißschirm von seinem Gesicht und griff mit einer Hand nach seiner Waffe in dem Kittel, den er trug, was in einer durchgehenden Bewegung geschah.

Kasparow nahm die Baseballkappe von seinem Kopf und schaute hinab ins Antlitz von Ruslan Baktayew. Das gebrechliche, abgehärmte Erscheinungsbild des Mannes rührte ihn fast zu Tränen. Was hatten die Russen mit ihm gemacht? Staat dunkler Haare und eines dichten Bartes wie früher glänzte jetzt nur fahle Haut mit grauen Stoppeln. Seine vom Winter im Kaukasus gestählten Muskeln waren vor Unterernährung erschlafft. Kasparow sah ihm tief in die Augen, deren widerspenstiger Ausdruck in zuversichtlich stimmte. Trotz der grausamsten Foltermethoden, die dem Feind eingefallen waren, hatte sein Freund

und Waffenbruder nichts von seinem heiligen Zorn verloren. Kasparow streckte die Arme weit von sich, als sich der Tschetschene erhob.

»Abu, Abu.« Kasparow gebrauchte Baktayews selbst gewählten islamischen Namen Abu Tabak, bevor er ihn umarmte. »Wir haben uns ewig nicht gesehen. Sag, stimmt es? Bitte lass wahr sein, dass wir das Schwert Allahs endlich tiefer ins Herz der Ungläubigen gestoßen haben.« Er platzte geradezu vor Entzückung, als sie nach ihrer Begrüßung voneinander abließen.

»Es ist wirklich wahr, Anzor – alles.«

»Ehre sei Allah, *Allahu akbar*!«, jauchzte Kasparow, während er die Arme wie siegestrunken hochwarf. »Ich habe so inständig dafür gebetet, dass dieser Zeitpunkt kommt. Zehn Jahre, Abu, zehn Jahre ist es her, dass wir diese Reise antraten, doch Allah hat uns endlich ankommen lassen!«

»Das hat er, kleiner Bruder«, erwiderte Baktayew. »Bald wird er mir auch den Kopf meines Gegners schenken, und dann will ich in dessen Blut baden.« Er ballte die Fäuste, als könnte er vor Hass kaum an sich halten. Während sich seine Fingergelenke weiß unter der Haut abzeichneten, fuhr er fort: »Bald ist der Mörder meines Bruders tot, dieses verachtenswerte jüdische Schwein Abidan Kafni, und Allahs Rache wird mein sein.«

Kasparow nickte zustimmend. »Er kann es vollbringen, dieser Scheich Kahraman, ja? Hat er alles in die Wege geleitet? Hat er eingefädelt, dass dir die Mörder von Vadim und Deni in die Hände fallen?«

»Nur Kafni, er war der Leiter der Operationen gegen meine Brüder. Seine Handlanger mögen geschossen haben, doch er befahl es ihnen.«

»Ehre sei Allah, auf dass wir ihr Blut kosten.«

Plötzlich schrillte der Klingelton eines Telefons durch die geräumige Werkstatt und störte das Wiedersehen der beiden. Baktayew ging zu einer Arbeitsbank, auf der Werkzeuge herumlagen, und blickte auf einen schmierigen Hörer, der bei jedem Läuten auf seiner Gabel zitterte. Es geschah noch dreimal, dann blieb das Gerät still. Sekunden später begann das Schrillen jedoch wieder. Baktayew hob ab und meldete sich: »Schweißerei Broughman?«

Am anderen Ende fragte eine verfremdete Stimme: »Ist das die große blaue Schweißerei?«

»Nein, wir sind die große rote Schweißerei.«

»Alles klar«, erwiderte sein elektronisch klingender Gesprächspartner. Es war Levent Kahraman, der nun nach Austausch der Codewörter weitersprach: »Alles ist bereit. Ihr werdet eure Produkte heute Abend am Anwesen des Präsidenten abliefern. Simon und Peter warten dort auf euch.«

»Sehr gut, ich weiß Ihre Arbeit zu schätzen.« Baktayew legte zufrieden lächelnd auf. Wie er wusste, stand der Ausdruck »Anwesen des Präsidenten« für eine Villa in der Nähe des Ruhesitzes von Thomas Jefferson, dem dritten Präsidenten der Vereinigten Staaten, wohingegen sich »Simon und Peter« auf Kafni sowie seinen Sicherheitschef Levi Levitt bezog. Der Tschetschene drehte sich zu seinem Gefährten um, der ihn verwundert ansah.

»Lass es alle wissen: Abidan Kafni stirbt heute Abend.«

Kapitel 4

15:16 Uhr, Eastern Standard Time – Freitag, auf Route 460 in Richtung Osten, Lynchburg, Virginia

Das Licht der Sonne, die nun am späten Nachmittag sank, reflektierte im Spiegel an der Beifahrertür, weshalb Declan mit zusammengekniffenen Augen auf den vierspurigen Highway schauen musste. Auf seiner Fahrt über die Route 460 gen Osten nach Lynchburg war der weite Campus der Liberty-Universität gerade in Sicht gekommen. Er nahm beide Seiten der Schnellstraße ein und erweckte den Eindruck einer ewigen Baustelle, um mit den ansteigenden Studentenzahlen schrittzuhalten. In der Ferne stand ein brandneues Gebäude, das über einen langen Parkplatz und eine Reihe moderner Unterkünfte mit dem Hauptgelände verbunden war. Die Architektur des C.H. Barton Centers für Internationale Beziehungen und Politik sollte ein maßstäblich größeres Modell von Thomas Jeffersons Landgut Monticello sein, das ein paar Meilen südwestlich von Lynchburg lag. In wenigen Stunden würden Declan und Constance neben 300 weiteren geladenen Gästen der großen Eröffnung des neuen Komplexes beiwohnen.

»Also wirklich, ich begreife nicht, warum du dich mit dem Kerl herumschlägst«, sagte Constance, die den Sportwagen vom Modell Nissan Z fuhr.

»Er ist gar nicht so übel«, entgegnete Declan und lachte kurz auf. Sie meinte Brendan Regan, einen Angestellten, den ihr Gatte seit fast 15 Jahren kannte. Ihn als flegelhaft zu bezeichnen wäre untertrieben gewesen, und Declan fragte sich bisweilen selbst, weshalb er sich die Launen des Mannes bieten ließ. Letztlich, so schätzte er, lief es darauf hinaus, dass er ihm leidtat.

»Gar nicht so übel? Er ist völlig unausstehlich und verursacht mehr Probleme als irgendjemand ande-res, der für dich arbeitet, ganz zu schweigen davon, dass er jedes Mal, wenn ich anwesend bin, nichts weiter tut, als auf meine Brüste zu starren. Igitt.«

»Na ja, das tue ich auch nicht gerade selten.«

»Ach du!«, stöhnte sie und schlug scherzhaft mit dem Handrücken gegen seine Schulter, wobei sie verstohlen schmunzelte.

»Autsch«, tönte er theatralisch. »Gestern Nacht haben sie gewackelt, das war ziemlich unterhaltsam.«

»Hör auf jetzt!«, gab sie zurück und hielt sich eine Hand vor den Mund, damit er sie nicht bis über beide Ohren grinsen sah.

Declan verzog ebenfalls seine Mundwinkel, bevor er schallend loslachte.

»Hier links ab auf die 501«, bemerkte er mit einem Wink über den Schalthebel, um die Richtung an-zuzeigen.

»Ich weiß, wo links ist«, entgegnete sie sarkastisch.

»Wollt nur sichergehen, du bist ja Republikanerin.«

Sie setzte den Blinker und lenkte langsam auf die Linksabbiegespur. »Wie weit ist es noch?«

»Ganz in der Nähe. Bleib auf der Candler's Mountain Road bis zur Edgewood Avenue, dort biegst du links ein.«

Nach wenigen Minuten hielt Constance vor einem Farmhaus aus gelben Ziegelsteinen mit blass-braunem Dach und zerschlagenen Fensterscheiben an. Zwei geländetaugliche Autos, auf deren weißem Lack sich das rotblaue Logo von DCM Properties deutlich abhob, standen ebenfalls davor. In der Ein-fahrt parkte ein Ford Escape mit dem Wappen der Stadtverwaltung an der Tür und einem grauen Schriftzug am unteren Rand, der den Motor als Hybriden auswies. In der Straße befanden sich überwiegend Wohnhäuser, doch den ersten Block dominierten allmählich Gewerbe, weil die Gegend rasant erschlossen wurde.

»Also gut, dann wollen wir mal sehen, was uns Regan diesmal eingebrockt hat«, sagte Declan beim Öffnen der Beifahrertür und stieg aus.

»Ja, wollen wir«, wiederholte Constance mit zusammengebissenen Zähnen.

Sie gingen über einen Streifen Wiese, der als Vorgarten herhielt, und gerade als sie die Tür erreichten, trat ein großer Schwarzer im weißen Overall heraus.

Es war Poindexter Perry. »Hey, Boss.«

»Hallo Dex«, grüßte Declan zurück und betrat den überdachten Vorbau.

Hinter dem Schwarzen fluchte auf einmal eine Stimme mit Bostoner Akzent. »Ich bat ihn eigentlich, es diesmal lockerer angehen zu lassen«, versetzte Perry in seinem tiefen Bariton.

»Schau dich doch mal ein wenig mit Dex hier um, während ich das kläre, ja?«, legte Duncan Constance nahe. »In den Hinterzimmern könnte wirklich mal eine Frau Hand anlegen.«

»Wie geht's, Ma'am?«, fragte Dex und fasste sich an den Schirm seiner weißen Malermütze.

»Gut, Dex, danke der Nachfrage. Was treiben Sherri und die Mädchen?« Declan hörte ihre Worte hinter sich, als er zur Kellertreppe ging.

Das Interieur sah aus, als sei es in zwei getrennte Wohnungen aufgeteilt. Die Schlafzimmer und das Bad links neben dem Treppenhaus, das in der Mitte des einstöckigen Gebäudes nach unten führte, waren komplett renoviert worden; neuer Teppich- beziehungsweise Fliesenboden, ein frischer Anstrich und Einbauelemente. Auf der rechten Seite, in Küche und Wohnbereich, lagen nur Holzbohlen, überstehendes Stützgebälk und lose Gipskartonplatten mit einer dicken Schicht Baustaub darauf. Die Immobilie war wie alle, derer sich DCM annahm, nach einer Zwangsvollstreckung gekauft worden und wurde jetzt zu einem gewerblichen Büro ausgebaut, um es zu verpachten.

»Hey, hören Sie mir zu«, verlangte die laute Stimme im Keller. »Verstehen Sie, was ich sage? Ich werde kein ganzes Schaltbrett nur wegen etwas Rost auswechseln. Hier ist es nicht feucht. Sehen Sie irgendwo Wasserflecken?«

Declan schüttelte den Kopf und ging die Treppe hinunter. Das alte Holz knarrte unter seinem Gewicht, und als er am Boden ankam, schauten die beiden Männer in dem unfertigen, muffigen Raum zu ihm auf. Vor einem geöffneten Stromverteilerkasten stand Brendan Regan, ein übergewichtiger Mann mit zerzaust buschigem Blondschopf und einem Bierbauch, der über seinen Gürtel hing, sowie einem ratlosen Gesichtsausdruck, der an einen dicken Jungen in einer Eisdiele mit unmöglich breiter Auswahl erinnerte. Er war ungefähr so groß wie Declan und wirkte imposant gegen den Gebäudeinspektor vor ihm, einen untersetzten Kerl mit blauem Jeanshemd, zurückgehendem grauen Haar und zottigem Schnurrbart.

»Hi, ich bin Declan McIver, Inhaber von DCM Properties«, sagte Declan mit ausgestreckter Hand.

»Howard Terry, Mr. McIver, vom Amt für Landschaftsbau- und Stadtplanung Lynchburg.« Die beiden schüttelten Hände. »Ihr Angestellter hier teilte mir gerade mit, Sie würden nicht vorsehen, die elektrischen Leitungen dieses Hauses zu erneuern, aber ich fürchte, die Kommune wird auf einer Instandsetzung bestehen müssen, bevor sie eine Gebäudenutzungserlaubnis ausstellt.«

»Ich bin noch nicht dazu gekommen, mir die Leitungen anzusehen. Wir haben erst vor ein paar Wochen mit diesem Projekt begonnen. Wo liegt das Problem?«

»Na, dieser Bürohengst hier behauptet, das ganze Teil müsse raus, weil es verrostet ist«, erklärte Regan barsch. »Der einzige Rost, den ich aber sehe, ist dieser Fleck hier, nicht größer als eine Vierteldollarmünze. Schau nur, den kann man abkratzen.«

»Lass gut sein, Brendan«, lenkte Declan ein. »Wir alle hier sind vom Fach.«

»Vom Fach? Von wegen! Der Typ hat keinen Plan.«

»Das reicht jetzt. Mr. Terry arbeitet für die Stadt, und falls wir unsere Geschäftsbeziehungen nach Lynchburg ausweiten wollen, müssen wir uns seine Worte zu Herzen nehmen. Warum wartest du nicht oben, während ich das hier erledige?«

»Gut, du kriechst gern in Ärsche? Dann mach«, grummelte Regan, bevor er sich zwischen Declan und dem Inspektor durchdrängelte. Auf dem Weg zur Treppe murrte er: »Blöder Paragrafenreiter, Sesselfurzer.«

Declan sah zu Terry, während Regan hinaufging. Der Mann schaute ihm mit abschätzigem Blick hinterher.

Dann kehrte sich der Inspektor wieder Declan zu, der sogleich ein Lächeln bemühte. »Ich versuche schon, seit er 30 ist, ihm Manieren beizubringen«, entschuldigte er das Verhalten seines Angestellten, bevor er sich nach vorne beugte, um das Schaltbrett genauer zu betrachten. Mit einem Multifunktionswerkzeug, das er aus seiner Gesäßtasche zog, löste er die Blende der Anschlussdose am unteren Teil des Kastens. Aus dem Inneren ergoss sich rostbraune Flüssigkeit auf den Boden.

»Da haben wir das Problem, Mr. Terry: Grundwasser«, sagte Declan, schloss eine Hand um ein Bündel schludrig isolierter Drähte und zog es heraus. »Wir verlegen einen neuen, wasserdichten Kabelkanal und setzen eine Dose nach NEMA-4-Standard ein. Das genügt doch für eine Nutzungserlaubnis, oder?«

Terry nickte.

»Ja, das genügt.«

»Vielen Dank, Sir.« Declan richtete sich auf und gab dem Inspektor wieder die Hand. »Nehmen Sie eine Visitenkarte von mir mit. Darauf steht meine Mobilnummer für den Fall, dass Sie weitere Mängel feststellen.«

Terry steckte sie ein und nahm eine eigene aus seiner Tasche. »Ich komme wieder, um eine letzte Untersuchung durchzuführen, wenn Sie mit der Renovierung fertig sind«, sagte er und reichte Declan die Karte.

Der nickte und folgte ihm die Kellertreppe hinauf. Nachdem der Mann das Haus verlassen und die Eingangstür hinter sich zugezogen hatte, drehte sich Declan um und schaute in die Küche. Constance saß unbequem auf einem umgedrehten Fünf-Gallonen-Eimer, während Regan und Dex neben ihr standen, wobei Regan dämlich grinste, weil er sich bemühte, in ihren Ausschnitt zu schauen. Declan musste auch lächeln, als sie den Dicken mit einem genervten Blick abstrafte und ihre Jacke zusammenzog.

»Du bist also fertig?«, fragte er.

Constance sprang auf und antwortete: »Ja doch, auf jeden Fall.«

»Dex, gute Arbeit, Mann«, lobte Declan, während er seiner Frau die Tür aufhielt. »Ich schau am Montag noch mal vorbei, um euch auf der Terrasse hinterm Haus zu helfen. Regan, du gibst dir in der Zwischenzeit Mühe, uns nicht die ganze Stadtverwaltung auf den Hals zu hetzen, ja?«

Der Angesprochene brummelte noch irgendetwas, als Declan die Tür schloss.

Vor dem Haus ließ sich Constance ein »Bist gefeuert« von den Lippen ablesen.

Declan lächelte sie an. »Er arbeitet für ein geringes Gehalt«, sagte er, schlang einen Arm um ihren Oberkörper und führte sie zurück zum Wagen. »Fahren wir zum Hotel und checken ein.«

Kapitel 5

18:02 Uhr, Eastern Standard Time – Freitag, C.H. Barton Center – Liberty-Universität, Lynchburg, Virginia

Gegen sechs Uhr am Abend hatte leichter Regen eingesetzt. Als sie zum Campus zurückkamen, folgte Declan den Anweisungen der Parkhelfer mit den orangefarbenen Westen und stellte den Sportwagen seiner Frau auf einem zugewiesenen Platz ab.

Beim Aussteigen schaute er über die Candler's Mountain Road nach Süden. Man betrieb einen erheblichen Sicherheitsaufwand, gerade wie er es erwartet hatte. Weiße Geländewagen mit blinkenden LEDs blockierten Zufahrten und Männer in marineblauen Uniformen, an deren Gürteln gut sichtbar Glock-Pistolen vom Kaliber .40 hingen, standen am Bordstein der Bürgersteige. Nachdem er die Beifahrertür geöffnet hatte, wartete er, bis seine Frau ausgestiegen war.

Aus der Ferne hörte man die empörten Rufe einer Gruppe Demonstranten, die auf einem Gehweg direkt vor dem Universitätsgelände ausharrten, wo eintreffende Gäste sie allerdings nicht übersehen konnten. Manche Dinge änderten sich nie … Abidan Kafni geriet wie viele andere, die lautstark für Amerika und Israel eintraten, ständig ins Kreuzfeuer der Kritik. Man winkte provokant mit Schildern, auf denen Sprüche wie ›für ein freies Palästina‹ oder ›Besatzung ist ein Verbrechen‹ prangten, und stimmte Sprechgesänge an, ein lautes »Stoppt die israelische Aggression« gegen jeden, der sich dem Pulk bis auf 50 Yards näherte.

»Reist Kafni immer mit so viel Geleitschutz?«, fragte Constance, während sie zwischen geparkten Autos zum Haupteingang gelotst wurden.

»Nein, ich glaube nicht – jedenfalls bisher nie. Abgesehen von ihm sind heute Abend ja noch viele andere Gäste da: Senatoren,

Kongressabgeordnete und wahrscheinlich auch einige Botschafter. Sehen und gesehen werden.«

»Dass du aber auch immer so ein Pessimist sein musst«, mäkelte sie und verdrehte die Augen.

»Ich ziehe den Begriff ›Realist‹ vor, wenn es um Politiker geht.«

Zwischen dem neuen C.H. Barton Center und dem Hauptcampus verlief die Route 460 vierspurig. Eingebettet im Hang des Liberty Mountain unter dem riesigen Universitätslogo am Berg gab es ein beeindruckendes Bild ab. Das Barton Center – so würden Studentenschaft und Fakultät es wohl verkürzt nennen – war ein ambitioniertes Architekturprojekt. Die Hochschule, die sich nie vor Herausforderungen scheute, hatte es wie erwähnt Thomas Jeffersons einstigem Ruhesitz nachempfunden, nur in einem größeren Maßstab.

Es handelte sich um ein achteckiges, dreistöckiges Bauwerk mit je zwei raumhohen Fenstern pro Seite auf allen Ebenen. Das Gebäude verfügte wie Monticello, die Plantage des früheren Präsidenten, an Vorder- und Hintereingang über je einen weißen Portikus mit Giebeldach, das von vier Marmorsäulen gestützt wurde, während sich an der Ostseite – genau dort, wo auf dem ursprünglichen Anwesen die Bediensteten untergebracht waren – eine lang gezogene, einstöckige Halle anschloss. Am Fuß der Treppe zum Vorbau lag ein kreisrunder Platz, umgeben von einer Hecke, der mit Pflastersteinen ausgelegt an eine Haltestelle für Kutschen erinnerte. In der Mitte ragte ein stattlicher Thomas Jefferson aus Bronze auf, der einen Federkiel und eine Abschrift der Unabhängigkeitserklärung in den Händen hielt. Sein sanfter, aber wissender Blick zeugte von der Ernsthaftigkeit dessen, was er 236 Jahre zuvor auf den Weg gebracht hatte.

Nachdem sie über den Platz zum unteren Treppenabsatz gegangen waren, betraten Declan und Constance ein Zelt, das als abgeschlossener Empfangsbereich fungierte. Mehrere Limousinen entließen ihre Smoking tragenden Insassen, die in den Vorbau eilten, als kämen sie zu spät zu einem wichtigen Treffen.

»Siehst du, was ich meine?«, fragte Declan trocken, während

sie auf das Sicherheitspersonal zugingen und einer jener piekfeinen Herren an ihnen vorbeilief, ohne noch einen Blick zurückzuwerfen.

»Ihr Name, bitte«, verlangte ein Wachmann an einem grauen, quadratischen Tischchen.

»Declan und Constance Mc–«

»Ich sagte Nam*e*, nicht Nam*en*. Vorausgesetzt, sie ist nicht stumm, darf sie gleich für sich selbst sprechen.«

»Offensichtlich hat sich der Umgangston im Lauf der Jahre nicht großartig geändert«, brummte Declan, ehe er sich laut und deutlich vorstellte: »Declan McIver.«

Der Wachmann hakte ihn mit einem Kugelschreiber auf seiner Liste ab und verwies an zwei seiner Kollegen, die an der untersten Treppenstufe standen. »Wenn Sie bitte Ihre Jacke ausziehen, die Beine spreizen und die Arme von sich strecken würden, Sir«, sagte einer der beiden, als sich Declan an ihn richtete.

Er streifte sein Oberteil ab und reichte es dem Mann, der es abklopfte und in den Taschen kramte. Unterdessen suchte der zweite Wächter seinen Körper mit einem Metalldetektor ab. Während er die Prozedur über sich ergehen ließ, fasste er seine Umgebung ins Auge. In dem Zelt hielten sich abgesehen von dem Mann am Tisch, der die Gästeliste abglich, und den beiden, die gerade mit Declan beschäftigt waren, mehrere junge Männer mit schwarzen Regenponchos auf, die Autos herein- und hinauswinkten sowie Türen aufhielten, damit die Gäste aussteigen konnten. Neben dem Unterstand parkte schräg ein weißer Ford Crown Victoria mit neutral weißen LED-Signallampen auf dem Dach und dem Hinweis ›Security‹ in leuchtend roten Buchstaben an einer Seite.

»Sie dürfen weitergehen, Sir«, erlaubte der Wächter mit dem Metalldetektor und baute sich vor Constance auf, die ihren Namen tatsächlich selbst hatte nennen können und nun an der Reihe war.

Declan blieb stehen, weil er seine Jacke zurückhaben wollte, doch der Verantwortliche überließ sie stattdessen einer Frau, die ebenfalls einen schwarzen Regenponcho trug. Sie schrieb eine Zahl auf eine Abrisskarte, durchtrennte diese in der Mitte und steckte eine Hälfte an einen Kleiderbügel, mit dem Sie die Jacke aufhängte.

»Gut darauf aufpassen«, mahnte Declan, als sie ihm die andere Hälfte gab. »Ich trage diese Jacke gerne.«

Die Frau lächelte kurz oberflächlich, bevor ihr der Wachmann den Mantel von Constance hinhielt, die sich dann ihrem Gatten anschloss. »Komm schon«, drängte sie. »Lass diese Leute ihre Arbeit machen.«

»Was denn?«, fragte er, als sie seinen Arm nahm und ihn die Treppe hinaufführte. »Ich zieh das Ding echt gerne an.«

Am Eingang waren zwei weitere Wächter postiert, und zwar jeweils seitlich der offenen Eichentür. Ein kleiner Mann mit einem Dreiteiler aus Tweed stand neben ihnen und blickte freundlich drein. Als die McIvers näherkamen, streckte er eine Hand aus.

»Ich freue mich, Sie zu sehen, Declan«, begann er mit semitischem Akzent. »Verzeihen Sie all die Unannehmlichkeiten.«

Declan drückte fest seine Hand und erwiderte: »Schätze, ich hätte Abes Angebot annehmen sollen, was den Chauffeur angeht.« Gerade stieg ein älterer Gentleman aus einem Lincoln und huschte an den Sicherheitsleuten vorbei. »Ich freue mich auch, Sie zu sehen, Levi. Das ist meine Ehefrau Constance.«

»Hi«, sagte sie mit einem Lächeln, während Levi ihre Hand nahm und küsste.

»Ich würde gern etwas auf Französisch sagen«, erwiderte der Israeli, »aber mir fällt im Augenblick nichts ein.«

Da lachte sie verlegen.

»Constance, das ist Levi Levitt, Dr. Abidan Kafnis oberster Leibwächter.«

»Außerdem sein persönlicher Assistent, Laufbursche und dieser Tage auch alles andere«, ergänzte Levitt heiter. »Manchmal ist mir, als sei ich zu alt für diese Tätigkeit.«

»Ich wette, Ihr Reisepensum ist anstrengend«, sagte Constance.

»Oy, das können Sie sich gar nicht vorstellen. Ich kenne meine E-Mail-Adresse, vergesse aber beinahe schon, wie meine Postadresse lautet. Nun denn, wenn Sie beide mir bitte folgen würden; ich führe Sie durch den Saal zu Dr. Kafni. Er ist hoch erfreut, dass Sie beschlossen haben, an der Veranstaltung teilzunehmen.«

Levitt wandte sich um und ging an den Wachen vorbei durch die Flügeltür. Er mochte nicht der Größte sein, glich dies aber mit einem breiten Oberkörper aus. Declan wusste, irgendwo in dem akademisch gebildeten Männlein in Tweed mit struppigem, grauen Bart und dickem Brillengestell steckte wie in seinem Arbeitgeber Dr. Kafni ein ehemaliger Agent des Mossad.

Schließlich nahm er seine Frau bei der Hand und ging langsam in den gefüllten Saal.

Man hatte jegliche Einrichtungsgegenstände aus dem Erdgeschoss des Barton Centers entfernt, mit welchen es ausgestattet sein würde, wenn es nach der Einführung der neuen Studiengänge an der Universität in Gebrauch kam. An den acht umgebenden Wänden hingen hinter einem Absperrband aus blauem Samt, das zwischen bronzefarbenen Stempeln gespannt war, Gemälde mit Szenen aus Thomas Jeffersons Amtszeit als Diplomat in Frankreich und als Staatssekretär. Auf dem Fußboden aus dunklem Mahagoni standen im gleichen Abstand zueinander 25 runde Esstische, jeder mit dunkelblauer Decke und einem so großen Umfang, dass zwölf Gäste daran Platz fanden.

Das Gemurmel im Saal war ohrenbetäubend. Wie ein Crescendo sich paarender Heuschrecken buhlten vier- oder fünfköpfige Trauben von Politikern, ihren Beratern, Journalisten und solchen, die zu den Herrschenden emporsteigen wollten, lautstark um Aufmerksamkeit. Declan erkannte auf der Stelle mehrere Gäste aus diversen Nachrichten- und Postwurfsendungen wieder, die seinen Briefkasten während der letzten Wahlen verstopft hatten.

Quälend langsam wie Schnecken, die obendrein durch Sirup krochen, gingen sie an den Tischen vorbei zu einer Bühne, die mit den Nationalflaggen verschiedener Staaten geschmückt war.

Mitten darauf stand ein ansehnliches Rednerpult mit dem Universitätswappen.

»Osman und Nazari machen einen Rundgang durchs Gebäude. Sie stoßen später zu uns«, bemerkte Levitt mit Bezug auf zwei andere Leibwächter, mit denen Declan während seiner Zeit in Kafnis Dienst eng zusammengearbeitet hatte.

»Großartig«, sagte er, während sie der Bühne näherkamen.

»Diese Tafel ist für Sie reserviert.« Levitt zeigte auf einem Tisch mit einem Faltkärtchen, auf dem eine Sechs stand.

»Gleich vorne, das lasse ich mir gefallen.«

»Dr. Kafni wollte, dass Sie die besten Plätze im Saal bekommen«, erklärte der Israeli. »Sie werden Dr. Coulson Gesellschaft leisten, dem Dekan des Barton Centers, und Kanzler Falwell, wenn er denn eintrifft. Zuerst aber will ich Sie zu Dr. Kafni bringen.«

Declan und Constance folgten ihm an der letzten Tischreihe vorbei neben die Bühne, wo man links und rechts mit einem blauen Seidenschleier einen Backstagebereich abgetrennt hatte. Levitt zog den Stoff zurück und hielt ihn fest, um das Paar durchgehen zu lassen.

In der Mitte des Raumes standen zwei Männer, beide in Anzügen. Declan erkannte sofort Abidan Kafni – *Abe,* wie er ihn als Freund ehrenhalber nennen durfte –, hatte aber keine Ahnung, wer der andere war.

Kafnis Äußeres geziemte dem gebildeten Experten: Schwarzgrauer Nadelstreifenanzug, in dem seine langen Gliedmaßen verloren aussahen, ein Gesicht mit breiter Stirn, das wie straff über den Schädel gespannt anmutete, und große Ohren auf geringfügig niedrigerer Höhe als üblich. Er strahlte ausgelassen, als er Levitt zurückkehren sah, dicht gefolgt von Declan.

»Ich fand ihn, als er gerade das Wachpersonal belästigte«, kündigte Levitt verschmitzt an, als er auf halbem Weg zwischen dem Vorhang und den zwei Männern stehen blieb.

»Mein Freund, ich freue mich, dass du dir Zeit nehmen konntest«, sprach Kafni in fehlerfreiem Englisch, wenn auch mit

Akzent. Er streckte seine Rechte aus, als die McIvers an Levitt vorbeigingen.

Declan drückte sie fest und sagte: »Nun, ich habe noch nie jemanden enttäuscht, wenn es sich vermeiden ließ.«

»Nein, hast du nicht. Vielmehr, mein Freund, bist du von jeher sehr beständig gewesen, und das ist etwas Wertvolles.« Kafni wandte sich wieder an den Mann, mit dem er zusammenstand. »Das ist Dr. Michael Coulson. Er leitet die neuen Studienprogramme hier an der Liberty als Dekan und wird eng mit mir zusammenarbeiten, um die Jugend dieser Nation mit Herz und Kopf für uns zu einzunehmen. Michael, das sind Declan McIver, ein guter Freund, und seine Frau Constance.«

»Hi, wie geht es Ihnen?«, grüßte Declan, während er Kafnis rechte Hand losließ und die des Dunkelhaarigen schütteln wollte. Mit seinem runzeligen Gesicht und der glockenförmigen Nase über einem bauschigen Schnurrbart, verkörperte Coulson den typischen Bilderbuch-Akademiker. Sein maßgeschneiderter Anzug knisterte, als er den Arm ausstreckte, als würde der Polyester die Bewegung aus Angst vor einer Falte scheuen.

»Lassen Sie mich raten: Aus dem Osten von Belfast?«, mutmaßte Coulson, als sie sich die Hände gaben, und zeigte lächelnd die Zähne, was ihn ein wenig wie einen Politiker oder Gebrauchtwagenhändler wirken ließ.

»Aus Galway, um genau zu sein; knapp daneben.«

»Na dann … Was soll ich sagen? Ich bin nie gut darin gewesen, Akzente zuzuordnen, nicht einmal nach sieben Jahren an der Queens«, gestand Coulson mit Bezug auf eine Zeit, die er wohl an der Queens-Universität in Belfast verbracht hatte, sei es als Dozent oder Student. Declan interessierte sich nicht so sehr dafür, als dass er nachgehakt hätte.

»Nein, Ihre Einschätzung war nicht schlecht. Mich überrascht, dass es Ihnen überhaupt aufgefallen ist. Ich lebe ja schon lange hier.« Declan wusste, dass der Mann vielmehr durch seinen Namen als aufgrund seiner Aussprache darauf gekommen war. Die Vorsilbe »Mc« stammte im Gegensatz zu den eher irisch anmutenden Namen, die mit »O« begannen, offensichtlich aus dem Britischen. In Ost-Belfast wohnte die Mehrheit der britisch-protestantischen Bevölkerung von Nordirlands größter Stadt, und zumindest darüber schien Coulson im Bilde zu sein.

Da Kafni wusste, dass die Vergangenheit Ereignisse barg, die keiner von ihnen erschöpfend mit Coulson diskutieren wollte, klatschte er laut in die Hände und wechselte das Thema: »Also, das ist deine Frau? Sie ist hübscher, als du sie beschrieben hast, Declan. Du solltest dich schämen.«

Constance errötete, als er ihre Hand leichthin in seine nahm. »Hi, Dr. Kafni, ist mir ein Vergnügen, Sie kennenzulernen.«

»Abe, bitte nennen Sie mich Abe. Auch ich bin begeistert, Sie endlich kennenlernen zu dürfen.«

Constance lächelte und berichtigte sich: »Gut dann, Abe.«

»Hat Ihnen Ihr Gatte je davon erzählt, wie er mir das Leben rettete?«

»Nein, hat er nicht«, antwortete Constance, während sie Declan fragend von der Seite anschaute. »Ist bestimmt eine aufregende Geschichte.«

»Oh ja, und ich kann es kaum erwarten, sie mit Ihnen zu teilen. Nach meiner Rede plaudern wir drei eingehend, darauf freue ich mich schon. Hätten Sie etwas dagegen, wenn ich einen Moment, bevor ich auf die Bühne gehe, allein mit Ihrem Mann sprechen würde?«

»Keineswegs«, beteuerte Constance.

»Ich begleite die Dame zu unserem Tisch«, sagte Coulson.

Declan wartete, bis die beiden gegangen waren und der Vorhang hinter ihnen zufiel. »Hast du mir etwas so Schlimmes zu sagen?«, fragte er, als man sie nicht mehr hören konnte.

Kafni winkte ab. »Nein. Ich war mir nur nicht sicher, inwieweit du sie aufgeklärt hast, und will sie nicht verängstigen. Mir ist sehr deutlich bewusst, wie schwer Familien Vorgänge wie jene verarbeiten, in die du und ich verwickelt waren.«

Declan nickte. »Ja, du kannst wohl ein Lied davon singen. Wie geht es Zeva und den Kindern?«

»Bestens – könnte nicht runder laufen. David hat gerade seinen Abschluss in Rechtswissenschaften gemacht und zieht in Maryland etwas Eigenes auf. Er hofft, mit dem American Center for Law and Justice zusammenarbeiten zu können. Hanah hingegen ist seit dem Frühling mit ihrem Examen an der Virginia Tech fertig und beginnt dort an der tierärztlichen Fakultät.« Kafni sprach über die beiden ältesten seiner fünf Kinder. David und Hanah waren diejenigen, mit denen sich Declan während seiner Dienstzeit als Sicherheitsmann der Familie am häufigsten abgegeben hatte. Die anderen drei, zwei weitere Söhne und eine Tochter, waren wesentlich jünger und besuchten noch die Grundschule.

»Sagt dir der Name Baktayew etwas?«, fuhr der Israeli fort.

»Könnte man ihn je vergessen?«

Mit den Baktayews, zwei tschetschenischen Brüdern, war Kafni im Rahmen seines letzten Auftrags als Agent des Mossad in Konflikt geraten. Nachdem er den einen während eines stümperhaften Waffenhandels erschossen hatte, in dessen Zuge der Geheimdienst darauf aus gewesen war, einen iranischen Terrorführer festzunehmen, hatte der Jüngere ihn rächen wollen, als Kafni anderthalb Jahre später nach Amerika ausgewandert war. Declan war dank unfassbar glücklicher Umstände am richtigen Ort gewesen und hatte von dem Mordplan erfahren, woraufhin es ihm gelungen war, diesen zu vereiteln, da ihm der Israeli Jahre zuvor in Irland eine ähnliche Gunst erwiesen hatte. Deshalb durfte man ohne Zweifel behaupten, dass ohne den jeweils anderen keiner der beiden mehr am Leben wäre.

»Ich dachte, die Brüder hätten ins Gras gebissen, aber mich beschleicht das Gefühl, dass du mir gleich das Gegenteil unterbreiten wirst.«

»Die beiden ältesten Brüder Vadim und Deni sind tatsächlich tot. Letzteren hast du eigenhändig umgebracht. Aber es gibt einen Dritten: Ruslan Baktayew. Ich erfuhr von ihm, als ich eine Morddrohung von ihm bekam. Gemäß unserer üblichen Verfahrensweisen überwachten wir ihn mithilfe meiner Kontakte sorgfältig. Nach dem Ausbruch des zweiten Tschetschenienkrieges gab er es aber auf, und die Sache verlief sich. Seit Ende des Geiseldramas von Beslan 2004 sitzt er in einem russischen Gefängnis.«

»Er steckte da mit drin?«

»Jawohl, sogar als einer der Drahtzieher.«

»Aber, wenn er hinter Gittern sitzt, warum auf einmal solches Aufheben seinetwegen?«

»Vor 14 Tagen verließ er das Gefängnis und wurde seitdem nicht mehr gesehen.«

Declan verzog das Gesicht. »Korruptes Personal, hm?«

»Oh, davon bin ich überzeugt.« Kafni hob seine Augenbrauen. »Wie du weißt, lässt sich das russische Militär andauernd schmieren, während Moskau macht, was man von Moskau erwartet – lügen wie gedruckt. Angeblich ist Baktayew bei einer Auseinandersetzung mit einem anderen Häftling umgekommen und eingeäschert worden, doch der Mossad hatte einen *Sayanim* in die Anstalt geschleust – einen Sympathisanten, wenn du es so ausdrücken willst –, also wissen wir aus sicherer Quelle, dass er bestimmt nicht ins Gras gebissen hat.«

»Und du glaubst, er ist wieder hinter dir her?«

»Ach, ich habe keine Ahnung«, seufzte Kafni achselzuckend. »Meine Familie und ich, wir sind wohlbehütet. Ich erzähle dir das, weil dieser Mann einen persönlichen Feldzug gegen mich und vermutlich auch dich führt. Obwohl du in meinem Namen gehandelt hast, bist du für Deni Baktayews Tod verantwortlich. Ich hielt es für angemessen, dir das zu sagen, damit du entsprechende Maßnahmen ergreifen kannst, um dich und deine Frau zu schützen. Könnte er in die USA einreisen, würde er bestimmt versuchen, mich zu töten – und dich möglicherweise auch, falls er weiß, wer du bist.«

»Und das ist ein sehr großes ›falls‹, Abe. Ich halte es für viel wahrscheinlicher, dass dieser Typ jetzt auf der Flucht ist und sich versteckt. Vorstellbar, dass er in irgendeiner heruntergekommenen Zeltstadt im Kaukasus hockt und darum betet, nicht zu erfrieren.«

»Unter normalen Umständen würde ich dir zustimmen, doch was mich besonders stutzig macht, ist die Art und Weise, wie er entwischte. Er konnte das Gefängnis ungehindert verlassen, und Moskau streitet es rigoros ab. Auch wenn das russische System notorisch korrupt ist: Bist du dir im Klaren darüber, welche Beziehungen und Gelder man bräuchte, um so etwas zu schaffen? Es gibt jemanden, der ihn aus gutem Grund herausholen wollte.«

»Hat er irgendwelche Bekannte mit entsprechenden Mitteln?«

»Terrornetzwerke wie al-Qaida haben den Tschetschenen im Lauf der Jahre oft geholfen, aber meines Wissens kennt Baktayew niemanden mit genug Geld, um eine solche Nummer abzuziehen. Die Brüder standen Mitte der 1990er mit einem iranischen Finanzgeber in Kontakt: Sa'adi Nouri, der jedoch schon seit 10 Jahren tot ist, und dessen Organisation ihn nicht überlebt hat.« Kafni fuhr sich mit einer Hand durchs Haar. »Pass auf, niemand kennt den genauen Grund, und eventuell hat es auch gar nicht mit uns zu tun, aber ich fand trotzdem, du solltest Bescheid wissen.«

»Danke.«

Nachdem Kafni auf seine Uhr geschaut hatte, klopfte er Declan auf die Schulter. »Ich bin gleich mit meiner Rede dran. Wir sehen uns hinterher wieder. Dann widmen wir uns den schönen Zeiten und guten Freunden, denn das alles gehört einer finsteren Vergangenheit an.«

Declan lächelte und wandte sich ab, um wieder nach vorne zu gehen. Auf dem Weg zurück zu den Gästen, die langsam zur Ruhe kamen, hoffte er, Ruslan Baktayew und seine finsteren Absichten welcher Art auch immer würden tatsächlich der Vergangenheit angehören.

Kapitel 6

»Worum ging es?«, wisperte Constance, als Declan im nunmehr abgedunkelten Saal neben ihr Platz nahm. Sie saß bei Michael Coulson und einer Frau, die wohl seine Gattin war, sowie zwei weiteren Paaren. Vier Plätze waren noch frei, Declans Stuhl nicht mitgezählt. Einen der Männer erkannte er als amtierenden Kongressabgeordneten seines Wahlbezirks. Er nickte ihm höflich zu, bevor er sich Constance zuneigte und sie schnell auf die Wange küsste. »Nichts Wichtiges«, behauptete er. »Hab mich nur auf den neusten Stand gebracht, was einen alten Freund der Familie angeht.«

»Hast du ganz bestimmt«, entgegnete sie trocken mit kritischem Blick.

Declan lächelte. »Könnte ich dich belügen?«

Constance antwortete gleichsam mit einem kurzen Lächeln, obwohl augenfällig war, dass sie sich davon nicht überzeugen ließ.

»Abgeordneter Mark Alley«, sagte der Mann neben ihr, während er Declan eine Hand entgegenstreckte. Er war jünger als die meisten Politiker, hatte dichtes blondes Haar, kantige Züge und eine einnehmende Art, zu lächeln.

Declan packte beherzt zu und erwiderte: »Hi, alles gut bei Ihnen? Declan McIver.«

»Lassen Sie sich mit der Runde bekannt machen«, fuhr Alley fort. »Das ist meine Frau Sherry, diese beiden netten Menschen hier sind George und Sharon Barton; daneben Botschafter Bartons Sohn und Schwiegertochter, Dr. Michael Coulson und Elizabeth. Außerdem mit uns am Tisch, aber noch nicht eingetroffen: Senator David Kemiss mit seiner besseren Hälfte Mary Ellen, und Kanzler Jerry Falwell Jr. mit Ehefrau Becki.«

Als er die Namen und Titel der Verspäteten hörte, kam sich

Declan empfindlich deplatziert vor. Was sollte ein irischer Einwanderer und Immobilienhändler zu einer Tischgesellschaft von weit höherem Stand sagen? *Hi, ich bin ein Wähler?*

Michael Coulson warf einen nervösen Blick auf seine Uhr.

»Stimmt etwas nicht, Doktor?«, fragte der Abgeordnete.

»Kanzler Falwell sollte mittlerweile hier sein. Er ist gleich mit seiner Rede dran und muss Dr. Kafni vorstellen«, erklärte der Dekan mit gedämpfter Stimme, wobei er sich nach vorne neigte, damit nur seine Tischnachbarn in hörten.

»Nun ja, rufen Sie ihn doch mal an«, schlug Alley vor.

Coulson nickte und stand auf, ging zur rechten Seite der Bühne und verschwand hinter dem Vorhang.

Declan schaute sich um, da Getuschel unter den Anwesenden laut wurde und ein merkliches Gefühl der Ungewissheit den dämmrigen Saal in Beschlag nahm.

Wenige Augenblicke später erschien Coulson hinter dem Vorhang auf der Bühne und trat ans Rednerpult, wobei er sein Anzugjackett zuknöpfte. Nachdem er sich geräuspert und das Mikrofon zurechtgebogen hatte, blickte er in die versammelte Menge.

»Meine Damen und Herren, willkommen«, begann er. »Ursprünglich sah Kanzler Falwell vor, Ihnen kurz etwas über das Gebäude, in dem wir uns befinden, sowie seine Funktion hier für die Liberty-Universität und im Ausland zu erzählen, allerdings habe ich soeben erfahren, dass seine Mutter gestürzt und ins Krankenhaus eingeliefert worden ist, also kann er heute Abend nicht bei uns sein. Lassen Sie uns dafür beten, dass Mrs. Falwell nicht ernstlich verletzt ist, während ich Sie zwischendurch auf dem Laufenden halten werde. Nun denn, Sie werden mir nachsehen müssen, dass meine Ausführungen improvisiert wirken, doch ich will versuchen, Sie rasch über das Gebäude zu informieren, und dann unseren Festredner begrüßen.«

Das Publikum klatschte brav Beifall, während Coulson an einem Becher Wasser nippte, den er unter dem Pult vorgenommen hatte.

»Also, wie Sie alle wissen«, fuhr er fort, »befinden Sie sich im C.H. Barton Center für Internationale Beziehungen und Politik. Es wurde nach Dr. Charles Henry Barton benannt, der bis zu seinem Tod vor zwei Jahren geschätzter Professor der Bachelorstudenten im Fach Internationale Beziehungen hier an der Liberty war. Ferner war er ein guter Freund von Jerry Falwell Sr. und einer der wichtigsten Ratgeber im Zusammenhang mit der Universitätsgründung 1972. Abgesehen von seiner Professur hier vertrat er unser Land während der Amtszeiten von Ronald Reagan und George H.W. Bush auch als Botschafter in Frankreich und Deutschland.« Coulson trank einen weiteren Schluck Wasser und tupfte sich nervös die Stirn. »Gedulden Sie sich noch ein klein wenig, ich werde Ihnen kurz erklären, was es mit dem Gebäude und seinem akademischen Zweck auf sich hat. Es wurde offensichtlich als Replik von Thomas Jeffersons Monticello konzipiert, welches nur wenige Meilen von hier entfernt steht. Da er einer von Amerikas Landesvätern war, zu unseren ersten auswärtigen Diplomaten zählte und in Bezug zu dieser Region steht, fanden Kanzler Falwell und das Direktorium den Entwurf angemessen.« Coulson lachte zaghaft, ehe er fortfuhr: »Und wenn Sie versprechen, nicht weiterzusagen, dass Sie es von mir wissen: Ich schätze, die Idee rührte auch daher, dass wir hier an der Liberty im Geiste unseres Gründers einfach nicht anders können, als bei solchen Projekten zu klotzen, statt zu kleckern.«

Daraufhin lachten auch seine Zuhörer vergnügt, wobei Declan kurz zu seiner Frau schaute. Sie schien sich zu amüsieren. Für ihn bedeutete gute Unterhaltung zwar wahrlich nicht, in einem Saal voller Menschen zu sitzen, mit denen ihn wenig bis gar nichts einte, und dabei einen Anzug zu tragen, doch weil er versuchen wollte, Constance über seine Vergangenheit aufzuklären, gab Abidan Kafni einen guten Ausgangspunkt, und diese Gala bot den perfekten Rahmen für ein Treffen.

Nachdem das Gelächter verklungen war und die Gäste aufgehört hatten, untereinander zu plappern, griff Coulson seinen Faden wieder auf.

»Der Saal, in welchem Sie gerade sitzen, wird als kleine Bibliothek mit Quellenmaterial über Nationen weltweit genutzt werden, darunter Karten, Fotografien, Beispiele ihrer Landessprachen in Ton und Schrift, Einzelheiten zu etwaigen Konflikten, in die sie verstrickt waren, und viele andere für Examensstudenten nützliche Dinge. Im ersten Stock sind zehn moderne Kursräume untergebracht, wo ebendiese Studenten unterrichtet werden, und das Obergeschoss ist den Büros für die Lehrkräfte des Programms – Dr. Kafni und meine Wenigkeit – vorbehalten. Damit bin ich am Ende meiner Ausführungen angekommen. Ich möchte Ihnen für Ihre Aufmerksamkeit und Ihre freundliche Unterstützung danken.«

Erneut klatschten die Anwesenden kurz, wobei Coulson sie sichtlich erleichtert anstrahlte. Nachdem er sich wieder geräuspert hatte, kam er zum nächsten Punkt.

»Unser Festredner heute Abend ist ein Mann, den man nicht weiter vorzustellen braucht. Seit seinem Umzug aus Israel in die USA Mitte der 1990er lässt er sich nicht von der internationalen Politbühne wegdenken. Seine Bücher *Aufziehender Sturm: Der Krieg, den wir alle austragen müssen* und *Gegen das Vergessen* standen weltweit auf Platz Eins der Bestsellerlisten. Er gastiert regelmäßig als Kommentator in Nachrichtensendungen von Moderatoren wie Bret Baier, Piers Morgen oder Sean Hannity. Ich bitte Sie nun um einen warmen Empfang und kräftigen Applaus für meinen Kollegen, Dr. Abidan Kafni!«

Die Gäste boten stehende Ovationen, als Kafni hinter dem blauen Seidenvorhang rechts neben der Bühne vortrat. Er hielt kurz inne, um sein Publikum ins Auge zu fassen, und winkte. Dann eilte er mit großen Schritten zum Pult, wo er mehrere Seiten Papier aus seiner Jacketttasche zog und vor sich auffaltete.

»Hi, guten Abend«, grüßte er noch einmal winkend und mit einem zurückhaltenden Lächeln. »Ich finde es großartig, heute Abend hier bei Ihnen sein zu dürfen.«

Die Gäste klatschten weiter, während Coulson kräftig Kafnis Hand schüttelte und die Bühne danach verließ. Nun blieb der

Redner einen Moment lang mit leuchtenden Augen stehen, bis der Beifall abebbte und man wieder Platz nahm.

»Guten Abend«, wiederholte er schließlich. »Sie haben es vermutlich schon geahnt: Ich bin Dr. Abidan Kafni.«

Damit erntete er Gelächter.

»Es ist wunderbar, heute Abend hier in der Liberty-Universität zu stehen. Ich bin ungeheuer gespannt darauf, in dieser Fakultät zu arbeiten und die Chance zu erhalten, gemeinsam mit anderen Kollegen prägend auf die politischen Köpfe von morgen einzuwirken. Absolventen der Liberty zogen in die Welt, um auf ihren jeweiligen Gebieten zu Koryphäen zu werden, beispielsweise als Filmemacher, Comicautoren, Kabarettisten, Schriftsteller, Musiker von Weltruhm oder natürlich Journalisten und Fernsehmoderatoren, auf die ich ja abonniert bin.«

Das Publikum lachte wieder kurz.

»Amerika steht an einem einschneidenden Punkt in seiner Geschichte: Wir müssen entscheiden, ob wir an den Idealen der Gründerjahre festhalten. Die Prinzipien eingeschränkter Regierungsgewalt, freier Marktkapita–«

Plötzlich knallte es draußen markerschütternd laut, woraufhin das ganze Gebäude erzitterte. Nur einen Sekundenbruchteil lang erstarrten alle, dann rollte eine Hitzewelle durch den Saal, gefolgt von einer Trümmerlawine. Die Gäste fingen an zu schreien. Declan sprang von seinem Platz auf, als Bruchstücke einer brennenden Trockenmauer gegen seinen Rücken prasselten. Während er Constance mitzog, hechtete er unter den Tisch. Die Bühnenbeleuchtung fiel aus und der Raum hüllte sich in Finsternis. Declan drückte seine Frau fest an sich, um sie mit seinem eigenen Körper zu schützen, als der Tisch inmitten des Chaos umgeworfen wurde und Personen über sie stürzten.

So schnell, wie der Aufruhr begonnen hatte, kehrte auch wieder Stille im Saal ein. Da seine Ohren infolge der Explosion klingelten, nahm Declan das Geflüster und Stöhnen der Verletzten nur vage wahr. Einige begannen, nach ihrer Begleitung zu rufen, um herauszufinden, ob sie unversehrt waren. Während sich

Declans Augen an die neuen Lichtverhältnisse gewöhnten – ein gespenstischer Rotton, erzeugt von einer Feuerwand, dort, wo der Haupteingang gewesen war –, wurde der Gästeschar allmählich bewusst, was sich ereignet hatte, und ein entsetztes Geschrei begann.

Er brüllte in Constances Ohr dagegen an: »Bist du okay?«

Sie erhob sich langsam – verstört – und nickte. Ungläubig blickte sie über die Verwüstung. Declan zog sie wieder an sich und ersparte ihr den Anblick entstellter Leichen, die durch die Druckwelle von ihren Stühlen gerissen und in den hinteren Teil des Saals geschleudert worden waren.

Rasch untersuchte er Constance, entdeckte aber nichts, was auf Verletzungen hindeutete. »Wir müssen hier raus«, sagte er dann, indem er sie an den Schultern packte, umdrehte und Richtung Bühne drängen wollte. Als er sich in Bewegung setzte, umschloss jemand eines seiner Fußgelenke.

»Helfen Sie mir«, ächzte eine Stimme. »Helfen Sie mir.«

Er schaute auf den Boden hinter sich und erblickte zu seinen Füßen Mark Alley mit einem tiefen Schnitt über dem rechten Auge, der stark blutete und ihn halb blind machte. Declan bückte sich und zog ihn hoch. Drei weitere Überlebende gesellten sich zu ihnen, eindeutig bestürzt und verwirrt; es waren Michael Coulson und die beiden Ehefrauen. Coulson hielt sich den linken Arm und verzog sein Gesicht vor Schmerz. Die beiden anderen schienen unverletzt zu sein.

»Wir müssen von hier verschwinden, führen Sie Ihren Mann«, sagte Declan zu Sherry Alley, die sofort gehorchte und einen von Marks Armen nahm. Declan packte Constance erneut an den Schultern und begann, sie hinter sich her zur Bühne zu ziehen. Von allen Seiten brachen Hilferufe über ihn herein, doch er ging weiter, wobei er über Tische und Stühle steigen musste. Es galt zunächst, die wenigen Personen hinauszubringen, die bei ihm waren, um überhaupt erst daran denken zu können, andere zu bergen. Ihm fiel der Notausgang im Backstagebereich hinter dem Vorhang ein, also begab er sich nach links, als er die Bühne erreichte. Grauer Betonstaub haftete an dem blauen Seidenstoff, der hängen geblieben war.

»Ahhh!«

Erschrocken fuhr er mit dem Kopf herum, als ein Mann in flammenden Kleidern auf den Vorhang zugelaufen kam. Declan streifte hastig sein Jackett ab, sprang auf den Brennenden zu und stieß ihn um, damit er das Feuer ersticken konnte. Dann richtete er sich wieder auf, ließ das Jackett auf dem Verletzten liegen und kehrte zu den anderen zurück, die in seiner Abwesenheit stehen geblieben waren. Er hielt den Vorhang auf, um die drei Frauen und zwei Männer durchgehen zu lassen. Mehrere Überlebende hatten den Weg zum Notausgang bereits gefunden, dessen Tür offenstand. Declan beobachtete das Durcheinander; wie Krebse in einem Eimer grapschten sie nach einander, um möglichst schnell durch die verstopfte Öffnung zu gelangen.

»Aus dem Weg«, verlangte Declan und stieß einen Mann beiseite, der eine Frau vor sich festgehalten hatte, um sie von der Tür wegzuziehen und selbst hinauszulaufen. Ohne die Hand seiner Frau loszulassen, drängelte er sich bis an die Spitze des Auflaufs und drückte sie ins Freie. Schließlich drehte er sich um, breitete seine Arme weit aus, um den Ausgang zu versperren, und rief: »Ruhig! Stopp!«

Ein paar Gesichter vorne im Gemenge schauten zu ihm auf. »In Ordnung«, fuhr er fort. »Sie, raus!« Damit legte er Hand an einen Mann und stupste ihn durch den Rahmen. »Jetzt Sie!«, sagte er zu einer Frau, die in Griffweite stand, und half ihr nach draußen. Da er das Ganze noch mehrere Male wiederholte, schaffte er zusehends Platz vor der Tür, während die Übrigen gesittet nacheinander auf den kleinen Parkplatz hinausgingen.

Auf einmal riss jemand den Vorhang zur Bühne auf: Levi Levitt. Abidan Kafni war bei ihm. Der Leibwächter stützte seinen Boss, der sich augenscheinlich ein Bein verletzt hatte.

Während sich die beiden der Tür nährten, kam ihnen Declan entgegen und nahm Kafnis freien Arm, um Levitt beim Stützen zu helfen.

Frische Abendluft und Regentropfen wehten ihm ins Gesicht, als er an Kafnis Seite nach draußen kam. Die Parkfläche hinter dem Gebäudeabschnitt, wo im echten Monticello die Bediensteten gewohnt hatten, war so lang und schmal wie der Ostflügel selbst. Da hier offensichtlich nur Fakultätsmitglieder ihre Autos abstellen durften, die auch im Barton Center arbeiteten, stand gerade nur ein einziger Wagen darauf: Ein schwarzer GMC-Suburban, den Declan sofort als Kafnis gepanzertes Auto erkannte. Sicherheitspersonal in blauen Uniformen kam um eine Gebäudeecke gelaufen und begann, sich den Verletzten zu widmen, die durch den Notausgang strömten.

»Bewegung, schnell«, drängte Declan mehrere Personen, die an dem Geländewagen lehnten. Levitt ließ Kafni los, um eine Hand in seine Hosentasche zu schieben und den Wagen per Fernbedienung zu entriegeln. Ein Mann öffnete die Tür zur Rückbank und hielt sie auf, während Declan Kafni hineinhalf. Nachdem er sie selbst geschlossen hatte, sagte er zu Levitt: »Bringen Sie ihn in Sicherheit. Wo ist Ihre Unterkunft? Wir treffen uns dort!«

Der Leibwächter nickte und setzte sich hinters Steuer. »In der Briton-Adams-Villa an der Cottonwood Road«, gab er an und betätigte die Zündung, woraufhin die Bremslichter des Autos aufleuchteten – blendend hell im Dunkeln – und der Motor aufbrauste. »Wir haben drei Wachleute postiert; ich sage Ihnen, dass Sie kommen!«

»Alles klar, ich weiß, wo das ist. Wir fahren ein weißes Cabriolet!«, entgegnete Declan, bevor er die Fahrertür zuschlug.

Levitt rollte langsam vorwärts und hupte, wobei er darauf achtete, niemanden anzufahren, der aus dem Gebäude entkommen war. Declan schaute ihm hinterher, bis die Heckleuchten des Geländewagens auf dem einspurigen Fahrtweg verschwunden waren, die hinter dem Gebäude in Richtung Liberty Mountain verlief. Ein beklommenes Gefühl machte sich breit, als er sich nach Constance umdrehte.

Diese saß an der Mauer des Gebäudes und tröstete eine schluchzende Frau, die Verbrennungen an einem Arm erlitten hatte. Sirenengeheul näherte sich aus der Ferne. »Lass uns verschwinden«, bat Declan. »Wir müssen uns vergewissern, dass Kafni nichts passiert.«

Constance redete sanft auf die Verletzte ein – »Alles wird gut« –, kämpfte aber selbst mit den Tränen. Ein Mann in marineblauer Sicherheitsuniform kam zu den beiden und nahm sich der Frau an.

Declan streckte einen Arm aus und hielt Constances Hand fest, dann führte er sie zur nächsten Ecke des Gebäudes. Dort jedoch blieb sie abrupt stehen.

»Wo willst du hin?«, fragte sie gereizt. »Warum gehen wir von hier fort?«

Er konnte es nicht erklären, doch eine innere Stimme sagte ihm, dass, wer auch immer verantwortete, was gerade geschehen war, noch nicht fertig war. Bei Declan läuteten die Alarmglocken, auch weil er ahnte, dass es dieser jemand auf Kafni abgesehen hatte.

»Abe ist noch immer in Gefahr!«, antwortete er.

Constance gab nach und folgte ihm die Ostseite des Gebäudeflügels entlang. Als sie die Vorderseite des Komplexes erreichten und den großen Parkplatz sahen, schaute Declan nach links. Eine verbogene, brennende Karosserie war alles, was von dem weißen Ford Crown Victoria übrig geblieben war, der in der Nähe des Zeltes der Security vor der Eingangstreppe gestanden hatte. Declans Gedanken überschlugen sich auf dem Weg zu ihrem Auto. Da er sich hinlänglich mit Sprengkörpern und durch seine jahrelange Mitgliedschaft in der IRA insbesondere mit Autobomben auskannte, wusste er, dass die Explosion von jenem Wagen ausgegangen sein musste. Folglich konnte nur einer der Angestellten den Anschlag begangen haben.

Die tief am Himmel hängenden Wolken schillerten rot und blau von den Dachlichtern der Krankenwagen, die nun eintrafen, als Declan den Zündschlüssel des Nissan umdrehte, dessen Sechszylindermotor schnurrend ansprang. Beim Schalten zerrte er grob am Hebel, während er den Sportwagen vom Parkplatz auf die schmale Landstraße lenkte, die parallel am Barton Center vorbeiführte. Als das gelbrote Schwelen des brennenden Bauwerks hinter ihnen verblasste, schlug Constance ihre Hände vors Gesicht und fing an zu weinen. Declan fiel nichts ein, was er zu ihr sagen konnte. Die Scheinwerfer vertrieben die Dunkelheit vor ihm, doch er wurde das Gefühl nicht los, gerade den Zusammenprall zweier Welten erlebt zu haben, die ein Jahrzehnt lang friedlich nebeneinander existiert hatten.

Kapitel 7

18:56 Uhr, Eastern Standard Time – Freitag, Briton-Adams-Villa, Forest, Virginia

Vom Sicherheitsdienst Sweat angeheuert zu werden, um das Tor sowie die winzige Glasveranda zu besetzen, die zeitweilig als Wachhaus der Briton-Adams-Villa herhielt, war das Beste, was sich Chris Evans nach dem Verlust seiner Stelle im Stahlwerk von White Rock Intermet hatte erhoffen dürfen. Während der vergangenen drei Jahre war er wiederholt lange Zeit arbeitslos gewesen, nachdem die Fabrik, in der er 22 Jahre angestellt gewesen war, die Fertigung eingestellt hatte. Im gegenwärtigen Wirtschaftsklima stand ein 48-jähriger Vater dreier Kinder ohne Collegeabschluss nicht sonderlich weit oben auf der Liste gefragter Arbeitssuchender.

Nachdem er seine Füße auf den Schreibtisch aus Pressplatten gelegt hatte, schlug Chris eine Ausgabe der *Lynchburg News & Advance* auf und lehnte sich in dem schwarzen Büroledersessel zurück, den man aus dem Studierzimmer der Villa entwendet hatte. Das Gestell knarrte unter seinem 250 Pfund schweren Leib. Während er mit Zunge und Zahnstocher nach Speiseresten in seinem Mund fahndete, überflog er Seite Zwei. Sie wurde vollständig von Fotos des Neubaus an der Liberty-Universität und der Gäste eingenommen, die man zur abendlichen Einweihungsgala erwartete, was sein Interesse nur kurz weckte, bevor er zum Sportteil blätterte.

Seine Erfahrung als Militärpolizist bei den Reservisten des Marinekorps und ein sauberes Vorstrafenregister genügtem ihm zur Erfüllung der Grundqualifikationen für diese Tätigkeit, bei welcher er zu einem dreiköpfigen Team zur Absicherung des Anwesens gehörte, solange Abidan Kafni auf dem Grundstück weilte.

Die Briton-Adams-Villa war ein dreistöckiges Haus im Südstaatenstil mit Backsteinfassade, erbaut von einem betuchten Industriellen Ende der 1930er Jahre im Nordosten von Bedford County, Virginia. Nach seinem Tod hatte es die Familie Briton erstanden, der es bis heute gehörte.

Die Familie hatte ihren Ursprung auf den von Großbritannien kolonialisierten Westindischen Inseln, war maßgeblich an der Erschließung des Gebietes beteiligt gewesen und in Besitz weiter Teile des Landes rings um das Haus, auf dem sich jetzt Wohnsiedlungen erstreckten. Als finanzkräftige Bauträger hatten die Britons zu den Geburtshelfern der Liberty-Universität gehört und bezuschussten deren Projekte auch weiterhin mit hohen Geldsummen. Da die Angehörigen viel Zeit auf Reisen verbrachten, überließen sie ihr Anwesen Abidan Kafni, dem aktuellen Vorzeigedozenten der Hochschule, bis er sich in seine neue Position eingefunden und ortsnah eine dauerhafte Bleibe für seine Familie gefunden hatte.

In Chris Evans Augen gehörten die Britons zum alten Geldadel, der sich nicht um eine wirtschaftliche Flaute oder Fabrikschließungen sorgen musste. Aller Wahrscheinlichkeit nach zählten sie zu der Sorte Menschen, die selbst Betriebe dichtmachten und die Arbeitsplätze nach Übersee in ein Land verlagerten, wo die Lohnkosten und der Lebensstandard deutlich niedriger waren als in den Vereinigten Staaten.

Dieser Job war indes leicht verdientes Geld, wie er sich einredete, während er einen Kaffee trank. Im Haus selbst kümmerte sich Kafnis persönliche Leibgarde um alles. Evans und die beiden anderen angeheuerten Wachen mussten nichts weiter tun, als die Grundstücksgrenzen im Auge zu behalten und die Polizei zu verständigen, falls sie etwas Ungewöhnliches bemerkten. Je zwei Wochen Tag- und Nachtschicht am Stück waren ein wenig anstrengend, garantierten ihm aber ein gutes Einkommen, und man hatte ihm eine mehrmonatige Anstellung zugesagt, solange Kafni in der Villa wohnte. Sollte der Vertrag mit Sweat erneuert werden, nachdem der Dozent einen mehr oder weniger festen

Wohnsitz in der Umgebung bezogen hatte, dürfe er sich dem Unternehmen zufolge einer fortgesetzten Verpflichtung sicher sein.

Er schlug die Zeitung zu, unterdrückte ein Gähnen und hob die Füße vom Tisch, um sich aufrecht hinzusetzen, als ihm plötzlich ein paar Scheinwerfer auffielen, welche die Straße heraufkamen. Als er aufstand und seinen Oberkörper durch die Tür streckte, erkannte er einen dunkelfarbigen Geländewagen, der sich von Süden her aus einer Kurve näherte. Er stutzte sofort, weil der Fahrer so schnell unterwegs war, doch dann wurde das Auto langsamer. Während es näherkam, identifizierte Evans es als einen der beiden GMCs von Abidan Kafni und seiner Sicherheitsmannschaft. Er verließ seinen Wachposten mit einer Hand an dem Funkgerät, das an seinem Gürtel eingehängt war. Der Fahrer lenkte nach rechts ein, ließ seine Scheibe hinunter und hielt gleichzeitig an.

»Tor aufmachen!«, rief jemand aus dem Wageninneren.

Evans schaute angestrengt in die Finsternis, bis er das Gesicht von Kafnis rechter Hand Levi Levitt erkannte. Daraufhin lief er zurück zur Veranda und drückte den Toröffner.

»Uns folgt noch ein weißer Sportwagen. Verriegeln Sie danach das Grundstück und lassen Sie niemanden herein, bis die Polizei kommt!«, rief Levitt, während er aufs Gas trat und der Wagen die lange, gerade Auffahrt zum Haus hochschoss. Evans beobachtete, wie die Heckleuchten in der frei stehenden Garage der Villa verschwanden, und griff dann zum Funkgerät, um die beiden anderen Wächter zu verständigen, die entlang der Nord- und Westseite des Anwesens postiert waren. Auf einmal strahlten zwei weitere Scheinwerfer von Westen her auf die Veranda. Ein dunkelroter Chevy Suburban bog links in die Auffahrt ein und beschleunigte, um durch das Tor zu gelangen.

»Hey, Sie dürfen nicht hier rein!«, rief Evans und rannte mit dem Funkgerät in einer Hand auf den gepflasterten Weg. Als er hörte, dass sich ein drittes Fahrzeug näherte, drehte er sich um: Vor ihm bremste mit quietschenden Reifen ein weiterer dunkelroter Suburban, dessen Frontleuchten verhinderten, dass er die Insassen sehen konnte.

Evans hörte, wie die Fahrertür aufging, dann folgten forsche Schritte, bis ein kleiner Mann mit dunklem Haar, fliehender Stirn und Vollbart vor ihm stehen blieb. Er schaute den Wächter kurz emotionslos an und hob eine Pistole mit Schalldämpfer.

»Was? Nein!«, rief Evans, ohne sich von der Stelle rühren zu können.

»Wenn Sie uns bitte entschuldigen würden«, erwiderte der Mann, feuerte dreimal und ging schließlich auf die Veranda zu.

Evans spürte, wie die Kugeln in seine Brust schlugen und das Gerät aus seiner Hand glitt. Er stand einen Moment lang still und wollte einatmen, während sich die Umgebung wie in Zeitlupe bewegte. Dann fiel er aufs nasse Pflaster, wo er weiter nach Luft rang. Neuerliche Schritte und ein Knall, als die Fahrertür des Geländewagens zugeschlagen wurde, waren die letzten Geräusche, die er hörte, während er kriechend auf dem Weg zu seinem Posten starb. Er blieb im Gras neben der einspurigen Einfahrt liegen, die zu bewachen man ihm aufgetragen hatte.

Kapitel 8

19:04 Uhr, Eastern Standard Time – Freitag, Cottonwood Road, Forest, Virginia

Declan schaltete wild hinunter und hinauf, während er rechts abbog und auf der Cottonwood Road beschleunigte. Sie rasten an den beiden Einkaufszentren an der Ecke vorbei, wo der Highway die Straße kreuzte, auf eine Brücke über Eisenbahnschienen. Nachdem die Fahrbahn einen Bogen nach links beschrieben hatte, sah er endlich das Gebäude, das er suchte.

Die Briton-Adams-Villa stand auf der Kuppe eines hohen Hügels und war ein lokales Wahrzeichen.

»Was ist das für ein Geräusch?«, fragte Declan und schaute in den Fußraum.

»Mein Handy«, antwortete Constance, da es leise piepte. Ihre Wimperntusche war beim Weinen verlaufen und um die Augen verschmiert; sie tupfte mit einem Papiertaschentuch daran. »Das ist das Signal dafür, dass es den Empfang verliert oder sich neu mit dem Netz verbindet.«

Sie lehnte sich zur Seite, um das Samsung-Smartphone aus ihrer Handtasche zu holen, und schaltete den Bildschirm mit einem Fingerdruck ein. »Siehst du?« Sie hielt es ihm vor. »Kein Signal.«

»So nahe an Lynchburg? Das ist merkwürdig.«

»Denk daran, dass der nächste Sendemast in Bedford steht. Hier fährt man immer mehrere Meilen durch ein Funkloch.«

»Schon, aber bis dorthin sind es auf dieser Straße nur noch 20 Meilen«, hielt Declan dagegen und tastete nach seinem Mobiltelefon, bevor ihm bewusst wurde, dass es in dem Jackett war, das er im Barton Center gelassen hatte.

Der Motor des Cabriolets heulte auf, als er herunterschaltete und in die Auffahrt einlenkte. Vor dem geschlossenen Tor blieb er stehen. Mit einem Zeigefinger auf dem elektrischen Fensterheber wartete er bei leisem Summen, bis sich die Scheibe der Fahrertür gesenkt hatte.

»Wo sind die Wachleute?« Er sah sich um. »Levi sagte, drei Mann würden das Grundstück absichern.«

Constance folgte seinen Blicken. »Niemand da. Bist du sicher, dass hier jemand postiert sein sollte?«

Declan antwortete nicht. Vor dem Zentrum hatte er den Gedanken nicht abschütteln können, dass Kafni noch immer in Gefahr schwebte. Auch wenn er nicht belegen konnte, dass der Israeli hatte sterben sollen, ließ ihm sein Bauchgefühl keinen Zweifel daran. Sicherlich hatten mehrere Vertreter der US-Regierung zu den Gästen gezählt, doch niemand unter ihnen war so berühmt wie der Festredner der Veranstaltung, geschweige denn das Ziel von sechs vorigen Mordanschlägen gewesen, respektive Gegenstand einer Handvoll Fatwas, die seinen Tod forderten. Declan hatte schon vor langer Zeit gelernt, sich auf seine Instinkte zu verlassen. Wenn ihm etwas faul vorgekommen war, so hatte er oft genug auf die harte Tour erkennen müssen, dass er mit ziemlicher Sicherheit richtig lag.

Er öffnete die Tür, stieg aus und drehte sich auf dem nassen Pflaster neben dem Wagen einmal um sich selbst. Das Erste, was ihm auffiel, waren Reifenspuren zehn Fuß vor ihm in der aufgeschwemmten Erde. Bei näherer Betrachtung wurde deutlich, dass sie von einem Fahrzeug stammten, das in hohem Tempo von rechts aufs Anwesen eingebogen sein und beim Schneiden der Ecke nasses Gras mitgerissen haben musste. War es Levi Levitt hinterm Steuer des Geländewagens gewesen? Anhand dessen, was Declan über die Gegend wusste, glaubte er es nicht. Zwar hätte der Sicherheitsmann einen Umweg durch eine der Siedlungen südlich der Villa nehmen können, doch das hielt er für unwahrscheinlich. Dort hätte Levitt sehr oft abbiegen müssen, und das Risiko, sich zu verirren, da er sich erst seit wenigen Tagen in der Stadt aufhielt, war insbesondere bei Nacht zu hoch.

Declan ging zur verglasten Veranda. Darin lag auf einem Tisch aus minderwertigem Pressspan eine aufgeschlagene Zeitung neben einer Kaffeetasse, doch ein Wachmann war nicht anwesend. Er drehte sich um und trat wieder hinaus. Während er seinen Blick durch die Umgebung schweifen ließ, machte er im hohen Gras vor einem der Backsteinpfeiler des Tors einen schwarzen Stiefel aus. Schnell lief er hin und kniete nieder. Dort lag ein korpulenter Mann mit braunen Locken in einer der marineblauen Uniformen, die auch das Sicherheitspersonal am Barton Center getragen hatte. Declan nahm seinen Unterarm, um mit Zeige- und Mittelfinger den Puls zu prüfen, obwohl anhand des glasigen Blickes und dreier Einschusslöcher in der Brust offensichtlich war, dass er nicht mehr lebte. Die Haut fühlte sich aber noch warm an, also hatte der Tod ihn erst vor Kurzem ereilt.

Declan rannte zur Fahrerseite des Nissan zurück und öffnete die Tür. »Hast du wieder Empfang?«, fragte er seine Frau, die ihn mit aufgerissenen Augen anstarrte.

Sie verneinte, während sie mit einem Daumen übers Display fuhr. »Nichts.«

»Ich will, dass du die Straße hinunterfährst, bis du Empfang hast, und die Polizei anrufst.«

»Declan, was ist passiert?«

»Bitte darum, dass sie sofort jemanden zur Briton-Adams-Villa schicken«, fuhr er fort, ohne auf ihre Worte einzugehen. »Sag ihnen, ein Wachmann ist umgebracht worden.«

Die Antwort darauf schien ihr im Halse stecken zu bleiben, also schaute sie nur dabei zu, wie er unter den Fahrersitz fasste. Mit dem Abreißgeräusch eines Klettverschlusses zog er eine Ledertasche hervor, öffnete sie und nahm eine Glock-Pistole heraus. Nachdem er das Magazin entnommen und überprüft hatte, steckte er es wieder in den Griff und lud durch.

»Was hast du vor?«, fragte Constance, während sie abwechselnd in sein Gesicht und auf die Waffe in seiner Hand schaute.

»Ich werde Abe suchen. Fahr jetzt und komm nicht zurück, bis ich dich anrufe und Entwarnung gebe.«

Damit steckte er sich die Pistole in eine Tasche, zog die Krawatte aus, die er für den Abend angezogen hatte, und nahm

Anlauf aufs Tor. Um darüber zu gelangen, sprang er dagegen, zog sich hoch und schwang die Beine hinüber, wobei er hörte, wie seine Frau den Rückwärtsgang einlegte und die Auffahrt verließ. Nachdem er auf dem nassen Belag gelandet war, griff er die Pistole und lief auf das hell erleuchtete Haus auf dem Hügel zu.

Kapitel 9

Als er den Anstieg hinter sich hatte, trat Declan in ein Dickicht aus Hornsträuchern, die auf einem trichterförmigen Hof wuchsen, wo sich die Zufahrt gabelte. Der Hauseingang, vor dem beide Wege wieder zusammenliefen, war jetzt noch 50 Yards entfernt. Regentropfen, dick wie Centmünzen, die von den Baumwipfeln fielen, sickerten durch sein hellblaues Anzughemd, während er im Zickzack über den Platz schlich, wobei er hin und wieder an Sträuchern innehielt. Als er den Rand erreichte, ging er hinter einem breiten Stamm in Deckung und lehnte sich zur Seite, um zu sehen, ob jemand von drinnen herausgekommen war.

Die Villa wurde von kleinen Scheinwerfern angeleuchtet, die in regelmäßigen Abständen auf dem Klinkerweg zur Tür und entlang der gesamten Vorderseite des Gebäudes aufgestellt waren. Aufgrund der Helligkeit, die es umgab, wirkte die Dunkelheit außerhalb umso finsterer. In Declans Augen hatte hier jemand zu kurz gedacht, was die Sicherheit anging. Man sah die rotbraune Steinfassade des Hauses bis zum zweiten Obergeschoss, doch das steil abgeschrägte, kunstvoll gedeckte Dach lag außerhalb der Reichweite der Lichter. An der senkrecht ebenen Front des Baus reihten sich sechs hohe Fenster pro Geschoss und unten die pompöse Doppeltür, hinter der wohl ein ebenso reizvolles Interieur lag, wie es das Äußere verhieß.

Er fasste jede der Scheiben ins Auge, um Hinweise darauf zu finden, ob jemand drinnen war. Dann überquerte er den Fahrtweg zum Eingang, wo er sich mit dem Rücken zur Wand lehnte. Indem er sich kurz nach links und rechts neigte, schaute er durch die raumhohen Fenster zu beiden Seiten. Das Haus war abgesehen von einer kleinen Lampe in der prachtvollen Diele dunkel. Alle paar Sekunden leuchtete am Tastenfeld einer Alarmanlage eine LED auf, womit feststand, dass das Sicherheitssystem aktiv war.

Im Gebäude mochte es zwar dunkel sein, aber Declan spürte, dass sich hier jemand herumtrieb. Wessen Auto hatte das Reifenprofil hinterlassen, auf das er am Tor gestoßen war? Wer hatte den Wachmann ermordet? Zudem war es einer der Wagen des Sicherheitsdienstes gewesen, der die Explosion vor dem Barton Center verursacht hatte. Zählte das Personal selbst zu den Attentätern? Falls ja, hatte Levitt diesen einen vielleicht unschädlich machen müssen, als Kafni und er zur Villa gekommen waren.

Declan hielt sich die Pistole vor, während er zügig zur Seite des Hauses ging. Als er um die Ecke bog, sah er immer noch niemanden, also setzte er seinen Weg fort. Vorsichtig näherte er sich einem gleichfalls dunklen Wintergarten, der die Nordostseite des Gebäudes einnahm. In dem vollständig verglasten Raum standen Korbmöbel, doch ansonsten war er leer.

Durch die Scheiben fiel Declan ein Auto auf. Aus einer Garage stach das Heck eines dunkelroten Geländewagens heraus. Declan ging um den Wintergarten herum und dann über einen gepflasterten Streifen, der von der eigentlichen Fahrspur abzweigte, auf das Nebengebäude zu, aber nicht ohne sich wiederholt hinter hohen Büschen zu verstecken.

Es war tatsächlich eine Garage, die wie die Villa aus Ziegelsteinen bestand und von ihrer Größe her genug Platz für mindestens drei Limousinen bieten musste. Da ihre Seite weder mit Fenster noch einer Tür ausgestattet war, stellte sich Declan auch hier mit dem Rücken gegen die Mauer und pirschte sich ans Tor, wo der dunkelrote Wagen ein Stück weit auf den Weg ragte. Er konnte nicht Kafni gehören, da dessen Modell schwarz war. Beim Näherkommen hörte Declan Wasser zischen, das vom Fahrwerk auf den heißen Auspuff tropfte – ein verlässlicher Beleg dafür, dass der Wagen noch nicht lange dort parkte.

Als er um die Ecke bog und die Garage einsehen konnte, bemerkte er, dass die Fahrertür offengelassen worden war, die Scheibe daran ebenfalls. Das Licht der gelben Deckenleuchte mutete grell an im Dunkeln und schimmerte auf dem glänzenden Lack des Wagens. Declan drehte sich um etwa 90 Grad und trat ein. Da sah er den schwarzen GMC-Suburban, mit dem Levitt Kafni hergebracht hatte … und seine Befürchtungen bestätigten sich, denn sein Blick fiel auf eine kleine Blutlache vor der Fahrertür. Für ihn war offensichtlich, was geschehen sein musste: Der rote Geländewagen – wer auch darin gesessen haben mochte – hatte das Tor hinter den Israelis passiert, bevor der Wachmann imstande gewesen war, es zu schließen, und die beiden beim Aussteigen angegriffen. Declan sah sich in den anderen Winkeln der Garage um, bevor er zur Fahrerseite von Kafnis Auto stürzte und hineinschaute. Der Innenraum war leicht mit Blut bespritzt, doch sollte ein Schuss gefallen sein, so hatte die Kugel getroffen, ohne wieder auszutreten, sonst wäre es mehr Blut gewesen. Die befleckten Stellen ließen darauf schließen, dass Levitt der Angeschossene war, doch wo steckten er und Kafni jetzt? Declan blickte über den glatten Betonboden der Garage hinaus. Inmitten von Staub und dunklen Ölspuren ließen sich ein paar weitere kräftig rote Spritzer erkennen, deren Spur ums Auto nach draußen führte. Er folgte ihr.

»Hey!«, rief plötzlich jemand von der Einfahrt her, gerade als er heraustreten wollte, also zog er sich rasch geduckt zurück. Zwei gedämpfte Schüsse fielen. Einer traf die Motorhaube des dunkelroten Wagens, der andere prallte von der gemauerten Außenwand der Garage ab. Declan drückte sich innen dagegen und lauschte mit hochgehaltener Waffe.

»Was hast du gesehen?«, fragte eine eindeutig ausländische Stimme.

»In der Garage ist jemand mit Pistole, ein Kerl in blauem Hemd«, antwortete eine zweite Stimme, die rauer oder heiser klang.

Declan glaubte, sie sprachen mit slawischem Akzent. Er horchte weiter, während Schritte auf dem Pflaster verhießen, dass sich die Männer bewegten, um ihn zu suchen. Verborgen in einer Ecke zwischen dem Garagentor und der äußeren Mauer wartete er ab, bis die beiden in seine Schusslinie geraten mussten, wenn sie zu ihm kommen wollten. Obwohl er sie nur flüchtig wahrgenommen hatte, ehe er in Deckung gegangen war, glaubte er mit ziemlicher Gewissheit, dass es sich nur um zwei Personen handelte. Die Männer gingen zu leisem Getuschel in einer fremden Sprache über, dann stürmte einer unvermittelt vorwärts und feuerte in die Garage. Die Heckscheibe von Kafnis Wagen zerbrach, und Declan schälte sich mit einer Drehung aus seinem Versteck, um zurückzuschießen. Dreimal rasch hintereinander drückte er ab, was in dem offenen Raum laut knallte.

Der Angreifer sprang hinter der Beifahrerseite des roten Wagens in Sicherheit, die Kugeln flogen über ihn hinweg. Im Augenwinkel bemerkte Declan, dass der andere Mann über die Schwelle des Tores trat. Er bewegte sich vielleicht eine Millisekunde zu spät nach links, um einem Hieb mit einer Schaufel auszuweichen. Sie traf flach auf seine ausgestreckten Arme und schlug gleich darauf, als er in die Knie ging, gegen seinen Kopf.

Er fiel nach hinten um, verlor die Pistole aber nicht, als er unsanft mit dem Rücken auf dem Beton landete und nach Luft ringen musste. Sein Peiniger betrat die Garage und holte erneut mit der Schaufel aus. Declan wälzte sich nach links, sodass sie auf den Boden schepperte, wo wenige Sekunden zuvor sein Kopf gelegen hatte. Dann rollte er nach rechts zurück und hob die Pistole, während sein Angreifer das Werkzeug abermals über seinem Kopf hochriss. Auf einmal fielen weitere Schüsse, und drei Löcher zeigten sich in der Brust des Mannes, der durch die Wucht der Treffer zurückgeworfen wurde.

Declan atmete einmal flach ein; so lange währte seine Erleichterung, ehe die nächste Salve aus einem Schalldämpfer platzte. Er kroch aus der Garage und erwiderte das Feuer auf den roten Geländewagen, dessen Windschutzscheibe mit dem ersten Schuss barst. Während sich sein Gegner seitwärts zur Front des Fahrzeugs bewegte, nahm Declan ihn systematisch aufs Korn – fest entschlossen, nicht zu verfehlen. Der Mann stieß einen Schrei aus, als eine Kugel seine Schulter traf, gefolgt von einer zweiten ins Schläfenbein. Er brach zusammen. Declan schnaufte angestrengt, als die letzte Hülse auf die Erde fiel und Stille einkehrte, umweht vom Geruch der abgefeuerten Ladungen. Das friedliche Zirpen von Grillen im Gehölz an den Rändern des Fahrtweges vor der Garage stellte sich wieder ein, unterbrochen von einem einzelnen Knall, einem Schussecho aus der Ferne irgendwo nördlich der Garage.

Declan musste sich an der Seite des schwarzen Suburban abstützen, wobei er zum ersten Mal seine Kopfverletzung spürte. Alles ringsum fing an, sich zu drehen. Er hob eine Hand und befühlte seine rechte Augenbraue, die vor Schmerz pochte. Als er die Hand herunternahm, klebte Blut an seinen Fingerspitzen, und auf dem Handrücken entdeckte er einen Schnitt, den die Schaufel verursacht hatte. Nachdem er das Blut an seinem Hemd abgewischt hatte, machte er sich von dem Auto los und trat über den toten Schuft aufs Garagentor zu.

Draußen zielte er mit der Pistole dorthin, woher die beiden Männer gekommen waren. Weiter entfernt sah er noch ein Gebäude mit Blechdach, das länger als die Garage war. Der Weg zu ihr führte daran vorbei und verschwand ungefähr 15 Yards vor der Stelle, wo Declan stand, im Schotter. Er stellte sich vor den dunkelroten Wagen und schaute hinüber. Auf dem Pflaster dahinter lag der Schütze, den er wenige Augenblicke zuvor getötet hatte. Declan ging hin und schob die schallgedämpfte Waffe des Mannes mit einem Fuß weg. An seinem krausen Bart und einer gehäkelten, schwarzen Thagiya auf seinem Kopf ließ er sich als Muslim identifizieren, obwohl er nicht so aussah, als stamme er aus dem Mittleren Osten. Sein Teint war leicht blass, das Haar schwarz und die Haut rau, als sei er über lange Zeit hinweg harschen Witterungsverhältnissen ausgesetzt gewesen. Declan stieß ihn fest mit einer Schuhspitze an, wobei der Körper auf den Rücken rollte. Die Augen starrten geisterhaft nach oben, und an einer Gesichtsseite haftete Blut, das aus der Wunde über seinem Ohr gequollen und unter ihm zusammengeflossen war.

Er lebte nicht mehr.

Als noch ein Schuss an dem abgelegenen Gebäude mit dem Blechdach fiel, besann sich Declan darauf, warum er hier war, und lief los. Unterwegs bekam er weiche Knie und einen verschwommenen Blick, weshalb er an einem Baum stehen blieb und sich am Stamm festhielt. Er glaubte, dass seine Kopfverletzung ernster sein musste, bemühte sich aber, es zu verdrängen, und rannte weiter auf das Gebäude zu, das 50 Yards vor ihm lag.

Im Gegensatz zu Haus und Garage bestand es aus Holz, das mit den Jahren schwarz geworden war. Mehrere Scheunentore nahmen die Wände ein, und mehrere Enteiser ragten vom Blech auf, um während der Wintermonate Schneedecken auf dem Dach aufzubrechen. Declan legte sich hinter einem Baum bäuchlings auf die Erde, als zwei schwarz gekleidete Männer mit Maschinenpistolen um die Seite des Gebäudes kamen und den Weg hinauf zur Garage liefen. Er wartete auf dem nassen Boden, bis sie vorbeigezogen waren. Als sie drüben eintrafen, blieben sie stehen und unterhielten sich hastig in einer fremden Sprache.

Declan schlich weiter, gebückt und ohne die beiden aus den Augen zu lassen. Als er das Gebäude erreichte, ruhte er an das alte Holz gelehnt aus, bevor er auf der Suche nach einem offenen Eingang herumging. Mit wie vielen Gegnern musste er rechnen? In dem Fahrzeug, mit dem die Männer gekommen waren, war ohne Weiteres Platz für sechs und sogar acht bis neun Personen, wenn man neben den regulären Sitzplätzen den Stauraum im Heck nutzte. Als er langsam um die Ecke ging – er achtete darauf, nicht ins Sichtfeld der beiden an der Garage zu gelangen –, stieß er auf einen zweiten dunkelroten Geländewagen, dessen Beifahrertür offenstand. Jetzt wusste er, dass es sich um eine Überzahl handelte, mit der er es unmöglich aufnehmen konnte. In seinem angeschlagenen Zustand und mit nur noch sieben von 16 Patronen im Magazin brauchte er sich keinerlei Hoffnungen darauf zu machen, bis zu 20 Mann die Stirn zu bieten.

Mit einem Mal startete ein Motor, und zwei Lichtkegel wanderten über den Fahrtweg, kurz bevor der Wagen in Sicht rollte, der an der Garage gestanden hatte. Er kam von der entgegengesetzten Seite, während Duncan hinter dem Gebäude verharrte, und blieb vor dem baugleichen Modell stehen. Die Beifahrertür ging auf, und einer der Männer, die gerade hinübergelaufen waren, stieg aus. Er trat durch ein offenes Tor ein.

»Jemand ist hier«, sagte er zu einer anderen Person im Inneren. »Tariq und Nadir sind tot!«

»Beweg dich wieder nach draußen und halt die Augen offen!«, gab der andere in scharfem Ton zurück. Bei diesem Sprecher war sich Declan des slawischen Akzents sicher. »Sieht so aus, als würde unsere Party hier ein Ende finden, kleiner Bruder, doch bevor du stirbst, möchte ich dich wissen lassen, dass ich deinen Angehörigen deinen abgetrennten Kopf schicken werde!« Daraufhin antwortete eine Stimme, die Declan ganz sicher Abidan Kafni zuzuordnen glaubte, aber er verstand das Gesagte nicht. Als ausgelassenes Gejohle losbrach, schloss er seine Augen.

»Allahu akbar! Allahu akbar!«

Er entfernte sich von dem Gebäude und schlich auf eine Baumgruppe zu. Soeben war sein Freund auf eine der grässlichsten Arten hingerichtet worden, die man sich vorstellen konnte, ohne dass Declan es irgendwie hätte verhindern können. Er versteckte sich und sah, wie zehn Schwerbewaffnete herauskamen. Sie zielten mit ihren MGs und Pistolen in alle Richtungen, während ein elfter Mann durch die Tür lief und geradewegs auf einen der geparkten Geländewagen zuging. In einer Hand hielt er einen weißen Sack, an dessen Boden sich ein tiefroter Fleck ausbreitete. Declan blieb die Luft weg, weil ihn schlagartig Wut packt. Er drehte sich hinter einem Baum um und lehnte sich an, sank nieder und blieb sitzen. Bremslichter blinkten auf, ein hellrotes Schwelen im Dunkeln, und Türen knallten zu, als die Männer in beide Autos einstiegen. Sie fuhren nacheinander los, wobei sie eine Staubwolke aufwirbelten. Als sie den Hügel an dem trichterförmigen Hof umrundeten und hinter der Anhöhe verschwanden, schlug Declan die Augen zu und konzentrierte sich ausschließlich aufs Luftholen, was ihm schwerfiel, da er gegen ein stärker werdendes Ohnmachtsgefühl ankämpfen musste.

Kapitel 10

19:38 Uhr, Eastern Standard Time – Freitag, Graemont Lane, Charlottesville, Virginia

Senator David Kemiss schluckte den Rest eines Cocktails hinunter, den er sich genehmigt hatte, und zog sein vibrierendes Handy aus der Tasche. Sein Blick fiel zuerst aufs leuchtende Display und dann die angesäuerte Miene seiner Ehefrau. Mary Ellen Kemiss saß am anderen Ende ihres Sofas, und zwischen ihnen lag ein Kissen wie gefühlte tausend Meilen schneebedeckter Ebene. *Zicke,* dachte er beim Aufstehen.

»Bin gleich wieder da«, sagte er.

Sie verdrehte missfällig die Augen. Ihre beiden Kinder, die auf dem Boden des abgedunkelten Wohnzimmers hockten, stierten auf den leuchtenden Fernsehbildschirm, ohne aufzuschauen oder überhaupt zur Kenntnis zu nehmen, dass jemand etwas gesagt hatte. Ihre Gesichter blieben ausdrucks- und emotionslos, bezaubert vom jüngsten Abenteuerfilm, der gerade die Verkaufsauslagen und Streamingportale beherrschte.

Dies sollte eigentlich ein Familienabend sein, den das Paar seinem vollen Wochenplan abgetrotzt hatte – gemeinsam verbrachte Zeit zur Wahrung des schönen Scheins vor ihren Kindern und allen Außenstehenden, die es interessieren mochte. Seit ein paar Jahren schon kam dieser Termin jedoch einem Kinogang gleich. Falls sie sich nicht bei irgendeiner Benefizveranstaltung, Festzügen oder Dinners blicken lassen mussten, blieb der Blick auf die Mattscheibe das Einzige, was den Kids verbarg, dass ihre Mom und ihr Dad nicht mehr miteinander sprachen. Zwei leibliche Kinder, sonst hatten die beiden nichts mehr gemein. Beide gingen schon seit Ewigkeiten fremd, weshalb ihre Ehe zu einer Theatervorstellung für die Augen der Wählerschaft und Hautevolee verkommen war, mit der sie verkehrten.

Als er das Zimmer verlassen hatte, nahm der Senator die offene Treppe, die mittig im Erdgeschoss des Hauses im georgianischen Stil nach oben führte. In seinem Arbeitsraum im zweiten Stock schloss er die Tür und klappte das Mobiltelefon auf.

»Ja, bitte?«, fragte er, während er sich in dem dunkelroten Sessel an seinem Schreibtisch aus Nussholz zurücklehnte. Das durchgesessene Leder knarrte laut, nachdem sein langer Körper zur Ruhe gekommen und ihm bequem war.

»Ich bin es. Es gibt wohl leider schlechte Neuigkeiten.«

Kemiss holte tief Luft. Am anderen Ende der Leitung war ein langjähriger Freund beziehungsweise der Mann, mit dem er seit fast fünf Jahren eine heimliche Liebesbeziehung führte. Er arbeitete schon seit knapp einem Jahrzehnt mit Seth Castellano zusammen, was mit dessen Praktikum im Washingtoner Russell-Senatsgebäude begonnen hatte. Jetzt bewährte sich der Mann als ambitionierter Assistenzsonderbevollmächtigter der Antiterror-Abteilung des FBI-Außenbüros in Richmond, Virginia.

»Sprich weiter«, bat der Senator, während er spürte, wie sich seine Gesichtsmuskeln verspannten.

»Also, wie dir womöglich nach und nach im Fernsehen auffallen wird, falls du es eingeschaltet hast, ist alles wie geplant verlaufen, doch wir haben unser Soll nicht erfüllt.«

Kemiss schloss die Augen und atmete lange aus. Er wusste, dass sich Castellano absichtlich vage ausdrückte und darauf achtete, keinerlei Worte zu gebrauchen, die den aufwendigen Sicherheitsapparat in Gang setzten, der zur Abhörung von Gesprächen potenzieller Terroristen diente. Über das Prepaidfunknetz, in dem sie sich unterhielten, konnten Wörter wie Bombe, Ziel oder Operation einen elektronischen Überwachungsmechanismus auslösen, in dessen Zuge eine Datei angelegt wurde, die schließlich auf ihre Spur führte. Obwohl sie ihre Tarife bar bezahlt hatten und die Rückverfolgung spätestens an den Sendetürmen enden würde, die ihre Anrufe ermöglichten, war dies für Kemiss dennoch näher, als er irgendjemanden kommen lassen wollte. Mit *alles* bezog sich Castellano auf eine Autobombe, die eine

Stunde zuvor an einem Gebäude der Liberty-Universität südlich von Davids Wohnort explodiert war; das »erfüllte Soll« wäre Dr. Abidan Kafnis Tod gewesen. Anscheinend hatte es nicht funktioniert.

»Und was ist mit unserem Freund?«, fragte Kemiss. »Wie kam er mit seinem Plan voran?«

»Er hat ihn umgesetzt«, antwortete Castellano. »Zwei sind fort, darunter der eine Besondere, aber …«

»Ihr habt dort alles dichtgemacht? Niemand kommt mehr rein oder raus, richtig?«

»Entspann dich, David. Beide Tatorte wurden gründlich abgesichert. Meine Abteilung ist vollends Herr der Lage und erstattet nur mir Bericht. Die Ermittlungen werden von verlässlichen Personen durchgeführt.«

»Und was hat es dann mit dem *Aber* auf sich?«

»Ein Notarzt wurde zu dem Anwesen gerufen, und man transportierte jemanden mit schweren Verletzungen ins Krankenhaus.«

Der Senator biss auf die Zähne. »Gab es Beobachter?«, fragte er beim Ausatmen. Ihm war, als schnüre sich etwas um seine Brust, während er den Hörer immer fester packte.

»Das können wir noch nicht sagen«, entgegnete Castellano unverbindlich. »Wer auch immer der Verwundete sein mag, er wurde bewusstlos eingeliefert. Ob er etwas gesehen hat, wissen wir nicht.«

»Wir können uns nicht leisten, darauf zu warten, es zu erfahren.«

»Schon klar. Ich kümmre mich darum. Du hörst von mir.«

Kemiss klappte das Gerät zu und warf es über den Schreibtisch, wobei ein Glas mit Stiften umfiel. Dann lehnte er sich wieder im Sessel zurück und wischte mit einem Hemdsärmel Schweiß aus seinem Gesicht. Sein schlechtes Gewissen verursachte ihm Bauchgrimmen, und Magensäure brannte in seinem Rachen, während er im Sitzen nachdachte. Ihm war klar, dass die Menschen, derer Belange er sich annehmen sollte, zu den

Opfern zählten und sehr wahrscheinlich ihre Leben in der Liberty-Universität gelassen hatten. Wie viele mochten es wohl sein? Ein Dutzend oder mehr? Es interessierte ihn nicht; er wollte sich ihretwegen keinen Kopf zerbrechen. Alles geschah nur im Sinne der Zielerfüllung. Die Personen, deren Belange ihn interessierten, waren er selbst und Seth Castellano. Die Existenz, die sie sich gemeinsam geschaffen hatten, stand auf der Kippe. Falls etwas schiefging, hatten sie beide ausgespielt.

Schließlich stand er auf und ging zu einem Erkerfenster, das auf die Blue Ridge Mountains westlich seines Hauses zeigte. Davor stand eine lange Tafel aus dem gleichen Nussholz wie der Schreibtisch – was auch für die Beistelltische zu beiden Seiten des dunkelroten Ledersofas an der Wand gegenüber seines Arbeitsplatzes galt, nicht zu vergessen die beiden bis unter die Decke reichenden Bücherregale voller Fachliteratur zu Staats-, Bundes- und internationalem Recht. Alle Möbel passten zueinander, sorgsam handgefertigt von amerikanischen Schreinern – und wie das Gros der Einrichtung seines Heims extrem teuer.

Auf dem Tisch standen auf einem Kristalltablett mehrere Glasflaschen. Er öffnete eine von ihnen, um sich einen doppelten Bourbon einzuschenken. Wie hatte es in seinem Privat- und Berufsleben nur so weit kommen können? David Kemiss – Harvard-Absolvent, renommierter Anwalt über die Landesgrenzen hinweg und dreimal wiedergewählter und somit dienstältester Senator in Virginia. Doch was er sich erarbeitet hatte, hing an einem seidenen Faden … oder nein, an etwas Dünnerem: einem Haar.

Er wusste genau, wieso er in dieser misslichen Lage steckte. Bei den Fragen in seinem Kopf handelte es sich um rhetorische. Seine politische Karriere verlief seit 2004 abwärts, als seine Partei die Präsidentenwahl mit seinem Namen auf der Liste verloren hatte. Als er durchs Erkerfenster schaute, stockte er beim Anblick seines Spiegelbildes im Glas. Sein Schopf war so grau, wie er sich seelisch fühlte. Und seine Moral war gemeinsam mit seinem Haaransatz geschwunden. In der Politik wurde mit harten Bandagen gekämpft. Er schob seine Drahtgestellbrille auf dem Nasenrücken hoch und drehte den Kopf zur Seite, um zum Dachfenster des Wohnzimmers unten zu schauen. Durch das Milchglas konnte er seine Kinder zwar nicht sehen, doch das Flimmern des Fernsehers ließ darauf schließen, dass sie noch da waren, wahrscheinlich ohne mitbekommen zu haben, dass er sich zurückgezogen hatte. Kurz dachte er an die anderen Familien, deren Leben durch die Handlungen beeinträchtigt waren, die er mit in die Wege geleitet hatte. Er kannte Abidan Kafni nicht sonderlich gut, war sich aber sicher, dass der Jude, der um die 50 sein musste, Kinder hatte, die bald herausfinden würden – falls sie es nicht bereits wussten –, dass ihr Vater nicht nach Hause zurückkehren würde. Dann kamen Kemiss die Familien in den Sinn, die noch leiden sollten, und zwar spätestens dann, wenn das alles bereits vorbei war. Für ihr Los gab es einen bestimmten Begriff: Kollateralschaden. Der Senator hob sein Glas und kippte den Bourbon hinunter, womit er die trübseligen Gedanken zu vertreiben suchte, während der Alkohol bis in seinen Magen brannte.

Die Tür des Arbeitszimmers wurde behutsam geöffnet, was ihn dennoch erstarren und erschrocken hinüberschauen ließ.

Eine leise, helle Stimme überraschte ihn: »Daddy, warum bist du gegangen?« Es war sein sechsjähriger Sohn Luke, der jüngere der beiden.

Er blieb in der Tür stehen, sodass das sanfte Licht im Flur seine zierliche Gestalt umriss. Der Senator lächelte ihn warmherzig an und ließ sich mit ausgebreiteten Armen auf einem Knie nieder. Der Junge stürmte in seine offenen Arme.

»Daddy musste einen wichtigen Anruf entgegennehmen, aber das ist jetzt erledigt.« Er strich dem Knaben die dunklen Haare von der Stirn. Noch einmal lächelte er und stand auf. »Geh wieder runter, du wirst den Schluss des Films verpassen. Ich komme gleich nach.«

Der Kleine wandte sich ab und ging hinaus, warf aber noch einen Blick über seine Schulter, als er sich der Tür näherte.

»Bin sofort da«, sagte Kemiss tonlos und winkte Luke hinaus. Er lauschte den dumpfen Schritten des barfüßigen Jungen auf der Treppe, bevor er sich wieder dem Fenster zukehrte. Wegen des Lichts auf dem Flur spiegelte er sich nicht mehr in der Scheibe, aber in letzter Zeit erkannte er sich ohnehin kaum wieder. Nachdem er sich einen zweiten Bourbon eingeschenkt und hinuntergestürzt hatte, stellte er das Glas aufs Tablett zurück und verließ den Raum ebenfalls.

Kapitel 11

20:06 Uhr, Eastern Standard Time, Freitag, Virginia Baptist Hospital, Lynchburg, Virginia

Seth Castellano fuhr mit seinem dunkelblauen Crown Victoria in die überdachte Aufnahme des kleineren der beiden Hauptkrankenhäuser im Großraum Lynchburg. Auf dem Gelände der mehrstöckigen Einrichtung mit Ziegelfassade ging es hektisch zu, da ein beunruhigend stetes Kommen und Gehen herrschte. Nachdem er auf dem betonierten Gehweg ausgestiegen war, der zum Haupteingang führte, hielt er dem Parkplatzwächter, der ihm gerade sagen wollte, dass er den Wagen dort nicht abstellen durfte, seine Marke vor. Der Mann wich zurück, und Castellano ging ohne weitere Worte vorbei, wobei er die Schultern hochzog, um seinen hellbraunen Trenchcoat zu richten, und den Kragen glatt strich, während er mehrere Krankenwagen ansteuerte, die vor dem verglasten Eingang standen.

»Hat irgendjemand von Ihnen vor ungefähr 20 Minuten einen Mann aus der Gegend um die Cottonwood Road eingeliefert?«, fragte er eine Gruppe Sanitäter. Seine Aussprache war südlich gefärbt, und die Worte hingen kurz im Nebel, den die feuchtkalte Luft bildete. In seinem Akzent vereinte sich Louisiana-Kreolisch – er kam von dort unten – mit Eigenheiten aus der Washingtoner Umgegend, wo er seit über zehn Jahren wohnte und arbeitete.

Die Sanitäter unterbrachen ihr Gespräch und musterten ihn kurz, bevor sie reagierten. »Haben wir«, bestätigte ein blau uniformierter Blondschopf, indem er mit seiner Zigarette auf einen Kollegen neben sich zeigte.

»Welche Verletzungen hatte er genau?«, bohrte Seth weiter.

Der Sanitäter hob zur Antwort an, besann sich dann aber und sah sein Gegenüber mit fragender Miene an, als wollte er erwidern: »Was geht dich das an?«

Castellano zog wieder die schwarze Lederbrieftasche mit seinem Ausweis aus dem Mantel und klappte sie auf.

»FBI«, sagte er. »Welche Verletzungen hatte er genau?«

»Risswunden auf dem linken Handrücken und über dem rechten Auge. Er kam erst ungefähr zwei Minuten vor unserer Ankunft hier wieder zu sich und nuschelte irgendetwas über seine Frau. Wir übergaben ihn der Ambulanz; die hat man jetzt zur Notaufnahme umfunktioniert, um den Andrang aus der Allgemeinklinik zu bewältigen.«

»Und wie sah er aus?«

»Die Haare eher blond, mit Bart, recht schlank. Er trug ein blaues Knopfhemd und hellbraune Dockers. Er sprach ja nicht viel, hatte aber so einen Akzent, vielleicht aus England.«

Castellano klappte die Marke wieder zu und schob sie zurück in die Innentasche an der Brust seines Trenchcoats, als er bereits durch die automatische Schiebetür in den Empfang ging, der weiträumig und mit grauem Teppichboden ausgelegt war.

»Suchen Sie etwas, kann ich Ihnen helfen?«, fragte eine Dame an der Informationstheke gleich hinterm Eingang.

»Die Ambulanz«, gab Castellano an.

»Den Flur dort links entlang und dann gleich rechts. Gehen Sie bis ganz nach hinten durch.«

Castellano bewegte sich schon weiter, bevor sie ausgesprochen hatte. Auf dem Weg durch den himmelblau gestrichenen Gang durchdachte er seine Optionen. In einer modernen Klinik, wo die Privatsphäre von Patient und Personal genauso wichtig war, wie die medizinische Fürsorge selbst, gab es zwangsläufig Überwachungskameras und andere Sicherheitsvorkehrungen. Auch wenn er unbedingt garantieren wollte, dass der Mann, der Abidan Kafnis Tod anscheinend bezeugt hatte, das Krankenhaus nicht lebend verließ, befand er sich nicht in einem Film. Er konnte nicht einfach in ein abgedunkeltes Zimmer treten, einen Schalldämpfer aufschrauben und den Kerl wegpusten, sondern musste behutsamer vorgehen.

Vor einer weiteren selbsttätigen Tür mit weißem Lackschriftzug, der die Station dahinter als Ambulanz auswies, rückte er von der Idee ab, sich hineinschleichen und ebenso unbemerkt wieder verschwinden zu können. Die Tür öffnete sich mit einem Zischen und gab den Blick auf einen langen, hellen Flur voller fahrbarer Krankentragen preis. Ärzte und Schwestern hetzten mit angespannten Mienen herum, während sich Patienten gequält auf ihren Liegen wanden – teils mit Beistand von Angehörigen, teils allein und sichtlich entsetzt. Er wusste ja, dass die kleine Station behelfsmäßig als Notaufnahme verwendet wurde, um dem Andrang aus dem Lynchburg General Hospital Herr zu werden, hatte aber nicht damit gerechnet, die Folgen durch den Bombenanschlag, in den er eingeweiht gewesen war, derart hautnah mitzubekommen.

Er schluckte krampfhaft und betrat die Station. Links und rechts lagen Männer in Anzügen mit Krawatte, die den Gang hinauf- und herunterschauten, weil sie das Personal suchten, von dem sie behandelt werden sollten.

»Doktor, Doktor!«, rief einer mit ausgestreckten Händen und hielt Castellano am Mantel fest, als er vorbeiging. »Ich habe Schmerzen. Geben Sie mir doch etwas, damit es aufhört!«

Er schaute sich den Verletzten flüchtig an. Der hastig angelegte Verband gab klar zu erkennen, dass sein Bein in Mitleidenschaft gezogen war, wohingegen seine Kleidung staubig und mit Asche überzogen war, also musste er zum Zeitpunkt der Explosion im Gebäude gewesen sein.

»Tut mir leid«, sagte Seth, während er dem Mann den Zipfel entriss. »Ich bin kein Arzt.«

Er folgte dem Flur bis zum Ende der Station, wo sich ein Hintereingang der Einrichtung in Form einer automatischen Flügeltür aus Glas befand. Direkt davor befand sich ein Schwesternzimmer, in dem es vor Männern und Frauen in Krankenhauskitteln wimmelte.

»Suchen Sie jemanden, Sir?«, fragte laut eine weibliche Stimme. Es war eine Blondine mit rosafarbenem Anzug, die hinter der Theke saß.

»Ja, einen Mann, der mit Risswunden am Kopf und an einer Hand aus der Gegend um die Cottonwood Road hergebracht wurde.«

»Sie werden ihn mir viel genauer beschreiben müssen; in der letzten Stunde haben wir über 50 Patienten aufgenommen, und Risswunden sind anscheinend gerade in Mode.«

Er wunderte sich nicht über ihr mangelndes Feingefühl in Bezug auf die Patienten. Durch seine Arbeit hatte er es während der vergangenen zehn Jahre wiederholt mit Krankenhäusern zu tun bekommen, zuerst als Polizeiermittler in New Orleans und dann nach Antritt seiner jetzigen Stelle als FBI-Agent im Außendienst. Was Unbedarfte als Notfall erachteten, trieb Krankenhausangestellten selten Schweiß auf die Stirn.

Als er seine Marke aus der Innentasche nahm und zum gefühlten hundertsten Mal an diesem Abend aufklappte, erwiderte er:

»Dieser Mann hat Risse über dem rechten Auge und auf dem linken Handrücken; er ist schlank, blond und bärtig; möglicherweise spricht er mit Akzent. Sie müssen Ihre Einweisungsformulare für mich überprüfen und eine Liste der infrage kommenden Personen erstellen. Es ist sehr wichtig, dass ich mich mit ihm unterhalte.«

Die Frau blätterte in einem Stapel Papiere, doch bevor sie etwas entgegnen konnte, bemerkte ein hörbar gestresster Mann hinter Seth: »Ich fürchte, Sie müssen später wiederkommen, Officer. Hier herrscht momentan Ausnahmezustand.«

Als sich Castellano umdrehte, trat ein grauhaariger Mann im weißen Labormantel an die Theke des Schwesternzimmers.

»Ich bin Dr. Garvinton, der Chefarzt auf dieser Station«, stellte er sich vor. »Im Augenblick sind wir mit drei Patienten pro Zimmer belegt, und auf dem Flur warten weitere 20. Sie müssen Ihre Verhöre vorerst verschieben.« Mit diesen Worten griff er zu einem Stoß Krankenblätter und begann, sie durchzusehen.

»Ich kann meine Verhöre *nicht* verschieben, Doktor«, betonte Castellano mit vor Verachtung triefender Stimme. »Falls Sie es noch nicht bemerkt haben sollten: Ausnahmezustand herrscht gerade überall. Der Mann, den ich sprechen muss, könnte durchaus Zeuge des Mordes an einem anderen sein, den wir für das Ziel des Bombenanschlags auf die Universität halten. Sollte er hier sein, muss ich ihn sofort befragen, und hoffentlich gelingt es uns, eine weitere Tat wie diese zu verhindern, wer auch immer dahintersteckt.«

»Wenn er mit angesehen hat, wie das Opfer starb, heißt das doch, dass die Verantwortlichen ihr Ziel erreicht haben. Sie brauchen also nicht erneut zuzuschlagen, da sie bereits beim ersten Mal Erfolg hatten.«

Garvinton drängte sich an Castellano vorbei und wollte fortgehen. »Hören Sie«, meinte der Agent, während er den Arzt an einer Schulter festhielt und seinen Ausweis abermals zückte. »Ich bin Assistenzsonderbevollmächtigter Seth Castellano von der Antiterror-Abteilung des FBI, und die Sicherheit unseres Landes ist gefährdet.«

Garvinton schaute ihn kurz über seine Brillengläser hinweg an, bevor er antwortete: »Die Beschreibung, die sie mir gerade gegeben haben, könnte auf einen Mann zutreffen, den wir vor etwa zehn Minuten in Raum 6 gebracht haben. Eine meiner Gehilfinnen ist im Augenblick bei ihm und näht seine Wunden, doch Sie werden sich vergeblich bemühen, ihn zu befragen, weil er immerzu in Ohnmacht fällt. Er hat einen ziemlich heftigen Schlag abbekommen und eine Gehirnerschütterung davongetragen. Ich weiß nicht, wie ernst es um ihn steht, solange kein Röntgenassistent hier antanzt, um ihn zu durchleuchten, darf Ihnen aber versichern, dass er auf jeden Fall bis morgen früh unter Beobachtung steht, abhängig von den Lichtbildern vielleicht auch länger. Heute Abend kann ich nicht mehr für Sie tun, als Ihnen unser Wartezimmer zu zeigen, wo seine Frau sitzt.«

Mit den Augen folgte Castellano Garvintons Fingerzeig auf eine offene Tür rechts neben dem Eingang zum Schwesternzimmer.

Der Arzt fuhr fort: »Ich habe eben selbst mit ihr gesprochen. Sie heißt Constance McIver, und ihr Mann ist Declan McIver. Ihre

Beschreibung passt zu niemandem sonst, und die wenigen Worte, die er herausbrachte, klangen nicht so, als sei er von hier. Müsste ich raten, würde ich sagen, er ist Ire.«

»Danke, Doktor.«

Garvinton nickte und ging schnell davon.

Castellano holte tief Luft, als ihm bewusst wurde, dass es mehr als einen Zeugen geben konnte. Warum hatten die Ersthelfer vor Ort keine Frau erwähnt? War sie mit ihrem Mann dort gewesen oder auf die Nachricht von seiner Verletzung hin ins Krankenhaus gekommen? Seth trat in den Durchgang und streckte den Kopf ins Wartezimmer. In dem Raum stand eine Bank mit Bezügen aus grünem Vinyl, auf der allein eine schlanke Frau mit goldbraunem Haar und einem Taschentuch in der Hand saß.

»Mrs. McIver?«, fragte er in einfühlsamem Ton.

Sie richtete sich auf. »Ja?«, antwortete sie und sah ihn erwartungsvoll an.

»Ich bin Assistenzsonderbevollmächtigter Seth Castellano vom FBI.«

Daraufhin betrat er den Raum vollständig und wies sich aus. Sie warf einen kurzen Blick auf die Marke und dann wieder in seine Augen, wobei ihm ihre meergrünen auffielen.

»Ich leite die Ermittlungen im Mordfall Abidan Kafni …« Er stockte, als er an ihrem Gesichtsausdruck erkannte, dass sie den Israeli nicht für tot gehalten hatte, und lenkte ein: »Tut mir leid. Sie wussten nichts davon?«

Sie schüttelte den Kopf, während sie ihre Augenränder mit dem Papiertuch betupfte. Er ließ ihr ein wenig Zeit, um sich zu sammeln, und fuhr dann fort: »Soweit man mir gesagt hat, war Ihr Ehemann … Declan lautet sein Name, richtig?«

Constance nickte.

»Soweit man mir gesagt hat, war er am Tatort, ist das korrekt.«

Sie nickte wieder. »Ja.«

»Und sind Sie bei ihm gewesen?«

Das verneinte sie wieder kopfschüttelnd. »Wir fuhren nur zusammen bis ans Grundstückstor. Ich verließ die Universität mit ihm, und als wir zur Villa kamen, fanden wir den Wachmann an der Einfahrt tot auf. Declan schickte mich los, um Hilfe zu holen, weil keiner von uns Handyempfang hatte.«

Castellano nickte. Gemäß ihres Plans war ein Signalunterbrecher zum Einsatz gekommen, um die Mobilfunkdienste rings um das Anwesen über mehrere Hundert Yards hinweg zu stören und so zu verhindern, dass irgendjemand Hilfe anforderte. Dabei hatten sie jedoch nicht berücksichtigt, dass jemand nach Kafni am Ort eintreffen und ihn wieder verlassen könnte, um dies zu tun.

»Sie waren also nicht dabei, als er verletzt wurde?«

Abermals schüttelte sie den Kopf und hielt sich das Tuch an die Augen.

»Weshalb sind Sie mit ihrem Mann von der Universität aufgebrochen und zur Briton-Adams-Villa gefahren?«

»Mein Mann war ein Freund von Dr. Kafni. Er arbeitete eine Zeit lang als sein Leibwächter. Declan half dabei, ihn aus dem Gebäude zu bringen, als … als es passierte.«

Da war sie – die Verbindung, vor der ihm gegraut hatte. Wäre der Verletzte ein Gärtner oder irgendeine andere Haushaltshilfe und nur zufällig auf dem Gelände gewesen, hätte Seth das für weniger schlimm befunden. Vielleicht ein typischer Fall von *zur falschen Zeit am falschen Ort*, aber ein ausgebildeter Bodyguard? Seiner Auffassung zufolge stand so gut wie sicher fest, dass Declan McIver direkt in den Vorfall auf dem Anwesen verwickelt gewesen war. Sollte dem allerdings tatsächlich so sein, gab es keinen Grund dafür, dass ihn Ruslan Baktayew und seine Männer verschont hatten. Was wusste er? Konnte er Kafnis Mörder identifizieren? Castellano musste wieder tief Luft holen, während ihm diese Fragen und mögliche Antworten durch den Kopf gingen.

Er hatte befürchtet, dass ihnen ein Fehler genau wie dieser unterlaufen könnte, und hatte versucht, dafür zu sorgen, dass man Kafni schon viel früher ausschalten würde, ohne dass er überhaupt zur Villa gelangt wäre. Während Baktayew vermutlich wütend gewesen wäre, wenn er den Mann nicht wie geplant persönlich hätte umbringen können, wäre für Seth nichts daran auszusetzen gewesen, ihn einer Bombe zum Opfer fallen zu sehen, deren Explosion dem Anschein nach ursprünglich nur das Universitätsgelände hatte evakuieren sollen. Seth sah sich nicht verpflichtet, es Terroristen recht zu machen; sein Anliegen bestand darin, sich selbst und David Kemiss bedingungslos zum Erfolg zu verhelfen. Deshalb hatten sie von Baktayew unbemerkt einen Sprengsatz mit höherer Durchschlagskraft verwendet und darauf spekuliert, Kafni so zu töten. Letztlich aber hatte sich Baktayew seinen Wunsch dank offensichtlicher Intervention durch einen ehemaligen Leibwächter, der ihnen unbekannt gewesen war, erfüllen können, sodass nun alles, wovor sich Kemiss und Castellano geängstigt hatten, als unumkehrbare Wirklichkeit feststand.

»Sie sagten, er sei Kafnis Leibwächter gewesen, aber das war er zuletzt nicht mehr, oder?«

»Nein«, bestätigte Constance. »Er stand Ende der 1990er und auch für kurze Zeit nach 9-11 in Kafnis Dienst. Das war, bevor wir uns kennenlernten, also weiß ich nicht viel darüber. Heute Abend begegnete ich dem Doktor zum ersten Mal. Wir wollten uns nach dem Festakt zum Abendessen treffen. Declan und er hatten sich mehrere Jahre nicht gesehen.«

Seth nickte wieder.

»Verstehe.«

»Agent Castellano, was ist passiert?« Constance geriet sichtlich in Aufruhr.

»Nun ja«, entgegnete er. »Das weiß ich noch nicht. Ich versuche selbst, mir einen Reim darauf zu machen. Wir stehen mit unseren Ermittlungen noch ganz am Anfang.«

»Declan sagte, in einem der Fahrzeuge des Sicherheitsdienstes hätte eine Bombe gesteckt«, erzählte sie und schluchzte laut auf.

»In einem der Fahrzeuge des Sicherheitsdienstes?«, wiederholte Castellano gespielt überrascht.

»Ja. Er kam darauf, weil er das Auto brennen sah, als wir zu unserem Wagen liefen.«

Castellano verzog sein Gesicht, denn Constance McIver verbriefte ihm mit jedem ihrer Worte, dass ihr Gatte tatsächlich eine Bedrohung darstellte. Wie aber sollte er damit umgehen? Als er die Arme verschränkte, fühlte er den Griff seiner Dienstwaffe unterm Mantel. Mit so vielen Augenzeugen ringsum kam es allerdings nicht infrage, sie zu erschießen.

»Mrs. McIver«, rief eine weibliche Stimme von der Tür her.

Er drehte sich um und sah eine junge Frau in weißem Kittel, die über die Schwelle getreten war.

»Ja?«, erwiderte Constance und erhob sich von der Sitzbank.

»Ich heiße Lisa Baker und bin Arzthelferin. Gerade bin ich mit Ihrem Mann fertig geworden, und nun verlegen wir ihn auf ein Beobachtungszimmer hier im Haus. Dann dürfen Sie ihn sehen.«

»Kann ich mit ihm sprechen?«, fuhr Castellano dazwischen.

»Nein, Sir«, stellte die Schwester klar. »Sie müssen noch warten.«

»Mit ihm zu sprechen wäre aber sehr wichtig, falls er bei Bewusst–«

»Verzeihung, Sir. Dr. Garvinton will es so. Mr. McIver darf keinem Verhör unterzogen werden, bis ein eindeutiger Befund über seinen Gesundheitszustand vorliegt.«

Constance wollte das Wartezimmer verlassen, doch Castellano hielt sie zurück.

»Ich muss wirklich dringend möglichst bald mit Ihrem Mann sprechen. Hier haben Sie meine Karte. Meine Mobilnummer ist auch angegeben. Ich möchte, dass Sie mich sofort anrufen, wenn er in der Lage ist, mit mir zu reden.«

Constance nickte. »Werde ich.«

Er sah zu, wie sie die Visitenkarte in eine Tasche ihrer Jacke steckte und hinausging. Zunächst wollte er ihr folgen, blieb dann aber in der Tür stehen und beobachtete sie weiter, als sie an die Seite eines Rollbetts trat, das gerade aus einem Raum in den Flur geschoben wurde. Ein Pfleger bugsierte den Patienten zum Schwesternzimmer, wobei Castellano erstmals einen Blick auf den Mann werfen konnte, dessentwegen er gekommen war.

Declan McIvers Aussehen deckte sich mit der Beschreibung des Sanitäters, doch im Gegensatz zu den Behauptungen des übrigen Personals machte er einen völlig geistesgegenwärtigen Eindruck, während er die Hand seiner Frau festhielt und sich im Gang umschaute.

Nachdem Castellano die Klinik durch die automatische Flügeltür verlassen hatte, stand er unter dem Dach des Hintereingangs und nahm sein Handy aus einer Tasche des Trenchcoats. Der Nieselregen, der bereits den ganzen Abend gefallen war, hatte sich zu einem regelrechten Wolkenbruch ausgewachsen, der auf die Dächer der Autos auf dem Parkplatz neben der Ambulanz prasselte. Seth presste sein Ohr ans Telefon, während ein Freizeichen ertönte.

»Ich bin es wieder«, sagte er schließlich, als sich David Kemiss meldete. »Wir haben ein Problem.«

Kapitel 12

10:02 Uhr, Eastern Standard Time – Samstag, Virginia Baptist Hospital, Lynchburg, Virginia

»Mr. McIver«, sagte ein Arzt, der sich die Wertetabelle auf seinem Notizbrett ansah, während er das Patientenzimmer betrat. »Ich würde Sie als einen der größten Glückspilze bezeichnen, die mir hier seit Langem untergekommen sind, aber das wäre nach letzter Nacht nicht richtig; Gott sei Dank hatten dort draußen eine Menge Menschen Glück.«

Declan setzte sich in seinem Krankenbett auf. Nachdem er dem Tod nur knapp von der Schippe gesprungen und aus der provisorischen Notaufnahme im Erdgeschoss verlegt worden war, hatte er in einem Beobachtungszimmer ausruhen können.

»Ich schätze, was man über Iren und deren Glück sagt, ist nicht ganz aus der Luft gegriffen«, fuhr der Mann lächelnd fort. »Sie sind doch Ire, nicht wahr?«

»Richtig«, bestätigte Declan. Im Grunde sah er sich selbst als Amerikaner, da er seit 15 Jahren in den Vereinigten Staaten lebte, doch wann immer er redete, wurde er an seine Wurzeln erinnert.

»Mir wäre es lieber, wenn Sie nicht fernsehen würden«, deutete der Arzt an. »Es ist wichtig, dass Sie sich in den nächsten Tagen viel Ruhe gönnen. Übelkeitsanfälle mit Erbrechen und in einigen seltenen Fällen auch Bewusstseinsverlust sind unter Patienten mit Schädeltrauma durchaus nicht unüblich. Sie hatten wirklich großes Glück, denn viel hätte nicht gefehlt, und die Schäden infolge Ihrer Verletzungen wären von Dauer gewesen, doch so, wie es aussieht, können wir Ihnen die Fäden an der Hand wohl nächste Woche ziehen, und bis dahin sollten sie nichts mehr merken. Keines der Röntgenbilder, die wir in den letzten zwölf Stunden gemacht haben, deutet auf weitere Schwellungen hin. Abgesehen von der harmlosen Platzwunde über Ihrem Auge zeugt nichts davon, dass Sie überhaupt geschlagen worden sind.

Ich werde meinem Kollegen von der Nachmittagsschicht Bescheid geben, Sie später zu entlassen. Bis zum Abendessen dürften sie draußen sein, aber ich weise Sie dennoch darauf hin, dass Sie es langsam angehen lassen sollten.«

Declan nickte zustimmend, während er versuchte, sich nicht anmerken zu lassen, wie sehr er sich darüber freute, endlich aus dem Krankenhaus raus zu kommen.

»Sie haben Besuch«, fügte der Arzt hinzu, während er sich das Notizbrett unter einen Arm klemmte. »Ich rufe ihn herein.«

»Fassen Sie sich kurz«, hörte Declan ihn auf dem Flur zu jemandem sagen. »Er hat heute Morgen schon gegen mein Anraten mit zwei Mitarbeitern von Ihnen gesprochen. So schnell er auch zu genesen scheint, braucht er weiterhin Ruhe, statt ständig an alles erinnert zu werden, was er erlebt hat.«

Nachdem er die Tür hinter sich geschlossen hatte, trat ein großer Mann mit braunen Haaren in einem dreiteiligen Anzug mit makellosen Bügelfalten in den Raum. Er trug eine dicke Kartonmappe bei sich und hatte einen Seitenscheitel, der steif war vor Gel. Ein Hauch von Seife umwehte ihn, als er zum einzigen Stuhl im Zimmer ging und Platz nahm.

»Mr. McIver, ich bin der Assistenzsonderbevollmächtigte Seth Castellano vom FBI-Außenbüro in Richmond«, sagte er, während er die Aktenmappe öffnete. »Freut mich, dass wir endlich die Gelegenheit bekommen, uns zu unterhalten.«

Er hatte etwas flegelhaft Hochmütiges an sich, weshalb sich Declan innerlich etwas versteifte. Da er nicht sicher war, ob es an seiner Abneigung gegen arrogante Schlipsträger oder etwas anderem lag, nickte er nur und behielt sich eine Antwort vor.

»Wie mir das Personal hier mitteilte, haben Sie bereits mit der örtlichen Polizei gesprochen, ist das richtig?«

Declan nickte wieder.

»Eines möchte ich direkt klarstellen, Mr. McIver: Diese Ermittlungen fallen nicht in die Zuständigkeit der hiesigen Polizei. Es handelt sich um eine bundesstaatliche Angelegenheit und fällt als solche in meinen Verantwortungsbereich, verstanden?«

»Halten Sie es nicht für unangemessen, in einer solchen Situation das Kompetenzgerangel zwischen den Behörden zu einem Politikum zu machen?«

»Das ist kein Kompetenzgerangel. Die Polizei hier hat überhaupt nichts zu sagen. Sheriff Andy und Deputy Fife würden in diesem Fall nur Stümperei betreiben, indem sie ihre Männer in die städtische Moschee schicken, um die Kameltreiber mit Turban aufzuscheuchen.«

»Es waren Tschetschenen und Türken, vielleicht auch ein, zwei Armenier, aber niemand aus dem Mittleren Osten.«

»Tschetschenen, Türken und Armenier, das ist Ihre Story?«

Declan nickte ein weiteres Mal, auch wenn sich Castellano in seiner Wortwahl vergriffen hatte, wie er fand. Was genau unterstellte ihm der Agent mit »Story«? Dass er Declans Aussage gegenüber der Polizei anzweifelte?

»Ich habe mich selbst mit den Zuständigen hier unterhalten«, begann Castellano erneut in einem Tonfall, der Ungläubigkeit suggerierte. »Sie behaupten, mit angesehen zu haben, wie ein Terrorist Mr. Kafni enthauptete und den Kopf dann triumphal hochhielt, ist das korrekt?«

Er ballte seine Fäuste, als würde er jemandem in die Haare greifen, und imitierte die Handlung.

»Das habe ich nicht ausgesagt. Ich hörte lediglich, wie der Anführer der Gruppe meinte, er würde das tun.« Declan machte eine kurze Pause, um tief Luft zu holen. »Ich hörte, wie er Kafni ankündigte, ihm den Kopf abzuschneiden und an seine Angehörigen zu schicken. Dann sah ich, wie die Gruppe das Gebäude verließ und einer – wohl der Anführer – einen weißen Sack trug, dessen Unterseite sich rötlich einfärbte. Bewachen Sie Kafnis Familie? Sie dürfen nicht zulassen, dass irgendjemand etwas bei ihr abliefert.«

»Dann können Sie bestimmt nachvollziehen, weshalb ich Bedenken bezüglich der Polizei hier habe«, erwiderte Castellano, ohne auf die Frage einzugehen. »Die wäre imstande, jedermann weiszumachen, dass der kopflose Reiter tatsächlich existiert

– mit Kürbis, Säbel und allem Drumherum –, und eine Massenfahndung nach ihm loszutreten.«

Declan packte die erhöhten Bettseiten so fest, dass seine Mittelhandknochen weiß wurden. Castellano bedrängte ihn aus irgendeinem Grund. Das beunruhigte ihn.

»Wer also waren diese Männer? Sie erzählten den Beamten, es seien Muslime gewesen, mir gegenüber hingegen erwähnten Sie etwas von Tschetschenen, Türken und Armeniern. Woher wissen Sie, dass der mit dem Sack ihr Anführer war? Von wie vielen Attentätern sprechen wir? Wie haben sie ausgesehen? Wie lauteten ihre Namen? Wie sind sie dort hingelangt, mit welchem Fahrzeug?«

Declan wusste, dass Castellano versuchte, ihn derart mit diesem Fragenkatalog zu verwirren, dass er etwas Falsches von sich gab, doch das konnte sich der Kerl abschminken. Auch in angeschlagenem Zustand war Declan überzeugt davon, das alles genau so erlebt und die involvierten Männer richtig beschrieben zu haben. »Ich weiß weder, wer sie waren, noch wie sie hießen. Das herauszufinden und sie zu schnappen ist Ihre Aufgabe. Sie fuhren zwei dunkelrote Geländewagen, Suburbans von General Motors. Und es waren insgesamt 13 Personen. Zwei habe ich erschossen, elf sind entwischt. Im Dunkeln sah es so aus, als hätten die meisten von ihnen dunkles Haar und helle Haut gehabt, aber nahegekommen bin ich nur den beiden, die mich umbringen wollten. Der eine mit dem Sack muss ihr Anführer sein, weil die anderen ihn beim Hinausgehen beschützten. Er hatte entweder schütteres Haar oder eine Glatze und machte einen kranken Eindruck, weil er blass und für seine Größe dürr war. Im Übrigen handelt es sich bei den meisten Tschetschenen und Türken sowie einem geringen Prozentsatz von Armeniern um Muslime, das können Sie nachlesen.«

Castellano atmete lange ein. Er schien ein Lächeln unterdrücken zu wollen. Fand er Gefallen an diesem Theater? Als Declan auf die weiße Decke vor sich schaute, unter der seine Füße lagen, kämpfte er gegen die Wut an, die in ihm aufkeimte.

»Ich habe es nachgelesen«, entgegnete der Agent schließlich. »Dies und andere Dinge. Man fand keine Leichen, die Ihre Behauptung, Sie hätten zwei Männer getötet, beweisen könnten.«

Declan blickte auf, als er noch einmal an die beiden zurückdachte, die zur Garage gelaufen waren, um den Schüssen auf den Grund zu gehen, und dann einen der Geländewagen vorgefahren hatten. Die anderen mussten ihre Leichen mitgenommen haben, eine andere Erklärung gab es nicht.

»Der Rest der Gruppe ließ die Toten verschwinden.«

»Ach so«, sagte Castellano, während er die Akten in der Mappe auf seinem Schoß durchsah. »Und dieser Anführer, der krank aussehende Glatzköpfige ... Sie beschrieben der Polizei, er habe mit einem slawischen Akzent gesprochen, und meinten, Sie könnten sich vorstellen, es handle sich um einen Mann namens Ruslan Baktayew, verstehe ich das richtig?«

»Tun Sie, ja.«

»Aber sicher sind Sie sich da nicht?«

»Ich habe ihn nie gesehen, doch Kafni erzählte mir, er sei aus einem russischen Gefängnis geflohen und auf einem persönlichen Rachefeldzug. Wegen des Akzents lag dieser Schluss nahe, aber nein: Ich bin mir nicht sicher, ob er es war.«

Castellano nickte. »Nun gut, lassen Sie mich erklären, warum ich mich daran stoße, dann können Sie mir vielleicht helfen: Abidan Kafni gab seine Mutmaßungen bezüglich dieses Ruslan Baktayew an Mitarbeiter unseres Außenministeriums weiter, welches sich deshalb kürzlich mit der russischen Regierung in Moskau in Verbindung setzte. Dort teilte man mit, dass der Mann tot wäre. Das war vor mehreren Wochen.«

Declan nahm dies gleichmütig zur Kenntnis. Er erinnerte sich daran, dass Kafnis ihm gegenüber geäußert hatte, die Russen würden lügen, und im Gefängnis sei auch jemand gewesen, der mit dem Mossad sympathisierte, doch die Öffentlichkeit wusste nichts über die frühere Tätigkeit des Israeli als Spion. »Dann war er es eben nicht«, schob Declan vor, weil er nicht über Kafnis Beziehungen zum Geheimdienst sprechen wollte.

Castellano blickte von seiner Mappe auf. Declan zog sich, als ihre Blicke aufeinandertrafen, abermals innerlich zurück. Worauf war dieser Agent wirklich aus? Weshalb hatte er ihn von Anfang an so aggressiv befragt? Lag es nicht auch in seinem Interesse, die Verantwortlichen für den Bombenanschlag auf eine amerikanische Universität und den Mord an einem Mann zu finden, der sowohl seine Wahlheimat in den Staaten als auch sein Vaterland unermüdlich in Schutz genommen hatte?

Nun wechselte er unvermittelt das Thema: »Was ist mit Ihnen, Mr. McIver, woher genau kannten Sie Abidan Kafni und sein persönliches Umfeld?«

»Ich habe sechs Jahre für ihn gearbeitet.«

»Stimmt«, fuhr Castellano fort. »Überspringen wir das Geplänkel – ich kaufe Ihnen die Geschichte nicht ab, die Sie mir gegeben haben, dass ein flüchtiger Terrorist aus Tschetschenien mit Vernetzungen zu den Mudschaheddin irgendwie in die USA gelangt und in der Lage gewesen sei, einen so gut abgeschirmten Mann wie Abidan Kafni umzubringen. Radikale Islamisten versuchten über fast zwei Jahrzehnte hinweg, ihn zu beseitigen, und bis zuletzt vereitelte seine Garde jeden dürftigen Versuch.«

»Ich weiß. Schließlich gehörte ich zu jener Garde und war selbst an der Verhinderung von drei Attentaten beteiligt.«

»Womit sich für mich weitere Fragen ergeben«, gab Castellano selbstgefällig zurück. »Ihre Einwanderungsakte besagt, dass Sie aus Galway in Irland in die Vereinigten Staaten übergesiedelt sind und in Ihrer Heimat als Fischwirt gearbeitet haben, was Sie nach Ihrer Ankunft bei uns kurzzeitig fortsetzten. Würde es Ihnen etwas ausmachen, mir zu erklären, wie ein irischer Fischer zu einer Anstellung als Leibwächter eines jüdischen Unruhestifters gelangte?«

Declan hatte damit gerechnet, dass das Verhör irgendwann darauf hinauslaufen würde, doch mit seinem Konfrontationskurs erwischte ihn der Agent auf dem falschen Fuß. Das FBI hatte ihn schon einige Male abgeklopft, als er mitverantwortlich dafür gewesen war, die Mordversuche zu vereiteln, auf die sich Castellano bezog, und ihm seine Angaben stets abgenommen. In der Fischwirtschaft ging es ruppig zu: Man nahm Langzeitverpflichtungen an Bord von Schiffen mit alles andere als idealen Arbeitsbedingungen an und musste sich gezwungenermaßen einigen der unangenehmsten Wetterphasen aussetzen, die auf dem Planeten vorherrschten. Niemand musste große geistige Anstrengungen unternehmen, um sich vorstellen zu können, dass man mit einem solchen beruflichen Hintergrund durchaus als Leibwächter taugte, doch Castellano kaufte ihm das offensichtlich nicht ab – billigerweise, wie Declan wusste, denn die Angaben zu seiner Vergangenheit waren selbstverständlich aus der Luft gegriffen. Als kleiner Junge hatte er einige Zeit mit dem Angeln verbracht und war später auch auf Fischkuttern im Meer rings um Irland unterwegs gewesen, doch diese hatten weder Thunfisch noch Hummer transportiert, sondern Munition und Waffen für den IRA-Einsatz.

»Ich lernte Kafni in Boston kennen. Einige der radikalen Islamisten, die Sie erwähnten, planten einen Anschlag in einem Restaurant in Beacon Hill. Der Anführer dieser Gruppe war Deni Baktayew gewesen, der ältere Bruder von Ruslan.«

Castellano blickte wieder von seiner Akte auf. »Dann sind Sie hineingeplatzt wie ein Tausendsassa und haben den Tag gerettet?«, ergänzte er und schaute wieder auf die Papiere.

Declan bestätigte nickend, obwohl er erkannte, dass es keine Frage war, sondern eine Feststellung. Es entsprach der Wahrheit ... jedenfalls teilweise, denn er hatte verschwiegen, dass ihm Kafni schon ein paar Jahre früher während seiner Zeit als Mossad-Agent in Belfast begegnet war, und dass Declans Arbeitgeber in Boston zu den Strippenziehern hinter dem Attentat gehörte – eine miese Kröte namens Lorcan O'Rourke und Leiter eines Schmugglerrings im Nordosten der USA, der großzügig von einem Palästinenser, einem gewissen Hashemi, vergütet worden war, um Kafnis Tötung einzufädeln.

Castellano hob wieder seinen Kopf. »Eines führte also zum anderen, und Sie landeten in seiner Leibgarde?«

»Genau.«

»Ich will nicht um den heißen Brei herumreden, Mr. McIver«, fuhr der Agent fort, während er aufstand. »Ich – glaube – Ihnen – nicht.«

Declan blickte ihn kurz an, als wollte er entgegnen: »Was Sie nicht sagen.«

»Was im La Jetée in Beacon Hill vorgefallen war, wurde hinlänglich dokumentiert, nämlich dass Sie acht Palästinenser mit Schusswaffen unschädlich gemacht haben sollen, die Kafni und seine Familie in dem Lokal festhielten. Des Weiteren war angeblich niemand unter Kafnis Sicherheitsleuten in der Lage, das Feuer zu erwidern, weil die Schützen sie außer Gefecht gesetzt hatten, und Sie hätten nur eine Pistole mit sich geführt.« Castellano legte seine Hände aufs untere Ende des Bettgestells. »Nein, ich kenne mich nicht im Militärbereich aus, habe aber ein wenig Erfahrung und würde deshalb keinen verdammten Pfifferling darauf wetten, dass ein Fischer acht schwer bewaffnete Terroristen überwältigen kann.«

»Ich wette nicht«, erwiderte Declan nachdenklich – abermals im Bewusstsein der Tatsache, dass ihn der Agent durchschaut hatte. Er hatte die Attentäter auf einem systematischen Vorstoß durch das Restaurant erschossen wie der ausgebildete Soldat, der er war.

Castellano atmete tief ein.

»Sie haben etwas zu verbergen, Mr. McIver, und ich werde herausfinden, was es ist.«

Bevor Declan antworten konnte, ging die Zimmertür auf. Constance trat ein, gefolgt von Okan Osman und Altair Nazari, den beiden verbliebenen Leibwächtern des Israelis. Der Agent knöpfte sein Anzughemd zu und rückte die Krawatte zurecht, während sein kritischer Gesichtsausdruck dahinschmolz und nur jugendlicher Charme zurückblieb. Dann schlug er einen gänzlich anderen Ton an: »Danke für Ihr Entgegenkommen, Mr. McIver. Ich werde mich wieder melden, falls ich weitere Fragen habe.«

»Da bin ich mir sicher«, erwiderte Declan und sah zu, wie Castellano den Raum mit großen Schritten und der Mappe unterm Arm verließ.

Da Constance die Spannung im Zimmer spürte, richtete sie sich besorgt an ihren Mann: »Ist alles in Ordnung?«

Declan lächelte. »Natürlich, Schatz. Mir geht's prima.«

Als die Tür ins Schloss fiel, wusste er, dass er den Agenten nicht zum letzten Mal gesehen hatte und ihre zweite Begegnung noch unangenehmer werden würde als diese. Ob der Hauptermittler des FBI von bürokratischem Eifer oder finstereren Motiven getrieben wurde, konnte Declan nicht sagen, doch aus unerfindlichem Grund kam es ihm vor, als sei er von ihm zum Staatsfeind Nummer Eins ernannt worden.

Kapitel 13

»Hast du einen neuen Freund gefunden?«, frage Okan Osman, während er und Altair Nazari zum Bett kamen. Sie hatten mit kalten Blicken beobachtet, wie Castellano hinausgegangen war.

»Ja, schätze schon.« Declan grinste.

»Er ist ganz bezaubernd, nicht wahr?«, fragte Nazari und nahm dort Platz, wo der Agent gesessen hatte. »Wir hatten bereits heute Morgen das Vergnügen mit ihm.«

»Er scheint große Stücke auf mich zu halten«, bemerkte Declan trocken.

»Was ist denn los?«, wollte Constance wissen, die angespannt aussah. »Wovon sprichst du? Die glauben doch nicht etwa, du hättest irgendetwas mit der ganzen Sache zu tun, oder?«

Sie schaute von ihm zu den beiden Bodyguards, ehe sie sich wieder an ihn wandte.

»Agent Castellano will das zweifellos glauben«, antwortete Declan endlich. Während er genauso wie Osman und Nazari daran gewöhnt war, Schreibtischhengste wie Castellano abzufertigen, was ihnen zuweilen ein wenig kindische Genugtuung verschaffte, lag der Fall bei Constance anders. Jetzt stand sie mit ernster Miene am Bett und hielt dessen Handlauf fest.

»Hey, alles in Butter«, beteuerte Declan, indem er sie anstrahlte und seine Hände auf ihre legte. »Ich werde heute Nachmittag entlassen, dann klären wir die Angelegenheit. Würdest du mir einen Gefallen tun?«

»Was denn?«, erwiderte sie, ohne den besorgten Ausdruck abzulegen.

»Ich könnte jetzt wirklich einen Kaffee gebrauchen.«

Osman und Nazari stimmten dem hörbar zu.

»Gut.« Sie wusste, dass die drei miteinander besprechen wollten, was vor sich ging, und sie es nicht mitbekommen durfte. Sie zog ihre Hände fort heraus und steuerte die Tür an.

Als sie die Tür geschlossen hatte, wandte sich Declan wieder an die beiden Leibwächter. »Sie müssen verhindern, dass Lieferanten zu …«

Osman hob seine Hände, um ihn zu unterbrechen. »Wir haben das Paket schon abgefangen, Declan. Das FBI soll den Kerl verhören, der versuchte, es zu überbringen, aber so wie es aussieht, weiß er nichts und ist nur ein bezahlter Bote, der keine Ahnung hatte, was er beförderte.«

Zum ersten Mal, seit die beiden hereingekommen waren, betrachtete er sie genauer. Beide sahen abgespannt und müde aus, und dass der Schein in diesem Fall nicht trog, wusste er. Ohne das starke Betäubungsmittel, das ihm verabreicht worden war, hätte er selbst auch kein Auge zugetan. Nicht, dass er noch nie Gewalthandlungen miterlebt hätte, ganz im Gegenteil: So einige Male in der Vergangenheit war er geneigt gewesen zu glauben, sie würden fest zu seinem Leben gehören. Nach unzähligen Beerdigungen von Freunden im Lauf der Jahre kannte er den Tod wie kein zweiter. Weil er während der »Troubles«, jenes knapp 30-jährigen Konflikts in Nordirland aufgewachsen war, hatte er viele Menschen sterben sehen – einige durch die Hand der britischen Armee, andere getötet von Paramilitärs der Unionisten und noch mehr im Zuge von Operationen der Republikaner, die einmal wie Brüder für ihn gewesen waren. Das hatte ihn stets auf die gleiche Weise berührt: Mit der Erkenntnis, dass eine Person, mit der er täglichen Umgang gepflegt hatte, nicht mehr da war und nie wieder zurückkommen würde.

An seine letzten gemeinsamen Augenblicke mit ihnen allen konnte er sich erinnern, und jene in Abidan Kafnis Gegenwart ließen ihn nicht los. War der Anführer der Gruppe, die er an der Briton-Adams-Villa gesehen hatte, wirklich Ruslan Baktayew? Falls ja, war Kafni berechtigterweise davon ausgegangen, dass neben diesem Mann noch andere beteiligt waren. Es war durchaus nicht auszuschließen, dass Terroristen in die Vereinigten Staaten eindringen konnten, doch stützte die Vorstellung, dass jemand mit einem Werdegang wie Baktayew dies lediglich 14

Tage nach seiner Flucht aus einem russischen Straflager schaffte und dann noch Zeit fand, einen derart verwegenen Mord zu planen, definitiv solche Theorien, die von der Verstrickung eines übergeordneten Netzwerkes – welcher Art auch immer – munkelten. Und wie Kafni gesagt hatte: Egal, wer es war, es mussten zahlreiche Kontakte und viel Macht dahinterstecken, sowohl politische als auch finanzielle.

»Wo wart ihr Jungs eigentlich?«, fragte Declan. »Was ist im Barton Center mit euch passiert?«

»Wir wurden in einem Lagerraum im Keller eingesperrt«, erklärte Osman. »Einer der Sicherheitsmänner meinte, etwas Verdächtiges entdeckt zu haben, und führte uns hinunter. Sobald wir drinnen waren, schlug er die Tür zu und schloss uns ein. Die Rettungsteams fanden uns erst nach mehreren Stunden.«

»Die Explosion ging von einem der Autos des Sicherheitsdienstes aus, die draußen geparkt waren«, sagte Declan.

Osman und Nazari nickten. »Da waren Insider am Werk«, schlussfolgerte Osman.

»Meine Rede, was hat es mit diesem Sicherheitsdienst auf sich?«

»Wissen wir nicht. Weder ihre Uniformen noch die Fahrzeuge waren mit einem Firmennamen oder Logo bedruckt, und die Ermittler halten sich sehr bedeckt, was Informationen angeht. Die städtische Polizei wurde vollständig ausgeschlossen; das FBI kümmert sich um alles, und unser Freund Castellano hat das Sagen.«

»Es war die gleiche Security, die auch die Villa bewachte. Habt ihr sie nicht gründlich überprüft?«

»Levi übernahm das alles. Die müssen ein Auge darauf gehabt haben, sonst wären sie nicht dort gewesen.«

Declan schüttelte den Kopf. »Das FBI hat zweifelsohne gewusst, dass es der Sicherheitsdienst war. Dem geht man jetzt bestimmt auf den Grund.«

»Das denken wir auch – davon abgesehen, dass es uns Knüppel zwischen die Beine wirft«, warf Nazari ein.

»Wir haben dir etwas mitgebracht«, fuhr Osman fort und gab Declan einen Pappordner, bevor er sich gegen die hüfthohe Kleiderkommode im Schrank lehnte.

Für einen Israeli war er groß gewachsen, was in erster Linie daran lag, dass seine Familie arabische Wurzeln hatte. Mit seinem rasierten Kopf und dem kurz geschnittenen Kinnbart, der breiten Brust und einem grimmigen Blick, gab er ein Ehrfurcht gebietendes Bild ab.

Declan nahm den Ordner und legte ihn auf seinen Schoß.

Darin steckte eine Akte auf Hebräisch mit einem angehefteten Foto. Obgleich er nicht lesen konnte, was darin geschrieben stand, war der Abzug aussagekräftig genug. Er zeigte einen hageren Mann mit fahler, rauer Haut, für die sein Schädel zu dick zu sein schien, und kohlrabenschwarzen Augen, deren bohrender Blick in die Kamera glauben machte, dass er das Objektiv zerspringen lassen wollte. Wegen seines ausgewachsenen, schwarzen Bartes, der am unteren Bildrand abgeschnitten war, blieb sein Gesicht von der Nase an abwärts unkenntlich.

»Das ist er«, sagte Declan und klappte den Ordner zu. »Das ist der Kerl von der Villa.«

»Bist du dir da sicher?«, hakte Nazari nach.

Er stellte das genaue Gegenteil zu Osman dar: Jederzeit gut gekleidet und ohne dass auch nur eine seiner schwarzen Locken nicht richtig gelegen hätte, erweckte er den Anschein, besser vor einer laufenden Kamera als im Wachdienst aufgehoben zu sein. Der einzige Hinweis auf die Strapazen, die er durchgemacht hatte, waren seine dunklen Augenringe, die von Schlafentzug zeugten. Declan wusste, dass Kafni ihn nicht aufgrund seiner außerordentlichen Einsatzbereitschaft angestellt hatte, sondern wegen seiner technischen Intuition und Begabung. Wenn etwas schwamm, flog oder gefahren werden konnte, war Nazari nach ein paar Minuten imstande, es zu bedienen, zu reparieren oder zu zerstören.

»Ja, bin ich. Der Typ hatte zwar keinen Bart, aber das war er.«

»Dass Baktayew in die USA eindringen konnte, ohne dass der

Mossad Wind davon bekam, ist praktisch unmöglich«, sann Osman. »Die haben zwei Wochen lang alle Personen durchleuchtet, von denen man wusste, dass er Kontakt zu ihnen hatte. Und sie haben nichts entdeckt. Wir dachten wahrhaftig, Russland hätte doch nicht gelogen und er wäre tatsächlich tot. Wir haben sogar an unserem Mann im Gefängnis gezweifelt.«

»Sie können nicht zur selben Zeit überall sein«, hielt Declan dagegen. »Sollten sowohl CIA als auch NSA Moskaus Behauptungen Glauben geschenkt und ihn darum nicht erwartet haben, hätte er dem Mossad leicht durch die Lappen gehen können.«

»Er hat recht«, stimmte Nazari zu. »Auch ungeachtet ihres regen Austauschs untereinander hätten die Sicherheitsbüros unserer Länder mit vereinten Kräften vorgehen müssen. Ohne die Hilfe der amerikanischen Informationsdienste wäre der Mossad im US-Luftraum nie auf seine Spur gestoßen.«

»Abidan meinte, ihm müsse eine ziemliche Kapazität in der Welt des Terrors zur Seite gestanden haben, um aus diesem Gefängnis fliehen zu können«, führte Declan aus. »Falls das stimmt, handelt es sich eventuell um dieselbe Person, die ihn bei der Einreise in die Staaten unterstützt hat – aber weshalb? Sind dem Mossad irgendwelche Verbindungen aufgefallen, die genug Einfluss dazu hätten?«

Osman zog seine Schultern hoch. »Die einzige Person mit Vermögen, von der wir wussten, war Sa'adi Nouri, doch der ist genauso tot wie seine Organisation. Aber wer weiß? Gut möglich, dass al-Qaida oder sonst jemand die Finger im Spiel hat.«

Declan schüttelte erneut den Kopf. »Nichts von alledem ergibt nur ansatzweise einen Sinn.«

»Das ist noch nicht alles«, sprach Osman weiter. »Wir wurden aufgefordert, das Land zu verlassen. Man hat unsere Visa heute Morgen eingezogen. Sobald die Gerichtsmedizin Abidans Leiche freigibt, sollen wir zusehen, dass wir mit dem nächsten Flug nach Tel Aviv verschwinden.«

»Warum? Wer befiehlt das?«, wollte Declan wissen.

Osman zuckte wieder mit den Achseln.

»Also gut, was tun wir jetzt?«, fragte Declan.

Was Osman nun zu sagen hatte, als er sich nach vorne beugte, passte ihm offensichtlich selbst nicht. »Wir verhalten uns unauffällig. Sie haben alles von uns erfahren, was wir wissen, und sind nun auf sich allein gestellt.«

»Bleibt uns etwas anderes übrig?«, fügte Nazari hinzu. »In den USA sind wir keine Agenten, nur Sicherheitskräfte. Kafni stellte den Amerikanern vor zwei Wochen alles zur Verfügung, was er über Baktayew gesammelt hatte. Jetzt liegt es an ihnen, zu handeln.«

Declan verzog das Gesicht. Was sein ehemaliger Kollege sagte, stimmte; es gab nichts, was sie sonst tun konnten.

»Pass auf«, begann Nazari wieder. »Die Forensik rückt Abidans Leichnam heute Nachmittag heraus. Am Flughafen in Lynchburg wartet eine israelische Maschine darauf, ihn nach Hause zu fliegen, und Mrs. Kafni wird gerade mit den Kindern hergebracht. Wir bringen ihn und Levi zurück nach Jerusalem, um ihn zu beerdigen. Du solltest uns begleiten. Sie erhalten ein standesgemäßes Begräbnis in dem Land, für das sie so erbittert gekämpft und dem sie so große Liebe entgegengebracht haben.«

Declan stockte, als er sich vor Augen rief, seinen Freund zu begraben. Er musste Kafnis Tod nach wie vor erst verdauen.

»Nein«, sagte er schließlich. »Ich muss hierbleiben. Ich werde versuchen, die Polizei auf die richtige Fährte zu führen. Was ich gesehen habe, entspricht der Wahrheit, ob Agent Castellano es glauben will oder nicht.«

»Wir werden sehen, was wir von unserer Seite aus unternehmen können, sobald wir zu Hause sind«, versprach Osman, während er Nazari durch die Tür folgte. »Pass auf dich auf, Declan. Es genügt, zwei gute Freunde unter die Erde bringen zu müssen.«

Kapitel 14

14:35 Uhr, Eastern Standard Time – Samstag, Regierungsgebäude Lynchburg, Lynchburg, Virginia

Senator David Kemiss knöpfte sein Jackett zu, als er hinten aus dem schwarzen Lincoln Town Car stieg. Nachdem er sein dickes Brillengestell auf der Nase zurechtgerückt hatte wie ein in die Jahre gekommener Clark Kent, machte er sich auf einen Ansturm von Medienvertretern gefasst, während er auf den Haupteingang des unauffälligen, vierstöckigen Gebäudes zuging, in dem die meisten Verwaltungsbüros der Stadt untergebracht waren. In den größtenteils leer stehenden Räumlichkeiten an der Kreuzung von 12th und Court Street hatte sich über Nacht rege Betriebsamkeit eingestellt. Bundesbeamte aus dem Gesetzesvollzug jeglicher Institution, die dem Justizministerium unterstand, sowie Heerscharen von Mitarbeitern nationaler Nachrichtenanstalten waren über den stillen Innenstadtblock hergefallen wie eine Horde Ungeziefer.

Kemiss sog erschrocken Luft ein, als er mehreren Reportern auffiel, die sogleich ihre Kameraleute in seine Richtung führten.

»Senator Kemiss! Senator Kemiss!«, rief eine dralle Blondine, die in hochhackigen Pumps und roter Leggins zu ihm stakste, wobei sie einen fettleibigen Mann mit seinem Gerät hinter sich herzog.

»Stacey Courtney von ABC News. Sir, was können Sie mir als hochrangiges Mitglied des Informationsgremiums im Senat über den Anschlag gestern Abend sagen? Gibt es einen Zusammenhang zwischen der Bombe und dem Mord an Dr. Kafni?«

»Er hielt die Festrede anlässlich der großen Gala zur Eröffnung des Gebäudes, das durch die Explosion beschädigt wurde; natürlich gibt es einen Zusammenhang«, antwortete er im Vorbeigehen. »Wenn Sie mich bitte entschuldigen würden, ich kann das jetzt nicht diskutieren.«

»Senator, warum sind Sie hier? Hat das FBI Sie gerufen?«

Das verneinte er entschieden.

»Warum sollte es? Ich bin politischer Entscheidungsträger, kein Ermittler, und aus dem gleichen Grund hier wie jeder andere auch. Seit über 30 Jahren lebe ich in dieser Region und komme als betroffener Bürger her, um mich zu vergewissern, dass der Staat alles in seiner Macht Stehende tut, um diejenigen zu fassen, die für die jüngsten Ereignisse verantwortlich sind. Also bitte ...«

Kemiss drängelte sich an der Traube Berichterstatter vorbei, die sich hinter ihrer Kollegin scharten, und betrat das Gebäude durch eine Glastür, die ihm von zwei Bundesbeamten in schwarzen Anzügen aufgehalten wurde. Die beiden schlossen sie rasch hinter ihm und wimmelten die Medienvertreter ab.

Der abgeschabte Teppichboden im Zugangsbereich verströmte einen feuchten Geruch und die Tapete auf dem schmalen Flur, der zum Hintereingang in die Büros führte, war nicht mehr die Neuste. Zwischen den Glastüren zu beiden Seiten prangten die Logos mehrere Regierungsbehörden.

»Wo finde ich das FBI?«, fragte er jemanden in einem weißen Hemd mit Knopfkragen auf dem Weg zum Vordereingang.

»Die haben das dritte Obergeschoss eingenommen«, antwortete der Mann. »Der Fahrstuhl befindet sich am Ende des Flurs links.«

Als er in der dritten Etage ankam, klingelte der Aufzug einmal, bevor sich die Kabine geräuschvoll öffnete. Kemiss trat hinaus und sah sich um. Hinter einer Doppeltür aus Glas liefen Männer in Anzügen in einem hastig eingerichteten Bürosaal hin und her. Was am Vortag vermutlich nur eine verschlafene Außenstelle mit einer Handvoll Personal gewesen war, hatte sich binnen 24 Stunden in eine wahrhaftige Einsatzzentrale verwandelt. Der Senator zog einen Türflügel auf und trat ein. Mehrere Agenten schauten von ihren Schreibtischen auf, und zwei drehten sich um, die vor einer großformatigen Karte an einer breiten Weißwandtafel im hinteren Teil des Raumes standen. Kemiss warf Seth Castellano einen wissenden Blick zu, woraufhin sich der Jüngere sofort bei einem Mann entschuldigte, mit dem er gesprochen hatte, und zu einem Eckzimmer ging.

Die generelle Stimmung machte den Senator nervös. Unter normalen Umständen wäre er stolz, vielleicht sogar ein Stück weit begeistert gewesen, weil der Vollstreckungsapparat der Vereinigten Staaten so diensteifrig daran arbeitete, ein schreckliches Verbrechen aufzudecken, doch die Situation, in der er sich hier einfand, war alles andere als normal. Zum Glück schwang Castellano das Zepter und sorgte hoffentlich dafür, dass niemand eine Verbindung zwischen ihm und den Ereignissen herstellte, deretwegen gerade nachgeforscht wurde. Dies zu tun war im besten Interesse des Agenten, sowohl aus privaten als auch beruflichen Gründen.

Er hielt die Tür auf, während Kemiss hereintrat, und schloss sie dann leise. Auf der quadratischen Grundfläche des Raumes stand ein Schreibtisch, auf dem sich Papiere stapelten. Auf den Fotos in diesem Büro war niemand zu sehen, den der Senator wiedererkannte. Er ging davon aus, dass es einem Agenten gehörte, der die Außenstelle bis zum vorangegangenen Abend geleitet hatte und sich jetzt mit jemand anderes eine Wabe im Saal teilen durfte.

»Was gibt es Neues?«, fragte Kemiss, während er kurz Castellanos Schulter berührte, nachdem dieser die Tür geschlossen hatte.

»Ein Staatspolizist hat die Geländewagen in der Nähe eines Bauernhofs im Spotsylvania County entdeckt. Beide waren bis auf die Radachsen heruntergebrannt, so wie wir es ihm befohlen hatten.«

Kemiss nickte. »Gut – und sie lassen sich auch wirklich nicht über die Autovermietung zurückverfolgen?«

»Bis die Einheiten im Einsatz die Autos dem Verleih zuordnen können, kann nicht viel Zeit vergehen, aber sie werden nichts weiter herausfinden, als dass der Mieter jemand von der türkischen Botschaft war, der ein Konto des Diplomatischen Korps angegeben hat, und die Fahrzeuge gestern um 17 Uhr als aus einem Parkhaus gestohlen gemeldet worden waren.«

»Was ist mit dem Zeugen? Wie, sagtest du, heißt er noch gleich?«

»Declan McIver. Ich habe ihn heute Morgen verhört.«

»Und?«

»Anscheinend war Kafni viel besser informiert, als wir ahnten. Er wusste wohl, dass Baktayew das Gefängnis verlassen hatte. Er erzählte McIver, dass der Tschetschene dort ausgebrochen und womöglich hinter ihnen beiden her wäre. Wie es aussieht, tötete McIver Baktayews älteren Bruder, als er Kafnis Leibwächter war.«

Kemiss fasste sich mit einer Hand an den Kopf und kratzte frustriert an seinem glatt rasierten Kinn. »Genau das hatte ich befürchtet.« Er wandte sich von Castellano ab und schaute durchs Fenster nach unten auf die Straße durch den Gebäudeblock. »Wie zur Hölle konnte Kafni erfahren haben, dass Baktayew auf freiem Fuß war?«

»Ein Großteil dessen, was Abidan Kafni vor seiner Übersiedlung in die Staaten getrieben hat, wird sorgfältig unter Verschluss gehalten. Dennoch können wir uns beruhigen, David. Baktayews Verwicklung in diesen ganzen Trubel, wird sowieso über kurz oder lang herauskommen. Dass jemand über ihn Bescheid weiß, ist eigentlich nicht so schlimm. Sorgen müssen wir uns erst machen, wenn es öffentlich wird, also darf niemand erfahren, dass er im Land ist, bis wir das alles endgültig erledigt haben.«

»Und wie bitteschön sollen wir sicherstellen, dass dieser McIver den Mund hält? Er ist schließlich nicht so prominent, dass wir ihn tagein, tagaus überwachen könnten, sondern nur zufällig hineingeraten und ein Risikofaktor.«

Castellano nickte, als habe er Kemiss' Reaktion bereits kommen sehen. »Ja, das ist er.«

»Und wir dürfen gerade jetzt keinerlei Risiken eingehen. Was wissen wir über ihn? Jeder hat Leichen im Keller, finde sie.«

Während er die Hände in seine Hosentaschen steckte und mit

Münzgeld klimperte, das sich darin befand, ging Castellano um den Tisch und setzte sich. »Das habe ich schon.«

Damit nahm er eine Mappe von der Arbeitsfläche und schlug sie auf. »Declan Sean McIver, geboren in Calway, Irland. Eltern nicht aufgeführt. Aus der Akte geht hervor, dass er in einem Waisenhaus in Ballinasloe aufwuchs, doch darauf folgte eine Lücke in seinem Lebenslauf, bis er hierher in die USA übersiedelte.«

»Also blieb er wie vom Erdboden verschluckt, solange er nicht alt genug war, um mit einem Schiff auszureisen? Warum glaube ich das nicht?«

»Vermutlich, weil diese Einwanderungsakte so dünn ist, wie es eigentlich nicht sein kann. Irgendwie mauserte sich Mr. McIver vom Fischer in Irland zum Bodyguard in den Vereinigten Staaten. Er saß aufgrund seiner Beteiligung an mehreren Gewalthandlungen, die zu einem Mordversuch an Dr. Kafni und dessen Angehörigen führten, für zwei Monate in einem Gefängnis in Massachusetts, nachdem er sich eingemischt und ihre Leben gerettet hatte. Laut den Aufzeichnungen zu diesem Vorfall, die ich ausgegraben habe, wurde er aus der Haft entlassen, nachdem Kafni die ganze Sache an Adam Ryan herangetragen hatte, den seinerzeit amtierenden Gouverneur von Massachusetts. Der Doktor behauptete, McIver sei als sein Angestellter zugegen gewesen, und Staatsbeamte hätten die entsprechenden Papiere verlegt.«

»Also gelangte er von Irland aus über Israel nach Amerika?«

»So scheint es, aber dokumentarisch belegen lässt sich das nicht. Allem Anschein nach war Gouverneur Ryan ein überzeugter Verbündeter der israelischen Regierung und besaß eine diplomatische Beziehung zu dem damaligen Premier Asher Harel.«

»Na toll, also half Ryan dabei, dieses krumme Ding durchzuziehen, und jetzt müssen wir alle dafür büßen.«

»Na ja, wenn du mich fragst, findet man solche Lücken nur in Lebensläufen von Personen, die in irgendeiner Weise beim Militär gedient haben, doch diesbezüglich lässt sich rein gar nichts finden; genauer gesagt keinerlei Informationen aus der Republik Irland, ja nicht einmal eine Geburtsurkunde.«

»Worauf willst du hinaus?«

»Darauf, dass diese Einwanderungsakte komplett erfunden ist und McIver etwas ziemlich Ernstes verbirgt. Wir müssen nur herausfinden, worum es sich handelt, und es uns zunutze machen.«

Kemiss steckte nun ebenfalls die Hände in die Hosentaschen und starrte zum Fenster hinaus.

»Das gefällt mir nicht. Solche Informationen zutage zu fördern könnte Monate dauern, falls sich überhaupt etwas ergibt. Selbst wenn da irgendetwas übertüncht worden ist, gibt es eine Menge Leute, die insgeheim Sonderrechte genießen und trotzdem nichts weiter tun, als sich die Ärsche platt zu sitzen ... aber sagen wir mal, er wäre wirklich ein Spion oder so etwas in der Art: Wie genau soll uns das weiterhelfen? Im schlimmsten Fall stellt er deshalb eine umso größere Bedrohung dar.«

»Dann müssen wir einfach zu Plan B übergehen.«

Kemiss sah Castellano mit hochgezogener Augenbraue von der Seite an.

»Unsere Freunde von dem Sicherheitsdienst gestern Nacht hätten sicherlich nichts gegen etwas mehr Arbeit«, deutete Castellano an.

»Dann sieh zu, dass sie Arbeit bekommen.«

Kapitel 15

16:36 Uhr, Eastern Standard Time – Freitag, Virginia Baptist Hospital, Lynchburg, Virginia

Die Schiebetür öffnete sich mit einem elektrischen Summton, sodass Declan kurz von der Sonne geblendet wurde, als er das Krankenhaus mit Constance an seiner Seite verließ. Sie war verstimmt wegen seines vertraulichen Gesprächs mit Osman und Nazari, doch er hatte ihr versichert, dass alles wieder gut würde. Mit dem Wunsch, sich auch selbst so einfach davon überzeugen zu können, schützte er seine Augen vor der Helligkeit; es war halb fünf am Nachmittag, und die Sonne stand niedrig am Himmel. Es tat gut, draußen zu sein, nachdem man ihn die ganze Nacht und die Hälfte des Tages in der Klinik festgehalten hatte. Ein lauer Wind wehte über den Parkplatz, und die hohe Luftfeuchtigkeit, die typisch für den Frühling war und durch den jahreszeitlich bedingten Regenguss am Abend zuvor begünstigt wurde, durchdrang alles.

Vor Constances Wagen blieb Declan stehen. »Ich habe mir von Regan einen Firmenwagen besorgen lassen.«

Sie drehte sich unvermittelt um und sah ihn an. »Also fahre ich mit ihm zurück nach Roanoke?«

Declan lachte auf. »Ach was, ich sagte zu Dex, dass er ihn mitnehmen soll. Ich würde dich doch nie derart foltern, oder?«

»Oh, ganz bestimmt nicht«, antwortete sie und verdrehte ihre Augen. »Wohin willst du?«

»Abidan und Levi werden in ungefähr einer Stunde zurück nach Israel fliegen. Ich möchte mich von ihnen verabschieden.«

»Der Arzt meinte, du solltest dich für ein paar Tage nicht hinters Steuer setzen.«

»Mir geht es gut«, bekräftigte er, während er seine Hände auf ihre Schultern legte. »Glaub mir, ich habe einen harten Schädel.«

Er lächelte kurz und zog sie auf die Fahrertür des Nissan zu.

Nachdem er sie für Constance geöffnet hatte, wartete er, bis sie eingestiegen war, und legte ihre Handtasche auf den Beifahrersitz.

»Ich komme später nach, aber dann ist es wahrscheinlich schon dunkel. Ruf mich von zu Hause aus an, damit ich weiß, dass du heil angekommen bist. Ich habe eines unserer Diensthandys dabei. Das hier ist die Nummer.«

Sie schaute ihm in die Augen, als sie den Zettel entgegennahm. »Warum sollte ich nicht heil ankommen?«

Declans Bemerkung hatte sie überrascht. Obwohl er sie verehrte, wie es jeder liebevolle Ehemann getan hätte, war er nie übertrieben fürsorglich gewesen.

Er tat gelassen. »Ich wollte dich nicht … keine Ahnung, aber nach allem, was passiert ist …«

Sie lächelte wieder. »Lass das Handy eingeschaltet.«

Er schob die Tür zu und beobachtete, wie sie aus der Parklücke zurücksetzte. Nachdem sie ihm kurz gewunken hatte, fuhr sie davon. Er blieb stehen und schaute ihr nach, bis das perlweiße Cabriolet an der Ausfahrt des Parkplatzes rechts abbog und hinter einem Gebäude verschwand. Dann zog er einen anderen Autoschlüssel aus der Tasche und ging zu einem weißen Kastenwagen, den Brendan Regan auf der Parkfläche neben dem Krankenhaus abgestellt hatte. Er entriegelte ihn, rutschte auf die Vinylsitzbank und trommelte mit den Fingern auf dem Lenkrad, während er durch die Windschutzscheibe blickte.

Seit fast zehn Jahren hatte er Kafnis Familie weder gesehen noch gesprochen. Es würde ihm nicht leichtfallen, es jetzt unter diesen Umständen zu tun.

Kapitel 16

17:46 Uhr, Eastern Standard Time, Regionalflughafen Lynchburg, Lynchburg, Virginia

Declan blieb mit dem weißen Truck auf einem Platz für Kurzparker vor dem Hauptterminal stehen, einem langen Kastengebäude mit Glasfront, die in regelmäßigen Abständen durch Ziegelsteinsäulen verstärkt wurde. In der Mitte über mehreren Drehtüren wölbte sich eine durchsichtige Kuppel, die ihn an eine Moschee erinnerte. Nachdem er die Handbremse gezogen hatte, stieg er aus und ging auf den Haupteingang zu, durch den die Innenbeleuchtung im schwindenden Tageslicht glutrote bis gelbe Helligkeit abstrahlte.

Am Bordstein davor neben einer Reihe von Taxis standen drei Männer in blauen Uniformen, die das Gepäck von eintreffenden Reisenden kontrollierten. Nicht weit entfernt von ihnen verharrte Altair Nazari.

»Declan«, begann er mit ernster Miene, während er seine Rechte ausstreckte. »Freut mich, dass du Zeit gefunden hast.«

Declan erwiderte mit bedächtigem Nicken und schüttelte Nazaris Hand. Er wusste, dass sie beide schon lange nichts derart Betrübliches mehr hatten erledigen müssen. Obwohl sie seit fast einem Jahrzehnt keinen regelmäßigen Umgang gepflegt hatten, empfand er das Gleiche für Abidan Kafni wie ein Sohn für seinen greisen Vater.

Sie waren einander auf Belfasts Straßen begegnet, als Declan eine Gruppe britischer Agenten über einen Waffenhandel zwischen der Belfaster IRA-Führung und der PLO informiert hatte – einer der vielen Akte von Hochverrat seitens des Leiters seiner Einheit Black Shuck. Jene Agenten, die seinerzeit niemand gekannt hatte, waren in Wirklichkeit vom Mossad gekommen, Kafni unterstellt und illegalerweise auf Mission in Nordirland gewesen, um die Palästinenser daran zu hindern, sich Know-how von der erfolgreichsten Terrororganisation der jüngeren Geschichte zu verschaffen: der IRA. Monate später hatte sich Kafni bei ihm revanchiert, als er von einem Komplott gehört hatte, dass Declans IRA-Verband ausgelöscht werden sollte.

Declan folgte Nazari ins Flughafenterminal. Rechter Hand erblickte er eine Reihe Ticketschalter mit Neonschildern, während sich weiter entfernt auf der linken Seite hektische Passagiere an einer Gepäckausgabe tummelten, denen der Frust genervter Reisender ins Gesicht geschrieben stand. In der Mitte des Gebäudes erstreckte sich ein breiter Gang an einem Caféimbiss und einem Kiosk vorbei zu mehreren Metalldetektoren, die von Sicherheitspersonal in hellblauen Hemden und schwarzen Hosen bedient wurden. Nazari näherte sich der Schlange, die sich dort gebildet hatte, und blieb stehen, um kurz mit einer untersetzten Dame mit dunklen Locken zu sprechen. Nach mehrmaligem Nicken ging sie mit einem Handmetalldetektor an ihm vorbei und auf Declan zu.

»Sir, ich muss Sie hiermit untersuchen, bevor ich Sie hinaus auf die Rollbahn lassen darf, das dauert wirklich nicht lange«, versicherte sie lächelnd.

Declan hielt still und hob seine Arme, während sie seine Gliedmaßen mit dem Gerät abtastete.

»Vielen Dank, Sir.« Sie gab den Detektor an einen ihrer Mitarbeiter. »Jetzt bringe ich Sie beide nach unten.«

Nazari und Declan folgten der Frau am Kontrollpunkt des Sicherheitsdienstes vorbei zu einer fensterlosen Metalltür mit einem Notausgangsschild. Sie schaltete den Alarm mit einem Schlüssel von einem Bund aus, der an einem Karabinerhaken an ihrer Gürtelschlaufe hing, öffnete und hielt die Tür auf, bis die Männer das Treppenhaus betreten hatten. Am Fuß der Stufen sperrte sie eine weitere als Rettungsweg gekennzeichnete Tür auf und trat zur Seite, um die beiden Männer in einen Raum gehen zu lassen, wo mehrere Gepäcktransporter standen.

»Wir fahren damit hinüber«, bemerkte sie mit Blick auf einen weißen Ford Explorer mit orangefarbener Lichtleiste auf dem

Dach und einem roten Schriftzug, der ihn als zum Flughafen gehörendes Polizeiauto auswies.

Nachdem sie eingestiegen und die Türen geschlossen waren, schaute die Frau unruhig zwischen ihren Passagieren hin und her. Da ihr die Stille offensichtlich nicht behagte, wollte sie beim Hinausfahren ein Gespräch beginnen. »Wirklich schlimm, was da passiert ist. Niemand hier hätte sich so etwas vorstellen können. Ich meine, wir alle wurden in unserer Ausbildung auf so etwas vorbereitet, aber mit einem Ernstfall rechnet man ja eigentlich nicht – und dann tritt er doch ein.« Ihre Stimme wurde immer leiser.

Declans Miene verfinsterte sich, als eine Boeing 737 mit hebräischer Kennung und einer israelischen Flagge am Heck in Sicht geriet. Die Maschine stand neben einem großen Hangar und war auf drei Seiten von Fahrzeugen umgeben. Als die Frau nahe genug herangefahren war, lenkte sie ruckartig ein und bremste.

»Danke fürs Fahren«, sagte Nazari beim Aussteigen und drückte die Tür zu. Declan verließ den Wagen schweigend. Die Frau fuhr wieder los, während die Männer auf eine Gruppe Personen am Heck des Flugzeugs zugingen. Ein kräftiger Wind wehte über die Betonfläche des Rollfeldes. Declan wurde untröstlich, als er den Hinterbliebenen – Kafnis Frau und seinem ältestem Sohn David – in die Gesichter schaute.

Zeva, eine Frau Mitte 50 mit langem, dunklen Haar unter einem bunten Schal, blickte zu den zwei Männern auf, die sich näherten. Sie schien Declan sofort wiederzuerkennen. Sie löste sich aus der kleinen Versammlung und ging ihnen entgegen, wobei sie die Arme ausbreitete, um ihn zu begrüßen.

Declan drückte sie fest an sich. Nachdem er sie losgelassen hatte, versuchte er, seine Trauer mit den Augen zu vermitteln, da ihm die Worte fehlten. »Tut mir leid«, brachte er kopfschüttelnd heraus. »Es … tut mir leid.«

In der Vergangenheit hatte er vielen Beerdigungen beigewohnt und nie so recht gewusst, was er einer Witwe oder den anderen Familienmitgliedern sagen sollte. Als Mann, der sich emotional selten die Blöße gab, war eine wenig überzeugende Beileidsbekundung zumeist alles gewesen, was er sich abgerungen hatte. Dankenswerterweise waren die Bestattungen in Nordirland entweder aufwendige Feiern mit viel Tamtam und Fahnenschwingen gewesen, sodass er sich leicht hatte in der Menge verstecken können, oder Zusammenkünfte von drei, vier Vermummten im beschaulichen Rahmen, zu denen ein mitfühlender Priester zu später Stunde seine Kirche geöffnet und einem gefallenen Kämpfer eine Zeremonie – ebenfalls mit Flaggen – gestattet hatte, unbemerkt von der britischen Armee und unionistischen Mobs. Doch hier auf der Startbahn eines Regionalflughafens, während die Sonne hinter seinem Rücken rasch unterging, wurde Declans Schwäche schmerzlich offenbar.

»Danke«, erwiderte Zeva leise. »Wir bringen ihn nach Israel zurück und tragen ihn in Jerusalem zu Grabe. Er hat zwar viel Zeit in Übersee verbracht, doch die Stadt war sein Zuhause; er würde sich wünschen, dort zu sein.«

»Und was ist mit euch? Was werden du und die Kinder jetzt tun?«

Sie senkte kurz den Blick, bevor sie antwortete: »Wir bleiben in Amerika. David und Hanah haben begonnen, sich hier eine Existenz aufzubauen, und obwohl sie mittlerweile erwachsen sind und auf eigenen Beinen stehen, würde es mich traurig machen, so weit entfernt von ihnen zu leben. Das hätte Abidan nicht gewollt.«

Declan nickte, als David Kafni neben seine Mutter trat. Er war einen Kopf größer als seine Eltern, seinem Vater aber ansonsten wie aus dem Gesicht geschnitten, auch weil er ebenfalls eine Brille mit dickem Gestell trug und dunkles Haar hatte, dessen Ansatz erst auf der Schädeldecke begann, die von einer schwarzen Jarmulke bedeckt wurde.

»Sagen Sie mir, dass Sie wissen, wer das getan hat, und dass er zur Rechenschaft gezogen wird.«

Declan blickte rasch zu Altair Nazari, der neben ihm stand. Hatten er und Osman es versäumt, den Kafnis von Baktayew zu erzählen? Der Blick des Agenten bestätigte dies, also widmete sich Declan wieder David.

»Wir wissen noch gar nichts Genaues, die Ermittlungen des FBI laufen weiter. Es wird herausfinden, wer dahintersteckt, und die Täter fassen. Das mag eine Weile dauern, wird aber gelingen.« Während er das äußerte, bemühte er sich, möglichst zuversichtlich zu klingen.

David schaute kurz auf seine Schuhe, und als er den Kopf schließlich wieder hob, sprach er mit hörbarem Zorn in der Stimme: »Warum enthalten Sie uns die Wahrheit vor?«

»David!«, rief Zeva und bedachte ihren Sohn mit einem stechenden Blick. »Diese Männer sind deines Vaters Freunde gewesen!«

»Tut mir leid, Mutter, du willst es vielleicht nicht erkennen, aber sie wissen, wer ihn ermordet hat, und sagen es uns nicht.«

Declan beobachtete über Davids Schulter hinweg, wie Okan Osman die drei Anzugträger verließ, bei denen er gestanden hatte, und zu ihm kaum. Nachdem er sich neben Declan gestellt hatte, sah er David so sanftmütig an, wie er es als abgestumpfte Soldatenseele vermochte. »Würde sich irgendetwas ändern, wenn du es wüsstest? Dein Vater ist tot, David. Wir können es drehen und wenden, wie wir wollen.«

»Ich will es aber wissen«, beharrte David mit zusammengebissenen Zähnen. »Das Recht darauf steht mir zu.«

Osman suchte Declans Blick und nickte.

Declan legte eine Hand auf Davids Schulter und schaute ihm in die Augen. »Ich war dabei, als dein Vater umgebracht wurde. Ich sah nicht, wie es passierte, bekam den Mörder aber hinterher zu Gesicht. Sein Name lautet Ruslan Baktayew.«

Er hielt dem Blick des Jüngeren stand, während der Name in dessen Kopf herumschwirrte und sich schließlich einprägte. »Baktayew«, wiederholte David. »Der Mann in Boston hieß genauso – derjenige, den Sie getötet haben.«

Declan nickte. »Richtig.«

»Dann haben die endlich erreicht, was sie wollten, nicht wahr?

Die Leute, vor denen wir all die Jahre weggelaufen sind … das alles hat nichts gebracht, sie haben ihn trotzdem getötet.«

»Das alles soll nichts gebracht haben?«, entgegnete Zeva, während sie ihren Sohn mit zusammengekniffenen Augen anschaute. »Es hat eine ganze Menge gebracht, und ich lasse nicht zu, dass du dem Gedächtnis an deinen Vater Schande tust, indem du das Gegenteil behauptest! Der Islam ist so von Hass zerfressen, dass er nie vergisst, das solltest du besser wissen als jeder andere.«

Declan fasste David an die Schulter. »Unser Spielraum hier ist begrenzt, aber nimm mich beim Wort, wenn ich sage: Ich werde alles tun, was ich kann, um dafür zu sorgen, dass dieser Kerl gefasst wird und für seine Verbrechen büßt.«

Der junge Mann nickte und wischte sich Tränen aus den Augen. »Solche Kerle büßen nie für ihre Verbrechen. Sie hocken in Gefängnissen und schwelgen im Luxus, während die Regierungen aller Länder endlose Debatten darüber halten, was sie mit ihnen anstellen sollen. Wie bestraft man einen Verbrecher, der sich für einen Märtyrer hält? Das geht nicht. Man kann nichts weiter tun, als die Welt vor ihnen auszusperren.«

Declan neigte seinen Kopf nach vorne; er pflichtete ihm von ganzem Herzen bei. Dennoch nahm er sich vor, sein soeben gegebenes Versprechen zu halten, indem er sicherstellte, dass die Polizei Ruslan Baktayew auf dem Schirm behielt.

»Es ist an der Zeit, sich zu verabschieden«, warf Osman mit einem Blick auf seine Uhr ein, bevor er die kleine Gruppe zu den drei Anzugträgern führte, die vor dem offenen Frachtraum des Flugzeugs warteten.

Als sie zu ihnen kamen, schaute Declan in den Rumpf hinein und erblickte zwei breite Särge aus Mahagoni, die mittig auf der Ladefläche festgezurrt waren. Er löste sich von den anderen, um die Treppe hinaufzusteigen. Ein Deckel war mit einem goldenen Davidstern verziert, hinter dem sich an einem Mast die amerikanische Flagge mit der israelischen kreuzte. In diesem Sarg lag der Leichnam von Abidan Kafni, in dem anderen die Gebeine von Levi Levitt.

»Mach's gut, mein Freund«, seufzte Declan. Er küsste eine seiner Handinnenflächen und drückte sie in der Mitte des Sterns auf den Sarg. »Ich werde dich vermissen.«

»Das wird vielen so gehen«, bemerkte eine tiefe Stimme mit Akzent in feierlich ernstem Ton hinter ihm.

Declan drehte sich um. Er hatte gar nicht mitbekommen, dass jemand hinter ihm stand. Es war ein großer Mann mit grauem Haar, das noch den ganzen Kopf bedeckt, aber ausdünnte, einem dicklich runden Gesicht und ebenfalls grauen, sanft dreinschauenden Augen. Er blickte betrübt auf den einen Sarg hinab wie ein Vater, der gerade seinen Sohn verloren hatte. Declan erkannte ihn als einen jener drei Anzugträger wieder, die unten vor der Maschine gewartet hatten. Am linken Aufschlag seines Jacketts funkelte ein Anstecker – wiederum die israelische Flagge – unter der Deckenbeleuchtung des Frachtraumes.

Declan betrachtete den Mann für einen Moment und trat dann einen Schritt zurück. Es lag ihm fern, sich auf eine weitere Diskussion einzulassen. Doch als er weggehen wollte, hielt ihn der andere am Arm fest.

»Tut mir leid, dass wir uns zum ersten Mal unter diesen Umständen begegnen«, begann er.

Declan blieb stehen und wandte sich ihm zu. »Verzeihung, aber ich weiß nicht, wer Sie sind.«

Der Mann lächelte kurz. »Nein, natürlich nicht. Ich heiße Asher Harel.«

Declan ging prompt ein Licht auf: Asher Harel war der ehemalige Premierminister Israels. Er hatte mithilfe seiner politischen Beziehungen veranlasst, dass Declan nach seinem lebensrettenden Einsatz für Kafni im Boston aus dem Gefängnis in Massachusetts freigekommen war. »Entschuldigung, ich hatte keine Ahnung. Sehen Sie mir nach, dass ich so unhöflich war.«

Der Ex-Premier winkte die Rechtfertigung ab. »Es ist nicht unhöflich, von Trauer um einen verlorenen Freund überwältigt zu werden. Viele Menschen werden Abidan Kafni vermissen, diejenigen allerdings umso schmerzlicher, die ihn so gut kannten wie wir. Solche Freunde findet man nicht oft im Leben. Sie sollten wissen, dass Abidan sehr viel von Ihnen hielt.«

Declan nickte ausdruckslos, während er jenen allzu vertrauten Druck in der Magengrube spürte. Bislang waren ihm die Geschehnisse der vergangenen zwei Tage unwirklich vorgekommen, doch jetzt drang ihm die Realität zusehends ins Bewusstsein – die Erkenntnis, dass er nie wieder eine Gelegenheit erhalten würde, mit Kafni zu sprechen, und diesmal zu spät gewesen war, um das Leben seines Freundes zu beschützen.

»Er und ich, wir unterhielten uns letzten Monat oft miteinander, nachdem ich zu einem diplomatischen Besuch in den Vereinigten Staaten eingetroffen war«, erzählte Harel. »Als er von den Umständen erfuhr, unter denen Ruslan Baktayew aus dem Gefängnis entkommen war, machte er sich große Sorgen.«

»Gestern Abend, als wir miteinander sprachen, schien er sich nichts aus der Vorstellung zu machen, dass Baktayew hinter ihm her sein könnte. Ich hätte es voraussehen müssen. Die Brüder bewiesen bei ihrem letzten Attentat auf ihn außerordentliches Geschick. Es war kein Überfall an irgendeiner Straßenecke gewesen, sondern ein gründlich geplantes Attentat.«

»Ich weiß, aber die Baktayews waren nicht allein dafür verantwortlich. Dahinter zog ein Iraner namens Sa'adi Nouri die Fäden und ließ seine Beziehungen spielen.«

Declan nickte. Er hatte den Namen bereits in unterschiedlichen Zusammenhängen gehört.

»Abidan hatte keine Angst um sich selbst«, betonte Harel. »Er dachte an andere Menschen, denen Baktayew schaden könnte.«

»Er sagte zu mir, dass dieser Kerl schon an einigen ziemlich abscheulichen Anschlägen beteiligt gewesen war – den Geiselnahmen im Moskauer Dubrowka-Theater und in Beslan ... bestimmt auch an vielen weiteren.«

»Ja, das stimmt. In erster Linie konzentrierte er sich aufs Landesinnere Tschetscheniens und den Konflikt mit Russland, doch es gibt mehrere Bekenntnisvideos von ihm, in denen er unverhohlen Ziele in Westeuropa und den Vereinigten Staaten bedroht.

Durch eine dieser Aufnahmen erhielten wir einen ersten Hinweis darauf, dass ihm daran gelegen war, sich an Abidan zu rächen.«

Declan nahm das mit einer Kopfbewegung zur Kenntnis. Solche Videos hatte er früher schon zu Gesicht bekommen, sowohl aus direkter Quelle als auch in Abendnachrichten.

»Der Grund dafür, dass ich mit Ihnen sprechen wollte, ist folgender«, fuhr Harel fort, als sie an den Rand der Rampe traten. »Für diesen Angriff gilt das Gleiche wie damals in Boston: Wir dürfen nicht außer Acht lassen, unter welchen Umständen er erfolgte. Er war genauso geschickt eingefädelt und übertraf alles bei Weitem, was wir bisher von diesem Mann außerhalb des russischen Kaukasusgebietes gesehen haben.«

»Was wollen Sie damit sagen?«

»Dass Abidan glaubte, wer auch immer Baktayew aus der Strafanstalt holte, müsse äußerst wohlhabend und sehr einflussreich sein. Er ging davon aus, dass die Person, mal abgesehen davon, einen gleich gesinnten Krieger des Islam zu befreien, ein weiteres Motiv hatte, ihn zu unterstützen. Im Übrigen arbeitete Abidan lange Zeit für den Mossad und begegnete vielen überzeugten Muslimen. Ich weiß nicht, ob sein Tod diesem oder einem anderen Zweck dienen soll, aber seine größte Befürchtung war ein Anschlag wie in Beslan in den USA oder Israel. Ist Ihnen geläufig, was dort geschah?«

»Definitiv«, versicherte Declan. Er erinnerte sich daran, damals gedacht zu haben, dass es sich bei einigen der involvierten Soldaten aller Wahrscheinlichkeit nach um Bekannte von ihm handelte. Die IRA-Truppe Black Shuck hatte für zwei volle Jahre gemeinsam mit einer russischen Spezialeinheit namens *Wympel* – übersetzt »Vega« – in einem Ausbildungslager trainiert. »Beinahe 60 schwer bewaffnete Terroristen hielten über 1.000 Geiseln fest, größtenteils Kinder. Ein russisches Sonderkommando stürmte die Schule nach drei Tagen, als man Explosionen im Inneren hörte. Was folgte, war eine heftige Schießerei, bei der die Geiseln ins Kreuzfeuer gerieten. Wenn Sie mich fragen, definierte dieses Geiseldrama den Begriff ›Tragödie‹ neu.«

»Das stimmt«, erwiderte Harel bedächtig nickend. »Aber was Sie vermutlich nicht wissen, ist die Tatsache, dass in der zweiten Septemberhälfte 2004 nur wenige Wochen nach dem Vorfall in Breslan ein Dutzend Islamisten die Grenze von Mexiko zu den Vereinigten Staaten überquerte. Eine weitere Woche später kamen noch zwölf Männer hinterher. Seinerzeit befürchtete man, sie wären im Land, um ein zweites Breslan heraufzubeschwören. Monatelang arbeitete der Mossad unermüdlich mit der CIA zusammen, doch keiner der 24 Männer wurde je gefunden. Sie lösten sich einfach in Luft auf. Alle hatten Kontakt zu Baktayew und einer tschetschenischen Extremistengruppe namens Roter Halbmond.«

Die Männer blieben mehrere Minuten schweigend stehen. Declan versuchte, die Informationen zu verinnerlichen. Die Gefahr einer Geiselnahme an einer Schule war etwas, das den Leitern der amerikanischen Instanzen zur Terrorbekämpfung seit fast zehn Jahren schlaflose Nächte bereitete.

Schließlich sprach Harel weiter: »Sollte es sich bei den Gesuchten um die Männer handeln, für die der Mossad sie hält, warteten sie darauf, dass Baktayew hier in den USA zu ihnen stieß, um dann aktiv zu werden. Als sie aber erfuhren, dass er festgenommen worden war und im Gefängnis saß, tauchten sie unter und galten seitdem als Schläfer.«

»Und Sie vermuten, wer auch immer Baktayew aus dem Knast geholt hat, gehört zu dieser Gruppe?«

»Davor graute es auch Abidan, ja.«

»Gestern Nachmittag hätte ich es als weit hergeholt erachtet, überhaupt in Erwägung zu ziehen, dass Baktayew in die Vereinigten Staaten gelangen könnte, aber jetzt erscheint mir alles denkbar.«

»Wenn das, was gestern Abend geschah, ein Indiz gewesen sein sollte, fürchte ich, dass wir Ruslan Baktayew wiedersehen werden, und zwar bald. Die Möglichkeit ist sogar noch beängstigender, falls Abidan recht hatte und es wirklich einen mächtigeren Hintermann gibt.«

Declan konnte wieder nur beipflichten. Überall schien man nun die Möglichkeit eines weiteren Anschlags zumindest nicht auszuschließen, überall – außer beim leitenden Ermittler des FBI, der Baktayews Tod in Declans Augen bereitwillig für einen Fakt hielt.

Harel bot ihm wieder die Hand an, und Declan drückte sie kräftig, während er Blickkontakt hielt. Dann ging Harel zurück zu den beiden anderen Männern in Anzügen – Bodyguards, wie Declan nun erkannte. Als er von der Rampe des Flugzeugs stieg, blickte er in die Autos, die ringsum standen. In jedem Fahrzeug konnte er Gesichter ausmachen, die aussahen, als sei nicht mit ihnen zu spaßen. Nun war eindeutig klar, dass sie dem Schutz des ehemaligen Premierministers dienten.

Leicht fröstelnd im kalten Wind, der von Süden her übers Rollfeld wehte, ging Declan zu Osman und Nazari zurück, die bei David und Zeva Kafni standen.

»Ich möchte, dass du uns besuchst, Declan«, sagte die Mutter. »Ich würde deine Frau gerne kennenlernen.«

»Wir kommen«, versprach er. »Gib uns Bescheid, wenn ihr wieder zu Hause seid.«

Sie legte eine Hand auf seinen Arm und lächelte. »Danke für alles, was du im Laufe der Jahre für uns getan hast.«

Declan bewegte sich auf das Tor des Hangars zu, während er beobachtete, wie die beiden Leibwächter die Kafnis an Bord begleiteten, wo sie einer langen Reise zurück nach Israel entgegensahen. Wenige Augenblicke später brausten die Triebwerke der Boeing ohrenbetäubend laut auf, und die Maschine rollte zum Anfang der Startbahn. Declan atmete tief durch, als er Zorn in sich emporsteigen spürte. Bilder von Ruslan Baktayews Messer, dessen Klinge die Luft zu Abidans Hals hin zerschnitt, schossen ihm durch den Kopf, und die Erkenntnis, dass er selbst vergeblich zur Rettung hatte schreiten wollen, kratzten an seinem Bewusstsein wie Glassplitter.

Der brüllende Lärm des Flugzeugs übertönte alle anderen Geräusche in der Umgebung, während es die Bahn entlangraste.

Binnen Sekunden war es zu einem kleinen Punkt am dunkler werdenden Horizont geschrumpft – und mit ihm, das wusste Declan, verschwand Abidan Kafni für immer aus seinem Leben.

Kapitel 17

18:56 Uhr, Eastern Standard Time – Samstag, auf Route 460 in Richtung Westen, Lynchburg Virginia

Nachdem er das Angebot angenommen hatte, sich von Asher Harels Leibgarde zu seinem Wagen zurückbringen zu lassen, stieg Declan ein und startete den Motor. Er setzte aus der Parklücke zurück und fuhr über den Parkplatz, der nur vereinzelt belegt war, zur Ausfahrt, wo er anhielt, um beim Parkwächter die Gebühr zu zahlen. Auf dem Weg am Flughafengelände entlang zurück zu der Fernstraße, die ihn nach Hause führen würde, sah er mehrere Maschinen abheben und mit tosenden Triebwerken am finsteren Himmel verschwinden.

Nach wenigen Minuten fuhr er am weitläufigen Campus der Liberty-Universität vorbei, wo er die Reste des C.H. Barton Centers erblickte, dessen Parkplatzeinfahrt mit einer Reihe von Betonleitwänden abgesperrt war. Im schwachen Schein der Straßenbeleuchtung erkannte er, dass die Front des Gebäudes bei der Explosion der Bombe beinahe vollständig weggerissen wurde. Was von dem prächtigen Portikus übrig war, belief sich auf zwei der vier vorderen Säulen, die zwar noch senkrecht standen, aber nichts mehr stützten, und die Statue von Thomas Jefferson, die wundersamerweise keinen Schaden genommen hatte, wohingegen die Sträucher ringsum verbrannt waren. Auf dem Stück Rasen neben dem Eingang des Bauwerks klaffte ein gewaltiger Krater, umgeben von Polizeiwarnband an weiß-orangefarbenen Kegeln. Zwei Streifenwagen parkten nebeneinander auf dem Platz; ihre Fahrer unterhielten sich augenscheinlich, während sie das Areal bewachten.

Als Declan die beiden Limousinen sah, fiel ihm wieder ein, was ihm am Abend zuvor beim Verlassen des Zentrums gemeinsam mit Constance aufgefallen war. Er war der Meinung, dass eines der Fahrzeuge des Sicherheitsdienstes explodiert sei, auch weil die Sprengkraft zu hoch gewesen war, als dass die Bombe außerhalb des Autos platziert gewesen sein konnte. Er brütete über mehreren Fragen, während er auf dem vierspurigen Highway nach Westen fuhr, hielt es letztlich aber für das Beste, sich auf etwas anderes zu konzentrieren. Ihm blieb nichts weiter übrig – auch wenn er sich wünschte, mehr ausrichten zu können –, als die Wahrheit darüber zu sagen, was er gesehen hatte, damit die Spezialisten der Terrorabwehr den Rest erledigen konnten. Hoffentlich taten sie das schnell genug, um weitere Anschläge zu verhindern.

Ein schriller Ton holte Declan in die Gegenwart zurück, während die LED an seinem Geschäftshandy aufleuchtete. Er nahm das Gerät von der Ablage am Armaturenbrett, tippte auf den Bildschirm und hielt es sich ans Ohr. »Hallo?«

»Hey«, antwortete eine liebliche Stimme mit Südstaatenakzent. Er lächelte. »Hi.«

»Ich wollte dir nur Bescheid geben, dass ich heil zu Hause angekommen bin«, sagte seine Frau hörbar müde. »Dauerte 'ne Weile. Auf der Interstate 81 gab es einen Unfall.«

»Auf der 81? Warum hast du die genommen? Du hättest über die Route 11 fahren sollen.«

»Bin ich ja«, betonte sie. »Wegen des Unfalls auf der Fernstraße staute sich der Verkehr, weshalb ich an jeder Ampel so ungefähr drei Phasen warten musste. Hab ewig gebraucht.«

»Okay, okay«, entgegnete er, obwohl er überzeugt davon war, dass er selbst eine Nebenstraße gefunden und nur halb so lange gebraucht hätte, wenn er gefahren wäre. »Du hörst dich müde an. Am besten legst du dich schlafen.«

»Wann wirst du daheim sein?«

»Ich bin schon unterwegs. Es dürfte 45 Minuten, höchstens eine Stunde dauern. Ruh dich aus.«

»Declan, es ist bloß … ich weiß nicht … vergiss es.«

Er ahnte, was sie sagen wollte. So etwas hatte sie nie zuvor gesehen oder erlebt. Sie war in den Bergen im Westen North Carolinas aufgewachsen und hatte niemals die Nachwehen von

Anschlägen mit Autobomben oder religiös motivierten Morde mitbekommen. Er fühlte sich mies, als sei er schuld daran, dass sie Zeugin all dessen geworden war. Es lag an seiner Vergangenheit, dass sie mit dergleichen in Berührung kam. Dort, wo er groß geworden war, hatte es nahezu täglich Bombenexplosionen gegeben, und oftmals waren die dadurch ausgelösten Emotionen nicht in Worte zu fassen gewesen.

»Tut mir leid, dass du in all das hineingeraten musstest«, sprach er mit sanfter Stimme, »aber wir stürzen uns am besten wieder in den Alltag und gewinnen etwas Abstand von dem, was gestern Abend vorgefallen ist. Ich weiß, das klingt gefühllos, doch mehr können wir nicht tun.«

Er hörte, dass sie weinte. »Aber was wird aus seiner Familie? Wie geht es für sie weiter? Was sollen sie jetzt machen?«

»Die Kafnis leben schon lange mit Ereignissen wie diesen«, brachte er zögerlich hervor. »Zeva ist eine starke Frau und wird ihre Familie weiterführen.« Er suchte nach den passenden Worten, um Constance zu beschwichtigen. »Gönn dir ein wenig Ruhe, ich bin bald bei dir. Gerade fahre ich an Bedford vorbei, also liegt knapp die Hälfte der Strecke schon hinter mir.«

Er warf einen Blick in den Rückspiegel, als er die Ausfahrt passierte, die zu der verschlafenen Kleinstadt in Virginia führte. Beide Spuren hinter ihm waren leer, nachdem der nachmittägliche Pendelverkehr in die Außenbezirke von Lynchburg versiegt war. Auf dem Parkplatz eines längst geschlossenen Restaurants neben einer heruntergekommenen Werkstatt hinter einer scharfen Linkskurve sah er ein Auto stehen. Instinktiv schob er seinen rechten Fuß auf die Bremse und hielt die Luft an. Auf der dreieckigen Fläche voller Sträucher, dort wo sich der breite, vierspurige Highway verengte, weil die Trennstreifen zwischen den Fahrbahnen schmaler wurden, stellte die Polizei gerne Radarfallen auf. Er schnalzte mit der Zunge, da die Scheinwerfer eines weißen Geländewagens angingen, als er vorbeifuhr, und das Innere seines Autos kurz in grelles Licht tauchten. Als ein großes Geschwindigkeitsbegrenzungsschild mit der Angabe 45 an ihm vorüberflog, schaute er auf den Tacho. Er fuhr mit etwas mehr als 60 mp/h und wusste deshalb, dass ihm eine Strafe so gut wie sicher war, falls es sich bei dem Fahrzeug auf dem Grün um eines der Behörden gehandelt hatte.

»Alles in Ordnung bei dir?«, fragte Constance.

»Ja«, erwiderte er geistesabwesend, während er wieder in den Rückspiegel schaute für den Fall, dass ihm der Wagen folgen würde. Da er nichts hinter sich sah, entspannte er sich; vielleicht war es lediglich ein anderer Autofahrer gewesen, der Rast machte. »Also, ich bin noch dran. Dachte nur gerade, ich sei an einem Cop vorbeigefahren, 'tschuldigung.«

»Sei vorsichtig. Während der letzten drei Monate, seit Regan nach Lynchburg fährt, musstest du bereits zweimal für ihn blechen.«

»Schon klar. Könnte aber doch sein, dass die Bullen was gratis spendieren, wenn man zweimal zugeschlagen hat«, spottete er trocken.

»Sehr witzig.«

Als Declan noch einmal in den Spiegel schaute, sah er sich allerdings doch verfolgt. Auf den zweiten Blick wurde offenbar, dass es der weiße Geländewagen war, der ihn rasch mit abgeblendeten Scheinwerfern einholte. »Ich ruf dich zurück. Fahre gerade in das Funkloch, der Empfang ist gleich weg.«

Damit trennte er die Verbindung und warf das Telefon mit einem neuerlichen Blick auf die Tempoanzeige wieder auf die Ablage. Jetzt stand die Nadel auf 55 mp/h, weshalb das Fahrzeug hinter ihm umso rascher aufholte. War es ein Polizist? Falls ja, warum fuhr er ohne Licht? Declan bekam ein ungutes Gefühl. Ihm lief ein leichter Schauer über den Rücken, als er beobachtete, wie sich die schwarze Kühlerblende des Fremden im Dunklen hinter ihm näherte.

Indem er das Lenkrad mit beiden Händen festhielt, gab er Gas, was der Dieselmotor des Kastenwagens mit einem Rumpeln quittierte. »55«, sagte er zu sich selbst, wobei er abwechselnd auf den Tacho und in den Rückspiegel blickte. »60, 65.« Der weiße Wagen verringerte den Abstand deutlich weiter. Plötzlich blendete der Fahrer mit dem Fernlicht auf, sodass Declans Spiegel gleißend hell reflektierten. Blinzelnd machte er sich darauf gefasst, dass das seiner Vermutung nach Unvermeidliche geschah.

Beim Stoß gegen das Heck machte sein Wagen einen Satz vorwärts. Declan trat das Gaspedal bis auf den Boden durch und konnte dabei sehen, wie die Nadel der Anzeige weiter nach rechts ausschlug. Zugleich hörte er das weiße Auto hinter sich aufheulen, denn der Fahrer jagte auch seinen Motor hoch und setzte nach.

Diesmal presste sich Declan gegen die Rückenlehne des Sitzes und klammerte sich ans Steuer. Der Motor des Geländewagens heulte weiter, als er zur Höchstleistung getrieben wurde, um Declans Truck mit der schwarzen Kühlerblende anzuschieben. Aufgrund der Reibung sprühte das Blech Funken ins Dunkel der Nacht und metallisches Quietschen durchbrach die Stille. Gänzlich unvermittelt ließ sich der Unbekannte dann zurückfallen. Was ging hier vor sich? Wer saß in dem Geländewagen, und warum griff er Declan an? Kurz kam ihm der Gedanke, dass Baktayew oder einer seiner Handlanger hinter dem Steuer saß. Wollte der Tschetschene die Ermordung seines Bruders auf diese Weise vergelten? Stand Declan als Nächstes auf der Abschussliste, nun da Abidan Kafni nicht mehr lebte?

Der weiße Geländewagen heulte wieder auf und schnellte vorwärts, scherte aber auf die Überholspur aus. Declan zog schnell nach, um den Fremden daran zu hindern, ihn seitlich zu streifen, und ließ sich ein weiteres Mal von hinten rammen. Erneut stoben Funken hoch.

Altmodische doppelstöckige Wohnhäuser rasten zu beiden Seiten des zweispurigen Highways vorbei, während Declans Diesel an der 94-mp/h-Marke kratzte. Die Nadel blieb an der kleinen Punktmarkierung gleich vor der fett gedruckten *95* hängen und wollte partout nicht weiterwandern. Wieder ließ sich der Angreifer zurückfallen und wechselte die Spur, jagte seinen Motor hoch und steuerte auf die Ladefläche des Trucks zu.

Declan lenkte ein, um beim Zusammenstoß die Kontrolle über das Fahrzeug zu behalten. Nun waren sie ineinander verkeilt wie in einem Duell zweier Metallboliden, während die Kühlerblende des Geländewagens gegen sein Auto drückte, sodass Funken aus dessen Radkasten sprühten. In der Gewissheit, den anderen nicht abhängen zu können, suchte Declan händeringend nach einer Alternative. Dann erinnerte er sich an einen Straßenabschnitt weiter voraus, wo die vier Spuren beiderseits eine steile Felsanhöhe teilten, und begann, sich einen Plan zurechtzulegen. Falls es ihm gelang, den Truck so lange unter Kontrolle zu halten, bis er dorthin kam – weiter als eine Meile konnte es nicht mehr sein –, würde er eine Vollbremsung hinlegen und rasch auf einen unbefestigten Weg abbiegen, der ihm auf der Heimfahrt schon viele Male aufgefallen war. Zwar wusste Declan nicht, was ihn auf jener Strecke erwartete und wohin sie führte, doch sollte ihm der Fahrer des weißen Geländewagens auf den Leim gehen und an ihm vorbeirasen, wenn er abbog, kam er vielleicht davon.

Er riss grob das Lenkrad herum, womit er den Angreifer abdrängte. Dieser ließ sich erneut zurückfallen, sodass Declan hektisch ausgleichen musste, um sich nicht zu überschlagen. Die Räder auf der Fahrerseite verloren die Bodenhaftung, weil er zu weit einlenkte, und wirbelten Staub und Schotter auf, während er am Fahrbahnrand schrammte, der nicht geteert war. Sobald die linke Seite dumpf dröhnend zurück auf den Asphalt sackte, korrigierte er wieder, womit er den Wagen erneut auf die Überholspur brachte, und fuhr weiter.

Der andere stieß ihn noch einmal von hinten an, bevor er auf die Nebenspur schlitterte und sich zu einem weiteren Angriff von der Seite anschickte. Declan trat unerwartet auf die Bremse, sodass der Geländewagen an ihm vorbeirauschte. Der Geruch von verbranntem Gummi kroch ins Wageninnere. Schließlich gab Declan Gas und beschleunigte, so schnell es der Truck zuließ.

Er schaute auf den Geländewagen. Da streckte jemand seinen Kopf aus dem Beifahrerfenster, dann auch den Oberkörper und einen Arm, in dessen Hand Declan eine halb automatische Pistole erblickte. Sobald sich der Mann in den Rahmen gesetzt und die Waffe auf dem Dach des Fahrzeugs nach hinten ausgerichtet hatte, knallte es mehrmals laut. Declans Windschutzscheibe riss, kurz bevor sie platzte und grün getönte Splitter auf ihn prasselten. Ohne die Hände vom Lenkrad zu nehmen, zog er den Kopf ein und behielt den Fuß auf dem Gaspedal, während er auf den Geländewagen zuschoss.

Er rammte das Heck und schob ihn vorwärts, nachdem der Schütze beim Zusammenprall beinahe herausgefallen wäre und nun im Rahmen hing. Dabei hielt er sich am Türspiegel fest, bis er sich auf den Beifahrersitz zurückgezogen hatte. Dann trat der Fahrer aufs Gas und fuhr weiter.

Declan bemerkte, dass der Mittelstreifen breiter wurde. 100 Yards vor sich erkannte er die Anhöhe, an der die Fahrspuren nach Osten und Westen abzweigten. Der Geländewagen fuhr davon – ein Versuch des Fremden am Steuer, den Abstand zu vergrößern. Ergriff er jetzt die Flucht? Glaubte der Jäger, nunmehr der Gejagte zu sein? Die Männer zu verfolgen stand nicht in Declans Absicht; er wollte nur von der Straße runter. Falls sie jetzt verschwanden und nicht zurückkehrten, sollte es ihm auch recht sein.

Der Geländewagen fuhr immer noch mit hoher Geschwindigkeit, als er hinter einer Kurve verschwand. Declan trat auf die Bremse, um langsamer zu werden und auf die unbefestigte Straße abzubiegen. Beim Verlassen des Asphalts geriet der Truck heftig ins Ruckeln, als er durch ein Schlagloch fuhr, bevor es steil bergab ging. Declan wusste sofort, dass er zu schnell war. Als er das Lenkrad hart nach links herumriss, rutschte das Heck weg, und er spürte, wie sich der Schwerpunkt des gewichtigen Fahrzeugs verlagerte, aber um noch entgegenzuwirken, war es zu spät: Der Wagen kippte.

Er knallte unsanft gegen das Dach und die Fahrertür. Wiederholt schlug er mit dem Kopf gegen das Seitenfenster, während er unfreiwillig in seinem Sitz auf- und niederging. Sein Körper war der Willkür der sich stetig verändernden Schwerkraft im Führerhaus des Autos unterworfen.

Mit einem unerwarteten Ruck stoppte das Fahrzeug, wobei Declan spürte, wie ihm der Sicherheitsgurt schmerzhaft in die Brust schnitt. Als der Schmerz nachließ, öffnete er die Augen und holte tief Luft, da ihm bewusst wurde, dass er kopfüber im Sitz hing, gehalten allein von dem Gurt um seinem Bauch. Seine Beine baumelten über der Unterseite des Armaturenbretts, und sein Schädel pochte oberhalb der linken Schläfe, wo er gegen die nunmehr zerbrochene Scheibe der Fahrertür geknallt war. Benommen schaute er sich im Führerhaus um und machte eine geistige Bestandsaufnahme seines Körpers. Sowohl Arme als auch Beine spürte er noch, und gebrochen schien er sich auch nichts zu haben. Während er die rechte Hand über seinen Kopf hob, fasste er sich mit links an die Taille und drückte den orangefarbenen Knopf am Gurtschloss, um sich loszumachen. Dann schlug er dumpf auf die Innenseite des Daches des umgedrehten Autos auf und blieb für einen Moment still liegen. Seine Beine lagen jetzt ausgestreckt auf dem Beifahrersitz, und mit dem linken Arm hing er noch im Sicherheitsgurt. Nachdem er ihn herausgezogen hatte, wälzte er sich auf den Bauch und kroch auf die zerbrochene Scheibe zu.

Er zwängte sich durch den Rahmen nach draußen, rollte auf den Rücken und wischte mit verzerrter Miene Glasscherben von seinen Unterarmen, an denen blutige Punkte zurückblieben. Langsam raffte er sich auf, setzte sich hin und sah sich um. Er hockte nur wenige Yards von der Schotterpiste entfernt auf einem ovalen Platz, wo ihn Baufahrzeuge umringten. Nachdem er auf die Beine gekommen war, suchte er nach Spuren des weißen Geländewagens. Er war jedoch allein, und statt des metallenen Knirschens und Klirrens von Glas umgab ihn die Stille der Nacht. Ringsum zirpten Zikaden.

Er war froh, sich nicht verletzt zu haben, abgesehen von dem klopfenden Gefühl über der linken Schläfe. Als er sich an die schmerzende Stelle fasste, erwartete er, Blut an seinen Fingern kleben zu sehen, konnte dann aber erleichtert aufatmen, als dem nicht so war. Während er langsam um die Vorderseite des Trucks ging, stellte er fest, dass er vor einer gelben Planierraupe mit dem Logo des Verkehrsministeriums von Virginia liegen geblieben war. Er befand sich auf einem Depot des Straßenbauamtes.

Zumindest ein positiver Aspekt ließ sich der Situation abgewinnen: Auf der Liste von Orten, die seit je seine Neugierde geweckt hatten, konnte er diese Strecke jetzt gedanklich abhaken. Während er sich vornüberbeugte und die Hände auf die Oberschenkel stützte, atmete er tief ein und ging mehrmals in die Hocke, um die Verspannungen zu lösen, die er in seinen Muskeln spürte. Er musste einen Weg nach Hause finden, was darauf hinauslaufen würde, dass er sich an jemanden aus den vereinzelten Wohnhäusern am Rande der Schnellstraße wandte. Er ging auf einem Knie nieder und lehnte sich zur Seite, um sein Handy im Wagen zu suchen. Er musste Constance und auch die Polizei verständigen.

Als er das Brummen eines sich nähernden Fahrzeugs hörte, stellte er sich wieder aufrecht hin. Zwei Lichtkegel schälten sich aus der Dunkelheit. Als das Auto langsamer wurde und links einbog, wusste er, dass unliebsamer Besuch auf ihn zukam.

Declan zog sich schnell vom Rand des Depots in die Mitte zurück, wo er sich hinter den Baufahrzeugen duckte. Auf der Suche nach einem Versteck tastete er sich zwischen den dreckigen Maschinen vor, bis er das Ende des Platzes erreichte, wo ein dicker Findling aus der Erde ragte. Hinter dem Stein fiel das Gelände unvermittelt ab, und in der Tiefe konnte er die nach Osten führende Spur des Highways erkennen. Vorsichtig kletterte er an der Felsformation hinauf und legte sich auf den Bauch, während das Knirschen von Kies unter Reifen lauter wurde.

Der Wagen näherte sich ruckelnd über den einspurigen Weg, der an dem Depot vorbeiführte, und quietschte vernehmlich. Als er zehn Fuß vor Declans Fahrzeug stehen blieb, konnte er sehen, dass es der weiße Geländewagen war, mit dem man ihn verfolgt hatte. Der Fensterheber auf der Beifahrerseite summte beim

Herunterlassen der Scheibe, bevor eine Taschenlampe grell aufleuchtete, die auf den umgestürzten Truck gerichtet wurde. Die Tür ging auf, und ein Mann mit breitem Oberkörper stieg aus, von dem man hinter dem Lichtstrahl nur die Umrisse sah, während er sich näherte.

»Hier ist niemand«, sagte er akzentfrei mit rauer Stimme, als er sich bückte und ins Führerhaus des Trucks schaute.

»Wir müssen ihn finden!«, antwortete jemand aus dem Geländewagen. »Sie wollen diesen Kerl tot sehen, ansonsten bekommen wir keine Kohle!«

Kapitel 18

Da die Aussprache der Männer aus dem weißen Geländewagen keine wesentlichen Eigenheiten zu erkennen gab, konnte Declan davon ausgehen, dass es andere waren als jene, die er am Abend zuvor an der Briton-Adams-Villa beobachtet hatte. Wenngleich er sie in der Dunkelheit nicht erkannte, so deuteten ihre Wortwahl und Redeweise an, dass es sich um Einheimische handelte. In jedem Fall kamen sie eindeutig nicht von so weit her, wie diejenigen, die Levitt und Kafni ermordet hatten. Wer waren sie – und noch wichtiger: Wer bezahlte sie dafür, ihn umzubringen, und warum? Ihn schauderte. Die Kälte des feuchten Gesteins, auf dem er lag, drang in seine Glieder, während er dabei zusah, wie die grellen Lichtkegel von nun zwei Taschenlampen in der Finsternis zuckten und auf den unbenutzten Gerätepark fielen wie der Vollmond auf eine Rotte schlafender Graubären.

Zwei Männer waren ausgestiegen und liefen über das Gelände, um zwischen den Maschinen zu stöbern. Declan fragte sich, ob noch mehr Kerle in dem Wagen saßen oder die beiden die Einzigen waren. Er behielt den Kopf unten und wog seine Optionen ab. Hinter ihm fiel der Fels steil bis zu dem zweispurigen Highway nach Osten hinab, der nach Lynchburg führte. Rechts und links erstreckten sich dichte Waldstücke, wo er in Deckung gehen konnte, aber auch Geräusche verursachen und die Männer auf seine Spur bringen würde, wenn er sich darin bewegte. Vor ihm schließlich lauerten ebendiese: Mindestens zwei Bewaffnete, die ihn bei Sichtkontakt sofort erschießen wollten. Blieb er, wo er war, kamen sie früher oder später an dieses Ende des Depotgeländes, und falls sie herauszufinden versuchten, was hinter dem Findling lag, saß er in der Falle. In Anbetracht der Tatsache, dass sie Waffen besaßen und er nicht, wollte er eine direkte Konfrontation tunlichst vermeiden, was eine Flucht unvermeidbar machte.

»Ich sehe nichts«, rief einer laut. »Vielleicht wurde er bei dem Unfall aus der Kiste geschleudert. Ich hab schon erlebt, dass Leute 50 Fuß oder noch weiter von Unfallstellen entfernt lagen, und diese Karre hat sich ziemlich lange überschlagen. Der Typ könnte überall liegen.«

Declan blieb reglos. Würden sie ihre Suche aufgeben und verschwinden?

»Könnte sein, aber wenn wir kein Foto der Leiche mitbringen, haben wir unsere Zeit vergeudet«, gab der andere Kerl zu bedenken, der den Geländewagen gefahren hatte.

Wie es aussah, führte kein Weg an einer Flucht vorbei. Langsam drehte Declan seinen Kopf und schaute hinter sich, denn er hörte ein Fahrzeug, das auf dem Highway im Tal vorbeifuhr. Die Straße verlief an einer Steigung entlang um den Felshügel, aber Declan konnte im Dunkeln nicht genau abschätzen, wie weit es bis nach unten und ob das Gefälle senkrecht oder leicht schräg war. Sollte Letzteres der Fall sein, konnte er diesen Weg nehmen. Dann konnte er hinunterrutschen und über den Highway in den Wald laufen, in dessen finsterer Umgebung die Männer ihn nur schwerlich finden würden. Handelte es sich hingegen doch um einen senkrechten Sturz, würde er sich ein Bein brechen oder schlimmer noch – den Männern die Arbeit abnehmen.

Schließlich drehte er den Kopf wieder nach vorne. Die Männer waren nicht wesentlich näher als zuvor, sondern suchten das Areal systematisch ab, indem sie in jedes Fahrzeug schauten. Declan warf einen Blick ins Dunkel zu seiner Linken. Der Hang dort am Rande des Depots flachte sanft ab, bis das Terrain eben wurde, wo die vier Spuren wieder aufeinandertrafen und weiter bis nach Roanoke führten. Wenn er dort hinunterlief, gewann er Schwung und konnte den Männern schneller entkommen, obwohl sie ihn unweigerlich hören und die Verfolgung aufnehmen würden. Falls er es bis in den Wald auf der anderen Seite der Fahrbahn am Fuß der Anhöhe schaffte, ohne sich schnappen zu lassen, konnte er sich ungehindert zu einem der Häuser in der Nähe durchschlagen und die Polizei rufen. Während er das zerklüftete Gestein packte, fasste er festen Tritt, um sich möglichst kraftvoll abstoßen zu können, und bereitete sich auf seine Flucht vor.

»Geh zurück zum Wagen, ruf Hag und Marty an«, befahl der Fahrer. »Ich will sie nicht warten lassen. Sag ihnen, sie sollen dort hinfahren und die Frau kaltmachen. Die Sache muss sich nicht länger hinziehen als nötig.«

Declan stockte der Atem. *Constance.* Seine Gedanken überschlugen sich. Wie hatte er so leichtsinnig sein können? Warum war er davon ausgegangen, dass diese Kerle nur hinter ihm her seien?

Er warf alle Fluchtgedanken beiseite und entschied sich sofort für eine direkte Konfrontation. Pistolen hin oder her, diese Männer durften nicht zu ihrem Fahrzeug gelangen und diesen Anruf tätigen, solange Declan noch lebte. Er hob den Kopf und sah, wie sich derjenige, der ihm am nächsten war, zurück auf den Weg zum Geländewagen machte.

Declan stellte sich mit vollem Gewicht auf seinen rechten Fuß und schnellte vorwärts. Als er im Schlamm aufkam, schmatzte es, doch er preschte sofort los, wobei er die Schultern herunterzog wie ein Runningback beim Football. So stürmte er auf den Kerl zu, der ihm immer noch den Rücken zukehrte.

»Da ist er! Pass auf!«

Der Mann vor ihm wollte ausweichen, doch sein Komplize hatte ihn zu spät gewarnt: Declan stieß mit ihm zusammen, sodass er mit dem Gesicht in den Matsch fiel. Während er mit Schwung darin rutschte, packte Declan seinen Kopf und verdrehte ihn, bis er es leise knacken hörte.

Dann stemmte er sich mit den Füßen gegen die Leiche – benutzte sie, um schnell wieder auf die Beine zu kommen – und rannte zu einer schweren Planierraupe, um sich zu verstecken. Zwei Schüsse fielen, gerade als er sich dahinter duckte. Eine Kugel prallte mit lautem Klirren gefährlich nahe von der Karosserie ab. Während der Widerhall in der Nacht verklang, verharrte Declan hinter der Maschine und lauschte. Der Schütze nahm immer wieder eine andere Position ein, um auf ihn zielen zu können.

»Myers? Myers?«, flüsterte er zischelnd.

Declan konzentrierte sich darauf, ob noch jemand aus dem Geländewagen stieg, doch das geschah nicht. Der Angreifer meinte offensichtlich seinen toten Freund, womit sich bestätigte, dass sie nur zu zweit gekommen waren.

»Oh, wenn ich dich finde, bist du dran!«, rief er, als er ahnte, dass sein Kumpel nicht mehr lebte.

Declan schlich zur anderen Seite des Fahrzeugs, ging in die Hocke und lugte dahinter hervor. Er sah Myers Leiche ein paar Yards neben dem Führerhaus seines umgestürzten Trucks liegen; es war ein Weißer mit strubbeligem blonden Haar. Was seine Sprechweise angedeutet hatte, machte sein Äußeres augenscheinlich: Er zählte nicht zu den Männern, die Declan am vorangegangenen Abend bei Ruslan Baktayew gesehen hatte. Bei diesen beiden lag der Fall ganz anders, denn es handelte sich um angeheuerte Schläger, die ihn und seine Frau aus dem Verkehr ziehen sollten.

Er schaute sich den Körper des Leichnams von Kopf bis Fuß an, weil er wissen wollte, ob er eine Pistole bei sich getragen hatte. In seinen Händen lag jedoch nichts, genauso wenig am Boden ringsum, wenn man von der Taschenlampe absah, deren Licht jetzt in die Leere der Nacht fiel wie der Blick ihres toten Besitzers. Hatten die beiden wirklich nur eine Waffe dabei? Vielleicht war die Pistole dieses Mannes auf dem Highway abhandengekommen, nachdem er versucht hatte, Declan aus dem fahrenden Wagen zu erschießen. Welchen Grund es auch haben mochte: Die Leiche trug nichts bei sich, was ihm in seiner gegenwärtigen Situation helfen konnte.

Er schaute von dem Toten hoch, während er weiter auf die verstohlenen Bewegungen des anderen achtete. Der Mann war nähergekommen und suchte sich offensichtlich einen Weg zu der Raupe. Der Strahl seiner Taschenlampe – zweifellos zielte er mit seiner Halbautomatik in dieselbe Richtung – wanderte am entgegengesetzten Ende des Räumfahrzeugs entlang. Falls er so weiterging, konnte sich Declan zwar zurückziehen, aber er brauchte eine Waffe, um ihn unschädlich zu machen. Diesmal durfte er nicht auf ein Überraschungsmoment hoffen.

Nachdem er sich für den Fall, dass der Schütze unvermittelt eine andere Richtung einschlagen sollte, hinter die Kette des Fahrzeugs gehockt hatte, schaute sich Declan nach irgendetwas um, mit dem er sich zur Wehr setzen konnte – selbst ein stumpfer Gegenstand würde zweckmäßig sein. Es ging darum, gleich mit dem ersten Angriff einen möglichst schweren Schaden anzurichten. So, wie der Kerl sich bewegte, musste er ein ausgebildeter Soldat sein. Declan hegte nicht den Wunsch auf einen Nahkampf, um herauszufinden, wie gut trainiert er war.

Als er einen Blick über seine Schulter auf das Führerhaus der Raupe warf, bemerkte Declan, dass die Fensterscheiben fehlten. Er erhob sich vorsichtig und trat näher, um mehr vom Inneren zu sehen. Unter dem Fahrersitz lagen ein schmutziges Tuch und mehrere Werkzeuge. Durch die offene Kabine sah er, wie der Schütze seine Taschenlampe an der Front des Fahrzeugs schwenkte, selbst aber verborgen blieb. Declan behielt ihn genau im Auge, während er im Führerhaus herumtastete, bis er den Griff eines Werkzeugs in die Finger bekam. Er nahm es heraus – eine kleine Schaufel. *Perfekt.* Erinnerungen an seine Ausbildung durch Soldaten einer russischen Spezialeinheit kehrten zurück. Eine Schaufel war halb Waffe, halb Arbeitsgerät.

Mit der Schaufel in den Händen stieg er sachte von der Raupe und huschte am Kettenlaufwerk vorbei auf die Front zu. Sein Gegner stand immer noch dort, wie der Lichtkegel der Lampe preisgab. Vielleicht fragte er sich, ob Declan in den Wald geflohen oder an der anderen Seite des Fahrzeugs herumgegangen sei. Gleich würde er es herausfinden …

Plötzlich hörte der Strahl auf, sich zu bewegen. Declan hielt die Luft an und regte sich nicht. Hatte der andere ihn gehört? Er wartete, bis das Licht wieder anfing, sich langsam zu verschieben. Der Mann würde gleich um den Schild der Raupe schnellen und auf die Stelle zielen, wo sich Declan wenige Momente zuvor noch versteckt hatte.

Auf einmal wurde die Bewegung der Lampe hektischer, und als Declan hinter dem Schild vortrat, stellte er fest, dass der Schütze mit dem Rücken zu ihm stand und seine Waffe aufs Heck der Raupe richtete. Seine Augen zuckten zur Seite an den Rand seines Gesichtskreises; da wusste Declan, dass er entdeckt worden war. Der Mann vollzog eine Vierteldrehung mit ausgestrecktem Arm. Declan warf ihm die Schaufel gegen den Kopf, hechtete vorwärts und stieß ihn mit der rechten Schulter um. Nachdem er über den Mann gerollt und wieder aufgestanden war, drehte er sich um und bedrängte den Kerl weiter, der benommen versuchte, sich aufzuraffen. Als er erneut zielen wollte, trat Declan die Waffenhand zur Seite und versetzte ihm einen Schlag gegen den Unterkiefer, sodass er mit dem Kopf gegen den Schild der Raupe knallte. Declan drückte ihn mit seinem ganzen Körper dagegen, während er selbst nach der Pistole griff.

Er bekam den Lauf zu packen und rang mit seinem Gegner um die Waffe. Der Mann hielt sie jedoch mit beiden Händen fest und versuchte, ihn wegzustoßen. Dann verpasste er ihm einen kräftigen Nasenstüber mit dem Kopf, der Declan zurückdrängte. Doch Declan ließ nicht los, obwohl ihm Tränen in die Augen stiegen. Er spürte, wie Blut über seine Oberlippe in den Mund strömte. Keuchend spuckte er es aus, und dunkelrote Tropfen spritzten auf das gelbbraune Oberteil des Mannes. Dieser stemmte sich mit seinem ganzen Gewicht gegen die Pistole, um sie nach unten zu richten und abzudrücken, doch Declan übte Gegendruck aus, so gut es ging. Doch da der Angreifer über ihm aufragte und seine eigenen Füße im Schlamm ins Rutschen gerieten, wusste er, dass er der Hebelkraft des Mannes nicht mehr lange standhalten konnte. Declan zog ein Bein an, ließ sich rücklings fallen, trat dem Kerl in den Schritt und riss ihn um, schleuderte ihn über sich.

Declan ließ sich mit einem Knie aufs Handgelenk der Schusshand fallen, damit er sie unten behielt. Im Adrenalinrausch rammte er dem Mann eine Faust ins Gesicht, immer wieder mit vollem Körpereinsatz. *Warum verdammt …?*, ging ihm durch den Kopf, während er wieder und wieder zuschlug.

»Warum verdammt willst du mich umbringen?«, knurrte er schließlich, ohne zu bemerken, dass er es laut äußerte.

Der Klang seiner eigenen Stimme überraschte ihn und holte ihn in die Wirklichkeit zurück. Der letzte Hieb traf kraftlos ins Gesicht des Mannes, dann mühte sich Declan, wieder Luft zu bekommen. Er sackte zusammen, blieb sitzen und stierte auf das, was er angerichtet hatte. An den halb geschlossenen, ausdruckslosen Augen des anderen erkannte er, dass er tot war, sein Schädel zertrümmert zwischen dem Felsen und der Faust, die ihm zugesetzt hatte. Blut vermischte sich mit dem Matsch, auf dem die Leiche lag.

Declan stand mühsam auf. Schnaufend schaute er sich um. Er war allein. Nachdem er sich gebückt und dem Toten die Pistole aus der Hand genommen hatte, überprüfte er sie. Es war eine Smith & Wesson aus der Sigma-Serie mit standardmäßigem 16er-Magazin. Er entnahm es. Als er die Patronen gezählt hatte, steckte er es wieder in den Griff und ging von der Planierraupe fort. Er musste schnell nach Hause – zu seiner Frau, die außerstande sein würde, sich in gleicher Weise selbst zu verteidigen, wie er es gerade getan hatte. Irgendwelche Typen warteten auf eine Rückmeldung der nunmehr Toten, aber wie lange? Wenn sich die beiden nicht meldeten, würden die anderen dennoch ausrücken oder ihre Mission abbrechen und zu ihrem Auftraggeber zurückkehren?

Declans Truck lag auf dem Dach, also näherte er sich dem zerbeulten weißen Geländewagen, der im Leerlauf mitten auf dem unbefestigten Weg vor sich hin brummte. Die Kotflügel waren nach den Kollisionen mit seinem Fahrzeug, während die Männer versucht hatten, ihn von der Straße zu drängen, eingedrückt und zerkratzt.

Mit vorgehaltener Waffe ging er um den Wagen herum und vergewisserte sich, dass wirklich niemand mehr drinsaß. Dann zog er die Fahrertür auf und setzte sich ans Steuer, nicht ohne einen letzten Blick auf die Rückbank zu werfen.

Er warf die Pistole auf den Beifahrersitz und legte den ersten Gang ein. Der Motor rappelte, als der Wagen widerstrebend vorwärts ruckelte. Wenige Augenblicke später bog Declan auf die Route 460 nach Westen ein. Die Straße war leer. Er gab Vollgas. Wilde Gedanken schossen durch seinen Kopf, während er sich einbildete, dass Constance ihn mit leerem Blick durch die Windschutzscheibe anstarrte.

Kapitel 19

19:59 Uhr, Eastern Standard Time – Samstag, Verndale Drive, Roanoke, Virginia

Declan bog rechts ab und fuhr in Richtung Süden zu seinem Haus. Das tote, stierende Augenpaar vor der Scheibe ließ ihn nicht los. Bis zum vorherigen Abend war es ein Jahrzehnt her gewesen, dass er das Leben eines Menschen mit einem Schuss hatte beenden müssen. Nun würde er sich, wenn er die Augen zum Schlafen schloss, an vier weitere Gesichter gewöhnen müssen, obwohl er wusste, dass er sich nur verteidigt hatte. Einige der Toten blickten voller Verachtung, klagten ihn für ihr Ableben an, wohingegen es andere – überwiegend Freunde – in stummer Mahnung taten, er könnte genauso enden … und auf ewig in die Augen seines eigenen Mörders starren.

Im Licht seiner Scheinwerfer zogen beiderseits die geparkten Autos und gepflegten Vorgärten von Verndale Drive vorbei. Seine Nachbarn hatten es sich für den Abend zu Hause gemütlich gemacht; Hypotheken abzahlen, für die Familie da sein und zwischendurch noch Zeit für sich selbst finden – das waren ihre größten Sorgen. Die meisten Amerikaner hatten keine Ahnung davon, wie es sich anfühlte, jeden Morgen mit der Frage im Kopf aufzuwachen, ob es der *eigene* letzte Tag war oder jemand anderes dran glauben musste. Er hatte versucht, zu vergessen – zu sein wie alle anderen. Eine Zeit lang war es ihm gelungen, aber der Tod, so schien es, gehörte auf jeden Fall zu seinem Leben. Vorübergehend hatte er ihn aus den Augen verloren, war aber schlussendlich wieder eingeholt worden, und zwar eindrucksvoller, als er jemals befürchtet hatte, wie die letzten 24 Stunden bewiesen.

Declan zwang sich zur Konzentration auf die unmittelbaren Gegebenheiten, während er den weißen Geländewagen um die letzte Kurve auf den Weg vor seinem Grundstück lenkte. Constance war in Gefahr. So schnell er auch voranzukommen versucht hatte: Der Leistung des Fahrzeugs waren in seinem ramponierten Zustand Grenzen gesetzt. Unterwegs hatte er mehrmals befürchtet, es vielleicht gar nicht zu schaffen. Weißer Rauch quoll aus dem Auspuffrohr, und das Gaspedal vibrierte heftig, wenn er es trat.

Für wen arbeiteten diese Männer? Die beiden, die ihn auf der Schnellstraße angegriffen hatten, waren weder Tschetschenen noch überhaupt Muslime gewesen, soweit er es sagen konnte, sondern ganz offensichtlich Amerikaner, obwohl kein Zweifel daran bestand, dass sie eine Art militärische Ausbildung genossen hatten. Declan wusste nicht viel über Ruslan Baktayew, bezweifelte aber, dass ein Mann, der länger als acht Jahre in Russland inhaftiert gewesen war, allzu viele Amerikaner kannte. Wie von Kafni und Harel vermutet, musste jemand anderes die Finger im Spiel haben.

Ein plötzlicher Lichtblitz auf dem finsteren Parkplatz gegenüber seiner Einfahrt unterbrach seinen Gedankengang. Er bremste und riss das Lenkrad herum. So bog er auf die Zufahrt vor einem Haus, in dem kein Licht brannte, blendete ab und erkannte einen einzelnen roten Punkt in der Luft: Die Glut einer Zigarette und der einzige sichtbare Beleg dafür, dass dort jemand lauerte. Als die Person einen weiteren Zug nahm, ließen sich die Umrisse eines Kiefers ausmachen, gleich darauf auch der Rahmen einer Autotür. Dort saß also jemand in einem Wagen und beobachtete Declans Einfahrt.

Da er seine Wohngegend gut kannte, wusste er, dass er um ein paar Häuser schleichen konnte, um dem Mann zuvorzukommen, doch dieser – so sagte ihm ein Bauchgefühl – war nicht allein. Declan schaute auf der Straße in beide Richtungen, erblickte aber keine weiteren Fahrzeuge, die dort nicht hingehörten. Die Familienkutschen, Pick-ups und zweitklassigen Limousinen fügten sich ausnahmslos ins Bild der Gegend. Ein Gedanke drängte sich ihm auf – zögerlich zuerst, doch dann überkam es ihn lawinenartig, und ihm wurde übel. Der Mann in dem Auto hielt Wache für weitere, die schon in Declans Haus waren.

Er musste wissen, ob es Constance gut ging. Beim Durchstöbern des Wagens fand er ein Mobiltelefon auf der Ablage. Er nahm es und wählte die Nummer seiner Frau, behielt es aber auf dem Schoß, damit das leuchtende Display niemanden auf ihn aufmerksam machte. Als er das Freizeichen hörte, schaltete er die Freisprechfunktion ein. Es tutete noch fünfmal, bis ihr Anrufbeantworter aktiviert wurde.

»Hi, Sie sind verbunden mit Constance McIv–« Declan trennte die Verbindung und tippte sofort auf Wahlwiederholung.

»Hi, Sie sind verbunden mit Const–« Wieder trennte er und versuchte es noch einmal. In seinem Kopf spukten Szenen herum, worin seine Frau in einer Blutlache am Boden ihres Hauses lag, die Augen weit aufgerissen und wie so viele andere, die er bereits gesehen hatte, ins Nichts starrend.

»Hi, Sie sind verbunden–« Er warf das Gerät verärgert beiseite. Dann legte er seine Stirn aufs Lenkrad und versuchte, die Vorstellung seiner toten Frau zu verdrängen. In seinem Kopf dröhnte es, während er das Lenkrad so fest packte, dass seine Finger allmählich taub wurden. Mit all den anderen Gesichtern konnte er leben, aber nicht mit ihrem, dem fragenden Blick, einem gespenstisch beständigen *Warum* in ihren zarten Zügen.

Als er zu erwägen begann, ob er an dem Beobachter vorbei und die Auffahrt hinauf laufen sollte, leuchtete ein bläuliches Licht im Fußraum auf, gefolgt vom Brummen des Handys, das auf der Gummimatte vibrierte. Das Geräusch vertrieb seine Hirngespinste, und das Display zeigte jetzt eine vertraute Nummer. *Constance …*

Als er es aufhob, stellte er sich eine heiser knatternde Stimme am anderen Ende vor, deren Besitzer – der Mörder seiner Ehefrau – garstig lächelte. Dreimal hatte er angerufen, jeweils vergeblich. Vielleicht waren die Verbrecher erst jetzt auf das Telefon in ihrer Handtasche gestoßen. Seine eigene Stimme kam ihm fremd vor, als er sich meldete.

»Geht es dir gut?«, fragte er nahezu atemlos.

»Declan? Wo bleibst du? Wann kommst du heim?«

Mit einem Mal zerstoben die heulenden Geister seiner Vergangenheit. Constance klang schläfrig, doch sie zu hören, war Engelsgesang in seinen Ohren. Ihr Tonfall gab ihm zu verstehen, dass sie sich sicher fühlte, ahnungslos in Anbetracht der Gefahr, die sich gar nicht weit von ihrem Haus entfernt anbahnte.

»Declan?«

»Ich bin noch dran«, hauchte er.

»Von wo rufst du an?«

Ihm fiel ein, dass er nicht sein eigenes Handy benutzte, was vielleicht erklärte, warum sie seine Anrufe nicht entgegengenommen hatte: Die Nummer war ihr nicht geläufig gewesen.

»Nur mit 'nem anderen Firmenhandy«, log er. »Geht es dir gut? Tut mir leid, dich geweckt zu haben.«

»Ja, alles bestens. Wo bist du? Warum dauert das so lange?«

Der liebliche Klang ihrer Stimme brach ihm das Herz. Sie konnte sich kein bisschen vorstellen, was los war, und er würde es ihr gleich erklären müssen. Dass er verletzt gewesen und Kafni ermordet worden war, hatte sie relativ gut verkraftet, doch die Ereignisse an diesem Abend konnten nur gewaltige Veränderungen in ihrer beider Leben nach sich ziehen – Umstellungen, die sie schnell vornehmen mussten, ohne dass Zeit für Erklärungen blieb.

Es galt, die Flucht zu ergreifen, und zwar sofort. Wer auch immer diese Männer auf sie angesetzt hatte, gab bestimmt nicht so leicht auf.

»Ich hatte eine Panne mit dem Wagen«, schob er nach rascher Überlegung vor. »Du musst mich abholen.«

»Was meinst du mit Panne? Der Wagen ist nagelneu.«

»Weiß nicht, aber er springt einfach nicht mehr an. Komm mich holen; ich bin in der Innenstadt in der Nähe des alten Rangierbahnhofs. Weißt du noch, wo dein Onkel früher sein Obst und Gemüse gelagert hat?«

»Ja, klar. Was hast du denn dort verloren?«

»Ich wollte die andere Strecke nach Hause nehmen. Jetzt stehe ich auf seinem alten Parkplatz. Beeil dich, ich will mich nicht länger hier aufhalten. Ist 'ne zwielichtige Gegend.«

»Okay, bin unterwegs.«

»Ruf mich zurück, wenn du das Haus verlässt.«

»In Ordnung.«

Er hörte das Bettzeug rascheln, als sie die Decke aufklappte, bevor sie das Gespräch beendete. Zwischen den Bäumen, wenn er den Hügel hinaufschaute, sah er gedämpftes Licht aus ihrem Schlafzimmerfenster. Schließlich drehte er sich zu dem rauchenden Tunichtgut in dem Auto um, der im Dunkeln vielleicht unbemerkt geblieben wäre, hätte er nicht seiner Nikotinsucht nachgegeben. Plötzlich bewegte sich der glühende Punkt in der Schwärze, und ein weiterer erschien. *In dem Wagen sitzt also noch jemand.* Declan ging stark davon aus, dass es die beiden waren, die noch auf Anweisungen ihrer nunmehr toten Spießgesellen warteten.

Zehn Minuten später rollte Constances perlweißes Cabriolet mit aufblendenden Scheinwerfern aus der Garage. Die Männer in dem fremden Auto schnippten ihre Zigaretten auf den Schotterweg des Parkplatzes und duckten sich im Dunkeln, als sie den Nissan kommen sahen. Er fuhr vom Grundstück ab und eine leichte Anhöhe hinauf, die in die Innenstadt von Roanoke führte.

Declan beobachtete und wartete darauf, dass sich die Männer aufmachten, was sie nach wenigen Sekunden auch taten. Die Heckleuchten ihres Wagens gingen an und warfen rotes Licht auf die Bäume dahinter. Der Motor stotterte beim Anspringen, dann verließ ein weißer Crown Victoria den Platz und fuhr nur ein paar Yards an der Stelle vorbei, wo Declan stand. Er achtete genau darauf, ob sie irgendjemand anderem Zeichen gaben, der sich eventuell in der Umgebung versteckt hielt, oder ihnen ein weiterer Wagen folgte, sah aber nichts. Letztlich schienen sie doch allein gekommen zu sein. Er folgte ihnen mit gebührendem Abstand, wobei er ständig in den Rückspiegel schaute … und dann nach unten, als das Handy zwischen seinen Beinen wieder vibrierte.

»Bist du unterwegs?«, fragte er seine Frau. »Prima, jetzt hör mir genau zu: Ich bin nicht an dem Warenlager, sondern 200 Yards hinter dir.«

»Decl–«

»Nicht dazwischenreden, hör einfach nur zu«, verlangte er. »Schau in deinen Rückspiegel. Siehst du die Scheinwerfer?«

»Ja, aber wieso …«

Er würgte sie wieder ab. »Still. Das bin nicht ich in dem Wagen. Ich fahre in einem weißen Geländewagen dahinter. Du wirst verfolgt.«

Nun sah er vor sich, dass die Bremslichter des Nissan aufleuchteten. »Nichts anmerken lassen, nur weiterfahren«, beschwichtigte er.

»Declan, was ist hier los?«

»Fahr einfach weiter. Wir reden, während du zum Lager fährst.«

»Na gut.«

In ihrem Ton schwang Furcht mit. Constance hatte nie lernen müssen, mit so etwas umzugehen.

Der Crown Victoria vor ihm hängte sich dicht an den Nissan, was darauf deutete, dass der Fahrer wenig Erfahrung hatte. Dem Auftraggeber dieses Haufens waren augenscheinlich die fähigen Typen zum Erledigen ihrer Dreckarbeit ausgegangen.

»Ich will, dass du umgehend auf den Highway fährst«, drängte Declan.

Ihr Verfolger fiel schließlich zurück und wahrte eine unauffälligere Entfernung. Declan hatte bemerkt, dass der Fahrer das Fernlicht benutzt hatte, um zu bestimmen, wie viele Personen in dem Auto saßen, dem er folgte. Vielleicht war er doch nicht ganz so unerfahren.

Constance näherte sich nun einer Ampel. Das Licht sprang unvermittelt von Grün auf Gelb und dann Rot um, bevor sie passieren konnte.

Mist, dachte Declan, als er sah, dass sie zum Halten kam. Der Crown Victoria blieb zwei Wagenlängen hinter ihr stehen. Während Declan auf der Nebenspur darauf zurollte, suchte er gespannt nach Anzeichen dafür, selbst bemerkt worden zu sein. Dabei lehnte er sich zur Seite und nahm die Smith & Wesson vom Beifahrersitz. Vorbereitung war der Schlüssel zum Überleben, und er hatte sowohl zu Hause als auch in seinen Autos Waffen hinterlegt – freilich in der Hoffnung, sie nie gebrauchen zu müssen. Zu dumm nur, dass er jetzt nicht in seinem Wagen saß.

»Declan, ich wünschte, du würdest mir sagen, was los ist. Wieso werde ich verfolgt? Hat das mit Abidans Tod zu tun?«

»Ja«, antwortete er und ließ das Wort kurz zwischen ihnen stehen, bevor er fortfuhr: »Ich erkläre es dir genauer, wenn wir beide in Sicherheit sind, aber bis dahin mach einfach, was ich dir sage.«

Die Ampel sprang wieder auf Grün, woraufhin Constance nach links zum Highway abbog. Ihre Verfolger rollten langsam hinterher. Declan wartete, bis beide Autos fast nicht mehr zu sehen waren, bevor er den Fahrstreifen wechselte und folgte.

»Denk daran, immer brav auf dem Weg bleiben und sie zum Lager locken«, erinnerte er seine Frau. »Ich sage dir, was dann zu tun ist, wenn wir dort sind. Alles wird gut.« Er hoffte, dass er recht behielt.

Sechzehn Minuten nachdem Constance das Grundstück verlassen hatte, nahm sie die Ausfahrt Roanoke Zentrum, um von der Fernstraße in Richtung Osten zu fahren. Sie brachte zwei weitere Ampeln hinter sich und nahm eine Abbiegung links, die zu den Siedlungen im Südosten der Stadt führte.

Zwischen dem Gewerbegebiet in der Innenstadt und dem großen Bezirk, den man landläufig »Alt-Südost« nannte, reihten sich baufällige Lagerhallen, die einst von Norfolk & Southern und anderen Unternehmen benutzt worden waren, die diese Eisenbahngesellschaft subventioniert hatte. Sie unterhielt nach wie vor einen betriebsfähigen Rangierbahnhof, der einen weiten Quadranten der Südstadt von Roanoke einnahm, aber verglichen mit früher ein trauriges Bild abgab. Declan, der ungefähr 100 Yards Abstand hinter dem Crown Victoria wahrte, konnte die imposanten Lokomotiven am Gegenufer des Roanoke River sehen, schlafende Riesen mit laufenden Motoren, damit sie nicht über Nacht einfroren.

»Also gut, wir sind gleich da«, kündigte er Constance an. »Kennst du noch den früheren Lieblingsparkplatz deines Onkels – den hinter der Halle, der gerade breit genug für ein Auto ist?«

»Ja … ja, ich glaube schon.«

»Großartig. Ich möchte, dass du genau dort parkst und im Wagen bleibst, bis ich komme und dich hole. Egal was du hörst, steig bloß nicht aus, hast du verstanden?«

»Ja.«

Er brauchte das Zittern in ihrer Stimme nicht zu hören, um zu wissen, dass er sie verängstigte. Das tat er absichtlich. Er war sich ziemlich sicher, noch nicht bemerkt worden zu sein, doch das konnte sich ändern. Wenn er eines vermeiden wollte, dann, dass Constance nicht in Deckung war, wenn die Schießerei losbrach. »Stell den Motor ab und schalt das Licht aus, sobald du stehst.«

»Alles klar.« Ihre Stimme überschlug sich jetzt beinahe.

Er brach die Verbindung ab und sah dabei zu, wie sie auf den abgezäunten Platz fuhr, der zu einem zweistöckigen, weißen Betonbau mit umlaufendem Ladedock gehörte. Die Angeln des Tores, mit dem man das Gelände vormals außerhalb der Geschäftszeiten abgeriegelt hatte, waren durchgerostet, weshalb es jetzt auf dem Platz im Schlamm lag. Verwitterte Schilder an der Straße und dem Gebäude wiesen es als *Star City Obst- und Gemüselager* aus. Das Unternehmen hatte einst den gesamten Südosten der Vereinigten Staaten mit lokalen Erzeugnissen beliefert und gehörte Constances Onkel. Nach dessen Tod war es an seine beiden Söhne übergegangen und heruntergewirtschaftet worden. Daran gemahnten jetzt nur noch die verlassene Halle, die Declan im Rahmen der Zwangsversteigerung erstanden hatte, und ein paar vor sich hinrostende Kastenwagen, die am Zaun dahinter standen.

Declan fuhr rechts ran und beobachtete, wie die Verfolger langsam einbogen, da sie nicht entdeckt werden wollten. Constance hatte seine Anweisungen genau befolgt und war hinter die Halle gefahren, wo er sie nicht mehr sehen konnte. Der Crown Victoria blendete ab, bevor er weiterfuhr. Declan stellte den Motor ab und stieg aus. Er musste sich beeilen, um es nicht darauf ankommen zu lassen, dass seine Frau zwischen die Fronten geriet, falls es zum Kampf kam. Mit etwas Glück schaltete er die Gauner aus, bevor sie einen Schuss abgeben konnten.

Nachdem er den Geländewagen verlassen hatte, steckte er die Pistole in seine Jackentasche und lief los. Beim Betreten des Sandplatzes hielt er sich dicht am Zaun im Schatten, während der Crown Victoria wieder stehen blieb. Dank des bewölkten Nachthimmels und der hohen, nackten Birken, die sich hinter dem Gelände reihten, lag ein Großteil der einen Morgen großen Fläche im Finsteren.

Die Männer stiegen aus. Declan sah, wie sie jeweils Feuerwaffen aus ihren Jacken zogen und durchluden. Er selbst zückte seine eigene Pistole.

Die beiden stießen behutsam zur hinteren Ecke des Warenlagers vor. Sie zielten geradeaus und folgten ihrer Schusslinie, als wäre ihnen bewusst, dass sie durchaus in eine Falle tappen konnten.

Declan zog sich leise auf das Ladedock hoch und kroch über den glatten Betonboden, gut getarnt durch seine dunkle Kleidung und den Mangel an natürlichem Licht. Nachdem er sich flach gegen die Mauer gedrückt hatte, rückte er erst weiter vorwärts, als er sicher war, dass die Männer in eine andere Richtung schauten.

Schließlich erreichten sie die Ecke des Lagers und schwenkten ihre Pistolen zunächst zur Seite des Gebäudes, dann in die andere Richtung auf den Hinterhof, wo die verfallenden Kastenwagen standen. Beim Weitergehen entlang der Hallenmauer

– sie richteten die Waffen immerzu auf den hinteren Geländebereich – gerieten sie vorübergehend außer Sicht.

Declan überquerte rasch das Ladedock und drehte sich an der hinteren Ecke seitlich, um zu zielen. Die Männer streiften mit dem Rücken zu ihm hin und her, weil von Constances Auto jegliche Spur zu fehlen schien. Dabei waren sie nur 20 Yards von der engen, aber langen Parklücke entfernt, die ihr Onkel über 30 Jahre hinweg bevorzugt hatte, doch vor dem Wellblech an der Gebäudewand konnte man den schnittigen Sportwagen kaum sehen.

Declan machte sich bemerkbar.

»Sucht ihr jemanden?«

Wie der Wirbelwind fuhren die Männer herum und legten auf ihn an.

Declan gab drei Schüsse ab, deren Knall von den Metallwänden der Fassade widerhallte. Mit dem ersten traf er das Gesicht des Fahrers, wohin er auch gezielt hatte, und die anderen beiden schlugen dem Begleiter mittig in die Brust. Beide brachen zusammen und blieben reglos im Dreck liegen. Declan sprang vom Ladedock und näherte sich ruhig, aber tief durchatmend und weiterhin schussbereit. Als er vor den Füßen des Beifahrers stand, schaute er auf die Leichen hinab. Vom Aussehen her handelte es sich genauso wie bei dem Paar, das ihn zuvor angegriffen hatte, um Amerikaner, die Soldaten gewesen sein mussten. Er betrachtete sie eingehend für den Fall, dass sie noch lebten, doch das taten sie nicht. Dennoch feuerte er sicherheitshalber noch zweimal, sodass ihr Blut auf den aufgeschwemmten Boden des Geländes spritzte.

Declan ging weiter hinter die Halle. Der Nissan seiner Frau stand genau an der Stelle, die er ihr genannt hatte. Durch die Heckscheibe erblickte er seine Frau auf dem Fahrersitz. Obwohl er sich von der Seite näherte, schaute sie weiter geradeaus; dann klopfte er an die Tür, doch sie reagierte nicht. Tränen liefen an ihren Wangen hinunter, ihre Brust bebte heftig. Nur zögerlich drehte sie ihm den Kopf zu.

Declan verkrampfte sich innerlich, während er von Reue übermannt wurde. Solange er lebte, würde er nicht imstande sein, sich dafür zu entschuldigen, was sie gerade durchmachte.

»Rutsch bitte rüber«, sagte er, nachdem er die Fahrertür geöffnet hatte. Sie stieg schweigend über die Mittelkonsole und ließ sich auf der Beifahrerseite nieder. Er nahm die Pistole aus seiner Tasche und legte sie auf den schwarzen Kunststoff des Armaturenbretts. Dann drehte er den Zündschlüssel und brachte den Motor auf Touren. Der Sechszylinder heulte auf, als er den Rückwärtsgang einlegte und aufs Gas trat, um zurückzusetzen. Dann lenkte er ruckartig ein; das Cabriolet rutschte auf dem schlammigen Boden und blieb stehen. Constance schluchzte hörbar, als sie die beiden Männer nicht weit vor ihnen erblickte. Als sie an den Toten vorbeifuhren, wusste er, dass sie ihn nie wieder mit den gleichen Augen ansehen würde wie früher.

Kapitel 20

21:36 Uhr, Eastern Standard Time, Graemont Lane, Charlottesville, Virginia

Während seine Kinder in den luxuriösen Zimmersuiten im Erdgeschoss schliefen, saß David Kemiss am Schreibtisch seines Arbeitszimmers im zweiten Obergeschoss. Auf dem Schirm des Fernsehers in dem Nussholzschrank, der die gegenüberliegende Wand einnahm, flimmerten Bilder des Flugzeugs, das mit Abidan Kafnis Leichnam vom Regionalflughafen Lynchborg abhob. Die Meinungsmacher der großen Medienanstalten zerrissen sich die Mäuler darüber, was dem um Worte nie verlegenen Doktor und Buchautor nicht alles zugestoßen sein mochte, der kürzlich in ihren Sendungen zu Gast gewesen war, um die Antiterroreinsätze Israels und der USA zu rechtfertigen sowie seinen Senf zu einem Dutzend weiterer Ereignisse abzugeben.

Für ihre Experten – viele von ihnen waren Kollegen des Verstorbenen gewesen – schien eines gewiss zu sein: Die muslimischen Extremisten, die jahrelang erfolglos versucht hatten, ihn zu töten, steckten dahinter und durften endlich jubeln – doch wer genau war es gewesen? Handelte es sich um die Tat eines einsamen Wolfes? Konnte man sie als Vorzeichen eines breiter angelegten Angriffs in der Zukunft auslegen? Die Nachrichtenprogramme vermittelten den Eindruck, beim Sondieren von Möglichkeiten keine Grenzen zu kennen. Dieses Unglück gab ihnen, gespickt mit Nebensächlichkeiten aus Kafnis Leben, genug Stoff für eine mindestens einwöchige Berichterstattung. Kemiss wollte indes nur eine einzige Frage im Zusammenhang mit der ganzen Situation geklärt haben, als er sich nun in seinem roten Ledersessel zurücklehnte: War der Zeuge von Kafnis Hinrichtung kaltgestellt worden? Nervös spielte er mit dem Klappmechanismus des Handys in seiner Hand. Als es unerwartet vibrierte, schaltete er den Fernseher ab, warf die Fernbedienung auf den Tisch und öffnete das Telefon. Das Display zeigte Castellanos Nummer.

»Hast du etwas von ihnen gehört?«, fragte er, während am anderen Ende der Leitung eine Autotür zufiel.

»Rein gar nichts, nein.«

Der Senator seufzte laut. »Sie hätten sich schon vor über einer Stunde melden müssen. Etwas ist schiefgelaufen.«

»Das wissen wir noch nicht. Möglicherweise mussten sie ihn woanders hinbringen. Diese Jungs wissen, was sie tun. Sie haben uns auch gestern Nacht nicht enttäuscht, richtig?«

»Nein, aber ich werde nicht warten, um zu erfahren, was los ist. Dieser Kerl könnte die Presse oder sonst jemanden kontaktieren – zu jeder Minute, und die Uhr tickt weiter. Ich will nichts dem Zufall überlassen.«

»Er hat nichts in der Hand, womit er sich an die Presse wenden könnte, David. Nicht einmal zu einer hundertprozentig sicheren Identifizierung ist er imstande.«

»Das wird ihn nicht davon abhalten, seine Geschichte allerorts über den Äther zu posaunen und diese Sache zu einem noch größeren Affenzirkus zu machen, als sie ohnehin schon ist. Alles, was er braucht, ist ein Journalist aus der Klatschpresse, der mit Bargeld winkt, und schon ziert er die Titelseiten der Zeitschriften in Supermarktauslagen überall in Amerika.«

»Okay … verstanden. Ich rufe sie an und finde heraus, was da läuft, aber es muss schnell gehen und auf den Punkt gebracht werden. In dieser Sache ist Unauffälligkeit oberstes Gebot. Diese Einmal-Handys sind auch nur bis zu einem gewissen Punkt sicher.«

»Ich will nicht unnötig nervös erscheinen«, entschuldigte sich Kemiss, »aber du bist nicht der Einzige mit Beziehungen, die, falls notwendig, helfen könnten. Stell eine Konferenzverbindung her, ich warte.«

Er hörte, wie Castellano auf seinem Telefon zu der einzigen anderen Nummer blätterte, mit der das Handy je verbunden war.

Sie gehörte zu dem Einmal-Handy des Mannes, der seine Hände in diesem Moment von Declan McIvers Blut reinwaschen sollte. Als das Freizeichen erklang, verkrampfte sich Kemiss, dann nahm jemand den Anruf entgegen.

»Hallo? Wer ist da?«, fragte eine Stimme mit Akzent.

»Mit wem spreche ich?«, erwiderte Castellano streng, doch der Senator wusste die Antwort bereits, während der Agent diese Worte äußerte.

Declan McIver lebte noch und hatte gerade in das Telefon des Mannes gesprochen, der eigentlich beauftragt worden war, ihn zu ermorden. Er selbst beendete nun die Verbindung, indem er sein Gerät zuklappte, und verfiel in hektisches Grübeln, während er sich in seinem Sessel nach vorne neigte. Dass sich nicht der Besitzer des Handys gemeldet hatte, konnte nur eines bedeuten: Er war tot. Was sollten sie jetzt tun?

Sein Telefon auf dem Schreibtisch vibrierte erneut.

»Was ist?«

»Sie sind tot«, sagte Castellano. »Wir müssen diese Handys loswerden. Nimm den Akku und die SIM-Karte heraus, bewahre sie getrennt vom Gerät auf, ich werde mich darum kümmern, sie zu vernichten, aber schalte es nicht mehr ein oder versuche, es aus irgendeinem Grund zu benutzen.«

»Und dann?«

»Ich rufe bei der Staatspolizei an und hole Informationen über jegliche aktuelle Vorfälle ein. Wir müssen herausfinden, was passiert ist und wo. Du meintest, du hättest nützliche Beziehungen, ja? Jetzt wäre der richtige Zeitpunkt, sie zu aktivieren. Dieser Kerl weiß, dass jemand hinter ihm her ist, und wird, falls er genug Grips im Schädel hat, das Weite suchen. Wir brauchen also jemanden, der ihn fassen kann.«

»Ich kenne genau die Person, die dazu taugt.«

Kemiss klappte das Telefon abermals zu und drückte auf die Hinterseite des Gehäuses, um die Abdeckung des Batteriefachs zu entfernen. Nachdem er den Akku und die winzige, schwarze SIM-Karte entnommen hatte, legte er sie und das Gerät ordentlich nebeneinander auf seinen Tisch. Castellano wollte sich ja um alles Weitere kümmern.

Dann griff er zu seinem Festnetztelefon, das auch auf dem Tisch stand, wählte eine Nummer und wartete darauf, dass sich jemand meldete.

»Ja, Allan? David Kemiss hier.«

Kapitel 21

21:43 Uhr, Eastern Standard Time – Samstag, Hauptquartier der NSA, Fort Meade, Maryland

»Warst du während Bushs Regierungszeit im Amt, David, oder hattest du ihn einfach nur gewählt?«, fragte Allan Ayers gezielt, während er mit einer Hand seinen Kinnbart kraulte. »Ich weiß, du warst, weil du die Anklage gegen Abhörmaßnahmen ohne richterlichen Beschluss im Senat geleitet hast.«

Er wartete das unangenehme Schweigen in der Leitung ab, während er die Ellbogen auf den schwarzen Schreibtisch aus Regierungsbeständen in seinem Büro im sechsten Stock des Hauptquartiers des amerikanischen Staatssicherheitsdiensts stützte, das 15 Meilen südwestlich von Baltimore stand. Was er in seiner Position überhaupt nicht gebrauchen konnte, wenn er zur Arbeit kam, war der Anruf eines amtierenden Senators, selbst wenn es sich bei diesem um einen Freund seiner Familie handelte.

Unter normalen Umständen erwarteten die anrufenden Politiker, dass er einem der vielen Neurekrutierten einen Gefallen tat, die das Ausbildungsprogramm zum Fachmann für Lebensraumanalyse in der Einrichtung gleich vor Ayers Büro durchliefen. Bei den Betreffenden handelte es sich meistens um den Sohn oder die Tochter eines einflussreichen Wählers. Diese hatten kürzlich den Collegeabschluss gemacht und sich irgendwie in dem Wirrwarr behauptet, als welches man das bundesstaatliche Einstellungsverfahren bezeichnen durfte, woraufhin die politischen Verbindungen ihrer Eltern ins Spiel gebracht wurden, um zu gewährleisten, dass sie bei der Behörde ihrer Wahl – für Absolventen technischer Studiengänge war dies stets die NSA – in die höchstmögliche Gehaltsklasse gelangten. Ayers hatte den rapiden Aufstieg vieler dieser Jugendlichen innerhalb der Hierarchie beobachtet, nachdem er ihnen im Austausch für einige geringfügige Begünstigungen hier und dort dabei geholfen hatte, im System der Agency Bestleistungen zu erzielen, wobei manche sogar zu seinen Vorgesetzten geworden waren, was es schwieriger machte, weiteren Bitten solcherart nachzukommen. Senator David Kemiss aber rief heute Abend, gerade als Ayers mehrere neue Zielpersonen für einen Unterrichtskurs hochladen wollte, mit einem völlig andersgearteten Wunsch an, worauf sich der NSA-Mann in gar keinem Fall einlassen wollte.

»Beleidige mich nicht, Allan«, erwiderte Kemiss, nachdem er so lange geschwiegen hatte, dass es Ayers fast qualvoll vorgekommen war. »Ich war im Amt, genauso wie du, was zu einem nicht geringen Teil an meiner Intervention zu deinen Gunsten lag. Jetzt ist es an der Zeit, die Zeche zu zahlen. Ich brauche Abhörgeräte sowie Agenten, die zwei Personen finden, und das wäre am besten schon gestern passiert.«

Da war er: Der rasende Güterzug, den Ayers schon von Weitem hatte kommen sehen, und vorn an der Lok haftete sein kleines, schmutziges Geheimnis wie ein vom Wind zerrupfter Totenkranz. Er selbst hatte einst auf die gleiche Weise Hilfe gesucht wie viele seiner jetzigen Schüler, als er als Informationstechniker aus dem Silicon Valley arbeitslos gewesen war. Seit je redete er sich ein, seine Situation sei eine andere gewesen, weil er ja schließlich eine Familie habe ernähren müssen, und darauf zu warten, dass sich die Internetbranche nach dem Zusammenbruch Ende der 1990er von selbst erholte, hätte geheißen, ein Jahrzehnt lang Supermarktregale zu bestücken, während seine Kinder mit Lebensmittelgutscheinen aufgewachsen wären. In Wirklichkeit jedoch hatte sich ihm das gleiche Szenario geboten wie für jeden Collegeabgänger in letzter Zeit, der zur Finanzierung seiner Ausbildung aufgenommene Studienkredite tilgen musste. Und wie es Sekunden zuvor so prägnant von Kemiss ausgedrückt wurde: Die Zeche zahlte man zuletzt immer.

»Du willst mir also erzählen, die nationale Sicherheit wäre in Gefahr, und diese Personen stünden unter Verdacht, in den Anschlag von Virginia verstrickt zu sein?«

»*Er* ist es. Sie hat nur das Pech, mit ihm verheiratet zu sein.«

»Warum läuft das dann nicht übers Bundesgericht zur Überwachung der Auslandsgeheimdienste und landet mit beigefügtem Haftbefehl in einer der Analysezentralen?«

»Weil wir nicht so viel Zeit haben. Innerhalb der letzten Stunde hat dieser Kerl mindestens zwei Männer getötet, die gesandt wurden, um ihn festzunehmen, und in wenigen weiteren Stunden wird er außer Landes sein. Finden wir ihn nun aber, kann ihn die Außenstelle in Richmond an die Leine legen, bevor er es überhaupt aus der Region schafft, und niemand – auch er selbst nicht – wird je erfahren, dass die NSA involviert war.«

Ayers ließ seinen Blick über die zwei Dutzend Computerterminals in Viererreihen vor einem ausgeschalteten LED-Monitor schweifen, der während eines Übungseinsatzes Bilder desjenigen zeigen würde, den er ins System lud, damit seine Schüler ihn aufspürten und jagten. Dieser Tage handelte es sich bei den meisten dieser ins System gespeisten Ziele, die man intern »Ratten« nannte, um Terrorverdächtige, die bereits ergriffen oder bestraft worden waren, sich aber nur durch vereinzelte Aktivitäten bemerkbar gemacht und die Behörden zu einer Hatz um den Erdball gezwungen hatten – durch verstreut hinterlassene Spuren im Umkreis von Unternehmen, Flughäfen oder anderen Einrichtungen. Solche Hinweise konnten die aufstrebenden Junganalytiker nun nachverfolgen, bis sie entdeckten, wo Ayers die Ratten platziert hatte.

Ließ sich auch eine reale Einzelperson mit diesem Lehrsystem aufspüren? Selbstverständlich, denn das gleiche System wurde in den Analysezentralen im Obergeschoss verwendet, und genauso wie dort gelangten die von den Benutzern gesammelten Daten direkt zu ihrem Vorgesetzten, der sie der Weisungslinie entsprechend nach oben weiterleitete. Da er in diesem Fall als Vorgesetzter fungierte, trug er Sorge dafür, dass die gesichteten Informationen in einer Kursdatei gespeichert, von erfahrenen Analytikern ausgewertet und dann aus dem aktiven System gelöscht wurden. Was Kemiss also vorschlug, war nicht nur möglich, sondern auch leicht umzusetzen. Wollte Ayers tatsächlich das Risiko eingehen, ihn abzuweisen? Er hielt es für sehr wahrscheinlich, dass sich jeder langjährige Analyst der Agency wohl mindestens einmal während seiner Laufbahn mit dem System vergnügt hatte. Sei es etwas so Harmloses wie das Auskundschaften einer alten Liebe aus der eigenen Highschoolzeit oder etwas Verfänglicheres, etwa das Abhören von Telefongesprächen eines Nachbarn: So etwas kam vor. War es die Gefahr wert, seinen Job wegen etwas zu verlieren, das sich so leicht vertuschen ließ? Spontan hätte er mit einem Nein auf diese Frage geantwortet. Er war nicht bereit, für einen Terroristen sein staatliches Ruhegeld aufs Spiel zu setzen, das er in weniger als zehn Jahren beziehen würde.

»Na gut, gib mir alles, was du weißt.«

»Es befindet sich vollständig im Entwürfe-Ordner einer Webmailadresse. Du bekommst die Log-in-Daten.«

Kapitel 22

22:10 Uhr, Eastern Standard Time – Samstag, Exxon-Tankstelle Porter's an der Route 60, White Sulphur Springs, West Virginia

»Was glaubst du, wer das war?«, fragte Constance. »Meinst du, wir müssen mit mehr von denen rechnen?«

In den letzten Minuten hatte sie diese Fragen schon einige Male gestellt, und wenn sie den Mund aufmachte, zitterte ihre Stimme immer noch. Ihre Miene ließ in Bezug auf ihre seelische Verfassung tief blicken: Sie fürchtete sich und hatte sehr gute Gründe dafür.

»Oh, das müssen wir zweifelsohne«, bestätigte Declan, während er auf das Mobiltelefon aus dem schwerbeschädigten Geländewagen schaute. Er war mit seiner Frau an einer Tankstelle auf Höhe der Kreuzung der Fernstraßen 60 und 92 abgefahren, als das Gerät geklingelt und ein Mann angerufen hatte.

»Diese Typen haben nicht eigenmächtig gehandelt. Diejenigen, die mich verfolgten, sprachen über jemanden, der sie dafür bezahlte.«

»Dafür bezahlte? Du meinst, sie wurden angeheuert, um uns zu töten? Von wem?«

An ihrer Stimme erkannte er, dass seine Frau der Hysterie nahe war.

»Ich weiß es nicht, schätze aber, dass einer von ihnen gerade angerufen hat.«

Er nahm das Handy in die Hand und klappte es auf. Nachdem er wieder die grüne Bestätigungstaste gedrückt hatte, hielt er es sich ans Ohr. Eine elektronische Stimme nahm den Anruf sofort entgegen und wiederholte das Gleiche wie schon dreimal zuvor:

»Der Teilnehmer, dessen TelPay-Nummer Sie gewählt haben, ist momentan nicht erreichbar und hat kein Voicemailkonto eingerichtet. Bitte versuchen Sie es später noch einmal.«

Declan schloss das Handy und warf es zurück auf die Ablage. Bei seinem ersten Anruf hatte er das Besetztzeichen gehört, doch dann war jedes Mal die automatische Nachricht abgespielt worden. Er kannte den Dienstleister TelPay zwar nicht, vermutete aber, dass es sich um eines der vielen Prepaid-Mobilangebote handelte, die man in praktisch allen Gemischtwarenläden und Supermarktfilialen des Landes fand. Der einzige Hinweis, den er hatte, war die Vorwahl 434, die darauf schließen ließ, dass das Gerät irgendwo in Zentralvirginia gekauft worden war.

»Hast du mit deinem Handy Netzempfang hier?«, fragte er.

Constance streckte sich nach der hellbraunen Lederhandtasche im Fußraum zwischen ihren Beinen aus und kramte ihr dunkelrotes Samsung-Smartphone hervor. »Zwei Balken«, antwortete sie. Er ließ es sich von ihr geben, wobei er ihre Hand einen Moment lang bewusst zärtlich berührte.

»Hey«, bemerkte er kurz lächelnd mit beruhigendem Blick. »Ich werde nicht zulassen, dass uns etwas passiert, klar?«

Sie fuhr sich durchs Gesicht und nickte, als er das Telefon entgegennahm und mit dem Daumen auf den Touchscreen tippte. Nachdem er im Android-Webbrowser die Google-Startseite aufgerufen hatte, hielt er es waagerecht und tippte »TelPay« in die Suchmaschine. Kurz darauf fand er die Webseite eines Aufladetarifanbieters mit Firmensitz im kalifornischen Chula Vista, womit sich Declans Verdacht bestätigte.

»Verdammt.«

»Was? Was ist los?«, drängte Constance.

»Nichts«, erwiderte er und hob langsam seine Hände, um sie zu besänftigen. »Das Ding stammt von einem Handyprovider mit Prepaidkarten, das ist alles.«

»Und was heißt das?«

Er zuckte mit den Schultern. »Einfach nur, dass der Anrufer beim Kauf des Telefons keinen Vertrag unterschrieben hat. Die Dienstleistung wurde im Voraus bezahlt, was normalerweise bedeutet, dass der Käufer entweder schlecht bei Kasse ist oder aus irgendeinem Grund anonym bleiben will.«

»Wir müssen uns an jemanden wenden können, irgendwer wird uns helfen.«

»Klar, aber falls wir diesen jemand kontaktieren, müssen wir all das erklären, und das ist jetzt gerade zu aufwendig.«

»Warum willst du es nicht erklären, Declan? Sag's mir! Du bist einem Mordversuch entronnen! Menschen gehen zur Polizei, wenn so etwas geschieht, und laufen nicht weg, um sich zu verstecken!«

»Meinst *du*.«

»Hör auf, so etwas zu sagen!« Sie stampfte fest mit einem Fuß auf den Boden.

»Das haben wir doch schon besprochen: Ich gehe zu niemandem, bis ich weiß, dass du in Sicherheit bist. Wir wissen nicht, wer diese Männer waren und wer noch damit zu tun hat.«

Es entsprach der typischen Reaktion von Zivilisten, sich sofort an die Polizei zu wenden, und lag in den meisten Fällen nahe, bloß nicht in dieser Situation. Dass Abidan Kafni am vorangegangenen Abend umgebracht wurde und jemand versuchte, auch die anderen Personen zu beseitigen, die mehr oder weniger in der Nähe seines Todesortes gewesen waren, konnte kein Zufall sein. Declan schwor Stein und Bein, dass sich hinter dem Ganzen mehr verbarg, als man vordergründig zu sehen glaubte. Zuerst galt es aber, seine Frau an einen sicheren Ort zu bringen. Constance mochte nicht gutheißen, was er tat, aber das war auch nicht nötig – Hauptsache, sie blieb am Leben.

»Pass auf, ich weiß bereits, dass man die Besitzer solcher Handys nicht ohne Weiteres ausfindig machen kann, darum werden sie auch benutzt. Davon abgesehen will ich mich nicht vor der Polizei verstecken, sondern nur dafür sorgen, dass dir nichts geschieht. Du musst mir glauben, wenn ich dir sage, dass ich mich noch nie so schlecht gefühlt habe wie heute Nacht, als ich nach Haus fuhr und dabei daran denken musste, dass dir jemand im selben Moment etwas antun könnte. Diese Möglichkeit will ich in Zukunft ausschließen.«

Constances Gesicht nahm einen sanften Ausdruck an.

»Ich will nur, dass du in Sicherheit bist«, betonte er noch einmal, um ihr begreiflich zu machen, dass seine Vorgehensweise zu ihrem Besten war. »Dann melde ich es der Polizei und fange an, eine vernünftige Erklärung für diese Sache zu finden. Du hast nichts gesehen, also braucht dich niemand zu verhören, und nichts hindert dich daran, ein paar Tage irgendwo unterzutauchen.«

In Wahrheit lag es ihm fern, die Ordnungshüter einzuschalten. Er hatte es seiner Frau zwar nicht gesagt, aber er hatte die Stimme des Anrufers wiedererkannt. Anhand ihres kehligen Hauchs von Louisiana-Kreolisch wusste er, dass es FBI-Assistenzsonderbevollmächtigter Seth Castellano gewesen war – also eben ein Ordnungshüter, wenn man es genau nahm.

»Wenn diese Typen imstande sind, unsere Adresse in Erfahrung zu bringen und dich unterwegs auf einer bestimmten Straße zu finden, warum dann nicht auch eine Hütte im Wald?«

»Weil niemand weiß, dass wir dort hinfahren, geschweige denn, sie besitzen.«

Er hatte besagte Hütte, die immer noch 30 Meilen entfernt lag, mehrere Jahre zuvor gekauft und mit der Zeit zu einer Notunterkunft hergerichtet. Bei der Übereignung war er sehr vorsichtig gewesen, weshalb sein Name auf keinem der damit zusammenhängenden Dokumente auftauchte. Der Besitzer war stattdessen ein Unternehmen, wie man es gemeinhin als Scheinfirma bezeichnete, und hatte seinen Sitz auf der Grand Cayman Island. Ohne aufwendigere internationale Ermittlungen unter rechtlich einwandfreien Voraussetzungen würde sich der tatsächliche Eigner niemals bestimmen lassen.

»Wenn sie über keine einflussreichen Verbindungen verfügen«, fuhr Declan fort, als er den ersten Gang einlegte, und den Parkplatz der Tankstelle verließ, »brauchen sie sehr lange, um uns bis dorthin nachzuspüren.«

Kapitel 23

22:46 Uhr, Eastern Standard Time – Samstag, County Route 141, Lake Sherwood, West Virginia

Declan hatte darauf bestanden, dass Constance im warmen Wagen blieb, solange er Feuer in der Hütte machte. Nun da es drinnen langsam warm wurde, holte er sie hinein. Sie blieb in der Mitte des Raumes stehen und betrachtete die rustikale Einrichtung. Nachdem er ihr beim Ausziehen ihrer Jacke geholfen hatte, schob er einen Adirondack-Holzsessel vor den Steinkamin, damit sie am Feuer sitzen konnte. Sie nahm zaghaft Platz, als habe er sie angewiesen, sich auf einen rostigen Nagel zu setzen. Er schaute sie für einen Moment an, bevor er zur Küchennische ging, um eine Tasse Kaffee aus einer Kanne einzuschenken.

Das stabile Gebäude aus Holzbalken stand am Ufer eines Sees am Ende eines schmalen Weges, den man ohne Allradantrieb kaum befahren konnte. Innen war die Hütte in einen großen Hauptraum und ein kleines Badezimmer aufgeteilt. Direkt gegenüber des Eingangs befand sich der Steinkamin an der hinteren Wand, und heute Abend stieg zum ersten Mal seit vielen Jahren Rauch aus dem Schornstein auf.

Der See lag zehn Meilen westlich der Staatsgrenze zwischen Virginia und West Virginia im Nationalpark Monongahela nordöstlich von Lowry's Mill, einem winzigen Kaff ohne richtige Verkehrsanbindung. Da zwischen der Hütte und den nächsten Ortschaften, die man halbwegs besiedelt hätte nennen können, fast 20 Meilen eineinhalb Spuren breiter Straße lagen, war sie so sicher, wie es sich jemand nur wünschen konnte, der untertauchen wollte. Ob man zu den überzeugten Landbesetzern, paranoiden Überlebenskünstlern oder Exzentrikern zählte, die so irre waren, sich vor einer Zombieepidemie zu verbergen: Man hätte Mühe, auf einen anderen abgeschiedenen Ort wie diesen zu stoßen, der dennoch eine akzeptable Fahrtstrecke von modernen Annehmlichkeiten entfernt lag. Declan besaß die Hütte nur deshalb, weil er nach seiner bewegten Vergangenheit für alle Eventualitäten gerüstet sein wollte.

Wie die meisten Immobilien, die ihm gehörten, war sie bei einer Auktion an ihn übergegangen, nachdem eine Bank oder irgendein Unternehmen mit Pfandrecht zur Zwangsversteigerung gebeten hatten. Beim ursprünglichen Besitzer der Hütte handelte es sich um einen pensionierten Witwer, der sein Leben lang Fluggeräte für die US-Regierung entwickelt und sich im Alter zum Goldschürfen im Bett des nahe gelegenen Flusses berufen gefühlt hatte. Er war bei dem Versuch ertrunken, während eines Unwetters seine Grabwerkzeuge zu sichern, woraufhin der Verwaltungsbezirk Greenbrier seinen Besitz in Ermangelung von Erben übernommen hatte. Laut Gesetz war die Hütte zur Auktion freigegeben worden und dem Höchstbietenden zugefallen. Declan hatte sich durch einen Schneesturm zum Gerichtshof des County gekämpft und gegen zwei Ortsansässige behauptet, letztlich aber das Doppelte des eigentlichen Immobilienwertes gezahlt.

Als er nun an der grün laminierten Arbeitsplatte der kleinen Küche lehnte, betrachtete er seine Frau, die ins Feuer starrte. Hier würden sie hoffentlich so lange sicher sein, wie sie es für geraten hielten, doch dauerhaft hier zu wohnen stand außer Frage. Zudem mussten die Kleinstädter von Lowry's Mill angesichts offensichtlich Auswärtiger unweigerlich misstrauisch werden, sodass über kurz oder lang zu erwarten stand, dass jemand zwei und zwei zusammenzählte. Declan musste sich etwas einfallen lassen, doch das konnte bis zum nächsten Morgen warten. Momentan hatte er etwas anderes im Sinn.

Constance blieb still mit ihren Händen auf dem Schoß sitzen und schaute in die Flammen, die am Abzug des Kamins leckten. Declan konnte sich nicht vorstellen, was ihr durch den Kopf ging. Abgesehen von ihrem kurzen Streit auf dem Parkplatz der Tankstelle hatten sie unterwegs nur wenige Worte gewechselt. Er nahm an, dass sie gerade versuchte, das Erlebte zu verarbeiten. Als Tochter einer fromm christlichen Familie beschränkte sich ihre Erfahrung mit Gewalt wahrscheinlich auf das, was sie im Fernsehen aufgeschnappt hatte. In Anbetracht der beiden Leichen an der Lagerhalle, musste sie entsetzt sein. Declan hasste die Vorstellung, sie heute Nacht mit weiteren Informationen belasten zu müssen – insbesondere des Geständnisses, ihr fast zehn Jahre lang vorenthalten zu haben, wer er war und woher er kam. Doch während der Fahrt hatte er sich Gedanken darüber gemacht. Er hatte versucht, sich einzureden, ihr nichts sagen zu müssen; keine weiteren Schmerzen zu bereiten und dabei zu riskieren, einen gewaltigen Keil zwischen sie beide zu treiben. Dennoch war er letztlich zu der Einsicht gelangt, dass es an der Zeit sei, bezüglich seiner Vergangenheit mit Abidan Kafni reinen Tisch zu machen. Sie musste alles wissen, wenn er wollte, dass sie ihm in dieser Situation vertraute.

»Weißt du … ich, äh … ich würde dir gern mehr darüber erzählen, woher ich Abidan kenne und wie das alles passieren konnte«, begann er, während er zu ihr zurückging und ihr einen heißen Kaffee reichte.

Constance schaute kurz zu ihm auf und dann wieder ins Feuer, nachdem sie die Tasse wortlos entgegengenommen hatte.

In den vergangenen 24 Stunden hatte er wie ein alter Profi mit ausgebildeten Killern kurzen Prozess gemacht, aber seiner Frau zu schildern, wie es dazu kommen konnte, jagte ihm eine Riesenangst ein.

»Ich wünschte, ich könnte dir sagen, dass nichts von alledem meine Schuld wäre … dass es mich bloß zufällig irgendwie getroffen hätte … aber die Wahrheit ist: Ich kannte Abidan schon lange vor meiner Anstellung als Sicherheitsmann für ihn, kurz nachdem ich in die Staaten kam.«

Constance hob ihren Kopf wieder, diesmal mit gewecktem Interesse. Ihre Miene machte ihn nervös. Sie blieb ausdruckslos, abgesehen von der angedeuteten Frage *Und was nun?* in den Augen.

»Ich stamme nicht aus Galway in der Republik Irland«, fuhr er fort. »Ich wurde in dem Ort Ballygowan geboren, der ungefähr 20 Meilen südlich von Belfast liegt.«

»In Nordirland?«, fragte sie, obwohl sie die Antwort kannte.

»Richtig, in Nordirland. Und meine Familie bestand nicht aus Fischern, die an Lungenentzündung starben, sodass ich verwaiste.«

An ihrem Blick erkannte er, dass sie ahnte, was nun folgen würde. Während die meisten Amerikaner nur einen vagen Begriff von dem 30 Jahre dauernden Nordirlandkonflikt hatten, vorwiegend aus verklärenden Büchern und Filmen über die IRA, war Constance, wie er wusste, besser über das Thema informiert. Sie lebte schließlich nicht nur mit einem gebürtigen Iren zusammen, sondern hatte auch Geschichte studiert und hegte ein keineswegs beiläufiges Interesse an den Britischen Inseln. Genau genommen war dies auch der Gegenstand ihres ersten Gesprächs gewesen, als sie sich vor knapp zehn Jahre in einer Buchhandlung kennengelernt hatten.

»Mein Dad war Paul McIver, gewählter Abgeordneter des Wahlkreises North Down unmittelbar südlich von Belfast. Er wurde gemeinsam mit meiner Mutter 1980 von Männern getötet, die mit einer unionistischen Miliz, der Ulster Volunteer Force, in Verbindung standen.«

Wieder stiegen Tränen in Constances Augen auf und liefen an ihren Wangen hinunter. Sie wusste genau, worauf er damit hinauswollte. Für einen Moment erweckte sie den Anschein, ihm aufbauende Worte zusprechen zu wollen, doch stattdessen schlug sie die Hände vors Gesicht.

»Sie starben, weil die UVW behauptete, mein Vater sei ein Verräter. Meine Mum hieß Lorna Flynn, war katholisch und stammte aus Derry. Dad versteckte mich unter einer Decke auf dem Rücksitz unseres Autos, kurz bevor die Kerle maskiert auf uns zukamen. Ich musste alles mit anhören – wie Dad sie anflehte, Mum nichts zu tun, wie sie schrie und wie schließlich beide erschossen wurden. Damals war ich elf.«

Er rekapitulierte es emotionslos. Für ihn war es etwas, womit er von Tag zu Tag lebte und worüber er schon seit Jahren nicht mehr nachdachte. Es handelte sich schlichtweg um eine Tatsache, einen traurigen Teil der Geschichte seines Daseins, von dem er gehofft hatte, er sei zugunsten einer harmonischen Ehe, aus der eine eigene Familie erwachsen sollte, von Tod, Gewalt und Krieg abgekommen. Nun setzte er sich auf die Kante des schmalen Doppelbetts und wartete auf Constances Reaktion.

»Es geht also noch weiter?«, fragte sie, während sie schließlich zu ihm aufschaute und sich die Tränen abwischte. »Du hast nicht nur gelogen, was deinen Geburtsort und deine Eltern angeht, oder?«

Er zuckte zusammen. Die Worte trafen ihn wie eine Rasierklinge, die über sein Gewissen schabte.

»Ja, es geht noch weiter«, bestätigte er nach kurzem Schweigen. »Als meine Eltern tot waren, wurde ich in ein katholisches Waisenheim im County Armagh gesteckt. Dort lebte ich bis kurz nach meinem 14. Geburtstag. Ein älterer Junge und ich, wir liefen davon, weil wir einen der Priester an einer Vergewaltigung gehindert hatten.«

Er machte eine Pause, während Constances Gesicht einen verständnisvolleren Ausdruck annahm, doch sie betupfte ihre feuchten Augen weiterhin.

»Auf der Straße gabelte mich die IRA auf, der ich mich als junger Heißsporn anschloss, da es mir nur noch um Rache ging. Fast zehn Jahre gehörte ich dazu, bis mir dämmerte, dass ich keine vorherrschenden Probleme löste, sondern mit schuld daran trug, dass sie fortbestanden.«

»Du warst also Mitglied einer Terrororganisation?«, hakte sie nach. Ihr Tonfall strotzte vor Empörung, doch ihre Augen zeigten Trauer, wenngleich er nicht bestimmen konnte, ob sie sich grämte, weil er gelogen hatte und nicht dem Mann entsprach, für den sie ihn gehalten hatte, oder wegen seiner Schilderungen von eben. »Warum glaubtest du, mir die Wahrheit darüber verschweigen zu müssen?«, wollte sie wissen.

Er nahm sich Zeit, eine Antwort zu formulieren. Ihm war deutlich bewusst, wie sehr es darauf ankam. »Weil ich mir nicht unbedingt viel darauf eingebildet habe, wer ich bin oder war, geschweige denn meine Taten«, brachte er letztlich hervor. »Ich wollte einfach einen Schlussstrich ziehen – dass jemand mehr in mir sieht, als einen bedauernswerten Mistkerl, der zur Waffe gegriffen hat, um seine Unzulänglichkeiten in den Griff zu bekommen. Ich wünschte mir, ein anderer zu sein, und war es in deinen Augen auch, wie es schien. Amerika gab mir die Chance für einen Neuanfang: Ein Leben, wie es meinem Dad für seine Familie vorgeschwebt hatte, doch es ihr zu bieten, war ihm nicht möglich gewesen. Jetzt ist all das passiert, und ich habe das Gefühl, wieder mitten auf den Straßen von Belfast zu stehen.«

Aus unerfindlichem Grund, den er nicht benennen konnte, war Declan verärgert. Er hatte das Gefühl, nicht atmen zu können. Nachdem er seine Jacke angezogen hatte, öffnete er die Tür und trat hinaus in die Kälte der Nacht.

Wenige Minuten später stand er am Ende eines maroden Steges. Er schlug ein Streichholz an, hielt es an die Kammer seiner Lesepfeife und nahm einen ersten Zug von dem Kirschtabak. Er rauchte nur, wenn ihn etwas beschäftigte. Nachdem er das Streichholz in die Luft über dem schwarzen Wasser geschnippt hatte, beobachtete er, wie das orangefarbene Licht in die Leere trudelte und hörbar zischend verglimmte. Erst dann wurde ihm bewusst, wie dunkel es ohne Straßenbeleuchtung in der Umgebung war.

Kurz drang jedoch wieder Helligkeit in die Finsternis, als die Hüttentür erneut aufging. Er zog noch einmal an der Pfeife und stieß den Qualm langsam aus, während er spürte, wie sich zwei schlanke Arme zu einer sanften Umarmung um seine Taille schlangen, gefolgt von einem Kopf, der sich an seinen Rücken schmiegte. Er behielt die Pfeife zwischen seinen Zähnen und legte seine Hände auf die Arme seiner Frau.

»Nichts von alledem ist deine Schuld«, stellte sie klar, nachdem sie ihn eine Weile schweigend festgehalten hatte. »Ich habe dich nicht geheiratet, weil du ein Fischerjunge aus Galway warst, sondern weil ich dich geliebt habe, und das tue ich nach wie vor. Nicht alles, was passiert ist, kann ich verstehen, aber mein Gefühl sagt mir, dass es sich ganz anders abgespielt hätte, wenn du nicht derjenige gewesen wärst, der du bist.«

Zu den Dingen, die er am meisten an Constance schätzte, zählte ihre Art, niemals nachtragend zu sein. Egal wie sehr etwas sie mitnahm, sie ging hinterher stets ausgesprochen aufgeräumt damit um. Auch diesmal hatte sie recht – wie immer –, ob es ihm passte oder nicht. Ohne seine Erfahrungen von früher hätten schon viele Situationen eine drastisch andere Wendung genommen. Zunächst einmal wäre er tot, wofür die zwei Mordbrüder auf dem Highway gesorgt hätten, und Constance wäre dem anderen Paar zum Opfer gefallen. Doch weil er zum Töten ausgebildet worden war, lebten sie beide jetzt noch. Gleichzeitig wies er die Vorstellung von sich, dass er ohne diese Ausbildung nie Kafnis Weg gekreuzt hätte, und nichts dergleichen passiert wäre. Folgte man einem solchen Gedankengang, drehte man sich nur im Kreis.

»Es ist nicht so, dass ich dir vorenthalten wollte, einige schlimme Dinge getan zu haben«, fuhr er fort. »Ich lief nicht vor dir davon, sondern vor mir selbst, und zwar bereits seit Jahren. Als wir uns kennenlernten, glaubte ich wirklich, auf ein normales Leben hoffen zu dürfen.«

»Und ein normales Leben, das führen wir doch«, erwiderte sie und stellte sich vor ihn. »Jedenfalls haben wir es bisher geführt.«

Er schnaubte kurz geringschätzig. »Genau, nimm die Vergangenheitsform. Abidan hatte von jeher Schwierigkeiten mit der richtigen Zeit.«

Constance drückte Declan fest und legte ihren Kopf an seine Brust. »Wie seid ihr einander begegnet?«

»Er war ein Agent des Mossad und hielt sich ohne Genehmigung in Belfast auf. Sein Einsatz fußte auf Informationen, die Israel erhalten hatte, dass die IRA gemeinsame Sache mit Arafats PLO machte. Die IRA half dabei, Arafats Leuten zu zeigen, wie man Bomben baute und gebrauchte, wofür sie im Gegenzug Waffen und Plastiksprengstoff geliefert bekam. Zu jener Zeit hatte ich mich mit der Vereinigung überworfen, und die meisten von rechts außen, mit denen ich per Du gewesen war, lebten nicht mehr. Ich nannte Abidan einige Daten und Uhrzeiten – wofür ich mir auch eine satte Abreibung einfing.« Er fuhr mit einem Zeigefinger die Narbe neben seinem rechten Auge hinunter. »An dem Abend hätten sie mich als Überläufer umgebracht, wenn er nicht mit zwei Männern aus seiner Einheit aufgetaucht wäre.«

»Er hat dir das Leben gerettet?«

»Ja. Er brachte mich noch in derselben Nacht in die Republik, in einen geheimen Unterschlupf in Galway. Da die Briten nichts gegen mich in der Hand hatten, konnte ich das Land auf einem Frachter verlassen, der nach Boston fuhr.«

»Und nach seinem Dienst für den Mossad zog er in die USA, wo ihr euch wieder getroffen habt«, kombinierte Constance.

Declan nickte. »Ich wohnte in Boston und tat das Einzige, von dem ich etwas verstand: Schmuggeln und Waffen schieben. Dann bekam ich Wind von einem geplanten Attentat, wobei mein Arbeitgeber die Finger im Spiel hatte, und fand heraus, dass Kafni das Opfer sein sollte.«

»Also hast du ihm das Leben gerettet und dich damit revanchiert?«

»So ist es.«

Es vergingen mehrere Minuten im Stillen, während sie einander umarmten.

Constance brach schließlich das Schweigen: »Was machen wir jetzt?«

Declan schüttelte den Kopf. »Ich weiß es nicht. Mir geht dieser FBI-Agent nicht aus dem Kopf, der mich im Krankenhaus verhört hat. Er war von Anfang an aggressiv gewesen, und viel fehlte nicht, bis er mir vorgeworfen hätte, an dem Anschlag beteiligt gewesen zu sein. Die Stimme des Anrufers vorhin … das war seine, davon bin ich überzeugt.«

Constance entzog sich ihm und schaute auf, wie um sich zu vergewissern, dass er das Gesagte ernst meinte.

»Ich hab ihn auch kennengelernt«, sagte sie dann. »Im Wartezimmer gestern Abend. In dem Moment dachte ich mir nicht viel dabei, aber unheimlich war er mir trotzdem. Er bestand darauf, umgehend mit dir zu sprechen, doch die Ärzte und das Pflegepersonal lehnten das strikt ab.«

Als sich ihre Stimme verlor, wusste Declan, dass sie das Gleiche dachte wie er: Falls ein FBI-Agent in die Tat verwickelt war, steckten sie tief in der Tinte. Das würde bedeuten, dass es sich bei ihren Gegnern nicht um zweitklassige Halunken handelte, sondern dass eine viel weiter reichende Verschwörung im Gange war, an der unzählige Personen beteiligt sein konnten.

Was sollten sie jetzt tun – die Flucht ergreifen?

Beim Überdenken ihres Handlungsspielraums kochte Zorn in Declan hoch. Er hatte mit Constance eine Existenz aufgebaut, und falls sie davonliefen, ging diese voraussichtlich vollständig in die Brüche. Sicher, sie konnten anderswo von vorne anfangen und vermutlich sogar wieder ein sicheres Leben führen, allerdings immerzu mit Furcht im Nacken, und das wollte er nicht.

»Verstehst du jetzt, warum ich nicht zur Polizei gehen wollte? Sollte das so etwas wie eine Verschwörung sein, würden wir uns direkt wieder in die gleiche Misere reiten. Dadurch, dass wir hierher gekommen und verschwunden sind, haben wir einen Vorteil.«

Kapitel 24

6:46 Uhr, Eastern Standard Time – Sonntag, Regierungsgebäude Lynchburg, Lynchburg, Virginia

Seth Castellano saß allein im Büro des Außenpostens im dritten Obergeschoss, den seine Antiterror-Einheit 36 Stunden zuvor besetzt hatte. Die anderen Agenten, die mit dem Fall betraut waren, hatten sich entweder auf den Weg begeben, um den zahllosen Hinweisen zu folgen, die über die Augenzeugen-Hotlines des FBI eingegangen waren, oder sich ein paar Stunden zum Ruhen ausgeklinkt. Er hingegen hatte den Großteil der Nacht damit verbracht, eine Möglichkeit zu finden, die Tode der vier Auftragsmörder durch Declan McIvers Hand so zu drehen, dass das, was der Mann wusste, wirklich niemals an die breite Öffentlichkeit dringen würde.

Castellano war sich ziemlich sicher, dass der Ire etwas verbarg, seitdem er begonnen hatte, Informationen über ihn zu sichten. Und die Beseitigung der vier Kerle bestätigte seinen Verdacht im Grunde. Die Frage lautete also nicht, *ob* McIver etwas zu verbergen hatte, sondern *was*.

Kurz vor elf Uhr in der vorangegangenen Nacht hatte die Polizei des Staates Virginia Castellano gemeldet, dass ein auf DCM Properties zugelassenes Fahrzeug am Rande eines kaum befahrenen Abschnittes des vierspurigen Highways zwischen Lynchburg und Roanoke gefunden worden war, auf dem Dach liegend und mit zwei Leichen in der nahen Umgebung. Daraufhin hatte er seinen Agenten im Einsatz sofort befohlen, den Fundort abzusichern, um zu verhindern, dass jemand von der lokalen oder staatlichen Polizei dort herumstümperte. Zu dem Zeitpunkt, als er eingetroffen war, um sich einen besseren Eindruck zu verschaffen, hatte er zudem erfahren, dass die Beamten der Roanoke City Police zwei weitere Leichen hinter einer Lagerhalle gefunden hatten, die demselben Unternehmen gehörte.

Nun, da vier zweifelhafte Tote mit mutmaßlichem Eigentum von Declan McIver verknüpft waren, begann Seth zu glauben, dass er und Kemiss erheblich bessere Erfolgschancen hätten. Auch wenn McIver weiterhin frei herumlief, so nahm seine Glaubwürdigkeit der Leichen wegen schweren Schaden, und wenn man ihn ausfindig machte, würde er eine Menge Fragen beantworten müssen. In der Zwischenzeit – dessen war sich Castellano sicher – würde er Sorge dafür tragen können, dass die vier Toten ihm und David in die Hände spielten, wenn er die Sache richtig anpackte.

Die Aufzugklingel unterbrach seinen Gedankengang. Als er sich im Sessel umdrehte, sah er eine Mitarbeiterin ins Büro kommen. »Guten Morgen, Agent Kelly«, grüßte er.

Die Frau stellte eine schwarze Laptoptasche auf einen der vielen Tische und setzte sich.

»Guten Morgen, Sir. Sind Sie die ganze Nacht über hier gewesen?« Kelly zählte zu den neuesten Mitgliedern in seiner Einheit, aber auch zu den erfahrensten Ermittlerinnen des Teams, da sie schon seit vielen Jahren beim FBI arbeitete. Sie war fortgeschrittenen Alters, hatte dunkles, krauses Haar und Falten im Gesicht – nicht die attraktivste Frau, aber definitiv eine der eifrigsten Agentinnen unter seiner Leitung.

Castellano nickte. »Die Bibel hat wohl recht: Die Ruchlosen finden keinen Frieden.«

»Den hatte ich auch nicht, Sir. Ich habe mir fast die ganze Nacht um die Ohren geschlagen, um einer Spur auf den Grund zu gehen, von der ich glaube, dass sie Sie angesichts dessen interessieren wird, was sich gestern Abend ergab.«

»Was Sie nicht sagen?«

Kelly zog den Reißverschluss der Tasche auf und nahm ein Anrufprotokollblatt heraus. »Mir fiel ein, dass ich das hier gestern Morgen gesehen und mir nicht viel dabei gedacht hatte. Zuerst glaubte ich, es sei auf dem Mist eines der vielen Verrückten gewachsen, die uns mit ihren Verschwörungstheorien belästigen, aber nach dem Fund jener Leichen in der Nähe von Eigentum des ehemaligen Leibwächters von Kafni ... könnte ich mir vorstellen, dass doch etwas dran ist.«

Castellano streckte eine Hand aus und nahm das Protokoll entgegen. Beim Überfliegen fragte er: »Woher stammt der Name Lorcan O'Rourke?«

»Aus Irland, schätze ich.«

»Nun gut, dann schauen wir mal, ob wir ihn ans Telefon bekommen, was?«

Kelly ließ sich das Blatt wiedergeben und wählte die darauf notierte Nummer. Nachdem sie die Lautsprechertaste gedrückt hatte, warteten sie beide darauf, dass sich jemand am anderen Ende der Leitung meldete.

»Ja«, blaffte schließlich ein Mann.

»Spreche ich mit Lorcan O'Rourke?«, fragte Castellano, indem er den Namen auf übertriebene Weise betonte.

»Hängt davon ab, wer das wissen will, Sportsfreund.« Der Mann sprach mit Akzent und hörte sich an, als würde er Glasscherben gurgeln. Wer auch immer er war: Falls er das Rauchen nicht bleiben ließ, durfte er sich bald in die nächste Krebsklinik einweisen lassen.

»Wissen will das Assistenzsonderbevollmächtigter und Ermittlungsleiter Seth Castellano vom FBI. Soweit ich weiß, haben Sie einen unserer Hinweistelefondienste in Anspruch genommen und angegeben, über Informationen zum Fall Kafni zu verfügen, ist das korrekt?«

»Na ja, Sportsfreund, ich hab da was, dass mit Ihrem Fall zusammenhängen könnte oder auch nicht. Es ist eher so etwas wie Vorschlag, wo sie sich noch umschauen könnten, also abgesehen von der islamistischen Terrorszene.«

»Sie haben behauptet, Ihre Information beträfen einen früheren Leibwächter. Erzählen Sie mir doch mehr darüber.«

»Gut. Sind Sie bei Ihren Ermittlungen schon auf einen Mann namens Declan McIver gestoßen?«

Castellano wollte seinen Ohren nicht trauen. Hatte der Kerl wirklich gerade Declan McIver erwähnt? Jawohl, und das machte ihn nun hellhörig. »Ich darf nichts über laufende Ermittlungen preisgeben, Sir. Sie müssen mir sagen, was genau Sie wissen, und dann wäge ich ab, ob es sich um ein Indiz handelt, dem wir nachgehen müssen.«

»McIver gehörte einmal Kafnis Leibgarde an, hatte aber zuvor für mich gearbeitet – als Schmuggler. Außerdem stellte er sich als ziemlicher Quertreiber heraus und kostete mich ein verdammtes Vermögen. Nach 30 Jahren auf hoher See kann ich Ihnen versichern, dass er das schlimmste Ärgernis ist, das ich je aus dem Atlantik gezogen habe.«

»Verzeihung, aus dem Atlantik gezogen?«

»Richtig gehört, Sportsfreund. McIver ist in die Staaten eingewandert und illegal hier – zumindest gewesen. Er kam an Bord eines Frachters aus Irland, der ... na, nennen wir es mal ›nicht verzollte Güter‹ mitbrachte, und als wir die auf unser eigenes Schiff umluden, gerieten wir an McIver. Auf solche wie ihn sind wir oft gestoßen, alle auf der Flucht vor dem britischen Militär, der nordirischen Polizei oder irgendeiner anderen elenden Behörde dort drüben.«

»Auf der Flucht? Wieso?«

»Drei Worte, Sportsfreund: Irisch – Republikanische – Armee.«

»Die IRA?«, fragte Castellano überflüssigerweise.

»Ganz richtig, die IRA – Revolutionäre, Terroristen, wie auch immer Sie sie nennen wollen. Der Punkt ist: McIver gehörte ihr an, und wäre ich auf der Suche nach einem Mann aus Abidan Kafnis Umfeld, der zu Gewalttaten wie jener von Freitagnacht fähig ist, würde ich mich an genau diesen Typen heften. Forschen Sie ein bisschen nach, dann verstehen Sie, was ich meine – und wenn Sie schon dabei sind ... reißen Sie ihm den Arsch bitte ordentlich auf und richten ihm herzliche Grüße von Lorcan O'Rourke aus.«

Der Mann legte mit einem heiseren Lachen auf. Agentin Kelly nahm das Handgerät und setzte es zurück auf die Station, womit sich auch der Lautsprecher ausschaltete. »Tut mir leid, Sir, der Kerl ist wohl doch verrückt.«

»Vielleicht«, relativierte Castellano. »Vielleicht aber auch nicht.«

»Ich wüsste nicht, wie dies unseren gegenwärtigen Untersuchungen auf die Sprünge helfen könnte, Sir.«

»Also, es ist immerhin etwas zu McIvers persönlichem Hintergrund, dem wir bisher nur schwerlich beikommen konnten, aber Sie haben schon recht: Im Moment hilft uns das nicht großartig weiter. Gute Arbeit trotzdem, Agent Kelly, weiter so. Ich bleibe noch eine Weile in meinem Büro, bis ich nach Hause fahre, falls Sie noch irgendetwas entdecken.«

»Alles klar, Sir.«

Castellano erhob sich aus seinem Sessel, der vor einer Karte von West Virginia an der Wand stand. Dann betrat er das Büro, das er in Beschlag genommen hatte, und schloss die Tür hinter sich. Der Hinweisgeber hatte zwar nichts wirklich Wichtiges zu den offiziellen Ermittlungen beigesteuert, doch das spielte keine Rolle. Egal was ihn antrieb, jene drei Worte, die er von sich gegeben hatte, brachten Castellano dem Ziel, das er anstrebte, wesentlich näher.

Kapitel 25

7:27 Uhr, Eastern Standard Time – Sonntag, Graemont Lane, Charlottesville, Virginia

David Kemiss stellte den Kragen seines schwarzen Wollpullovers hoch, als er auf die Vorterrasse seines Hauses trat. Er stieß mehrmals kurzatmig Luft aus, die als sichtbarer Dampf in der Kälte rasch verflog. Als er die Hände in die übergroßen Taschen seines Oberteils steckte, unterdrückte er ein Frösteln und schlenderte auf dem gepflasterten Weg entlang, der zu einem kreisrunden Wendeplatz vor der dreistöckigen Villa im georgianischen Stil führte.

Als er dort ankam, drehte er sich um und schaute zum Haus zurück. Der dreieckige Giebel ruhte auf vier grauen Wandpfeilern, die Eingangstür darunter. Dass das Gebäude aus der Zeit der industriellen Revolution hinter seiner Ziegelfassade in viele Räume unterteilt war, erkannte man in der Vorderansicht an je acht Fenstern auf Höhe der beiden unteren Etagen und vier weiteren dicht unter dem Dachansatz. Kemiss suchte hinter jeder Scheibe nach Anzeichen dafür, dass er seine Familie geweckt hatte, entdeckte aber nichts. Er selbst war nur auf ein paar Stunden Schlaf gekommen, und das mit Unterbrechungen. Er hatte sich herumgewälzt und stets nur kurz Ruhe gefunden.

Nun versuchte er, sich mit Gedanken an die hübsche Landschaft rings um sein Anwesen abzulenken, während er über die schmale, geschotterte Einfahrt trottete. Leicht hügliges Terrain mit Blick auf die Shenandoah Moutains im Westen, ein abschüssiges Tal im Süden, das wiederum eine grandiose Aussicht auf die während der Revolutionszeit gegründete Stadt Charlottesville gewährte, und der Rivanna River, den man abschnittsweise durch den weiten Wald plätschern sah, bis er ganz zwischen den vielen Backsteinfassaden im Ort verschwand. Die knapp 100

Morgen ringsum gehörten seit den 1950ern zum Besitz seiner Familie, die damals in die Gegend gezogen war, wo sein Vater die Anwaltskanzlei Kemiss, Cronk & Caulfield eröffnet hatte. Fortan war der Name Kemiss zum Aushängeschild für die Region geworden, und sowohl sein alter Herr als auch David selbst hatten den fünften Wahlbezirk Virginias als Abgeordnete vertreten. Anfang der 1990er war er freiwillig aus dem Amt geschieden, um die einflussreichere Funktion des Senators zu bekleiden, was er nun bereits in der vierten Wahlperiode tat.

Kemiss blieb beinahe das Herz stehen, als er die vertraute Vibration in seiner linken Brusttasche spürte. Er griff hinein, um das Mobiltelefon herauszunehmen, und hoffte dabei, es handelte sich um den Anruf, den er praktisch die ganze Nacht lang herbeigesehnt hatte.

Als er die Vorwahl 410 sah, holte er tief Luft. Jemand aus dem Bezirk Fort Meade in Maryland setzte sich mit ihm in Verbindung – also tatsächlich der Mann, auf dessen Rückmeldung er wartete.

»Was gibt's, Allan?«

»Leider nicht viel. Ich habe meinen ganzen Kurs darauf angesetzt. Sie arbeiten schon seit gestern Abend um zehn daran, aber das Einzige, was ich dir geben kann, sind ein paar Standortbestimmungen des Handys der Frau. Die Signale kamen kurz nach Beginn unserer Suche rein, doch seitdem haben wir nichts gefunden.«

»Aber jetzt wissen wir, wo sie sind, oder?« Kemiss' Magen drehte sich um. Die NSA musste den Standort herausgefunden haben; das gehörte zu ihrer täglichen Arbeit.

»Nein, wir haben keine Ahnung, wo sie sind.«

»Was soll das heißen, *nein*?«, echauffierte sich Kemiss. »Ist die Personenfahndung nicht euer Job?«

»Doch«, antwortete Ayers nüchtern, »aber wir benötigen zuweilen Tage oder sogar Wochen, um eine brauchbare Ortsangabe zu erhalten. Die Signale stammten von einem Funkturm im Bereich Lewisburg, West Virginia. Per Satellit lässt sich die Stelle zwar finden, doch dummerweise bewegten sich die beiden zu dem Zeitpunkt nicht, und daraufhin setzte das Signal aus, was bedeutet, dass sie das Handy entweder ausgeschaltet oder keinen Empfang mehr haben.«

»Na gut, wo waren sie zuletzt?«

»Auf dem Parkplatz einer Tankstelle in White Sulphur Springs, aber das hilft uns nicht viel weiter. Gleich dort verläuft eine der Hauptfernstraßen von Ost nach West, als könnten sie überallhin gefahren sein.«

»Warum hast du mich nicht früher angerufen? Wir hätten jemanden zur Überwachung in die Gegend schicken können!«

»Wir haben überwacht und nichts entdeckt. Das Signal kam im Umkreis von 200 Meilen kein weiteres Mal auf, wobei wir kontinuierlich jeden Flughafen, Bus- und Zugbahnhof in der Region überprüften. Aller Wahrscheinlichkeit nach haben sie das Telefon abgeschaltet und ihre Reise fortgesetzt. Der Unterricht endet für diesen Kurs um zehn Uhr, dann drehe ich den Hahn zu. Die Suche wird noch 24 Stunden mit diesen Parametern laufen, vielleicht spuckt das System ja doch etwas aus. Falls ja, sollst du es erfahren, aber ich setze meinen Posten nicht weiter für diese Sache aufs Spiel.«

»Na gut, mag sein, dass ich dir auch den Hahn zudrehe.«

Kemiss klappte sein Handy entrüstet zu. Er würde Ayers eine Weile im Ungewissen lassen, um herauszufinden, wozu die quälende Vorstellung, gefeuert zu werden, den Kerl anspornen konnte. Vorerst galt es jedoch, sich einem anderen Plan zu widmen. Solange sie Declan McIver nicht fanden, konnten sie ihn auch nicht beseitigen, aber möglicherweise war das gar nicht erforderlich. Die Idee, ihn irgendwie in Verruf zu bringen, hatten sie bereits diskutiert, aber zugunsten des Vorsatzes verworfen, lieber eine dauerhafte Lösung für das Problem zu finden. Da ihnen dies offensichtlich nicht gelungen war, wurde es jetzt Zeit, die anderen Optionen erneut in Betracht zu ziehen.

Kemiss öffnete das Telefon wieder und wählte die Nummer von Seth. »Der Augenblick für Plan B ist gekommen«, begann er, als der Agent den Anruf entgegennahm. »Was hast du zu berichten?«

Er konnte seinen Freund quasi schmunzeln sehen, während er antwortete. »Ich bin auf vier Leichen gestoßen, jeweils in der Nähe von Wagen und auf Grundstücken, die unserem Mann gehören. Das kommt meinem Begriff von hinreichendem Verdacht nahe genug für Durchsuchungsbefehle und die Eröffnung offizieller Ermittlungen, womit wir deutlich mehr Mittel zur Hand bekommen werden. Meines Erachtens hat uns Declan McIver gerade einen Bärendienst erwiesen und vier Zeugen des Anschlags von Freitagnacht eliminiert … aber ich werde es so hinbiegen, dass es scheint, als habe er vier Zeugen *seiner* Beteiligung daran eliminiert.«

»Das ist gu–«

»Das ist auch noch nicht alles, was ich für dich habe.«

»Tatsächlich? Spann mich nicht auf die Folter.«

»Was definierte vor Jahren den Alltag in Irland, als dieser Kerl in die USA kam?« Castellano wartete nicht auf eine Antwort. »Terrorismus«, fuhr er fort. »Die irisch-republikanische Armee. Wir hängen ihm die Autobombe an – für so etwas hatte die IRA ja eine Vorliebe – und stellen ihn als Terroristen bloß.«

»Wie um alles in der Welt willst du ihn mit der IRA in Verbindung bringen?«

»Wir haben einen Hinweis von einem Mann erhalten, der McIver kannte, bevor er sich Kafni andiente. Er gab mir einen Namen, woraufhin ich ein wenig nachforschte. Es handelt sich um einen Schmuggler aus Boston, dem ein Schiff namens *Malachias Rache* gehörte. Er war in das erste Attentat auf Abidan Kafni verwickelt; davon erzählte ich dir doch gestern, richtig? Derjenige, dessentwegen McIver im Gefängnis saß, bis Kafni ihn herausholte, du weißt schon … jedenfalls hat er angerufen, dieser Captain O'Rourke. Er wurde hinterher wegen einer ganzen Reihe von Anklagen festgenommen und saß selbst ein Jahrzehnt lang hinter Gittern. Wahrscheinlich versucht er nun, sich ein wenig Genugtuung zu verschaffen, indem er McIver anschwärzt, aber das ist mir schnuppe. Für mich ist wichtig, was er darüber sagte, wie McIver in die Staaten gelangte und warum.«

»Sprich weiter.«

»Er war aufgrund seiner Mitgliedschaft in der IRA auf der Flucht vor den Briten.«

Kemiss blieb schweigend stehen, während er die Information sacken ließ.

»Ich werde ein paar Beziehungen spielen lassen müssen, um das durchzuziehen«, so Castellano weiter, »doch du solltest diese Leichen sehen, dann begreifst du, worauf ich hinauswill. Lapidar gesagt kann der Kerl unmöglich ein Fischer aus Galway sein. Zwei der Männer wurden erschossen, und die anderen beiden sehen aus, als ob sie von einem Bären gerissen wurden. Es ist genau so, wie ich es mir dachte. Unter der Oberfläche verbirgt sich bei Declan McIver viel mehr, und dies deckt sich vortrefflich mit dem, was O'Rourke über die IRA erzählte.«

»Ich werde sofort ein paar Leute anrufen«, drängte Kemiss. »Es ist, wie du sagst: Wenn das zu einer offiziellen Ermittlung wird, erhalten wir mehr Mittel. Ich bin mir sicher, jemanden in meiner Adresskartei zu finden, der uns dabei helfen kann, die Vergangenheit dieses Typen zu durchleuchten. Sollte er ein beschissener Terrorist sein, müssen wir es wissen. In dieser Situation könnten sich solche Kenntnisse als nützlich herausstellen.«

»Unterdessen sollten wir es den Medien zuspielen und sie heiß auf den mutmaßlichen Zusammenhang machen.«

»Nein, nein. Noch nicht. Lass mich zuerst schauen, womit ich aufwarten kann. Es ist noch ein bisschen zu früh, um eine Horde von Reportern über das Leben des Mannes in all seinen Einzelheiten herfallen zu lassen. Falls überhaupt möglich, sollten wir darauf bedacht sein, die Aufmerksamkeit der Massen von ihm abzulenken, damit nicht so viele Fragen aufkommen, wenn er aus dem Verkehr gezogen wird. Wir behalten diese IRA-Sache vorerst für uns – als Ass im Ärmel, wenn du so willst.«

»Okay, gar nicht dumm. Ich fahre jetzt zu McIvers Haus«, kündigte Castellano an. »Dort sehe ich zu, dass meine Männer später, wenn sie das Grundstück absuchen, alles finden werden, was notwendig ist, um ihn als Bombenattentäter zu bezichtigen. Wegen der Durchsuchungsbefehle habe ich schon telefoniert.

»Halt mich auf dem Laufenden.«

Kemiss schloss das Telefon wieder und steckte es in seine Tasche. Manchmal, wenn eine Tür zufiel, tat sich ein Fenster auf – man musste nichts weiter tun, als es zu finden. Im Geiste begann er, Namen seiner im Laufe der Jahre gesammelten Kontakte durchzugehen, die sich als hilfreich erweisen konnten. Als seit 20 Jahren amtierender Senator besaß er eine lange Liste teilweise einflussreicher Personen, doch diejenige, die er brauchte, musste an Geheiminformationen in der Republik Irland und dem Vereinigten Königreich gelangen. Ein Mann fiel ihm ein, als er das Ende der Einfahrt erreichte und sich umkehrte, um zum Haus zurückzugehen. Er stieß wieder neblige Atemluft aus und betätigte die Anruftaste, nachdem er eine Nummer in seinem Handyadressbuch ausgesucht hatte.

Kapitel 26

11:23 Uhr, Eastern Standard Time – Sonntag, County Route 141, Lake Sherwood, West Virginia

»Es ist ein 280SE«, sagte Declan, als er die graue Plane von dem Mercedes Benz zog. Die schiefergraue, viertürige Limousine stand in einer engen Lücke zwischen der Hinterwand der Hütte und zwei hohen Haufen Feuerholz.

»Und den hast du hier wie lange stehen lassen?«, fragte Constance, die ihre Arme verschränkte, um sich warmzuhalten. »Woher weißt du, dass er anspringen wird?«

»Oh, das wird er. Mein Dad hatte genau den gleichen. Abgesehen von Mum und mir, glaube ich, war ihm nichts so teuer wie dieses Auto.«

Constance ließ sich zu einem kurzen Lächeln hinreißen, wobei Declan bewusst wurde, dass er vor ihr noch nie offen über seine Familie gesprochen hatte. Das war eine neue Erfahrung für ihn und es fühlte sich unheimlich befreiend an. Er lehnte sich an die Haube des Mercedes und schaute sie an. Sie trug einen grünen Stricksweater und Bluejeans und hatte ihr rotbraunes Haar zusammengebunden. Statt seinen Blick zu erwidern, senkte sie ihren Blick, während sie in ihren braunen Sandalen mit den Zehen wackelte.

»Hey«, bemerkte er ebenfalls lächelnd, während er sich näherte und sachte ihren Arm berührte . »Es ist zu kalt für Sandalen.«

Das Lächeln verging ihm, als er sie genauer betrachtete. Er hatte gedacht, sie verschränkte die Arme der Kälte wegen, doch auf den zweiten Blick wirkte es eher, als halte sie sich den Bauch.

»Alles gut mit dir?«

»Sicher«, beteuerte sie kopfschüttelnd. »Entschuldigung.«

»Oh ... hey, hey, gar nichts ist gut«, rief er, als sie sich vornüberbeugte und erbrach. Er stellte sich neben sie und hielt ihr Haar hoch, während sie noch mehrmals würgte. Als sie sich wieder aufrichten wollte, rieb er ihren Rücken. »Gehen wir rein«, schlug er vor.

Die Glut im Kamin schwelte noch vom Abend zuvor, und die Wärme hielt sich in dem kleinen Raum, dessen Luft schwer war von Geruch des verbrannten Holzes. Declan schloss die Tür hinter ihnen und führte Constance zum Bett, wo sie ihre Schuhe auszog und sich hinlegte. Nachdem er sie zugedeckt hatte, setzte er sich an den Rand der Matratze.

»Was hast du?«, fragte er, während er eine ihrer Wangen streichelte. »Geht es dir nicht gut?«

»Ich hab nichts«, behauptete sie leidlich überzeugend. »Mir ist nur plötzlich schlecht geworden. Ich kann es mir selbst nicht erklären.«

Sie schwiegen einige Minuten, bis Declan aufstand und einen feuchten Waschlappen aus dem Bad holte. Er hoffte, dass es nur der Stress ihrer augenblicklichen Situation war, unter dem sie litt, und nichts Ernsteres.

»Du willst wieder weg von hier, hab ich recht?«, fragte sie, als er den feuchten Lappen auf ihre Stirn legte. »Deshalb setzt du den Wagen instand.« Sie wischte sich Tränen aus dem Gesicht, als er nickend auf sie hinunterschaute.

»Aber erst morgen. Ich wollte dich zuerst in Sicherheit wissen, was jetzt erledigt wäre. Diese Hütte ist nicht darauf ausgelegt, für längere Zeit darin zu wohnen.«

»Das hört sich so an, als ob wir nie wieder nach Hause zurückkehren, sondern uns für immer verstecken müssen. Declan, das geht nicht. Was ist mit meinen Verwandten? Was sollen meine Eltern denken, wenn ich einfach wie vom Erdboden verschluckt bleibe?«

»Hey, alles wird gut, alles wird gut«, versicherte er versöhnlich. »Niemand wird vom Erdboden verschluckt. Wir mussten schlicht weg von dort und an einen sicheren Ort, denn hier kann ich über die Sache nachdenken und so etwas wie einen Plan entwickeln.«

14:47 Uhr, Eastern Standard Time, Kreuzung von Route 92 und 60, White Sulphur Springs, West Virginia

»Das gefällt mir nicht«, gestand Constance und streckte sich vom Beifahrersitz des Mercedes zur Seite aus, um Declans Wange zu berühren.

»Ja, ich weiß«, entgegnete er, als er ihre Hand an seinem frisch rasierten Gesicht spürte. »Er wächst ja schnell wieder nach.«

Sie hatten noch ein wenig gewartet, bis ihr Unwohlsein verflogen war, und sich dann zu einem kurzen Abstecher in die Stadt aufgemacht, die ungefähr 40 Minuten Fahrtzeit weiter südlich lag. Die Hütte war mit vielen überlebenswichtigen Vorräten bestückt, aber er fand, sie durften sich trauen, hinauszufahren, um für ihr leibliches Wohl zu sorgen und anständige Nahrungsmittel zu besorgen.

Constance öffnete die Autotür. »Ist wohl eine von vielen Veränderungen, an die ich mich gewöhnen muss, schätze ich.«

»Nimm das mal«, sagte er und zog aus seiner Jackentasche ein Bündel Dollarscheine, das er ihr gab. »Keine Karten, fürs Erste nur Bargeld. Ich bin nebenan.« Er zeigte auf eine kleine öffentliche Bücherei am gegenüberliegenden Ende des Parkplatzes.

Constance zog eine Grimasse, als sie das Geld nahm, schlug dann die Tür zu und verschwand durch die Eingangstür eines kleinen Lebensmittelmarktes. Declan beobachtete durchs breite Schaufenster, wie sie einen Einkaufswagen nahm und an den Registrierkassen vorbei zwischen die Regale ging. Mit ihrer weinroten Strickmütze und der dicken Winterjacke fiel sie ein wenig auf, doch die Luft draußen war noch immer so frisch, dass sich niemand allzu viel daraus machen sollte. Obgleich Constance fror, diente die Kleidung in erster Linie als *Ver*kleidung. Er konnte es nicht genau wissen, hatte aber so ein Gefühl, dass die Medien sie beide zeigen könnten. Man wurde nicht Zeuge eines Bombenattentats sowie einer Ermordung und brachte dann vier Männer um die Ecke, ohne zumindest etwas Aufmerksamkeit zu erregen.

Declan legte den ersten Gang ein und fuhr langsam über den Platz bis zum anderen Ende, wo er auf eine leere Parkfläche zurücksetzte und ausstieg. Glatt rasiert mit ebenfalls dicker Jacke und einer Baseballmütze der West Virginia Mountaineers auf dem Kopf, würde ihn niemand so schnell auf eventuell in Umlauf befindlichen Fotos erkennen. Er stieg die Betontreppe der Bücherei hinauf und öffnete die Eingangstür.

Drinnen roch es nach altem Papier. Zwei Bibliothekarinnen blickten von einer Ausleihtheke auf, als er eintrat, wobei eine halbherzig grüßte, bevor sie sich wieder dem Stapel Bücher auf dem Tresen widmete. Declan schaute sich im Saal um und studierte die Handvoll Besucher im Raum, die sich fast alle in der Nähe einer Reihe von Computern entlang der hinteren Wand aufhielten. Niemand von ihnen nahm Notiz davon, dass noch jemand hereingekommen war. Er fingerte einen Papierstreifen aus einem Körbchen mit der Aufschrift *Internetzugänge* und ging zu einem freien Gerät am Ende der Reihe. Nachdem er sich mit Kennnummer und Passwort eingeloggt hatte, rief der Browser die von der Bücherei gewählte Suchmaschine auf. Er betrachtete die Startseite kurz, bis ihm ein Link weit oben in den Nachrichtenmeldungen auffiel.

Ex-Bodyguard im Zusammenhang mit Bombenanschlag und Ermordung von FBI-Agenten und bekanntem Nachrichtentalkgast gesucht.

Declan las die Zeile wieder, während er spürte, wie Panik in ihm aufstieg. Unbewusst zog er die Schultern hoch, wie um sich hinter seinem Jackenkragen zu verbergen. Er zog die Baseballmütze tiefer ins Gesicht, während seine Gedanken zu kreisen begannen. Dann klickte er flugs auf den Link und trommelte mit den Fingern auf der Maus, während der Artikel geladen wurde. Beim Lesen versteifte er sich, denn aus zwei Abschnitten ging nicht nur hervor, dass die vier Männer, die versucht hatten, ihn und seine Frau umzubringen, angeblich FBI-Agenten gewesen waren, sondern auch, dass die Ermittler ihn als Verdächtigen in den beiden anderen Fällen erachteten, jenem des Bombenanschlags und der Ermordung. Er schloss die Augen und zwang sich, einen kühlen Kopf zu bewahren. Nachdem er sie wieder geöffnet hatte, blätterte er durch die Fotos des Artikels. Sie zeigten Abidan Kafni und das zerstörte C.H. Barton Center neben einem Foto von ihm, das 1997 gemacht worden war, als er in einer Strafanstalt in Massachusetts eingesessen hatte. Ausnahmsweise wünschte er sich, man sähe ihm sein Alter heute etwas deutlicher an, denn seitdem waren 15 Jahre vergangen, doch das Bild sah noch sehr aktuell aus. Ferner hatte man eins von Constance gewählt, das von der Webseite des Verbandes der öffentlichen Schule des County Roanoke stammte, wo sie mehrere Jahre als Geschichtslehrerin unterrichtet hatte. In dem Artikel stand, sie würde vermisst und zur Befragung gesucht.

Als Declan das rote X oben rechts auf dem Bildschirm anklickte, wusste er, dass er die Männer dramatisch unterschätzt hatte, die sich bemühten, den Mord an Abidan Kafni durch Ruslan Baktayews Hand zu verschleiern. Obwohl ihm klar gewesen war, dass er es mit einer Verschwörung zu tun hatte, wurde deren Tragweite erst jetzt offenbar. Egal, um wen es sich bei diesen Typen handelte: Ihre Macht und Zugriffsmöglichkeiten übertrafen alles, was er sich vorgestellt hatte, und sie taten alles dafür, ihm ein Verbrechen anzuhängen, das er nicht begangen hatte.

21:09 Uhr, Eastern Standard Time – Sonntag, County Route 141, Lake Sherwood, West Virginia

»Declan, du kannst nicht einfach zur Universität fahren und anfangen, Fragen zu stellen«, meinte Constance. »Diese Leute wissen, wer du bist. Sie haben dich des Mordes an vier Cops beschuldigt.«

»Mir bleibt keine andere Wahl, Connie. Du hast es selbst gesagt: Wir schufen uns ein gemeinsames Leben und waren bis vorgestern glücklich. Willst du dieses Leben jetzt wegwerfen – deine Familie, unsere Freunde, unser Geschäft, alles? Das wäre nämlich die Alternative: Wir fliehen und kommen nicht mehr zur Ruhe – nie wieder.«

»Irgendwo da draußen ist jemand, der uns helfen kann.«

Declan wusste von zwei Personen, die er bitten konnte und von denen er garantiert Hilfe erwarten durfte, ohne dass sie allzu viele Fragen stellen oder andere mit hineinziehen würden. Fintan McGuire und Shane O'Reilly zählten zu den Männern, an die er sich in der IRA gehalten hatte. Als die drei einzigen überlebenden Mitglieder der Einheit Black Shuck waren sie einen Schwur eingegangen, aufeinander achtzugeben und ihre wahre Vergangenheit streng geheim zu halten. Was Declan betraf, so wollte er den Kontakt zu ihnen nur im äußersten Notfall auffrischen. Was die beiden vermutlich tun konnten, belief sich einzig darauf, ihnen auf der Flucht unter die Arme zu greifen, und Flucht lag Declan momentan noch fern. Ihm schwebte jemand anderes vor.

»Ja, es gibt da jemanden, von dem ich glaube, dass er uns helfen würde«, entgegnete er. »Asher Harel.«

»Wer?«

»Er war ein Freund von Abidan und früher israelischer Premierminister. Genau das ist aber das Knifflige. Ich kann ihn nicht einfach so anrufen.«

»Was ist mit Osman oder Nazari? Würden sie ihn erreichen?«

»Über sie habe ich es schon versucht. Sie sind unterwegs nach Jerusalem, wo die Begräbnisfeiern stattfinden. Ich habe ihnen eine Nachricht hinterlassen, also müssen wir einfach abwarten, was sich ergibt.«

»Dann tun wir das. Du darfst aber nicht wieder zur Universität fahren. Auf dem Campus wird es vor FBI-Agenten nur so wimmeln, Declan. Diese Menschen haben überall verbreitet, dass die Männer von gestern Nacht Staatsermittler waren und du sie getötet hast. Du würdest es gar nicht erst in den Umkreis des Geländes schaffen.«

»Der Campus ist abgeriegelt. Der Unterricht setzt für den Rest der Woche aus, mindestens. Ich brauche nur hineinzukommen und mir Klarheit über ein paar Dinge zu verschaffen, dann verschwinde ich wieder. Jemand dort muss wissen, wie dieser Sicherheitsdienst hieß.«

»Selbst wenn du den Firmennamen herausfindest, was soll das beweisen? Ich gebe dir Brief und Siegel darauf, dass sich das FBI oder wer auch immer sonst schon auf das Unternehmen gestürzt hat.«

»Mag sein, vielleicht aber auch nicht. Du vergisst, dass es sich hierbei nicht um herkömmliche Untersuchungen handelt. Die haben Kafnis Angehörige des Landes verwiesen und Gott weiß was noch getan. Davon abgesehen bin ich mir zwar sicher, dass der Anrufer gestern Nacht Seth Castellano war, kann es aber nicht beweisen. Das muss ich aber, falls wir irgendeine Chance haben wollen, der Welt die Wahrheit mitzuteilen und in unseren gewohnten Alltag zurückzukehren. Selbst Asher Harel wird uns nicht weiterhelfen, solange wir nichts Konkretes über das, was vor sich geht, in der Hand halten. Wir wären nach wie vor auf der Flucht.«

Constance setzte sich auf die Bettkante. »Ich wäre lieber auf der Flucht als eine Witwe.«

»Du wirst keine Witwe«, stellte er klar, während er sich neben ihr niederließ. »Und Flucht kommt nicht ernsthaft infrage. Die Verantwortlichen werden nicht aufhören. Im besten Fall würden wir uns selbst mit Harels Unterstützung für den Rest unseres Lebens verstecken müssen.«

»Warum machen die das mit uns? Was hast du ihnen getan?«

»Neulich abends, als ich vor der Rede mit Abidan sprach, erzählte er mir, dass Ruslan Baktayew entwischt sei. Das sagte er mir zur Warnung, damit ich Maßnahmen ergreifen konnte, um deine und meine Sicherheit zu gewährleisten. Einer der Männer, die ich in Abidans Dienst tötete – einer derjenigen, die *ihn* töten wollten –, war Baktayews Bruder. Abidan spielte die Wahrscheinlichkeit herunter, dass der Geflohene in der Lage wäre, ihm oder mir aufzulauern, wollte es mich aber für alle Fälle wissen lassen. Gestern Abend dann, bevor das Flugzeug mit seinem Sarg startete, kam Asher Harel zu mir. Er sagte, Abidan hätte befürchtet, Baktayew könnte vor dem Hintergrund der Umstände, unter welchen er aus seinem Gefängnis entkommen war, ein Verbrechen in Amerika begehen wie seinerzeit in der südrussischen Stadt Beslan.«

»Welches Verbrechen meinst du?«

»Eine Geiselnahme in einer Grundschule, wo er die Kinder festhielt, bis man auf seine Forderungen einging, nur dass das unmöglich war. Auf amerikanischem Boden wäre ein solches Vorhaben glatter Selbstmord, und Baktayew weiß das.«

»Also würde er die Geiseln umbringen, bevor die Polizei *ihn* umbringt?«

Declan nickte. »Genau, und wer auch immer diese Leute sind: Abidan hatte recht, es müssen dieselben sein, die Baktayew aus dem Knast geholt haben. Sie wollen, dass er einen solchen Anschlag verübt, und seinen Aufenthalt in diesem Land geheimhalten, bis er es tut. Einen anderen Grund dafür, dass jemand versucht, uns beiseitezuräumen, kann ich mir nicht vorstellen, denn wir wissen, dass Baktayew derjenige ist, der Abidan auf dem Gewissen hat, nicht irgendein beliebiger Extremist, wie es die Medien behaupten.«

»Declan, ich arbeite in einer Schule«, erinnerte Constance ihn. »Warum sollte irgendjemand in diesem Land Terroristen helfen, Kinder zu töten?«

»In Russland machte sich die Regierung das Geiseldrama von Beslan als wirkungsvolles Machtwerkzeug zunutze, und nicht wenige Stimmen warfen ihr vor, es entweder selbst angezettelt oder zumindest im Vorfeld davon gewusst zu haben, ohne etwas zu unternehmen.«

»Also wollen sich diese Unbekannten durch eine solche Geiselnahme Macht verschaffen, und Castellano arbeitet für sie?«

»Anscheinend ja. Er ist unser Schlüssel, um sie zu finden, aber ich kann nicht einfach zu ihm gehen und ihm eine Knarre vors Gesicht halten. Ich käme nicht einmal in seine Nähe. Doch würde ich herausfinden, wer die Männer gestern Nacht waren, hätte ich etwas Handfestes, womit ich weitermachen könnte, um eine Spur zu verfolgen. Die Autos, die sie fuhren, waren die gleichen wie jene, die der Sicherheitsdienst vor dem Barton Center stehen hatte, sowohl der Geländewagen als auch die Limousine. Folglich müssen sie für das Unternehmen gearbeitet haben, und ebendort muss ich mit der Suche beginnen.«

»Aber wenn du dort hingehst, wird man wieder versuchen, dich umzubringen. Was, wenn du dann kein solches Glück mehr hast wie gestern?«

Declan schüttelte den Kopf und lächelte. »Ich mag zwar ein Ire sein, aber was du gestern Nacht gesagt hast, ist richtig. Es war kein Glück, was uns beim ersten Mal den Hals rettete.«

Kapitel 27

13:46 Uhr, Ortszeit – Montag, Sandford Road, Dublin, Irland

Fintan McGuire drehte sein Newton-Spiegelteleskop, das er gerade zum ersten Mal zusammengebaut hatte, sanft auf seiner Mittelachse. Er war sehr stolz darauf, auch weil er die Spiegel selbst geschliffen hatte. Während er auf dem Dach seines Hauses in dem wohlhabenden Bezirk Donnybrook südlich der City stand und über die fernen Gebäude von Dublins Stadtkulisse schaute, musste er zugeben, dass ihn seine eigene Handwerkskunst beeindruckte. Als er das Teleskop nach Osten umschwenkte, lächelte er beim Anblick der Fähren, die in die irische Hauptstadt einfuhren oder sie verließen. Selbst die altehrwürdigen Tore, die in seine Heimatstadt führten, sahen durch das Okular des Teleskops erhaben aus.

Eifrig drehte er es erneut und justierte nach, um die verwitterten Mauern aus bröckelndem Stein zu fokussieren, die sein Grundstück umgaben, einen Morgen Land an Dublins R117 Sandford Road. Er hatte das Haus ein paar Jahre zuvor gekauft und renoviert und wollte die Mauern als Nächstes in Angriff nehmen, sobald es wärmer wurde und der für die Jahreszeit typische Regen nachließ. Die einzige Schwierigkeit, der er sich stellen musste, bestand darin, wie genau er die rissigen Steine mit seiner erheblichen Behinderung neu verfugen sollte. Doch Zweifel daran wollte er nicht aufkommen lassen; es erschwerte die Aufgabe nur etwas. Wenige Gefühle im Leben ließen sich mit der Zufriedenheit nach Vollendung eines herausfordernden Projekts vergleichen.

Diese Geisteshaltung und Hingabe für das Land, in dem er lebte, hatten ihn dazu gebracht, als *Teachta Dála* zu kandidieren, also als Abgeordneten für seine Heimatgemeinde Monaghan. Das County war ein Wahlkreis mit fünf Sitzen im Norden der Republik Irland nahe der Grenze zu den sechs Countys von Ulster, die zum Vereinigten Königreich gehörten. Als neu gewähltes Mitglied des Unterhauses *Dáil Éireann* musste er dem Ende der vielen Freizeit entgegensehen, die er momentan noch genoss. Die Wirtschaftsblase, die 2008 geplatzt war, hatte Irland einen ökonomischen Scherbenhaufen hinterlassen, den es nun wegzufegen galt, und als einer der erfolgreichsten Unternehmer des Landes beziehungsweise langjähriger Angehöriger der Mitterechts-Partei *Fine Gael* hatte er sich bereit erklärt, diese Aufgabe anzupacken.

Das mechanische Geräusch des Lastenaufzugs, über den das stattliche Anwesen verfügte und der nun zum Dach hochstieg, lenkte seine Aufmerksamkeit vom Teleskop ab. Er drehte sich in seinem Rollstuhl zu dem alten Verladetor um, während es hochgezogen wurde.

»Verzeihen Sie die Störung, Governor«, begann sein Assistent Dean Lynch, als er aus dem Fahrstuhl trat, »aber in der Morgenausgabe der *Independent* bin ich gerade auf etwas gestoßen, dass Sie sich wohl ansehen sollten.«

Fintan drückte sich vom Teleskop weg und rollte auf den dunkelhaarigen, muskulösen Mann zu, der ihm ein Exemplar der auflagenstärksten irischen Zeitung hinhielt. Nachdem er sie gegriffen hatte, schlug er sie auf und überflog die Seite, die Lynch markiert hatte.

Fahndung nach Ex-Leibwächter im Zusammenhang mit Bombenanschlag auf US-Universität, Mord an prominentem Israeli Kafni und FBI-Geheimagenten.

Er las den Artikel und warf einen Blick auf das zugehörige Foto eines Gesichts, das er seit mehr als zehn Jahren nicht gesehen hatte, aber immer noch sehr gut kannte. »Bringen Sie mich in mein Büro, schnell«, drängte er.

»Selbstverständlich, Governor.« Lynch stellte sich hinter ihn und packte die Griffe an der Rückenlehne des Rollstuhls. Obwohl McGuire viel lieber selbst fuhr, war dies mitunter umständlich, besonders in den oberen Etagen des Hauses, und im Moment hatte er keine Zeit zu verlieren.

Sein Assistent rollte ihn in den Aufzug und drückte das Tor hinter sich zu. Als die Kabine den ersten Stock erreichte, öffnete er es wieder und schob den Rollstuhl über einen schmalen Flur an der prachtvollen Treppe im Mittelteil des Hauses vorbei zu einem großen Büro an der Nordseite. »Von hier an übernehme ich selbst«, sagte Fintan, indem er die Handläufe der Räder festhielt und sich in den Raum rollte, wo er auf einen langen Eichenschreibtisch zufuhr.

Das Büro war elegant ländlich eingerichtet – mit ausgestopften Köpfen verschiedener großer Tiere und mehreren antiquierten Jagdgewehren. Der Boden bestand aus auffallend fleckigem Holzparkett, und große Fenster an der Nordmauer boten eine Teilansicht von Irlands Hauptstadt am Horizont. Fintan, der sich weder großartig fürs Jagen oder Wildtiere erwärmte, hatte den Raum zu seiner persönlichen Bibliothek und Arbeitszimmer umgestaltet. Wo einst breite Klubsessel und vermutlich ein altmodischer Globus auf dem Boden gestanden hatten, reihten sich nun mehrere Bücherregale, Aktenschränke aus Holz und ein Aquarium mit verschiedenen exotischen Fischen darin, die überwiegend aus dem Indischen Ozean und dem Südpazifik stammten.

Er drückte sich zu dem Eichentisch und griff zu einer Maus an einer Computerstation mit mehreren Monitoren. Als diese aufleuchteten, zog er eine Tastatur unter der Arbeitsfläche hervor und gab eine Webadresse ein. Lynch stand neben der Tür, als wisse er bereits, was sein Arbeitgeber gleich herausfinden würde, und erahne den Befehl, den er unweigerlich erhalten würde, falls ihn seine Intuition nicht trügte. Sobald die Seite eines beitragspflichtigen internationalen Mailservers in der Schweiz geladen war, tippte Fintan einen Usernamen und ein Passwort ein. Als die Log-in-Daten akzeptiert waren, klickte er auf den Posteingang und öffnete den Ordner für neue Mails.

»Keine Nachrichten, warum das?«, fragte er laut, aber nicht an Lynch gerichtet.

Der Assistent trat dennoch näher. »Falls alles stimmt, was in dem Artikel steht, Governor, muss er gerade auf der Flucht sein.

Womöglich hatte er einfach noch keine Gelegenheit, Sie zu kontaktieren.«

Fintan wusste, dass sein Diener recht hatte. Was auch immer sich in Declan McIvers Leben ereignet haben mochte, um ihn derart ins Fadenkreuz der Medien zu rücken, musste sehr schnell und unverhofft eingetreten sein. Unter den noch lebenden Mitgliedern der Black Shuck, die McGuires Vater gegründet und bis zu seiner Ermordung geleitet hatte, war McIver der vorsichtigste und fähigste Mann.

»Wir müssen ihn finden, Lynch – bevor es irgendjemand anderes tut. Das könnte sehr schlecht für uns alle ausgehen. Geben Sie Cummings Bescheid, wir treffen uns noch in dieser Stunde in Waterford. Man braucht uns jetzt in die Vereinigten Staaten.«

Kapitel 28

10:26 Uhr, Eastern Standard Time – Montag, Kreuzung des Lee Jackson Highway mit Boonsboro Road, Lynchburg, Virginia

Declan fuhr vom Lee Jackson Highway ab auf die Boonsboro Road. Er hatte beschlossen, dass es sicherer sei, über die Blue Ridge Mountains und den James River nach Lynchburg zu reisen, als die Stelle zu passieren, wo er von der Straße abgedrängt und beinahe getötet worden war. Seitdem er die Hütte verlassen hatte, hörte er den Mittelwellenfunk ab, um vielleicht etwas aufzuschnappen, das darauf hindeutete, was ihn bei seiner Ankunft erwartete. Der Nachrichtensprecher war gerade mit dem Verlesen einer Mitteilung des Universitätskanzlers Jerry Falwell Jr. fertig, in der es um die Reaktion der Hochschule auf den Anschlag ging, dem er aufgrund des Gesundheitszustandes seiner Mutter entronnen war, wobei er versicherte, für die Betroffenen zu beten und Unterstützung zu leisten.

Declan nahm eine marineblaue Schirmmütze vom Beifahrersitz, zog sie an und bis knapp über die Augenbrauen hinunter, um sich möglichst unkenntlich zu machen. Er hoffte, dass er an der Universität auftauchte, wäre das Letzte, womit man rechnen würde, weshalb ihn niemand dort suchen würde. Doch er konnte nicht vorsichtig genug sein.

Als er mit dem blauen Mercedes auf den Lynchburg Expressway im Süden der Stadt einbog, kam der Campus der Liberty-Universität in Sicht. Nachdem er die vierspurige Fernstraße wieder verlassen hatte, legte er ein kurzes Stück auf der Geschäftsstraße zurück, die unter Ortsansässigen ›Hamburgermeile‹ hieß, brachte einen Bahnübergang hinter sich und erreichte den Campus. Dies war die hintere Zufahrt, wo deutlich weniger Verkehr herrschte als auf der gebräuchlicheren Route östlich des Hauptgeländes. Nachdem er an mehreren Personalparkplätzen vorbeigefahren war, fand er endlich den Besucherbereich auf der Höhe von DeMoss Hall, dem markantesten Gebäude der Hochschule. Es verfügte über eine Steintreppe auf zwei Ebenen und ein Portikus im Stile Thomas Jeffersons mit 18 Steinpfeilern, der Ähnlichkeit mit dem Obersten Gerichtshof in Washington D.C. aufwies. Davor stand eine Statue, ein Adler mit ausgebreiteten Schwingen auf einer Marmorsäule.

Declan streckte sich über die Rückenlehne nach einem dunkelroten Rucksack aus, bevor er ausstieg und den Wagen verriegelte. Dann stellte er den Sack vor sich und nahm eine schwarze Gore-Tex-Regenjacke heraus, die er anzog. Den Reißverschluss zog er bis ganz an den Kragen zu, um sich weiter zu vermummen. Da ein kalter Wind von den Bergen her wehte und die dicken Wolken am Himmel beständig Regen verhießen, passte das Wetter perfekt zu einem solchen Aufzug. Schließlich hängte sich Declan den Rucksack über die Schulter und betrat den Gehsteig. Im Gegensatz zu den meisten Personen, an denen er auf dem Weg zu den Büros der Fakultät vorbeigehen würde, trug er keine Lehrbücher und Schreibblöcke bei sich, sondern eine Tasche voller Erstehilfe-Utensilien und Energieriegel zum Essen für zwei bis drei Tage, Feuerzeuge, Isolierband und Leuchtstäbe. Dazu mehrere Werkzeuge zum Knacken von Schlössern, zwei Handys mit aufgeladenen Guthaben und eine Glock-Pistole vom Kaliber .26 mit zwei zusätzlichen Magazinen. Er glaubte nicht an eine Schießerei mitten auf dem Campus, doch falls irgendwelche Typen anrücken sollten, um ihn kaltzustellen, wollte er vorbereitet sein.

Beim Laufen ließ er den Rucksack von der Schulter vor seine Brust rutschen, zog einen Reißverschluss auf und griff hinein, um einen Lageplan des Campus herauszunehmen, den er in einem kleinen Laden einige Meilen außerhalb der Stadt gekauft hatte.

Er war gekommen, um Michael Coulson aufzusuchen, dem er mehrere Fragen stellen wollte. Hoffentlich konnte ihm der Mann Genaueres erzählen, was zwei Abende zuvor im Barton Center geschehen war. Zwar hielt er weder ihn noch irgendjemand anderen an der Universität für Mitwisser, obwohl es sich nicht ausschließen ließ, doch in jedem Fall kannte das Personal den Sicherheitsdienst und dessen Kontaktadresse. Nachdem Declan den Rucksack wieder geschultert hatte, klappte er die Karte aus Hochglanzpapier auf und verschaffte sich einen Überblick.

»Sind Sie neu hier?«, fragte eine weibliche Stimme von hinten.

Als er sich umdrehte, stand vor ihm eine junge Frau mit dunkelbraunem Haar, das sie zum Teil unter eine bunte Beanie-Mütze gestopft hatte. Ihre Hände, die in den großen Taschen eines hellbraunen Parkas steckten, drückte sie an ihren Körper.

»Ja«, bestätigte Declan. »Bin erst heute angekommen.«

»Ein bisschen spät«, erwiderte sie lächelnd. »Das Semester hat schon vor zwei Monaten begonnen.«

»Okay«, sagte er und lachte nervös auf. »Erwischt. Ich bin kein Student, zumindest noch nicht. Ich habe einen Termin bei Dr. Michael Coulson, weil ich im Herbst gerne hier mit meinem Masterstudium anfangen würde.«

»Mich wundert, dass Dr. Coulson Termine wahrnimmt, nach allem, was in den letzten Tagen hier passiert ist, aber Sie finden ihn im Politikgebäude. Dorthin gehe ich auch, falls Sie eine Führerin brauchen.«

»Ja, das wäre klasse. Ich habe nicht wieder angerufen, um den Termin zu bestätigen, hätte es aber wohl besser doch getan, schätze ich. Man hörte ja, was passiert ist.«

»War ziemlich stressig hier für alle in den vergangenen Tagen«, erzählte sie, während sie sich auf den Weg zum Eingang von DeMoss Hall machte. »Selbst nach dem Amoklauf an der Virginia Tech vor ein paar Jahren glaubt man nicht, dass es einen mal selbst erwischen könnte, doch dann geschieht es. Die Leute hier stehen unter Schock – überall sind Psychologen, und diese Woche finden keine Kurse statt. Ich selbst beschäftige mich einfach, um mich abzulenken, ohne allzu viel auf die Nachrichten und das Drumherum zu achten.«

»Stimmt, ich dachte schon, dass die Uni etwas verlassen aussieht. Dort wo ich herkomme, geschieht so etwas andauernd.«

Sie schaute ihn fragend an, während sie die Treppe unter dem Säulenvorbau hinaufgingen, der ein wenig vor der Witterung schützte. »Aus Irland?«, hakte sie nach.

»Richtig, aus der Gegend um Belfast. Jetzt ist es nicht mehr so schlimm, doch als ich ein kleiner Junge war, ging es dort brutal zu.«

»Ich weiß zugegebenermaßen nicht viel darüber«, gestand sie achselzuckend, als er die Eingangstür für sie aufhielt. »Studiere halt Mathe.«

»Oh«, stöhnte er und lachte sarkastisch. »Mein Lieblingsfach.«

Beim Betreten des Gebäudes nahm das Mädchen eine Hand aus dem Parka und zog die Mütze aus. Als Declan das braune Haar auf ihre Schultern fallen sah, musste er daran denken, dass junge Menschen wie sie zwei Abende zuvor im Barton Center und der Umgebung gearbeitet hatten. Wie viele zählten zu den Todesopfern und Verletzten? Befanden sich Bekannte dieses Mädchens darunter? Tief in seinen Eingeweiden rumorte es vor Wut. Auch er war einmal ein Attentäter gewesen. Wie viele arglose Jungen und Mädchen hatten bei IRA-Operationen den Tod gefunden, an denen er beteiligt gewesen war? Während seiner Zeit in der Vereinigung hatte er schon früh begriffen, dass Anschläge wenig zur Sache beitrugen und lediglich Unbeteiligte trafen.

»Alles okay mit Ihnen?«, fragte die junge Frau, weil er sie fast angerempelt hätte. Ihm war nicht aufgefallen, dass sie angehalten und sich zu ihm umgedreht hatte.

»Ach, tut mir leid, ich dachte bloß an die Menschen, die an dem Abend in dem Gebäude gewesen waren.«

Ein Anflug von Trauer huschte über ihre Züge. »Ich selbst kannte zwar niemanden, einige meiner Kommilitonen aber schon. Meine Mitbewohnerin wird drüben in der Beratungsstelle behandelt. Ihr Exfreund starb bei der Explosion. Ich dachte, ich stürze mich einfach ins Studium, um nicht darüber nachdenken zu müssen. Darum will ich jetzt hoch ins Lernzentrum im zweiten Stock. Zuerst zeige ich Ihnen aber, wo Dr. Coulsons Büro ist.«

»Oh, ich will Ihnen keine Umstände bereiten. Geben Sie mir einfach eine ungefähre Richtung, dann suche ich selbst, bis ich es finde.«

»Nein, das geht nicht«, beharrte sie, und ihr Lächeln kehrte zurück. »Wir könnten dort gar nicht aneinander vorbeilaufen. Der Weg zur Bibliothek ist derselbe.«

»Dann danke, ich weiß das zu schätzen«, beteuerte er, während sie weiter auf eine Flügeltür zugingen, einen Ausgang von DeMoss Hall. Beim Verlassen des Gebäudes gelangten sie auf einen rechteckigen Hof, der mit immergrünen Sträuchern bepflanzt war, und stiegen eine weitere Betontreppe hinunter.

»Ich hab meine Beanie wohl ein wenig zu früh ausgezogen«, bemerkte das Mädchen, als ihr eine Windbö die Haare über den Scheitel warf, und setzte die Mütze hastig wieder auf. Die beiden gingen an Hecken vorbei auf einen einstöckigen Betonkasten zu, auf dem *Kantine* stand, bogen jedoch ab, bevor sie ihn erreichten. Am Ende des langen Weges, an dessen Mauerseite Gebüsch wuchs, öffnete das Mädchen eine Tür, wohinter sich wiederum ein langer Flur erstreckte.

»Das ist es«, sagte sie. »Dort, Dr. Coulsons Büro.« Sie zeigte auf eine geschlossene Tür gleich im Eingangsbereich. Auf einem Schild daneben stand: *Michael Coulson, Ph. D.*

»Super, vielen Dank«, entgegnete Declan, während er auf die Tür schaute.

»Sieht nicht so aus, als sei jemand hier. Sie sind hoffentlich nicht nur wegen des Termins aus Irland angereist, oder?«

»Oh nein, ich werde noch eine Zeit lang in der Stadt bleiben.«

»Ich heiße Brooke.« Sie zog ihre Rechte aus dem Parka und streckte sie ihm entgegen.

»Paul«, behauptete Declan, während er die Hand höflich schüttelte.

»Vielleicht laufen wir uns ja mal wieder über den Weg, Paul.«

Er musste schmunzeln, da ihre Augen erwartungsvoll aufblitzten. Sicher sagen konnte er es zwar nicht, doch ihn beschlich eine Ahnung, dass sie ihn gern wiedersehen würde. Obwohl er wusste, dass er alt genug war, um ihr Vater zu sein, lächelte er weiter. »Ja, ich bin vor Ort.«

»Prima«, entgegnete sie und nickte, bevor sie sich umdrehte und hinausging. Declan zog den Rucksack aus und ließ ihn vor seine Füße fallen. Sobald Brooke das Gebäude verlassen hatte und außer Sichtweite war, wandte er sich ab und schaute den Flur hinunter. Alle Türen waren geschlossen, und Declan hörte nichts, was auf Personen dahinter hingedeutet hätte. Als er den Knauf von Coulsons Bürotür drehte, stellte er fest, dass sie abgeschlossen war. Er warf einen Blick durch die Glasscheibe des Eingangs, der zurück auf den Hof führte, dann bückte er sich und öffnete den Rucksack.

Dass Coulson abwesend war, hielt Declan nicht von einem Versuch ab, sich die Informationen zu beschaffen, die er suchte. Vielleicht stieß er in dem Büro auf etwas, irgendwelche Dokumente zum Beispiel, aus denen hervorging, was er wissen wollte. Falls er entdeckte, was er brauchte, ohne direkt mit jemandem sprechen zu müssen, kam möglicherweise nie heraus, dass er hier gewesen war. Erneut schaute er den Flur hinauf und zum Eingang, diesmal mit Blick zur Decke für den Fall, dass dort Überwachungskameras hingen. Da dem aber nicht so war, nahm er ein faustgroßes Lederetui hervor und öffnete es. Darin steckten mehrere Dietriche aus Metall und eine schwarze Sperrpistole. Diese zog er heraus, klappte das Etui wieder zu und legte es neben sich auf den Boden, bevor er sich an die Tür lehnte und den Lauf ins Schlüsselloch steckte. Dann betätigte er den Abzug und zählte stumm, bis es hörbar klickte. Nachdem er die Pistole herausgezogen hatte, drehte er den Knauf und stieß die Tür auf, bevor der Sperrmechanismus wieder einrastete.

Zuletzt hob Declan das Werkzeugetui und seinen Rucksack auf, stahl sich in das dunkle Büro und tastete beim Schließen der Tür nach einem Lichtschalter an der Wand. Als er die Deckenlampe eingeschaltet hatte, sah er sich im Zimmer um, das keine Fenster besaß. Anhand der vielen offenen Kisten auf dem Boden und den Stühlen wurde augenfällig, dass Coulson mit Umzugsvorbereitungen an seinen neuen Arbeitsplatz im zweiten Obergeschoss des C.H. Barton Center beschäftigt gewesen war. In einer Ecke des Raums stand ein Schreibtisch mit Computer und Drucker. Da auf dem Monitor abwechselnd verschiedene Fotos des Campus eingeblendet wurden, konnte Coulson noch nicht lange fort sein; die meisten Bildschirmschoner waren auf höchstens eine halbe Stunde eingestellt, bevor der Energiesparmodus aktiviert wurde und der Rechner ihn abschaltete.

Bevor Declan etwas anrührte, griff er in eine Seitentasche des Rucksacks und nahm ein paar Polizeihandschuhe aus schwarzem Leder heraus. Er zog sie an und öffnete einen Karton auf einem roten Lehnsessel nahe der Tür. Darin lagen mehrere Täfelchen mit dieser oder jener akademischen Auszeichnung, also schloss er sie wieder und suchte weiter. In einer anderen Kiste stieß er auf einen Stapel Mappen mit Klausurmaterial für die vielen Kurse, die der Politiklehrstuhl der Hochschule anbot, und auch hier setzte er den Deckel wieder auf. Nachdem er sich in dem Lederbürosessel hinterm Schreibtisch niedergelassen hatte, drehte er sich hin und her, während er Schubladen aufzog. Deren Inhalt war aufgeräumt und beschriftet, bot aber nichts, was ihm weitergeholfen hätte. Als er an der Maus rüttelte, verschwand der Bildschirmschoner, und der Desktop erschien mit einem Hintergrundbild von Michael Coulson nebst Ehefrau und Kindern auf einem hohen Felsen mit Ausblick in ein Tal. Declan erkannte den Ort wieder: Es war der Gipfel von McAfee's Knob in Roanoke und ein beliebtes Ziel für Wanderer, auch weil der Appalachian Trail den Weg dorthin an mehreren Stellen kreuzte. Constance und er waren ihn schon viele Male gegangen und hatten ähnliche Fotos geschossen.

Plötzlich hörte er die Eingangstür des Flurs aufgehen und fuhr aus dem Sessel hoch. Nachdem er den Netzschalter des Monitors gedrückt hatte und das Bild schwarz geworden war, schlich er zur Tür. Jemand betrat pfeifend den Flur. Als die Person direkt vor dem Büro stehenblieb, zog Declan die Handschuhe aus, stopfte sie schnell in seine Jackentasche und räumte einen Karton von einem Stuhl auf den Boden, um sich zu setzen. Mit gebanntem Blick auf die Tür lauschte er, während draußen ein Schlüssel ins Schloss gesteckt wurde. Das Klicken hörte auf, die Person drehte am Knauf und öffnete.

Declan saß jetzt lässig mit einem Fuß auf dem anderen Knie auf dem Stuhl und lehnte sich zurück. »Guten Morgen, Dr. Coulson«, sagte er, während der Dozent verdutzt dreinschaute. »Die Tür war nicht abgeschlossen, also dachte ich: Warum nicht drinnen warten?«

Am Gesichtsausdruck des Mannes erkannte er, dass dieser, anders als die Studentin, der er begegnet war, die Nachrichten verfolgt hatte. »Nicht abgeschlossen?«, entgegnete Coulson misstrauisch. »Ich könnte schwören, abgesperrt zu haben.«

Declan tat gleichmütig. »Kann nicht sein, weil sie aufging, als ich den Knauf drehte.«

»Hmm.« Coulson betrat den Raum und schaute sich um, während er mit einer Hand durch sein sorgsam gekämmtes braunes Haar fuhr. Sein buschiger Schnurrbart wackelte, als er weitersprach: »Ich habe niemanden erwartet, und Sie schon gar nicht.«

Declan spürte, dass der Dozent nervös war. »Ich bin hier, um Ihnen kurz ein paar Fragen zu stellen.«

»Fragen? Wozu? Ich habe alles schon dutzende Male mit dem FBI durchgekaut.«

Jetzt wirkte er nicht mehr nervös, sondern klang verärgert.

»Das bestreitet niemand, aber ich wollte bloß nachhaken, ob Sie wissen, wer …«

»Die suchen Sie, ist Ihnen das klar?«, unterbrach Coulson ihn.

Declan redete nicht weiter, während der Mann eine Visitenkarte aus einer Innentasche seines Jacketts zog.

»Einer der Agenten gab mir seine Adresse und meinte, ich solle ihn anrufen, wenn ich Sie sehe.«

Declan stand auf und sah ihn an. »Hat er Ihnen einen Grund dafür genannt?«

»Nein, er meinte nur, man wolle Sie im Zusammenhang mit dem … mit *alle*dem verhören. Die wollten wissen, ob ich Sie kenne, und sagten, Sie wären seit Ihrer Entlassung aus dem Krankenhaus unauffindbar.«

Declan nahm die Visitenkarte an sich. Er musste sie umdrehen, um Seth Castellanos Namen zu lesen. »Schon eigenartig. Jemand versuchte, mich von der Straße zu drängen und zu töten, als ich das Hospital verlassen hatte und nach Hause fuhr.«

Coulson schaute verwundert auf. Obwohl er schwieg, schien sein Blick zu fragen: »Im Ernst?«

Declan sprach weiter: »Die Männer benutzten die gleichen Fahrzeugtypen wie einige der Sicherheitsleute an dem Abend, als die Gala stattfand. Darum bin ich hier. Ich hoffte, Sie wüssten vielleicht, wie dieses Unternehmen heißt, und könnten mir die Adresse geben.«

Coulson fuhr sich mit einer Hand über Schnauzer und Kinn, während er tief Luft holte. Er schien genau zu überlegen, was er als Nächstes sagen sollte. Als er begann, schüttelte er den Kopf. »Wir haben hier eine eigene Polizeistelle, und die Beamten treffen normalerweise jegliche Sicherheitsvorkehrungen an der Universität. Wenn wir beispielsweise zahlreiche Gäste zu einem Großereignis erwarten, lassen sie Kollegen aus der Stadt zur Verstärkung anrücken.«

»Die Typen neulich sahen eher wie Angestellte eines Privatunternehmens aus als Beamte.«

Coulson schüttelte wieder den Kopf. »Ich weiß nicht, wer sie waren. Mit der Planung des Festakts hatte ich nichts zu tun. Darum kümmerte sich unser Veranstaltungsbüro, wo alle Feste auf dem Campus koordiniert werden.«

»Würden Sie dort anrufen und nachfragen?«

Abermals fuhr sich Coulson mit einer Hand über den Kopf. »Ich denke nicht, dass das nötig ist. Sie sollten den Agenten anrufen, dessen Nummer auf der Karte steht, und mit ihm sprechen. Er leitet die Ermittlungen in diesem Fall, nicht Sie.«

Declan machte einen Schritt auf den Doktor zu, der nach wie vor unruhig war. »Hören Sie«, hob er erneut an, nachdem er wenige Zoll vor Coulson stehenblieb und diese offensichtliche

Drohgebärde einen Augenblick lang auf ihn wirken ließ. »Ich habe bereits mit Agent Castellano gesprochen, und er gab mir im Grunde zu verstehen, dass er nicht glaubt, was ich sage. Ich arbeitete fünf Jahre lang als Leibwächter für Abidan Kafni. Sie waren mit mir im Barton Center, als die Bombe hochging. Warum hätte ich meine Frau und mich einer so großen Gefahr ausgesetzt, wenn ich darüber im Bilde gewesen wäre, was geschehen würde? Nachdem wir ihn aus dem Gebäude evakuiert hatten, folgte ich Kafni zu dem Haus, in dem er während seines Aufenthalts wohnen sollte, und beobachtete, wie die Täter seinen Kopf in einem Sack davontrugen.«

Coulson schluckte schwer, während er sich das vorstellte und Declan fortfuhr. »Hinterher versuchten zwei Männer, mich von der Schnellstraße abzudrängen. Als sie es geschafft hatten, hielten sie an, um sich zu vergewissern, dass ich tot war, wobei mir zu Ohren kam, dass sie als Nächstes meine Frau umbringen wollten. Zum Glück bin ich kein Anfänger, was solche Situationen betrifft, und darum sind weder jene Kerle noch diejenigen am Leben, die ich beim Auskundschaften meines Hauses antraf. Kafnis Mörder waren Islamisten vom gleichen Schlag wie jene, die mehr als zehn Jahre lang versucht hatten, ihn zu töten, doch bei denen, die mich verfolgten, lag der Fall anders: Es handelte sich um Amerikaner, und ich werde mich geflissentlich von Agent Castellano sowie allen anderen Personen fernhalten, die an dieser Untersuchung teilhaben, solange ich nicht weiß, wer die Kerle waren und für wen sie arbeiteten.«

Declan setzte sich und holte zum letzten Schlag aus: »Also, für mich deutet all das auf ein Komplott hin, was besagt, dass die Bombe nicht von Terroristen gelegt wurde, sondern andere Interessengruppen drinstecken. Seitdem sie diese Tür aufgemacht und mich gesehen haben, schwitzen Sie und trippeln herum wie ein hyperaktives Kind. Haben Sie etwas auf dem Herzen, Dr. Coulson, das Sie loswerden möchten?«

Der Doktor hielt Declans Blick nicht stand und schaute zu Boden. »Ich bin Akademiker. Mit Bomben, Morden oder irgendetwas anderem in dieser Richtung kenne ich mich nicht aus. Ich weiß nur, dass ich vorgestern Abend mit ansehen musste, wie nicht wenige meiner Kollegen bei dieser Explosion getötet oder verletzt wurden, ohne dass die Ermittler bislang nur im Ansatz erklären könnten, was genau geschehen ist und wieso. Sie suchen den Namen des Sicherheitsunternehmens? Gut, ich besorge ihn für Sie und möchte, dass Sie mein Büro dann verlassen.«

Coulson war merklich aufgewühlt. Er zog seine Brille herunter und fuhr sich mit einem Taschentuch durchs Gesicht, bevor er zum Telefon auf seinem Schreibtisch griff. Er drückte eine Taste, woraufhin das Freizeichen durch den Lautsprecher tutete. Nachdem er ein paar Ziffern eingetippt hatte, läutete es kurz, und eine weibliche Stimme meldete sich: »Veranstaltungsbüro, Nikki hier.«

»Nikki, ich bin es, Michael Coulson aus dem Politikgebäude. Ich stehe hier bei einem Ermittlungsbeamten, der den Namen des Sicherheitsdienstes wissen möchte, den wir für die Gala bestellten. Doch ich kann ihm da nicht weiterhelfen, fürchte ich. Wissen Sie zufällig, wer das war?«

»Ja, Sir, aber das habe ich doch schon den Beamten gesagt, die zu mir kamen.«

»Tja, bestimmt versuchen sie lediglich, sich ein möglichst genaues Bild von der Lage zu machen. Ich habe die Freisprechfunktion des Telefons eingestellt, also würden Sie den Namen nennen, wenn es Ihnen nichts ausmacht?«

»Es war ein Unternehmen aus Moneta: Sweat Security. Dr. Kafnis Unterkunft wurde auch von diesem Dienst überwacht.«

»Danke sehr, Nikki«, entgegnete Coulson und trennte die Verbindung. »Da haben Sie's: Sweat Security aus Moneta.«

Declan schaute dem Dozenten in die Augen. »Vielen Dank, Dr. Coulson. Ich bedaure zutiefst, dass Sie Verluste zu erleiden hatten. Abidan Kafni war ein guter Freund von mir. Wir alle trauern um Menschen, die uns nahestanden. Ich versuche lediglich zu verhindern, dass es noch mehr werden.«

Kapitel 29

10:48 Uhr, Eastern Standard Time – Montag, Verndale Drive, Roanoke, Virginia

Seth Castellano ließ seinen Blick durch das Wohnzimmer des Hauses am Ende der langen Auffahrt am Verndale Drive im Norden des County Roanoke schweifen. Läge kein Wald davor, stünde es im krassen Gegensatz zu der mittelständischen Wohnsiedlung, an deren Rand es stand. Hinter dem Tor an zwei Steinpfeilern, dem langen, gepflasterten Weg und dem Wald glich das Anwesen einer Oase, die in einem kleinen Tal verborgen lag. Seth war schon einmal hier gewesen, aber noch nicht im Haus. Alles seinerzeit Erforderliche hatte er in einer der beiden Garagen auf dem Grundstück erledigt.

»Ich habe noch eins gefunden, Sir«, sagte ein junger Mann mit Anzug und Krawatte, der mit einem Gewehr von der Kellertreppe kam.

»Das wären neun insgesamt«, erwiderte Castellano. »Legen Sie es zu den anderen auf den Küchentisch.«

»Was zum Kuckuck fängt der Kerl Ihrer Meinung nach überhaupt mit den ganzen Waffen an, Sir?«

»Keine Ahnung, Agent Carter, aber wenn Sie mich fragen, plante er keine Safari.«

Der Mann legte die Waffe wie geheißen neben die anderen, die sie in Verstecken im Haus entdeckt hatten. Sechs halb automatische Pistolen, zwei Maschinengewehre und eine Vorderschaft-Repetierflinte von Mossberg. »Soll ich im Schlafzimmer weitermachen, Sir?«, fragte Carter.

Castellano verneinte. »Das übernehme ich. Gehen Sie hinters Haus und helfen Sie den anderen beim Durchsuchen der Garage. Ich wette, dass Sie dort noch mehr finden.«

»Verstanden, Sir.«

Der junge Mann verschwand durch eine Hintertür, die auf die Panoramaterrasse führte. Als sie zufiel, nahm Castellano Nitrilhandschuhe aus einer seiner Taschen und zog sie an. Während er im Wohnzimmer herumging, fielen ihm zwei Vitrinen mit Fotos ins Auge. Constance und Declan McIver entsprachen zweifelsohne dem typischen Bild eines amerikanischen Paares aus der gehobenen Mittelschicht, was nicht nur die Schnappschüsse ihrer strahlenden Gesichter bewiesen, sondern auch ihr Haus.

Ungeachtet seiner abgeschotteten Lage war es für die Verhältnisse der meisten Bessergestellten mit nur drei Schlaf- und zwei Badezimmern recht klein. Eines der Zimmer im Obergeschoss wurde als Büro verwendet und zwei Techniker aus der FBI-Abteilung für Computerkriminalität waren dort, um die Schränke und die beiden Computer zu untersuchen. Castellano rechnete nicht damit, irgendetwas zu finden. Während Declan McIver einen nicht zu verleugnenden Hang zum Sammeln von Waffen hatte, waren ihnen keine Indizien in die Hände gefallen, dass er sich an irgendwelchen verbrecherischen Machenschaften beteiligte. Soweit der Agent sagen konnte, half ihnen hier nichts dabei, Mr. oder Mrs. McIver den Mord an Abidan Kafni anzuheften, doch das kümmerte ihn nicht. Er hatte alle Beweise gestreut, die sie dafür brauchten. Nachdem er aus einem der Fenster gesehen hatte, ob einer seiner Männer in der Nähe war, nahm er einen wiederverschließbaren Plastikbeutel aus der großzügig bemessenen Seitentasche seines Oberteils. Darin bewahrte er eine Pistole mit Schalldämpfer auf, die er per Einschreiben ohne Inhaltsprüfung über DHL von Ruslan Baktayew erhalten hatte. Während Seth den Beutel öffnete, ging er aus dem Wohnzimmer durch den Flur zum Schlafzimmer des Paares, das noch genauer durchsucht werden musste.

Drinnen sah es wie in Eile verlassen aus, was seines Erachtens auch geschehen war. Die Decken lagen aufgeschlagen auf dem Bett, als seien die McIvers gerade erst aufgestanden, am Boden lag ein Schlafanzug aus rosa Fleece und ein paar Hausschuhe. Die städtische Polizei hatte die Leichen zweier Männer entdeckt

– Beobachter des Anwesens, wie Castellano wusste –, und daraus, wie es an den Fundorten aussah, ließ sich eindeutig darauf schließen, was vorgefallen war: Declan McIver hatte die beiden umgebracht, von denen er auf dem Highway überfallen worden war, ihren Wagen zu seinem Haus gefahren und die zwei Wartenden vorgefunden. Dann hatte er seine Frau angerufen und als Köder benutzt, um die beiden verbliebenen Angreifer in eine eher verlassene Gegend zu locken und sie ebenfalls auszuschalten – mit einer Präzision, zu der nur ein erfahrener Killer imstande war.

Genauso wenig wie in den anderen Räumen des Hauses gab es im Schlafzimmer Anzeichen dafür, dass jemand zurückgekehrt war, um Kleider zu holen oder dergleichen. Egal wo sich die McIvers also versteckten: Es musste ein Ort sein, den sie im Vorfeld dafür hergerichtet hatten. Diese Tatsache in Beziehung mit allem anderen deckte sich vortrefflich mit der Vermutung, dass Declan ein untergetauchter Terrorist war.

Während sich Castellano noch einmal umsah, hob er die Matratze, auf der niemand geschlafen hatte, an einer Kante hoch und legte die Pistole mit Schalldämpfer auf das Lattenrost. Dass man sie dort finden sollte sowie die ballistische Untersuchung, der man sie daraufhin unterziehen würde, genügte wohl als hinreichender Beweis dafür, dass der Mann den Wächter vor der Briton-Adams-Villa erschossen hatte, und musste seine Aussage, er hätte gesehen, wie Terroristen Kafni hinrichteten, in ein höchst zweifelhaftes Licht rücken. Seth steckte den wiederverschließbaren Beutel zurück in seine Tasche und verließ den Raum.

»Agent Schultz?«, rief er, als er zurück ins Wohnzimmer kam.

Ein Mann in dunkelblauem Anorak mit dem gelben Rückenaufdruck *FBI* trat aus einem der oberen Räume und schaute übers Geländer am Treppenabsatz nach unten. »Ja, Sir?«

»Seien Sie so gut und fangen Sie mit der Durchsuchung des Eheschlafzimmers an, bitte. Ich muss ein paar Anrufe tätigen.«

»In Ordnung, Sir.«

Castellano hörte die Schritte des Agenten auf den Stufen, während er selbst in die Küche ging und das Haus schließlich durch die Hintertür verließ. Er kramte nach dem Handy in seiner Brusttasche, als er von der Vorterrasse herunterstieg und sich seinem Wagen näherte, der auf dem Parkrondell stand. Nachdem er die Tür geöffnet und sich hineingesetzt hatte, betätigte er eine Taste am Gerät und hielt sie gedrückt, bis er hörte, dass es eine Nummer wählte.

»Was gibt's Neues?«, fragte David Kemiss sofort.

»Genug illegale Waffen, um Declan McIver für die nächsten 20 Jahre ins Kittchen zu bringen, wenn wir dem richtigen Richter die Anklagepunkte vorsetzen.«

»Gut, aber wir brauchen immer noch ein Motiv.«

»Im Augenblick kontrollieren die Männer oben die buchhalterischen Aufzeichnungen der beiden, und einen Durchsuchungsbefehl für die Geschäftsbüros habe ich auch. In Hinblick auf die Lage des Immobilienmarktes während der letzten Jahre bin ich mir sicher, dass wir ohne Mühe ein finanzielles Motiv finden werden.«

»Das wird funktionieren. Mir ist egal, ob der Kerl 200 Riesen jährlich macht. Wir brauchen nichts weiter zu tun, als den Beweis dafür zu liefern, dass er in den vergangenen Jahren mehr eingestrichen hat und sich über den Gewinneinbruch ärgert.«

»Wie gesagt, das sollte nicht schwierig sein.« Castellano schaute in den Rückspiegel, da er ein Auto hinter sich vorfahren hörte. »Ich ruf dich zurück, David. Hier ist gerade jemand gekommen.«

Er klappte das Handy zu, öffnete die Fahrertür und stieg aus, gerade als eine dickliche Frau in dem weißen Minivan hinter ihm das Gleiche tat. »Kann ich Ihnen helfen, Miss?«

Die Frau schien sich über die vielen Zivilfahrzeuge der Polizei auf dem Vorplatz zu wundern.

»Ich bin wohl … zur falschen Zeit … hergekommen«, stammelte sie.

»Was wollen Sie hier?«

»Ich bin Carol Minnix und wohne ein Stück weiter oben an der Straße. Ich sollte mich um den Hund kümmern, Shelby.«

Castellano schaute zum Haus zurück. »Mir ist drinnen kein Hund aufgefallen. Haben die McIvers Sie angerufen und gebeten, zu kommen?«

Minnix schüttelte den Kopf. »Nein, ich nehme Shelby immer mit zu mir, wenn Declan und Constance nicht da sind.«

»Und woher wissen Sie, dass sie nicht da sind?«

»Davon bin ich ausgegangen, nach allem, was in den Nachrichten gesagt wurde.«

»Verstehe. Nun ja, hier ist kein Hund.«

»Shelby versteckt sich unter der Couch. Das tut sie immer, wenn Fremde kommen.«

»Wir haben das ganze Haus durchsucht, Miss, da ist kein Hund. Agent Carter, haben Sie einen Hund gefunden?« Der junge Mann kam gerade über den Weg hinter dem Gebäude hervor, wo die Garagen standen.

»Nein, Sir, aber Spuren von ammoniumnitrathaltigem Dünger in einem alten Jeep in einer der Garagen.«

»Sagen Sie bloß, ja?«

»Darf ich reingehen und sie holen, Sir? Ich weiß, wo sie ist«, bat die Frau.

Castellano zeigte zur Tür. »Fassen Sie nichts an. Nehmen Sie den Hund und kommen Sie gleich zurück.«

Er folgte ihr unter den Vorbau und schaute zu, wie sie eintrat. »Oh«, rief sie, als sie die Ansammlung von Schusswaffen auf dem Küchentisch sah.

»*Oh* war auch unsere Reaktion«, bemerkte Castellano. »Können Sie sich erklären, weshalb die McIvers so viele Waffen besitzen?«

»Nein, Sir. Ich wusste nichts davon. Ich hätte nicht einmal gedacht, dass Constance damit umgehen kann.«

»Natürlich nicht, das sieht vielmehr nach einer Neuauflage von *Greatest American Hero* aus; jedenfalls bekomme ich das von allen Seiten zu hören.«

Carol blickte entsetzt drein, während sie verharrte und anscheinend überlegte, was sie als Nächstes tun sollte.

»Der Hund«, erinnerte Castellano und zeigte ins Haus.

»Ach ja, richtig ... also gut«, stotterte sie und ging ins Wohnzimmer, wo sie sich vor der Couch hinkniete. Dann stieß sie einen Pfiff aus und rief: »Shelby, ich bin es – Carol. Komm her.«

Castellano beobachtete, wie sie unter das Möbel griff und einen Beagle am Halsband hervorzog. »Sachen gibt's«, staunte er. »Ein Wachhund, wie er im Buche steht, was?«

Die Frau nahm das Tier in die Arme und verließ die Wohnung wieder.

»Wissen Sie vielleicht, ob die McIvers anderswo Grundeigentum besitzen, wo sie Urlaub machen?«, fragte Castellano, während er ihr nach draußen folgte.

Minnix schüttelte ihren Kopf erneut, während sie den Beagle auf dem Beifahrersitz absetzte und dann die Tür schloss. »Nein«, antwortete sie auf dem Weg zur Fahrerseite. »Sie sind recht oft unterwegs. Sie sind schon auf der ganzen Welt herumgekommen – bis nach Paris, Madrid ... überallhin.«

»So, so. Und Mr. McIver allein? Hat er vielleicht etwas, wohin er sich ohne seine Frau zurückzieht?«

»Declan hat überall Immobilien, Sir. Immerhin arbeitet er in dieser Branche. Ständig kauft oder verkauft er etwas. Constance erwähnte mal eine Anglerhütte, wo er sich manchmal gerne aufhalten soll, aber ich habe keinen Schimmer, wo sie ist.«

»Eine Anglerhütte.« Castellano zog die Augenbrauen hoch. »Interessant. Sie wissen aber wirklich nicht, wo sie sein könnte?«

»Nein, Constance hat es mir nie erzählt. Unter uns gesagt bin ich mir nicht einmal sicher, ob sie es selbst weiß.«

Castellano nickte. »Ich danke Ihnen. Jetzt sehen Sie zu, dass Sie für den Hund sorgen«, fuhr er schief grinsend fort. »Er sieht ein bisschen unterernährt aus.«

Als er sich von der Frau abwandte, hörte er sein Handy im Auto läuten, also ging er hinüber, öffnete die Tür und beugte sich hinein, um es herauszunehmen. *Anruf von (434)565-2674* zeigte das Display an. »Castellano«, sagte er, nachdem er es angetippt hatte und an sein Ohr hielt.

»Agent Castellano, hier spricht Michael Coulson von der Liberty-Universität.«

»Wie kann ich Ihnen helfen, Dr. Coulson?«

»Sie baten mich, Bescheid zu geben, falls ich etwas von Declan McIver höre oder ihn sehe, Sir. Er ist vor ein paar Minuten von hier aufgebrochen.«

Kapitel 30

11:03 Uhr, Eastern Standard Time – Montag, Ecke 7th Street und Pennsylvania Avenue, Washington D.C.

David Kemiss schaute dabei zu, wie die Bedienungen zügig um die ordentlich in Reihe stehenden Tische gingen. Er saß in dem lang gezogenen Saal des Restaurants, das die achte Etage des Frederick J. Cooper Building einnahm. Hier klapperten weder Teller noch irgendwelche Servierwagen, niemand ließ Porzellan oder Tafelsilber fallen, und Gespräche mit den Gästen fanden anders als in den meisten Lokalen auch nicht statt. Wie Phantome, die im passenden Moment erschienen und sich wieder in Luft auflösten, verrichtete das Personal seine Arbeit im Stillen. Jede Bewegung schien geplant wie bei einer Militärspezialeinheit, deren Ziel darin bestand, schmutziges Geschirr oder halb verzehrte Vorspeisen zu befreien und sicher aus dem Feindgebiet zu schleusen, bevor sie Geräusche verursachen konnten. So musste man sich die Atmosphäre im exklusiven 701 Restaurant neben der Marinegedächtnisstätte vorstellen, das sechs Blocks vom US-Kapitol entfernt war.

Zwischen zwölf und zwei Uhr würden das Lokal und der Jazzsalon brummen vor Kongressabgeordneten, Senatoren und deren Gehilfen, Lobbyisten, Anwälten sowie wohlhabenden Unternehmern und allen anderen Personen, die entsprechende Beziehungen pflegten, die sie zum Reservieren eines Tischs berechtigten. Es war aber erst elf, und die Kundschaft aus den Regierungseinrichtungen in der Umgebung ließ noch auf sich warten.

Kemiss saß allein in einer Ecke des Saales und hatte die Morgenausgabe der *Washington Post* auf dem Tisch vor sich aufgeschlagen. Ein Bediensteter setzte ihm stillschweigend und gewandt schottischen Lachs vor, für den das Lokal bekannt war, zog sich aber gleich wieder zurück, als sich ein weiterer Gast nahte. Der Senator schlug die Zeitung zu und schaute verständnislos über den Tisch hinweg auf den Oberkellner, der zwei Stühle statt eines einzigen zurechtrückte. Doch als Kemiss aufblickte, sah er, dass der Mann, mit dem er sich traf, einen Begleiter mitbrachte. Er musterte die beiden, während der Kellner zwei Speisekarten und in dunkelrotes Tuch gewickeltes Silberbesteck ablegte, bevor er verschwand.

Der eine Mann, den Kemiss erwartet hatte, trug einen blauen Nadelstreifenanzug mit roter Krawatte und eine Brille mit Goldgestell. Er wirkte selbstbewusst, und sein schwindender, braungrauer Haaransatz erweckte den Eindruck, an seiner Stirn würden zwei Hörner hervorragen.

»Guten Morgen, David«, sagte Lane Simard als er sich setzte. Seine Aussprache war ein wenig britisch gefärbt. Als Leiter der CIA-Außenstelle in London verbrachte Simard den Großteil seiner Zeit in der Hauptstadt des Königreiches, wo er anscheinend einen leichten Akzent aufgeschnappt hatte. Nun sah Kemiss den Mann an, mit dem Simard gekommen war. Dieser war beleibt und hatte einen rosigen Teint, dunkles Haar sowie einen sorgfältig getrimmten Schnurrbart, beides grau meliert. Er knöpfte sein dunkelgraues Jackett auf, als er sich hinsetzte, und lockerte seine weinrote Krawatte.

»Nichts zu essen, danke, nur ein Kännchen heißen Tee«, trug er einem anderen Kellner, der am Tisch erschienen war, mit ausgeprägtem britischen Akzent auf.

»Für mich das Gleiche«, fügte Simard hinzu, während er sich auf seinem Stuhl zurücklehnte und ein Bein über das andere Knie schlug.

»Guten Morgen, Lane«, grüßte Kemiss, während er die Zeitung beiseitelegte. »Danke, dass du dir kurzfristig für mich freinehmen konntest.«

»David, das ist Jones Forester. Als du gestern angerufen und erklärt hast, was du brauchst, fiel mir niemand anderes ein, der uns dabei so gut helfen könnte wie Jonas, also brachte ich ihn mit.«

»Habe die Ehre«, sagte Forester nickend.

Kemiss erwiderte die Geste und bot ihm die Hand an. Der Brite nahm sie und drückte fest zu. Der Senator begriff rasch, dass der Mann früher beim Militär gewesen sein musste. Der Ausdruck in seinen Augen beim Händeschütteln gab es preis.

»Jones vertritt einzigartige Beziehungen zu Großbritannien, egal worum es im Einzelnen geht«, hob Simard an. »Nach unserem gemeinsamen Studium in Oxford diente er mehrere Jahre in der Armee, bevor er bei der Stadtpolizei in London anfing, wo er es bis zum Oberkommissar brachte. Heute arbeitet er als Polizeivertreter an der britischen Botschaft hier in Washington. Während seiner Militärlaufbahn verschlug es ihn auch nach Irland, worüber er jedoch nur spricht, wenn er ein paar Drinks zu sich genommen hat.«

Die Männer lachten verhalten.

»Bestimmt gibt es hier einen zwölfjährigen Scotch oder etwas Ähnliches, der Sie bestimmt gesprächig macht«, bemerkte Kemiss mit einem Lächeln, das aber schnell erstarb.

Simard spürte, dass ihre Unterhaltung jetzt ernst werden sollte. »Fangen wir doch damit an, dass du uns ein wenig genauer erläuterst, was du brauchst und wie wir dir deiner Ansicht nach helfen können.«

Kemiss neigte sich auf seinem Stuhl nach vorne und stützte die Ellbogen auf den Tisch. »Es dreht sich um eine Frage von nationaler Tragweite, weshalb ich sicher nicht erklären muss, das alles, was wir besprechen, absoluter Geheimhaltung unterliegt.«

Simard und Forester blickten sich an und nickten. Sie wussten, wie dieses Spiel lief. Einhundertprozentiges Dementi war unerlässlich; aus diesem Grund hatte Kemiss nicht seine Büroräume zum Treffpunkt erkoren. Im Restaurant 701 führte man weder Buch über die Kundschaft, noch hätte diese wissen können, wer Simard oder Forester waren, weil keiner der beiden hoch genug in der Hackordnung rangierte, um das Etablissement üblicherweise zu besuchen.

»Wie ihr bestimmt aus den Nachrichten wisst, wurde neulich abends ein Terroranschlag auf die USA verübt. Diesmal war das Ziel eine Universität, und wir glauben, die Täter erhielten Unterstützung aus dem Inland. Das FBI-Außenbüro in Richmond bat mich darum, meine Beziehungen spielen zu lassen, um den Ermittlern in dieser speziellen Angelegenheit zur Seite zu stehen.«

»Bei dem Anschlag handelte es sich um einen Mordversuch, richtig?«, fragte Forester. »In den Nachrichten hieß es, dass der Israeli, der kurz darauf getötet wurde, das Ziel gewesen sei, nicht die Universität selbst.«

Kemiss nickte bestätigend. »Das stimmt ... zumindest teilweise. Wer auch immer das Attentat verübte, war darauf aus gewesen, Abidan Kafni zu töten, doch unsere Quellen lassen darauf schließen, dass die Finanzgeber noch andere Ziele verfolgten.«

»Und du glaubst, dieser Ire, den du erwähntest ...«, entgegnete Simard. »Wie hieß er noch gleich?«

»Declan McIver. Er stand Kafni nahe und kannte auch seine Leibgarde, weshalb er sich gemäß der vorläufigen, aber stichhaltigen Theorie des FBI unauffällig und frei bewegen konnte.«

Forester hielt seinen Kopf zur Seite geneigt, als der Name des Iren gefallen war, und sein Gesichtsausdruck verdeutlichte, dass ihm jetzt einleuchtete, weshalb er diesem Treffen beiwohnte.

»Und warum weiß das FBI so wenig mit ihm anzufangen, dass es meine Hilfe benötigt?«, fragte Simard in einem Tonfall, bei dem die alte Rivalität zwischen der Sicherheitsbehörde und der CIA mitschwang.

»Das liegt an seiner Vergangenheit.«

Simard legte seine Stirn in Falten.

»Er hat praktisch keine«, sprach Kemiss weiter. »Mitte der 1990er wanderte er aus Irland ein und ließ sich in Boston nieder, wo er zu Kafnis Sicherheitsstab gehörte, doch nichts in seinem Lebenslauf deutet darauf hin, dass er sich entsprechende Kompetenzen beim Militär oder im Polizeidienst angeeignet hätte, die ihn befähigten, an diesen Posten gelangt zu sein.«

»Also halten die Schnüffler das für Augenwischerei und wollen die Wahrheit herausfinden.«

Der Senator bejahte. »Ich habe seine Akte selbst gesehen, und nebulöser geht es kaum.«

»Nun gut, was weißt *du* über den Kerl?«, fuhr Simard fort.

»Er hörte kurz nach 9-11 auf, für Kafni zu arbeiten. Jetzt führen er und seine Frau ein kleines Unternehmen in Roanoke in Virginia, wo sie laut ihren Nachbarn und Angestellten nur zweieinhalb Kinder an der perfekten Durchschnittsfamilie vorbeischrammen.«

»Hört sich für mich nicht sonderlich bedrohlich an«, bemerkte Forester.

»Nun, mag sein, aber er hat bewiesen, dass er es durchaus ist. Am Samstagabend wurden vier verdeckte Ermittler geschickt, um ihn zu verhören. Diese Männer sind jetzt tot, und Mr. McIver hat sich seitdem nicht mehr blicken lassen.«

»Er soll vier Mann auf dem Gewissen haben?«, versetzte Forester ungläubig. »Wer waren sie – ausgebildete Beamte, die etwas vom Kämpfen verstanden, oder gewöhnliche Schnüffler?«

Kemiss zuckte mit den Achseln. »Sie alle hatten Erfahrung, aber wie viel, kann ich nicht sagen. Zwei von ihnen starben im Nahkampf, die anderen beiden wurden erschossen.«

Als langjähriger Politiker wusste Kemiss, wie man an einer sorgfältig vorformulierten Aussage festhielt, ob sie stimmte oder nicht – und in diesem Fall log er unverblümt. Er reimte sich alles aus dem Stegreif zusammen, während sie sich unterhielten, und spekulierte darauf, dass sein Amt allein genügte, um die beiden Männer davon zu überzeugen, dass jegliche Lücken in der Geschichte auf mangelnde praktische Erfahrung zurückzuführen seien. Als Mitglied des Geheimdienstausschusses im Senat schlug er sich regelmäßig mit solchen Problemen herum, allerdings stets von seinem Schreibtisch aus.

»Tut mir leid für Ihre Männer«, sagte Forester. »Schmutzige Angelegenheit, der Terrorismus. Schon immer gewesen.«

Kemiss winkte ab. Was die Männer betraf, die von Castellano

angeheuert worden waren, hätte er nicht gleichgültiger sein können, weil es sich um Mitläufer handelte, die sich als nützlich erwiesen, wenn man sie brauchte, aber bestimmt nicht vermisst wurden, wenn sie draufgingen. »Ich will Ihr Mitgefühl nicht, sondern dass Sie mir helfen, diesen Kerl zu ergreifen. Ich sollte auch als Gast zu Kafnis Rede kommen, und obwohl es kaum etwas gab, bei dem wir uns einig waren, sah ich ihn als Freund an. Auch ich hätte getötet werden können, also ist mir das ein persönliches Anliegen: Ich möchte den Kopf dieses McIver auf einem Serviertablett. Nun denn, Sie haben in Irland gedient, was können Sie mir erzählen? Dieser Mann ist nicht bloß irgendein Bauerntrampel, der übersiedelte, um bessere Arbeit zu finden. In ihm steckt mehr, und ich will, dass Sie gemeinsam mit mir herausfinden, wer es ist. Wir müssen unbedingt erfahren, mit wem wir es zu tun haben.«

»Gut, welche Ideen stehen diesbezüglich im Raum?«, fragte Simard.

»Es gab Hinweise einiger Anrufer, die gerade genauer untersucht werden, einer im Besonderen, und ich glaube, dass Sie das Ganze beschleunigen können, Mr. Forester. Wie viel wissen Sie über die IRA?«

»Oh Gott, alles«, behauptete der Brite. »Ich gehörte während der 1980er drei Jahre lang einer Aufklärungsspezialeinheit an, die in Irland stationiert war, doch falls Sie glauben, dass dieser Mann der IRA angehört hat, kommt es nicht darauf an, wie viel *ich* über diese Organisation weiß, sondern *Sie*.«

Kemiss zog die Schultern hoch. »Was soll das bitte bedeuten?«

»Die Gruppe, die Sie sehr wahrscheinlich meinen, war die provisorische Irisch-Republikanische Armee, der zu Hochzeiten mehr als 10.000 Mann angehörten – und viele von ihnen treiben sich noch irgendwo dort draußen herum, obwohl sie seit dem Ende der Unruhen vermutlich Däumchen drehen. Ihre Kenntnisse sind auf dem Arbeitsmarkt nicht sonderlich gefragt. Bei diesen Männern handelte es sich beileibe nicht um Profis; es waren Revolutionäre aus der dritten und vierten Reihe mit zu viel Freizeit wegen der hohen Arbeitslosenquote in Nordirland damals. Die ganze Organisation wurde von Spitzeln unterwandert, die man ›Touts‹ nannte. Bis Mitte der 1970er ging es so weit, dass niemand niesen konnte, ohne dass wir erfuhren, wo jeder einzelne Tropfen landete.«

»Aber ihre Verbindungen zur PLO und den Dschihadisten, die darauf aus gewesen sein könnten, jemanden wie Abidan Kafni zu beseitigen, stehen als dokumentierte Tatsache fest.«

»Oh ja«, pflichtete Forester bei. »In der Tat. Dieser Haufen stand seit je mit Israel auf Kriegsfuß, und Verbindungen zu weiteren Terrorverbänden bestanden unbestreitbar. Gaddafi zählte zu ihren wichtigsten Waffenlieferanten, die Syrer und Palästinenser ebenfalls, wobei wir es ihnen mitunter durchgehen ließen, um Informanten zu decken oder die Ware zurückzuverfolgen. Aber das war es auch schon.«

»Wenn ich es Ihnen sage: Die Männer, die auf McIver angesetzt wurden, verstanden etwas von ihrer Arbeit, doch er tötete sie alle, ohne sich selbst einen Kratzer zuzuziehen, soviel wir wissen.«

»Also hatte er Glück«, meinte Simard. »Das passiert, wenn man das Überraschungsmoment auf seiner Seite hat, David. Die Männer rechneten sicher nicht damit, angegriffen zu werden.«

»Ich will Ihnen nicht zu nahe treten, Senator, aber zur Hölle mit Ihrem: *Sie verstanden etwas von ihrer Arbeit*«, entgegnete Forester, während er sich zurücklehnte und die Füße übereinanderschlug. »Unsere Jungs lassen Ihre dastehen wie Lausebengel, die man mit einem Lutscher bei Laune halten kann.«

Kemiss ging nicht auf die Beleidigung ein. »Das war mein nächster Gedanke … dass der Kerl zu einer britischen Spezialeinheit gehörte oder so.«

Forester schüttelte den Kopf, als könnte er nicht fassen, was er hörte. »So gut wie unmöglich«, bemerkte er dazu.

»Tja, dann erklären Sie mir, warum Sie es ausschließen.«

»Das tue ich nicht kategorisch, aber es ist sehr unwahrscheinlich. Die Regierung Ihrer Majestät vermied es in jenen Tagen,

Nordiren in die Armee aufzunehmen. Die Wenigen, die dienen durften, taten es als Unterstützungskräfte und an Orten weit weg von Irland. Gelegentlich pickten wir uns einzelne Männer heraus, die wir für besonders tauglich hielten, um sie zu Spionen auszubilden, und sandten sie dann in ihre alte Heimat zurück, wo sie sich unter die Umstürzler mischen sollten, doch wir wollten unsere Gegner nicht so gut ausbilden, wie es Ihr Land in Afghanistan mit den *Mudschaheddin* getan hat, um den Russkis einzuheizen.«

»Sie alle haben sich genauso in Afghanistan verstrickt«, hielt Kemiss dagegen, indem er auch diesen Affront ignorierte. »Ich will nicht glauben, dass dieser Typ nur Glück hatte. Irgendwann im Laufe seines Lebens wurde er von jemandem ausgebildet.«

»Die IRA könnte das selbst übernommen haben. Sie operierte lange Zeit mit sogenannten Active Service Units oder ASUs«, erklärte Forester. »Das waren üblicherweise Gruppen zu je vier Mann, die fast immer in Terroristenlagern in der Republik Irland oder Libyen ausgebildet wurden, wenn es der Führerschaft in Belfast gelang, die Leute außer Landes zu schleusen. Das kam nicht häufig vor, vor allem in der Spätphase des Konflikts. Wir erhielten einen Hinweis, dass die Sowjets irgendwann einmal beteiligt gewesen seien, aber das war eine ziemlich magere Information.«

»Aber für wen könnte er dann arbeiten?«, sann Simard. »Ihren Schilderungen zufolge braucht er kein Geld, doch das ist der einzige Beweggrund, der mir dafür einfällt, dass er sich mit jemandem verbündet hat, dem daran gelegen war, einen Israeli aus dem Weg zu schaffen oder einen Terroranschlag gegen die Vereinigten Staaten zu verüben. Die IRA bestand aus Nationalisten, die kein Interesse daran hegten, in irgendeinem anderen Land aktiv zu werden. Die wenigen Angriffe, die nicht in Irland erfolgten, trafen ausnahmslos britische Ziele und dienten immer dem gleichen Zweck: Der Vertreibung der Briten aus *ihrem* Land.«

»Die IRA übte unleugbar starken Einfluss auf die Dschihadisten aus«, warf Forester ein, »aber jetzt bestehen keine Seilschaften mehr. Die Gotteskrieger würden sich in Belfast oder Dublin genauso schnell in die Luft sprengen wie in London oder New York, und das wissen die Paddys.«

»Ihr beiden könnt mir also nicht helfen?«

Kemiss zog ein Gesicht kalt wie Stein.

»Oh, das wollte ich nicht sagen«, lenkte Simard rasch ein. »Uns ist nur die Theorie mit der IRA nicht ganz geheuer.«

»Noch einmal, Senator, davon auszugehen, dass dieser Kerl irgendwie durchs Netz ging und ein Milizsoldat war, ist nicht völlig unmöglich. Ich unterhalte nach wie vor einige Kontakte im Inneren. Wenn es etwas bringt, veranlasse ich, dass sie alle Datenbanken mit seinem Namen füttern, die ihnen zur Verfügung stehen, und wir warten ab, was dabei herauskommt. Keine Frage, wir setzten viele Spione in Nordirland ein, womöglich zählte er dazu. Ich sollte Ihnen in ein, zwei Tagen Aufschluss darüber geben können.«

»Wunderbar, danke dafür.«

»Keine Ursache, Sie dürfen sich gerne erkenntlich zeigen«, erwiderte Forester grinsend.

»Aber im Ernst, ich denke nicht, dass wir auf etwas stoßen«, meinte Simard. »Derartige Informationen wurden im Hauptquartier der Brigade in Lisburn oder sogar dem der nordirischen Polizei auf der Knock Road in Belfast gesammelt, doch das ist mit dem Friedensabkommen und dem Ende der Troubles vorbei. Ich schätze, jetzt befinden sie sich im Besitz des britischen Inlandsgeheimdienstes. Wenn du die Vergangenheit dieses Typen gründlich aufrollen willst, kann dir Lane hier sicherlich bessere Dienste erweisen als ich. Er ist der Mann mit den Beziehungen zum JIC.«

Kemiss wusste, dass JIC für »Joint Intelligence Committee« stand, einer Abteilung des Cabinet Office zur Leitung der Innengeheimdienste Großbritanniens. »Darum habe ich dich angerufen«, entgegnete Kemiss, wobei er Simard anschaute.

Dieser rutschte nach vorne, um seine Arme auf den Tisch zu legen. »Ich kann mich gewiss umschauen und sehe dann, was es zu finden gibt, aber das wird ein paar Tage dauern. Das muss mit Bedacht angegangen werden. Ich fungiere lediglich als Beobachter, es sei denn, ein Gegenstand der Diskussion betrifft die Sicherheit der USA.«

Das quittierte Kemiss mit einem finsteren Blick. »Es betrifft die Sicherheit der USA sehr wohl. Meine Herren, lassen Sie mich wissen, was Sie herausfinden konnten, sobald Sie es haben. Wenn Sie das machen, tut mein Büro Ihnen jeden Gefallen, um den Sie mich bitten könnten.«

Simard lächelte wieder. »Ich melde mich.«

Kapitel 31

11:27 Uhr, Eastern Standard Time – Montag, auf der Route 122 in Richtung Süden, Moneta, Virginia

Declan behielt den Rückspiegel genau im Auge. Sweat Security hatte wie viele andere Gewerbe in den vergangenen Jahren einen ländlichen Sitz gewählt: Franklin County östlich von Roanoke und westlich von Lynchburg. Dort lag der größte See Virginias, und die Bewohner beider Städte unternahmen gerne Ausflüge in die Gegend. Abgesehen vom florierenden Baugewerbe machten eine niedrige Körperschaftssteuer und lockerere Bestimmungen seitens der lokalen Obrigkeit die Region zu einem Paradies für Unternehmen, die nicht darauf angewiesen waren, ihre Dienste in einem Ladenlokal anzubieten. Was Sweat Security betraf, so befand sich ihr Sitz ein paar Meilen nördlich der landwirtschaftlich geprägten Kleinstadt Moneta und wiederum ungefähr fünf Meilen nordöstlich des Sees.

Declan fuhr langsamer, als sie sich dem Firmengelände näherten, und sah sich gespannt nach Anzeichen dafür um, dass das FBI oder andere Behörden das Grundstück überwachten. Da er nichts entdecken konnte, bog er auf den Schotterplatz vor dem Gebäude mit Bruchsteinfassade und blauem Metalldach ein. Ihm fiel sofort auf, dass keine Autos hier parkten. Er blieb dicht vor dem Haupteingang stehen, brachte den Schalthebel in Parkstellung und trommelten mit den Fingern aufs Lenkrad, während er in den Rückspiegel schaute. Zufrieden damit, dass man ihn nicht verfolgt hatte, blickte er kurze Zeit später auf ein hastig beschriftetes Schild an der Tür: *Bis auf Weiteres geschlossen.*

An der Front des Gebäudes reihten sich rechteckige Fenster, doch nirgends dahinter brannte Licht. Er stieg aus und drückte die Tür leise zu. Nachdem er den Eingang erreicht hatte, spähte er durch die getönte Türscheibe, indem er die Hände flach an seine Augen hielt. Der Empfangstisch war nicht besetzt, Schubladen von Aktenschränken standen weit offen, und auf dem grauen Teppichboten lagen verstreute Papiere. Declan trat zurück, schaute abermals am Horizont entlang, ob er nicht doch verfolgt worden war, und ging schließlich an der Gebäudeseite nach hinten.

Das benachbarte Gelände war bewaldet und schützte ihn somit vortrefflich, als er zu dem Drahtzaun kam, der den hinteren Teil des Grundstücks abgrenzte, einen weiteren Parkplatz, auf dem einige Wagen von Sweat standen: Crown-Victoria-Modelle, wie sie von der Polizei verwendet wurden, sowie mehrere Geländelimousinen Marke Dodge Durango – genau wie jener, mit dem man ihn von der Straße abgedrängt hatte. Der ein oder andere Wagen war mit dem roten Schriftzug *Security* versehen, manche jedoch nicht. Declan griff in die Maschen der acht Fuß hohen Umfriedung, zog sich hoch und schwang seine Beine über die Oberkante, um in den Schotter auf der anderen Seite zu springen.

Vorsichtig lief er zur Rückseite des Gebäudes, wo eine Metalltür mit dünnem Glas oberhalb der Klinke hineinführte. Die Tür war abgeschlossen. In der Annahme, dass er einen Alarm auslöste, wenn er ein Fenster einschlug oder ein Schloss knackte, erwog er alternative Möglichkeiten, während er sich umsah. An der dem Zaun entgegengesetzten Seite des Gebäudes gab es vier Garagen mit kleinen halbmondförmigen Öffnungen am Fuße der Tore zum Anbringen von Auspuffschläuchen. Anscheinend handelte es sich um eine Werkstatt, da das Unternehmen seine Autos selbst wartete. Als Declan bemerkte, dass sich die Löcher wie für ältere Baujahre gedacht weit unten knapp über dem Zementboden statt etwas höher befanden, kam ihm eine Idee.

Er wandte sich ab und schaute auf dem Platz umher, bis ihm ein alter Rungenlastwagen ins Auge sprang, dem fast alle Scheiben fehlten. Nachdem er zur Fahrerseite gegangen war, streckte er sich durch den Fensterrahmen und zog die Verrieglung hoch. Die Angeln quietschten laut, als er die Tür aufzog. Hinter dem

Steuer sitzend, schaute er in den Fußraum vor der Mittelkonsole und fand, was er suchte: Eine Metallkiste, die an der Rückwand des Führerhauses befestigt war und Werkzeug zum Reifenwechseln enthielt, wie er nach dem Hochklappen zweier Schnappschlösser sah. Er nahm die zwei Segmente des abgewinkelten Montierhebels und einen manuellen Wagenheber heraus, bevor er wieder von der Sitzbank nach draußen rutschte und zu der Garage schlich, die am weitesten von dem Gebäude entfernt war. Mithilfe der Seite des Hebels, die zum Lösen von Radkappen diente, stemmte er das Tor am Auspuffloch auf und schob den Wagenheber darunter. Indem er die beiden Teile des Hebels zusammensteckte, erhielt er eine lange Stange zum Bedienen des Hebers. Diese steckte er an dessen Ende ein und begann, sie auf und nieder zu bewegen, um den Hebearm hochzufahren. Als der Spalt unter dem Tor etwa vier Zoll breit war, klemmte es, offensichtlich gestoppt von einer Arretierung im Inneren. Declan holte tief Luft und legte sich mit vollem Gewicht auf den Hebel. Unter dem Druck verbog sich der metallene Verschluss an der Innenseite, und das Tor ging abrupt weiter auf. Declan nahm die Glock aus seiner Jacke, legte sich auf den Bauch und robbte hinein.

Nachdem er sich in einer geräumigen Werkstatt wiederfand, orientierte er sich mit vorgehaltener Waffe nach allen Seiten, bis er sich vergewissert hatte, allein zu sein. Hier standen acht Fahrzeuge, deren Reparatur jeweils mehr oder weniger weit fortgeschritten war. Die feuchte Luft roch nach Frostschutzmittel. Nur das Licht, das durch die Scheiben einfiel, spendete etwas Helligkeit, wobei die Tönung des Glases allem im Raum einen grauen Farbstich verlieh. Die Decke war mindestens 15 Fuß hoch und mittig gewölbt, während die Mauer zur Frontseite ganz oben ein Schiebefenster besaß. Als Declan zwischen den Autoreihen hindurchging, vernahm er ein Zischen. Es kam von einem rotbraunen BMV-SUV, der in der ersten Parkbucht stand, und ließ vermuten, dass seine Kühlmittelpumpe undicht war. Declan näherte sich dem Wagen und griff im Wissen darum zur Motorhaube, dass dieses Teil solche Geräusche nur verursachen konnte, wenn der Abgaskrümmer noch heiß war – und tatsächlich: Als er eine Hand flach auf die Haube legte, spürte er die Wärme durchs Metall. Der SUV konnte noch nicht lange dort stehen. Waren seine Besitzer in einem anderen Auto verschwunden oder befanden sie sich noch im Gebäude?

Declan schritt zu einem Durchgang im hinteren Teil der Garage und betrat den Flur dahinter. Von dort aus konnte er den Eingang des Hauptgebäudes sehen, wo er zuvor durchs Fenster hereingeschaut hatte, und auch die losen Blätter auf dem Fußboden des Empfangs. Nachdem er zur Sicherheit in jeden der Räume links und rechts des Flurs geschaut hatte, wagte er sich nach vorne. Im Parterre des Gebäudes hielt sich niemand auf, doch er musste sicher gehen, dass dies auch fürs Obergeschoss galt, bevor er sich auf die Suche nach irgendetwas begeben konnte, das Aufschluss über die vier von ihm getöteten Männer gab. Im Eingangsbereich suchte er eine Treppe nach oben. Als er eine geschlossene Tür in der gegenüberliegenden Ecke des Empfangs ausmachte, ging er zügig darauf zu, hob seine Pistole und packte den Knauf mit der linken Hand. Als er die Tür aufgerissen hatte, zielte er eine Treppe hinauf, die abknickte und dann nicht mehr einsehbar war. Ohne die Waffe herunterzunehmen, schlich Declan nach oben, langsam, Stufe für Stufe. Auf dem Absatz auf halber Höhe drehte er sich ruckartig um die Ecke. Oben gab es keine Tür, aber auf der rechten Seite lag ein Zimmer. Kurz bevor er das Obergeschoss erreichte, drückte er sich gegen die linke Wand, um in den Raum schauen zu können.

»Bleib weg von hier!«, rief plötzlich eine bärbeißige Stimme, während es laut knallte, und knapp neben Declan Gips abbröckelte. »Verschwinde!«

»Ich bin nicht hier, um irgendjemanden zu verletzen!«, gab Declan zurück. »Ich würde nur gern ein paar Fragen stellen!«

»Vergiss es, hau ab!«

Ein zweiter Schuss fiel, womit sich noch mehr weißer Putz von der Mauer löste. Declan verharrte auf der Stelle. Er konnte nicht sehen, wer auf ihn feuerte.

»Ich warne dich, kampflos gebe ich mich nicht geschlagen! Ich knall dich ab!«

»Ich glaube Ihnen«, versicherte Declan und steckte die Pistole in seine Jacke zurück, sodass sie versteckt war, aber immer noch schnell greifbar. »Ich will Ihnen nichts tun. Ich gehöre zu den Guten und bin unbewaffnet. Also, wer sind Sie?«

»Das weißt du genau! Ich bin Tim Sweat – der Mann, dessen Familie du seit letzten Monat bedrohst!«

»Ich schätze, Sie verwechseln mich mit jemandem. Mein Name lautet Declan McIver. Ich bin der Besitzer von DCM Properties in Roanoke.« Daraufhin drang für mehrere Sekunden kein Laut aus dem Zimmer.

»Ziehst du immer durch die Gegend und brichst einfach irgendwo ein?«

»Nein. Nein, das tue ich nicht. Ich werde jetzt auf den Absatz treten und langsam meine Hände hochheben. Nicht schießen.«

Declan hielt die Hände auf Schulterhöhe und nahm die letzte Stufe, wobei er nach und nach eine Hand zeigte, während er sich seitwärts mit Blick in die Richtung, aus der die Schüsse gefallen waren, ins Obergeschoss schob. Die Bohlen knarrten unter seinem Gewicht.

In dem Zimmer vor Declan saß ein stämmiger Mann mit weißem Haar, rötlicher Haut und schmalem Schnauzer hinter einem breiten Schreibtisch und zielte mit einem .38er Revolver auf ihn. Der Schweiß in seinem Gesicht bildete Perlen, die hinunterliefen.

»Ganz ruhig«, beschwichtigte Declan mit erhobenen Armen und machte einen Schritt in den Raum. »Jetzt sehen Sie wohl eindeutig, dass ich nicht derjenige bin, der Sie bedroht.«

Der Mann zog unwirsch die Nase hoch und fuhr sich mit einer Hand durchs nasse Gesicht. »Es sind vier. Woher weiß ich, dass du nicht bloß ein Fünfter bist, den sie schicken, um mich davon abzuhalten, sie anzuzeigen?«

»Ich bin hier, weil ich gestern Abend von einem Wagen, der diesem Unternehmen gehört, von einer Straße abgedrängt wurde. Dann versuchten die Insassen, mich zu töten.«

»Zu töten? Oh Gott.« Der Mann hielt seinen Revolver nicht mehr ganz so verbissen und erhob sich etwas, als er seinen Körper an die Tischkante lehnte. Angestrengt schnaufend fuhr er fort: »Ich weiß nichts davon. Um Himmels willen.« Er brach in Tränen aus, die er hastig abzuwischen versuchte.

Declan entspannte sich ein wenig und ließ die Hände langsam sinken, hielt sie aber weit genug von seiner Brust weg, damit der Mann sehen konnte, dass er keine Waffe ziehen wollte. »Sie sagten, Sie heißen Tim Sweat? Sind Sie der Inhaber dieser Firma?«

»Ja, zumindest war ich das bis gestern Nachmittag, bevor das FBI hier aufmarschierte und die Schotten dichtmachte.«

»Aus welchem Grund – weil das Auto, das an der Universität in die Luft geflogen ist, Ihnen gehörte?«

»Genau«, bestätigte Sweat nickend, »aber ich hatte nichts damit zu tun, Ehrenwort. Die haben meine Familie bedroht.«

»Ich glaube Ihnen«, entgegnete Declan, der darauf achtete, den Blickkontakt zu wahren. »Würden Sie bitte die Kanone hinlegen? Dann sprechen wir darüber. Ich bin gekommen, weil auch meine Familie bedroht wird.«

Sweat stand auf und nahm die Waffe zögerlich herunter, während er mit verzerrtem Gesicht gegen seine Tränen ankämpfte.

»Jetzt erzählen Sie mir, wer *die* sind«, verlangte Declan, obwohl er es bereits zu wissen glaubte.

»Vier Männer, sie kamen vor etwa einem Monat rein, kurz nachdem wir als Sicherheitsdienst für die Liberty angeheuert worden waren. Mir ist unbegreiflich, wie sie überhaupt davon wissen konnten. Jedenfalls drängten sie sich als Mitarbeiter für den Abend auf, aber ich hatte ja ein gutes Team hier. Die meisten meiner Angestellten sind seit mehr als zehn Jahren bei mir, weshalb ich sie nicht wegen dieser Typen absägen wollte. Etwas an denen, ich weiß nicht … etwas an ihnen war nicht ganz koscher.«

»Aber sie verschwanden nicht, als Sie ihnen absagten?«

Sweat schüttelte den Kopf. »Nein. Sie kehrten noch am selben Abend zurück. Ich mache immer als letzter Feierabend, und sie rückten mir auf den Leib, als ich in meinen Truck steigen wollte.

Sie drohten, falls ich sie nicht als Teil der Security-Mannschaft für die Uni einstellen würde, käme meine Familie zu Schaden. Sie besaßen Bilder von meinen Enkeltöchtern beim Einsteigen in den Schulbus und von meiner Frau daheim im Garten. Mir blieb nichts anderes übrig.«

Declan nickte. Sweats Furcht war offensichtlich; sein Verhalten ließ in keiner Weise auf einen Heuchler schließen. Seine Schusshand zitterte, und an den Achseln seines weißen Knopfhemdes zeichneten sich Schweißflecken ab, deren Umrisse an Muschelschalen erinnerten.

»Ich ahnte, dass sie nichts Gutes im Schilde führten«, fuhr er fort, »hätte mir so etwas aber nie vorstellen können. Gern hätte ich mich an die Polizei gewandt, aber wo ich auch war, stellte mir einer von ihnen nach. Ging ich mit meiner Frau zum Essen aus, folgte uns einer und setzte sich ein paar Tische weiter, wo ich ihn gar nicht übersehen konnte. Ein anderer fuhr abends mit einem der Firmenwagen an uns vorbei, parkte am Ende der Sackgasse und behielt das Haus im Auge. Ich dachte, Sie würden zu ihnen gehören und kommen, um sicherzugehen, dass ich niemandem etwas erzählt habe.«

Declan verneinte. »Bis vorgestern war ich nur ein Immobilieninvestor und bei der Eröffnung des Barton Centers zu Gast, wo ein guter Freund die Festrede hielt. Jetzt ist er tot, und Männer wurden darauf angesetzt, sowohl mich als auch meine Frau umzubringen.«

Sweats Züge entglitten, als er das hörte. »Bevor diese Typen mein Leben durcheinanderbrachten, unterhielt ich diesen kleinen Familienbetrieb. Jetzt ist alles hinfällig, was ich 1986 mit meinen beiden Söhnen aus der Taufe hob, und ich werde in den Knast wandern.«

Declan konnte die Furcht und Frustration des Mannes nachempfinden. Er selbst hatte wie Sweat hart gearbeitet, um sich ein Geschäft und eine Existenz aufzubauen. Wie sich die momentane Situation auf seinen Immobilienhandel auswirken würde, konnte er nicht abschätzen. Zu überleben genoss im Moment Vorrang, und das zog nach sich, dass er den Schuldigen den Kampf ansagte. »Wann haben Sie diese Kerle zuletzt gesehen?«

»Samstagmorgen«, antwortete Sweat. »Sie zogen ab, kurz bevor das FBI eintraf. Es war, als hätten sie darüber Bescheid gewusst.«

»Das könnte durchaus sein«, erwiderte Declan im Gedenken an Castellano. Den Beweis dafür musste er erst noch erbringen, doch sein Bauchgefühl sagte ihm, dass der Agent nicht sauber war. »Wissen Sie irgendetwas über diese Männer, zum Beispiel ihre Namen? Können Sie mir sagen, wie sie aussehen? Ich möchte sie finden.«

»Das FBI stellte mein Büro komplett auf den Kopf und durchstöberte auch den Rest des Gebäudes. Es nahm alle Mitarbeiterakten und die Buchhaltung mehrerer Jahre mit, doch ich habe Kopien von den Papieren gemacht, die diese Kerle ausfüllten, damit ich eine Genehmigung vom Justizministerium bekam. Diese steckte ich in eine Ablage voller Bedienungsanleitungen. Deshalb bin ich auch wieder hergekommen – um diese Dokumente zu holen.«

»Wieso benötigten Sie eine Genehmigung vom Justizministerium?«

»Weil wir oft Regierungsgebäude bewacht haben, musste ich mir eine Unbedenklichkeitsbescheinigung für meine Leute ausstellen lassen. Ich weiß nicht, ob die Namen und Daten, die sie angegeben haben, der Wahrheit entsprachen, aber falls nicht, sind sie verdammt gute Hochstapler, denn das Ministerium gab grünes Licht.«

Sweat legte vier gestapelte Ordner auf seinen Schreibtisch, fächerte sie nebeneinander auf und öffnete sie. Declan trat neben ihn und besah die Bilder darin.

»Ich denke nicht, dass sie weiterhin etwas von diesen Männern befürchten müssen«, sagte er, denn es handelte sich um diejenigen, die ihn und Constance hatten umbringen wollen. »Sie sind alle tot.«

Sweat schaute schreckhaft auf.

»Bleiben Sie ruhig«, schob Declan hinterher. »Das sind die Kerle, die am Samstagabend versuchten, mich und meine Frau zu ermorden.«

»Aber Sie sind ihnen zuvorgekommen«, unterstellte Sweat und hielt seinen Revolver wieder etwas fester.

Declan bejahte wortlos.

»Wie haben Sie das geschafft? Ich meine, ich war 20 Jahre lang Polizist und erkenne einen gefährlichen Menschen an der Nasenspitze, und jeder dieser Männer war einer – Ex-Militärs bestimmt, vielleicht sogar von einer Spezialeinheit. Die wären über Leichen gegangen, das konnte ich spüren.«

»Na, vermutlich kam ich nicht dazu, mich vor ihnen zu fürchten.«

»Schon klar, Sie sind Brite und waren mal Soldat oder so, was?«

Declan ließ sich nichts anmerken. »Könnte man sagen, ja.«

Sweat fühlte sich bestätigt. »Dachte ich mir, so wie Sie sich aufführen und alles … darum ahnte ich, dass Sie so jemand sind.«

»Wir müssen diese Akten jemandem geben, der bestimmen kann, ob sie wahrheitsgemäß ausgefüllt wurden oder nicht. Möglicherweise hilft uns das dabei, den Auftraggeber der Männer zu finden, denn aus eigenen Stücken taten sie das nicht.«

»Niemand bekommt diese Akten.«

Als Declan aufblickte, wich Sweat vor ihm zurück und richtete den Revolver gegen sich selbst. »Ich lasse nicht zu, dass noch irgendjemand meine Familie bedrängt.«

»Das halten Sie für eine Lösung? Sie wollen sich einen Kopfschuss verpassen und darauf hoffen, dass der Unbekannte, für den diese Kerle gearbeitet haben, Ihre Angehörigen in Frieden lässt, wenn Sie nicht mehr leben?«

Sweat ließ den Tränen freien Lauf. »Habe ich denn eine andere Wahl? Wenn ich tot bin, kann ich nicht mehr reden, also brauchen die keinem wehzutun.«

»Dass die Typen nur Handlanger waren, ist doch offensichtlich. Sie erledigten die Drecksarbeit für jemand anderen. Solches Vorgehen beobachte ich nicht zum ersten Mal. Falls Sie glauben,

Ihrer Familie könne nichts mehr geschehen, wenn Sie tot sind, denken Sie lieber noch einmal genauer nach. Diese Sorte Verbrecher hinterlässt keine offenen Baustellen.«

Declan hörte den Schotter vorm Gebäude knirschen, als ein Auto vorfuhr. Er streckte sich nach dem Panoramafenster des Zimmers aus und hob eine Lamelle der Jalousie an. Ein Streifenwagen hatte auf dem Grundstück gehalten. Wie er sah, sprach der Beamte am Steuer in sein Funkgerät, während er seinen Blick auf Declans blauen Mercedes richtete, das einzige andere Fahrzeug auf dem Platz. Wenige Augenblicke später kam eine zweite Streife die Straße herauf, bog links ein und blieb neben dem anderen stehen. Für Declan bestand kein Zweifel daran, dass sie seinetwegen hier waren. Wie erwartet, hatte Michael Coulson bei Castellano angerufen, und jetzt kam ihm die Polizei gefährlich nahe. Er besaß mittlerweile, was er wollte: Informationen zum Bestimmen der Identität der vier Toten, nur musste er sie jetzt an sich nehmen und schnell fliehen.

»Wer ist das?«, fragte Sweat.

»Die Polizei.«

»Was?« Der Mann eilte mit einer ausgestreckten Hand zum Fenster.

»Nein, warten Sie«, rief Declan und setzte sich in Bewegung, um den Mann aufzuhalten, doch es war zu spät: Sweat erreichte das Fenster, zog an der Jalousie und schaute hinaus. Declan verharrte hinter ihm und beobachtete, wie das unvermittelte Gewackel an der Scheibe die Aufmerksamkeit der Beamten in den Wagen aufs Obergeschoss lenkte. Derjenige, der zuerst angekommen war, hielt sich erneut sein Funkgerät an den Mund und begann zu sprechen, ohne den Blick vom Fenster abzuwenden.

Sweat zog sich zurück, da er Declan hinter sich spürte.

»Bleiben Sie mir vom Leib!«, rief er, während er sich die Pistole an eine Schläfe drückte. »Ich lasse mich nicht ins Gefängnis stecken!«

»Sie müssen sich nicht erschießen«, mahnte Declan dringlich. »Ich kann Ihnen helfen. Wir müssen nur hier raus!«

Wieder knirschte und knackte es draußen, denn weitere Autos rollten aufs Gelände. Declan drängte: »Los jetzt! Wir schaffen es durch die Hintertür, bevor sie – nein!«

Sweat versteifte seine Hand, um das unnachgiebige Metall des Pistolenlaufs noch fester gegen seinen Kopf zu drücken, und feuerte. Der Knall hallte durchs Zimmer, Blut und Hirnmasse spritzten gegen die weiße Gipswand. Der Mann brach zusammen und schlug auf den Boden wie ein nasser Sack.

»Nein! Verfluchter Mist!«, schrie Declan, während er die Hände hochwarf und sich vor dem grausigen Anblick von Sweats aufgeplatztem Schädel umdrehte. Sein Gesicht fühlte sich feuchtwarm an – von Blutstropfen des Mannes, der sich selbst gerichtet hatte. Er wischte sie mit einem Jackenärmel ab. Während vor dem Gebäude Autotüren zugeschlagen wurden – die Beamten waren ausgestiegen, nachdem sie den Schuss gehört hatten –, wusste Declan weder ein noch aus. Er raffte die vier Ordner zusammen und klemmte sie sich unter einen Arm. Unter ihnen lag ein kritzelig beschrifteter Notizzettel, dessen Urheber anhand der Initialen TS am unteren Rand ersichtlich war. Kopfschüttelnd stürzte Declan zurück zur Treppe. Nachdem er je zwei Stufen auf einmal genommen hatte, spähte er durch eine der getönten Scheiben im Erdgeschoss. Das Polizeiaufgebot war jetzt beachtlich – mindestens zwölf Mann –, und eine Traube Beamter machte sich am Eingang zu schaffen.

»Hey, da drinnen ist doch jemand!«, rief einer von ihnen, was Declan durchs geschlossene Fenster gedämpft, aber deutlich wahrnahm. Er vermied es, sich die Gesichter der Polizisten anzusehen, und rannte durch den Empfang in den Flur, der zur Wagenflotte in der Werkstatt führte. »Der will durch die Hintertür entwischen!«, donnerte ein anderer Beamter.

Declan lief an den acht Autos vorbei, die in der Großgarage standen, und erreichte den Ausgang im selben Augenblick, als er hörte, wie die Männer vorne über den Zaun polterten. Er riss die Tür auf, verließ den feuchten Raum und sog die nachmittägliche Frische der Frühlingsluft ein, während er ohne Umschweife zum hinteren Rand des Geländes eilte. Dort stieg er auf die Motorhaube eines geparkten Dodge Durango und trat aufs Dach, kletterte über den Zaun dahinter und ließ sich wiederum acht Fuß tief fallen – unsanft, was ihm kurz den Atem raubte.

»Was hat er vor, wohin will er denn?«, erklang es von dem eingezäunten Platz her, als die Beamten zum hinteren Teil des Gebäudes kamen. Declan schlug sich ins Dickicht, von dem das Grundstück umgeben war, nicht ohne dass Zweige sein Gesicht zerkratzten, während er sich an den Bäumen vorbeischob. Nachdem er einen niedrigen Hügel überwunden hatte, schaute er zurück. Durch das dichte Unterholz sah er Teile des umfriedeten Bereichs, der nun 30 Yards entfernt lag. Einige Männer suchten zwischen den Wagen, andere versammelten sich an der Hintertür, um hineinzustürmen. Sie hatten nicht mitbekommen, dass er über den Zaun gestiegen war, doch er glaubte, dass es nicht lange dauern würde, bis sie darauf kamen.

Kapitel 32

11:50 Uhr, Eastern Standard Time – Montag, Büros von Sweat Security, Moneta, Virginia

Seth Castellano bremste mit dem dunkelblauen Crown Victoria, als ihn die Frauenstimme des Navigationsgerätes darauf hinwies, dass er rechts einbiegen musste und sein Ziel fast erreicht hatte. »Scheiße«, fluchte er, als er die vielen Streifenwagen auf dem Parkplatz sah. Er hatte dem örtlichen Fahrdienstleiter aufgetragen, dafür zu sorgen, dass sich die Assistenzbeamten dem Geschäftsanwesen nicht näherten, bis er eintraf, und dasselbe wenige Minuten später auch dem Sheriff des Franklin County vorgebetet, als er von diesem zurückgerufen worden war. Wie konnte man eine so simple Order nicht begreifen? Seths Beschluss, die lokale Behörde hinzuzuziehen, damit Declan McIver die Gegend garantiert nicht verließ, bevor er ankam, war zweifellos ein Schuss in den Ofen gewesen.

Nachdem er angehalten hatte, stellte er den Schaltknüppel auf ›P‹ und stieg aus. Den Teil seiner Brieftasche, an dem seine Marke steckte, ließ er über die Brusttasche seines Anzugjacketts hängen, während er ums Auto und zum Gebäude ging. Die braun Uniformierten dort hielten inne, als sie ihn kommen sahen. Vielleicht hatte er ja Glück, und sie schafften es, McIver zu ergreifen. Das würde zwar andere Schwierigkeiten nach sich ziehen, doch zumindest wäre der Ire nicht mehr auf freiem Fuß, um noch mehr Ärger zu bereiten.

Während er sich dem Vordereingang näherte, wunderte er sich nicht über den in Eile geschriebenen Hinweis: *Bis auf Weiteres geschlossen*. Er hatte schon tags zuvor eine Gruppe von Agenten hergeschickt, um möglichst viele Firmenunterlagen sicherzustellen und das Personal auf die Verwicklung des Unternehmens in den Bombenanschlag auf das Barton Center anzusprechen. Die Verhöre waren exakt nach seinen Vorstellungen verlaufen: ergebnislos. Keiner der Angestellten wusste etwas von den vier Männern, die bei Sweat Security eingeschleust worden waren, also hatte der Geschäftsführer seine Anweisungen befolgt. Dementsprechend mussten sich auch die Akten über sie ausschweigen. Die Glastür ging auf, und ein großer Mann mit schwarzgrauem Haar kam heraus.

»Sind Sie Castellano?«, begann er. Der Gefragte nickte. »Ich bin Steve Scruggs, Sheriff des Franklin County.«

»Assistenzsonderbevollmächtigter Seth Castellano, Sheriff. Was in drei Teufels Namen geht hier vor sich? Untersagte ich Ihnen nicht, sich dem Gelände zu nähern?«

Der Mann atmete lange ein und antwortete: »Zwei meiner Gehilfen hörten Schüsse aus dem Gebäude, weshalb sie es für angebracht hielten, Ihre Weisung zu missachten.«

Castellano schaute erstaunt drein. So gerne er widersprochen hätte, konnte er eine solche Entscheidung nicht anfechten. »Und was kam dabei heraus?«

»Sie bezeugten, dass ein Mann die Treppe von oben herunterkam, als sie noch versuchten, die Tür zu öffnen. Der Kerl rannte durch den Flur in die Werkstatt und hatte sich bereits aus dem Staub gemacht, als sie über den Zaun geklettert und ums Gebäude gelaufen waren.«

Castellano schloss die Augen und seufzte. Er musste stark an sich halten, um seinen Zorn zu unterdrücken. »Können Sie den Mann beschreiben?«, fragte er.

»Blond, knapp über 1,80m groß, schlank. Er trug eine schwarze Regenjacke und Bluejeans.«

»Klingt nach demjenigen, den ich suche. Wissen Sie auch zufällig, warum geschossen wurde?«

Der Sheriff zeigte mit einem Daumen über seine Schulter hinter sich. »Das sehen Sie oben.« Damit drehte er sich um und ging die Tür auf. Beim Eintreten erkannte Castellano die typische Arbeitsweise eines Einsatzteams mit Durchsuchungsbefehl; weit aufstehende Schreibtischschubladen und Registraturen, unzählige Papiere auf dem Boden. Der Sheriff ging voraus durch den lang gezogenen Empfangsraum nach links, wo eine Tür ins Treppenhaus führte. Castellano folgte ihm nach oben und sah, als sie auf dem mittleren Absatz um die Ecke bogen, zwei große Löcher in der Wand sowie abgebrochenen Trockenputz auf den höher gelegenen Stufen.

»Was ist hier passiert?«, wollte er wissen und schaute sich die aufgerissene Wand mit den Gipsbrocken darunter genauer an. »Sieht nach Einschüssen aus.«

»Genau mein Verdacht, und das stimmt auch, wie Sie gleich erkennen werden.« Der Sheriff betrat das Zimmer.

Als Castellano ihm folgte, fiel sein Blick auf Blutspritzer an der Mauer neben einem der beiden Fenster, die auf den Parkplatz zeigten. Auf dem Weg hinter einen der Schreibtische wusste er bereits, dass er gleich etwas zu Gesicht bekommen würde, das alles andere als angenehm war. Er kniff die Augen zusammen, als er die Leiche eines kräftigen Mannes erblickte. Rings um den Kopf war eine Menge Blut geflossen und in den grauen Büroteppich gesickert wie ein dunkler Heiligenschein. In der fleischigen dicken Hand des Toten lag ein .38er Revolver.

»Wer ist das?«

»Tim Sweat, der Chef des Unternehmens. Wir haben nichts angerührt, also ist alles noch genau so wie zu dem Zeitpunkt, als meine Männer herkamen. Es sieht nach Selbstmord aus. Ein Abschiedsbrief liegt auf dem Tisch.«

»Oder es sollte nach Suizid aussehen«, murmelte Castellano argwöhnisch.

»Darauf wollte ich hinaus«, pflichtete Scruggs bei. »Ich arbeitete zehn Jahre beim Morddezernat Richmond, bevor ich hierher kam, hab also schon eine ganze Menge Leichen gesehen. Ihre Leute können bestimmt Genaueres in Erfahrung bringen, wenn sie nach Schussrückständen an den Händen suchen.«

Castellano nickte und schaute von dem Leichnam zu den Löchern in der Wand an der Treppe. »Die Größe deckt sich in meinen Augen mit dem Kaliber der Waffe, also denke ich, er hat auf jemanden gefeuert, der die Stufen heraufkam.«

»Das dachte ich mir auch, und an der Werkstatt fanden wir Anhaltspunkte für einen Einbruch. Eines der Tore wurde mit einem Handwagenheber aufgestemmt.«

Castellano hielt ein Schmunzeln zurück, während er noch einmal von dem Toten zu den Einschussstellen schaute. Wäre es nicht ausgeschlossen gewesen, hätte er schwören können, Declan McIver versuchte, ihnen dabei zu helfen, ihm etwas anzuhängen. Die Öffentlichkeit hielt ihn bereits für vogelfrei, doch jetzt ließ er sich obendrein mit einer weiteren Leiche in Verbindung bringen, ohne dass es Zeugen gegeben hätte, die zu einer alternativen Schilderung der Zusammenhänge imstande gewesen wären.

»Wie hat sich der Mann denn verabschiedet?«

»Der Zettel liegt noch dort. Es ist eine Entschuldigung an Frau und Kinder, aber er erwähnt auch irgendwelche Männer, von denen sie bedroht worden seien. Ich kannte Tim Sweat seit fast 20 Jahren, und er war niemand, der sich einschüchtern ließ.«

Castellano nickte noch einmal und wandte sich ab, um den Zettel im Folio-Format zu lesen, der auf dem Schreibtisch lag; Blutstropfen waren bereits durchgezogen und im Holz eingetrocknet.

»Da steht etwas von Akten mit persönlichen Daten der Männer, von denen seine Familie angeblich bedroht wurde«, fuhr Scruggs fort, »aber solche Akten liegen hier nirgendwo. Meine Männer erzählten, der Kerl, der vor ihnen davonlief, habe etwas bei sich getragen, das sie aber nicht genau erkennen konnten. Ich würde sagen, damit hätten wir sein Motiv.«

Bei Seth machte sich Enttäuschung breit, gepaart mit einem flauen Gefühl im Magen. Gerade als alles glattzugehen schien, musste ihm so etwas die Stimmung verhageln. War Sweat irgendwie an Informationen über die vier Toten gelangt, oder enthielten die besagten Akten lediglich Fotos?

Castellano hielt sein Unbehagen zurück; die Männer waren bestimmt so umsichtig gewesen, ihre richtigen Namen zu verschweigen, und er musste ja auch nicht befürchten, dass sie noch einmal mit irgendjemandem darüber sprechen würden. Auch in diesem Punkt war ihm Declan McIver entgegengekommen, indem er sie getötet hatte.

»Dann müssen wir ihn fassen, bevor er die Chance hat, diese Akten zu vernichten. Irgendeine Ahnung, wohin er verschwunden sein könnte?«

»Na ja, wir gehen davon aus, dass der blaue Mercedes unten ihm gehört, denn Tim Sweats BMW steht in der Werkstatt. Das heißt also, dass er zu Fuß geflohen sein muss. Wahrscheinlich kletterte er über den Zaun, bevor meine Männer hinters Gebäude kamen. Ich habe einen Kollegen mit Spürhunden angerufen, der ist unterwegs. Wir halten ihnen etwas aus dem Wagen hin, damit sie Witterung aufnehmen, und machen uns daran, ihn zu verfolgen.«

»Gibt es etwas in der Nähe, wo er Unterschlupf finden könnte?«

»Die einzige nennenswerte Siedlung befindet sich mehrere Meilen östlich von hier, und da meine Leute das Gebäude von vorne absicherten, konnte er nur hinten verschwinden. In dieser Richtung liegt jedoch nichts, nur mehrere Morgen Wald und dahinter ein paar Landstraßen. Ich habe die Männer zu den nächstgelegenen Häusern geschickt und eine Fahndungsbeschreibung an alle meine Patrouillen ausgegeben. Sie werden entlang der Verkehrswege suchen und die wenigen Anlieger in dieser Gegend besuchen.«

»Gut, wann dürfen wir mit den Hunden rechnen?«

»Eigentlich jeden Augenblick, der Kollege wohnt in der Nähe.« Scruggs winkte mit einer Hand nach Süden. »So wie ich es sehe, ist dieser Kerl noch keine halbe Stunde unterwegs. Berücksichtigt man, dass ein durchschnittlicher erwachsener Mann fünf bis acht Meilen in der Stunde zurücklegen kann und bedenkt die Beschaffenheit des Geländes in der Umgebung, kann er unmöglich weit gekommen sein. Ich schätze, dass er höchstens eine Meile hinter sich gebracht hat, falls überhaupt.«

»Der Typ steckte bisher voller Überraschungen, weshalb ich Sie bitten würde, die Fahndung auf die benachbarten Countys auszuweiten, die Patrouillen auf den Straßen zu verdreifachen und Kontrollpunkte an jedem Hauptverkehrsweg errichten, der in und aus der Region führt. Haben Sie dafür genug Einsatzkräfte?«

Der Sheriff nickte.

»Gut, dann an die Arbeit. Ich trommle die Agenten zusammen, die ortsnah postiert sind, damit sie uns unterstützen, und sehe zu, inwieweit uns die anderen Behörden in der Gegend helfen können.«

»Wird nicht gerade einfach sein, jeden schlanken, blonden Mann anzuhalten und sich ausweisen zu lassen, auf den wir stoßen. Haben Sie ein Foto von dem Kerl?«

Castellano griff in seine Jacketttasche und zog ein Bild hervor, das er aus einer Vitrine im Haus des Ehepaares entwendet hatte. »Er heißt Declan McIver und spricht mit irischem Akzent. Das sollte die Zahl derer, die infrage kommen, erheblich eingrenzen.«

»Ich lasse dieses Foto allen Einheiten zukommen«, versicherte der Sheriff. »Er wird nicht weit kommen.«

Kapitel 33

12:04 Uhr, Eastern Standard Time – Montag, Wald zwischen Route 806 und 122, Moneta, Virginia

Declan lehnte sich mit dem Rücken an den Stamm einer Kiefer, während er nach Luft schnappte und zurück in die Richtung schaute, aus der er gekommen war. Er hörte Hundegebell. Tief durchatmend stützte er die Hände auf seine Oberschenkel. Die Polizei hatte Spürhunde hinzugezogen und seine Fährte aufgenommen. Er richtete sich wieder auf, schob sich die Akten mit den Daten der vier Toten erneut unter einen Oberarm und lief an einem steilen Hang hinunter. Vor ihm drang Sonnenlicht in breiten Strahlen durchs Blätterdach des dichten Waldes, dessen Rand, wie ihm bewusst wurde, nicht mehr weit entfernt war; bald würde er wieder auf offenes Terrain treten. Ungeachtet seiner Fitness war klar, dass er niemals zu Fuß fliehen konnte. Er brauchte einen fahrbaren Untersatz, sonst würde man ihn aufspüren und fassen.

Keine Frage, die Polizei verdächtigte ihn des Mordes an Tim Sweat – und das durchaus zurecht. Schließlich hatte er die Beine in die Hand genommen, als die Beamten erschienen waren. Bis ein Leichenbeschauer bestätigen würde, dass der Kopfschuss selbst verschuldet war, würde man Declan geschnappt haben und festhalten. Doch er hatte keine Zeit zu verlieren, ganz davon abgesehen, dass er die vier Ordner voller Informationen, die er von Sweat mitgenommen hatte, auf keinen Fall verlieren wollte. Damit ließ sich herausfinden, wer darauf angesetzt worden war, ihn kaltzustellen, und ob die Männer in irgendeinem Bezug zu Castellano gestanden hatten. Denn davon ging Declan aus.

Am Fuß des Hangs blieb er kurz stehen. Vor der Baumgrenze erstreckte sich ein breites, hügeliges Feld, das nun zu Beginn des Frühlings zaghaft zum Leben erwachte. In der Ferne machte er ein Blechdach aus, das Sonnenlicht reflektierte. Er wusste nicht, ob es zu einer Scheune oder einem Wohnhaus gehörte, aber davon abgesehen war kein anderes Gebäude in Sicht. Es war im Umkreis von mehreren Meilen die einzige Chance für ihn, sich zu einem Auto zu verhelfen.

Als er hinter sich abermals Hunde bellen hörte, blickte er über die Schulter zurück. So wie es klang, suchten sie den Wald südöstlich der Stelle ab, wo er gerade stand. Dort hatte er an drei zusammengehörigen Lagerschuppen eines Bauernhofs in der Nähe haltgemacht. Das Haupthaus war von dort aus nicht zu sehen gewesen, und da er drinnen nichts Nützliches gefunden hatte, war er weitergelaufen. Obwohl er so kostbare Zeit verloren hatte, wusste er rückblickend zu schätzen, dass er kurz dort gestoppt hatte. Hoffentlich ließen sich seine Verfolger von der Polizei an den Schuppen aufhalten, zumal sie sich ja bestimmt vorsichtig näherten, da er sich drinnen versteckt haben und bewaffnet sein konnte.

Er setzte seinen Weg zügig in Richtung des Gebäudes mit dem Blechdach fort und nahm kurze Zeit später, als er nahe genug war, den beißenden Gestank eines Hühnerstalls wahr. Es kitzelte in seiner Nase und trieb ihm Tränen in die Augen, als er den letzten Hügel vor dem Rand des Feldes hinter sich brachte. Vor ihm lag zwischen weiteren Anhöhen ein kleines Tal. Er schaute in der Umgebung nach Fahrzeugen, entdeckte aber keine. Während sein Blick über die angrenzenden Felder schweifte, fiel ihm, umgeben von hohen Bäumen auf der dem Hof gegenüberliegenden Seite, eine Ranch mit Backsteinfront ins Auge. Ein schmaler Kiesweg zweigte ungefähr 100 Yards vor dem Haus ab und führte über unebenes Gelände daran vorbei. Declan wäre es lieber gewesen, ein Auto in der Nähe des Bauernhofs zu finden, wo ein geringeres Risiko bestanden hätte, dem Gutsbesitzer zu begegnen, doch anscheinend blieb ihm keine andere Wahl als das Haus. Gleich daneben parkte ein blauer Pick-up-Truck.

Declan behielt das Haus und die Straße im Auge, während er vom Feld auf einen Weg trat, der entstanden war, weil dort regelmäßig ein Traktor herfuhr. Ihm gefiel die Vorstellung nicht,

Wagendiebstahl zu begehen, aber wie sonst sollte er entkommen und sich mit den Informationen beschäftigen, die er bei sich trug? Zwar wusste er nicht genau, was er vom Inhalt der Akten erwarten durfte, doch irgendetwas, dass ihn auf eine Spur führen würde, musste drinstehen. Wenn er gar nicht weiter wusste, konnte er sie immer noch Asher Harel aushändigen, der seine Beziehungen beim israelischen Geheimdienst spielen lassen würde, um genaueren Aufschluss über die Männer und ihren Auftraggeber zu erhalten.

Mit Blick aufs Gebäude und einem Ohr in Richtung Straße, für den Fall, dass jemand gefahren kam, stieg Declan behutsam über einen hüfthohen Stacheldrahtzaun, der das Feld vom weitläufigen Vorplatz des Hauses trennte. Diesen überquerte er, indem er von Kiefer zu Kiefer huschte. Dann erreichte er eine kurze Einfahrt, die auf der Höhe des Eingangs abzweigte und an der Stelle endete, wo der Truck parkte.

Der Bau war komplett ebenerdig und bestand aus Ziegelsteinen. Ringsum wuchsen hohe, immergrüne Sträucher, die man jahrelang nicht geschnitten hatte. So wie der Rasen aussah und weil dem Anwesen jegliche Ausschmückung fehlte, war davon auszugehen, dass sein Eigentümer älter war, was Declan zum Vorteil gereichte. Falls sich drinnen jemand aufhielt, würde es Declan mit etwas Glück gelingen, den Wagen zu starten und aus der Einfahrt rollen zu lassen, bevor die Person es auch nur mitbekam. Als er sich dem marineblauen Chevrolet näherte, beobachtete er das eine Fenster, das er durch die dichte Vegetation erkennen konnte. Dann streckte er eine Hand aus und legte sie auf die Motorhaube. Das Metall war kalt, also stand der Wagen schon länger. Der Form der Karosserie nach zu urteilen handelte es sich um ein Modell aus den frühen 1990ern. Hoffentlich war es noch fahrtüchtig. Er ging hinüber zur Beifahrerseite, die ihm Deckung bot, und zog am Türgriff. Nachdem er kurz innegehalten hatte, um sich zu vergewissern, ob er gesehen oder gehört worden war, atmete er auf, denn im Haus rührte sich nichts. Die Tür ging mit einem lauten Schnappen auf, als der Schließmechanismus entriegelte, und Declan neigte sich ihr entgegen, während er sie ganz öffnete. Im Führerhaus roch es streng nach Zigarettenqualm, und im Beifahrerfußraum lag ein Wust aus Kassenzetteln sowie alten Werbeprospekten, die jemand mit nassen Schuhen zertreten hatte, sodass sie praktisch in den abgewetzten Teppichboden übergegangen waren. Auf dem Sitz lag neben einem Eimer mit weißer Fugenmasse ein rostiger Spatel. Diesen nahm er zur Hand, hob den Arm übers Lenkrad und begann, die Verkleidung aufzustemmen, um an die Verdrahtung darunter zu gelangen.

Als er das Blatt des Spatels in den Spalt zwischen Ober- und Unterseite des Armaturenbretts gesteckt hatte, stockte Declan, als er draußen Schritte hörte. Schnell duckte er sich auf den Sitz und drehte sich um, während er aus dem Truck rutschte. Sein Blick fiel auf den unbefestigten Weg, und er geriet in Panik, als dort ein braun-weißer Crown Victoria zur Abzweigung rollte, wo er in Richtung Haus einbog. Declan drückte die Tür des Pick-ups zu und ging an der Vorderseite vorbei, während sein Blick zwischen Gebäude und nahendem Streifenwagen hin und her schnellte, bis er niederkauerte, damit der Fahrer ihn nicht sah. Er musste ein Versteck finden, bevor er bemerkt wurde – vorausgesetzt, es war nicht schon geschehen. Als er die niedrige Veranda vor dem Haus ausmachte, an deren Boden sich ein weißes Plastikspalier entlangzog, um die Kanten der Holzbohlen zu verdecken, schlich er darauf zu, wobei er nach einer Öffnung suchte. Dort, wo das Gitter an der Ecke des Gebäudes abschloss, hatten sich mit der Zeit die Nägel gelöst, mit denen der weiße Kunststoff am Holz befestigt worden war. Er riss ein Stück ab, legte es auf den Boden und zog sich auf den Ellbogen unter die Veranda. Während er sich auf dem Bauch umdrehte, streckte er sich nach draußen aus und nahm das Teil des Spaliers, um es wieder gegen die Ecke der Konstruktion zu stellen und seinen Unterschlupf zu verbergen. Er kniff die Augen zusammen und atmete so flach wie möglich, bis sich der Staub auf dem Sandboden unter dem Vorbau legte.

Durch die dreieckigen Löcher im Gitter beobachtete er, wie der Wagen, an dem das Logo der Polizeiwache des Franklin Countys nicht zu übersehen war, in die kurze Einfahrt einbog und hinter dem stehenden Truck anhielt.

Ein Knacken, als die Verrieglung der Fahrertür gezogen wurde, dann Tritte auf den Kiesplatz, als der Mann ausstieg. Declan kroch zur Ecke der Veranda zurück, wo ihn die Schatten, wie er hoffte, nicht preisgaben, falls der Polizist nach unten schaute.

»Zentrale, hier spricht 2-Adam-23. Bin auf der Suche nach verdächtiger Person an der Rucker Road 608, bitte kommen.«

»In Ordnung, 23, halten Sie Kontakt, over?«

»Verstanden, Zentrale, werde ich.«

Der Hilfssheriff kam von seinem Wagen zur Ecke der Veranda. Declan hörte den Bretterboden des verwitterten Vorbaus knarren, als der Mann über ihm zum Eingang trat. Dann zog er eine Fliegengittertür auf, woraufhin ein Klopfen folgte. Langsame, schwerfällige Schritte ertönten auf den alten Dielen im Haus, während jemand zur Tür kam. Als geöffnet wurde, quietschten Metallscharniere.

»Deputy Rogers von der Polizeistelle Franklin County«, begann der Mann. »Wie geht es Ihnen, Ma'am?«

»Mir geht es gut, Deputy«, erwiderte eine ältere Frau mit fragendem Unterton.

»Ma'am, ich bin hier, weil wir einen Verdächtigen suchen, der ein paar Meilen südöstlich von hier ein Verbrechen begangen haben könnte. Ich möchte Sie zwar nicht verängstigen, aber ist Ihnen heute Nachmittag irgendjemand aufgefallen, den Sie hier noch nicht gesehen haben?«

Declan biss auf die Zähne, während er auf die Antwort der Frau wartete. Hatte sie ihn durch ein Fenster zum Haus kommen sehen?

»Nein, nicht dass ich wüsste.«

Er atmete erleichtert aus. »Gut, Ma'am, der Mann, nach dem wir fahnden, ist etwas über 1,80m groß, blond und nicht sonderlich kräftig gebaut. Zum gegenwärtigen Zeitpunkt stufen wir ihn als bewaffnet und gefährlich ein, also öffnen Sie bitte niemandem die Tür und rufen Sie uns unverzüglich an, sobald Sie jemanden bemerken, auf den die Beschreibung zutrifft. Wir werden die Umgebung regelmäßig absuchen, bis wir ihn finden.«

»Du meine Güte. Ja, ich werde aufpassen.«

Als Declan ihren furchtsamen Tonfall hörte, musste er den Kopf schütteln. Er wollte niemandem etwas zuleide tun, sondern nur zu seiner Frau zurück. Allerdings gab es Personen dort draußen, die tatsächlich böse Absichten hegten und bereits einige gute Menschen umgebracht hatten. Falls ihnen niemand das Handwerk legte, stand anzunehmen, dass noch viele weitere dran glauben mussten.

»Eine Sache noch, bevor ich Sie in Ruhe lasse, Ma'am«, hängte der Hilfssheriff an. »Würde es Ihnen etwas ausmachen, wenn ich mich an Ihrem Schuppen und Hühnerstall umschaue? Nur zur Sicherheit, denn dort könnte sich ja jemand verstecken.«

»Nein, tun Sie das ruhig. Ich werde meinen Sohn rufen und bitten, zu mir herüberzukommen. Werden Sie uns benachrichtigen, wenn Sie den Gesuchten stellen konnten?«

»Haben Sie einen Fernseher oder ein Radio, Ma'am?«

»Ja.«

»Wir halten die Bevölkerung über die Lokalsender auf dem Laufenden.«

»Danke sehr, Deputy.«

Die Frau schloss die Tür und der Beamte ließ das Fliegengitter los, sodass es mit einem dumpfen Knall zufiel. Dann dröhnten seine schleppenden Schritte erneut über die Veranda, bevor er wieder zu sehen war, als er zu seinem Wagen zurückkehrte und einstieg. Er zog die Tür hinter sich zu, woraufhin Declan unverständliche Stimmen hörte, während der Mann die Zentrale per Funk darüber informierte, dass er wieder im Auto saß. Schließlich sprang der Motor an, Rogers setzte in der Einfahrt zurück und steuerte den Schuppen an, der nicht weit von der Traktorenspur entfernt stand, wo Declan wenige Minuten zuvor entlanggegangen war.

Er wartete, bis der Streifenwagen außer Sicht geriet, stieß das abgelöste Gitterteil zur Seite und rutschte unter dem Vorbau heraus; seine schwarze Jacke und die Bluejeans waren braun vom Sand. Er konnte nicht wissen, wie weit entfernt der Sohn der Lady wohnte, begriff aber, dass er schnell aus der Gegend verschwinden musste und nicht gesehen werden durfte. Als er zu dem Pick-up hinüberschaute, verzog er das Gesicht. Von der Frau im Haus bemerkt zu werden machte ihm weniger Sorgen als diese Kiste. Bestand eine ernsthafte Chance, sie zum Laufen zu bekommen, ohne den Hilfssheriff herbeizulocken? Declan bezweifelte das, aber eine andere Option hatte er nicht, also ging er durch das ungemähte Gras zur Fahrerseite und öffnete die Tür. Nachdem er sich hineingesetzt und sie so leise wie möglich geschlossen hatte, warf er die Ordner auf den Beifahrersitz und griff wieder zu dem Spatel, der aus der Verkleidung des Lenkrads ragte, wo er steckengeblieben war.

Wie gut, dass der Beamte nicht in den Wagen geschaut hatte, denn an den offensichtlichen Bemühungen, die Zündung kurzzuschließen, hätte er erkannt, dass jemand hier gewesen war. Indem er das Plastik so weit hinunterdrückte, dass er die Finger dazwischenschieben konnte, nahm er den unteren Teil ab, woraufhin die Drähte zum Vorschein kamen. Eine kurze Begutachtung, schon waren die beiden gefunden, die er zusammenführen musste. Mit dem Blatt des Spatels löste er sie und verdrehte ihre Enden miteinander, bevor er das Zündkabel damit berührte. Der Motor stotterte, während Declan den Kreislauf geschlossen hielt, und der Anlasser fing an zu quietschen. Nach einer gefühlten Minute, die sich vermutlich nur auf ein paar Sekunden belief, sprang der Wagen brüllend an. Declan richtete sich im Sitz auf und legte den Rückwärtsgang ein. Dann rollte er in der Einfahrt zurück, bis er den Knüppel so schnell nach vorne drückte, dass die Hinterreifen auf dem lockeren Bodenbelag durchdrehten. Der Truck wirbelte eine Staubwolke auf, als er auf die Weggabelung zuraste. Obwohl Declan nicht genau wusste, wo er sich befand, setzte er darauf, dass der Hilfssheriff das Haus von der

Hauptstraße her angesteuert hatte. Als der Kies nach 60 Yards in eine befestigte Fahrbahn überging, durfte er sich in seiner Entscheidung bestätigt sehen. Während er eine Reihe moderner Häuser passierte, sah er vor sich die Kreuzung mit der Hauptstraße. Bevor er sie erreichte, drosselte er das Tempo. Die Bremsen kreischten laut, weil sie gegen blanke Scheiben drückten, und er verhinderte nur mit Mühe, dass das Lenkrad den Wagen nach links zog. Da er damit beschäftigt war, die Kontrolle über das Fahrzeug zu behalten, schaute er erst durch die zerkratzte Windschutzscheibe, als ein Crown Victoria auf die Straße fuhr, um ihm den Weg abzuschneiden. Er stieg voll in die Bremsen, sodass er schlitternd zum Stehen kam. Sein Blick traf auf den des Polizisten, der sich bereits sein Funkgerät vorhielt und hinein schrie.

Mit Gewalt legte Declan erneut den Rückwärtsgang ein und trat kräftig aufs Gas. Die nahezu profillosen Reifen griffen nur schlecht auf dem glatten Asphalt, doch dann setzte der Pick-up zurück. Indem er einen Arm über die Rückenlehne des Beifahrersitzes legte, schaute Declan nach hinten, während er so schnell fuhr, wie es ging. Das Heck scherte aus, und er hatte Mühe, den schlecht ausgewuchteten Truck von den Straßenrändern wegzuhalten, um nicht in einen der gepflegten Vorgärten zu rasen. Sobald die letzten Häuser an ihm vorbeigeflogen waren, zog er die Handbremse fest an, und brachte den Schaltknüppel in Leerlaufstellung, während er hart einlenkte, wodurch der Pick-up seitwärts rutschte und eine halbe Drehung vollzog.

Declan machte sich auf die Kollision gefasst, kurz bevor der Polizist, der ihn verfolgte, gegen seine hintere Stoßstange prallte. Nachdem er den ersten Gang eingelegt und die Handbremse wieder gelöst hatte, gab er erneut Vollgas. Die Hinterräder drehten abermals durch, weißer Qualm stieg auf. Er brachte nur wenige Zoll Abstand zwischen seine Heckstoßstange und die vordere des Streifenwagens. Der Kerl ließ sich nicht abhängen.

Es ruckelte gewaltig, als der Asphalt endete, und Sand in die Luft stob. Der Weg gabelte sich vor ihm, und er überlegte mit Blick durch die Scheibe, ob er besser links oder rechts fahren sollte, um wieder zur Hauptstraße zu gelangen, doch die Wahl wurde ihm genommen, als er die Staubspur hinter einem Auto sah, das sich vom Haus her näherte. Der zweite Polizist wollte ihn an der Abzweigung abfangen.

Er trat noch erbitterter aufs Pedal und packte das Lenkrad so fest, dass seine Finger schmerzten. Als er sich der Gabelung näherte, ließ er den Wagen nach links abdriften und bereitete sich auf den unvermeidlichen Zusammenstoß vor. Ein letztes Mal beschleunigte er und rammte das entgegenkommende Polizeiauto.

Es traf das Heck auf Radhöhe. Declan musste stark gegenlenken, weil er wieder seitwärts schlitterte. Beim Blick in den Rückspiegel sah er durch den Staub, dass die beiden Beamten beinahe selbst zusammengestoßen wären und jetzt versuchten, aneinander vorbeizufahren, um ihn weiterverfolgen zu können. Durch die einstweilige Verzögerung gewann Declan einen Vorsprung, den er allerdings, wie ihm bewusst war, nur vorübergehend behalten konnte. Niemals würde die alte Mühle die Streifenwagen mit ihren leistungsstarken Motoren abhängen. Während er wild auf einem kurvigen Abschnitt des Feldweges entlang schlingerte, wurde ihm klar, dass er den Truck irgendwo loswerden und sich wieder zu Fuß in den Wald schlagen musste. Er konnte nur auf diese Weise entkommen.

Ein neuerlicher Blick in den Rückspiegel gab durch die Wolke das Blaulicht der Wagen zu erkennen, die wieder aufholten. Vor Declan tat sich die nächste Abzweigung auf. Der unbefestigte Weg schlängelte sich weiter durch Wiesengelände, wohingegen in der anderen Richtung ein Waldstück lag, in dem es auf einer Hügelkuppe eine Lichtung gab, wo ein Wasserturm stand. Er wählte diese Strecke, denn am Fuß des Turmes konnte irgendein Gebäude stehen, das die Hilfssheriffs zur Vorsicht nötigen würde. Niemand im Gesetzesvollzug, der bei seiner Ausbildung nicht geschlafen hatte, näherte sich allzu unbedacht einem Bauwerk, in dem ein bewaffneter Verdächtiger lauern konnte. Also gewann Declan dadurch vielleicht genug Zeit, um sich in den Wald zu stürzen und die Beamten loszuwerden.

Der Weg wurde schmaler, je tiefer er in den Wald führte, und Declan musste langsamer fahren, als überhängende Äste gegen die Seiten des Trucks schlugen. Der Wasserturm stand weniger als 50 Yards vor ihm, doch er sah schon, dass er die falsche Wahl getroffen hatte. Eine Leiter führte den Turm hinauf, doch ansonsten war die Lichtung eine Sackgasse. *Scheiße,* fluchte Declan innerlich und trat auf die Bremse, bis die Räder nach kurzem Rutschen stehen blieben. Nachdem er die Ordner übereinandergelegt hatte, stieg er damit aus. Ein Knacken hinter ihm zeigte, dass seine Verfolger nahe waren, auch wenn sie zwischen den Bäumen ebenfalls langsamer fahren mussten. Möglicherweise ging sein Plan letztlich doch auf; vielleicht dachten die Polizisten, dass er sich auf dem Wasserturm verschanzte, um auf sie zu feuern, wenn sie ankamen. Er lief in den Wald, so schnell ihn seine Füße trugen.

50 Yards hinter dem Turm im Schutz der Bäume blieb er stehen und lauschte. Da er die beiden Wagen nicht mehr hörte, nahm er an, dass die Männer die Verfolgung aufgegeben hatten. Darum brachte er eine Weile damit zu, sich zu orientieren und herauszufinden, in welche Richtung er unterwegs war. Bei all der Hetzerei hatte er nicht darauf geachtet, wohin er lief, also begann er, die Strecke in Gedanken zu rekapitulieren. Als hinter ihm ein Hund bellte, erschrak Declan und sah sich schnell nach dem Turm um. Er rannte los, wobei er sich an den Bäumen festhielt und vorwärtszog. Das Bellen folgte ihm.

Mit einem Sprung über einen umgestürzten Stamm landete er auf einer weiteren Lichtung, wo eine Hochspannungsleitung durch den Wald verlief. Nachdem er durch Gebüsch gestapft war, das ihm bis zur Hüfte reichte, befand er sich wieder unter Bäumen und eilte weiter. Es war absehbar, dass er den Rand des Waldstücks bald erreichen würde, und einen Hund auf offenem Gelände hinter sich zu lassen, war undenkbar, wie er wusste. Als er ins Freie stürzte, tat sich vor ihm eine Senke mit mehreren heruntergekommenen Gebäuden auf. Er rutschte die Böschung auf seinen Hacken hinunter, wobei er sich an den Trieben von

Zirbelkiefern festhielt, um das Gleichgewicht zu halten. Als er unten war, rannte er auf das größte Gebäude zu.

Dazu musste er um mehrere gefällte Bäume laufen, denn diese Anlage schien ein altes Sägewerk zu sein. Die Bretterwände der Gebäude waren rissig und schwarz. Aus dem Größten verlief zur Seite hin ein Förderband. Im Lauf vergewisserte sich Declan, dass der Ort verlassen war, und tatsächlich gab es keine Fahrzeuge zu sehen, aber rechts von ihm führte ein Sandweg zurück in den Wald. Wiederholtes Bellen von hinten bewog ihn dazu, sein Tempo zu steigern, obwohl er bereits außer Atem geriet. Als er die Seite des größten Gebäudes erreichte, lief er daran entlang, bis er eine Tür fand. Diese zog er an einer Klinke aus gedrehtem Metall auf, trat ein und machte gleich wieder zu. Am Griff der Innenseite hielt er sie geschlossen, denn draußen sprang etwas dagegen und knurrte frustriert. Keuchend blickte er sich in der Umgebung des Eingangs um. Ihm fiel ein Schraubenzieher ins Auge, der auf einer Werkbank lag und schmal genug war, um in die Verriegelung zu passen. Er steckte ihn in die Einpassung, sodass die Tür geschlossen blieb.

Das Innere des Gebäudes glich einer großen Scheune, durch deren Mitte das Förderband verlief, auf dem die Stämme von draußen hereingebracht wurden, um sie zu teilen und zu Brettern zu verarbeiten. Es roch nach Sägemehl, und im Sonnenlicht, das als dünne Strahlen durch die Spalten in den Wänden fiel, tänzelten Staubflocken in der Luft. Declan rechnete mit weiteren Eingängen, entdeckte aber keine. Abgesehen von der Tür, die er genommen hatte, gab es nur eine weitere Öffnung im Gebäude – die für das Förderband, doch sie war zu hoch angebracht, als dass man sie ohne Weiteres erreicht hätte. Das beruhigte ihn ein wenig, sodass er seinen nächsten Schritt durchdachte, obwohl das Gebell draußen nicht abbrach. Er wusste, dass die beiden Beamten nicht weit hinter den Hunden zurückliegen konnten und über Funk weitere Einheiten zur Verstärkung anfordern würden. Als Declan tiefer in den Raum vorstieß, bemerkte er eine Treppe nach oben auf eine Galerie mit einem Raum. Gut möglich, dass es dort eine weitere Tür gab, durch die er verschwinden konnte. Als er oben ankam, wackelte die Galerie ein wenig. Vorsichtig überquerte er sie und öffnete die Tür.

Wie sich herausstellte, war es ein Pausenraum mit Kühlschrank, Mikrowelle und quadratischem Tisch in einer Ecke. Da alles verstaubt war, musste er schon eine ganze Weile außer Gebrauch sein. Die kurze Seite des Raums verfügte tatsächlich über eine weitere Tür, die wohl in den vorderen Bereich des Gebäudes führte. An ihrer Scheibe stand in verblasstem Lack *Bauholz Walterman*. Declan trat über die Fliesen darauf zu und schaute hinaus. Vor der Tür befand sich ein Treppenabsatz, von dem man hinunter auf einen kleinen Parkplatz vor dem Werk gelangte. Der Waldweg, den er gesehen hatte, verlor sich zwischen den Bäumen, wo er bestimmt auf die unbefestigte Straße traf, die Declan kurz zuvor genutzt hatte. Über den Wipfeln stieg einmal mehr Staub empor, der herüberwehte und ihn innehalten ließ. Weil er den Grund dafür erahnte, wunderte er sich nicht, als ein Polizeiauto an der Baumgrenze erschien und stehen blieb. Der Fahrer überblickte das Gelände und die Gebäude in der Senke; dann sprach er in sein Funkgerät. Declan zog sich vor der Scheibe zurück und rüttelte an der Tür, um sicherzugehen, dass sie abgesperrt war.

Nun stellte er sich an die Küchenarbeitsplatte an der Seitenwand, denn durch das Fenster dort sah man den Holzlagerplatz, über den er bei seiner Ankunft gelaufen kam. Oben auf der Anhöhe tauchten zwei Männer in Uniformen aus dunkel- und hellbraunem Stoff auf, und einer brüllte etwas in aufforderndem Ton, doch Declan verstand es nicht. Auf der anderen Seite des Gebäudes sprang ein braun-schwarzer Schäferhund zwischen den unbearbeiteten Holzstücken hervor und wetzte hinauf zu seinem Herrn. Die beiden Männer standen neben einer Reihe von Bäumen und suchten das Gelände nach Spuren ihres Verdächtigen ab.

Endlich hatten sie ihn in die Enge getrieben, und das war ihnen bewusst. Der Streifenwagen blockierte den Waldweg, und sollte er versuchen, durch die Hintertür zu entwischen, würde sich der Hund binnen Sekunden auf ihn stürzen. Declan ging davon aus, dass sich dem Beamten in diesem Auto bald weitere anschlossen und das ganze Areal innerhalb weniger Minuten umzingelten. Er fuhr sich mit einer Hand durchs Gesicht und holte tief Luft, während er grübelte, wie es weitergehen sollte. Fürs Erste hatte er die Zeit auf seiner Seite, denn obwohl er keine Unschuldigen verletzen würde, wussten sie das nicht, weshalb sie äußerste Vorsicht walten lassen würden, bevor sie versuchten, ihn aus dem Werk zu holen. Er drehte sich um, legte die Ordner auf die Arbeitsfläche und nahm die oberen drei herunter. Einen öffnete er und betrachtete das Foto eines der Männer, die er getötet hatte.

Das Gesicht, von dem die Akte sagte, es gehöre einem gewissen Jack Turlington, schien Declan anzustarren. Diesen Mann hatte er zwei Abende zuvor neben einer Planierraupe erschlagen. Nach diesem ersten Ordner nahm er sich auch die übrigen einzeln vor.

Beim Überfliegen der persönlichen Angaben in den Bewerbungsunterlagen fürs Justizministerium gelangte Declan zu dem Schluss, dass die Informationen wahrscheinlich korrekt waren. Allem Anschein nach waren es einfach vier Durchschnittstypen gewesen, die den Antrag gestellt und bei einem kleinen Sicherheitsdienst in Zentralvirginia gearbeitet hatten. Irgendwie musste Declan die Daten aus den Ordnern mitnehmen, weil er die Dinger unmöglich weitertragen konnte, wenn er aufbrach.

»Achtung«, dröhnte auf einmal ein Megafon von draußen. »Hier spricht Franklin County Sheriff Steve Scruggs. Wir haben das Werk umstellt. Die Fertigung wurde bereits vor Jahren eingestellt, also wissen wir, dass Sie allein sind. Stellen Sie sich, oder wir sehen uns gezwungen, Sie holen zu kommen.«

Declan kehrte sich wieder dem Fenster zu und neigte seinen Kopf nach vorne, um hinauszuschauen. Drei weitere Streifenwagen waren oben am Waldweg vorgefahren, und hinter ihnen stand ein weißes Einsatzfahrzeug mit ähnlichem Polizeiwappen.

Insgesamt hatten sich neun Beamte an den Autos aufgestellt, alle geschützt hinter offenen Türen. Beim Absuchen des Waldrands ließen sich keine weiteren Posten ausmachen, doch das spielte keine Rolle: Declan würde niemals zu Fuß davonkommen, solange derart viele Männer auf ihn warteten, nicht zu vergessen der Hund.

Er drehte sich noch einmal zur Arbeitsplatte um und blickte auf die Ordner. Dann zog er eines der Kartenhandys aus der Jackentasche und klappte es auf. Die Kamera des Gerätes hatte zwar nur eine niedrige Auflösung, aber das musste genügen. Er machte mehrere Fotos der Genehmigungsanträge und hängte sie einer E-Mail an. Nachdem er die Schaltfläche ›absenden‹ berührt hatte, wartete er, bis die Internetverbindung stand und die Bilder übertragen wurden. Danach legte er das Telefon auf die Arbeitsfläche und suchte im Zimmer nach etwas, womit er es zertrümmern konnte. Er wollte verhindern, dass es jemandem in die Hände geriet, der es einschaltete und herausfand, wohin er die Mail geschickt hatte. Da er nichts Brauchbares fand, nahm er das Gerät in beide Hände und brach es am Gelenk zwischen Sprechteil und Display entzwei. Schließlich ging er zurück zu der Tür, die in die Fertigungshalle führte, öffnete sie und schaute hinunter. Bisher war noch niemand eingedrungen, also betrat er die Galerie und schleuderte den Bildschirmteil mit möglichst viel Schwung in den Raum. Vom Unterteil nahm er den Batteriefachdeckel ab und den Akku sowie die SIM-Karte heraus, wonach er den Vorgang wiederholte. Beides warf er so weit durch die Halle, wie er konnte, und ließ den Rest des Gerätes durch das Bodenrost der Galerie fallen. Nachdem er gehört hatte, wie es auf den Zement gepoltert und zersprungen war, hoffte er, dass niemand die Bruchstücke finden würde.

»Achtung«, wiederholte der Sheriff durchs Megafon. »Das ist Ihre zweite und letzte Warnung: Kommen Sie jetzt heraus, oder wir sind bereit, Gewalt anzuwenden.«

Die Stimme echote durch das kleine Tal, in dem das Sägewerk lag. Declan drehte sich wieder zu dem Pausenzimmer um. Es gab nur zwei Möglichkeiten für ihn, das Gebäude zu verlassen – entweder in einem Leichensack oder indem er sich geschlagen gab und festnehmen ließ. Nachdem er seine Jacke aufgezogen und abgestreift hatte, legte er sie vor sich auf den Boden. Dann löste er das Magazin seiner Glock, nahm sie aus dem Gürtelholster und platzierte beides nebeneinander auf der Arbeitsfläche. Dass ein Ordnungshüter vor lauter Nervosität abdrückte, wenn er sah, dass Declan eine Waffe trug, wollte er gern verhindern. Er ging zur Tür, entriegelte sie und zog sie so schwungvoll auf, dass sie gegen die Wand schlug. »Ich komme raus«, kündigte er laut an und trat mit erhobenen Armen auf den Absatz.

Die Sonne blendete ihn zunächst, während ihm kühle Frühlingsluft ins schweißnasse Gesicht wehte. Mit erhobenen Händen zeigte er sich endgültig an der oberen Treppenstufe und schaute auf die Ansammlung von Streifenwagen auf dem Hügel. Zu sehen, dass neue Gesichter unter den Männern aufgetaucht waren, schnürte ihm die Brust zu. Seth Castellano stand neben dem Sheriff und zielte auf eine Tür seines Autos gestützt mit einer Glock 22.

»Langsam umdrehen und Beine breitmachen!«, befahl Scruggs durchs Megafon. Declan atmete langsam ein und fügte sich. Er kehrte dem FBI-Agenten nur ungern den Rücken zu, während dieser eine Waffe auf ihn richtete, aber was hätte er tun sollen? Gespannt horchte er, wie ein Teil der Uniformierten am Fuß der Treppe in Stellung gingen. Wenige Augenblicke später kamen zwei von ihnen vorsichtig nach oben.

»Drehen Sie sich um und halten Sie still«, bellte einer mit Südstaatenakzent. Declan tat wie geheißen und wartete, bis ihm der Mann die Hände festhielt und sie nacheinander auf seinen Rücken zog, um ihm Handschellen anzulegen.

»Jetzt los«, drängte der Beamte. Declan ließ sich die Stufen hinunterführen. Unterdessen kam der Sheriff gemeinsam mit Castellano auf ihn zu, und einer der Streifenwagen kam aufs Gelände gefahren, wo er neben ihnen vorfuhr, damit sie den Festgenommenen einladen konnten.

Als ihn ein Beamter zur Rückbank führte, deren Tür aufgehalten wurde, neigte sich ihm der Agent zu – seine weinrote Krawatte flatterte im Wind – und flüsterte höhnisch: »Danke für Ihre Hilfe.« Dann drückte jemand Declans Kopf nieder, um ihn zum Hinsetzen zu zwingen. Im Wagen schloss er die Augen und saß unbequem, weil seine Hände am Rücken verschränkt an der Sitzkante rieben. Der Fahrer wendete im Bogen und kehrte auf die Anhöhe zurück. Dort schlug Declan die Augen wieder auf. Wie sollte er hier rauskommen?

Kapitel 34

17:52 Uhr, Eastern Standard Time – Montag, Industriepark Van Deman, Dundalk, Maryland

»Ich will nicht hier sein, Vacha.«

Das wollte Scharpuddin Daudow wirklich nicht. Er war mit seinem Bruder und zehn weiteren Männern über die Grenze von Mexiko in die USA gekommen. Was er beim Betreten des Landes vorgefunden hatte, lief seinen Erwartungen deutlich zuwider. Der Anführer der Vereinigung, deren Mitglied er in seiner Heimat Tschetschenien gewesen war – ein Mann, der sich als Abu Tabak ausgab, statt seinen eher slawisch klingenden Taufnamen zu verwenden –, hatte jahrelang gegen die imperialistische Haltung der Menschen gewettert, die in Staaten wie Amerika oder Großbritannien lebten. Immer wieder waren der Gruppe die endlosen Grausamkeiten dieser Nationen geschildert worden. Scharpuddin hatte gesehen, wie die Russen dergleichen begingen, die Tabaks Worten zufolge nicht besser waren als die Amerikaner. »Mag sein, dass sie nicht eure Brüder, Schwestern und Nachbarn töten, dafür aber andere Muslime auf der ganzen Welt, bevor sie ihr Land an sich reißen.« Diese Worte waren Scharpuddin über Monate hinweg im Kopf herumgespukt, als er die Grenze überquert hatte, doch nach mehreren Jahren Umgang mit Amerikanern in unterschiedlichen Wohngegenden, Einkäufen in Supermärkten und Jobs, um sich und seinen Bruder zu versorgen, nahm er als Tatsache wahr, dass Tabaks Gerede nur zweierlei sein konnte – entweder Lügen oder Zeugnisse eines Mannes, der beileibe nicht die notwendige Erfahrung besaß, um zu untermauern, wovon er sprach, sondern nur nachplapperte, was ihm jemand anderes eingeflüstert hatte. Soweit Scharpuddin sagen konnte, waren die Amerikaner im Großen und Ganzen ein zuvorkommendes, freundliches und neugieriges Volk. Was in ihrem Leben, dem ihrer Angehörigen und Bekannten geschah, beschäftigte sie zu sehr, als dass sie andere verletzt oder um etwas beraubt hätten. Dennoch war er jetzt mit seinem Bruder hier, der weiterhin jedes einzelne Wort, jede Weisung von Tabak und anderen radikalen Imamen für bare Münze nahm; dennoch stand er gerade mit dem Auto vor einer Bruchbude in einem Außenbezirk von Baltimore, wo er sich zum ersten Mal seit Jahren mit Abu Tabak treffen würde.

»Ich geh nicht da rein. Ich will nichts mehr mit alledem zu tun haben.«

Vacha Daudow drehte sich hinterm Steuer des hellbraunen Chevy-Cavalier-Zweitürers um und starrte seinen jüngeren Bruder an. »Mach nicht, dass ich mich deinetwegen schämen muss, Scharpuddin!«

»Meinetwegen schämen? Dazu brauchst du mich nicht! Du hast keine Arbeit, haust unter erbärmlichen Bedingungen und fährst diese Schrottkiste, um weiterhin behaupten zu können, dass du an einem Lebensstil festhältst, den wir vor zehn Jahren zurü–«

Vacha holte mit einer Faust aus und schlug sie in Scharpuddins Gesicht, sodass dessen Kopf gegen die Scheibe der Beifahrertür schlug.

»Ach, kommt schon, was zur Hölle soll das?« Der jüngere Bruder sah den älteren an. Er stand den Tränen nahe, und nach dem derben Hieb schmerzte seine Wange.

Vachas Nasenlöcher flatterten vor Zorn. »Nein, du redest mir keine Schuldgefühle ein! Du bist einzig und allein dank Abu in dieses Land gekommen! Darum wirst du tun, was er verlangt, oder – so wahr mir Allah helfe – ich prügle dich windelweich!«

»Du kannst mich mal, Vacha!« Scharpuddin stieß die Tür auf und stieg aus.

»Wohin gehst du?«, fragte der Ältere, schälte sich ebenfalls aus dem Sitz und lief um den Wagen. »Wohin gehst du?«, beharrte er. Scharpuddin spürte, wie er an den Schultern gepackt und zurückgezogen wurde. Vacha drückte ihn gegen die Seite des

Autos. »Du bist 200 Meilen weit weg von zu Hause! Wo willst du hin?«

»Egal, Hauptsache fort von hier. Ich möchte mich nicht darauf einlassen, was du vorhast!«

Vacha hielt ihn am Wagen fest, Scharpuddin wehrte sich. »Hör auf! Hör einfach auf!«

Der Jüngere gab sich geschlagen.

»Jetzt«, fuhr Vacha fort, »gehen wir da rein, und du wirst verdammt noch mal die Fresse halten.«

»Du bringst dich um Kopf und Kragen!«

»Ich will kein einziges Wort von dir hören, verstanden?« Vacha ließ los und drehte sich zu der Autowerkstatt um. »Kein einziges Wort«, wiederholte er.

Ruslan Baktayew erhob sich mit einer Zigarette im Mund von einem Hocker und schaute zum Eingang der Werkstatt, als das Metalltor rasselnd aufgedrückt wurde. Das Gelächter im schmuddeligen Interieur erstarb, als ein großer Mann mit dunklem, kurz geschnittenem Haar und einer senkrechten Narbe an der linken Gesichtshälfte den Kopf hereinstreckte und sich umsah.

Baktayew grinste.

»Vacha!«

Der große Mann trat mit einem Grinsen ein. »Abu.«

Die beiden umarmten sich herzlich und klopften einander auf den Rücken.

»Entschuldige, ich konnte nicht dabei sein«, sagte Vacha. »Ich habe deinen Sieg über den Juden verpasst.«

Baktayew lächelte weiter und hob einen Arm. Am Ärmel seines Oberteils waren dunkelrote Streifen zurückgeblieben – getrocknetes Blut, das von der Hand übers Gelenk geflossen zu sein schien. »Ich hielt seinen Kopf! In Gedanken warst du bei mir, kleiner Bruder!«

Es freute Vacha sichtlich, das zu hören. »Allah sei Dank, du hast dich nicht verändert.«

»Die Russen konnten ihn nicht bezwingen«, warf Anzor Kasparow ein und stand von einem Klappstuhl in der Mitte des Raums auf, wo mehrere Männer zusammensaßen, rauchten und tranken. »Trotz seiner vielen Jahre im Krieg und im Gefängnis gelang es ihnen nicht! Abu Tabak!« Der offensichtlich betrunkene Mann hob eine Dose Bier an, was ihm mehrere Männer gleichtaten. »Abu Tabak!« Ein Trinkspruch zu Ehren ihres Anführers – Ruslan Baktayew.

Die Angeln des Tors knarrten, als es noch einmal aufging und ein dünner, jüngerer Mann mit zotteligem, braunen Schopf und nachgerade kränklich hellem Tein eintrat. Er schaute zutiefst angewidert drein.

»Scharpuddin.« Baktayew schaute an Vacha vorbei. »Du bist erwachsen geworden.«

Der junge Mann lehnte sich an eine Werkbank, verschränkte die Arme vor seiner Brust und drehte den Kopf zur Seite, um die rötliche Strieme an seiner Wange zu verbergen.

Vacha kehrte sich ihm zu. »Mein kleiner Bruder hat sich zu sehr an die amerikanischen Lebensverhältnisse gewöhnt. Er weiß nicht mehr, was es heißt, ein Nochtschuo zu sein – aber wir werden es ihm ins Gedächtnis rufen, was?« Vacha reckte eine Faust wie im Siegestaumel, während die kleine Schar Versammelter wieder in Jubel ausbrach. Dieser erstarb jedoch, als ein Telefon klingelte, was unter der hohen Decke der Werkstatt laut widerhallte.

Baktayew trat vor die Werkbank, wo der Apparat stand, und nahm den Hörer ab. »Schweißerei Nochtschi, wie können wir Ihnen die Hölle heißmachen?«

Die Betrunkenen gackerten zurückhaltend, doch das Gesicht ihres Anführers nahm einen ernsten Ausdruck an. »Klappe halten!«, bellte er, woraufhin es still im Raum wurde. Baktayew hörte konzentriert zu, was derjenige am anderen Ende der Leitung zu sagen hatte.

»Ich bin kein Laufbursche«, stellte er schließlich klar. »Suchen Sie sich jemand anderen dafür!«

»Sie wollen das persönlich erledigen, das garantiere ich Ihnen«, versicherte der Anrufer mit blecherner Stimme. »Der Mann, den ich meine, war früher ein Leibwächter des Juden. Er ist der Mörder Ihres Bruders.«

Baktayews Hand am Hörer verkrampfte, während er verinnerlichte, was Levent Kahraman da behauptete. »Sie hatten vorgegeben, nicht zu wissen, wer er sei.«

»Das stimmte auch, aber gelobt sei Allah, er fiel uns in die Hände.«

»Wo ist er?«

»Die Amerikaner haben ihn geschnappt – das FBI – und halten ihn an einem Ort namens Rocky Mount in Virginia fest.«

»Wie zum Geier soll ich an ihn rankommen, solange er bei den Bullen ist?«

»Ich versprach, Ihnen dabei zu helfen, sich an Kafni und falls möglich den Personen zu rächen, die mit ihm zusammenarbeiteten, um Ihre Brüder zu töten. Hiermit halte ich dieses Versprechen; man wird ihn morgen früh aus dem Gefängnis abtransportieren, genauer gesagt nur ein Agent. Ich möchte, dass Sie ihnen folgen, bis Sie einen sicheren Ort finden, um sie beide zu beseitigen.«

Baktayew nickte, während er langsam die Mundwinkel hochzog. »Das werden wir.«

»Gut. Vergewissern Sie sich, dass sie auch wirklich tot sind. Der Agent darf nicht zum Zeugen werden.« Damit legte Kahraman auf, und auch Baktayew legte den Hörer zurück auf die Gabel. Während er in die erwartungsfrohen Gesichter in der Mitte des Raums schaute, sagte er: »Ich will, dass sich drei von euch ein paar Waffen schnappen und heute Nacht aufbrechen. Der Scheich hat noch einen von Kafnis Männern aufgespürt, der seinem Schöpfer entgegentreten muss.«

»Ich, Abu, ich will mitfahren«, bot Vacha an. »Eine weitere Chance zum Sieg lasse ich mir nicht entgehen.«

»Vacha, das kannst du nicht machen!«, rief Scharpuddin vom vorderen Teil der Werkstatt. »Dabei gehst du drauf!«

Alle Augen richteten sich auf den jungen Mann, der beim Tor stand, und ein Lachen ging durch den Raum.

Vacha wurde rot. »Ich hab dir doch gesagt, du sollst die Fresse halten, Scharpuddin. Falls ich draufgehe, dann für Itschkerien im Dienste Allahs!«

»Wir haben Itschkerien vor Jahren verlassen! Das hier ist kein Spiel!«, empörte sich der Jüngere. »Glaubst du, dieser Mann sorgt sich auch nur ein bisschen um dich? Sieh ihn dir doch an! Alles, was er will, sind Soldaten ohne Verstand, die sich für ihn die Finger schmutzig machen!«

Baktayew schlenderte zurück in die Mitte des des Raums, packte Vacha an einer Schulter und sagte: »Morgen wirst du jemanden für mich töten – den Mann, der den Tod meines Bruders zu verantworten hat.«

Kapitel 35

18:02 Uhr, Eastern Standard Time – Montag, Russell-Senatsgebäude, Washington D.C.

David Kemiss trennte die Verbindung und wählte eine andere Nummer.

»Ich habe die erforderlichen Anrufe getätigt. Morgen früh hast du einen Haftbefehl vom Staat und kannst McIver in deine Obhut nehmen«, sagte er, während er sich zwei Fingerbreit Glenmorangie einschenkte und sich zum Fenster hinter seinem Nussholzschreibtisch umdrehte. Von seinem Büro aus, das sich in der vierten Etage eines Gebäudes an der Ecke von Delaware Avenue und C Street befand, sah er durch die Scheibe den Upper und den Lower Senate Park. In der untergehenden Sonne leuchtete das Wasserspiel des Senate Garage Fountain orangefarben, während sich die Triebe der Kirschbäume im sanften Wind wiegten. In wenigen Wochen würden die weiß- bis rosafarbenen Knospen in voller Blüte stehen.

»Und was soll ich mit ihm tun, sobald er in meiner Obhut ist?«, fragte Castellano über die abhörsichere Verbindung.

Kemiss war sich sicher, dass sein Freund die Antwort bereits wusste. »Das dauert jetzt schon lange genug, Seth. Keine fremden Helfer mehr.« Er trank einen Schluck aus dem Glas mit dem bernsteinfarbenen Whiskey und hörte, wie Castellano tief Luft holte.

»Vorausgesetzt, du bist nicht darauf aus, dass wir kurz vorm Ziel alles verlieren«, fuhr er fort, »musst du dich jetzt persönlich um diesen Kerl kümmern. Du bist doch ein findiges Kerlchen. Ich verlasse mich darauf, dass du einen ansprechenden Ort findest und den richtigen Zeitpunkt abpasst, um Declan McIver von unserer Problemliste zu streichen. Hast du irgendeine Vorstellung davon, wonach er gesucht haben könnte?«

»Anscheinend brachte der Inhaber des Sicherheitsdienstes unsere Männer irgendwie dazu, Dokumente fürs Justizministerium auszufüllen.«

»Das hätte desaströs ausgehen können. Meintest du nicht zu mir, dieser … Turlington sei Berufssoldat gewesen?«

»Was er war, spielt keine Rolle, er ist tot – dank McIver. Und die Dokumente habe ich … oder besser gesagt *hatte.*«

»Trotzdem bekam McIver sie zu Gesicht. Könnte er den Inhalt irgendwie an jemanden weitergegeben haben?«

»Das glaube ich nicht. Er besaß sie nicht lange genug und war die ganze Zeit auf der Flucht. Außerdem ist das eigentlich auch unerheblich. Turlington wurde bar bezahlt und lebt jetzt nicht mehr, kann also auch niemandem mitteilen, wer ihn beauftragt hatte. Egal wie man es betrachtet, rennt man in eine Sackgasse. Was ist mit McIvers Frau? Was soll ich deiner Meinung nach mit ihr machen?«

»Wenn ich von deinem Verhör im Krankenhaus ausgehe, hat sie ja nichts gesehen, korrekt?«

»Ja.«

»Dann kümmern wir uns später um sie, wenn sie aus welchem Loch auch immer auftaucht, wo ihr Mann sie versteckt hat.«

»Heute Nachmittag fand ich heraus, dass sie einer Nachbarin gegenüber eine Anglerhütte erwähnte. Jene Lady wusste nicht, wo sich diese befindet, aber allzu weit entfernt kann es nicht sein. Ich habe schon jemanden darauf angesetzt.«

»Gut. Ruf mich morgen früh zurück, wenn du fertig bist, dann machen wir gemäß unseres Plans weiter.«

Er legte den Hörer auf und wandte sich wieder zum Fenster. Gerade fuhr ein Polizeiauto den abgesperrten Bereich der Delaware Avenue mit eingeschaltetem Blaulicht entlang, wobei der Beamte am Steuer in den Kirschbaumwald am Rand des Upper Senate Park aufblendete. Kemiss wollte keine Unschuldigen töten müssen, doch wenn sein Plan funktionierte, gab es kein Amt in diesem Land, das für ihn außer Reichweite lag. Letzten Endes waren es die Kriegstreiber der vorherigen Regierungen gewesen, die sie bis zu diesem Punkt gebracht hatten. Sich gegenüber anderen Ländern ständig als Weltpolizei aufzuspielen – dadurch waren Männer wie Ruslan Baktayew und seine Verbündeten gegen die Vereinigten Staaten aufgebracht und Voraussetzungen für fortwährende Terroranschläge geschaffen worden, vor denen keine Nation verschont blieb. Allein im vergangenen Jahr hatte es drei erfolgreiche Angriffe auf US-Botschaften im Ausland gegeben, und einer davon war einem angesehenen Botschafter zum Verhängnis geworden. Solch geplantes Unheil ins eigene Land zu bringen, nachdem man ernsthafte Katastrophen auf amerikanischem Boden jahrelang vermieden hatte, war die logische Konsequenz, und da die Wähler weder langwierige Kriege noch die damit verbundenen Kosten schätzten, verhalf ein solcher Terrorakt so gut wie sicher einem Sieg der Opposition bei den nächsten Wahlen.

Das schrille Läuten des Telefons störte ihn in seinen Gedanken. Konnte man denn nicht ein einziges Mal Ruhe haben? Wer konnte das jetzt schon wieder sein? Vermutlich ein übereifriger Reporter, der O-Töne zum jüngsten Skandälchen, das durch interne Quellen gesickert war, aus ihm herauskitzeln wollte. Über wen würde er sich nun gespielt echauffieren müssen? Als er auf seine Armbanduhr schaute verstummte das Klingeln.

Dann hörte er eine Männerstimme vor seinem Büro. Er stand auf und trat vor den Schreibtisch. Es schien also doch noch jemand im Haus zu sein. Er hatte geglaubt, als Einziger noch im Büro zu sein und dass niemand seine Unterhaltung mit Castellano belauschen könnte. Er hätte vorsichtiger sein sollen. Zwar erkannte er die Stimme nicht, doch es konnte nur einer der Assistenten sein, die tagsüber überall herumschwirrten. Ihre Gesichter sagten ihm nichts, weshalb er sich ihre Namen immerzu wiederholen lassen musste, obwohl die Kerle durchaus von Nutzen waren.

Kemiss ging durch die Flügeltür in den Vorraum, wo für gewöhnlich seine Sekretärin saß. An ihrer Stelle erblickte er einen dünnen Mann mit pomadigem Haar und Brille.

»Danke für Ihren Anruf«, sagte dieser gerade und legte den Hörer des Telefons auf, bevor er Kemiss ansah. »Ich wusste gar nicht, dass Sie noch hier sind, Senator. Verzeihung.«

»Machen Sie Überstunden?«, fragte Kemiss und gab dem Frischling mit einer Geste zu verstehen, dass er seinen Namen nennen sollte.

»Colin Bellanger, Sir.«

»Richtig, Colin. Ein bisschen spät, um noch ans Telefon zu gehen, finden Sie nicht?«

»Tut mir leid, Sir.«

Kemiss wusste, dass der Knabe seine Konversation ohne Weiteres verfolgt haben könnte, wenn er vorhin bereits gewesen wäre, wo er gerade saß. Doch was ließ sich daran jetzt noch ändern? Auf diese Weise wurden Geheimnisse zu Schlagzeilen. Castellano hatte 15 Jahre zuvor auf dem gleichen Platz begonnen und wahrscheinlich auch eine Menge Privatgespräche mitbekommen. Sein Verhältnis zu ihm war eng geworden, also hielt Kemiss es für das Beste, mit Bellanger ähnlich zu verfahren – ihm exakt das in Aussicht zu stellen, was Personen wollten, die sich um eine Assistenzstelle bewarben: einen sprichwörtlichen Fuß in der Tür.

»Warum leiten Sie eingehende Anrufe nicht zur Zentrale um und kommen zu mir rein, dann plaudern wir ein wenig. Ich verschaffe mir gern einen Eindruck von den Neuen hier, besonders wenn sie so ehrgeizig sind.«

Kapitel 36

7:02 Uhr, Eastern Standard Time – Dienstag, Gefängnis des Franklin Countys, Rocky Mount, Virginia

Schräg durch das Gitterfenster ein paar Fuß über Declan McIvers Kopf fielen Sonnenstrahlen, während er dalag und an die Unterseite des leeren Metallbetts über sich starrte. Als er die Vögel in der Morgendämmerung zwitschern hörte, schwang er seine Füße von der Matratze und stand auf. Indem er die Ellbogen aufs Betonsims stützte, schaute er zwischen den dicken Eisenstäben hindurch in das malerische Nest Rocky Mount. Von seinem Aussichtspunkt im zweiten Obergeschoss der in den 1920ern erbauten Haftanstalt, die neben dem Gerichtshof des Franklin Countys im Zentrum der Kleinstadt stand, erblickte man die Ziegelsteinfassaden zweistöckiger Lokale und in der Ferne die langen Schlote von Möbelfabriken, die zu den Hauptarbeitgebern der Region zählten. Er nahm jedoch nichts von alledem wahr; seine Gedanken galten nur seiner Frau.

Declan hatte ihr versprochen, bis zum gestrigen Abend zu der entlegenen Hütte zurückzukehren, in der sie sich beide versteckt hielten, und hatte gerade keine Ahnung, wie sie sich nun verhalten würde, da er nicht wiedergekommen war. Die Wärter hatten ihm zwar das übliche eine Telefonat gewährt, um sich mit einem Anwalt oder Verwandten in Verbindung zu setzen, doch er hatte darauf verzichtet. Ein solcher Anruf ließ sich verfolgen, und er wollte nicht, das herauskam, wo sich Constance aufhielt. Soweit er wusste, trachteten dort draußen nach wie vor Personen danach, sie beide umzubringen, und alles deutete darauf hin, dass der Hauptermittler des FBI zu ihnen zählte. Alles, was Declan momentan tun konnte, war zu hoffen, dass seine Festnahme ans Ohr der lokalen Medienmacher gedrungen war, damit auch Constance es mitbekam und zumindest erfuhr, dass er noch lebte.

Er wandte sich vom Gitter ab, als er hörte, wie ein Schlüssel in die gusseiserne Tür am Ende des Flurs gesteckt wurde, an dem neun Zellen lagen. Da es fast 80 Jahre alt und wahrscheinlich bis heute zu keiner Zeit instand gesetzt worden war, fehlten dem Gefängnis jegliche Funktionen moderner Einrichtungen. Declan hatte Wärter im Laufe der Nacht kommen und gehen sehen, um Gefangene zu entlassen, die wegen deutlich harmloserer Delikte eingesessen hatten als jenem, dessen man ihn bezichtigen wollte. Könnte er doch jemanden von der Wahrheit überzeugen, dass er niemanden getötet, sondern eigentlich nichts weiter getan hatte, als zur falschen Zeit am falschen Ort zu sein … doch leider beteuerte im Knast jeder seine Unschuld, also würden seine Worte auf taube Ohren stoßen.

Er lauschte, während die Tür am Ende des Flurs zufiel und diensteifrige Schritte über den Boden hallten. Declan lehnte sich an die Kante des Metallbetts, als die beiden Wärter vor seiner Zelle stehen blieben und hereinschauten.

»Umdrehen und Hände an die Wand«, befahl einer in lang gezogenen Worten, die ihn eindeutig als eingesessenen Bewohner des Countys auswiesen. Declan musterte die beiden kurz, wobei er sich fragte, warum sie ihn aus der Zelle holten. Er wusste, er würde sich früher oder später vor einen Haftrichter begeben müssen, der ihm die Anklage mitteilte, war sich aber ziemlich sicher, dass dies noch ein paar Stunden dauern würde, denn es konnte ja kaum sieben Uhr morgens sein. Er drehte sich um, stemmte die Hände gegen das Fenstersims, als würde er Liegestütze machen, und spreizte die Beine. Daraufhin hörte er, wie der Wärter den Schlüssel im Schloss umdrehte und die Zellentür aufsperrte. Die beiden Männer traten ein und stellten sich seitlich hinter ihn, einer mit einem Paar Handschellen, das an Fußeisen festgemacht war.

Declan saß nicht zum ersten Mal in seinem Leben im Gefängnis. Internierung, wie man es in Irland genannt hatte, war dort alltäglich gewesen, und er selbst blickte auf mindestens sechs Inhaftierungen im Laufe seiner Zeit bei der IRA zurück. Die Polizei im Nordteil des Landes – die Royal Ulster Constabulary – hatte Festgenommene nicht selten zwei Wochen lang eingesperrt. Die Behandlung war grob gewesen, doch die leitenden Behörden hatten gemeinhin über die Misshandlungen seitens der Gefängniswärter hinweggesehen, denen deshalb der Spitzname ›Screws‹ zugefallen war, eine Anspielung auf Daumenschrauben.

Zuletzt war er Gast eines solchen Etablissements gewesen, nachdem er erstmals Abidan Kafnis Leben gerettet hatte. Als seinerzeit illegaler Einwanderer war er aufgrund von Gewaltanwendung bei dem versuchten Attentat einer Reihe von Verbrechen angeklagt worden. Zwei Monate hatte er im Justizvollzug in Massachusetts, dem MIC-Norfolk abgebüßt, bis Kafni von seinen Verletzungen genesen und dazu gekommen war, die richtigen politischen Fäden für Declans Freilassung zu ziehen. Diesmal stand aber zu bezweifeln, dass ihm solches Glück zuteilwürde.

Nachdem die Wärter seine Hand- und Fußgelenke gesichert hatten – der Schlupf der Kette wurde an einem schweren Ledergürtel um seinen Bauch befestigt –, zerrten sie ihn aus der Zelle und schlugen die Tür zu.

»Wohin bringen Sie mich?«, fragte Declan.

»Ein Transporter wartet, Sie kommen ins Regional«, antwortete der kleinere der beiden Männer.

Obwohl Declan noch keine der Haftanstalten in der Umgebung von innen gesehen hatte, war ihm die Bezeichnung ›Regional‹ für jene große Einrichtung geläufig, die im Südwesten des Countys Roanoke gebaut worden war und zur Verwahrung Verurteilter aus mindestens vier verschiedenen Gerichtsbezirken mit längeren Freiheitsstrafen diente.

Nachdem er aufgrund seiner eingeschränkten Beinfreiheit in kleinen Schritten durch den Flur geschlurft war, wartete er, bis die Wärter die Tür eines Aufzugs öffneten, und wurde dann hineingestoßen. Darin fuhren sie ins Erdgeschoss des Gerichtshofs, wo das einzige Verhörzimmer sowie die kleinen, mit veralteten PCs ausgestatteten Bürowaben der Polizeidienststelle untergebracht waren. Man führte ihn an einer Tür vorbei, an der mit Goldfolie aufgedruckt *Sheriff* stand, hinaus auf einen überschaubaren Parkplatz hinter dem Gefängnis.

Dort standen von drei Seiten mit hohen Kiefern und einem Maschendrahtzaun umgeben die Streifenwagen, die Declan am vorangegangenen Nachmittag gesehen hatte. Gleich hinter dem Tor parkte ein langer Transportbus mit grün-goldener Aufschrift, die ihn als Eigentum des Staatsgefängnisses West Virginia kenntlich machte. Zwei grün uniformierte Beamte der Anstalt stiegen aus, als sie die Kollegen kommen sahen, und machten sich zur Übernahme des Sträflings bereit, der durch die Hecktür in den gesicherten Frachtraum steigen sollte.

»Langsam, Männer«, rief eine Stimme von hinten, die Declan bekannt vorkam. »Wie es scheint, zieht er doch nicht ins Regional um.«

»Was soll das denn jetzt, Mann?«, wunderte sich der größere Beamte, während er sich umdrehte. Hinter ihm stand sein Vorgesetzter, Sheriff Steve Scruggs, der nun an ihm vorbeiging. »Nicht grantig werden, Deputy«, mahnte Scruggs mit strengem Blick.

»Sorry, Sheriff«, entschuldigte sich der Mann. »Ich bin ein guter Bekannter der Sweats.«

»Das weiß ich«, erwiderte Scruggs nickend, »aber ich habe keinen Einfluss hierauf. Für ihn wurde ein staatlicher Haftbefehl erlassen, und wir sind angehalten, ihn dem FBI auszuhändigen. Die sind hier, um ihn abzuholen. Offensichtlich wird Mr. McIver nicht nur wegen Mordes an Tim Sweat belangt.«

Declan drehte seinen Kopf, um einen Blick über die Schulter zu werfen, als ein Mann mit dunklem Anzug und Krawatte durch die Glastür hinter ihnen kam. Obwohl er ihn nur aus dem Augenwinkel sah, erkannte er ihn sofort an seinem selbstgefälligen Gesichtsausdruck: Seth Castellano.

Kapitel 37

Declan spürte eine Hand des Agenten auf seiner Schulter, während die andere den Gefangenengürtel an seinen Hüften umschloss. Castellano begann, ihn zu einem hellblauen Crown Victoria zu drängen, der auf einem der vier mit Besucher beschilderten Parkplätzen stand.

»Sie befördern ihn allein?«, fragte der Sheriff, als der FBI-Agent Declans Schulter losließ, um sich nach dem Griff der hinteren Tür auf der Beifahrerseite auszustrecken.

»Darüber dürfen Sie sich bei unseren gegenwärtigen Vertretern im Kongress beschweren«, scherzte Castellano. »Sie haben unser Budget auf ein Minimum zusammengestrichen.«

»Ich kann Ihnen einen Mann zur Seite stellen, der Ihnen in einem Wagen folgen wird, bis Sie McIver abgeliefert haben, falls Sie möchten.«

Declan wusste schon, dass Castellano das Angebot ausschlagen würde, bevor der Agent die Absage tatsächlich erteilte. Wohin auch immer er ihn bringen wollte: Declan hatte das Gefühl, dass es kein anderes Gefängnis sein würde.

»Ich komme schon klar. Wir fahren nur bis Roanoke, dann übernehmen ihn die Gerichtsbeamten.«

»Wie Sie wünschen«, erwiderte Scruggs abwinkend, bevor er sich Declan zuwandte und ihm in die Augen schaute. »Wir werden uns wiedersehen, mein Sohn. In dieser Gegend kennt man keine Gnade für Mörder, also dürfen Sie darauf wetten, dass der hiesige Gerichtshof die Höchststrafe anstreben wird, nachdem die von der Staatsbehörde mit Ihnen fertig sind. Wir kommen schon noch zu unserem Recht.«

Als die Beamten den Gefangenen losgemacht hatten, legte ihm Castellano Handschellen an und zwang ihn auf die Rückbank. Auf die Worte des Sheriffs ging Declan nicht ein. Dessen Zorn konnte er nachvollziehen, auch wenn er den Falschen traf.

Nachdem Castellano an der Tür stehen geblieben war, um die notwendigen Papiere zu unterzeichnen, ging er um den Wagen herum und setzte sich hinters Steuer. Er zog die Tür mit Schwung zu und startete den Motor. Ein Polizist öffnete das Tor des Parkplatzes, woraufhin der Agent kurz winkte und auf die East Court Street fuhr. Die Haftanstalt verschwand hinter Declan.

Ihr Weg führte an Geschäftsgebäuden aus der Mitte des 19. Jahrhunderts und Wohnhäusern aus der Zeit der Industrialisierung vorbei, die das Stadtbild von Rocky Mount prägten, bevor sie in den eher gewerblich orientierten Sektor des Franklin Countys gelangten, wo sich die örtlichen Tankstellen und Fast-Food-Restaurants befanden. Castellano bog in Richtung Norden auf die Fernstraße ab, die sie direkt nach Roanoke führen sollte. Beim Einordnen am Ende der Auffahrt brach er das Schweigen: »Sie haben uns eine ganze Menge mehr Ärger bereitet als erwartet. Ich wusste, dass ich eine Spur gefunden hatte, als ich Ihre Einwanderungspapiere sah, und lag richtig, wie es aussieht.«

Declan antwortete nicht. Er blickte ununterbrochen in den Seitenspiegel an der Tür vor ihm, worin er andere Autos hinter ihnen herfahren sah.

»Nichts spricht dagegen, dass wir uns für die kurze Zeit anfreunden, die uns noch gemeinsam bleibt«, plapperte Castellano weiter, während er in den Rückspiegel schaute, und ließ kurz seine Zähne aufblitzen. »Eigentlich bin ich Ihnen zu Dank verpflichtet, wissen Sie? Indem Sie Turlington und seine Männer neulich nachts um die Ecke brachten, taten Sie mir einen Riesengefallen.«

Declan weigerte sich weiterhin, dem Agenten mit einer Antwort Genüge zu tun.

»Nehmen Sie das nicht persönlich«, fuhr Castellano fort. »Jeder von uns hat Geheimnisse, die er hüten möchte.«

Schließlich gab Declan der Versuchung nach und entgegnete: »Meine Geheimnisse legen keine Bomben an Universitäten und ermorden auch keine anständigen Menschen.«

»Oh nein, ganz bestimmt nicht«, spöttelte Seth. »Zumindest

nicht mehr, aber ich würde jede Wette darauf eingehen, dass Sie einen ganzen Friedhof mit Gräbern gefüllt haben.«

Declan heftete seinen Blick auf die Fahrbahn vor ihnen. »Also, wie sieht Ihr Plan aus? Wollen Sie mich ein gutes Stück weit aus der Stadt bringen und exekutieren, sich dann selbst ins Gesicht schlagen und überall erzählen, ich hätte fliehen wollen?«

Castellano schaute wieder in den Rückspiegel. »Ich werde mir etwas überlegen.«

Danach fuhren sie mehrere Meilen, ohne etwas zu sagen. Declan blickte wiederholt in die Außenspiegel.

»Was gibt es denn Interessantes hinter uns?«, fragte Castellano dann.

»Den weißen Transporter mit zwei Insassen«, gab Declan an. »Die folgen uns schon, seit wir den Knast verlassen haben.«

Als Castellano vom Rück- in die Seitenspiegel schaute, bestätigte seine Miene, was sich Declan bereits gedacht hatte: Dem Agenten war nicht bewusst gewesen, dass man ihnen nachstellte, also konnten die beiden Männer in dem Bus nicht zu seinen Komplizen gehören. Er wählte eine Nummer auf seinem Handy und hielt es sich ans Ohr. »Scheiß Schwierigkeiten«, fluchte er leise und beendete das Telefonat nach nur wenigen Sekunden. Sie überquerten eine Brücke über einen Nebenfluss des Roanoke River, der die Grenze zwischen den Countys Roanoke und Franklin beschrieb.

»Nicht Ihre Pappenheimer?« Declan grinste. »Dann haben wir ja etwas gemein.« Er schaute weiter geradeaus, damit die Verfolger nicht erkannten, dass sie bemerkt worden waren. »Wir gelten beide als entbehrlich.«

Plötzlich blitzte es kurz, was Castellano erschrak.

»Aufpassen!«, schrie Declan. Eine Granate, die eine Rauchspur hinter sich herzog, sauste über die Straße heran. Castellano sah sie eine Sekunde später, trat auf die Bremse und riss das Lenkrad herum, sodass die Limousine über den Randstein auf den Schotterplatz einer öffentlichen Müllhalde holperte. Im selben Moment schlug das Geschoss auf dem Pflaster hinter ihnen ein – ein orangefarbener Feuerball, der schwarze Asphaltbrocken hochschleuderte und ihre Heckscheibe zum Bersten brachte. Castellano bemühte sich, den Wagen unter Kontrolle zu halten, lenkte aber zu stark ein und stieß gegen einen Metallcontainer.

Declan, der nicht angeschnallt war, schlug mit dem Kopf gegen die Lehne des Beifahrersitzes und gleich zurück auf die Rückbank. Er landete seitlich, wobei ihm heftige Schmerzen durch Wirbelsäule und Beine schossen. Er schloss die Augen und stöhnte. Dann hörte er ein Zischen. Luft, die irgendwo vor ihm entwich. Vorsichtig richtete er sich auf und schaute zum Fahrersitz; der Airbag im Lenkrad hatte sich geöffnet, und Castellanos Kopf war darin versunken, während seine Arme ausgestreckt auf dem Armaturenbrett lagen. Declan konnte nicht sagen, ob er das Bewusstsein verloren hatte, und schob seine gefesselten Hände nach vorne.

Im selben Augenblick fuhr der Agent im Sitz hoch und zog die Pistole aus seinem Schulterholster, doch Declan, der die Arme durchgedrückt hatte, packte ihren Lauf mit rechts und das Gelenk der Schusshand mit links, gerade als Castellano die Waffe nach hinten schwenken wollte. Indem Declan den Daumen hinter den Abzug klemmte, verhinderte er, dass ein Schuss fiel. Seth drehte sich zur Seite und nahm seine freie Hand zur Hilfe, um die Glock an sich zu reißen.

»Wir müssen hier raus, bevor sie wenden, um herauszufinden, ob sie uns erwischt haben!«, rang sich Declan mit zusammengebissenen Zähnen ab.

»Ich muss hier raus«, knurrte Castellano. »Wenn du nur endlich verrecken würdest!«

Bremsen quietschen und ein Motor heulte auf. Dann stoppte ein Wagen auf dem Schotter, und Declan wusste, dass die Männer gekommen waren, die sie verfolgt hatten. Castellano ließ die Glock los und stieß die Fahrertür auf, stieg aus und rannte auf einen der Müllcontainer zu, um in Deckung zu gehen. Eine Maschinenpistole knatterte los. Declan ließ sich bäuchlings auf den Rücksitz fallen, wo er trotz Handschellen versuchte, die Waffe richtig zu greifen. Unterdessen prasselten draußen Kugeln gegen die Müllbehälter. Als er die Pistole endlich fest in den Händen hielt, hob er sie in die Richtung, aus der geschossen wurde, und drückte wiederholt in schneller Folge ab. Er hörte, dass er Metall und Glas traf, woraufhin die Automatikwaffe verstummte.

Nun stieß er sich von den Polstern ab auf die andere Seite der Rückbank, wo er sich gegen die Tür stützte, um durch die zerbrochene Heckscheibe zielen zu können. So gab er weitere Schüsse auf den Transportbus ab, der auf dem Platz vorgefahren war. Die Kugeln schlugen in die Windschutzscheibe ein. Die beiden Insassen suchten im Frachtraum Schutz.

Declan trat gegen die hintere Tür auf der Fahrerseite, um aussteigen zu können, bis ihm einfiel, dass das zwecklos war: Es handelte sich um ein Polizeiauto, dessen Türen sich nur von außen öffnen ließen. Nach zwei weiteren Schüssen wälzte er sich über die Lehne auf den Fahrersitz, von wo er ein drittes und viertes Mal feuerte, bevor er durch die Tür kroch, die Castellano offengelassen hatte.

Mit dem Wissen, dass sein Magazin so gut wie leer war, richtete er die Glock auf den Bus, während er wie der Agent zuvor vom Wagen zu den aufgereihten Containern rannte. Ein weiterer Schuss, und dann noch einer, danach klemmte der Schlitten und der Abzug ließ sich widerstandslos betätigen.

Als er sich hinter einem Müllbehälter duckte, sah er Castellano an der Längsseite eines anderen lehnen. An der Seite seines hellblauen Knopfhemdes breitete sich ein roter Fleck aus. Er war getroffen worden.

»Runter!«, rief Declan, machte einen Satz auf ihn zu und zog den Verletzten an einer Schulter auf den Boden. Beim Sturz stöhnte Castellano auf, zugleich hörten sie, wie eine der Bustüren geöffnet wurde, gefolgt von neuerlichem Automatikfeuer. Declan drückte den Agenten an sich, während sie so flach auf der Erde liegen blieben, wie es ging, und die Kugeln durch das dünne Metall der Behälter schlugen. Sie trafen einen Erdhaufen hinter den Männern, wobei Staub aufgewirbelt wurde. Declan wusste nicht, mit welcher Waffe sie beschossen wurden, tippte aber auf ein kleineres Kaliber, eventuell eine Uzi oder MP5.

»Geh rüber und such sie«, blaffte jemand, als die Waffe wieder ruhte. »Sieh nach, ob sie tot sind!«

Declan setzte sich hin und betrachtete Castellano, den die Verwundung augenscheinlich außer Gefecht gesetzt hatte. Er griff nach dem Holster an der Schulter des Agenten, klappte den Einschub für die zusätzlichen Magazine auf und zog sie heraus. Per Knopfdruck löste er das leere Magazin aus der Glock und schob ein neues ein. Nachdem er den Schlitten nach vorne gezogen hatte, um durchzuladen, lehnte er sich mit dem Rücken an die Metallwand. Dann rollte er in die Lücke zwischen den beiden Containern und gab eine kurze Salve ab, denn ein Mann mit dicker Jacke und tatsächlich einer MP5 in Händen trat in sein Sichtfeld. Er war groß, und eine schmale, senkrechte Narbe zeichnete eine Seite seines Gesichts, dessen Teint genauso kränklich weiß war wie jener der Männer, die Declan am Abend von Kafnis Ermordung gesehen hatte. Zweifelsohne handelte es sich bei diesem Kerl und einen Tschetschenen und Mittäter Ruslan Baktayews – doch wieso griffen sie Castellano an, da dieser doch zu ihren Verbündeten zählte? Drei Schüsse schlugen mitten in die Brust des Mannes, da er den unvermittelten Angriff nicht erwartet hatte, und durch die Wucht des Treffers wurde er in den Laderaum des Busses zurückgeworfen.

»Verflucht!«, keifte der Fahrer. Er gab Gas, dass die Reifen durchdrehten und Schotter in die Luft spritzte, bevor er auf den Asphalt des Highways zurückfuhr. Beide Hecktürflügel standen offen, und der tote Schütze hing halb heraus. Declan trat zwischen den Behältern hervor und schaute dem Transporter hinterher. Mehrere unbeteiligte Verkehrsteilnehmer hatten am Fahrbahnrand in der Nähe gehalten und starrten verwirrt drein. Nachdem der Bus verschwunden war, drehte sich Declan zu den Containern um und lief zu Castellano zurück. Er bückte sich und fasste ihm an eine Schulter, wobei er die Pistole auf den Boden legte.

»Stirb mir bloß nicht weg«, sagte er, während er das blutgetränkte Hemd auftrennte, um die Wunde zu untersuchen. »Ich brauche dich noch.«

Castellano stöhnte. Nachdem Declan den Stoff aufgerissen und umgeschlagen hatte, tastete er vorsichtig nach dem Einschussloch.

»Komm schon«, rief er. »Nicht einschlafen!«

Er hielt ein Ohr an Castellanos Mund, um zu horchen, ob er noch atmete ... was er offensichtlich kaum noch tat. Ein Blick in sein Gesicht machte deutlich, dass er viel Blut verloren haben musste, denn er war leichenblass, und Declan ahnte, dass er ohne ärztliche Hilfe nur noch Minuten zu leben hatte.

»Sprich mit mir! Sag mir, wer für all das verantwortlich ist! Die wollten dich auch umbringen!«

Er presste die Wundränder fest zusammen, um die Blutung zu stoppen, doch die zerfranste Öffnung ließ sich der Handschellen wegen unmöglich zuhalten. Darum gab er es auf und kramte in Castellanos Taschen nach dem Autoschlüssel.

»Verdammt, verdammt!«, stammelte er vor lauter Verzweiflung, weil er nichts fand.

Schließlich stand er auf und lief zu dem defekten Crown Victoria. Er schob sich rücklings zum Fahrersitz, stieg ein und streckte die Arme am Lenkrad vorbei zur Zündung aus ... wo der Schlüsselbund baumelte.

Nachdem er ihn abgezogen hatte, ging er die Schlüssel hektisch durch, bis ihm ein sehr kleiner, silberfarbener mit dünnem Drahtring im Loch auffiel. Um seine Hände zum Aufsperren richtig zu positionieren, drückte er die Stahlmanschetten schmerzhaft fest zusammen. Dem Druck der Bügel gegen seine Knochen zum Trotz steckte er den Schlüssel ins Schloss und drehte ihn mit den Fingern um – ein Ratsch!, schon baumelte das eine Segment an seinem Handgelenk. Er wiederholte die Prozedur noch einmal an dem anderen Teil und warf die Handschellen dann auf den Boden, während er aufstand, um zu den Containern zurückzulaufen.

Neben dem Agenten ging er in die Knie und beugte sich vor, um sich der Wunde erneut zu widmen. Wo der Mann lag, war die Erde schwarz vom Blut.

Declan kam zu spät: FBI-Assistenzbevollmächtigter Seth Castellano lebte nicht mehr.

Kapitel 38

19:36 Uhr, Eastern Standard Time, Dienstag, Interstate I-581 Richtung Norden, Roanoke, Virginia

»Schreckliche Neuigkeiten, David«, sagte der Mann, als Kemiss, der auf dem Rücksitz seines Luxuswagens saß, den Anruf entgegengenommen hatte.

Der Senator zog die Mundwinkel hinunter. Die Stimme gehörte dem einflussreichen Wahlkampfspender Lukas Kreft, mit dem er den Terroranschlag koordinierte, der in weniger als einer Woche verübt werden sollte. Gemeinsam hatten sie eine fiktive Person ersonnen, den ominösen türkischen Scheich Levent Kahraman, dessen Identität Kreft angenommen hatte, um mit Ruslan Baktayew zu kommunizieren und ihn zu befehligen.

»Das Spiel ist aus, Lukas. Es geht nicht anders. Seth ist tot, und McIver über alle Berge, wo wir ihn vielleicht niemals finden werden. Wir können es uns nicht leisten, so weiterzumachen, ansonsten verlieren wir beide alles.«

»Du sprichst wie ein Trauernder, David. Du musst weitermachen, um wieder ganz oben mitzumischen. Es ist zum Greifen nah; nach mehr als zehn Jahren in Afghanistan und zahllosen Anschlägen mit unzähligen Toten überall auf der Welt ist die amerikanische Bevölkerung empfänglich für eine Wende, wie du sie schon einmal in Aussicht gestellt hast. Bei den nächsten Wahlen wird es ausschließlich um die veränderten Umstände gehen, wovon sowohl unsere Wirtschaft als auch die Landesverteidigung betroffen sind. Die Vereinigten Staaten müssen aufhören, andere Nationen bevormunden zu wollen, und es ist deine … nein, unsere Aufgabe, den Menschen noch einen kleinen Anstoß zu geben, damit ihnen das bewusst wird.«

Kemiss blickte aus dem Fenster, während der Wagen über eine Betonbogenbrücke der alten Eisenbahnkleinstadt Roanoke fuhr. Unter dem Bauwerk konnte er das leere Feld ausmachen, wo früher einmal ein Stadion aus der Zeit um den Zweiten Weltkrieg gestanden hatte. Dort hatte er im Laufe der vergangenen zwei Jahrzehnte viele seiner Wahlreden gehalten. Während ihm Eindrücke einstiger Ansprachen zu seiner Präsidentschaftskandidatur vor dicht gedrängten Massen durch den Kopf gingen, zwang er sich, optimistisch nach vorne zu blicken. Hinter dem Ende der Brücke zeigte sich die Ausfahrt zur Interstate, die sie nehmen würden, um sich mit Seth Castellanos Mutter und Schwester zu treffen, die offiziell bestätigen mussten, dass der Verstorbene ihr Angehöriger war.

»Seth wurde von Baktayew umgebracht, Lukas. Wie könnten wir ihm vertrauen, falls wir das weiter durchziehen? Am besten schaffen wir uns diesen Unmenschen vom Hals, bevor er uns noch größeren Kummer bereitet. Wir machen es anders. Finde einen Weg.«

»Wir haben Millionen in diesen Plan gesteckt. Es gibt kein Zurück, David.«

Der Senator wusste, dass sie beide mehr oder weniger im selben Boot saßen. Wie verletzte Raubtiere schlugen sie verzweifelt um sich. Nach einer Dekade Krieg im Mittleren Osten sah sich Kreft in die Enge getrieben und sein Imperium am Rande des Abgrunds.

Sein Geschäft lebte vom Öl, und die despotischen Regimes in jener Region waren seine Stützen. Trotz Krefts ausdrücklicher Warnungen hatten die Staaten Kriege begonnen, befanden sich mit dem Islam auf Kollisionskurs, hatten einen schlafenden Riesen geweckt und waren unversehens gegen eine rot-weiß-blaue Wand gefahren.

Nachdem der kapitalistische Wettkampf gegen Ende von Saddam Husseins Herrschaft auf den irakischen Ölfeldern Einzug gehalten hatte, brauchte Krefts Unternehmen dringend frisches Blut. Seine einzige Hoffnung, die kostenintensive Organisation vorm Zerbrechen zu bewahren, bestand darin, den Westen Glauben zu machen, dass der Krieg gegen den muslimischen Terror nicht gewonnen werden konnte und man die jüngst befreiten

Staaten im Mittleren Osten zurück in die Hände von Diktatoren geben müsse. Diese würden ihm wieder Macht über die dortigen Ressourcen verleihen, was er mit Kemiss' Hilfe erreichen wollte, dem er im Gegenzug für zukünftige Unternehmungen in der Politik unbegrenzte finanzielle Unterstützung seitens amerikanischer Konzerne zugesichert hatte, an denen Kreft selbst beträchtliches Interesse hegte.

»Baktayew muss begreiflich gemacht werden, wer das Sagen hat. Wäre er nicht gewesen, hätte Seth McIver ausgeschaltet!«

»Baktayew liegt mit McIver in einer persönlichen Fehde, weil der seinen Bruder umgebracht hat. Seth erzählte dir das, als er herausgefunden hatte, was es mit dem Iren auf sich hat. Ich kann nicht behaupten, dass mich Baktayews Tat überrascht, nun da McIvers Beteiligung an alledem öffentlich wurde. Dass Seth ins Kreuzfeuer geriet, ist bedauerlich.«

»Bedauerlich? Die ganze Sache ist ein Debakel höchsten Grades, und Schuld trägt einzig Ruslan Baktayew! Auf wessen Seite stehst du eigentlich?«

»Ruhig bleiben, David, auf deiner Seite. Ich will dasselbe wie du. Mir geht es aber darum, dass du erkennst, dass wir nicht abbrechen dürfen. Entweder läuft es jetzt so, oder wir gehen beide bankrott und geschlagen in die Geschichte ein.«

Der Chauffeur bog ruckartig auf den Parkplatz eines zweistöckigen Ziegelsteinbaus mit schmalen Fenstern ein. Während er an der Seite vorbei zu einem Hintereingang fuhr, grübelte Kemiss nach. Kreft hatte recht: Falls der Status quo nicht im Wesentlichen geändert wurde, konnte der Senator während der nächsten Wahlperiode die Koffer packen und Washington mit eingekniffenem Schwanz verlassen.

»Na gut«, seufzte er. »Wir lassen die Aktion laufen, aber das wird jetzt persönlich, Lukas. Mag sein, dass Seth von Baktayews Kugel getötet wurde, aber der Grund dafür, dass sie beide überhaupt dort waren, ist McIver gewesen. Ich möchte die Welt wissen lassen, dass einer der besten FBI-Agenten dieses Landes von einem zweitklassigen, hinterwäldlerischen Terroristen ermordet wurde, und damit meine ich nicht Ruslan Baktayew. Der bekommt nächste Woche, was er verdient, wenn ihm der ganze Polizeiapparat Amerikas auf den Fersen ist.«

»Okay, David, falls wir ein positives Fazit daraus ziehen können, dann also in der Hinsicht, dass jetzt landesweit nach einem entlaufenen Sträfling gefahndet wird, der einen FBI-Agenten erschossen hat. McIver kann der geballten Macht der US-Behörden – denn nichts weniger wird er nun zu spüren bekommen – nicht lange entgehen. Er entkam ja erst im Zuge von Seths Ermordung, wenn ich das richtig verstehe. Weißt du, wer die Ermittlungen übernehmen wird?«

Kemiss bejahte, während er aus dem Fenster schaute und einen breitschultrigen Mann mit lichtem Haar neben dem Gebäudeeingang stehen sah. An der Brusttasche seines dunklen Anzugs klemmte ein FBI-Ausweis.

»Großartig. Ich sehe zu, dass unserem tschetschenischen Freund kein falsches Wort herausrutscht.«

Kemiss trennte die Verbindung. Nachdem er sich mit einem Taschentuch durchs Gesicht gefahren war, öffnete er die Tür und stieg in die frische Abendluft aus. Er strich seinen Anzug glatt, während er zügig zu der Tür ging, und schaute dem Agenten in die Augen.

»Robert«, sagte er kurz nickend und streckte seine Rechte aus.

»Gut, dass Sie die Fahrt auf sich genommen haben, Senator«, erwiderte Robert Evers mit verbindlichem Händedruck. Er war der leitende Sonderbeamte der FBI-Außenstelle Richmond – Seth Castellanos direkter Vorgesetzter – und beaufsichtigte als solcher sowohl die Antiterror-Abteilung als auch das Verbrechensdezernat des Büros in der Region Virginia.

»Ich bin seit 20 Jahren mit Castellanos Familie befreundet. Wie hätte ich absagen können?«, fragte der Senator rhetorisch, als sein Gegenüber die Hand löste, sich umdrehte und ihn ins Gebäude führte.

»Wir alle sind schockiert und untröstlich«, bemerkte Evers kopfschüttelnd auf dem Weg durch einen langen Flur zu zwei

Fahrstühlen. »Einen vorsichtigeren Agenten und Ermittler als Seth gab es nicht. Die Vorstellung, dass er einen so gewalttätigen Verbrecher allein befördert haben soll, widerspricht einfach allem, was wir über ihn wissen. Mir ist schlichtweg unbegreiflich, was er sich dabei dachte.«

Kemiss musste nun achtgeben, denn aus diesen Worten ging hervor, dass Evers viel mehr über die Umstände von Castellanos Tod wusste, als er sollte.

»Nun ja, er arbeitete sicherlich gründlich. Drei Jahre lang war er in meinem Büro angestellt, während er sein Aufbaustudium beendete, und ich half ihm dabei, zum FBI zu kommen, obwohl seine Mutter etwas dagegen hatte. Darum komme ich nicht umhin, mich ein wenig schuldig zu fühlen.«

»Schuldig ist niemand außer dem Tier, das ihn ermordet hat, Senator. Wenn wir den Kerl finden, werde ich ihm die Handschellen persönlich anlegen und dafür sorgen, dass er auf dem Weg zum Einsatzwagen mehrmals auf die Schnauze fällt.«

»Würden Sie ihm bitte auch ein-, zweimal für mich das Bein stellen?«

»Selbstverständlich, Sir«, versprach Evers beim Betreten des Aufzugs, wo er die Taste fürs Kellergeschoss drückte.

»Wie viel erzählte Seth Ihnen über den Mann, den er im Wagen mitnahm?«

»Im Grunde wenig. Er hielt mich auf dem Laufenden, was den Stand der Untersuchungen anging, doch zwischen uns bestand ein stillschweigendes Abkommen, und so halte ich es auch mit meinen anderen Agenten. Ich verließ mich darauf, dass er seinen Job ordentlich machte, und kam ihm dabei nicht in die Quere.«

Kemiss nickte.

»Anscheinend«, so Evers weiter, »handelte es sich um einen irischstämmigen Immigranten mit Verbindungen zu Kafni, die ihm dabei halfen, dem Mann nahe genug zu kommen, um die Ermordung vorzubereiten, ohne Verdacht auf sich zu ziehen. Seth war heiß auf den Fall, sobald er von den Umständen erfuhr. Seine Menschenkenntnis war wie ein sechster Sinn; er wusste, er würde den Täter aufspüren, und ihn zu schnappen war nur eine Frage der Zeit.«

»Hm«, brummte Kemiss abermals nickend. Der Agent erzählte ihm genau das, was er hören wollte. Für einen hochrangigen Staatsdiener hatte er Castellano erstaunlich brav aus der Hand gefressen und kritiklos jede Information geschluckt, die ihm von seinem Untergebenen über Abidan Kafnis Ermordung aufgetischt worden war.

Die Klingel des Fahrstuhls läutete, und die Tür glitt leise summend auf. Der Senator folgte Evers durch einen schwach beleuchteten Gang mit einer Holztür am hinteren Ende. Beim Näherkommen wurde Kemiss unwohl, da er das Wort Leichenschauhaus auf einem Schild über dem Rahmen las.

»Hier hinein«, bemerkte der Agent, als er vor einer der anderen Türen beiderseits stehen blieb und eine Hand ausstreckte, damit Kemiss vorausging, wenn er öffnete.

Gleich als er den sterilen Raum betrat, fiel Kemiss' Blick auf zwei Frauen, die mit dem Rücken zu ihm nebeneinanderstanden. Der Kopf der jüngeren Frau ruhte an der Schulter der älteren. Die beiden sahen auf eine Scheibe mit sorgfältig zugezogenem Vorhang und bemerkten nicht, dass jemand hereingekommen war. Ohne sie von vorne zu sehen, wusste Kemiss, dass es Seths Mutter und Schwester waren – auch, weil es sich um die einzigen Anwesenden handelte.

»Mrs. Castellano«, begann Evers zurückhaltend, während er neben Kemiss stehen blieb. Er hatte seine Hände in die Hosentaschen gesteckt, als wüsste er sonst nichts mit ihnen anzufangen. Der Senator wollte nicht glauben, dass er selbst der Überbringer einer Nachricht sein sollte, die Evers – davon war er eigentlich ausgegangen – wenige Stunden zuvor hatte zustellen sollen.

Die ältere Frau drehte sich um und schaute die beiden Männer mit rötlich geschwollenen Augen an. Sofort fielen Kemiss die Eigenheiten auf, die in der Familie lagen, und er musste einen Anflug von Wut unterdrücken. Castellanos Mutter hatte das gleiche kastanienbraune Haar und ein ebenso rundes Gesicht mit jugendlichen Zügen wie ihr Sohn. Kemiss musste sich zusammenreißen, als er daran dachte, wie sich Seths Haut angefühlt hatte, wenn er ihm nicht lange nach einer Rasur über die Wange gefahren war.

»Elizabeth«, sagte er in andächtigem Ton, als die Frau ihren Blick auf ihn richtete. Auch die Jüngere drehte sich nun um.

»David«, brachte sie endlich mit heiserer Stimme hervor. Sie löste sich von ihrer Tochter, um ihm um den Hals zu fallen.

»Es tut mir so schrecklich leid«, heuchelte er demütig, während er die Arme ausbreitete.

»Schön, dass du gekommen bist«, entgegnete sie und wandte sich der Jüngeren zu. »Du erinnerst dich vermutlich nicht mehr, aber das ist Emily, meine Tochter.«

»Doch, ich erinnere mich«, behauptete er unaufrichtig. »Du warst … wie alt? Zwölf vielleicht, als dein Bruder die Stelle in meinem Büro annahm?«

Sie nickte.

»Ich weiß noch, wie ihr beiden ihn die Treppe heraufgebracht und seine Sachen getragen habt. Das war ihm furchtbar peinlich gewesen.«

Die junge Frau ließ sich zu einem kurzen Lächeln bewegen, welches ihr gleich wieder verging, als eine Metalltür an der Seite des Raumes aufging. Ein Mann im weißen Laborkittel mit einem Klemmbrett in der Hand trat ein.

»Ich bin Dr. Chambers, der Pathologe des Gerichtsbezirks West in Virginia.« Er trat neben die Scheibe. »Sie alle sind Angehörige des Toten?«

»Ja«, antwortete Evers. »Seine Mutter, seine Schwester und ein Freund der Familie.«

Chambers nickte dezent und war sichtlich um einen mitfühlenden Blick bemüht, ließ aber deutlich erkennen, dass dies seiner Routine entsprach.

»Also, zunächst einmal möchte ich Ihnen mein herzliches Beileid aussprechen. Ich weiß, dass Sie gerade eine schwierige Zeit durchmachen.«

Er wartete kurz auf eine Reaktion, fuhr jedoch fort, als offensichtlich wurde, dass keine erfolgen würde. »Es wird nicht lange dauern. Wir brauchen Sie als Nahestehende, um den Verstorbenen für uns zu identifizieren und mit einer Unterschrift zu bestätigen, dass es sich bei der Leiche in unserer Verwahrung um Seth James Castellano handelt. Eine Unterschrift brauchen wir auch für Ihre Einwilligung in eine Autopsie, die wir kraft des Gesetzes durchführen müssen, um die Todesursache zu bestimmen, wenn ein Verbrechen vorliegt. Verstehen Sie alle, was ich gerade gesagt habe?«

Elizabeth Castellano bestätigte nickend, woraufhin Chambers mit einem Finger gegen die Scheibe klopfte. Dahinter erschien ein Arm und zog den Vorhang zur Seite, sodass sie in eine enge Kammer mit etwas längeren Seitenwänden, weißem Putz und Betonboden schauen konnten, die gerade so groß war, dass eine Bahre hineinpasste. Diese stand mittig darin, und ein weißes Laken bedeckte einen menschlichen Körper, dessen Umrisse sich darunter abzeichneten.

Castellanos Schwester begann zu weinen, als sich ein Mann mit blauem Mundschutz und Haarnetz, der ebenfalls einen weißen Kittel trug, neben der Bahre aufstellte und bereit machte, das Laken aufzuschlagen. Durch die Scheibe suchte er Chambers Blick, um die Erlaubnis einzuholen.

Kemiss und Evers traten gemeinsam vor, als der Mann im Raum Seth Castellanos Kopf bis zu den Schultern aufdeckte. Die Augen des Toten waren geschlossen, als schlafe er fest, die Haare feucht und gerade zurückgekämmt. Seine Haut wirkte kalkweiß, was nicht nur daran lag, dass sein Blut nicht mehr zirkulierte, sondern auch an der Beleuchtung der Kammer.

Nun begannen beide Frauen lautstark zu schluchzen. Kemiss legte Elizabeth einen Arm um die Schultern, um einen tröstenden Eindruck zu erwecken, obwohl ihm anders zumute war.

Der Gerichtsmediziner fasste das Wehklagen als Bestätigung der Identität auf, machte sich ein paar Notizen auf seinem Klemmbrett und bedeutete dem Assistenten im Schauraum, er möge den Vorhang wieder schließen. Die Leiche verschwand wieder hinter dickem Polyester.

»Mrs. Castellano muss jetzt nur noch diese beiden Dokumente unterschreiben, dann dürfen Sie alle gehen. Mir ist klar, dass Ihnen eine lange Nacht bevorsteht.« Chambers kam vom Fenster zu den Trauernden und hielt sich das Klemmbrett vor.

»Musste er leiden?«, fragte Elizabeth, als sie es entgegennahm.

Chambers wurde sichtlich unbehaglich zumute, da ihn alle erwartungsvoll ansahen. Er schüttelte den Kopf. »Ich habe bisher nur eine vorläufige Untersuchung durchgeführt. Momentan kann ich Ihnen noch nichts Genaues sagen, tut mir leid.«

Kemiss bedankte sich mit einem Nicken bei dem Pathologen, bevor er einen Blick auf das Klemmbrett warf, während die Mutter die beiden Formblätter rasch unterzeichnete und zurückgab.

»Gehen wir«, sagte Evers, während er sanft an Emily Castellanos Schulter zog. »Ich kümmere mich darum, dass Sie beide gut nach Hause kommen.«

»Agent Evers«, rief Kemiss plötzlich. Alle blieben stehen und drehten sich ihm zu.

»Senator?«

»Ich will, dass Sie den Mann finden, der das getan hat«, verlangte Kemiss und wischte sich mit den Fingern eine Träne vom Auge. »Mein Büro wird dafür sorgen, dass Sie und Ihre Leute alle erforderlichen Mittel erhalten, aber Sie müssen mich stets umgehend über jegliche Entwicklungen auf dem Laufenden halten – in jeder Phase der Untersuchungen – und mir Bescheid geben, falls Sie etwas benötigen, egal, worum es sich handelt.«

Der Sonderbeamte fühlte sich mehrere Sekunden lang regelrecht von Davids Blick durchbohrt.

»Jawohl, Sir. Der Fall genießt landesweit Priorität, er wird nicht entwischen.«

»Sehen Sie zu, dass er es nicht tut«, fügte der Senator an, während er seinen Anzug zurechtschob, und schaute dann die beiden Frauen an, wobei er sich anstrengte, zartfühlender dreinzuschauen. »Ich bedaure sehr, dass du deinen Sohn und du deinen

Bruder verloren hast; die Regierung der Vereinigten Staaten wird nicht eher ruhen, bis Declan McIver entweder hinter Gittern oder tot ist.«

Ein paar Minuten später stieg Kemiss wieder in den luxuriösen Wagen und griff zu seinem Telefon. Er wählte eine Nummer und wartete. Der Angerufene ging ran, haderte aber anscheinend mit seinem Telefon. Der Senator schaute auf seine Uhr; in Großbritannien war es gerade eine Stunde nach Mitternacht.

Endlich meldete sich eine schlaftrunkene Stimme: »Simard?«

»Ich hoffe schwer, dass du etwas Neues zu berichten hast.«

»Das … äh … Komitee trifft sich gleich morgen früh, David. Bis zum Abend werde ich dir Antworten geben können.«

Kapitel 39

20:19 Uhr, Eastern Standard Time – Dienstag, County Route 141, Lake Sherwood, West Virginia

Das Scheinwerferlicht des gestohlenen Chevrolet Trailblazer streifte über den Fahrweg zur Hütte, als Declan McIver auf sein Waldgrundstück abbog. Während er sich näherte, sah er nichts als die knorrigen Äste der zahllosen Ahornbäume, denn das Holzhaus stand weit von der Straße entfernt und war nur während der Wintermonate sichtbar, wenn der Wald kein Laub trug. Als der Wagen durch eines der vielen Schlaglöcher ruckelte, schaute Declan aus Gewohnheit zum Rückspiegel auf, da er für einen Moment vergessen hatte, dass er ihn mit dem eingebauten OnStar-Bordcomputer abgenommen hatte, der eine Ortung des Fahrzeugs per GPS ermöglicht hätte. Das Letzte, was er jetzt gebrauchen konnte, war eine Rotte FBI-Agenten, die sich auf seine Zuflucht stürzten.

Als er den Wagen dort abstellte, wo zuvor sein Mercedes gestanden hatte, der sich jetzt im Besitz der Sicherheitsbehörde befand, schob er den Schalthebel in Parkstellung und stieg aus. Er schaute sich um. Es roch nach Feuer. Als er an der Seite entlang zur Tür der Hütte ging, die aufs Ufer des Lake Sherwood ausgerichtet war, stockte er, denn plötzlich fiel von der Front aus grelles Licht in die Dunkelheit, und jemand, den er nur an Umrissen ausmachen konnte, kam um die Ecke der Blockkonstruktion.

»Ich bin es«, sagte er, als seine Frau unter dem Vorbau heraustrat. Sie eilte über einen schmalen Streifen feuchten Grases neben der Hütte und umarmte Declan. Sie vergoss keine Tränen und war auch nicht überrascht, ihn zu sehen, denn unterwegs auf den verschlungenen Wegen, die er genommen hatte, war er kurz stehengeblieben und so mutig gewesen, von einer Telefonzelle aus auf das Kartenhandy anzurufen, das er ihr dagelassen hatte.

»Warum hast du so lange gebraucht?«, fragte sie nun.

»Ich war einfach besonders vorsichtig«, antwortete er. Fast zwölf Stunden hatte die Fahrt gedauert, wofür er unter normalen Umständen weniger als drei gebraucht hätte. Dabei hatte er mehrere Umwege genommen und einige Male den Wagen gewechselt. Im Bewusstsein der Tatsache, dass man sie alle schlussendlich als gestohlen melden würde und ihn wahrscheinlich mindestens einmal gesehen hatte, war sein Vorgehen gänzlich darauf ausgelegt gewesen, dass sein tatsächlicher Zielort ein Rätsel blieb.

»Im Radio hieß es, du wärest festgenommen worden«, erzählte Constance, während sie sich an ihn schmiegte. »Ich dachte, sie hätten dich erwischt.«

»Sie versuchten es«, erwiderte er, während er sich von sich wegschob, um ihr in die Augen zu schauen. »Aber das ist wohl nicht so einfach, wie es scheint.« Er schenkte ihr ein kurzes Lächeln.

»Was ist passiert?«

»Castellano steckte hinter allem. Genau, wie ich dachte.«

»Steckte?«

»Er ist tot.«

»Dann ist es also vorbei?«

Declan holte tief Luft und schüttelte den Kopf mit einem tonlosen *Nein* auf den Lippen. Sie verbarg ihr Gesicht an der Brust des Arbeitshemdes, das er trug – er hatte es auf der Rückbank des gestohlenen Geländewagens gefunden – und kämpfte schließlich doch mit Tränen.

»Lass uns reingehen«, schlug er vor und legte seine Hände auf ihre Schultern, um sie zur Tür zu führen.

Unter dem Vordach drehte er sich noch einmal um und spähte über das Gelände ums Haus. Schließlich ging er hinein und schloss die Tür hinter sich.

Im Kamin der Hütte knackte ein rot glühender Holzscheit und strahlte angenehme Wärme ab. Declan knöpfte das Hemd auf und zog es aus, sodass seine Frau den Gefängnisoverall sah, der ihm in der Haftanstalt des Franklin Countys gegeben worden war. Die Schmutzflecken und das Blut im Brustbereich und an den Knien des grünen Stoffes ließen Constance angeekelt das Gesicht verziehen.

»Ist nicht von mir«, betonte er. »Ich versuchte, Castellano zu retten, als er angeschossen wurde, schaffte es aber nicht.«

»Du selbst hast nicht geschossen?« Ihr erstaunter Gesichtsausdruck sagte alles darüber, wie sie empfand. Sie nahm in dem Adirondack-Sessel neben dem Kaminsims Platz.

»Wer auch immer diese Leute sind«, fuhr Declan fort, »sie nahmen seinen Tod in Kauf, solange sie mich dafür schnappen würden.«

»Hast du geschafft, was du wolltest, und herausgefunden, wer diese Männer neulich nachts waren?«

»Hab ich. Aber da Castellano nicht mehr lebt, glaube ich nicht, dass uns das noch etwas nützen wird. Vielleicht hilft es, zu beweisen, was wirklich vor sich geht, falls jemals korrekte Ermittlungen durchgeführt werden, doch ohne Castellano lässt sich unmöglich in Erfahrung bringen, wer seine Auftraggeber waren. Ich wüsste nicht einmal, wo ich mit der Suche anfangen sollte.«

Constance beugte sich nach vorn und streckte sich nach seinen Händen aus. »Was tun wir jetzt?«

»Hier können wir nicht bleiben«, stellte er fest, während er in der urig eingerichteten Hütte umschaute. »Wir müssen einen besseren Unterschlupf finden, wo wir so lange sicher sind wie nötig. Ich gebe diese Sache nicht auf. Da ist eine Verschwörung im Gange, was früher oder später jemandem auffallen muss. Dann werden wir in der Lage sein, in unser altes Leben zurückzukehren.« Er drückte ihre Hand und lächelte. Insgeheim machte er sich aber große Sorgen, weil ihre Handlungsmöglichkeiten extrem eingeschränkt waren, doch darüber wollte er mit Constance nicht reden. Vielmehr musste er weiter Zuversicht ausstrahlen, damit sie nicht völlig in sich zusammenbrach. Während der letzten 72 Stunden hatte sie größere Gefahren durchgestanden als in den vorangegangenen 35 Jahren zusammengenommen.

»Hast du schon etwas von Osman oder Nazari gehört?«, fragte sie weiter.

»Noch nicht. Das Problem besteht darin, dass ich sie auf ihren amerikanischen Mobiltelefonen anrufe, obwohl ich mir gar nicht sicher bin, ob sie in Israel funktionieren, wo sie ja momentan sind.«

»Warum sollten sie nicht?«

»Weil zwischen US-Netzen und denen anderer Länder erhebliche Unterschiede bestehen. Alles hängt vom jeweiligen Funkstandard ab. Ich kenne mich damit nicht gut aus, weiß aber, dass viele Geräte nicht mit allen Frequenzen kompatibel sind. Weißt du noch? Als wir nach Spanien und Frankreich reisten, war es genauso.«

Sie nickte. »Was ist mit dem Haus, das Mom und Dad in der Nähe von Hilton Head besitzen? Das ist eine Privatinsel. Dort wird uns niemand finden, und es ist bedeutend komfortabler als das hier.«

Er schüttelte den Kopf. »Das können wir nicht machen, es wäre zu vorhersehbar. Wir dürfen niemandem nahekommen. Keinen Freunden, niemandem aus der Familie. Das würde auch diesen Menschen schaden.«

»Also fliehen wir einfach weiter von Ort zu Ort?«, fragte Constance vorwurfsvoll, die nun offensichtlich die Hoffnung zu verlieren schien. »So viele Hütten im Wald kannst du mir nicht verschwiegen haben.«

»Nein«, entgegnete er entschlossen. »Es gibt noch zwei Personen, die ich um Beistand bitten könnte, doch dazu müssten wir das Land verlassen.«

»Um wohin zu gehen?«

»Heim.« Er schaute Constance in die Augen. »Nach Irland.«

Kapitel 40

9:06 Uhr, Ortszeit – Mittwoch, britischer Regierungssitz, Whitehall, London, England

Lane Simard nippte an einem dampfenden Becher Kaffee. Sein Range Rover, ein aktuelles Modell, glitt gerade von der Great George Street auf die Parlament Street, wobei sein Chauffeur mehrmals hupen musste, um eine Gruppe Touristen vor dem Wagen auseinanderzutreiben, während der aus nur zwei Autos bestehende Konvoi auf die bewachte Einfahrt in die Downing Street zusteuerte. Wie viele Passanten, die sich mit Fotoapparaten und Besichtigungskarten rings um Whitehall tummelten, fragte sich dieser Haufen bestimmt, ob in dem Fahrzeug mit den stark getönten Scheiben ein Mitglied der Königsfamilie saß.

An dem schmiedeeisernen Tor ließ der Chauffeur das Beifahrerfenster herunter und gab die notwendigen Ausweispapiere an einen der Wächter, die typische Polizeihelme trugen und MP5-Maschinenpistolen vor ihre Brust hielten. Der Mann beugte sich nach vorne und schaute auf die Rückbank. Simard hob zum Gruß seinen Kaffeebecher, woraufhin der Mann zackig nickte, sich aufrichtete und den Wagen durchwinkte.

Als sich das Tor öffnete und die Wächter beiseitetraten, rollte der Range Rover weiter über die Pflastersteine von Downing Street. Als sie in die schmale Einfahrt des Parkplatzes an dem dreistöckigen Reihenhaus aus Backstein einbogen, wo der Premierminister offiziell wohnte, schaute Simard auf die berühmte Nummer 10 an der schwarzen Holztür und bereitete sich gedanklich auf eine weitere einvernehmliche Unterhaltung vor. Die beiden Wagen hielten an.

Ein blau uniformierter Polizeibeamter stieg von der Steintreppe, die ins Erdgeschoss der Regierungsgebäude von Whitehall führte, öffnete die hintere Tür und grüßte: »Guten Morgen, Mr. Simard.«

»Gleichfalls guten Morgen, Constable«, erwiderte Simard nickend und lächelte, als er ausstieg und seinen Anzug zuknöpfte. Das bevorstehende Treffen gehörte zu den Höhepunkten im Berufsalltag des Leiters der CIA-Außenstelle in London, und der grau gepflasterte Bereich zwischen der Wohnung des Premiers sowie dem vierstöckigen Gebäudekomplex, den man als Cabinet Office kannte, ließen ihn immer wieder staunen.

Was ihn beeindruckte, waren weder die teuren Limousinen noch die hohen Eichen, deren Schatten auf den Platz fielen, sondern schlichtweg die jahrelange harte Arbeit und Vernetzung seinerseits, die ihm schließlich einen der begehrtesten Posten beim US-Auslandsgeheimdienst zugänglich gemacht hatte. Er durfte sich seit nunmehr vier Jahren zu den sehr wenigen Nichtbriten zählen, die hinter die Kulissen von Downing Street ins Herz der Regierung des Vereinigten Königreiches blicken konnten. Präsidenten, Vizepräsidenten und Staatsoberhäupter aus vielen Ländern der Welt waren Mitglieder dieses erlesenen Klubs, weshalb die Tatsache, dass er, der ehemalige Bauernjunge aus Iowa, dazugehörte, Simard mit tiefem Stolz erfüllte.

Einer der vier Agenten, die seine Eskorte durch die Hauptstadt bildeten, kam ums Heck des Wagens und reichte ihm seinen Koffer, woraufhin er die vier Marmorstufen zu einer grünen Holztür hinaufging.

»Guten Morgen, Sir.« Ein Wachmann erhob sich aus einem schwarzen Ledersessel. »Ich führe Sie hinein.«

Simard nickte, bevor der Wachmann über einen Flur mit weißen Wänden vorausging. Sie erreichten einen Fahrstuhl, den er mit einem Schlüssel aufsperrte.

Die Klingel des Fahrstuhls ertönte einmal dumpf, als die Kabine in der ersten Etage ankam, wo der Cabinet Office Briefing Room A lag – COBRA, wie die Medien ihn gern abkürzten. Der Wächter trat beiseite, und als Simard den Aufzug verließ, stand er direkt vor dem gut gesicherten Eingang des Besprechungszimmers. Eine Reihe von Metallstäben zur Verrieglung der Tür ließ an einen Bunker denken, was der Raum im Grunde genommen auch war. Nur ein einziges Bild war jemals von seinem Interieur veröffentlicht worden, und niemand unterhalb des Ranges eines Parlamentsabgeordneten betrat ihn, während die wöchentlichen Versammlungen des Joint Intelligence Committee stattfanden. Links und rechts neben der Tür standen wiederum zwei Wächter, von denen einer sich nun zur Seite neigte, einen großen Metallschlüssel wie von einer altertümlichen Kerkerzelle ins Schloss steckte und umdrehte, woraufhin sich die Stäbe lösten. Ohne Blickkontakt oder den gleichmütigen Gesichtsausdruck abzulegen, den zu wahren er verpflichtet war, zog der zweite Mann die Tür auf und ließ Simard eintreten.

Drinnen saßen bereits acht Personen an einem edlen Marmortisch, die nun aufblickten. Einige murmelten: »Guten Morgen«, wohingegen anderen nur nickten, als er vorbeiging und sich in einer Ecke in der Nähe von acht LED-Monitoren niederließ, die zur Übertragung von Fernsehbildern und anderen Informationen aus dem ganzen Land dienten. Kurz bevor die Tür wieder geschlossen wurde, schlüpfte eine weitere Gestalt an den beiden Wachen vorbei. Alle Anwesenden machten es sich auf ihren Plätzen bequem, denn die Ankunft des Vorsitzenden des Komitees bedeutete, dass die Besprechung nun begann.

Sir John Morris, ein weißhaariger, leicht korpulenter Mann mit dünner Drahtbrille auf der Nase stellte seine lederne Aktentasche ab und setzte sich in den grün gepolsterten Drehstuhl am Kopfende des Tischs, nachdem die Tür hinter ihm verriegelt worden war. »Guten Morgen allerseits«, grüßte er in bestem britischen Englisch. »Wir fangen gleich an, indem wir uns Ihre Auflistungen der Erfordernisse und vorrangigen Maßnahmen anhören, die wir bei unserem Treffen letzte Wo–«

»Herr Vorsitzender, darf ich kurz …?«, unterbrach Simard mit erhobener Hand. Die sieben Männer und beiden Frauen schauten in seine Richtung, neugierig auf den Grund der Störung.

»Das Komitee erteilt dem Direkter der CIA in London das Wort«, sagte Morris mit Verweis auf den Amerikaner. »Wir sind ganz Ohr, Mr. Simard, fahren Sie fort.«

»Danke sehr. Herr Vorsitzender, Mitglieder des Komitees«, sagte Simard nickend, während er die Verschlüsse seines Koffers aufschnappen ließ, eine Akte herausnahm und aufstand. »Wie Sie wahrscheinlich alle wissen, wurde meine Heimat vor einigen Tagen erneut Opfer des internationalen Terrorismus. Die Explosion einer Autobombe vor einer angesehenen Universität tötete 37 Menschen und verletzte weitere 153. Viele der Personen im Gebäude waren Träger politischer Entscheidung in verschiedenen Positionen, doch wir gehen davon aus, dass dieser Mann das Hauptziel des Anschlags gewesen war.« Er hielt ein Foto hoch. »Dr. Abidan Kafni, ein gebürtiger Israeli mit doppelter Staatsbürgerschaft. Vor der Explosion hatte jemand Kafnis Leibgarde von ihrem Posten abberufen. Die mit dem Fall betrauten Ermittler glauben, die Bombe diente zur Ablenkung, um die verbliebenen Mitglieder der Leibgarde wegzulocken, woraufhin die Täter Dr. Kafni angreifen konnten. Gleichsam wissen Sie bestimmt, dass es ihnen gelang, und sowohl Dr. Kafni als auch sein Sicherheitschef Levi Levitt auf einem wenige Meilen von der Universität entfernten Anwesen hingerichtet wurden.«

Die Köpfe ringsum am Tisch nickten zum Zeichen dafür, dass sie alle die Nachrichten kannten und über die Situation im Bilde waren. Simard blätterte in der Akte und zupfte mehrere Blätter heraus.

»Nun komme ich zu dem Teil, der den Fall relevant für die Regierung Großbritanniens macht«, erklärte er weiter. »Die Untersuchungen sind rasch fortgeschritten und haben sich auf einen einzelnen Mann namens Declan McIver eingrenzen lassen, der eine Zeit lang selbst als Dr. Kafnis Leibwächter arbeitete. Wir vermuten, dass ihm dies dabei geholfen hat, sich Spielraum zu verschaffen, ohne Verdacht zu erregen, und den Anschlag vorzubereiten, der so viele Leben kostete. Anhand seines Namens ahnen Sie sicherlich schon, dass McIver britischer Staatsbürger ist oder zumindest bis vor ungefähr zehn Jahren war. Folgendes Problem hat sich nun für uns ergeben: Sein Lebenslauf bis zur Einwanderung in die USA ist eine einzige klaffende Lücke, es gibt da einfach nichts, außer, dass er geboren wurde. Nun brauche ich niemanden in diesem Raum zu sagen, dass so etwas unmöglich ist, es sein denn, es handelt sich um einen sehr speziellen Menschen. Und McIvers Verhalten stützt bislang eben diese These.«

Simard pausierte, um seinen Worten Nachdruck zu verleihen.

»In Anbetracht des Namens würde ich sagen, dass dieser McIver einer unserer irischen Cousins ist«, warf der Vorsitzende Morris vom Kopfende ein.

Simard nickte. »Die Dokumente unserer Einwanderungsbehörde bestätigen dies, obwohl wir einigen Aufwand betreiben mussten, um seinen tatsächlichen Geburtsort herauszufinden. Die ursprünglich bei unserer Regierung hinterlegten Papiere strotzten vor Falschangaben und wiesen ihn als in der Republik Irland gebürtig aus. In Wirklichkeit kam McIver aber in einem Ort namens Ballygowan zur Welt.« Den Namen musste er von einem Zettel ablesen, den er nun in der Hand hielt.

»Nordirland«, bemerkte jemand, doch Simard hatte nicht gesehen, wer es war. Er sah sich unter den Sitzenden um.

»Sie behaupten, das Verhalten dieses McIver stütze die These, er handle in Sinne irgendeines Militärs oder einer Terrororganisation«, rekapitulierte derjenige, der bereits gerade aufgemerkt hatte. Es war der Leiter des Secret Service, wie sich herausstellte, ein beleibter Mann mit buschigen, grauen Augenbrauen und schroffen Zügen. »Können Sie das genauer erläutern?«

»Ja, natürlich«, entgegnete Simard nickend und drehte sich dem britischen Sicherheitschef zu. »McIver kam zunächst in ein Krankenhaus, weil er sich verletzt hatte – angeblich bei dem Versuch, Dr. Kafnis Leben zu retten, doch die Wahrheit dieser Aussage steht anzufechten, seitdem das FBI ihn zum ersten Mal verhört hat. Hinterher erkannte er, dass seine List nicht aufgegangen war, denn die Handlungen, die er beging, um zu verhindern, dass man ihm auf die Schliche kam, machten eindeutig klar, dass er durchaus etwas von dem verstand, was er tat. Zu diesen Handlungen zählte der Mord an vier Männern, die wir für seine

Komplizen im Rahmen des Vorfalls an der Universität halten und denen wir finanzielle Verbindungen nachweisen konnten, sowie die Tötung eines Unternehmers, der mit seiner Firma zusätzliche Sicherheitskräfte für die Universität bereitstellte und dessen Familie bedroht wurde. Kurz nach dessen Ermordung gelang es uns, McIver zu stellen und festzunehmen. Während seiner Verlegung in ein staatliches Gefängnis, wo er bis zu seinem Prozess inhaftiert werden sollte, entwischte er allerdings, wobei er Agent Seth Castellano umbrachte, den leitenden Ermittler in seinem Fall.«

»Verstehe«, sagte der Mann vom Innengeheimdienst. »Und können Sie uns zufällig sagen, was ihn Ihrer Einschätzung zufolge dazu befähigt hat, all das zu tun?«

»Den Angaben der Regierung meines Landes zufolge beging er zwei der Morde im Nahkampf, während die übrigen drei durch Schüsse erfolgten, alle gekennzeichnet durch Präzision im Umgang mit den verwendeten Waffen. Das kommt noch hinzu – wir eine Menge Waffen in seinem Haus gefunden, deren Modifikationen nur von jemandem mit militärischer Erfahrung vorgenommen werden konnten. Wir wägen alle Möglichkeiten ab. Da er Ire ist, drängen sich Verbindungen zu Gruppen wie der IRA zwangsläufig auf, doch ohne belastende Unterlagen fischen wir offengestanden im Trüben. Jede weitere Stunde vergeht mit der Gewissheit für uns, dass ein Terrorist mit unbestreitbaren internationalen Beziehungen auf freiem Fuß ist und eine Gefahr für die Bevölkerung darstellt. Soweit wir wissen, könnte dieser Kerl die Vereinigten Staaten mittlerweile ebenso gut verlassen haben.«

»Ihre Regierung möchte also, dass dieses Komitee jegliche Dokumente zu dem Mann offenlegt, welche die Geheimdienste des Vereinigten Königreiches unter Verschluss halten könnten, und Ihnen die enthaltenen Informationen übergibt?«, fragte der Vorsitzende.

Simard bestätigte: »Ganz recht, Sir. Das wäre unsere Bitte.«

»Ich für meinen Teil wüsste nicht, dass wir unserem Land und seinen Interessen in Übersee schaden, während wir einer solchen

Bitte nachkommen. Wir haben weiterhin Probleme mit gewissen Elementen in Nordirland, doch aus Ihren Schilderungen geht hervor, dass etwaige Bezüge dieses McIver zu diesem Milieu ziemlich weit zurückliegen und darum kaum gegenwärtige Operationen beeinträchtigen würden. Erachtet irgendjemand anderes unter Ihnen dies als Problem oder gibt es noch Fragen?«

»Der Umstand, dass er aktiv an Terrorhandlungen beteiligt war, sollte Ihre Bewertung infrage stellen, Vorsitzender«, wandte ein Minister ein. »Wir dürfen unsere laufenden Einsätze gegen den extremistischen Flügel in Nordirland nicht gefährden, bis wir mehr über diesen Mann wissen.«

»Ich kann Ihre Bedenken nachvollziehen, Minister«, hielt Simard dagegen, »doch meine Regierung würde die Informationen strengstens vertraulich behandeln und nur zur Forcierung einer Festnahme innerhalb unserer Grenzen benutzen, also müsste jedwedes Vorgehen auf internationaler Ebene selbstverständlich von den Behörden der betreffenden Staaten oder Territorien genehmigt werden.«

»Dr. Kafni war ein Israeli und Jude, der sich nicht wenige Feinde im muslimischen Kulturkreis gemacht hat; diese Feinde bedrohten ihn zu mehr als nur einer Gelegenheit«, meinte eine Frau, die schräg gegenüber von Morris saß. »Warum glauben Sie, ein Ire sei für seinen Tod verantwortlich, und nicht eine Gruppe eher radikaler Islamisten? Diese wären in meinen Augen die einzige Interessengruppe, denen Kafnis Tod etwas nützen würde.«

»Das ist korrekt, Madame Advisor«, gab Simard zurück. »Aus ebendiesem Grund ziehen wir Schulterschlüsse mit terroristischen Vereinigungen wie der IRA in Betracht. Dass sie in der Vergangenheit gemeinsame Sache mit militanten Muslimen machte, ist hinreichend dokumentiert worden. Ich möchte nicht ins Blaue hinein raten, was McIver motiviert haben mag oder nicht, halte aber für unstrittig, dass er unberechenbar ist. Wenn wir Zugang zu seinem früheren Leben erhalten – dem tatsächlichen –, erfahren wir eventuell etwas über einen Bekanntenkreis, den er heranziehen könnte, um unterzutauchen, und bringen eine Untersuchung zurück auf Kurs, die sich zu diesem Zeitpunkt praktisch totgelaufen hat.«

Dieses Argument stellte die Beraterin des Premierministers zu Auslandsfragen sichtlich zufrieden. Morris sah sich weiter am Tisch um, ob noch jemand etwas einzuwenden hatte. Da dem nicht so war, schlussfolgerte er: »Also steht die Entscheidung fest. Das Joint Intelligence Committee genehmigt den Antrag der CIA, Einsicht in seine Aufzeichnungen zu Declan McIver zu gewähren. Da dieser ein britischer Staatsbürger war, dürfte der Geheimdienst die entsprechenden Dokumente im Thames House archiviert haben. Könnten Sie sich darum kümmern, dass dieser Antrag bearbeitet wird, Dennis?«

Simard schaute zum anderen Ende des Tischs, wo ein dünner Mann mit ergrauendem blonden Haar nickte – Lord Dennis Allardyce, der amtierende Generaldirektor des britischen Security Service. »Ich gebe dem Leiter unserer Abteilung für nationalen und irischen Terrorismus Bescheid, sobald diese Besprechung vorüber ist. Er wird dafür sorgen, dass Sie bis heute Nachmittag haben, was Sie brauchen.«

Simard bedankte sich ebenfalls nickend. Schon bald sollte Declan McIver auf dem Weg in ein Staatsgefängnis sein, und er selbst würde einem mächtigen Senator einen Gefallen getan haben.

Kapitel 41

11:17 Uhr, Ortszeit – Mittwoch, Thames House, London, England

»Entspann dich, altes Haus«, beschwichtigte Shane O'Reilly am Telefon. »Bis morgen früh habe ich die Auslagen genehmigen lassen, dann können wir beiden wieder unserer Wege gehen.«

»Oh, das hoffe ich für dich. Ich kann mir vorstellen, etwas Gesünderes zu tun als das, weißt du?«

Die Stimme am anderen Ende der Leitung gehörte Patrick »Paddy« Murray, aber das wussten natürlich nur er, Shane O'Reilly, und sein direkter Vorgesetzter beim Geheimdienst. Alle anderen in dem Ende der 1920er errichteten Gebäude am Nordufer der Themse, das beinahe zwei Blocks des Londoner Bezirks Millbank einnahm, kannten Murray schlicht unter dem Titel Agent 4606 – als einen unter vielen, wobei der numerische Anhang seinen Standort angab, was gleichwohl nur diejenigen entschlüsseln konnten, die in der Rangordnung so hoch standen, dass sie an die Dokumente gelangten, die dazu nötig waren.

»Wie gesagt, ich lasse das abnicken, dann kannst du dich auf die Socken machen und deine Mum sehen, versprochen.«

»Großartig. Ich würde nur ungern anfangen müssen, einzelne Sätze und Teile bestimmter Unterhaltungen vergessen zu müssen.«

»Meine Meinung, wir hier auch«, versicherte Shane, mit einiger Mühe, sich seinen Verdruss nicht anhören zu lassen. »Wir werden dich schon schnell genug freistellen. Ruf mich morgen um 16-Null-Null an.«

»Was, um vier? Du hast versprochen, es bis morgen früh zu schaffen. Sie ist krank und erlebt vielleicht nicht einmal mehr das Wochenende, verstehst du? Juckt euch Kröten eigentlich noch irgendetwas anderes außer euch selbst und eure verdammte Politik? So langsam überlege ich, ob ich das Ganze nicht doch besser bleiben lasse.«

»Jetzt komm wieder runter, Paddy. Ich interessiere mich schon für dich und deine Mum, also werde ich zusehen, dass du sie besuchen kannst. Die Kosten sind wie gesagt bis morgen früh gedeckt, und wenn du dann später anrufst, habe ich deine Reiseunterlagen auch fertig. Du solltest bedenken, dass das nicht gerade ein Kinderspiel ist, ja? Die US-Regierung betrachtet dich als verurteilten Terroristen, und das ist dort drüben keine Lappalie. Willst du gleich vom FBI gekrallt werden, sobald du aus dem Flugzeug steigst?«

»Nein, ich ...«

»Dann lass mich meine Arbeit machen und melde dich morgen um 16-Null-Null zurück.«

»Na gut dann, bis morgen.«

Er wartete, bis Murray den Hörer in der Telefonzelle, aus der er anrief, aufgelegt hatte, atmete dann erleichtert auf und ließ sich wieder in seinen Sessel sinken. In letzter Zeit beschlich ihn oft, ja sehr oft das Gefühl, er sei ein hoch bezahlter Babysitter.

Als Beamter der Abteilung für irischen und nationalen Terrorismus beim britischen Geheimdienst, der landläufig MI5 oder noch kürzer nur 5 hieß, hatte er die Aufgabe, die vielen Posten der Behörde sowohl auf der Hauptinsel als auch in Irland zu betreuen, die der Regierung regelmäßig Informationen über Pläne und Aufenthaltsorte bekannter irischer Dissidenten übermittelten, denn diese heckten nach wie vor Attentate mit Bomben oder Schusswaffen aus. Obwohl sich ihre Terrorakte in nunmehr deutlich kleinerem Rahmen abspielten, wenn man sie mit der fieberhaften Schlagzahl von vor 17 Jahren verglich, als O'Reilly seinen Dienst angetreten hatte, waren sie immer noch nicht zum Erliegen gekommen.

Auch er legte den Hörer wieder auf die Gabel, griff dann zu einer Tasse Kaffee und drehte sich mit dem Sessel zu den verlassenen Arbeitsplätzen um, von denen er umgeben war. Zu seiner Anfangszeit hatte im sechsten Stock des Thames House an jedem Schreibtisch jemand gesessen und unbenutzter Raum in anderen Flügeln des weitläufigen Regierungskomplexes eingefordert werden müssen; jetzt hockten diejenigen, die mehr Platz brauchten, ganz unten in der Analysezentrale für Terrorakte und dem internationalen Referat zur Terrorismusbekämpfung, die für die Überwachung der Aktivitäten islamischer Extremisten verantwortlich war.

Mit dem Rückgang der Terroranschläge durch irische Hand war auch die Zahl der Kollegen geschwunden, deren Mitarbeit er im Laufe der Zeit wirklich genossen hatte. Jetzt fehlten ihre Tische, Computer und persönlichen Gegenstände, weil sie zum Teil in andere Räume des Gebäudes umgezogen waren, wo der Geheimdienst ihre Expertise dringender zu brauchen glaubte, während andere – die alte Garde, also seinesgleichen – das Hauptquartier der Behörde in Nordirland besetzt hatten, das sich in den Palace Barracks im County Down befand. Der einzige Grund dafür, dass es O'Reilly nicht auch dorthin verschlagen hatte, war sein Vorsatz gewesen, nie wieder dort oben Wurzeln zu schlagen. Die Erinnerungen daran schmerzten zu sehr, und er wäre lieber aus dem Dienst geschieden, als sich erneut tagtäglich damit auseinanderzusetzen, das hatte er deutlich gemacht.

»Wenn Sie damit fertig sind, sich an der Tasse festzuhalten, O'Reilly, würde ich gern ein bis zehn Wörtchen mit Ihnen reden«, knarrte eine Stimme von der anderen Seite des Büros. Er richtete sich auf, stellte den Kaffee ab und warf einen Blick aus dem altmodischen Fenster ins graue Wasser der Themse, wo gerade ein schwarzer Frachter schipperte.

Dann stand er auf und schaute zu dem Eckbüro gegenüber. In dessen offener Tür stand sein Boss Harold Thom, ein halber Ire und dennoch zu 100 Prozent britischer Agent. Mit ihm arbeitete er seit 20 Jahren, was seinerzeit mit O'Reillys Rolle als Informant in Nordirland begonnen hatte. Während Thoms feurig orangefarbenes Haar fast gänzlich ergraut war, sahen seine finstere Miene und die schwarzen Augen, die Glauben machten, Stahl durchdringen zu können, noch genauso aus wie damals in jener verlassenen Textilfabrik, wo die beiden einander zum ersten Mal begegnet waren.

Er nickte Thom zu, der sich daraufhin umdrehte und in seinem Büro verschwand. Als O'Reilly seinen Schreibtisch verließ, handelte er sich die Blicke der ungefähr zwei Dutzend Kollegen ein, mit denen er noch in der seiner Abteilung vorbehaltenen Hälfte des sechsten Stocks arbeitete; die andere besetzte das Ressort für Nordirland. *Oh scheiße*, schienen sie zu denken. Auf halbem Weg blieb er kurz stehen, weil ihm in einem breiten Wandbild von Londons Skyline sein Spiegelbild ins Auge fiel, und glättete seinen Schlips. Jedes Mal, wenn er sich betrachtete, kamen ihm seine Falten tiefer und die Fusseln, die er als Haare bezeichnete, grauer vor. Das passte nur zu gut zu seiner Stimmung an den meisten Tagen. Er hatte das Gefühl, seitdem er zuletzt richtig begeistert gewesen war, waren Jahre vergangen, und damit meinte er nicht jenen Nervenkitzel seines jüngeren Ich beim Herumstrolchen an Irlands Hügeln und Seen, in osteuropäischen Wäldern oder den Bergen Afghanistans. Nein, ihm hätte schon genügt, hin und wieder eine Flasche Wein zu trinken und zünftig zu vögeln.

Beim Betreten des Büros schloss er die Tür und sah dabei zu, wie sich Thom, dessen Figur etwas von einem Fass hatte, in dem Ledersessel hinter seinem langen, L-förmigen Mahagonitisch niederließ.

»Wie geht's, Shane?«, fragte der dicke Mann, dem es schwerfiel, eine bequeme Sitzhaltung zu finden.

»Ganz gut, Sir«, antwortete er mit leicht hochgezogenen Augenbrauen. »Ich bemühe mich eben, zu verhindern, dass meine Landsleute die Regierung Ihrer Majestät vollständig auspressen.«

Thom grinste so kurz, dass er es eigentlich hätte bleiben lassen können. »Heute Morgen hat mich der Vizedirektor angerufen. Anscheinend liegt da ein Fall vor, den wir uns fürs JIC ansehen sollen, und ich dachte mir, Sie wären genau der Richtige für diese Aufgabe.«

»Sie meinen, die haben sich sogar mal daran erinnert, dass wir hier sind?«

Thoms dünne Lippen zuckten noch einmal so unterschwellig, dass es sich O'Reilly auch nur einbilden mochte. »Ja, ja. So wie es aussieht, ist der Name irgendeiner traurigen Gestalt aus deinem alten Revier bei den Ermittlungen aufgetaucht, welche die Yankees zu der Autobombe an ihrer Uni und wegen des Mordes an diesem Lehrer – oder was auch immer er war – momentan durchführen. Jedenfalls wollen sie alles, was wir über den Wicht haben, und das Komitee hat sich bereit erklärt, ihnen den Kram zu geben. Das bedeutet, dass Sie den Staub von ein paar uralten Akten unten im Archiv blasen müssen. Hoffentlich sind sie noch lesbar.«

Shane hatte verstanden. Er wusste um das Bombenattentat in den USA und von Abidan Kafnis Tod kurz darauf. Er empfand es als Tragödie, auch weil er den Mann sogar persönlich einmal getroffen und für einen rundum redlichen Mann gehalten hatte, einen Familienmenschen im krassen Widerspruch zu seinem beruflichen Alltag, der von hitziger Phrasendrescherei geprägt gewesen war. Wie alle Briten, die Fernsehgebühren zahlten und sich wenigstens beiläufig für Politik erwärmten, hatte O'Reilly Kafnis Karriere mehr oder weniger aufmerksam verfolgt, weshalb er nicht behaupten konnte, sich über die Ermordung zu wundern. An Fatwas, die über bekannte Personen verhängt wurden, ließ sich erkennen, dass der militante Schlag der Islamanhänger sehr nachtragend war, wenn man ihre Religion so öffentlich diffamierte. Der Gedanke, jemand aus seinem »alten Revier«, wie es Thom ausgedrückt hatte, könnte involviert sein, ließ O'Reilly aufhorchen, und sofort wurde ihm schummrig zumute, da ihm ein bestimmter Name in den Sinn kam.

»Und diese traurige Gestalt heißt wie?«

Thom schob ihm eine Mappe zu. »Das ist alles, was die Amis über ihn wissen. Sie wollen, dass wir die Lücken schließen.«

Shane nahm sich die Akten vor. Beim Aufschlagen wich die bange Vorahnung einem regelrechten Hieb in die Magengrube, als er auf das an die Oberkante der Blätter geheftete Fotopapier schaute.

»Ist Ihnen übel?«, fragte Thom verdutzt.

Shane schüttelte den Kopf.

»Falls Sie sich das nicht zutrauen, kann ich es verstehen«, fuhr der Dicke fort. »Dann setze ich umgehend jemand anderes darauf an. Der Auftrag kommt direkt von ganz oben, also darf ich mir nicht erlauben, dass er vermasselt wird.«

»Nein, Sir«, antwortete Shane, schlug die Mappe zu und hielt sie krampfhaft fest. »Das bekomme ich hin. An wen soll ich mich wenden, wenn ich alles gesichtet habe?«

»An mich. Das muss auf kürzestem Wege weitergegeben werden.« Daraufhin richtete Thom einen Zeigefinger auf die Bürotür, um O'Reilly zum Gehen aufzufordern.

»Also gut, ich rauche noch eine und mache mich gleich an die Arbeit.« Shane schob sich die Mappe unter einen Arm und nahm eine Peterson-Tabakpfeife mit stark geknicktem Holm aus seiner Jacketttasche. »Der Pausenhof liegt ja auf dem Weg zum Archiv.«

O'Reilly hörte Thom grunzen, als er den Raum verließ und die Tür hinter sich zuzog. Eilig bahnte er sich seinen Weg durch das Schreibtischlabyrinth zu dem Aufzug im Flur, der die sechste Etage unterteilte. Auf diesen Moment hatte er fast 20 Jahre gewartet – allerdings in der Hoffnung, er würde nie kommen.

Kapitel 42

Draußen stellte Shane den Kragen seines hellbraunen Trenchcoats hoch, da kalter Wind von der Themse durch die Thorne Street wehte, jene schmale Gasse entlang der Hinterseite des Thames House. Die fensterlose Bronzetür im ersten Stock, von der er gerade über eine Treppe heruntergekommen war, fiel ins Schloss. Nun trat er aus der Mauernische von Eingang Nummer sechs und ging an der offiziellen Hintertür des Gebäudes vorbei, wo er dem wachhabenden Beamten zunickte. Der Mann erwiderte die Geste, schenkte ihm aber keine weitere Aufmerksamkeit. Schließlich sah man O'Reilly ständig, also mindestens jeden Morgen und nachmittags, wenn er in seine prosaische Wohnung in Newington gleich auf der anderen Seite der Lambeth Bridge zurückkehrte.

Er hielt sich die Pfeife zwischen die Zähne, während er einen Lederbeutel aus seiner Brusttasche zog, und zwackte mehrere Büschel seines Lieblingstabaks daraus ab, der Whiskeyaroma verströmte. Damit stopfte er die Kammer, als er um die Ecke des Thames House ging, und die Millbank Road überquerte, um die Lambeth Bridge zu passieren. Wie üblich zu dieser Jahreszeit frischte der Wind vom Nordufer des Flusses her auf, sodass er sich in die Gegenrichtung abwandte, um die Pfeife anzuzünden. Als der Tabak gleichmäßig schwelte, inhalierte O'Reilly mit langen Zügen, steckte die Hände in seine Taschen und schlenderte gemächlich über den Betongehweg neben der Straße, die in die Bezirke Lambeth und Newington am Gegenufer führte.

Jetzt kurz vor Mittag schwamm der Verkehr wenige Fuß neben ihm vorüber, während er den vereinzelten Fußgängern zunickte, ohne sie richtig wahrzunehmen, weil er mit den Gedanken bei der Mappe war, die er eben erhalten hatte. Er blies bläulichen Qualm aus, und als er die Wolke über der Brüstung der Brücke verfliegen sah, ging ihm ein Bild durch den Kopf, das darin festgeheftet war ... verglichen mit einem jüngeren, aber nicht weniger sympathischen Gesicht. Selbst mit Anfang 40 auf einem Fahndungsfoto hatte Declan McIver weder die knabenhaften Züge noch jenes leichte Funkeln in den Augen verloren, aufgrund dessen man ihm im Gespräch alles geglaubt hätte. Dieser Blick und die darauffolgenden Taten waren es gewesen ... dank ihnen atmete Shane noch und wähnte sich unter den Lebenden.

»Ach Declan, ich bin geliefert!«, hörte er seine eigene Stimme sagen. Ein Echo, jünger an Jahren, in seinem Geiste.

»Bist du nicht – niemand von uns ist geliefert!«, hatte McIver geantwortet und ihn an den Schultern gepackt, um ihm in die Augen zu schauen, während die barbarischen Rufe der russischen Soldaten auf ihren Fersen in den Bergen vor der Höhle, wo man die beiden eingekesselt hatte, verhallt waren.

Als die Erinnerung verblasste, fragte sich O'Reilly, unter welchen Umständen eine Akte mit Declans Konterfei in den Büros des Sicherheitsdienstes gelandet war. Mit ebendiesen wollte man sich als ehemaliger irischer Rebell zuallerletzt anlegen, weshalb sich Shane einfach nicht vorstellen konnte, dass Declan erneut jenem Lebenswandel verfallen war, der dort hingeführt hätte. Ausgeschlossen.

O'Reilly sog erneut am Mundstück, als er sich an einen der Brückenpfeiler lehnte und dem Treiben der Schiffe im Fluss zuschaute. Seiner Auffassung nach konnte sich Declan der Taten, welche die Amerikaner ihm ankreideten, nie und nimmer schuldig gemacht haben. Es war ein Irrtum, musste einer sein. Ihn hatte eine jahrelange Freundschaft mit Abidan Kafni verbunden, und mit solchen Vorfällen war Shane schon während früherer Ermittlungen konfrontiert worden. In ihrer Eile, Terroristen das Handwerk zu legen, hatte sich jemand an Declans Vergangenheit gestoßen und schlicht falsche Schlüsse gezogen, doch möglicherweise war diese Rufschädigung nicht wieder gut zu machen. Als einzige übrig gebliebene Mitglieder ihrer einstigen IRA-Einheit hatten sie geschworen, die notwendigen Maßnahmen zum Schutz der jeweils anderen zu ergreifen, und wenngleich O'Reilly wusste, dass er damit alles aufs Spiel setzte, was während der vergangenen 17 Jahre aus seinem Leben geworden war, blieb ein Eid ein Eid. Er zog seinen Blackberry aus der Tasche und rief eine Internetadresse auf. Er dachte daran, dass der Geheimdienst seine Augen und Ohren praktisch überall im Umkreis mehrere Blocks vom Thames House hatte und berüchtigt dafür war, sein eigenes Personal zu beschatten, also konnten die Daten, die er gleich versenden würde, Anklagen wegen Ordnungswidrigkeiten und Schwerverbrechen nach sich ziehen … doch andererseits versandte er ja theoretisch gar nichts. Nachdem er die Log-in-Daten für einen beitragspflichtigen Mailserver in der Schweiz eingegeben hatte, wählte er ›neue E-Mail‹. Dann schrieb er eine Nachricht und speicherte sie als Entwurf.

MI5 hat wegen Aufzeichnungen zu DM angefragt. Verzögere so lange wie möglich, aber Ärger im Verzug. Bestätige – SO

Kapitel 43

9:47 Uhr, Eastern Standard Time – Mittwoch, Russell-Senatsgebäude, Washington D.C.

»Allan Ayers hier, David«, hörte Kemiss, nachdem er sein Handy aus dem Jackett gezogen und den Anruf entgegengenommen hatte. »Ich habe es gefunden.«

Kemiss lächelte. Dass Bürokraten kein Rückgrat besaßen, darauf durfte man sich verlassen. Das lag in ihrer Natur, und Ayers bildete da keine Ausnahme. 36 Stunden, nachdem ihm der Senator mit Entlassung gedroht hatte, war er wieder aufgesprungen, um Castellano zu helfen, McIvers Hütte zu finden.

»Wo steckt er?«

»Ich habe meine Suche von Roanoke aus auf einen Umkreis von 100 Meilen eingegrenzt und die Gegend nordwestlich der Stadt besonders gründlich durchkämmen lassen, weil McIver zuletzt dorthin unterwegs war, als er seine Frau bei sich hatte, wie wir wiss–«

»Ich will nicht wissen, was du wo eingegrenzt hast, Allan. Ich habe gefragt, wo er steckt.«

»Im Greenbrier County in West Virginia, David, in der Nähe eines kleinen Stausees, der Lake Sherwood heißt.«

»Bist du dir da sicher?«

Ayers schwieg einen Moment. »So sicher wie möglich, ohne McIver selbst dort gesehen zu haben. Der registrierte Eigentümer des Landes ist ein auf Grand Cayman Island ansässiges Unternehmen namens Kirkgrim. Ich habe die Firma durch jede Suchmaschine gejagt, die mir einfiel, doch das Einzige, was sich ihr anscheinend zuordnen lässt, ist dieses Grundstück – keine Steuererklärungen oder Webseite, nichts. Es handelt sich um eine Dachgesellschaft mit nur einer Immobilie, was ich ziemlich ungewöhnlich finde, vor allem, weil dieser Lake Sherwood so weit ab vom Schuss liegt.«

Kemiss nahm an seinem Schreibtisch Platz und trommelte mit den Fingern auf dem glatt lackierten Mahagoni, während er die Faktenlage überdachte. McIver war mittlerweile zweimal verschwunden, also ergab die Annahme, dass er sich irgendwo nahe seiner Heimat Roanoke versteckte, durchaus Sinn. Der Senator kannte Greenbrier County. Dort gab es eines der schönsten Urlaubsressorts an der US-Ostküste. Er selbst hatte viele Wochenenden dort verbracht, und die Gegend war definitiv so abgelegen, dass man gut untertauchen konnte. Unabhängig davon aber zog das Ressort viele betuchte Gäste an, also konnte die Hütte ohne Weiteres der Rückzugsort von jemand völlig anderes sein, der private Gründe hegte, sich nicht als Eigner des Grundstücks erkennen zu geben und lediglich bevorzugt ab und an ein paar Tage ohne die Annehmlichkeiten der Zivilisation lebte.

»Es gibt einen weiteren Punkt, der McIver für mich zum Eigentümer der Hütte macht: Kirkgrim, so heißt eine britische Sagengestalt, die unter anderem als schwarzer Hund Friedhöfe bewachen soll.«

»Dann ist er es, anders kann es nicht sein. Stell mir eine Datei mit allen relevanten Informationen über diesen Ort zusammen und schick sie mir in einer E-Mail«, verlangte Kemiss. »Um alles Weitere kümmere ich mich selbst. Ruf sofort an, wenn du noch etwas findest.«

Nach dem Gespräch klappte er sein Handy zu und steckte es zurück in die Tasche. Wen musste er jetzt noch anrufen – Kreft vielleicht? Dann würde es zu einem Blutbad in der Hütte kommen, egal wer sich dort aufhielt. Und falls es nicht McIver war, könnte dies möglicherweise mehr Ärger heraufbeschwören, als ohnehin schon im Verzug war. Verständigte er hingegen Robert Evers und ließ das Grundstück von Regierungsagenten stürmen, bestünde die Chance, den Flüchtigen lebendig zu fassen, was ebenfalls heikel werden könnte.

Letzten Endes griff er zum Hörer des abhörsicheren Telefons auf seinem Schreibtisch und hielt kurz mit dem Zeigefinger über den Wahltasten inne, um seine Optionen noch einmal durchzugehen. Nachdem er sich endgültig festgelegt hatte, tippte er eine Nummer ein und wartete. »Kemiss hier«, sagte er, als sich der erwünschte Gesprächspartner meldete. »Ich schätze, wir haben ihn gefunden.«

Kapitel 44

17:36 Uhr, Eastern Standard Time – Mittwoch, County Route 141, Lake Sherwood, West Virginia

Constance hielt Declans Hand, als sie vor der Hütte ankamen. Die vergangenen 24 Stunden waren für sie beide anstrengend gewesen, doch sie hatten ein wenig Schlaf gefunden und sogar einen nachmittäglichen Abstecher nach Covington in Virginia gewagt, um ihre Vorräte aufzustocken. Dort war Declan wieder in eine kleine Bibliothek gegangen, um sich über deren WLAN auf den aktuellsten Stand zu bringen, was die Fahndung nach ihm betraf. Diese hatte sich nun aufs ganze Land ausgeweitet, einhergehend mit ausführlicherer Berichterstattung in den Medien. Auf den unterschiedlichen Nachrichtenportalen waren Fotos und O-Töne seiner Angestellten abrufbar, die zu ihren Statements gezwungen oder überredet worden sein mussten, ja sogar eine Unterhaltung mit der Nachbarin, die sich um den Hund kümmerte, wenn die McIvers ausflogen. Angesichts des Riesenaufwands wurde Declan ganz mulmig zumute. Selbst wenn er es schaffte, Abidan Kafnis tatsächliche Mörder festzunageln und sein altes Leben mit Constance wieder aufzunehmen, bezweifelte er allmählich, dass noch etwas davon übrig sein würde.

»Du denkst nicht, dass dich jemand erkannt hat, oder?«, fragte Constance.

Er hatte Covington gegenüber nähergelegenen Städten den Vorzug gegeben, weil er von seinen Reisen im Lauf der Jahre wusste, dass in diesem Ort nicht wenige Einwanderer aus Westeuropa wohnten, die dorthin gekommen waren, um bei den großen Textil- und Papierfabriken zu arbeiten. Unter dieser Bevölkerungsgruppe war sein Akzent nicht allzu sehr aufgefallen, obwohl er dennoch darauf geachtet hatte, keine unnötigen

Gespräche zu führen und Constance einkaufen zu lassen. Selbst ihr Nissan-Cabriolet stellte zu diesem Zeitpunkt ein Risiko dar, doch ihr einziges anderes Fahrzeug war der Traiblazer, den er tags zuvor von einem Parkplatz entwendet hatte. Welches Fahrzeug eher auffiel, ließ sich nicht voraussehen.

»Nein«, antwortete er lächelnd, »aber dich bestimmt schon. Die schönste Frau der Welt betritt kein Geschäft in der tiefsten Provinz der USA, ohne Aufsehen zu erregen.«

»Rhabarber, Rhabarber«, stöhnte sie und verdrehte ihre Augen, bevor sie die Autotür öffnete. »Lass uns spazieren gehen«, schlug Constance vor, als sie eine Tüte mit Lebensmitteln vor der Tür abstellte. »Ist ja sehr mild hier draußen heute Abend.«

Declan hielt inne und überblickte die Ufer des Sees, auf den sie gerade schaute. Sie bemerkte sein Widerstreben. »Hast du versucht, Kontakt mit deinen Freunden aufzunehmen – denjenigen, von denen du meintest, sie könnten uns helfen?«

»Ja, ich habe ihnen E-Mails geschrieben. Sie werden sie lesen und sich melden, davon bin ich überzeugt.« Er klatschte laut in die Hände. »Wie dem auch sei, in welche Richtung willst du gehen?«

Es stimmte, er hatte Fintan McGuire und Shane O'Reilly Nachrichten geschickt und war sich sicher, dass sie reagieren würden. Die Frage lautete allerdings, wann und wie? So weit draußen in der Natur bestand keine Internetanbindung, also waren die McIvers darauf angewiesen, immer wieder zu einer der wenigen Büchereien zu fahren, die es in der Region gab. Aber je häufiger sie sich dort blicken ließen, desto größer wurde die Gefahr, geschnappt zu werden.

Eine halbe Stunde später schlang Declan seinen Arm um den Rücken seiner Frau, während sie gemütlich einen schmalen Weg entlanggingen, der sich um den entlegenen Bergsee schlängelte und am Ufer von unzähligen Rhododendren flankiert wurde. Die Sonne war hinter den Kiefernwäldern der Allegheny Mountains im Westen verschwunden, weshalb der Pfad vor ihnen zusehends dunkler wurde.

Constance fuhr sich mit einer Hand durch das rotbraune Haar, als sie die Hütte wieder sehen konnten. »Ich bin wohl nicht unbedingt fürs Leben im Gebirge gemacht«, bemerkte sie, indem sie auf ihre Sandalen hinunterschaute und mit den Zehen wackelte. Die Ränder ihrer Hosenbeine waren schmutzig vom schlammigen Grund.

»Ach, ich weiß nicht.« Declan blickte ebenfalls auf ihre Füße und lachte. »Du passt vielleicht besser hierher, als du denkst. Elly May von den Beverly Hillbillys war immer barfuß und rang mit Bären um Honig. Komm, lass uns reingehen, bevor du zu frieren anfängst. Die Temperatur fällt schneller, als die Sonne untergeht.«.

»Hey – Declan!«, protestierte sie lachend, als er ihren Körper auf seine Schulter hob und sie trug wie eine verwundete Soldatin. Zehn Yards vor der Tür blieb er stehen und stellte sie sanft wieder auf den Boden. »Das zahl ich dir heim«, drohte sie gespielt.

»Psst«, zischte er und hob eine Hand, während er abseits ins Dunkel schaute.

Als sie seinem Blick folgte, blitzten zwei Autoscheinwerfer zwischen den dicht wuchernden Bäumen auf, verschwanden und erschienen gleich wieder. Ein Fahrzeug näherte sich über den unebenen Waldweg.

»Wer ist das?«, fragte Constance. »Erwartest du heute schon jemanden?«

»Nein.« Declan zog die Glock aus seinem Gürtel.

Die Lichtkegel wippten wieder hoch und huschten über die Eheleute. Rechts von ihnen knackte ein Ast. Sofort wusste Declan, dass es bereits zu spät war.

»Waffe runter!«, rief jemand aus der Finsternis.

Vollprofis. Das erkannte er an der Art, wie sie sie umstellt hatten. Seine Augen waren an die Dunkelheit gewöhnt, aber er sah nur die Schemen der beiden Männer, jeweils mit einem M4-

Karabiner im Anschlag und zum Töten bereit. Beide zu erschießen, war unmöglich, und um diesen Vorteil wussten sie.

Declan hingegen grübelte, wie die Kerle sie finden konnten. Er hätte sich beeilen und die Region verlassen sollen, war jedoch dem Gefühl falscher Sicherheit erlegen gewesen. Da er nicht wollte, dass Constance ein Leben auf der Flucht führte, hatte er ihren Aufbruch möglichst lange hinausgezögert. Jetzt verfluchte er sich dafür. Statt eines Lebens auf der Flucht stand ihnen nun gar kein Leben mehr in Aussicht.

»Waffe runter!«, rief der Mann erneut. »Wir sind nicht hier, um Sie zu verletzen!«

Die Scheinwerfer des Fahrzeugs schwebten über den letzten Buckel des Waldweges und tauchten den kleinen Platz, auf dem die Hütte stand, in strahlend weißes Licht.

»Und genauso wenig, um mir einen Staubsauger anzudrehen, Kumpel«, entgegnete Declan, der seine Arme hängen, die Pistole aber nicht fallen ließ. Er starrte geradeaus auf Constance, die völlig reglos verharrte, nachdem sie ihre Arme senkrecht in die Luft gestreckt hatte, und abwechselnd von einem Mann auf den anderen schaute.

»Da haben Sie recht, Kumpel, wir drehen niemandem … egal. Jemand will mit Ihnen plaudern, aber das ist ein wenig unangenehm, solange Sie ihm eine Waffe vor die Nase halten.« Der Mann links hinter ihm sprach unüberhörbar mit einem für diese Gegend typischen Akzent und hatte eine tiefe, heisere Stimme, wahrscheinlich vom jahrelangen Rauchen.

Der nahende Wagen nahm die letzte Kurve auf dem Waldweg und erwies sich, als er neben Constances Nissan Z stehen blieb, als dunkelfarbiger Minibus, ein neueres Modell mit stark getönten Scheiben. Das Fenster hinten rechts an der Schiebetür zur Ladefläche senkte sich mit leisem Summen, doch dahinter blieb alles schwarz. Declan hörte entweichende Luft zischen, bevor er etwas sah.

»Duck dich!«, schrie er und stieß Constance um, sodass sie in den Schlick der Fahrspur stürzte, aber diese Reaktion kam zu spät: Etwas – ein Pfeil – stach ihm schmerzhaft von der Seite in den Hals. Er zog ihn heraus und wollte mit der Glock anlegen, doch das Gift wirkte schnell. Zweimal hatte er abgedrückt, ehe ihm bewusst wurde, dass er ins Leere zielte. Die Schüsse verhallten in der Nacht. Dann wurde er von hinten gestoßen, fiel auf den Rücken und blieb flach liegen. Aus dem Nichts näherte sich ein schwarzer Stiefel und trat auf seinen Unterarm, sodass er die Hand mit der Waffe nicht mehr bewegen konnte. Während er sich bemühte, den Nebel zu vertreiben, der stetig auf sein Bewusstsein herabsank, riss er ein Bein hoch, um gegen eine Kniescheibe des Mannes zu treten, der über ihm aufragte, doch statt einen Treffer zu landen, wurde sein Bein wider Erwarten von dem zweiten Angreifer am Fußgelenk festgehalten und verdreht, um ihn in Schach zu halten. Sein Sichtfeld verschwamm und wurde blitzartig schwarz.

»Mein lieber Schwan, er ist schon fast platt. Ganz schön heftiges Zeug.«

Die Stimme sprach langsam und mit gedehnten Silben, doch Declan hätte nicht sagen können, ob es tatsächlich ein Akzent war oder das Gift seine Wahrnehmung trübte. Ein »Dreckskerle« trotzte er sich noch ab, während er der Ohnmacht näherkam.

»Nicht gleich ausfällig werden, Kumpel.«

Kapitel 45

19:26 Uhr, Eastern Standard Time – Mittwoch, Russell-Senatsgebäude, Washington D.C.

»Es war ohne Zweifel seine Hütte, Senator«, sagte der leitende Sonderbeamte Robert Evers, als David Kemiss an sein Handy ging. »Leider scheinen die beiden das Weite gesucht zu haben, kurz bevor wir eintrafen.«

»Verdammt!« Der Senator schlug mit einer Faust auf seinen Schreibtisch. Lane Simards Rückmeldung stand immer noch aus, und das FBI hatte nichts bewirkt. Je länger das alles dauerte, desto weiter konnte sich McIver absetzen. »Haben Sie etwas anderes, überhaupt *irgend*etwas?«

Evers schwieg für einen Moment, während Kemiss bewusst wurde, dass er eine unsichtbare Grenze übertrat, wenn er vom politischen Macher, zu einem verzweifelten Mann mit verborgenen Motiven wurde. »Tut mir leid«, lenkte er schließlich ein, wobei er seine Stimme wieder auf Normalpegel senkte. »Die Castellanos stehen mir nahe, darum nehme ich das sehr persönlich.«

»Verstehe, Sir. Wir gehen davon aus, dass die beiden nur wenige Minuten vor unserer Ankunft verschwunden sind. Irgendwie haben sie uns kommen sehen und sich davongemacht. Vor der Tür der Hütte stand sogar noch eine Einkaufstüte. Die Polizei fährt im gesamten Gebiet Streife, wir haben Kontrollpunkte errichtet, und die lokalen Medien werden ihre Gesichter binnen Minuten publik gemacht haben. Falls Sie noch in der Gegend sind, werden wir sie stellen.«

»Gut. Die Angehörigen von Castellano und Kafni verdienen Gerechtigkeit, ganz zu schweigen von den Familien der Opfer des Bombenanschlags.«

»Das FBI gewährt der Fahndung landesweit Vorrang, Senator. Auf der Liste gesuchter Verbrecher steht Declan McIver jetzt an erster Stelle, und um ihn zu finden, setzen wir Himmel und Erde in Bewegung. Zu dumm, dass wir praktisch nichts haben, woran wir uns orientieren können.«

»Ich sicherte Ihnen die Unterstützung meines Büros zu, und dort hat man durchaus etwas. Ich arbeite daran, Ihnen mehr Informationen zu seiner Vergangenheit bereitstellen zu können.«

»Die werden uns sicherlich maßgeblich weiterhelfen, Sir. So, wie es in der Hütte aussah, müssen sie überstürzt zu Fuß aufgebrochen sein. Sie sind bestimmt nicht weit gekommen.«

»Das hoffe ich. Halten Sie mich über jeden Ihrer Schritte auf dem Laufenden, ja?«

»Selbstverständlich, Sir.«

Kemiss legte das Telefon nieder und sah auf seine Uhr; so viel zu Simard, der ihm Antworten versprochen hatte. In den USA war es Abend, in Großbritannien also schon nach Mitternacht. Falls der Kerl seinen erlauchten Job als Leiter der CIA-Außenstelle in London behalten und nicht auf irgendeinen verlorenen Posten in der Ukraine versetzt werden wollte, tat er gut daran, sich schnellstens zu melden.

Der Senator stand von seinem Schreibtisch auf und streckte sich. Es war zwar spät, doch wenn er sich beeilte, erwischte er vielleicht noch den letzten Zug zu seinem Appartement und konnte zumindest versuchen, sich ein wenig auszuruhen. Er begann, einige Ordner mit Gesetzesvorlagen zusammenzupacken, die er demnächst absegnen sollte, legte sie dann aber doch wieder auf den Tisch. Warum sollte er die Entwürfe lesen, wenn er sowieso nicht im Senat sitzen würde, um dafür oder dagegen zu stimmen? Denn das würde geschehen, wenn seine Pläne in absehbarer Zeit keine Früchte trugen. Eine Flutwelle der Skandale würde ihn aus der US-Politik spülen.

Sein Telefon läutete erneut. Da zu dieser fortgeschrittenen Stunde kein Personal mehr in der Zentrale anwesend war, konnte nur jemand anrufen, der die Durchwahlnummer kannte.

»Kemiss?«

»Simard hier«, klang es aus dem Hörer. »Entschuldige, dass es so lange gedauert hat, doch die Akten in London waren anscheinend sehr alt, also musste man einen Teil der Informationen rekonstruieren, bevor man sie weiterreichen konnte.«

»Sei's drum, was lässt sich daraus schließen?«

»Ich sende dir die Dateien jetzt zu, doch wie sich herausgestellt hat, gibt es beim britischen Geheimdienst keine gesonderte Akte zu Declan McIver. Sein Name taucht nur in einer Akte auf, die einer Spezialeinheit gewidmet ist, der sogenannten Black Shuck.«

»Was um Gottes willen soll ich mir darunter vorstellen?«

»Erinnerst du dich an Foresters Worte neulich, wo er meinte, es gebe Belege dafür, dass die Sowjets mit der IRA zusammengearbeitet haben könnten?«

»Ja.«

»Nun, das stimmt. Was ich dir vom MI5 zusende, deutet darauf hin, dass Mitte der 1980er das Gerücht unter den paramilitärischen Gruppen gestreut wurde, dass einige Mitglieder des rechtsextremen Flügels der IRA mit der Ausbildung einer Spezialeinheit zugange wären. Angeblich stand jemand von ihnen gut mit irgendwelchen hohen Tieren des sowjetischen Militärs und ließ einige Männer bei deren Sonderkommando – den GRU-SpezNas – ausbilden. Offiziell war diese Einheit als Black Shuck bekannt.«

»Jesus Christus«, murmelte Kemiss. »Dieser Kerl ist also ein von den Russen ausgebildeter Terrorist?«

»Womöglich. Sein Name steht auf einer Liste mit ungefähr 100 weiteren potenziell Verdächtigen und ferner in mehreren Einzelprotokollen der Akte, aber Genaueres findet sich nicht. Die britischen Nachrichtendienste haben die Untersuchung nie zu Ende geführt. In den frühen 1990ern wurde sie eingestellt, nachdem eine absolut zuverlässige Quelle – so hieß es jedenfalls – mit dem Codenamen Homeless Viper behauptete, die Einheit habe sich aufgelöst. Die IRA soll bekannt dafür gewesen sein, sich von innen heraus zu zersetzen, weil sie auf allen Ebenen von britischen Spitzeln unterwandert wurde.«

»Wie spannend.« Kemiss interessierte nur, ob McIver dazugehört hatte oder nicht. Falls er ihn als Mitglied einer speziell ausgebildeten Einheit von Terroristen darstellen konnte, durfte der Mann von sich geben, was er wollte, ohne dass man ihm jemals Glauben schenken würde.

»Was Nordirland betrifft, David, muss ich dich warnen, denn die Situation dort zu begreifen war und ist extrem schwierig.«

»Das will ich überhaupt nicht«, stellte Kemiss klar, obwohl er darauf bedacht war, nicht den gleichen Fehler wie soeben bei Robert Evers zu machen. Wie dieser versuchte Simard, einen Mann zu fassen, von dem er annahm, er habe sich eines Verbrechens schuldig gemacht. »Ich brauche diese Informationen nur, weil daraus vielleicht hervorgeht, wo er sich versteckt und wessen Hilfe er einholen könnte.«

»Das ist eine Menge Material, David. Es durchzusehen und alles Nützliche herauszuziehen könnte eine Weile dauern.«

»Kannst du dir vorstellen, wie viele Gesetzesentwürfe die Bundesregierung in letzter Zeit formuliert hat? Schick mir ruhig alles. Hier gibt es Angestellte, denen man einen Orden für all die Papierschnittwunden verleihen müsste, die sie sich zugezogen haben.«

»Ist unterwegs, David. Obacht allerdings: Einige Namen und Orte wurden abgeändert, um die Identitäten von Geheimagenten zu schützen. Dagegen konnte ich nichts tun.«

»Danke, Lane. Ich werde nicht vergessen, dich bei deinen Vorgesetzten zu loben, weil du so hilfsbereit bist.«

»Dank–«

Kemiss legte auf, bevor Simard ausgesprochen hatte, und wählte sofort eine andere Nummer. Ein junger Mann nahm den Anruf entgegen.

»Colin? David Kemiss am Apparat. Ich habe einen Auftrag, den Sie sofort übernehmen müssen. Sind Sie bereit dazu, Sohn?«

»Ja, Sir. Natürlich.«

»Gut, dann kommen Sie her, ich erkläre Ihnen alles?«

Kapitel 46

21:10 Uhr, Eastern Standard Time – Mittwoch, Greenbrier-Ressort, White Sulphur Springs, West Virginia

Kühle Luft wehte Declan schlagartig entgegen, als die Tür des Busses aufgezogen wurde. Gleich darauf roch es nach Müll. Er war nur wenige Augenblicke zuvor zu sich gekommen, und sein Kopf schmerzte noch wegen des Giftes, mit dem man ihn außer Gefecht gesetzt hatte. Seine Hand- und Fußgelenke waren fest verschnürt, seine Augen mit einem Tuch verbunden, das nach Fett stank und sich anfühlte wie ein alter Putzlumpen. Er spürte, wie jemandes breite Hände sich unter seine Achseln schoben und er hochgezogen wurde.

»Auf geht's Kumpel, deine Verabredung wartet.«

Declan erkannte die Stimme. Es war die eines der bewaffneten Typen vor der Hütte. Er ließ sich hängen, um möglichst schwer zu bleiben, stellte aber gleich fest, dass er sich vergeblich bemühte; die beiden Männer hatten ihn fest im Griff, während sie ihn aufrecht hielten und aus dem Bus schleiften. Seine Beine kribbelten, wenn sie auf den Boden schlugen, als wären sie eingeschlafen gewesen.

Der Fettgestank hing schwer in der Luft, und der Geräuschkulisse nach zu urteilen befanden sie sich auf einem Ladeplatz oder so etwas in der Art, der sich in unmittelbarer Nähe eines Restaurants befand. Wie lange war er bewusstlos gewesen? Wo steckte Constance? Er versuchte erneut, sich den zwei Männern zu widersetzen, die ihn schleppten, aber es half nichts. Nachdem er einen Schwall der stickigen Luft eingesogen hatte, wollte er sich nach seiner Frau erkundigen, brachte die Worte aber nur schwerfällig und unverständlich hervor.

»Schafft ihn hier rein«, hörte er eine Stimme von vorne. Seine beiden Träger blieben kurz stehen, woraufhin er erahnte, dass eine Tür entriegelt und geöffnet wurde, bevor sie ihn in den Raum dahinter brachten.

Dann wurde unverkennbar ein Metallstuhl über Betonboden gezogen. Die Männer ließen ihn auf die Sitzfläche sacken. Er blieb völlig ruhig, auch weil er sich stark konzentrieren musste, um seine Haltung zu bewahren, solange das Betäubungsmittel noch nachwirkte. Ein Scharren ertönte – die Füße mindestens zweier Personen, die sich um ihn bewegten –, und gleich darauf fiel die Tür, durch die sie ihn hereingetragen hatten, mit einem lauten Knall zu. Dann blieb es still. War er allein? Nein, er spürte jemanden in der Nähe – vor sich stehen, um genau zu sein.

»Willkommen im Greenbrier-Ressort, altes Haus. Bedaure, die Unterkünfte lassen zu wünschen übrig, aber wie es aussieht, hast du dir ein bisschen Ärger aufgehalst.«

Declan wusste sofort, wem die Stimme gehörte. Sie klang jetzt reifer, irgendwie erfahrener.

Als ihm die Augenbinde abgenommen wurde, kühlte der Luftzug sein schweißnasses Gesicht. Er sah sich blinzelnd um.

»Fintan?«

»Gut erkannt. Und du siehst richtig beschissen aus, Kamerad.«

»Freut mich auch, dich wiederzusehen«, spottete Declan erschöpft, wobei ihm die Stimme mehrmals versagte. »Wie hast du es geschafft, mich so schnell zu finden?«

»Schnell? Wir haben dich drei Tage lang gesucht.«

»Wieso?«

»Weil dir, wie du wissen müsstest, wenn du die gleichen Zeitungen gelesen hast wie ich, das Wasser bis zum Hals steht.«

»Jemand hat Kafni umgebracht und es mir angehängt, weil ich Zeuge war.«

»Ich ahnte, dass es etwas damit zu tun hat. Hier, trink das, davon bekommst du wieder einen klaren Kopf.«

Wasser tropfte auf Declan, als er eine Flasche an den Mund gehalten bekam.

»Oh, ihr könnt ihn jetzt losbinden«, sagte Fintan. »Er wird niemandem etwas tun, kann ja kaum gerade sitzen.«

Declan spürte, wie sich seine Handfesseln vorübergehend strafften, während etwas dagegen drückte. Ein Ruck, dann waren sie durchschnitten, und seine Arme hingen schlaff herunter. Er beugte sich nach vorne und legte sein Gesicht in die Hände, um den Schweiß abzuwischen. Fintan tippte mit der Flasche gegen seine Finger. Er nahm sie und trank so hastig von dem kalten Wasser darin, dass etwas davon über sein Kinn in sein Hemd rann. Nachdem er die Flasche auf den Boden gestellt hatte, brauchte er einen Moment, um sich zu besinnen.

Als er sich erneut umschaute, erkannte er, dass er in einem leeren Kühlhaus saß. Ein großer, dunkelhaariger Mann mit kantigem Kinn, der einen schwarzen Trenchcoat trug, stand vor ihm und hatte einen beunruhigend teilnahmslosen Ausdruck im Gesicht. Fintan hingegen saß ein Stück entfernt, was Declan zunächst überraschte, als sein Blick auf ihn fiel: Beinahe hatte er vergessen, dass sein alter Freund an einen Rollstuhl gefesselt war. Ein Andenken aus ihrer Zeit in der IRA.

Fintan tätschelte die Armlehnen und lächelte. An seinem wuscheligen, braunen Haar und den eckigen Gesichtszügen hatte sich seit ihrer letzten Begegnung nichts verändert. Zwar war er faltiger geworden, doch seine Augen vermittelten nach wie vor, dass er sich für schlauer hielt als sein Gegenüber.

»Etwas sportlicher als das alte Modell, das du noch kennst«, bemerkte er. »Mit Krücken kann ich sogar wieder gehen, aber das hier ist ein ausgemachter Irrgarten und … na ja, so ist es halt besser.«

Declan erinnerte sich an den Abend, als Fintan verletzt worden war. Ein Schuss in den Rücken, abgegeben von einem Killer, hatte ihn von den Hüften an abwärts gelähmt. Dieser war von einer Gruppe linker IRA-Anführer aus Belfast angeheuert worden, um bei den McGuires in Mullaghmore gleich hinter der Grenze zur Republik Irland einzubrechen. Damit hatten sie einen Machtkampf innerhalb der Organisation beenden wollen, in dessen Verlauf Kommandanten vom rechten Rand aus den sechs Countys im Norden gegen sie vorgegangen waren, weil sie die

Machtverdichtung in Belfast und die politischen Ziele von Sinn Féin missbilligt hatten.

Erzürnt in der Annahme, der Führungsriege in der Hauptstadt sei eher daran gelegen, auf die Launen der Gegner der IRA in Stormont und Westminster einzugehen sowie den bewaffneten Konflikt lediglich als Druckmittel zu verwenden, um politische Macht zu gewinnen und sich selbst zu bereichern, waren diese Kommandanten unter der Leitung von Eamon McGuire zusammengekommen – Fintans Vater, Anführer der IRA-Brigade Armagh South – und hatten vereinbart, den Militärrat für sich zurückgewinnen zu wollen sowie den Kampf für einen vereinten irischen Staat aus 32 Bezirken fortzusetzen. Die Krönung des Plans von McGuire, der finanziell unabhängig war, sollte eine Gruppe von Terroristen mit besonderer Ausbildung sein, die den Codenamen Black Shuck von ihm erhalten hatte und dazu in die Sowjetunion geschickt worden war, wo sie der abtrünnige Befehlshaber einer Spezialeinheit namens *Wympel* betreut hatte.

Logischerweise war diese Provokation nicht gut bei den Politikern hinter Sinn Féin angekommen, also hatten sie das Team mithilfe eines Verräters – Torrance Sands – angreifen und die Mitglieder ausschalten lassen. Declan war der Kommandant einer der vier aktiven Kampfeinheiten gewesen, die Black Shuck unter Eamon McGuires Ägide gebildet hatten. Diesen Posten war er in derselben Nacht losgeworden, als sich Fintan die Kugel eingefangen hatte. Eamon McGuire, ein halbes Dutzend anderer Kommandanten und doppelt so viele Kämpfer, die zu den besten der IRA gezählt hatten, waren gestorben. Declan und sein Mitstreiter Shane O'Reilly hatten nur deshalb überlebt, weil sie erst nach dem Angriff eingetroffen und lediglich auf die Toten gestoßen waren.

Declan verbarg sein Gesicht erneut in den Händen. Innerlich fluchte er. Er konnte zwar einen klaren Blick fassen und endlich wieder sowohl Arme als auch Beine bewegen, sein Schädel brummte aber immer noch.

»Womit haben mich deine Männer angeschossen? Wo ist Constance?«

»Ach, deine Frau … ein toller Fang übrigens, Dec.« Fintan kicherte. »Ihr geht es gut, doch, doch. Sie ist oben in einer Suite, wo sie wahrscheinlich gerade eine Gesichtsmaske und eine Massage bekommt. Was die Pfeile angeht, so habe ich keine Ahnung, womit sie versetzt waren. Muss wohl was aus Lynch Borneans Chemiebaukasten gewesen sein. Nur zwei dieser Männer gehören zu mir, die übrigen sind Freunde von Freunden … worüber ich nicht sonderlich glücklich bin, weil ich großen Wert darauf lege, unter Verschluss zu halten, dass ich mich hier aufhalte. Aber wirklich aussuchen konnte ich es mir nicht. Mir war klar, dass ich jemanden brauchte, der verdammt gut ausgebildet ist, um es mit dir aufzunehmen.«

»Also weiß niemand, dass du hier bist?«

»Nein. Das Personal ist Diskretion bei Besuchen von Politikern gewohnt, was hoffentlich so bleiben wird. Sobald wir fertig sind, sitze ich wieder in einem Flieger zurück nach Hause.«

»Wie hast du mich gefunden?«

»Himmel, Declan, dein Verhalten ist nicht so schwer vorauszusehen. Ich wusste, dass du irgendwo weitab von allem einen Unterschlupf besitzt, schätzte aber auf etwas im Umkreis von weniger als 100 Meilen, bezogen auf dein Haus. Ein lauschiges, ruhiges Fleckchen. Gleich, als ich die Nachrichten sah, ließ ich einen meiner Jungs herumtelefonieren. So geriet er an diesen netten, alten Herrn – der war zufälligerweise mal Späher bei der US-Marine gewesen und arbeitet hier in der Küche. Nachdem er die möglichen Verstecke sondiert hatte, klemmte er sich gemeinsam mit ein paar Bekannten dahinter, um darauf zu warten, dass du auftauchst.«

»Mensch, Fintan, bei dieser Geschichte mischen mittlerweile viel zu viele Typen mit. Woher weißt du, dass mich dieser Kerl nicht verpfeift oder schon verpfiffen hat?«

»Mein Freund Lynch hier versichert, dass man sich auf ihn verlassen kann«, antwortete Fintan, indem auf den Mann zeigte, der hinter Declan stand. »Hat ihn während der Operation Wüstensturm kennengelernt und sagt, er sei der Regierung nicht wohlgesonnen – du weißt schon, ist einer dieser Verschwörungstheoretiker. Mir kommt er relativ vertrauenswürdig vor, aber das ist ein umso triftigerer Grund dafür, dich schleunigst in ein Flugzeug zu setzen und von hier abzuhauen. Da er dich ausfindig gemacht hat, brauchen die Bullen auch nicht mehr lange. Ich kenne den einen oder anderen in der Schweiz, der dich und deine Frau in einer schnuckligen Alm unterbringen könnte, wo ihr so viel Ski fahren und schmusen dürft, wie ihr wollt, bis in ein paar Monaten Gras über die Sache gewachsen ist.«

Declan schüttelte den Kopf. »Das wird nicht geschehen. Wir müssen diese Schweine stellen und aufhalten. Kafni wird nicht umsonst gestorben sein, und sie sollen dafür büßen, dass sie mein Leben kaputtgemacht haben. Um mit der Vergangenheit abzuschließen, arbeitete ich zu hart, als dass ich mir alles einfach so nehmen lassen werde.«

»Meine Fresse, Declan, du hast dieses Märchen vom amerikanischen Traum schon immer für wahr gehalten, richtig? Deine Probleme wiegen schwerer, als dir bewusst ist – *unsere* Probleme. Wer auch immer hinter dir her ist, hat sich die Mühe gemacht, bis zum Security Service in London zu gehen. Shanes Abteilung erhielt heute Vormittag einen Auftrag. Der Geheimdienst soll alle Informationen zusammenstellen, die er über dich hat, um sie herauszugeben. Shane zögert die Bearbeitung hinaus, so gut er kann, und wird sogar versuchen, den Auftraggeber zu bestimmen, aber das bringt uns auch nicht viel. Ihr müsst möglichst schnell auf Tauchstation gehen, und zwar bestimmt nicht in einem See vor irgendeiner Hütte. Ich meine mit allen Schikanen: neuen Namen, neuen Ausweisen, das volle Programm.«

»Hab ich alles – schon seit Jahren. Französische Reisepässe und Ausweispapiere, deutsche Reisepässe und Ausweispapiere … es ist aber nicht so, dass sie die Suche nach mir aufgeben werden, nur weil ich davonlaufe und mich verstecke. Solange ich am Leben bin und die Wahrheit kenne, werden sie mich jagen. Ob ein paar Tage, Monate oder Jahre … egal wie du es drehst, rücken sie näher. Wir wären bis ans Ende unserer Tage auf der Flucht, und ich bin es leid, zu fliehen, Fintan. Zu viele Menschen sind vor meinen Augen gestorben, weil irgendwelche Machthaber heimlich mit Psychopathen gemeinsame Sache machen, die frei herumlaufen und alle Welt umbringen wollen.«

»Kannst du mir mal erklären, wie du diese Typen aufspüren willst? Du weißt doch nicht einmal, wer sie sind, oder? Sie schafften es ohne großen Aufwand, sich ganz oben in Whitehall einzunisten. Was willst du tun, falls die ganze Angelegenheit bis zum Präsidenten oder so getragen wird? Mit einer ganzen Regierung kannst du dich nicht anlegen.«

»Muss ich auch nicht. Wir leben weder in den 1980ern, noch ist das hier Nordirland. Wir sind in den USA, und egal, wer die Verantwortlichen sind, sie stehen mit dem Rücken zur Wand. Mag sein, dass sie Macht und Mittel besitzen, aber das wird sie nicht retten, wenn wir aufdecken, was sie in Wirklichkeit treiben.«

Fintan schüttelte den Kopf. »Dass man dir nichts ausreden kann, sollte ich eigentlich wissen. Du bist sturer als ein Hund, der einen Knochen kaut, so warst du schon immer.«

Declan lehnte sich zurück, holte tief Luft und trank noch einmal aus der Flasche. Keine der Optionen gefiel ihm, doch so lief es nun mal in solchen Situationen. Man musste das Beste aus den Gegebenheiten machen, und Fintan hatte recht: In den USA zu bleiben, war nicht unbedingt klug. Diese Tatsache hatte Declan schon am vorangegangenen Abend eingesehen. Je weiter er sich von den Intriganten absetzen konnte, die ihn verstummen lassen wollten, desto gesünder würde es für ihn sein, während die Chancen stiegen, dass er herausfand, um wen es sich handelte, bevor sie ihn erwischten.

»London«, sagte er laut, aber an niemand Bestimmtes gerichtet.

Er hielt es für höchst unwahrscheinlich, dass maßgebliche Verbindungen zu London bestanden. Er lebte jetzt etwas länger als zehn Jahre in den USA, und seine Angaben bei der Einwanderungsbehörde, als er einen Antrag auf Staatsbürgerschaft gestellt hatte, waren im gleichen Umfang so verbindlich wie lückenhaft gewesen. An diesem Punkt kam der Inlandsgeheimdienst ins Spiel. Diejenigen, die hinter ihm her waren, brauchten Informationen und hatten Kontaktpersonen in der britischen Regierung darum gebeten, sie zu besorgen. Dessen ungeachtet musste jemand dort wissen, woher die Anfrage stammte, und dieser jemand war vermutlich das beste Pferd, auf das Declan setzen konnte, um herauszufinden, wer die Verantwortung dafür trug, was sich seit Freitagabend ereignet hatte.

Fintan schien seine Gedanken lesen zu können. »Pass auf«, meinte er. »Du findest diese Typen am schnellsten, wenn du dich an Shane hältst. Lass ihn die Spur in London weiterverfolgen, während du den Kopf einziehst. Wenn er etwas aufschnappt, können wir uns Gedanken darüber machen, wie wir fortfahren. Ihr zwei Herzchen könnt es euch auf dem Gut in Mullaghmore gemütlich machen. Niemand würde darauf kommen, euch dort zu suchen, weil es seit Jahren nicht genutzt wird. Ihr wäret Shane nahe genug, falls er etwas herausfindet, und könntet von dem Trubel Abstand nehmen, dem ihr hier ausgesetzt seid.«

Declan nickte. »Dann hoffe ich mal, dass du seit meinem letzten Besuch in Mullaghmore renoviert hast.«

Als Fintan sein Gesicht verzog, wurde Declan bewusst, wie unsensibel seine Bemerkung war. Er hatte das Anwesen der McGuires zuletzt an jenem Abend gesehen, als Black Shuck ausradiert worden und Eamon gestorben war.

»Entschuldige.«

»Warum?«

»Ich wollte nicht …«

»Schwamm drüber. Er behandelte Shane und dich eher wie Söhne als mich. Wir müssen in die Gänge kommen.« Fintan fuhr zur Tür. »Mein Pilot wird meine Maschine startklar machen, dann hauen wir ab. Morgen um diese Zeit kannst du sicher im County Monaghan sitzen.«

Kapitel 47

6:53 Uhr, Eastern Standard Time – Donnerstag, Wohnwagensiedlung Piney Ridge, White Sulphur Springs, West Virginia

Nate Crickard wusste um die unterschiedlichen Rollen, die er bei seinen Mitmenschen spielte: Für seinen 13-jährigen Sohn war er ein Vater … jedenfalls hatte er versucht, einer zu sein. Seine Exfrau hielt ihn für einen Versager mit Alkoholproblem; sein Arbeitgeber Karl Lindgren, der leitende Direktor des Greenbrier-Ressorts, zählte ihn zu seinen Stellvertretern, beim Personal des medizinischen Zentrums Virginia in Beckley galt er als Veteran, und viele Tausende Amerikaner sahen ihn aufgrund seiner Leistungen fürs Land als Patrioten. All diese Bezeichnungen hatte er schon zu hören bekommen, aber eine noch nie: Verräter.

Als er jetzt allein mit einer Flasche Jack Daniel's neben sich in dem Mobilheim hockte, das er sein Zuhause nannte, und den grauen Bart kraulte, den er sich während seines ersten Urlaubs seit fünf Jahren hatte wachsen lassen, fühlte er sich wie ein Vaterlandsverräter … und selbst verraten. Er schlug die aktuelle Ausgabe des *Lewisburg Mountain Messenger* auf einem schäbigen Beistelltisch aus Pressholz vor sich auf und las die Worte noch einmal, um sicherzugehen, dass er sie sich nicht zusammengesponnen hatte: *Bombenattentat und Mordserie: Gesuchter Terrorist auf freiem Fuß im Greenbrier County?*, so stand es nach wie vor in schwarzen Druckbuchstaben in der Ecke unten über einem Foto des Verdächtigen.

»So eine Scheiße!«, fluchte er laut und knallte das halb volle Glas, aus dem er getrunken hatte, auf die Zeitung; ein rostfarbener Fleck tränkte das Papier. Solches Pech konnte nur er haben: Wie war es möglich, dass sich alles, was er anpackte, buchstäblich vor seinen Augen in Wohlgefallen auflöste? Handelte es sich um Zufälle, oder stand er schlichtweg unter einem Fluch? Er schlug mit einer Faust auf den Tisch, sodass die Platte anriss, und fluchte umso mehr, als ein stechender Schmerz durch seine Hand raste. Im Laufe der letzten zehn Jahre war sein Leben immer erbärmlicher geworden.

Den Anfang der Abwärtsspirale markierte sein Austritt beim Marinekorps, nachdem er brutal über den Kerl hergefallen war, den er mit seiner Frau im Bett erwischt hatte. Bei der Verhandlung vor dem Kriegsgericht hatte man ihm zwei Möglichkeiten geboten: Entweder freiwilliger Austritt aus dem Marinekorps, ohne je wieder über den Vorfall zu sprechen, oder unehrenhafte Entlassung und zwei Jahre Knast. Er hatte die erstere Option vorgezogen und dann seiner Frau beim Packen zugesehen, bevor sie mit ihrem damals einjährigen Sohn verschwunden war, um zu ihrem verprügelten Freund nach Charleston in South Carolina zu ziehen, wo die beiden, soweit Nate wusste, immer noch wohnten.

Gern hätte er behauptet, dass es danach besser wurde, doch das wäre eine Lüge gewesen. Er hatte sich wieder in White Sulphur Springs niedergelassen, wo er geboren und aufgewachsen war, obwohl sich die Anstellungsmöglichkeiten für ungelernte Arbeiter dort darauf beschränkten, in den umliegenden Fabriken Muttern auf Schrauben zu drehen oder eben am Greenbrier-Hotel den Müll zu entsorgen und die Anlage zu pflegen. Niemanden interessierte, dass er ein M4A1-Gewehr in weniger als 15 Sekunden zerlegen konnte oder aus einer Entfernung von 100 Yards zwischen die Augen traf.

Nach seiner Einstellung am Ressort hatte er sich die Gunst des Hoteldirektors erarbeitet – vom Tellerwäscher zum Gardemanger und schließlich Souschef, was 40 Dollar mehr pro Woche bedeutete, weshalb er momentan etwas über 300 mit nach Hause nahm. Irgendwie musste er sich im Laufe dieser Zeit 50 Pfund angefressen haben und litt nun sowohl unter Typ-2-Diabetes als auch einer Form von Neuropathie, weshalb seine Hände und Füße oft taub wurden. Den Ärzten im Klinikum zufolge würde ihn das Trinken langsam umbringen, doch er hatte ihnen gesagt, sie könnten ihn mal. Ohnehin war es nicht so, dass er weiterleben wollte, nur fehlte ihm der Mut, sich selbst die Kugel zu geben.

Die letzten schönen Erinnerungen, die er sich bewahrt hatte, stammten aus seiner Zeit im Marinekorps auf geheimen Missionen in Staaten wie dem Irak, Somalia und Jugoslawien – oder wie auch immer man das dort drüben gerade nannte.

Er hatte nicht lange gefackelt, als er von einem alten Freund angerufen worden war, einem ehemaligen Soldaten der britischen Special Forces. Dieser hatte ihm einen Job angeboten.

Dean Lynch gehörte zu den wenigen Personen, denen er nie die Freundschaft gekündigt hatte.

Seines Wissens war der Brite auch völlig ahnungslos, was die Umstände seines Austritts aus dem Marinekorps und sein zum Trümmerfeld zersprengtes Leben betraf. Falls doch, hatte er es nicht erwähnt, und das konnte Nate nur recht sein. In sporadischem E-Mail-Austausch, dem er sich jeden Mittwoch – das war sein freier Tag – in der öffentlichen Bücherei des Greenbrier County widmete, lieferten sie sich einen heiteren Schlagabtausch in Form von alten Geschichten und Sticheleien, wobei Nates Grußwort stets *Gott schütze uns vor der Königin* lautete.

Dean Lynch verdingte sich nun im privaten Sektor und benötigte Hilfe, um eine gewisse Person zu finden, die sich vermutlich irgendwo in der Gegend um Roanoke in Virginia versteckte. Wer der Mann war oder weshalb man nach ihm fahndete – Antworten auf diese Fragen war Lynch schuldig geblieben, was Nate aber nichts ausmachte, solange er seine mitleiderregende Existenz für eine Weile vergessen konnte.

Jetzt, während er auf das Foto eines Mannes hinunterschaute, dem ein Verbrechen von internationaler Tragweite unterstellt wurde, bereute er, das Geschehen in den amerikanischen Medien nicht aufmerksamer verfolgt zu haben, und gelangte zu der Einsicht, dass er nichts weiter als ein brauchbarer Einfaltspinsel gewesen war, der praktischerweise in der Umgebung wohnte. *Falsche Zeit, falscher Ort*, dachte er.

Unterstützt von mehreren anderen Veteranen, die er aus dem

Krankenhaus kannte, hatte Nate vier infrage kommende Gebiete ausgemacht. Mit Aussicht auf gutes Geld und voller Begeisterung darüber, alte Zeiten wieder aufleben zu lassen, waren sie ausgeschwärmt und hatten sich auf die Lauer gelegt, um den Gesuchten an einem der Orte abzufangen. Schließlich waren es Nate und Lynch gewesen, die den Mann – der extrem gefährlich sei, so der Brite – gemeinsam in die Enge getrieben und es geschafft hatten, ihn auszuschalten, ohne einen Schuss abzugeben, was Nate ein wenig sauer aufgestoßen war. Es wäre ihm durchaus recht gewesen, im Kampf eine Kugel einzufangen und so den Löffel abzugeben.

In jedem Fall wäre das akzeptabler gewesen als das Gefühl, Landesverrat begangen zu haben, und die Erkenntnis, von einem Mann ausgenutzt worden zu sein, den er für seinen Freund gehalten hatte. Nun flog ein Mann, von dem die Zeitungen behaupteten, er habe in den Vereinigten Staaten zahllose Morde begangen, frei wie ein Vogel davon, nachdem Lynch ihn mitten in der Nacht auf Geheiß irgendeines Strippenziehers weggeschafft hatte, dessen Namen Nate nie genannt worden war, geschweige denn, dass er ihn je hatte sehen dürfen.

Ich hätte es besser wissen müssen. Dieser englische Windhund wagt sich besser nie wieder in meine Nähe; ich reiß ihm die Rübe ab und spiele Football damit.

Nates Gesicht wurde hochrot. Er schraubte den Deckel von der Whiskeyflasche ab, trank sofort einen kräftigen Schluck, statt sich einzuschenken, und atmete dann stöhnend aus, solange der Alkohol auf dem Weg durch die Speiseröhre in seinen Magen brannte.

Ich kann das noch geradebiegen, glaubte er, während er auf die Telefonnummer unter dem Artikel blickte. Im Abschnitt darüber wurde sie einem Sonderkommando zugeordnet, das zum Aufspüren und Festnehmen des Verdächtigen – Declan McIver hieß er – eingesetzt wurde. Kein Zweifel, das FBI war imstande, sich mit den Behörden anderer Staaten kurzzuschließen und ihn bei seiner Landung abzufangen, wohin er auch geflogen war.

Es war Nate schleierhaft, weshalb Lynchs Auftraggeber derart besorgt um das Schicksal eines irischen Terroristen war. Aber wer konnte die Beweggründe der Paddys schon nachvollziehen? Ihm selbst ging es jetzt nur um Wiedergutmachung, und eventuell – ja, eine geringe Wahrscheinlichkeit bestand – gelang es ihm dabei, einen Teil seiner Würde zurückzugewinnen. Nach einem weiteren Schluck aus der Flasche schraubte er den Deckel wieder auf, griff zum Telefon und wählte die Nummer.

Kapitel 48

7:23 Uhr, Eastern Standard Time – Donnerstag, Industriepark Van Deman, Dundalk, Maryland

»Der Junge kann uns gefährlich werden, Abu«, mahnte Anzor Kasparow. »Er hat in den letzten beiden Tagen nichts anderes getan, als die Leiche seines Bruders anzustarren. Die anderen werden nervös.«

»Vacha war ein guter Soldat, aber Scharpuddin – er gehört nicht mehr zu uns«, erwiderte Ruslan Baktayew, während sie an der Hintertür der verwaisten Schweißerei standen und auf den eingezäunten Hof hinausschauten.

Irgendwann einmal mussten wertvolle Gerätschaften auf dem Platz gelagert worden sein, denn der Zaun war flächendeckend mit Holzpaletten behangen, damit niemand von außen sehen konnte, was sich auf dem Grundstück befand. Verrostete Stacheldrahtstränge verhinderten das Eindringen etwaiger Neugieriger, und an mehreren Stellen prangten Schilder mit der Aufschrift: *Vorsicht bissiger Hund*. Jedoch unabhängig davon, was es gewesen sein mochte, fehlte längst jede Spur, und zurückgeblieben waren drei leere Schiffscontainer sowie ein Haufen korrodierendes Altmetalls. Vor der Tür eines Containers kniete Scharpuddin Daudow und blickte betrübt in den Anhänger, wo sein Bruder und zwei andere tote Männer lagen.

»Ich rede mal mit ihm«, sagte Kasparow und setzte sich in Bewegung.

Baktayew hielt ihn mit einem Arm zurück. »Nein, wir haben keine Zeit für so etwas. Ich kümmere mich selbst um ihn, aber erst später.«

Kasparow nickte. Baktayew drehte sich um in Richtung Werkstatt. »Albek!« Ein Bärtiger blickte auf, der in der Nähe eines Arbeitstisches saß, auf dem Kalaschnikows lagen. »Anzor und ich brechen jetzt auf. Wir werden erst heute Abend zurückkommen. Lass auf keinen Fall zu, dass Scharpuddin verschwindet.«

»Was soll ich tun, wenn er es versucht?«

»Halt ihn auf – egal wie.«

Albek bestätigte: »Werde ich, General. Was habt ihr vor?«

»Eine kleine Erkundungstour.«

11:34 Uhr, Eastern Standard Time, Route 40 in Richtung Süden – Main Street, Victoria, Virginia

Baktayew sah sich neugierig um, während Kasparow durch eine Kleinstadt fuhr, die ein tristes Bild abgab. Leere Ladenflächen hinter Ziegelsteinfassaden mit nachlässig aufgehängten Geschäftsaufgabe-Schildern, Gehsteige voller Unkraut, das in den Fugen wucherte, und Verkehrsinseln mit hohem Gras, weil es zu lange nicht gemäht worden war. Jedes Gebäude auf den Liegenschaften, die sich etwa eine Meile entlangreihten und die *Main Street* sein sollten, machte einen verwahrlosten Eindruck, was sogar fürs Rathaus galt, das eher einem Gerichtshof ähnelte. Baktayew wunderte sich darüber. Ortschaften in einem solch desolaten Zustand sah man für gewöhnlich in Russland, aber nie hätte er in Amerika damit gerechnet.

»Was ist hier passiert?«, fragte er.

Kasparow erklärte gleichmütig: »Meth ist passiert, General, eine Droge. Die schlimmsten Feinde der Amerikaner sind sie selbst. Die Arbeit in der Industrie, von der Gegenden wie diese abhängig sind, wurde in andere Länder mit niedrigeren Lohnkosten verlagert, woraufhin die Menschen hier in ihrer Perspektivlosigkeit ihr Heil in Alkohol und anderen Drogen suchten.«

»Hmm.«

Kasparow bog nach links in eine Wohnsiedlung ab, als sie den Rand der Stadt erreichten. Dort bot sich ihnen mehr oder weniger der gleiche Anblick: Kleine Häuser mit ungepflegten Vorgärten und rostige Autos säumten die schlecht instand gehaltenen Straßen. »Hier wohne ich.«

Baktayew neigte sich im Sitz nach vorne und blickte auf ein einstöckiges Gebäude mit Holzfassade, in dem Platz für zwei, höchstens drei Zimmer sein konnte. Bäume ragten hoch über dem Grundstück auf, und die Pollen ihrer Blüten hatten sich als bräunlicher Staub an den Wänden des Hauses festgesetzt, dessen stark verbeulte Fliegengittertür man über eine Vorterrasse aus rissigem Beton mit zwei Plastikgartenstühlen erreichte.

Kasparow lenkte den weißen Transporter in die mit Kiefernnadeln übersäte Einfahrt des Grundstücks und legte den Rückwärtsgang ein. Nachdem er zur Straße zurückgesetzt hatte, fuhren sie wieder in die Richtung, aus der sie gekommen waren. »Bin vor fünf Jahren hergezogen. Mir war klar, dass ich mir den perfekten Ort ausgesucht hatte, als ich deinen ersten Brief von Scheich Kahraman bekam.«

Baktayew nickte. »Gut hast du das gemacht, Anzor.«

Nach etwa einer Meile hielt Kasparow ein gutes Stück vor einem ebenerdigen Backsteingebäude mit schmalen, in Metall gefassten Fenstern an. Das augenscheinlich im Verfall begriffene Äußere machte deutlich, dass es unter den gleichen schadhaften Umständen litt wie der Rest der Stadt. Baktayew hingegen lächelte, als er das Schild auf dem Vorplatz las.

Er las es laut: »W.N. Page Junior Highschool. Gelobt seien Allah und sein Diener Scheich Kahraman. Perfekter geht es nicht.

»Warte nur, bist du es von innen siehst.«

Kapitel 49

14:49 Uhr, Ortszeit – Donnerstag, Luftraum über dem Atlantik, 500 Meilen westlich des Flughafens Waterford – Irland

Constance klammerte sich fest an die gepolsterten Armlehnen. Ihr Gesicht war so weiß wie die Haut an ihren Fingern, die sich über den Knochen spannte, während die Boeing 727 von Turbulenzen geschüttelt wurde. Sie hatte sich noch nie in Flugzeugen wohlgefühlt, war aber mittlerweile wenigstens die großen Verkehrsjets gewohnt. Die kleinere Businessmaschine, in der sie gerade saßen, schien ihre Flugangst wiedererweckt zu haben.

Declan lächelte sie an, bevor er ein »Wird schon schiefgehen« mit den Lippen formte.

»Wir sollten in weniger als einer Stunde in Waterford landen«, sagte er mit einem Blick zur Seite, um seine Frau zu beruhigen. Sie bemühte sich, ebenfalls zu lächeln, schwieg aber. Neben ihrer Flugangst und nach allem, was geschehen war, kam erschwerend hinzu, dass sie seit dem Vortag nicht geschlafen hatte. Er wusste, dass sie sowohl emotional als auch körperlich völlig erschöpft sein musste, und selbst nach ihrer Ankunft in Waterford wartete noch eine dreistündige Autofahrt nach Norden ins County Monaghan auf sie, bevor sie endlich ausruhen durfte.

Die Maschine ruckelte heftig, sodass ihre Getränke umkippten und sich über die edel aussehende Holzfläche des Klapptischs ergossen, der zwischen ihren Sitzen stand. Constance schnallte sich hastig ab und lief zur Toilette im hinteren Teil der Kabine.

Fintan schlug die Augen auf und sah von seinem Sitz auf der anderen Seite des Mittelgangs herüber, als sie die Tür zuwarf. »Sie hat doch nichts Ernstes, oder?«

»Nein«, antwortete Declan lapidar. »Die letzten Tage waren anstrengend, also ...«

»Hört sich auch ganz danach an.«

Er hatte Fintan und Dean Lynch während des ersten Abschnitts ihrer Reise alle jüngsten Ereignisse geschildert. Sie waren um drei Uhr morgens EST auf einem kleinen Flughafen im Bath County in Virginia gestartet, der gleich auf der anderen Seite der Staatsgrenze lag, und waren nach sechs Stunden auf den Azoren zum Tanken zwischengelandet, bevor sie Kurs auf Irland genommen hatten.

Die Toilettentür ging auf, Constance kam heraus und nahm ihren Platz zögerlich wieder ein. »Tut mir leid. Ich dachte, ich müsste mich übergeben.«

»Macht nichts, meine Liebe«, meinte Fintan. »Das Personal auf dem Landsitz McGuire wird sich bald um dich kümmern. Morgen bist du wieder topfit und kannst dieses heillose Chaos hinter dir lassen.«

»Danke für deine Gastfreundschaft«, entgegnete sie, ohne ihm in die Augen zu schauen. »Ich glaube, ich brauche einfach nur ein wenig Schlaf.«

»Ihr könnt euch eines von sieben Zimmern aussuchen.«

Declan lehnte sich in seinem Sitz zurück und schloss die Augen. Er hatte ein schlechtes Gewissen, weil er Constance mit hineinziehen musste, wollte sich aber nicht von Selbstzweifeln übermannen lassen. Vielleicht wäre sie mit einem anderen Ehemann glücklicher geworden; vielleicht hätte er es besser wissen müssen, statt zu glauben, jemals ein normales Leben führen zu können. Vielleicht hätten sich die Beatles nicht getrennt, wenn er mit 14 nicht der IRA beigetreten wäre. So zu denken war in Anbetracht ihrer gegenwärtigen Situation widersinnig, weshalb er diese Überlegungen aus seinem Kopf verbannte. Sie waren kontraproduktiv und halfen nicht zur Besserung der Umstände. Declan hatte sich fest vorgenommen, die Mächte ausfindig zu machen, die gegen ihn wirkten, und sobald er sie kannte, würde sich eine Möglichkeit finden, ihre Schwächen auszunutzen, um sie zu Fall zu bringen.

Wenngleich er nie behauptet hätte, seine Mitgliedschaft in der IRA sei eine schöne Zeit gewesen, kam er nicht umhin, in mancher Hinsicht dankbar dafür zu sein. Jene prägenden Jahre hatten ihn zu dem Mann gemacht, der er jetzt war, und der eine Situation überstehen konnte, wie er sie momentan erlebte. Dazu war er ausgebildet worden: Entführung, Mord, Bombenanschläge – um den Gegner von unten in die Knie zwingen.

Sein Sinnieren fand ein Ende, als die Tür des Cockpits aufflog und laut gegen die Wand schlug. Als Declan die Augen öffnete, sah er Dean Lynch mit ernster Miene auf sie zueilen.

»Wir haben ein Problem, Governor.«

Alle Blicke waren nun auf den ehemaligen britischen Fallschirmjäger und irischen Polizisten gerichtet, der sich Fintan gegenüber hinsetzte.

»Captain Cummings hat gerade von der Bodenkontrolle erfahren, dass wir Besuch an Bord bekommen, sobald wir gelandet sind. Wie es aussieht, hat jemand in den Vereinigten Staaten die Behörden in Irland eingeschaltet. Da die Maschine in Irland gemeldet ist, haben wir anscheinend allein dadurch, dass wir in der Nähe von Orten gestartet sind, wo Sie gesehen wurden, jemanden auf unsere Spur gebracht.« Während er dies erklärte, sah er Declan an.

Fintan tippte auf den Touchscreen seines Smartphones. »Ich würde sagen, es sieht danach aus, als hätte das Ganze weite Kreise gezogen.« Er reichte das Gerät an Declan. »Deine Fans meinen wohl, sie müssten die breite Öffentlichkeit noch unmittelbarer an ihrer Suche nach dir teilnehmen zu lassen, als sie es ohnehin schon tut.«

Declan startete die Nachrichten-App der BBC auf dem Handy und las die Schlagzeile: *Ex-IRA-Terrorist offiziell verdächtigt, in US-Bombenanschlag sowie Morde an Israeli und FBI-Hauptermittler verwickelt zu sein.*

Er fuhr sich mit einer Hand durchs Haar, während er mit dem Daumen der anderen durch den Artikel scrollte, in welchem er über zwei Abschnitte hinweg als ehemaliges Mitglied einer Einheit der Provisorischen Irisch-Republikanischen Armee beschrieben wurde, genauer gesagt mit Bezug auf einen seinerzeit geplanten Angriff in London, um die britische Regierung ins Straucheln zu bringen, der allerdings nie stattfand, da die Mitglieder der Black Shuck selbst zu Zielscheiben geworden und aus den eigenen Reihen umgebracht worden waren.

»Ich schätze, Shane konnte sie nicht länger hinhalten«, bemerkte Fintan.

»Wohl nicht, nein. Hier steht, ich werde als Mitverantwortlicher des Bombenattentats in Brighton gesucht.«

Seine Frau war totenblass geworden. Er meinte den Vorfall vom 12. Oktober 1984 im Grand Hotel der britischen Stadt, bei dem die IRA versucht hatte, Margaret Thatcher zu ermorden. Fast wäre damals alles wie vorgesehen verlaufen, denn sie hatten fünf Personen aus der Entourage der Premierministerin ausgeschaltet, während diese selbst nur knapp unversehrt geblieben war.

»Zu Recht?«, fragte Constance fassungslos.

»Nein, ich war erst 15 und schoss noch auf vorbeifahrende Autokolonnen. Vermutlich waren die der Ansicht, sie müssten die Fakten ein bisschen aufbauschen, um die Menschen davon zu überzeugen, dass ich ein richtig fieses Schwein bin.«

»Ja, Fantasterei der Medien, das ist so gut wie sicher«, stimmte Fintan zu. »Dad war hin und weg von der Aktion in Brighton, aber du hattest nichts damit zu tun. Man kann wohl sagen, dass das deutlich vor deiner Zeit passiert ist. Da könnte man dir genauso gut die Anschläge auf Mountbatten und Warrenpoint anhängen. Wie alt warst du zu der Zeit – zehn? Alt genug, nehme ich an.«

Declan zeigte ihm einen ausgestreckten Mittelfinger und kommentierte mit einem beherzten »Leck mich«, das er aber nur mit den Lippen andeutete.

»Ihr findet das vielleicht ganz witzig, aber mir ist nicht nach Lachen zumute!«, warf Constance mit schriller Stimme und Tränen in den Augen ein.

»Du hast recht, du hast recht«, beschwichtigte Declan, indem er sich nach ihr ausstreckte. »Es ist ganz und gar nicht witzig, und wir lachen auch nicht darüber. Während jener Tage starben viele Menschen, woran ich allerdings keine Schuld trage. Die Journaille versucht lediglich, mich in einem möglichst schlechten Licht dastehen zu lassen.«

Sie schob seine Hände weg. »Ein Sonderkommando wird uns hochnehmen, wenn wir landen! Declan, die nehmen dich fest und stecken dich ins Gefängnis – mich vermutlich auch –, falls sie uns nicht einfach erschießen!« Sie stand auf und sah sich hektisch um, als gebe es einen Weg, das Flugzeug zu verlassen.

»Bleib ruhig«, raunte Declan, erhob sich ebenfalls, ging zu ihr und legte seine Hände auf ihre Schultern. »Die werden uns nicht erschießen, es sein denn, wir wehren uns.«

»Aber wenn sie dich festnehmen, bringen sie uns zurück«, hielt sie dagegen, bevor sie ihre Arme um ihn schlang und zu weinen begann. »Dann finden diese anderen Leute eine Gelegenheit, dich zu töten.«

Das stimmte wohl. Er würde zurück in die USA gebracht werden und voraussichtlich nicht bis zu einem Prozess überleben.

Erneut schien Fintan Gedanken lesen zu können, denn er sagte: »Hör auf sie, Kumpel. Du weißt so gut wie ich, dass es nie zur Gerichtsverhandlung kommen würde. Stattdessen könntest du bedauerlicherweise in irgendeine Gefängnisrevolte oder einen tragischen, schweren Unfall geraten, während sie dich transportieren – so etwas in der Art jedenfalls. Gut möglich, dass sie dich sogar zu 'nem Ausbruchsversuch provozieren und dir dann einfach in den Rücken schießen.«

Constance schluchzte an Declans T-Shirt.

»Wie lange dauert es noch, bis wir landen?«, fragte Fintan an Lynch gewandt, der sich daraufhin erhob und zum Cockpit zurückkehrte.

»30 Minuten, Governor«, antwortete er, als er wieder herauskam und die Tür hinter sich schloss.

»Sagen Sie Captain Cummings, er soll die Bodenkontrolle verständigen und es so arrangieren, dass wir von Osten her anfliegen. Ich habe eine Idee.«

»Verstanden, Sir«, bestätigte Lynch und verschwand abermals im Cockpit.

Declan sah Fintan an, und Constance hob ihren Kopf.

»Dieses Flugzeug wurde speziell nach meinen Wünschen konzipiert ... oder besser gesagt: umgebaut. Hat ein verdammtes Vermögen gekostet, aber vielleicht zahlt sich das letzten Endes noch aus. Hilf mir mal jemand.«

Constance löste sich von ihrem Mann, fuhr sich mit einem Ärmel über die Augen und griff zu den beiden Unterarmgehhilfen, auf die sich Fintan stützte, wenn er nicht fuhr. Declan nahm ihn bei den Händen, zog ihn vom Platz hoch und hielt ihn mit je einer Hand unter den Armen fest, während ihm seine Frau je eine Krücke an den Unterarm klemmte.

Auf dem Weg zum Heck des Jets bemerkte Fintan: »Die Gangway befindet sich bei den meisten kleinen Maschinen an der Vorderseite, aber ich ließ mir eine Rampe hinten installieren. Die musste lang sein, um nicht so steil hinuntergelassen zu werden, damit ich an Bord fahren kann.«

Declan erinnerte sich an ihren Einstieg. Sie hatten die Kabine von einer Rampe am Heck aus betreten. In dem Augenblick war ihm das nicht merkwürdig vorgekommen, doch jetzt erkannte er den Grund dafür: Fintans zeitweiliger Gebrauch eines Rollstuhls.

»Und was hat das jetzt mit der Sache zu tun?«

»Dad war ein Riesenfan von Mr. Coopers anscheinend erfolgreichem Sprung Anfang der 1970er. Ist der Ihnen ein Begriff, meine Liebe?«, fragte Fintan, indem er Constance lächelnd ansah.

»Ja, D.B. Cooper. Welcher Amerikaner kennt ihn nicht? Das war 1972, glaube ich – Moment.« Constance hielt plötzlich inne. »Sie wollen doch nicht etwa, dass wir aus diesem Flugzeug springen, oder?«

»Nein, natürlich nicht, meine Liebe«, versicherte Fintan weiterhin strahlend und fuhr fort. »Jedenfalls nicht wir alle, nur Declan. Er ist derjenige, den sie suchen.«

»Vergessen Sie's! Kein Mensch weiß, ob Cooper wirklich überlebt hat! Sein Geld tauchte in einem Fluss wieder auf. Declan, denk nicht einmal daran!«

Er ging weiter in den hinteren Teil der Maschine. »Darüber zu reden ist müßig, außer, man hat einen Fallschirm«, sagte er mit Blick über die Schulter.

»Rein zufällig«, begann Fintan, während er eine Tür neben der Toilette öffnete, »habe ich mehrere. Wie gesagt, Dad fand das klasse und war mehr als nur ein bisschen paranoid. Als reichstes Mitglied des Militärrates der IRA hatte er dazu auch allen Grund. Der Firmenjet damals war eine alte Boeing und gar nicht viel anders als jene, die Cooper entführte. Diese Maschine wurde dem gleichen Modell nachempfunden.«

»Aber dein Dad hatte doch gar nichts zu sagen in dem Unternehmen«, hielt Declan dagegen. »Dein Onkel hat den Laden geschmissen.«

Fintans Gewerbe McGuire & Lyons Industries, das von seinem Urgroßvater und dessen Geschäftspartner gegründet worden war, existierte seit Ende des 19. Jahrhunderts und hatte der Familie während der Blütezeit des Schiffbaus in Belfasts Häfen Unsummen eingebracht. Seitdem waren zahlreiche Produktionszweige hinzugekommen. Declan wusste nicht, wie viele Angestellte die Firma hatte oder wie hoch der Jahresumsatz war, hätte sich aber nicht gewundert, wenn es sich um mehrere Hundert Millionen gehandelt hätte.

»Stimmt, aber das hielt Dad nicht davon ab, sich die betrieblichen Mittel zunutze zu machen«, entgegnete Fintan. »Was meinem Onkel natürlich nicht passte. Dad war überzeugt davon, dass die Briten versuchen würden, ihn zu ermorden, falls sie herausfanden, was er tat. Deshalb traf er überall Vorkehrungen für den Ernstfall, wozu auch Fallschirme im Flugzeug gehörten. Ich hingegen komme bei der Arbeit viel herum. Mancherorts ist es sicherer als anderswo, also tauscht Lynch die Dinger alle paar Jahre gegen die neusten auf dem Markt aus und überprüft sie regelmäßig. Man kann nicht vorsichtig genug sein, du weißt schon.«

»Das ist Wahnsinn«, entgegnete Declan, wobei er aber lächelte, und einen der schwarzen Fallschirmrucksäcke aus dem Kämmerchen nahm und ihn abtastete.

»Aber du bist doch noch nie aus einem Flugzeug gesprungen!«, fuhr Constance auf. »Das kann man nicht so ohne Weiteres machen!« Sie packte ihn an einer Schulter, als würde er zur Vernunft kommen, wenn sie ihn schüttelte.

»Eigentlich bin ich das schon, und zwar viele Male. Russische Spezialeinheiten bestehen darauf, dass ihre Soldaten befähigt sind, über jeder Art von Gelände abzuspringen.«

»Russische Spezialeinheiten? Wovon sprichst du?« Ihr Gesicht nahm einen gequälten Ausdruck an.

»Erklär ich dir später.« Er sah wieder zu Fintan. »Wie sieht dein Plan aus?«

»Also gut. Die Rollbahnen in Waterford verlaufen von Ost nach Nord. Darum müssen wir in weitem Bogen anfliegen, wobei wir über den südlichen Teil von Wales geraten. Genau dort wirst du abspringen.«

»Somit wäre ich auf der Hauptinsel und könnte Kontakt zu Shane aufnehmen.«

»Exakt. Das ist zwar vermutlich völliger Irrwitz, aber der beste Plan, den es gibt, außer du liebäugelst mit einem Ausflug ins Gefängnis Mountjoy oder so.«

»Irrwitz, das sagst du gut.«

»Und was ist mit mir?«, warf Constance ein. »Die suchen mich schließlich auch, und ich werde nicht aus diesem Flugzeug springen!«

»Ich denke, wir kommen auch so durch.«

»Und im Grunde hast du ja gar nichts gesehen. Alles, was du weißt, habe ich dir erzählt. Im schlimmsten Fall könnten sie versuchen, dich gegen mich zu benutzen, was aber schwierig wäre, weil die Öffentlichkeit mittlerweile zuschaut.«

Damit drehte sich Declan von Constance zu Fintan um.

»Kannst du sie mit dem französischen Pass an der Polizei vorbeischleusen?«

»Nun, das alles kann eigentlich nie und nimmer glattgehen, wenn ich ehrlich sein soll, aber ich bin Mitglied des Parlaments, und werde meinen Einfluss spielen lassen. Sobald sie Constance an Bord sehen, bestehe ich darauf, dass der Hinweis Unfug ist, den sie bekommen haben, und mache ihnen eine Riesenszene. Vorausgesetzt, ihr Französisch ist gut und die gefälschten Papiere authentisch, könnten wir da rauskommen.«

»Sie spricht fließend Französisch, und die Papiere sehen astrein aus.«

»Dann sind wir so gut wie aus dem Schneider, alter Freund.«

»Hört auf, über mich hinwegzureden, als wäre ich nicht da. Dieses Vorhaben ist verrückt«, erwiderte Constance, indem sie sich zwischen die beiden Männern stellte. »Das könnt ihr nicht ernst meinen!« Sie starrte Declan erbittert in die Augen. In ihren Zügen erkannte er, dass sie keine Hoffnung und große Angst hatte, eine heikle Mischung.

»Hör mal, es ist, wie Fintan sagt«, sagte er, hielt sie wieder an den Schultern fest und bemühte sich, möglichst zuversichtlich zu klingen. »Wenn die mich schnappen, werde ich in die USA ausgewiesen und nie vor Gericht kommen. Abidan ist tot, Levi ist tot; ich bin der Einzige, der Baktayew in den Staaten kennt. Nachdem man mich aus dem Verkehr gezogen hat, gibt es niemanden mehr, der ihn aufhalten kann. Wer auch immer diese Verbrecher sind, sie haben ihn nicht aus der russischen Strafanstalt befreit, weil er so ein umgänglicher Typ ist, sondern weil sie etwas mit ihm vorhaben – und er kann nur eine Sache gut: Unschuldige Menschen umbringen.«

Constance wich zurück und setzte sich wieder, ohne ein weiteres Wort zu äußern. Sie wusste, dass es praktisch keine andere Lösung gab. Declan versuchte sein Glück lieber mit einem Fallschirmsprung aus dem Flugzeug, als tatenlos zu warten und sich schlussendlich in einem amerikanischen Gefängnis ein Messer zwischen die Rippen rammen zu lassen.

20 Minuten später saß Declan mit dem Fallschirm am Rücken auf dem Boden vor der Heckklappe. Er trug einen schwarzen Overall und hielt einen Kunststoffhelm mit Schutzbrille in den Händen. Durch die ovalen Fenster sah er Sonnenlicht im weiten Ozean funkeln, während die Maschine an Höhe verlor. Nicht mehr lange, dann würde das tiefe Blau den felsigen Klippen von Wales weichen, wo der Pilot die scharfe Linkskurve fliegen sollte, die sie auf Kurs in Richtung Waterford brachte.

Dean Lynch kam aus dem Cockpit und ging zum Heck. Fintan folgte ihm auf seinen Krücken.

»Der Captain meint, noch fünf Minuten, Mr. McIver. Trauen Sie sich das auch ganz sicher zu?«

Als Declan einen Blick auf Constance warf, hielt sie sich gerade die Hände vors Gesicht. »Absolut. Wüsste auch nicht, wie es sonst klappen sollte. Falls ich bei der Landung an Bord bin, geraten wir alle in große Schwierigkeiten.«

»Das kannst du laut sagen«, erwiderte Fintan, als er hinter seinem Assistenten ankam. »Ich werde in ziemliche Erklärungsnöte vor dem *Dáil*–« Die Stimme des Piloten über den Bordfunk unterbrach ihn: »Drei Minuten, Sir. Ich werde uns langsam in flachem Anflugwinkel herunterbringen.«

»Meine Güte, das ist sehr gefährlich«, stöhnte Lynch beim Aufbrausen der Triebwerke. »Wenn er zu langsam fliegt, säuft die Maschine ab, und wir landen in der Irischen See oder schlimmer noch – kollidieren mit einem walisischen Berg.«

»Cummings ist der beste, alter Freund«, beteuerte Fintan. »Das Einzige, was jetzt noch fehlt, ist, dass wir beschossen werden.«

Ein schiefes Grinsen in Lynchs Gesicht verriet Declan, dass er Fintans Behauptung zu Recht glaubte. Der Mann war ihm bis zu ihrer Ankunft am Flughafen nie begegnet, doch er hatte gehört, er wäre ein ehemaliger Kampfpilot der Royal Air Force, der jetzt privat angestellt bei McGuire & Lyons arbeitete.

»Nun denn«, fuhr Lynch an Declan gerichtet fort. »Dieser Teil des Flugzeugs wird versiegelt, also sind Sie hier hinten auf sich gestellt.« Er hob einen Arm und hakte einen Karabiner in einer

Metallschiene über der Rampe ein. Obwohl er selbst nicht springen sollte, trug auch er sicherheitshalber die volle Montur mit Schirm. »Ich kümmere mich darum, die Klappe wieder zu verschließen, wenn Sie draußen sind. Treppenstufen gibt es hier keine, also brauchen Sie nicht darauf zu achten. Der Einstieg wird in der Unterseite der Maschine eingefahren, es ist einfach nur eine breite Öffnung. Sie müssen nichts weiter tun, als sich abzustoßen, dann passiert nichts. In Ihrem Rucksack befinden sich noch mehrere nützliche Gegenstände, allen voran eine Schaufel; damit vergraben Sie die Ausrüstung, sobald Sie am Boden angekommen sind. Man sollte schließlich keinen Fallschirm im Moor herumflattern lassen, das würde den Einheimischen seltsam vorkommen. Des Weiteren haben Sie ein abhörsicheres Mobiltelefon dabei, doch ich würde seine Nutzung trotzdem einschränken. Melden Sie sich, wenn Sie heil gelandet sind. Was Sie mit dem Rest des Inhalts anfangen können, erklärt sich von selbst. Alles klar?«

»Sonnenklar.«

»Großartig, dann kann es ja losgehen.« Lynch griff zu einem Hebel, mit dem sich die Luke öffnen ließ, und wartete auf das Zeichen des Piloten.

»Hey, Dec«, rief Fintan. »Sieh's positiv: Solltest du es nicht schaffen, wird Constance wieder zu haben sein.« Er grinste bis über beide Ohren.

»Wir treffen uns unten wieder, alter Gauner«, sagte Declan und drückte die Schulter seines Freundes. »Aber Pfoten weg von meiner Frau, oder du wirst wesentlich mehr als zwei Krücken und einen Rollstuhl brauchen, um dich bewegen zu können.«

Als er losließ, zog sich Fintan in die Gästekabine zurück und schloss die Schiebetür.

»Jetzt oder nie«, knarrte Cummings Stimme durch die Sprechanlage. Lynch legte den Hebel um, und ein rechteckiges Loch öffnete sich, wo die Rampe für die Passagiere ausgefahren wurde.

Declan streifte sich die Schutzbrille über den Kopf, setzte sie auf seine Augen und hängte den Karabiner wieder aus. Indem er sich an beiden Seiten der Öffnung festhielt, nahm er – *eins, zwei, drei!* – Schwung und sprang aus dem Flugzeug. Der Lärm der Triebwerke riss einen Sekundenbruchteil später ab, übertönt vom pfeifenden Fallwind, während die Erde auf ihn zuraste und sein Körper im freien Fall beschleunigte.

Kapitel 50

10:42 Uhr, Eastern Standard Time – Donnerstag, staatliches Appartementgebäude, Kreuzung 6th Street und Maryland Avenue – Washington, D.C.

Das regierungseigene Appartementgebäude stand sechs Blocks östlich vom Capitol und überblickte sowohl den Stanton Park als auch die mittelalterlich anmutende Katholikenkirche Imani Temple. Der geziegelte Bau aus dem 18. Jahrhundert mit seinen verwitterten Steinvorsprüngen und Bogenfenstern war vier Stockwerke hoch, enthielt 24 Zweiraumwohnungen und wurde ausschließlich von Angestellten des US-Senates bewohnt … oder in David Kemiss Fall vom Senator selbst.

Er massierte sich gerade mit einer Hand die Schläfen, während er in einer vollausgestatteten Eckwohnung im Obergeschoss saß, die ihm der US-Steuerzahler für seine längeren Aufenthalte in der Landeshauptstadt finanzierte. Für seine Verhältnisse war sie klein, aber luxuriös, und bot ihm alles, was er über die Woche hinweg brauchte.

Nachdem er von seinem Ledersofa aufgestanden war, ging er durchs Zimmer ins Bad und drehte den Wasserhahn am Waschbecken auf. Er war müde, da er während der vergangenen fünf Tage kaum geschlafen hatte. Die dunklen Augenringe sah er also nicht zum ersten Mal; er war daran gewöhnt, dass es spät abends wurde und er wenig Ruhe bekam. Während seiner letzten Amtsperiode war die amerikanische Innenpolitik ein solches Durcheinander geworden, dass es üblich war, wenn Streitgespräche bis in die frühen Morgenstunden dauerten. Dankenswerterweise war ein Ende der Krise abzusehen, mit der er sich gegenwärtig herumschlug. Das FBI hatte den Hinweis erhalten, dass Declan McIver im Flugzeug eines irischen Unternehmers saß, und zu diesem Zeitpunkt nun sollte ihn die *Garda Síochána* bereits festgesetzt sowie die zu seiner Rücküberstellung in die Vereinigten

Staaten notwendigen Vorkehrungen getroffen haben. Hoffentlich würde man sich nicht lange mit der Frage aufhalten, ob im Rahmen irgendeines Prozesses das Todesurteil anzustreben sei. Kemiss war das relativ egal, denn in seinen Augen standen die Chancen schlecht, dass es McIver tatsächlich bis zu einer Verhandlung schaffen würde.

Er spritzte sich kaltes Wasser ins Gesicht und trocknete seine Hände am Handtuch, bevor er durch die andere Tür des Bades ins Schlafzimmer trat. Dort schlug er die Decken des Doppelbetts auf und schlüpfte aus seinen Schuhen. Als er sich auf die Kante setzte und zurücklegen wollte, hörte er sein Handy in der Laptoptasche läuten, die er im Wohnzimmer hatte liegen lassen. Er eilte durch den gefliesten Raum zurück und nahm es heraus.

»Sagen Sie mir, dass die ihn haben«, redete er, kaum dass er auf die Anrufannahme getippt hatte.

Er hielt das Telefon so verkrampft, wie sein ganzer Körper war, während er auf eine Antwort wartete. Mit einer Hand an der Stirn seufzte er dann missmutig. »Wie gelingt es einem Einzelnen nur, dem vollständigen Aufgebot jeder Staatsbehörde zu entwischen, die man auf ihn ansetzt?«

»Ich weiß es nicht, Sir«, erwiderte Robert Evers. »Unser Hinweisgeber muss sich geirrt haben. Die US-Regierung wird sich notgedrungen zutiefst bei der Führungsetage von McGuire & Lyons Industries entschuldigen müssen.«

»Also sollen wir ihnen einen großen Präsentkorb schicken, oder was?«

Daraufhin herrschte Schweigen am anderen Ende der Leitung. Kemiss nahm das Gerät von seinem Ohr weg und holte tief Luft. »Also stehen wir wieder am Anfang?«, fragte er kurz darauf.

»So sieht es aus, Sir. Verzeihen Sie, dass ich Sie mit diesem Hinweis stören musste, der sich dann doch nur als heiße Luft entpuppt hat. Wir gehen noch einmal alles durch, was wir haben, dann lasse ich Sie wissen, ob wir daraus schlauer geworden sind. Doch bis dahin fürchte ich, wird er sich weiter irgendwo herumtreiben.«

»Danke, Mr. Evers«, stöhnte Kemiss mit resignierendem Unterton.

»Sir, darf ich noch etwas anmerken?«, fragte der Agent, bevor der Senator die Verbindung trennte.

»Nur zu.«

»Ich hoffe, die Bevölkerung Virginias erkennt, aus welchem Schrot und Korn ihr Vertreter im Senat ist – und das sage ich nicht, um mich einzuschmeicheln. Sie sind eine Triebfeder in diesem Fall gewesen. Ohne Sie wäre uns dieser Abschaum wesentlich weiter voraus, als er es im Augenblick ist. Darauf sollten Sie in Ihrer nächsten Wahlkampagne bauen. Integre Männer wie Sie tummeln sich heutzutage kaum mehr in Washington.«

Kemiss genoss dieses Kompliment für einen kurzen Augenblick, bevor er antwortete. Wenn er doch nur dazu käme, dies bei einer weiteren Kandidatur anzuführen … »Danke sehr, Mr. Evers. Bitte lassen Sie mir alle Neuigkeiten zukommen, sobald es welche gibt.«

»Selbstverständlich, Sir«, hörte er den Mann noch sagen, während er das Telefon herunternahm. Nachdem er es zugeklappt hatte, drehte er sich um und erblickte sein Spiegelbild im Fenster hinter dem Schreibtisch. Jetzt wirkte er noch erschöpfter als zuvor im Badezimmer. Nun, da Seth Castellano tot war, wusste er nicht, wie lange er diese Maskerade noch aufrecht erhalten konnte. Niedergeschlagen ging er durchs Bad zurück, zog sich aus und legte sich hin.

Er hatte die Augen gerade geschlossen, da klingelte das Handy erneut.

»David«, meldete sich eine vertraute Stimme, als er den Anruf entgegennahm. Es war Lukas Kreft.

Kemiss richtete sich im Bett auf und musste zunächst einmal schlucken. »Was willst du?«

»Baktayew hat sich entschieden. Wir brauchen alle Dokumente zur Sache, sofort.«

»Okay, okay, ich besorge sie.«

Kapitel 51

15:56 Uhr, Ortszeit – Donnerstag, Nationalpark Pembrokeshire Coast, Wales, Großbritannien

Declan schleppte sich auf allen vieren an den Strand. Wellen kalten Salzwassers wallten über ihn. Er machte eine Pause und drehte keuchend den Kopf zur Seite; Frühlingsnebel dämpfte das Licht der Spätnachmittagssonne. Den Sprung aus dem Flugzeug hatte er überlebt; was ihm fast das Genick gebrochen hätte, war die Landung gewesen. Gleich beim Lösen des Schirms hatte er erkannt, dass ein Problem bestand. In 4.000 Fuß Höhe war der Wind aus Südosten von der walisischen Felsküste gekommen – stark genug, um alles in die Irische See zu stürzen, was sich törichterweise im westlichen Luftraum aufhielt.

Trotz größter Anstrengungen, den Fallschirm auf eine der versprengten Inseln an der Küste zu manövrieren, hatte die Natur gesiegt und ihn ins Wasser getrieben. In Nordwesteuropa war der Frühling jedoch nicht die beste Jahreszeit zum Schwimmen im Meer. Die Temperatur mochte höchstens vier oder fünf Grad betragen, doch gefühlt war es wegen des böigen Windes sogar noch kälter. Als er im Wasser aufgeschlagen war, hatten die starken Strömungen erbarmungslos auf ihn eingewirkt und seinen Gleitschirm erfasst wie ein gemeines Seeungeheuer mit seinen Fangarmen. Hätte Dean Lynch nicht in weiser Voraussicht zwei Notschirme präpariert, wäre Declan hinaus aufs Meer gezogen worden und ertrunken. So jedoch hatte er die verhedderten Leinen am Nylon mit einem sechs Zoll langen Bowiemesser kappen können. *So viel zum Thema vergraben, damit niemand den Krempel findet …*

Während er die Uferböschung hinter sich brachte, bemerkte er einen stechenden Schmerz in einem Handgelenk. Nachdem er sich das Salzwasser aus den Augen gerieben hatte, sah er, dass es dick angeschwollen war. Er stand auf und untersuchte sich, wobei ihm ein Riss im linken Bein des Overalls auffiel. Indem er sich bückte, versuchte er mit seiner heilen Hand, den Polyester so weit wie möglich zu dehnen, und entdeckte einen zwölf Zoll langen Schnitt außen an seiner Wade. Blutstropfen waren bereits in den Sand unter ihm gesichert, doch die Wunde tat nicht weh; anscheinend waren seine Beine im kalten Wasser taub geworden. Er konnte sich nicht entsinnen, irgendwo angestoßen zu sein, während er an Land gekrault war, musste aber aller Wahrscheinlichkeit nach an einen der vielen spitzen Felsen geraten sein, die sich vor der Küste entlangzogen.

Während Declan auf den nassen Sandboden stampfte, kehrte Gefühl in seine Beine zurück. Danach humpelte er zu einem Stein in der Nähe und lehnte sich dagegen, um die schwarze Montur von seinem Oberkörper zu lösen. Das Hauptfach des Rucksacks war nun abgesehen von den Enden der durchtrennten Nylonleinen leer, die das Gleitsegel gehalten hatten. Vor seine Brust war ein Beutel mit der restlichen Ausrüstung geschnallt. Er nahm den Rucksack ab und stellte ihn auf den Boden. Dann begann er, die Sachen aus dem Beutel zu räumen, die Lynch ausgesucht hatte. Obenauf lagen mit Klettband befestigt eine Glock 17, zwei weitere Magazine und ein Schalldämpfer. *Ein Mann ganz nach meinem Geschmack,* dachte Declan schmunzelnd, als er die Waffe beiseitelegte. Als Nächstes zog er ein Erstehilfe-Set hervor, dann einen handlichen Klappspaten, ein Bündel gerollter und mit Gummiband umwickelter Geldscheine, ein Satellitentelefon sowie ein sehr flach gefaltetes Quadrat aus Nylon, welches von einem weiteren Haftstreifen zusammengehalten wurde. Dieses Päckchen drehte er in seinen Händen und fragte sich, was es sein konnte. Als er den Klett aufriss, lösten sich die Lagen voneinander, sodass sich das Material entfaltete. Den Rest erledigte er durch Schütteln, woraufhin er staunte, eine Miniaturreisetasche vor sich zu haben. *Lynch, Sie sind mein Held,* dachte er, während er die Tasche öffnete, und anfing, sein Gepäck darin zu verstauen, ausgenommen das Erstehilfe-Set.

Dieses aufzuklappen und den Overall aufzuziehen, ohne zwei Hände benutzen zu können, war umständlich, doch letztlich gelang es ihm, den zerfransten Schnitt zu desinfizieren und mit sterilem Mull zu umwickeln, den er dann mit Heftpflaster von einer kleinen Rolle aus dem Set fixierte. Ideal war das beileibe nicht, aber er hoffte, dass es halten würde, bis er sich richtig verarzten lassen konnte. Mit dem Messer schnitt er die schwarzen Kunstfasergurte durch, mit denen die einzelnen Teile des Rucksacks verbunden waren, und wickelte sie behutsam um sein rechtes Handgelenk – eine behelfsmäßige Schiene, die er mit einem weiteren Stück Klebeband verstärkte. Er war sich relativ sicher, dass keine Knochen gebrochen waren, sondern nur verstaucht. Dank des Drucks durch die Wicklung ließ der Schmerz bereits nach, und er konnte seine Finger wieder etwas beugen. Zuletzt zog er den nassen Overall wieder über, was alles andere als angenehm war. Declan schlotterte, als der Stoff an seinem Körper klebte und seine hastig angelegten Bandagen die Feuchtigkeit aufsaugten.

Dennoch verdrängte er die Kälte und zwang sich zur Konzentration auf seine Umgebung. Vor ihm lag eine sichelförmige Bucht, die mit hohen, moosbewachsenen Felsen umgeben war. Auf diesen wucherte drahtiges Gras, das der stete Wind platt gedrückt hatte, während der lange Winter in dieser Region ihre unschöne gelbe Farbe bedingte. Hinter Declan ragte eine der vielen küstennahen Inseln aus dem Wasser empor. Papageitaucher scharten sich auf der Felsformation. Declan wusste, dass er an der walisischen Küste gelandet war, und zwar wesentlich weiter im Westen als erhofft, doch wo genau er an der 750 Meilen langen Uferlinie stand, ließ sich nicht sagen. Er musste aus dieser Bucht klettern, um sich einen besseren Überblick der Landschaft zu verschaffen.

Da er das Unausweichliche nicht hinauszögern wollte, suchte er nach dem einfachsten Weg die Felsen hinauf. Nachdem er den Inhalt des Erstehilfe-Sets in die Tasche gestopft und den Reißverschluss zugezogen hatte, überquerte er den Strand zum Fuß des Kliffs. An der Stelle, die er sich ausgesucht hatte, ging es nicht auf geradem Weg nach oben und der Hang war mit dickem Moos oder steifem Gras überzogen, was bedeutete, dass er relativ sicheren Halt finden würde.

Irgendwann im Laufe des Anstiegs wurde es glitschiger als erwartet, sodass sich Declan genötigt sah, auf allen vieren zu kriechen. Er schätzte im Anschluss, fast eine Stunde gebraucht zu haben, um das Plateau zu erreichen. Schwer atmend nahm er die letzten Meter und blickte dann nach Osten. Am Horizont sah er nichts als Hügelland mit schroffen Felsen – keine Gebäude, keine Straßen, nicht einmal einen alten Feldweg. Tief hängende Wolken verbargen die Sonne fast vollständig, und nur eine weißgelbe Scheibe am Himmel belegte, dass sie überhaupt vorhanden war. Ihrem Stand nach zu urteilen musste es kurz vor 17 Uhr sein. Es blieben ihm also noch etwa zwei Stunden bis zum Einbruch der Dunkelheit.

Während er sich die Karten der Britischen Inseln und Irlands auf der anderen Seite der See vor Augen rief, beschloss er unter Berücksichtigung der Lage des Flughafens, den Fintans Jet angesteuert hatte, dass sein Standort höchstwahrscheinlich Pembrokeshire war, weshalb es sich bei der großen Insel vor der Küste um Skomer Island handeln musste. Falls das stimmte, würde er weiter östlich unweigerlich auf einige kleine Dörfer stoßen, wohingegen er, wenn er sich irrte, bald eine steil abfallende Felswand erreichte, an deren Fuß der Milford Haven Waterway lag. Dort konnte er nur nach Norden weitergehen und hätte einen Großteil des verbliebenen Tageslichts vergeudet. Doch egal, wie er es hielt, es gab nur eine Möglichkeit, sich Gewissheit zu verschaffen: Er schwang die Reisetasche über seine Schulter und begab sich auf den Weg nach Osten.

Bereits eine Stunde später ging die Sonne hinter der Hügelkette unter, und die sich zusammenziehenden Wolken verschluckten ihre letzten Strahlen. Von Osten her kam ein Sturm auf. Declan sah es über das flache Land bereits viele Meilen entfernt regnen – eine heranrollende Wand aus Niederschlag, die der Landschaft den Anstrich eines alten Ölgemäldes verlieh.

Ungefähr eine Meile landeinwärts hatte er eine schmale, ungepflasterte Straße gefunden, die seinem Weg folgte. Aufgrund seiner Beinverletzung und vor Erschöpfung kam er nur langsam voran. Er hatte seit der Abreise aus den Vereinigten Staaten weder geschlafen noch etwas gegessen, und der Adrenalinschub im Zuge des Fallschirmsprungs sowie die Strapazen der Landung steckte sein Körper nicht einfach so weg. Jeder Muskel schmerzte, während es in seinem Kopf hämmerte, und seine Haut, die blass geworden war, fühlte sich kalt an, während der Atlantikwind seine nassen Sachen peitschte.

Zum zweiten Mal ertappte er sich dabei, für seine militärische Ausbildung und Fitness dankbar zu sein. Mit Anfang 40 war er besser in Form als die meisten 25-jährigen – ansonsten hätte er nicht so lange überlebt. Auf der Kuppe hinter einer leichten Steigung der Straße blickte er auf und erblickte etwas, das er sehnlich erwartet hatte.

Direkt vor ihm, nicht weiter als eine Meile entfernt, ließen sich die Wellblechdächer mehrerer dicht beieinanderstehender Gebäude am Wegrand ausmachen. Licht bemerkte er in der zunehmenden Dunkelheit nicht, aber dies war zumindest ein Zeichen dafür, dass er nicht in die falsche Richtung lief. Mit zusammengebissenen Zähnen schlug er einen schnelleren Schritt an, bestärkt in der Erwartung einer warmen Unterkunft, um das bevorstehende Unwetter auszusitzen.

Er verlagerte sein Gewicht auf das unverletzte Bein, während er sich dem ersten Gebäude vorsichtig näherte. Ein graues Schild mit weißer Beschriftung an der T-Kreuzung, wo die Anlage stand, wies diese dem Meeresschutzgebiet Skomer zu, womit sich Declans erste Vermutung bestätigte, dass er sich in Südwestwales befand. Das war gut. Es bedeutete, dass vielleicht nur sieben oder acht Meilen weiter östlich ein Dorf lag, doch leider dämpfte die Vorstellung, diese Distanz zu Fuß zurückzulegen, seinen Enthusiasmus. Deshalb entschied er, bis zum Morgen damit zu warten. Heute Nacht wollte er sein Lager hier aufschlagen. Vielleicht hatte er Glück, und einer der Naturburschen hatte etwas zu essen dagelassen; für eine verschmähte Pausenmahlzeit oder gar eine Packung Waffeln würde er gerade einen Mord begehen.

Auf das Grundstück gelangte er über eine kurze Einfahrt zwischen zwei Steinbauten, die schon deutlich länger dort zu stehen schienen als die restlichen Wellblechgebäude, die den Komplex bildeten. Der kleine Hof, den sie umgaben, verfügte über keinerlei Beleuchtung. Als er mitten auf dem Platz stand, drehte er sich einmal um sich selbst und überlegte, welches das Hauptgebäude sein mochte. Insgesamt sieben waren es, drei lange mit rechteckiger und vier erheblich kleinere auf quadratischer Grundfläche, letztere vermutlich Lager. Man hatte vereinzelt Hecken rings um die Wände gepflanzt, wohl um dem sterilen Metall etwas Wärme einzuhauchen. Wie die Dächer, die ihm aus der Ferne aufgefallen waren, bestand auch der Rest der meisten Gebäude aus grauem Wellblech mit Sprossenfenstern, an deren Rahmen dunkelrote Rollläden befestigt waren und seitlich eingefasste Türen. Declan legte sich auf das Gebäude mit den meisten Parkplätzen davor fest und ging zu einer fensterlosen Doppeltür an der Vorderseite. Diese war mit einem schweren Vorhängeschloss gesichert. Als er sich umdrehte, stellte er fest, dass die anderen Gebäude auf gleiche Weise abgesperrt waren. *Verdammte Scheiße.*

Schweren Herzens bückte er sich und öffnete die Reisetasche, um die Glock 17 herauszunehmen. Ein Magazin steckte bereits darin, also brauchte er lediglich den Schalldämpfer aufzuschrauben und durchzuladen. Dann stellte er sich neben die Tür und zielte auf das Schloss. Gerade als er abdrücken wollte, fiel gleißendes Licht auf die Metallwand vor ihm, und er selbst stand in einem hellen Kegel. Declan hielt sich die Glock vor die Brust und stürzte hinter eine der Hecken.

Die unverkennbaren Fahrgeräusche eines Autos drangen an seine Ohren, bevor der Lichtstrahl aufhörte, sich weiterzubewegen. Da der Wind mit einem durchdringenden Pfeifen durch die Verbindungsstellen zwischen den Wellblechen wehte, hatte er den Wagen nicht kommen hören. Er wusste, wer auch immer am Steuer saß, konnte ihn nicht übersehen haben. Nach ein paar Sekunden ging eine Autotür auf und seine Befürchtung wurde bestätigt: »Egal wer Sie sind, ich habe Sie gesehen. Kommen Sie raus.«

Die Stimme klang sowohl eindeutig walisisch als auch ausgesprochen weiblich. Declan lehnte sich nach links, um die Person besser zu erkennen, ohne selbst entdeckt zu werden, aber die Hecke war zu dicht.

»Ich habe Sie gesehen. Kommen Sie raus«, wiederholte die Frau.

Declan glaubte, einen verunsicherten, möglicherweise sogar ängstlichen Unterton wahrzunehmen, und durchdachte seine Optionen. Wer war sie – eine Nachtwache? So etwas wie eine Gebäudeverwalterin oder einfach nur irgendjemand, der ihn zufällig bemerkt hatte? Ihm waren weder Häuser noch Campingplätze aufgefallen, und Ortschaften lagen zu weit entfernt, als dass die Bewohner ihn bemerkt haben könnten.

»Na gut«, sprach die Frau trotzig. »Ich fahre und melde das bei der Polizei, die wird dann bald hier sein und sich um Sie kümmern. Am besten verkriechen Sie sich wieder im Moor oder weiß der Teufel wohin. Wenn ich Sie wäre, würde ich mir in einer Nacht wie dieser schnell ein Dach über dem Kopf suchen.«

Declan steckte die Glock in die Tasche und zog den Reißverschluss zu, bevor er sich erhob und dem Wagen zukehrte. Er musste vermeiden, dass sich die Polizei einschaltete, und die Frau hatte recht: Es war bitterkalt und würde im Laufe der Nacht noch kühler werden. Falls auch nur die geringste Chance bestand, sich von dieser Person helfen zu lassen, um eine Unterkunft zu finden, musste er sie ergreifen.

»Na bitte, geht doch. Keine Lust mehr, sich im Dreck zu wälzen, wie?«

Nicht weit hinter den Halogenscheinwerfern zeichneten sich vage menschliche Umrisse ab. Declan trat mit erhobenen Händen hinter dem Gesträuch hervor, um mehr zu sehen. Sie war jung, womöglich Ende 20, und verharrte an der offenen Wagentür. Sie trug eine Wollmütze und eine dicke Daunenjacke, die ihre Statur unkenntlich machte. »Was treiben Sie denn hier draußen, Mann?«, fragte sie, während sie ihn misstrauisch beäugte.

»Ich bin Paraglider«, log Declan. »Meine Ausrüstung ist vor ein paar Stunden von den Felsen geweht worden; dabei wäre ich fast draufgegangen.«

»Na ja, das hätte mich bei dem Wind nicht gewundert. Muss einen ordentlichen Kick geben, sich bei solchem Wetter an einen Schirm zu hängen. Bisschen bescheuert, oder? Diese elenden Extremsportler … kein Quäntchen Verstand in der Birne.«

»Wer sind Sie?«, fragte Declan.

Die junge Frau trat neben dem Peugeot hervor, den sie fuhr, und antwortete: »Hannah Sawyer. Ich bin die Tierschutzbeauftragte hier. Wollte eigentlich nur nachsehen, ob ich die Türen alle abgeschlossen habe, damit sie in dem Sturm nicht auffliegen. Haben Sie sich wehgetan?«

Declan war froh, dass sie ihm die Geschichte abzukaufen schien. »Eine Schnittwunde am Bein und ein verstauchtes Handgelenk. Ansonsten bin ich einfach nur müde.«

»Tja, das wäre ich auch nach so einer Tortur.« Sie traute sich näher heran, sodass Declan ihr süßliches Parfum roch. »Was im Namen des Heiligen David haben Sie sich dabei gedacht, unter solchen Bedingungen und noch dazu im Dunkeln mit einem Gleitschirm zu fliegen?«

»Ging mir um 'nen neuen Weltrekord. Ich habe versucht, die Britischen Inseln einmal ganz ohne Zwischenlandung zu umfliegen. Dazu brach ich gestern am Firth of Clyde auf.«

»Dafür haben Sie sich aber die falsche Jahreszeit ausgesucht. Wird Ihnen eine ganze Menge bringen, dieser Rekord, wenn Sie tot sind. Kommen Sie, wir fahren ins Dorf, dort kann ich mir Ihre Wehwehchen genauer ansehen.«

Declan atmete erleichtert auf. »Vielen Dank, das wäre wunderbar. Ich habe Geld bei mir. Sie brauchen mich nur bis zum nächsten Ort mitzunehmen und an einem Gasthaus rauszulassen, von dort aus schaff ich's alleine.«

»Bis nach Marloes sind es nur ein paar Meilen, aber im Frühling werden Sie in dieser Gegend keine Übernachtungsmöglichkeiten finden. Die Urlaubssaison fängt erst in zwei Monaten an. Mein Dad und ich, wir haben da was, wo Sie vorerst bleiben und sich ausruhen können. Morgen oder übermorgen fahre ich Sie in die Stadt. Dann können Sie zusehen, wie Sie wieder nach Hause kommen.«

»Oh, das ist echt klasse. Danke.«

»Freuen Sie sich nicht zu früh«, mahnte sie und lachte humorlos auf. »Sie haben noch nicht vom Eintopf meines Vaters probiert.«

Nachdem die beiden in den Peugeot gestiegen waren, wendete Hannah und fuhr in Richtung Osten. Die sieben Meilen lange Strecke, für die sie etwa zehn Minuten brauchten, führte über eine huckelige Straße, und auf halbem Weg fing es zu regnen an. Nachdem sie ein zerbeultes Schild passiert hatten, auf dem in schwarzen Buchstaben *Marloes* stand, fiel Declans Blick auf Natursteinhäuschen zu beiden Seiten, die kaum eine Armlänge weit vom Rand des einspurigen Weges durch den kleinen Ort errichtet worden waren. Im strömenden Regen erkannte er schwaches Licht in einigen Wohnungen, doch die meisten muteten leer an. Er schätzte, dass es Ferienhäuser waren, die außerhalb der Sommermonate selten benutzt wurden.

Sie fuhren an einem grauen Haus ähnlich der anderen vor, und Hannah parkte den Peugeot auf einem geschotterten Platz, wo der Wagen gerade so hinpasste. Das Anwesen war klein, der Vorhof umgeben von einer alten Steinmauer. Hinter zwei Fenstern links und rechts der hölzernen Eingangstür brannte Licht.

»Also, Sie tun gut daran, mir zu sagen, wie Sie heißen«, bemerkte Hannah, während sie den Leerlauf einlegte und die Handbremse zog. »Das Erste, was Dad wissen will, wird der Name sein, mit dem er Sie abweist.«

»Paul Flynn«, gab Declan vor, eine Kombination aus dem Vornamen seines Vaters und dem Mädchennamen seiner Mutter. »Ich weiß Ihre Gastlichkeit sehr zu schätzen.«

»Ist doch selbstverständlich. So was passiert hier andauernd, also dass Ihresgleichen sich selbst das Leben schwer macht. Die paar Eingesessenen, die das ganze Jahr über bleiben, sind daran gewöhnt, Fremde zusammenzuflicken. Dass man gewisse Sportarten im Sommer und bei Tageslicht ausüben sollte, will offensichtlich nicht in Ihre Dickschädel.«

Declan lächelte, als sie ausstiegen. Hannah lief den Kiesweg zur Tür hinauf, während der Wind den Regen horizontal verwehte.

»Hallo? Hab mal wieder jemanden aufgegabelt, hörst du?«, kündigte sie an, nachdem sie aufgeschlossen hatte und eintrat. Sie hängte ihre Mütze an einen Haken neben dem Eingang, drehte sich zu Declan um und strahlte. Nun sah er ihr kastanienrotes Haar, das bis knapp unter ihre Ohrläppchen reichte, und ihre großen, braunen Augen. Im Dunkeln hatte er nicht erkennen können, wie hübsch sie war.

»Was meinst du mit aufgega ... ach du liebe Zeit«, hörte Declan eine betagtere Männerstimme sagen, als er das Haus betrat. Dann stand er bereits im Hauptraum, dessen Mitte eine braune Ledercouch einnahm. Diese trennte den Wohnzimmerbereich von einer kleinen Küche, wo Hannahs Vater mit einem Geschirrtuch in der Hand stand. Man spürte sofort, dass Declans Anwesenheit den älteren Herrn nicht so sehr begeisterte wie seine Tochter. Während er sich die Hände an dem olivgrünen Stoff abtrocknete, stellte er sich im barschen Ton vor: »Rhys Sawyer, und wer sind Sie?«

»Hab ihn beim Naturschutzbund gefunden, stell dir vor. Er meinte, sein Paraglider wäre abgeschmiert«, erzählte Hannah, bevor Declan die Frage ihres Vaters selbst beantworten konnte. »Paul Flynn heißt er.«

Rhys Sawyer starrte mit argwöhnisch zusammengekniffenen Augen auf seinen Gast, dem die Angespanntheit des Hausherrn nicht entging. Er hatte dunkle, fast pechschwarze Augen mit buschigen, weißen Brauen, sein Haaransatz war weit zurückgewichen. Im Gegensatz zu seiner Tochter, die sehr zierlich war, hatte er breite Schultern und mindestens 50 Pfund zu viel auf den Rippen, was ihn trotz fortgeschrittenen Alters zu einer imposanten Gestalt machte.

»Hannah hat die schlechte Angewohnheit, Streuner anzuschleppen. Bedauerlicherweise weigert sie sich, diese Unsitte auf Tiere zu beschränken.«

»Tut mir leid, Sir. Ich möchte nicht stören«, stellte Declan klar.

»Tja, das tun Sie aber. Sie, wie auch andere von Ihrem Schlag, kommen mit dem ganzen Schickimicki zu uns und halten sich für unsterblich, wenn Sie hier rumspringen und allen möglichen Aufruhr verursachen, doch wenn sie sich dann durch ihre eigene Dummheit irgendwo reinreiten, sollen wir Einheimische Sie aufnehmen und Doktor spielen. Sie hatten echt Glück, weil Sie an genau die Person geraten sind, die das mit sich machen lässt.«

Declan schwieg, da er nicht sicher war, was er dem entgegensetzen sollte. Er hatte Verständnis für die Empörung des Mannes. In seinem Haus stand ein Wildfremder, der durchaus alles andere als hehre Absichten hegen konnte.

»Dad, du lässt mich vor ihm dastehen wie …«

»Ja, wie? Du hast ihn doch gerade erst getroffen! Diese Diskussion haben wir schon einmal geführt. Du darfst nicht jeden Strolch mit nach Hause bringen, den du draußen im Moor findest, nur weil er dir zufällig in seiner Art imponiert.«

Hannah wurde hochrot im Gesicht, doch Declan hätte nicht sagen können, ob vor Wut oder Scham.

»Entschuldigen Sie die Störung, Sir. Wenn Sie mir nur den Weg zu einer Herberge oder etwas Vergleichbarem beschreiben würden, wo ich während des Unwetters unterkommen könnte, wäre ich gleich weg.«

»Ich habe Ihnen doch gesagt, dass zu dieser Jahreszeit niemand geöffnet hat«, erinnerte Hannah, während sie ihren Vater mit einem stechenden Blick bedachte. »Ich fahre Sie zurück zum Naturschutzbund. Sie dürfen über Nacht im Büro bleiben.«

»Du wirst nichts dergleichen tun«, lenkte Rhys tief knurrend ein. »Was meine Tochter sagt, ist richtig, Mr. Flynn. Niemand hat ein Zimmer für Sie. Ich erlaube das nur ungern, aber Sie können in unserer Gästehütte hinterm Haus übernachten. Wenn ich sehe, wie meine Tochter beharrlich ignoriert, was ich ihr rate, kann ich Sie genauso gut im Auge behalten.«

Declan blieb still, war aber dankbar. Obwohl er die Hütte noch nicht gesehen hatte, kam sie ihm wie ein Geschenk des Himmels vor. In dieser Zwangslage hätte er auch mit einer Scheune vorliebgenommen, wenn er so von Wind und Regen verschont geblieben wäre.

»Hier, setzen Sie sich«, bot Hannah an, nachdem sie in die Küche gegangen war und einen Stuhl für ihn unter dem Tisch hervorgezogen hatte. Dann gab sie ihrem Vater, der wie ein Ölgötze stehengeblieben war und Declan weiter taxierte, einen Kuss auf die Wange. »Haben Sie sich verletzt?«, fragte er schließlich.

»Nur ein Bein aufgeschlitzt und ein Handgelenk verstaucht.«

»Na, machen Sie sich mal keinen Kopf deswegen«, warf Hannah ein. »Ich bring Sie im Nu auf Vordermann. Dad hat gerade Abendessen zubereitet – Cawl –, und wenn wir damit fertig sind, richten wir die Hütte für Sie her.«

»Es ist ein kleiner Schuppen, den wir vor ein paar Jahren zu einem Cottage umgebaut haben«, erklärte Rhys und nahm am Tisch Platz. »Wenn die Touristen kommen, vermieten wir es.«

»Das hört sich prima an. Vielen Dank.«

In der Wohnung war es warm, und das Essen duftete verlockend, ein Eintopf aus gekochten Kartoffeln mit Speck, Lammfleisch und Karotten. Declan ließ sich Rhys gegenüber nieder und stellte die Reisetasche zwischen seine Füße. In einem Steinkamin hinter ihm prasselte Feuer. Als er sich die schlichte Einrichtung ansah, stellte er sich vor, wie gut er es in einem solchen Haus mit seiner Frau haben könnte – ein einfaches Leben.

»Ach je, Sie sind ja völlig aufgeweicht«, bemerkte Hannah, als sie ihn im Vorbeigehen streifte.

»Ich hol Ihnen was Trockenes zum Anziehen.« Rhys stand vom Tisch aus und verschwand durch eine Tür hinten in der Küche.

Hannah stellte Declan eine Suppenschale hin und füllte sie bis zum Rand mit Cawl. »Schlagen Sie zu«, sagte sie dann, indem sie einen Löffel hineinsteckte. Rhys kehrte augenblicklich mit einer ausgebleichten Bluejeans und einem dunkelroten Wollhemd zurück.

Nachdem er drei Portionen Eintopf gegessen und sich für seine Unhöflichkeit entschuldigt hatte, folgte Declan ihm und seiner Tochter nach draußen, wo am hinteren Rand ihres kleinen Grundstücks ein Schuppen mit Pultdach stand. Dessen Inneres war in ein Schlafzimmer und ein kleines Bad unterteilt worden, wo man sich geradeso zwischen Dusche und Waschbecken zwängen konnte. Declan hatte sich nicht geirrt. Für einen müden Reisenden kam es dem Himmel gleich.

Hannah zeigte ihm alles. »Im Sommer haben wir Mieter, die aus Cardiff oder Swansea kommen, um hier zu wandern oder zu segeln. Sie wissen schon, Machokram eben, den Jungs wie Sie mögen.«

Er lächelte ihr zu, da ihm dämmerte, dass sie ihn wohl für deutlich jünger hielt, als er in Wirklichkeit war.

»Jetzt zeigen Sie mal, wo's wehtut.«

Er lehnte ab. »Besten Dank, aber das ist eigentlich unnötig. Sie haben schon genug getan.«

»Oh, jetzt kommen Sie mir bloß nicht auf die Tour, das lasse ich mir nicht bieten. Dad, würdest du bitte meinen Tierarztkoffer holen?«

Rhys seufzte absichtlich laut und machte sich auf den Weg zurück in die Wohnung.

»Sie müssen es Dad nachsehen. Er misstraut jedem.«

»Das ist nicht das Schlechteste. Da draußen wimmelt es vor Menschen, die Böses im Schilde führen.«

»Also, ich bin hilfsbereit, das liegt in meiner Natur. Meine Mum war genauso. Ob Lundis mit angeknacksten Flügeln oder verletzte Seehunde, irgendein Tier hat sie immer gepflegt. Sie starb vor einigen Jahren, und seitdem ist Dad nicht mehr derselbe.«

Eine halbe Stunde später hatte Hannah sowohl sein Handgelenk verbunden als auch eine frische Bandage um seine Wade gewickelt, woraufhin er sich tatsächlich besser fühlte.

»So, fertig«, sagte sie. »Wie gut, dass ich Sie früh genug gefunden habe, denn für Ihren Unterschenkel war's höchste Zeit. Hätten Sie noch ein paar Stunden länger warten müssen, wäre er jetzt entzündet, glaube ich. Mit ihrer Hand hatten Sie recht, da ist nichts gebrochen. Ein, zwei Tage, dann spüren Sie nichts mehr.« Als Sie aufgestanden war, fiel ihr Blick auf das Hemd und die Hose, die ihr Vater bereitgelegt hatte. »Die Sachen sehen aus, als ob sie Ihnen passen würden«, fuhr sie fort. »Ein Kerl in Ihrem Alter ließ sie letztes Jahr hier zurück. Erstaunlich, was mancher so vergisst. In den Taschen steckte alles Mögliche von Zigaretten bis zu ausländischem Münzgeld.«

»Wir sollten ihn jetzt in Ruhe lassen«, meinte Rhys, der noch am Türpfosten stand, nachdem er seiner Tochter bei ihrem Tun auf die Finger geschaut hatte. »Die hat er bestimmt bitter nötig.« Hannah lächelte und verließ die Hütte vor ihrem Vater. Als sie fort waren, ging Declan ins Bad und achtete beim Waschen darauf, seine Verbände trocken zu halten. Danach dauerte es nur wenige Minuten, bis er eingeschlafen war.

Kapitel 52

18:42 Uhr, Ortszeit – Donnerstag, Landstraße 1402, Mullaghmore, County Monaghan – Irland

Constance atmete tief ein. Durch die feuchtkalte Luft umwehte das Anwesen der Familie McGuire, das im 17. Jahrhundert erbaut worden war, etwas nahezu Keltisches, während sie auf einem der vielen Balkone stand. Efeu rankte über die Steinfassade und breitete sich an der Balustrade aus, wo sie die Ellbogen aufgesetzt hatte, um ihr Kinn in die Hände zu stützen. Solch einen Ort hatte sie noch nie gesehen. Die Säulenarchitektur in Washington D.C., so beeindruckend sie auch sein mochte, war nichts im Vergleich zu der ungekünstelten Schönheit, die sie hier umgab.

Bei ihrer Ankunft auf dem Gut hatte ihnen Fintan einen Überblick des Grundstücks gegeben. Die Villa stand auf mehr als 200 Morgen Land nahe Mullaghmore knapp fünf Meilen östlich der Stadt Monaghan. Das einst landwirtschaftlich genutzte Terrain lag nun brach, besetzt nur von dem Haus im nordwestlichen Winkel und mehreren kleineren Gebäuden mit nicht weniger stimmungsvollem Ambiente, wo das Personal wohnte.

Das Zimmer, das sich Constance für die Dauer ihres Aufenthalts ausgesucht hatte, befand sich im Südwestflügel der Villa, und vom Balkon aus sah man den weitreichenden Garten mitsamt penibel geschnittenen Hecken, die das gesamte Gebäude umgaben. Sie hatte dieses Zimmer gewählt, weil hinter dem Garten ein kleiner See lag, dessen Wasser so blau leuchtete wie der Ozean, den sie wenige Stunden zuvor überquert hatten. Während die Sonne auf der sich kräuselnden Oberfläche funkelte, wünschte sie sich, Declan könnte bei ihr sein. Andererseits war ihr klar, dass ihm dieser Ort längst Vergessenes ins Gedächtnis rufen würde, das er wahrscheinlich für immer hatte hinter sich lassen wollen. Mit den Troubles kannte sie sich gut genug aus, um zu wissen, dass viele Mitglieder des IRA-Militärrates Immobilien gleich hinter der Grenze zur Republik Irland unterhalten hatten, also knapp außerhalb des Einflussbereiches der British Army oder Royal Ulster Constabulary, wie der Vorläufer des Police Service, der heutigen Polizei Nordirlands geheißen hatte; die McGuire-Villa war zwar offensichtlich lange vor dem Konflikt und sogar dem Unabhängigkeitskrieg da gewesen, doch anhand dessen, was Constance aus verschiedenen Gesprächen mitbekommen hatte, handelte es sich um die ehemalige Einsatzzentrale von Fintans Vater.

Auf dem Flur klopfte jemand höflich an. »Ist offen«, rief sie und hörte, wie die massive Eichentür aufgedrückt wurde. Wenige Augenblicke erschien Fintan auf dem Balkon. »Ich wollte mich nur vergewissern, ob du alles hast, was du brauchst, meine Liebe.«

»Es ist alles wunderbar so, danke.«

»Im Schrank liegen frische Kleider. Ich bat Mrs. Hogan, Sachen von ihrer Tochter zu bringen, die sie bei ihrem Umzug nach Deutschland vor ein paar Jahren zurückließ. Ist vielleicht ein bisschen altmodisch, das Zeug, aber ich denke, es wird dir passen.«

»Ich bin mir sicher, dass es zweckmäßig ist, danke ... und bitte auch an Mrs. Hogan, falls du sie siehst.«

Nicola Hogan war eine Angestellte aus einem der Natursteinhäuser entlang des schmalen Kiesweges, der über das Grundstück zur Villa führte. Als sie eingetroffen waren, hatte sich die etwa 50 Jahre alte Frau augenscheinlich über Constances Kommen gefreut.

Fintan zögerte einen Augenblick zu lange, sodass die Stille zwischen ihnen bedrückend wirkte.

»Ist noch etwas?«, fragte Constance.

Er schüttelte den Kopf. Sie warteten darauf, dass sich Declan meldete und bestätigte, dass er wohlauf gelandet war. Auch wenn es noch niemand ausgesprochen hatte, so rechneten sie allmählich mit dem Schlimmsten.

»Das Abendessen wird um 19:30 Uhr im großen Speisesaal serviert – direkt gegenüber deines Zimmers, nur eine Etage tiefer. Du leistest mir doch Gesellschaft, oder?« Damit wandte er sich ab, um sie alleinzulassen, ein wenig unbeholfen auf den zwei Unterarmgehhilfen.

Als sich Constance wieder zum See umdrehte, schwanden die letzten Sonnenstrahlen hinter den Bäumen am gegenüberliegenden Ufer.

»Ihm geht es bestimmt gut, weißt du?«, fügte Fintan an. »Ist nicht das erste Mal, dass er so ein Ding dreht.«

Constance drehte sich ihm noch einmal zu und bemühte ein Lächeln. »Nein, ich weiß nichts. Ich möchte, dass du mir davon erzählst.«

»Wovon, meine Liebe?«

»Von Declans Vergangenheit. Alles.«

Fintan bewegte die Krücken, um sich erneut zu ihr umzudrehen. »Leider muss ich sagen, dass ich nur wenig unmittelbar miterlebt habe. Ich war vielmehr ein Denker als der Mann fürs Grobe, ein guter Spion ... aber okay, ich werde dir sagen, was ich weiß.«

»Bitte. Ich muss das verstehen können. Ein wenig kenne ich mich mit den Troubles, der IRA und ihren protestantischen Gegenspielern aus, aber dahinter steckt anscheinend mehr, als mir geläufig ist. Vor allem Declans Geschichte.«

»Also, meine Liebe ...« Fintan suchte nach den richtigen Worten. »Die Umstände in Irland waren seinerzeit verzwickt, gelinde gesagt. Wenn man es nicht selbst erlebt hat, versteht man das Ausmaß der Heimtücke und Betrügerei nur schwerlich, die damals den Alltag der Menschen bestimmten. Trotzdem stimmt es wohl, dass Declan in alledem eine wichtigere Rolle einnahm als andere.«

Da er sich mit den Worten schwertat, wurde Constance sofort bange: War das, was er ihr zu sagen hatte, so schlimm, dass es ihre Einstellung zu dem Mann verändern konnte, den sie liebte? Plötzlich zweifelte sie daran, ob sie wirklich mehr wissen wollte, doch es war zu spät. Fintan hatte schließlich schon angefangen, zu erzählen.

»Mir fällt keine treffendere Analogie ein, aber Declan und seine Kameraden waren auf die IRA bezogen so etwas wie Frankensteins Monster, während mein Vater Eamon McGuire den verrückten Wissenschaftler abgab.« Fintan kam wieder nach draußen und setzte sich auf eine der Bänke neben der Balkontür. »Declan wollte sich der IRA anschließen, nachdem seine Eltern nicht weit von ihrem Haus in Ballygowan entfernt von einem korrupten Polizisten mit Verbindungen zu einer Bande von Gaunern aus der protestantisch-unionistischen Miliz umgebracht worden waren. Die hatten versucht, irgendwelche Waffen auf dem Bauernhof seines Dads zu verstecken, doch er hatte sich geweigert. Declans Vater war ein Politiker und strikter Gegner des Konflikts, weshalb er immerzu nach einer Möglichkeit suchte, ein Machtgleichgewicht zwischen Katholiken und Protestanten innerhalb der Regierung herzustellen. Die Miliz hielt ihn für einen Verräter an seinem protestantischen Erbe, und dass er sie von seinem Land vertrieben hatte, war der sprichwörtliche Tropfen, der das Fass zum Überlaufen brachte. Sie ermordeten ihn eines Abends an einem vorgetäuschten Kontrollpunkt.

Ich gehe davon aus, dass Declan seine Eltern rächen wollte, als er einige Jahre später davon erfuhr. Er war elf, als sie getötet wurden, und auf die Suche nach ihren Mördern machte er sich als 15-Jähriger. Während der beiden darauffolgenden Jahre spürte er sie alle auf und brachte jeden Einzelnen zur Strecke, wobei ihm ein Junge namens Torrance Sands half, dem er in einem Waisenheim im County Down begegnet war. Mit 17 hatte Declan acht Männer getötet, die mindestens doppelt so alt gewesen waren wie er und fast alle seit Beginn der Troubles in den späten 1960ern Morde begangen hatten.«

Constance war entsetzt, während sie versuchte, diese Informationen zu verarbeiten. Als 17-Jährige hatte sie die Sommerschule in Savannah, Georgia besucht und nichts von kriegerischen Auseinandersetzungen in Nordirland gewusst.

Fintan fuhr fort: »Sicher, man nimmt keine acht Paramilitärs hoch, ohne Aufsehen zu erregen. Mein Vater nahm Declan und Sands in seine Obhut. Declan war zu jung, um der Armee offiziell beizutreten, doch das galt auch für viele andere, die sich dennoch an den Kämpfen beteiligten. Mein Dad hielt ihn gleich für etwas Besonderes. Declan legte ein gutes Gespür für taktisch orientierte Einsätze an den Tag; wenn er sich eine gegebene Situation nur kurz vor Augen hielt, fand er binnen Sekunden die beste Angriffsmöglichkeit und den Punkt, wo sich der größte Schaden verursachen ließ. Außerdem konnte er spontan umdenken; falls eine Operation fehlschlug, was häufig geschah, reagierte er schnell und nahm Anpassungen vor – womit er häufig den beteiligten Männern das Leben rettete. Er ließ sich noch ein weiteres Jahr von Dad leiten, dann schickte ihn mein Vater zur Weiterbildung zu den Sowjets. Declan war in vielerlei Hinsicht der perfekte Rekrut: Er hatte keine Familie, die ihn identifizieren oder sich Sorgen um ihn machen konnte.«

»Ich dachte, die IRA hätte Ausbildungslager in Libyen benutzt.«

»Das tat sie überwiegend, aber Dad kannte jemanden bei den *SpezNas*, einen Colonel namens Nowikow oder so. Der war zu der Zeit jedenfalls für eine streng geheime Einheit verantwortlich, die *Wympel* hieß. Soweit ich weiß, handelte es sich um eine Truppe zur Terrorismusbekämpfung, die der Sowjetunion im Krieg in Afghanistan helfen sollte. Nur erfüllte sie diese Funktion nicht; vielmehr verhielt sie sich selbst wie ein Haufen Terroristen – legte Bomben, kidnappte und mordete.«

»Worin bestand der Reiz für die Russen, einen Ausländer in einer streng geheimen Einheit anzulernen?«

»Na ja, du musst bedenken, dass es zu der Zeit nicht mehr gut um das Regime bestellt war. Weite Teile des Landes zerfielen bereits, und viele Militär- und Polizeistreitkräfte konnten ihre Untergebenen weder bezahlen noch anderweitig versorgen. Dennoch erwartete man von ihnen, in Afghanistan weiterzumachen. Hinzu kam die Korruption, die schon immer ein Problem in

Russland gewesen war. Mir hat man erzählt, heute wäre es sogar noch schlimmer als damals. Ich weiß nicht, was Dad diesem Colonel dafür gab, aber es war definitiv eine ziemlich hohe Summe. Wie du sicherlich bemerkt hast, ist Geld etwas, woran es meiner Familie nicht mangelt. Dad glaubte, die Ausbildung dort könnte sich im Krieg der IRA gegen die Briten als Vorteil erweisen. Er sandte zwölf Mann hin; zurück kamen nur neun.«

»Declan hat also für die Russen in Afghanistan gekämpft?«

»Wo genau sie ihn ausgebildet haben, kann ich nicht sagen. Er kam als völlig anderer Mensch zurück – desillusioniert trifft es wohl am besten. Zu dem Zeitpunkt war der Machtkampf innerhalb der IRA im vollen Gange. Sinn Féin versuchte, sich in Belfast zu etablieren, und hatte ihre unfähigen Marionetten damit beauftragt, die Armee-Einheiten im Norden zu befehligen. Meinem Vater und mehreren anderen Ratsmitgliedern gefiel das nicht, denn sie strebten nach wie vor die Unabhängigkeit von der Krone an. So zog er Declan und die anderen acht heran, um die Einheit Black Shuck, wie er sie nannte, zu gründen.«

»Black Shuck?«

»Ja, das bezieht sich auf eine in Südengland verbreitete Legende um einen Dämonenhund, der jedem den Tod ankündigt, der ihn sieht. Dad fand das wohl witzig. Eine Gruppe irischer Freiheitskämpfer, die ihre britischen Gegner unter dem Decknamen eines britischen Fabelwesens tötete.«

Constance nickte. Declan hatte ihr von einer ähnlichen Sage über einen Geisterhund berichtet, der Kirchen und Friedhöfe in Irland bewachen sollte – Kirkgrim. »Und worauf lief das alles hinaus?«

»Darauf, dass ein Mitglied der Einheit – Torrance Sands – meinen Vater und seine Unterstützer an die Politiker in Belfast verriet. Die beauftragten Sands dann damit, die ganze Einheit Black Shuck auszulöschen. Es gelang ihm im Keller dieses Hauses hier. Das ist jetzt fast 20 Jahre her, und neben Declan überlebten ein Kerl namens Shane O'Reilly und eben ich.«

»Daher auch deine Gehbehinderung, richtig?«

»Zertrümmerte Wirbel im unteren Bereich des Rückgrats durch eine Kugel aus Sands Waffe. Ich lag fast ein Jahr in einem Dubliner Krankenhaus und kam erst 2000 hierher zurück, nachdem der Friedensvertrag unterzeichnet worden war.«

»Und Sands, war er ein Freund von Declan? Du sagtest doch, dass er ihm als Teenager geholfen hatte.«

Fintan nickte. »Ja, aber Sands stand sich vor allem immer selbst am nächsten – ein abgefeimter Killer durch und durch. Meinen Dad nutzte er aus, um sich ausbilden zu lassen und Erfahrung zu sammeln, dann machte er sich davon.«

»Was wurde aus ihm?«

»Niemand weiß genau, was mit ihm geschehen ist«, antwortete Fintan kopfschüttelnd. »Er verschwand nach jenem Abend ganz einfach.«

»Und Declan verschlug es daraufhin nach Amerika?«

»Genau, er siedelte über. Und Shane, der andere Überlebende, ging nach England, wo er weiter die Rolle spielte, die mein Vater für ihn vorgesehen hatte, indem er als Informant für den MI5 arbeitete, um die hinterhältigen Bastarde in Belfast zu erledigen.«

Constance musste wieder tief Luft holen. Ihre Wissenslücken waren fast alle geschlossen; einzig ein paar Details fehlten noch, von denen sie glaubte, sie nicht erfahren zu wollen. Sie hatte Schilderungen der Grausamkeiten der Russen in Afghanistan gehört. Angeblich seien dort auf der Suche nach den Mudschaheddin ganze Dörfer dem Erdboden gleichgemacht worden.

Schließlich stand sie auf. »Danke, dass du mir das gesagt hast. Ich kann mir denken, wie schwer das für dich gewesen sein muss.«

»Schnee von gestern, meine Liebe«, behauptete Fintan. Es war eine bemüht gleichgültige Zurückweisung der Annahme, dass die Geschichte ihn emotional noch berührte, doch Constance erkannte, dass er log. Es handelte sich um eine zutiefst schmerzvolle Erinnerung – viele schmerzvolle Erinnerungen, um genau zu sein. Sie küsste ihn auf eine Wange, als er sich von der Bank erhob.

»Ich mache mich zum Abendessen fertig. Mrs. Hogan hat sicher etwas ganz Feines für uns gekocht.«

Fintan nickte und sagte: »Ganz bestimmt, und sie wäre zutiefst enttäuscht, wenn du nicht kämst, um es zu genießen.«

»Dann werde ich da sein.«

Nachdem er ein weiteres Mal genickt hatte, stakste er durch das große Zimmer und zog die schwere Tür hinter sich zu.

Constance verließ den Balkon und verriegelte die Tür. Danach zog sie sich aus und drehte im Bad nebenan den Duschhahn auf. Während Dampf in dem schnörkelhaft gefliesten Raum aufstieg und die Spiegelflächen beschlug, dachte sie über Declan nach. Er war so lange in seinem Leben einsam gewesen – ohne jemandes Verständnis dafür, was er durchgemacht hatte.

Als sie sich vorstellte, dass er sich gerade alleine dort draußen herumschlug und abermals mit der gleichen Art von Verrat umgehen musste, trieb es ihr Tränen in die Augen. Als sie unter die Brause trat, hoffte sie, ihn wiederzusehen … dass er überlebte und zu ihr zurückkehrte.

Kapitel 53

6:32 Uhr, Ortszeit – Freitag, Marloes, Pembrokeshire – Wales

Declan wachte auf, weil sich jemand laut unterhielt … oder war es der Wind, der die tönernen Dachziegel zum Klappern brachte? Er konnte sich nicht festlegen, vielleicht hatte er sogar geträumt. Seine Augen fokussierten die niedrige Decke des Gästehauses der Sawyers. Als er einen Mann schreien hörte, wusste er sicher, dass er sich nicht geirrt hatte. Er schwang seine Beine über die Bettkante, setzte sich auf und fuhr sich durchs Gesicht, um seine anhaltende Schlaftrunkenheit zu überwinden.

Wie lange habe ich geschlafen?

Er sah aus dem kleinen Fenster neben der Tür. *Ist immer noch dunkel.*

Dann achtete er auf den Wind, doch der wehte nicht mehr, und der Regen vom frühen Abend hatte auch nachgelassen. *Der Sturm ist vorbei.* Declan zog die Kleider an, die am Fuß des Bettes aufgehängt waren. Während er die Ereignisse der vorangegangenen Nacht rekapitulierte, wurde ihm bewusst, dass er nach seiner Landung versäumt hatte, das Satellitentelefon zu benutzen, um Fintan anzurufen. Constance musste krank sein vor Sorge und hielt ihn womöglich für tot. In seinem angeschlagenen Zustand und bei der Hetzerei, um einen Unterschlupf zu finden, war ihm das Telefon völlig entfallen. Er hoffte, dass bei ihrer Ankunft am Flughafen Waterford alles gut gegangen war und Fintan Constance vor der Polizei bewahren konnte. Als er sich umschaute, konnte er seine Reisetasche nicht finden. Er war sich sicher, sie mitgenommen zu haben, als ihn die Sawyers zur Hütte gebracht hatten. Irgendetwas stimmte nicht; Bilder von Polizeibeamten in Schutzausrüstung, die das Gebäude mit ihren Gewehren im Anschlag umstellten, drängten sich ihm auf. Hatten die Sawyers ihn anhand der Berichte im Fernsehen erkannt? Er erinnerte sich nicht daran, ein Gerät im Haus gesehen zu haben, war aber auch nicht in jedes Zimmer gekommen. Mit einem Mal erkannte er seinen Leichtsinn, zwang sich aber zu zielgerichteten Überlegungen. *Was passiert ist, ist passiert, du kannst es nicht ungeschehen machen.*

Vorsichtig drehte er am Türknauf. Das Holz knarrte beim Öffnen, dann trat er auf den Schotterweg, der zum Haus führte. Die Luft war extrem feucht infolge des Niederschlags. Die Wolken hatten sich verzogen, sodass die Sterne hell am Firmament leuchteten. Declan konnte keine Bewegungen entlang der Steinmauer ausmachen, die um den Garten hinterm Haus führte, und beruhigte sich ein wenig, während er weiter zur gepflasterten Terrasse lief. Drinnen war kein Licht eingeschaltet. Als er den Knauf der Hintertür packte und drehte, rechnete er damit, sie verschlossen vorzufinden, doch das war sie wundersamerweise nicht. Sie öffnete sich nach innen und bot Einsicht durch die dunkle Küche in den Wohnzimmerteil, wo die erlöschende Glut des Kaminfeuers schwaches Licht abstrahlte. Schließlich trat er ein und wartete, bis sich seine Augen an die Dunkelheit gewöhnt hatten, bevor er die Tür hinter sich schloss.

Auf der Ledercouch saß Hannah Sawyer und schniefte – sie hatte geweint –, während er näherkam. »Tut mir leid«, sagte sie kaum hörbar.

Da spürte Declan etwas Kaltes im Rücken. Er hob die Hände, erkannte es als Mündung einer Schusswaffe.

»Sagen Sie, tragen Paraglider immer Pistolen mit Schalldämpfer bei sich«, knurrte Rhys Sawyer und stieß gegen Declans Rücken, damit er vorwärtsging. »Warum versuchen Sie es nicht mit der Wahrheit, Mr. Flynn, falls Sie wirklich so heißen?«

Declan bewegte sich ein Stück und drehte sich dann dem Alten zu. Der hielt die Glock aus der Reisetasche mit aufgeschraubtem Schalldämpfer in einer Hand. »Ich will Ihnen nichts antun. Ich habe nichts verbrochen, das müssen Sie mir glauben.«

»Einen Scheißdreck muss ich. Euch hab ich gefressen, dich und das ganze andere Pack von dort oben. Ihr setzt jetzt schon seit über zehn Jahren alles daran, diesen verfluchten Krieg weiterzuführen«, polterte Rhys. »Reichen euch all die Toten von damals noch nicht? Wie viele Menschen müssen noch sterben, damit ihr eure beschissene Insel ganz für euch allein bekommt?«

Declan wog ab, wie er vorgehen sollte. Er konnte die Fähigkeiten des alten Mannes nicht einschätzen, erkannte aber an der Art, wie er die Glock hielt, dass Rhys mit Pistolen umzugehen verstand. Trotzdem traute er sich durchaus zu, ihn ohne allzu große Schwierigkeiten zu entwaffnen, doch falls ein Schuss fiel, konnte Hannah verletzt werden oder Schlimmeres. Also beschloss Declan, Rhys Aufforderung nachzukommen und die Wahrheit zu sagen. Vielleicht konnte er auf diese Weise etwas erreichen, auch wenn er das bezweifelte. Im Tonfall des Alten hatte er starke Vorbehalte herausgehört, und nach seiner Aussage war klar, dass er die Einigung der Iren nicht guthieß.

»Ich heiße Declan McIver, und Sie haben recht, Mr. Sawyer: Ich stamme von *dort oben* und war auch an dem Konflikt dort beteiligt. Das ist aber lange her und hat nichts damit zu tun, was gerade geschieht.« Er bemerkte, dass Rhys ein Licht aufging und er ihn erkannte.

»Du bist derjenige, nach dem die Amis fahnden – der diesen Juden und die anderen Männer getötet hat; Polizisten, oder?«

»Ich habe Dr. Kafni nicht getötet. Er zählte zu meinen Freunden. Und die anderen waren keine Polizisten, jedenfalls nicht zuletzt. Sie töteten Kafnis Assistenten und hatten es auch auf mich abgesehen. Ich wurde hereingelegt. Bitte glauben Sie mir; ich möchte niemandem etwas tun, aber einige brandgefährliche Personen planen etwas ganz Furchtbares, weshalb ich sie aufhalten muss.«

»Hannah, komm her zu mir«, verlangte Rhys. Declan spürte, dass der Mann kein Wort seiner Beteuerungen glaubte. Die junge Frau stand auf und stellte sich zögerlich hinter ihren Vater. Als sie über dessen Schulter blickte, kniff sie die Augen zusammen. Ihr Vater war letzten Endes zu Recht besorgt gewesen, was die Streuner betraf, die sie angeschleppt hatte.

»Ich musste zu oft zusehen, wenn Typen wie du Unschuldige kaltgemacht haben. Ich war in Oman; dort diente ich meinem Vaterland und hatte viele gute Freunde. Ich brachte die Zeit dort heil hinter mich, aber viele von ihnen hatten weniger Glück. Sie kehrten aus dem Ausland zurück, nur um sich dann von ihren Mitbürgern in Belfast den Arsch wegschießen zu lassen.«

Über britische Expansionspolitik zu diskutieren lag Declan fern, aber hier witterte er eine Gelegenheit. Rhys hatte seine Einstellung zu den Troubles deutlich gemacht, und sollte er sich im Zusammenhang mit diesem augenscheinlichen Reizthema zur Unvorsicht bringen lassen, beging er vielleicht einen Fehler, sodass Declan eine Chance bekam, ihm die Pistole zu entreißen, ohne dass jemand zu Schaden kam.

»Die britische Regierung behandelte Nordirland beinahe drei Jahrzehnte wie einen fremden Staat, ließ auf Bürgerrechtsdemonstranten schießen und ganze Wohnsiedlungen wie Geiseln festnehmen, nur weil sie katholisch statt protestantisch waren.«

»Was hätten sie denn bitte tun sollen, als sich diese Wohnsiedlungen offen dazu bekannten, Teil eines völlig anderen Landes werden zu wollen?«, gab Rhys zurück. »Es gibt Ausdrücke für solches Verhalten: Es war mindestens Volksverhetzung, aber Landesverrat passt wahrscheinlich noch besser.«

Declan bemerkte, dass seine Rede den gewünschten Effekt erzielte. Rhys hatte die Pistole schon etwas gesenkt und hielt sie nun auf Hüfthöhe. Jetzt schenkte er ihm ganz bewusst ein selbstgefälliges Lächeln. »Was schlagen Sie vor, wie das hier weitergeht? Sollen wir die ganze Nacht hier stehen und uns über Politik streiten?«

»Ich hacke mir eine Hand ab, bevor ich noch einen von euch Drecksrepublikanern durch mein Land laufen lasse, damit er in London Bomben legt, um weitere Unschuldige zu zerfetzen! Einmal habe ich tatenlos zugesehen, und die Briefbomben, die das Schwein schickte, kosteten meinen Bruder das Augenlicht!«

Declan wähnte seinen Augenblick gekommen, als sich die Pistole noch weiter senkte, und trat vor. Sawyer riss die Waffe hoch und hielt sie auf Augenhöhe, doch da traf ihn bereits ein Schlag am Handgelenk, sodass der Arm zur Seite schwenkte. Zwei Schüsse fielen, trafen aber nur die Wohnzimmerwand. Declan stürzte vorwärts und rammte ihm eine Faust in das Nervenzentrum direkt über dem Magen. Während sich Rhys vor Schmerzen krümmte, beendete Declan seinen Angriff mit einem Handkantenhieb gegen eine Halsseite, womit er die Schlagader quetschte und ihm das Bewusstsein raubte. Er nahm Rhys die Pistole aus der Hand und ließ ihn behutsam zu Boden gleiten.

Hannah kreischte und presste sich rücklings gegen die Wand neben der Tür.

Declan bückte sich und prüfte den Puls ihres Vaters.

»Rühren Sie ihn nicht an!«, schrie Hannah, bevor sie in Tränen ausbrach.

»Er wird bald wieder zu sich kommen«, sagte Declan, während er sich aufrichtete. Er steckte die Glock in den Hosenbund seiner Jeans, dann ging er zu Hannah und schaute sie an. Gern hätte er sie besänftigt, wusste aber, dass diese Anstrengung zu nichts führen würde, egal was er sagen würde. Das Beste, was er tun konnte, war zu verschwinden. Er hob die Reisetasche auf und öffnete sie, um sicherzugehen, dass das von Lynch zusammengestellte Gepäck noch drinsteckte.

»Kümmern Sie sich um ihn«, bemerkte er noch, als er auf die Eingangstür zuging. »Wenn er wieder zu sich kommt, lassen Sie ihn wissen, dass er ein tapferer Mann ist. Hoffentlich werden Sie beide irgendwann demnächst die Möglichkeit bekommen, zu erfahren, dass ich auf der richtigen Seite stehe. Mir zu helfen war eine gute Sache. Im besten Fall haben Sie so dafür gesorgt, dass ich viele Leben retten kann.«

Er verließ das Haus, nicht ohne sich die Schlüssel zu schnappen, die Hannah in einen Korb neben der Tür gelegt hatte, und stieg in den Peugeot. Die Sawyers zu bestehlen, nachdem er von ihnen aufgenommen worden war, gefiel ihm nicht, doch daran führte kein Weg vorbei, wenn er schnell genug vorankommen wollte, um der Polizei zu entwischen, die Hannah vermutlich in diesem Augenblick anrief. Er startete den Motor und fuhr los. Der Gedanke daran, einer unbeteiligten Person wehgetan zu haben, setzte ihm bereits zu.

Kapitel 54

7:36 Uhr, Ortszeit – Freitag, Milford Haven, Pembrokeshire – Wales

Declan zog den Reißverschluss der schwarzen Regenjacke mit Kapuze bis zum Hals zu und schob die marineblaue Baseballmütze mit dem Logo des Ölkonzerns Esso über seine Augen, um möglichst wenig von seinem Gesicht preiszugeben. Keine Frage, die Sawyers hatten die örtlichen Behörden in Marloes verständigt, und bald würde sich die Neuigkeit bis in die größeren Städte Haverfordwest, Swansea, Carmarthen sowie weiter landeinwärts herumsprechen. Das konnte zwar ein paar Stunden dauern, doch bald wusste jede Polizeieinheit im Vereinigten Königreich, dass er gesehen worden war, und würde Ausschau nach jedem halten, auf den seine Beschreibung passte. Aus diesem Grund hatte er den offensichtlichsten Hinweis, den roten Peugeot der Sawyers, auf dem vollen Parkplatz eines Tesco-Supermarktes stehen lassen, wo er die Jacke und die Mütze gekauft hatte, außerdem einer Packung Zigaretten und einer Flasche Mineralwasser. Mit etwas Glück gewann er einige Stunden Vorsprung, bevor die Polizei den Wagen auf dem vollen Parkplatz entdeckte.

Als er um die Ecke des Parkplatzes ging, wo sich neben dem Supermarkt verschiedene Einzelhandelsgeschäfte reihten, suchte er die kleinere Parkfläche des Touristeninformationszentrums Milford Haven ab. Sein nächster Schritt würde der wichtigste und heikelste sein, seitdem er auf britischem Boden gelandet war. Falls er hier patzte, konnte er sich praktisch sicher sein, in wenigen Stunden gefasst zu werden.

Nachdem er an einer der Warenannahmen stehengeblieben war, setzte er sich auf die Betonmauer der Zufahrt und ließ die Beine baumeln, während er das Touristikbüro auf der anderen Straßenseite möglichst unauffällig beobachtete. Der Parkplatz eines gut besuchten Hotels während der Hochsaison wäre ihm zwar lieber gewesen, aber so musste es jetzt auch gehen. Hoffentlich fanden sich in dem Zentrum einige Touristen, obwohl die Urlaubssaison erst in ein paar Monaten begann. Declan nahm eine Zigarette und zündete sie an. Er war kein Raucher, spekulierte aber darauf, dass ihn dank der Kippen, des Mineralwassers und der Mütze mit dem Esso-Logo niemand für etwas anderes als einen Angestellten der Ölraffinerien in der Nähe halten würde, dessen Nachtschicht gerade vorbei war. Davon abgesehen wünschte er sich, nicht zu lange warten zu müssen.

Nach einer Weile griff er in die Reisetasche und nahm das Satellitentelefon heraus. Dankenswerterweise sahen diese Geräte handelsüblichen Handys heutzutage so ähnlich, dass es nicht weiter auffallen würde. Es war ein schwarzes Thuraya XT, mit dem er sich kurz vertraut machen musste, bevor er den roten Einschaltknopf fand und wartete, bis es betriebsbereit war. Als es ein Signal fand, piepte es mehrmals, und ein weißer Briefumschlag erschien auf dem Bildschirm, das Zeichen für eine neue Nachricht. Declan rief sie über die Richtungspfeile an der Mitteltaste auf.

Gelandet und Flughafenpolizei abgewimmelt. Sind sicher unterwegs. Ruf gespeicherte Nummer »Einheit #2« im Kontaktmenü an, wenn du dazu kommst – DL

Declan löschte die Nachricht und öffnete das besagte Menü. Es enthielt vier Nummern mit dem Wort »Einheit«, die entsprechend nummeriert waren. Als Declan dämmerte, dass die Zahlen wohl jenen der Fallschirme in Fintans Flugzeug entsprachen, war ihm klar, dass er Einheit #3 in den Händen hielt und Lynch beim Aussteigen #2 mitgenommen haben musste. Nachdem er diese Nummer mit der Steuertaste markiert hatte, bestätigte er die Rufwahl und wartete wieder. Es klickte hörbar, als die Verbindung hergestellt war, gefolgt von elektronischem Tuten, das sich mehrmals wiederholte, bevor der Anruf entgegengenommen wurde.

»Wird auch höchste Zeit. Hier gibt es jemanden, der unbedingt von dir hören wollte, du treuloser Hund.«

Declan lächelte. »Musste den Fischen Hallo sagen, aber am Ende ging doch alles gut.«

»Prima. Also, was hast du jetzt vor?«

»Ich muss mich mit Shane treffen, aber wir müssen gut überlegen, wie wir kontaktieren. Thames House ist vermutlich der Ort in Großbritannien, der am gründlichsten beobachtet wird.«

»Stimmt, aber er ist nicht dort, sondern schon seit ein paar Tagen unterwegs, um sich mit seinen Informationsgebern auszutauschen. Heute Morgen meldete er sich und meinte, du sollst nachher um zwölf zu eurem alten Notfall-Versteck kommen. Weißt du, wo das ist? Ich habe nämlich keine Ahnung, was …«

»Ja, ich erinnere mich daran.«

»Bestens, halt mich auf dem Laufenden, sooft du kannst. Deine Liebste würde noch gern ein, zwei Worte mit dir wechseln.«

»Gut, dann gib sie mir bitte.«

»Ein dringender Anruf, meine Dame«, hörte Declan, nachdem Fintan an eine Tür geklopft hatte, und musste wieder schmunzeln.

Anderthalb Stunden später beschlich Declan das Gefühl, dass er sich einen anderen Plan ausdenken müsste. Während er das Touristenzentrum beobachtet hatte, waren nur wenige Personen hineingegangen. Drinnen gab es auch ein Museum zur Geschichte der Region, und dass bislang niemand wieder herausgekommen war, ermutigte ihn.

Polizeistreifen hatten sich bisher nicht blicken lassen, doch er wusste, dass früher oder später eine eintreffen würde, weil eine der beiden Hauptstraßen von Marloes weniger als 100 Yards entfernt vorbeiführte. Als er lauter werdende Autogeräusche vernahm, drehte er seinen Kopf und sah einen schwarzen, viertürigen Nissan Versa um die Ecke des Supermarktes in seine Richtung kommen. Er schaute dem Wagen nach, der schließlich in einer Parklücke vor dem Touristenzentrum anhielt. Wie auch immer, dies sollte das Fahrzeug sein, dessentwegen er hier ausharrte. Er hatte keine Zeit, um noch länger zu warten.

Nachdem er seine fünfte Zigarette auf dem Betonboden des Ladedocks ausgedrückt hatte, rutschte er hinunter und eilte über die Straße auf den Wagen zu. Er war noch etwa zehn Yards entfernt, als ein älterer Mann ausstieg und sich zu seiner Mitfahrerin umdrehte, die ebenfalls gerade das Fahrzeug verließ.

»Hast du alles?«, fragte der Mann auf Deutsch.

Declan konnte sein Glück nicht fassen. Während seiner Ausbildung bei Wympel war er dazu angehalten worden, Fremdsprachen zu lernen, also hatte er sich im Laufe des Trainings durch andere Mitglieder der Einheit Deutsch angeeignet; in den Folgejahren waren noch Russisch und Französisch hinzugekommen.

»Entschuldigung«, rief er auf Englisch.

Statt zu antworten, zuckte den Mann mit den Achseln und machte ein ratloses Gesicht.

»Verzeihung«, sagte Declan auf Deutsch, woraufhin sie sofort innehielten.

»Ja bitte?«, erwiderte der Mann, der sich Declan nun zukehrte und sichtlich überrascht war, seine Landessprache hier zu hören.

Declan fuhr fort: »Ich bin so froh, Sie zu treffen. Wie Sie bin ich deutscher Tourist, und mir ist gerade etwas wirklich Schreckliches passiert!«

Die beiden wirkten besorgt, und er zeigte auf den Supermarkt. »Vorhin hat ein Mann meinen Mietwagen gestohlen, und ich brauche jemanden, der mir dabei hilft, das bei der Polizei zu melden. Mein Englisch ist sehr dürftig. Würden Sie mir helfen? Haben Sie ein Mobiltelefon?«

»Ja, sicher«, antwortete der Mann und machte sich auf den Weg zurück zu dem schwarzen Nissan. Die Frau folgte ihm.

Declan ging auf die Fahrertür zu, die der Deutsche entriegelte. Unterdessen behielt er die Umgebung im Auge und warf einen Blick auf den Eingang des Touristenzentrums. Als er sich vergewissert hatte, dass sie niemand beobachtete oder vom Gebäude aus sehen konnte, zog er seine Glock unter der Jacke hervor. Er hielt sie an seinem Becken und richtete sie geradeaus.

»Einsteigen!«, zischte er. »Los, sofort!«

Die beiden drehten ihre Köpfe und sahen ihn entsetzt an.

»In den Wagen, schnell. Sie fahren«, befahl er dem Mann. »Und Sie – auf die andere Seite!«

Der Mann setzte sich hastig hinters Lenkrad, während seine Begleiterin ums Auto lief und auf dem Beifahrersitz Platz nahm. Declan zog die linke hintere Tür auf und stieg ein. »Abfahrt jetzt!«

Nach 20 Minuten – Declan hatte das Paar nach Osten auf die A477 gelotst, um die Cleddau Bridge über den Milford Haven Waterway zu überqueren – schaute der ältere Herr über die rechte Schulter zu seinem Entführer und sagte: »Da kommt eine Mautstelle.«

Tatsächlich. Declan fluchte leise. Da sie die Brücke schon hinter sich gelassen hatten, konnten sie unmöglich wenden, um die Mautstelle zu meiden.

»Ganz locker bleiben«, sagte er und nahm seine Pistole in die andere Hand, um sie hinter dem Türflügel zu verbergen, wenn sie neben dem Mauthäuschen anhielten. »Fahren Sie zu der Schranke ganz links, lächeln Sie brav und geben dem Mann sein Geld, aber sagen Sie kein Wort.«

»Ja«, bestätigte der Deutsche nervös, während er das Häuschen ansteuerte und bremste.

Declan wusste, seine geringste Sorge bestand darin, dass der Mann dem Verkehrsbeamten mitteilte, sie wären entführt worden. Viel eher stand zu befürchten, dass die Polizei den Kollegen aufgetragen hatte, die Augen nach einem Mann offenzuhalten, der dem Gesuchten ähnelte, zumal sie mittlerweile sicherlich Fotos verteilt hatten. Hinzu kam, dass in Großbritannien bekanntermaßen allerorts Überwachungskameras hingen, also ganz bestimmt auch an der Mautstation. Vor diesem Hintergrund hatte er die Deutschen mit ihrem Mietwagen in seine Gewalt gebracht, statt diesen einfach nur zu stehlen. Dass man auf dem Rücksitz gefilmt wurde, war weniger wahrscheinlich.

Declan zog sich die Mütze so tief wie möglich ins Gesicht und lehnte seinen Kopf gegen die Türscheibe, als würde er schlafen. »Ruhe bewahren«, bemerkte er noch, als er spürte, dass das Auto zum Stehen kam und der Alte sein Fenster hinunterließ.

»Guten Tag Sir. 75 Pence, bitte«, verlangte der Verkehrsbeamte gelangweilt. »Danke, Sir. Schönen Tag noch.«

Declan atmete erleichtert auf, als der Wagen wieder beschleunigte. Sobald sie die Schranke passiert hatten, richtete er sich auf … und erstarrte, als er einen weißen Ford Focus mit Blaulichtstreifen auf dem Dach erblickte, den man hinter dem Mauthäuschen nicht hatte sehen können. Die gelbblauen Logos an den Türen gaben ihn eindeutig als Einsatzwagen der regionalen Dyfed-Powys Police aus. Declan drehte seinen Kopf in die andere Richtung, als lese er die Schriftzüge an einem hüfthohen Zaun, der die Straße von einem anliegenden Grundstück abgrenzte. Dabei betete er, dass der Beamte im Auto, von dem ihn nur wenige Yards trennten, als sie vorbeifuhren, ihn nicht ansah. Der Deutsche, dem die Anspannung im Wagen nicht entging, hielt krampfhaft das Lenkrad fest, während er geradeaus starrte.

»Bleiben Sie auf der A477, bis die Abfahrt auf die A48 und den Motorway M4 kommt«, wies Declan ihn an, ohne seinen Blick vom Außenspiegel an der Beifahrertür abzuwenden. Darin schrumpfte das Polizeiauto in der Ferne, bevor es endgültig verschwand, da sie in einen Kreisverkehr einbogen.

Sie blieben drei Stunden auf dem M4, bis Declan den Älteren auf die A346 abbiegen ließ, die zu dem Dorf Marlborough führte.

»Steigen Sie aus«, drängte er das Ehepaar, nachdem er sie ein paar Meilen südlich der Schnellstraße auf einen leeren Platz geleitet hatte. Die beiden wechselten verunsicherte Blicke. »Steigen Sie aus«, wiederholte er, »oder ich schieße Ihnen in die Kniescheiben.«

Er bemerkte, dass die beiden trotz der Drohung weiterhin unsicher abwarteten. Somit stand fest, dass sie nicht verstanden, was er gesagt hatte.

»Lassen Sie den Motor laufen und steigen Sie aus«, sagte er schließlich auf Deutsch.

Die beiden gehorchten, und auch Declan verlies den Wagen. Zuerst sah er sich entlang der Fahrbahn in beide Richtungen nach etwaigem Verkehr um, dann tastete er den Mann und die Frau von oben bis unten ab. Danach war er sicher, dass sie nichts am Körper trugen, womit sie Hilfe hätten holen können, zumal ihre kaum vorhandenen Englischkenntnisse eventuelle Versuche erschweren würden, sich der Polizei mitzuteilen. Zuletzt sollten sie von dem Nissan wegtreten, woraufhin er einstieg, den ersten Gang einlegte und im Bogen wendete, um den Sandplatz zu verlassen. Das Ehepaar blieb in einer Staubwolke zurück.

Nachdem er auf den M4 zurückgekehrt und weitere 29 Meilen in Richtung Osten gefahren war, nahm er eine Abbiegung auf die A34 in Richtung Süden und näherte sich Newbury. Er war eine Stunde im Verzug, das wusste er. Hoffentlich wartete Shane noch auf ihn.

Kapitel 55

12:53 Uhr, Ortszeit – Freitag, Newbury, County Berkshire – England

Als Declan den Nissan auf einem freien Parkplatz vor einem Reihenhaus aus der Tudor-Zeit am Ufer des Flusses Kennet abgestellt hatte, legte er den Leerlauf ein, zog die Handbremse an und stieg aus. Den Schlüssel warf er aufs Armaturenbrett, die Türen blieben unverschlossen. Vielleicht hatte er Glück, und irgendein Gelegenheitsdieb, der vorbeikam, schnappte sich den Wagen für eine Spritztour. Angesichts der Überwachungsfreudigkeit der Briten wusste er, dass ihn auf der kurzen Strecke zwischen dem Platz, wo er die Deutschen losgeworden war, und der Stadt Newbury mindestens ein Dutzend Kameras erfasst haben mussten. Wenn die Polizei endlich begriff, was geschehen war, und ihm die Entführung des Ehepaars zurechnete, kam ein Kleinganove sehr gelegen, der in ihrem Mietwagen herumfuhr.

Auf dem Weg durch die Innenstadt, die noch sehr nach dem 17. Jahrhundert aussah, behielt er seine Hände in den Taschen und den Blick gesenkt, um möglichst nicht aufzufallen.

Wie alle Städte des Landes mit einer langen Geschichte besaß auch Newbury verwinkelte Straßen, die plötzlich in Sackgassen endeten, was ein Gefühl von Enge bedingte und die mangelhafte Planung verdeutlichte, welche mit dem Wachstum einhergegangen war.

Die Passanten zu beiden Seiten der schmalen Fahrtwege hatten es eilig. Declan bog mehrmals links oder rechts ab und ging im Zickzack, um sicherzustellen, dass ihm niemand folgte. Er durfte wohl davon ausgehen, dass die Polizei den Braten noch nicht gerochen hatte, doch im Vereinigten Königreich gab es andere, gefährlichere Behörden, die ihm Kummer bereiten konnten, allen voran der berüchtigte Security Service. Und weil er hier war, um einen Mann zu treffen, der dort arbeitete, stand nicht auszuschließen, dass weitere Agenten ebenfalls zugegen waren.

Shanes Vorgesetzte wussten von seiner Vergangenheit bei der IRA, aber Declan glaubte nicht, dass dies ihre Bekanntschaft mit einbezog. Dem hatte sein Freund vorgebeugt, davon war er überzeugt … und dennoch: Je länger er sich in der Gegend aufhielt, desto schmerzlicher wurde ihm bewusst, welch schwerem Irrtum er in dieser Annahme aufsitzen konnte. Gerüchte gingen um, dass die Sicherheitsdienste Großbritanniens ihre eigenen Angestellten bespitzeln würden, und zwar genauso wie normale Bürger – oder noch gründlicher. Auch wenn der Kontakt zwischen ihnen schon seit einigen Jahren kaum der Rede wert war, so konnten Shanes Arbeitgeber den sporadischen Austausch, den es zweifelsohne gegeben hatte, aufgezeichnet haben.

Als sich Declan dem Treffpunkt näherte, juckte es ihn regelrecht, sich umzudrehen und zum Nissan zurückzukehren. Noch blieb ihm Zeit, um weiter landeinwärts zu fahren, wo sich bestimmt ein gutes Plätzchen zum Verstecken und Planen weiterer Schritte fand. Das war jedoch der Knackpunkt: Als Nächstes musste er die Person innerhalb des britischen Regierungsapparates ausfindig machen, die eingewilligt hatte, streng geheime Informationen an die Verschwörer weiterzugeben – Abidan Kafnis Mörder beziehungsweise Ruslan Baktayews Unterstützer –, und seines Erachtens gab es niemanden, der ihm dabei so gut helfen konnte wie Shane O'Reilly. Also ging er weiter auf ihren Treffpunkt zu.

Der Turm der St. Nicholas-Kirche ragte hoch über den anderen Gebäuden in der Stadtmitte auf. Als Anführer der vier Mann starken Kampfeinheit von Black Shuck hatte Declan einst das Gotteshaus zum dritten von vier Sammelpunkten für den Fall bestimmt, dass eine ursprünglich festgelegte und andere Ausweichmöglichkeiten aufgrund einer Gefahr ausgeschieden wären. Der anberaumte Einsatz, bei dem St. Nicholas eine Rolle hätte spielen sollen, erfüllte Declan nicht mit Stolz, und beim Näherkommen konnte er sich der Erinnerung daran, was hätte geschehen können, nicht erwehren.

Das zugrunde liegende Vorhaben war der einzige Auslöser

dafür gewesen, dass Eamon McGuire die Black Shuck gegründet und ausgebildet hatte: ein tollkühner Streich gegen die britische Kapitale auf mehreren Ebenen – Angriffe auf die Stadtregierung, Infrastruktur und militärische wie polizeiliche Einrichtungen. Wäre der Anschlag gelungen, hätte er ohne Weiteres Tausende Menschenleben in London gefordert. Gott sei Dank war der Plan nie zur Vollendung gereift, sondern durch die Tode von McGuire und der anderen Mitglieder der Einheit durchkreuzt worden.

Als Declan nun die Nordseite des Kirchenfriedhofs erreichte, wo eine Gruppe hoher Bäume stand, verharrte er. Dann betrat er eine Telefonzelle an der Ecke der Straßen Bartholomew und West Mills. Dort warf er mehrere Münzen ein, die er aus dem Aschenbecher des Nissan entnommen hatte, und wählte irgendeine Nummer, während er sich den Hörer ans Ohr hielt und die Seite des Gerätefußes absuchte, bis er auf einen einzelnen Strich stieß, der etwa drei Zoll lang und mit einem blauen Filzstift gezogen worden war. Er rieb ihn mit einem Daumen ab und blickte in der Gewissheit, dass Shane tatsächlich noch auf ihn wartete, zu den Bäumen hinüber.

Zuletzt hatte er vor etwa zwei Jahrzehnten auf solche Weise Kontakt zu jemandem aufgenommen, doch es war wie damals. Mit dem Hörer am Kopf gab er vor, ein angeregtes Gespräch zu führen, wobei er sich wie belanglos in die eine oder andere Richtung drehte, um vielleicht jemanden zu sehen, der ihn beobachtete. Im kalten und nicht selten regnerischen Wetter zu Beginn des Frühlings in Großbritannien sollte es relativ leicht sein, jeden Neugierigen zu erkennen, während die Mehrheit der Menschen von Ort zu Ort hastete, um Wind und Niesel zu entgehen. Declan aber erblickte niemanden, der ein solches Verhalten an den Tag legte. Die wenigen Menschen, die unterwegs waren, verhielten sich genau wie erwartet; sie eilten zwischen den Gebäuden hin und her. Als Nächstes achtete er auf mögliche Muster im Kommen und Gehen einzelner Personen, denn die Beschatter konnten ja einer Gruppe mit ausgefeilter Überwachungstechnik angehören … aber auch was dies betraf, fiel Declan nichts auf.

Endlich zufrieden, unbeobachtet zu sein, hängte er den Hörer wieder auf und verließ die Zelle. Er ging zu dem schmiedeeisernen Tor zwischen den beiden Abschnitten des beinahe 600 Jahre alten Steilwalls, der das gotische Bauwerk umgab, und zog es auf. Während es noch knarrte, zwängte er sich hindurch auf den Hof, nicht ohne sich noch einmal umzusehen. Nachdem er das Tor geschlossen hatte, schritt er zügig über die rissigen Klinker des Fußwegs, der einmal um das Kirchengelände führte, und trat zwischen hohe Eichen, deren Schatten auf die Nordwand des Gebäudes fielen.

»Wurde langsam Zeit«, nörgelte eine Stimme hinter einer der vielen Mauernischen.

Als sich Declan umdrehte, sah er Shane O'Reilly an der Kirche lehnen. Er trug einen hellbraunen Trenchcoat und eine Schirmmütze mit der Aufschrift *Long Island,* an deren Seiten seine roten Locken über den Ohren abstanden. Als er hervortrat, grinste er breit.

»Freut mich, dich zu sehen, alter Unabhängigkeitskrieger«, grüßte er.

Auch Declan musste grinsen. »Hallo Kumpel, siehst gut aus.«

»Ich dachte schon, du hättest es nicht geschafft«, fuhr Shane mit ernsterer Miene fort. »Die haben dir ziemlich übel mitgespielt.«

Er hielt eine Ausgabe des *Daily Telegraph* hoch und schlug sie auf. Declan nahm die Zeitung und las eine Überschrift auf der unteren Hälfte der ersten Seite, die sich auf die US-weite Fahndung nach ihm bezog.

»Im Augenblick haben wir nur einen einzigen Vorteil«, sagte Shane. »Sie wissen nicht, dass du hier bist – noch nicht.«

»Genau, das wird aber nicht lange so bleiben.«

Shane musste lachen. »Ich will gar nicht wissen, wie du hergekommen bist.«

»Bist du auch sicher, dass dir niemand gefolgt ist – keiner aus dem Schnüfflerhaus, der weiß, dass wir uns kennen?«

Declans Freund schüttelte seinen Kopf.

»Ach, ich glaube nicht, dass die überhaupt viel wissen. Falls doch, machen sie keine große Sache draus. Ich bin überzeugt davon, dass mir niemand gefolgt ist. Hab mich für die nächsten beiden Tage abgemeldet, um mich mit Hinweisgebern zu treffen. Im Thames House kennen dich alle nur unter dem Codenamen Agent 3210, womit du einer von etwa 20 wärst, die ich betreue.«

Declan nickte. »Gut, hört sich nach einem wasserdichten Alibi an. Aber was werden sie tun, wenn sie erfahren, dass ich hier bin?«

Shane runzelte die Stirn. »Das Gleiche, wie jede Regierung, schätze ich: Sie alarmieren alle Polizeistellen im Land, geben Fotos und Anweisungen dazu aus, was zu tun und wer zu verständigen ist, wenn du irgendwo auffällst.«

»Das meinte ich nicht; ich will wissen, was sie mit *dir* tun werden, wenn sie erfahren, dass ich hier bin. Mag sein, dass sie unsere Bekanntschaft im Moment nicht kratzt, aber wenn Sie diese nicht unerhebliche Tatsache spitzkriegen, wird sich das garantiert ändern.«

Shane steckte die Hände in die Taschen seines Mantels. »Ich denke nicht, dass sie es schon mitbekommen haben, darum ist es umso wichtiger, jetzt loszulegen und deinen Besuch hier so kurz wie möglich zu halten.«

»Absolut. Hast du vielleicht schon eine Ahnung, nach wem wir suchen?«

Shane zog ein verdrießliches Gesicht. »Ich kann dir leider nur sagen, dass der Auftrag direkt über den Vizedirektor persönlich gegeben wurde. Das kommt in meiner Abteilung heutzutage sehr selten vor, also ist die Person, die auf dich abzielt, verdammt gut vernetzt.«

»Woher erhält der Vizedirektor seine Befehle?«

»Vom Generaldirektor und dem Joint Intelligence Committee, einer wöchentlich tagenden Gruppe von Mitgliedern der Nachrichtendienste Großbritanniens.«

»Wer gehört dazu?«

»Das kann ich nicht genau sagen. Da geht es um streng vertrauliches Zeug, und dafür bin ich einfach nicht wichtig genug. Allerdings weiß ich, dass ein ständiger Vertreter aus Whitehall der Leiter ist und das Komitee aus den Köpfen unserer drei Nachrichtendienste besteht: MI5, MI6 und Regierungskommunikationszentrale, nicht zu vergessen Berater, Belegschaftsangestellte und Repräsentanten verschiedener Ministerien, alle jeweils mit Bezug zur Landesverteidigung. Im Ernst, ich weiß auch nicht mehr, als du wahrscheinlich bei Wikipedia nachlesen kannst.«

»Nehmen auch Mitglieder ausländischer Regierungen teil, oder ist das eine rein britische Angelegenheit?«

»Also, angeblich sind die Leiter der Außenstellen von Sicherheitsdiensten bestimmter Staaten zugegen. An vorderster Stelle stünden da bestimmt die USA. Die CIA hat ein Büro in London, nicht wahr?«

»Gewiss, aber nicht offiziell. Es befindet sich in der amerikanischen Botschaft am Grosvenor Square. Der MI5 arbeitet manchmal mit ihm zusammen, wenn Interessenkonflikte bestehen, doch mittlerweile geht es dort vor allem um islamischen Terrorismus. Jedenfalls habe ich die CIA in meiner Abteilung schon eine ganze Weile nicht mehr gesehen.«

»Trotzdem leitet dieses Büro irgendwer, und das könnte sehr gut die Person sein, die wir suchen. Hast du eine Idee, wer das ist?«

Shane verneinte. »Ist ja nicht so, dass die CIA die Namen ihrer Angestellten an die große Glocke hängt. Ich kann es zwar nicht beweisen, wage aber zu behaupten, dass das alles bis zu einem gewissen Grad Geheimagenten sind. Bestimmt sähe man sogar eine Reihe falscher Berufsbezeichnungen, wenn man über die Flure der Botschaft gehen und sich die Namensschilder an den Türen anschauen würde.«

Declan schüttelte den Kopf.

»Pass mal auf«, fuhr sein Freund fort. »Ich bin ein Nachrichtendienstbeamter mit Gehaltsklasse fünf, Dec. Die Mitglieder des JIC lassen sich von mir nicht unbedingt zum Tee einladen.«

»Ist schon gut, ich weiß. Wir müssen das Ganze nur gründlich durchdenken. Das sind alles Bürokraten, weshalb du sie mit Strumpfbandnattern vergleichen kannst: Ein einziger großer Wust, in dem jeder versucht, möglichst schnell das eine Weibchen zu ficken.«

Shane verzog sein Gesicht angewidert. »Igitt, Dec–«

»Damit meine ich, sie sind so eng miteinander verstrickt, dass einem als Normalsterblicher übel werden kann. Jetzt überleg mal, welche Vertreter und Belange der Sicherheitsdienste in letzter Zeit in den Medien gewesen sind; der Grund dafür soll keine Rolle spielen.«

Shane dachte kurz nach, bevor er die Zeitung, die er Declan gegeben hatte, wieder an sich nahm. Während er eine Seite im hinteren Viertel aufschlug, sagte er: »Hier«, und gab sie ihm noch einmal. Er tippte mit einem Zeigefinger auf einen längeren Artikel mit Foto, auf dem ein vornehmer Mann mit ergrauendem Haar an einer alten Steinmauer stand. »Das ist der Einzige, der mir einfällt.«

»Lord Dennis Allardyce«, las Declan laut beim Überfliegen der Zeilen. »Der neue Generaldirektor des Security Service. Ich erinnere mich an ihn. Er war ein Freund meines Vaters.«

Shane schaute ruckartig auf. »Er war was?«

»Ein Freund von Dad.«

»Denkst du, er weiß noch, wer du bist?«

»Kann ich mir nicht vorstellen. Das ist zu lange her. Ich war damals neun oder zehn. Wie wurde er Generaldirektor?«

»Nun, sein Vorgänger, dieser bemitleidenswerte Trottel, konnte seinen Schniedel nicht in der Hose behalten und provozierte beinahe eine internationale Krise, weil er seiner Gespielin obendrein eine blutige Nase verpasste. Allardyce soll nur vorübergehend im Amt bleiben, solange der Service seine Wunden leckt, aber man erwartet, dass da was Dauerhafteres geplant ist als Downing Street behauptet. In dieser Position trifft er sich jetzt jede Woche mit dem Komitee.«

»Also war er auch dort, als über mich diskutiert wurde?«

Shane bestätigte nickend. »Liegt nahe.«

»Dann ist er derjenige, den wir uns vorknöpfen müssen.«

»Dec, wir können nicht einfach so bei ihm an die Tür klopfen.« Shane starrte ihn fassungslos an. »Er ist der Chef des Sicherheitsdienstes. Wenn du zu ihm gehst, kannst du dich genauso gut gleich stellen.«

»Er ist die einzige Person, von der wir genau wissen, dass sie an jener Sitzung teilgenommen hat. Gesetzt den Fall also, dass dir nichts Besseres mehr einfällt, haben wir keine andere Anlaufstelle.«

»Ist ja schon gut«, lenkte Shane ein, indem er seine Hände nachgiebig hochhielt und sich auf dem Kirchhof umschaute. »Aber was wäre, wenn er die Infos über dich selbst verlangt hat? Was, falls die alle miteinander verstrickt sind, wie du sagst, und der Unbekannte, der hinter dir her ist, direkt bei Allardyce angefragt hat?«

»Nein, das halte ich für undenkbar«, entgegnete Declan, während er weiter in der Zeitung las. »Käme derjenige an einen Mann wie Allardyce heran, hättet ihr den Auftrag gestern vermutlich viel früher erhalten. Stattdessen musste die Person bis zu dem Treffen warten, weshalb wir stark davon ausgehen dürfen, dass sie *nichts* mit der britischen Regierung zu tun hat.«

»Und jemand wie der CIA-Außendienstchef sein könnte?«

»Bingo.«

»Also gut, gehen wir mal davon aus, du hast recht, und Allardyce kann dir einen Tipp geben. Was macht dich glauben, dass er ebendies tun würde? Weshalb erwartest du, dass er dir hilft?«

»Ich weiß nicht, ob du es vergessen hast, aber Allardyce besaß einen anderen Posten, bevor er in die Reihen der weltlichen Lords im Oberhaus einzog. Lange Zeit gehörte er dem British Civil Service an. Er war in den frühen 1980ern Staatssekretär für Nordirland, weshalb er auch meinen Vater kannte.«

Shane dachte einen Moment nach. »Stimmt, wir haben damals fast noch in die Windeln geschissen, aber ich meine, mich erinnern zu können.«

Declan schmunzelte. »Kann sein, dass du länger gebraucht hast, bis du dir den Hintern allein abwischen konntest, aber '79 rührte ich bei den Parlamentswahlen die Werbetrommel für meinen Dad, und Allardyce ist mir im Gedächtnis geblieben. Niemand anderes kam dem am nächsten, was man seinerzeit einen Freund der IRA innerhalb der britischen Regierung hätte nennen können. Er war aufrichtig überzeugt davon, der katholischen Bevölkerung sei unrecht getan worden, und versuchte zumindest, unsere Einstellung nachzuvollziehen – eine Meinung, mit der er sich nicht gerade viele Freunde machte. Die Bombe '84 im Grand Hotel in Brighton beendete dann seine Amtszeit. Zu dem Zeitpunkt waren meine Eltern schon tot, und ich liebäugelte nach einer Odyssee durch die Waisenheime mit der IRA. Allardyce habe ich seit der Beerdigung der beiden nicht mehr gesehen.«

»Und jetzt erwartest du, falls wir zu ihm durchkommen, ihn bequatschen und deine Situation schildern, so wie sie ist, könnte er uns dabei helfen, denjenigen zu finden, der die Informationen verlangt hat, um so vielleicht auf den Drahtzieher hinter der ganzen Sache zu stoßen? Das ist ein bisschen weit hergeholt, aber eine andere Wahl haben wir wohl nicht, oder?«

»Nein, es ist das Klügste, was wir tun können«, antwortete Declan und zeigte auf das Foto zum Artikel. »Wo ist das?«

»Irgendwo in Schottland. Soweit ich weiß, ist nie öffentlich gemacht worden, wo genau sich Greumach Manor befindet.«

»Aber du bekommst das raus, oder?«

»Wie gesagt, Dec, die Lords und Ladys in diesem Land schlürfen keinen Tee mit mir, aber mir fallen da ein paar Telefonkontakte ein. Ich habe einen Informanten in Falkirk, der ist ein ziemlicher Computerfreak. Vielleicht bringt er uns ein Stück weiter.«

»Sehr schön. Hier steht, dass Allardyce die Wochenenden schon seit seiner Kindheit dort verbringt. Hoffen wir, dass er diese Tradition auch weiterhin pflegt, nun da er der Topspitzel der Nation ist.«

Kapitel 56

9:14 Uhr, Eastern Standard Time – Freitag, staatliche Eigentumswohnungen, Kreuzung 6th Street und Maryland Avenue – Washington, D.C.

Nach den paar Stunden Ruhe, die er sich auferlegt hatte, war David Kemiss nicht besser zumute. Beim Nachfüllen einer weiteren Tasse Kaffee aus dem kleinen Automaten auf seinem Schreibtisch seufzte er, bevor er sich im Sessel zurücklehnte und den ersten Schluck trank. Er war erneut fast die ganze Nacht aufgeblieben, um sich stundenlang jedes Fitzelchen Papier mit Daten durchzulesen, die sie von Declan McIver zusammengetragen hatten. Für ihn stand fest, dass irgendeines dieser Dokumente einen Hinweis darauf enthielt, wohin der Mann wollte. Falls sie das herausfanden und ihm zuvorkamen, dürfte er binnen kürzester Zeit geschnappt sein. Collin Bellanger – egal, wo er steckte – tat gerade das Gleiche. Zwei Gehirne leisteten mehr als eines, so Kemiss' Hoffnung, und der Bursche tat sich mit dem Wälzen von Akten weniger schwer als er.

Sein Telefon klingelte. Er fuhr im Sessel hoch. »Ja?«

»Senator, Robert Evers hier.«

»Ach, Mr. Evers … in Ordnung. Danke für Ihren Anruf, worum geht es?«

»Um eine gute und eine schlechte Nachricht, Sir. Die gute lautet: Declan McIver ist vermutlich gesehen worden, was so gut wie sicher bestätigt ist.«

»Und die schlechte?« Kemiss wurde heiß im Gesicht.

»Wir haben das durch einen Anruf der Dyfed-Powys Police erfahren.«

»Der *was*?«

»Er ist in Wales – oder war es zumindest noch vor zwei Stunden.«

»In Wales? Wie in Gottes Namen ist er nach Wales gekommen?«

Der Senator knallte die Tasse auf den Tisch, sodass heißer Kaffee aufs Mahagoni schwappte.

»Kann ich mir auch nicht erklären, Sir. Überrascht mich genauso wie Sie.«

»Nur mal so nachgefragt: Sie haben die Flughäfen doch abgeriegelt, nicht wahr? Sein Name steht auf allen Flugverbotslisten, richtig? Wie kann er dann außer Landes geflohen und so weit gekommen sein?«

»Sir, in Hinblick auf die Informationen, die wir mit Ihrer Hilfe über McIver gesammelt haben, würde es mich wirklich nicht wundern, wenn er eine falsche Identität benutzt, womöglich gar mehrere. Da er ja im Vereinigten Königreich geboren wurde, könnte diese Identität durchaus die eines britischen Staatsbürgers sein. Wenn er dann noch die eine oder andere Veränderung an seinem Aussehen vorgenommen hat und über scheinbar echte Ausweispapiere verfügt, kann er relativ mühelos durch die Sicherheitskontrolle geschlüpft sein.«

»Und die täuschen sich nicht, das war wirklich er?«

»Es heißt, er habe irgendeine Wildtierschützerin in einer Gegend namens Penbrokeshire überredet, ihn aufzunehmen. Dort soll er übernachtet und dann ihren Wagen gestohlen haben, als er erkannt wurde. Das war heute Morgen vor Sonnenaufgang. Der Polizeichef vor Ort verständigte mich der Höflichkeit halber; seine Vorgesetzten sind bereits im Bilde und stellen so etwas wie ein Sondereinsatzkommando zusammen, um McIver aufzuspüren und in Haft zu nehmen. Damit haben wir zwar nicht gerechnet, doch im Grunde genommen sind das erfreuliche Neuigkeiten. Die Briten gehen in puncto Überwachungsmaßnahmen viel rigoroser vor als wir in den Staaten. Wenn ich an die zahllosen Kameras im Land denke, bin ich bereit zu wetten, dass sie ihn bis heute Abend geschnappt haben werden.«

Kemiss bemühte sich um Entspannung. Er selbst hielt die Neuigkeiten zwar für alles andere als erfreulich, doch das durfte

Evers nicht bemerken. »Gut dann, halten Sie mich darüber auf dem Laufenden, wie sich das weiterentwickelt.«

»Sie werde ich zuerst anrufen, Sir.«

Der Senator wartete, bis der Agent aufgelegt hatte, bevor er den Hörer über den Schreibtisch schleuderte, wodurch das Gerät mitgerissen wurde; beides schlug gedämpft durch den Teppich am Boden auf.

Er brauchte einen Augenblick, um sich zusammenzureißen, und stand auf. Nachdem er um den Tisch gegangen war und das Telefon aufgehoben hatte, stellte er es wieder auf seinen Platz und rückte mehrere andere Gegenstände zurecht. Unterdessen hielt er sich die Wendung vor Augen, die sein Unterfangen genommen hatte. Ihn beschlich der Gedanke, dass er die Kontrolle verlor – nein … sie bereits verloren hatte. Declan McIver in Großbritannien zu wissen bedeutete, dass er die Jagd auf ihn in keiner Weise mehr beeinflussen konnte. Evers würde ihm zwar mitteilen, wenn sich etwas Neues ergab, aber er bestimmte die Stoßrichtung nicht mehr.

Vielleicht ist es mittlerweile auch ohne Belang, redete er sich ein, während er sein schütteres Haar raufte, sich wieder hinter den Tisch setzte und die Augen schloss. McIvers Name wurde nun mit so vielen Bluttaten in Verbindung gebracht, dass es womöglich keine Rolle mehr spielte, was er vorgab, wenn man ihn fasste: Niemand würde ihm auch nur ein Wort glauben. Falls sich aber letzten Endes herausstellte, dass er die Wahrheit sagte – und Kemiss ahnte, dass es darauf hinauslief –, würde eine unaufhaltsame Lawine auf ihn zurollen. Es gab stets irgendwelche Investigativjournalisten oder Rechtsverdreher mit schriftstellerischen Ambitionen, die ihm glauben und sich anschicken würden, die Geschehnisse exakt zu rekonstruieren. Der amerikanische Pöbel liebte Verschwörungstheorien, und auch wenn die meisten haltlos waren, hatten sich zahlreiche Staatsgeheimnisse eben auf solchen Wegen offenbart. Ob es sich um die Existenz der Navy-SEALs handelte, die nicht vorhandenen Massenvernichtungswaffen im Irak oder Schilderungen zu Osama bin Ladens

Erschießung bis ins kleinste Detail: Die Medien hatten ein Gespür dafür, Fakten zutage zu fördern, die unter Verschluss bleiben sollten. Kemiss wusste zwar nicht genau, ob man ihn in einem Enthüllungsbericht anprangern konnte, wollte es aber auch nicht darauf ankommen lassen. Er musste vorsichtig sein, verfing sich dennoch mehr und mehr selbst in den Netzen, die er gesponnen hatte. Hatte er irgendwo einen Fehler begangen, dessentwegen er angreifbar wurde? Möglich war es, und deshalb wäre es viel, viel besser, wenn Declan McIver nicht mehr lebte.

Kemiss lehnte sich wieder zurück und versuchte sich in einen Mann auf der Flucht vor dem Gesetz, in das Opfer eines Komplotts hineinzudenken. Wohin würde er fliehen, was zu erreichen suchen? Hätte sich McIver absetzen wollen, wäre er längst verschwunden, statt zu dem Sicherheitsunternehmen zu fahren, wo er sich in Gefahr gebracht und beinahe hatte schnappen lassen. Nein, sein gesamtes Verhalten belief sich auf Bemühungen, seine Gegner bloßzustellen. Im Ausland nun glaubte er wohl, mehr Freiräume zu haben und suchen zu können … nur was oder wen?

Simard. Kemiss verweilte kurz bei dem Namen. Er schlug die Augen auf. Lane Simard war in London – doch konnte McIver über ihn Bescheid wissen? Nein, bestimmt nicht. Die CIA machte die Namen ihrer Angestellten nicht öffentlich, aber dies war die einzige Verbindung in Großbritannien, die dem Senator einfiel. Er schüttelte den Kopf. Womöglich musste er McIver schlicht als Flüchtigen ansehen. Die Vergangenheit des Mannes lag auf den Britischen Inseln, also lief er einfach nur davon, so schnell er konnte. Dennoch wurde Kemiss das Gefühl nicht los, das mehr dahinter steckte. Sollte McIver irgendwie von Simard erfahren haben, ließ sich dessen Name zweifelsohne bis zu ihm zurückverfolgen. Immerhin hatte er sich persönlich mit Simard getroffen und ihn damit beauftragt, alle Informationen zu sichten, welche die Briten horteten. Sicher, er wusste, dass sich Simard Geheimnisse nicht ohne Weiteres abringen lassen würde, denn er war ein ausgebildeter Spion, doch darum ging es gar nicht; er *konnte* ebenso gut bewusst Geheimnisse preisgeben, die Kemiss dem Untergang weihten … allerdings nicht, wenn er ihm zuvorkam.

Er griff nach dem Handy in seiner Tasche, zog es heraus und wählte eine Nummer.

»Lukas«, begann er, als sich der Angerufene meldete. »Ich habe ein Problem und möchte, dass du mir dabei hilfst, es zu lösen.«

Kapitel 57

21:26 Uhr, Ortszeit – Freitag, Nationalpark Cairngorms, sechs Meilen nordwestlich von Ballwater, Aberdeenshire – Schottland

»So, das ist sie, die B976«, sagte Shane beim Einschalten der Innenbeleuchtung des Ranger Rover aus den späten 1980ern und schaute auf eine Karte, die er auf seinem Schoß aufgeklappt hatte. »Mitten in der Pampa, was?«

»Ja«, antwortete Declan nur, während er die Beschilderung am Rand der Straße betrachtete, die in drei Richtungen abzweigte. Das Licht ihrer Scheinwerfer fiel auf ein verwittertes Blech mit weißen Buchstaben auf braunem Hintergrund, das den Weg nach Westen zu den Schlössern Balmoral und Braemar wies – Touristenattraktionen, die ihre Pforten erst in knapp einem Monat öffnen sollten. »Bist du sicher, dass du richtigliegst?«

»Ja, das ist Garinshiel Lodge.« Shane deutete auf ein relativ kleines Schloss im gotischen Stil nicht weit entfernt von der Straße hinter einer uralt aussehenden Steinmauer. »Laut meiner Quelle müssen wir noch ein paar Meilen auf dieser Straße dort rechts weiterfahren.«

»Na toll.«

»Scheint einspurig zu bleiben; wir müssen aufpassen, dass wir es im Dunkeln nicht verpassen.«

»Oh, was meinst du denn damit? Ich bin mir sicher, dass davor eine grelle Leuchtreklame angebracht ist.«

»Das war deine Idee.« Shane legte den ersten Gang ein. Der Motor heulte auf, als der Wagen auf der schmalen, schlecht asphaltierten Straße anfuhr. Am Horizont vor ihnen ließen sich die nackt anmutenden Hügel der Cairngorms ausmachen. In wenigen Minuten würden sie nicht nur durch eine sehr abgeschiedene, unwirtliche Wildnis fahren, sondern auch in eine rabenschwarze Nacht.

Nach einer Meile endete die Mauer, und ein Fluss mit starker Strömung verlief neben der Straße, die nun von Leitplanken flankiert wurde, um den Verkehr – viel konnte es hier nicht sein – vor Unfällen mit anschließendem Bad zu bewahren. Der Weg führte weiter über niedrige Hügel und durch Täler, bis der Fluss zu entlegenen Feldern hin abbog. Zu guter Letzt erfassten die Scheinwerfer des SUV eine Steinruine, die den Anschein erweckte, schon seit einigen Jahrhunderten verlassen dort zu stehen.

»Da.« Shane zeigte darauf. »Die Einfahrt muss auch irgendwo hier sein. Meine Quelle meinte, diese Steine seien auf Satellitenbildern zu erkennen.«

Kaum, dass er dies ausgesprochen hatte, fuhren sie an einer Abzweigung zu einem holprigen Feldweg vorbei. Shane bremste und schaltete in den Rückwärtsgang. Auf Höhe der Abbiegung lenkte er ein und fuhr an den Gebäuderesten vorbei.

Die Federung des Range Rover quietschte, während sie durch tiefe Schlaglöcher voller Wasser rollten, das dabei geräuschvoll herausspritzte. Der Weg schlängelte sich zwischen zwei Feldern bergab, die mit Stacheldraht umzäunt waren, und führte dann in ein Wäldchen. Declan sah sich um, erkannte aber nichts inmitten des Dickichts; das wenige Tageslicht, das noch vorhanden war, verschluckten die dicht belaubten Bäume. Während er verbissen hinausschaute, beschlug sein Atem die kalte Scheibe. Hier war es gefährlich, das spürte er.

»Greumach Manor wurde angeblich im 14. Jahrhundert nach dem Ende des ersten schottischen Unabhängigkeitskrieges erbaut«, erklärte Shane, als sie das Waldstück verließen und wieder auf offenem Gelände fuhren. »Robert the Bruce übertrug die Ländereien an seine Anhänger, und seitdem gehören sie ihnen.«

Declan sah zwei weitere Steinbauten. »Hm, sieht wirklich ziemlich alt aus.«

»Gerüchten zufolge errichtete die Royal Air Force während des Zweiten Weltkriegs in der Nähe einen Stützpunkt mit einem Bunker für die Royals. Wie man sagt, wären sie dorthin evakuiert worden, falls sie sich bei einem Angriff der Deutschen in Balmoral Castle aufgehalten hätten. Dass es diesen Bunker gibt, wurde nie bestätigt, doch die Möglichkeit allein genügt jedem Verschwörungstheoretiker, sich das Maul darüber zu zerreißen – genauso wie über den Stützpunkt Rudloe Manor im Süden. Außerirdische und so … du weißt schon. Unsinn, wenn du mich fragst.«

Der SUV zuckelte ächzend über eine wackelige Brücke, unter der ein schmaler Bach plätscherte. »Sieht so aus, als wäre die Straße zu Ende«, bemerkte Declan, als die Scheinwerfer ein Metalltor anstrahlten, das ein Stück weiter voraus den Weg versperrte.

Shane stoppte den Wagen. »Wenn wir ehrlich sind, wussten wir doch, dass es nicht so einfach sein würde.«

Declan öffnete die Beifahrertür und stieg aus.

»Wo willst du hin?«

»Wir sind auf dem Weg hierher durch mehrere Lichtschranken gefahren. Man erwartet uns also.«

Shane machte ein besorgtes Gesicht. »Was tun wir jetzt?«

»Wir warten hier und hoffen, dass wir nicht ohne Vorwarnung abgeknallt werden«, entgegnete Declan und grinste kurz. »Ich schau mich mal um; vielleicht sehe ich ja, was auf uns zukommt.«

Er schloss die Tür und ließ den Wagen hinter sich. Die feuchte Abendkälte Schottlands umfing ihn. Nach der über acht Stunden andauernden Fahrt in Richtung Norden knackten seine Gelenke, und seine Muskeln schmerzten, weil er sie endlich wieder gebrauchte. Nachdem er ins hohe Gras neben der Straße getreten war, schlug er sich in einem schmalen Graben bis zu dem Metalltor durch. Man konnte es nicht als gesicherte Einfahrt bezeichnen, sondern eher als Gatter wie auf einer Rinderfarm oder einem Pferdehof. Ein Verschlag am Rand, dessen Bretterwände sich durch Nässe und extreme Temperaturen schwarz verfärbt hatten, konnte entweder ein Lagerschuppen oder ein Wachhäuschen sein. Beiderseits des Tores stand Mauerwerk, das sich auf jeweils etwa acht Fuß hohe Steinhaufen belief, zusammengehalten von Holzstangen und Maschendraht. Eines stand fest: Wer auch immer hier wohnte, rechnete nicht mit Besuch und machte kaum Anstalten, sich gegen Einbrüche zu wappnen. Hätte Declan nicht jene Alarmsensoren bemerkt, als sie in die Einfahrt gebogen waren, wäre er nicht darauf gekommen, dass es hier überhaupt Sicherheitsvorrichtungen gab.

Nachdem er aus dem Graben gestiegen war, lief er zu dem Verschlag hinüber. Dieser hatte nur ein Fenster, und weil es dunkel war, konnte man nichts darin erkennen. Declan duckte sich wieder und trat vor die aufgeschichteten Steine. Indem er eine der Stangen packte, zog er sich hoch und kletterte darüber. Er landete auf unebenem Grund, wobei er sich mit einer Hand abstützen musste, um nicht zu fallen. Dann schlich er an den Steinen entlang zum Tor.

Dort stieß er auf einen schmalen Pfad, der von der Einfahrt abzweigte. Schon von der gegenüberliegenden Seite aus stachen ihm Reifenprofile im aufgeweichten Boden ins Auge, also musste dort in den letzten Tagen jemand hergefahren sein. Declan blickte wieder geradeaus und orientierte sich weiter an der Umfriedung, wo das Gelände nun anstieg. Als er sich einem Dickicht näherte, gelangte er an eine rechtwinklige Ecke, wo das lockere Gemäuer einen Hügel hinaufführte und dahinter verschwand. Er richtete sich auf, suchte wieder eine Stange und erklomm die Steine. Statt sich aber an der anderen Seite fallen zu lassen, stellte er sich am höchsten Punkt auf, um über die Anhöhe zu schauen. Dabei stieg ihm der Geruch von Holzfeuer in die Nase.

Die Ursache dafür entdeckte er, als er sich zum Fuß des Hügels umdrehte: Dort stand ein zweistöckiges Steinhaus, das sich dem Betrachter gerade so entzog, solange er in der Einfahrt stand. Da es von einer niedrigen Mauer umgeben war und ein wild wuchernder Garten an der Hinterseite angrenzte, wusste Declan, dass es nicht Greumach Manor sein konnte. Den alten Landsitz eines Adligen stellte er sich prunkvoller vor. Er blickte zurück zu der Stelle, wo Shane im Wagen wartete. Die Scheinwerfer waren ausgeschaltet, aber der Motor lief noch. Gerade als er hinter den Wall springen wollte, hörte er einen anderen Motor starten, und zwar irgendwo in der Nähe des Hauses.

Scheinwerfer blendeten auf. Declan drehte seinen Kopf und erkannte einen kleinen Schuppen; das Licht drang durch die Spalte zwischen den Latten von dessen Tor. Es wurde aufgestoßen, ein schwarzer Range Rover rollte heraus und blieb kurz stehen, damit der Mann, der das Tor geöffnet hatte, einsteigen konnte.

»Hat sich was getan?«, rief jemand mit britischem Akzent.

»Nein, es steht noch immer dort.«

Der Mann zog die Tür zu, woraufhin der Fahrer Gas gab. Declan ging in die Hocke, als der Wagen vorbeifuhr. Sobald er um die Kurve verschwunden war und ihr SUV in seinen Lichtkegel geriet, beschleunigte er abrupt und kam mit einer Vollbremsung vor Shane zum Stehen. Die Beifahrertür sprang wieder auf.

»Raus da!«, hörte Declan, als er von den Steinen sprang und sich auf den Rückweg zum Tor machte. Dabei hielt er sich dicht an der Umfriedung, um sich zu nähern, ohne dass die Wachleute – für solche hielt er die Insassen des Wagens – auf ihn aufmerksam wurden. Bevor er ankam, zog er die Glock aus seiner Jacke und lud durch. Dann nahm er den Schalldämpfer aus einer Tasche, setzte ihn auf und blieb hinter einem Torflügel stehen, wo er um die Ecke spähte. An den geöffneten Türen des schwarzen Range Rover standen zwei Männer, die mit Pistolen auf Shane zielten.

»Sofort raus aus dem Auto!«, donnerte einer.

Declan beobachtete, wie die Fahrertür des olivfarbenen Wagens aufging.

»Schon gut, schon gut«, stammelte Shane beim Aussteigen und hielt die Arme hoch. »Hab mich offensichtlich verfahren.«

»Hände oben behalten, stellen Sie sich vor den Kühlergrill.«

Shane tat wie befohlen. »Ich bin nur jemand, der eine falsche Abzweigung erwischt hat. Nicht schießen, bitte nicht.«

Ein Blick in den schwarzen SUV gab Declan dank des eingeschalteten Lichts zu erkennen, dass die beiden allein waren. Als Shane losging, um vor sein Auto zu treten, zog sich Declan am Tor hoch, packte die oberste Querstange und schwang sich hinüber. Die vermutlichen Wächter waren zu sehr mit Shane beschäftigt, als dass sie bemerkt hätten, als Declan zum Heck ihres Wagens schlich. Er konnte nicht sagen, ob sein Freund ihn sah, hoffte aber, sich gleich auf ihn verlassen zu können, wenn es darauf ankam. Hinter dem Auto der Männer blieb er stehen und wartete, bis Shane den Kühlergrill seines Wagens erreicht hatte, nach wie vor mit erhobenen Händen.

»Also gut«, sagte der fremde Fahrer. »Fessle seine Hände.«

Sein Begleiter trat hinter der rechten Tür vor, ohne seine Waffe herunterzunehmen.

»Entspannen Sie sich, Mann«, rief Shane. »Ich will keinen Ärger.«

»Maul halten«, blaffte der vordere Mann und warf einen Blick zurück auf seinen Partner. Dieser gab mit einem Nicken zu verstehen, dass er die Lage im Griff hatte und der andere seine Pistole einstecken konnte, um Shane zu fesseln. Das tat er auch, und zwar mit zwei weißen Kabelbindern aus einer Tasche seiner schwarzen Armeehose; die Pistole schob er in ein Holster. Bei zwei tuckernden Dieselmotoren hörte man keine Geräusche, während Declan mit nach unten gerichteter Waffe von der Seite des schwarzen Wagens zu dessen Fahrer vorrückte.

Während Shane die Arme in die Luft streckte, begegneten sich die Blicke der beiden Iren einen Moment lang … *zu* lang.

»Wo sieht er hin?«, wunderte sich der Fahrer und wollte sich gerade umdrehen, aber zu spät. Der Beifahrer ließ die Kabelbinder fallen und griff nach seiner Waffe. Shane reagierte schneller, indem er sie zog und ihm die Waffe aufs Nasenbein schlug.

Declan indes hielt die Drehbewegung des anderen dadurch auf, dass er ihn an einem Handgelenk packte und zugleich mit dem Griff der Glock gegen seine Schläfe schlug. Der Kerl sackte an der Innenseite der Wagentür zu Boden, während ihm seine Waffe entrissen wurde.

»Meine Fresse, Dec. Ich hab's noch drauf, selbst nach all den Jahren.«

Shane stellte die Pistole des Beifahrers sicher, indem er ihm auf den Unterarm trat, um die Hand am Boden festzuhalten.

»Komm schon, hoch mit dir«, sagte Declan und bückte sich nach dem Fahrer, zog ihn hoch und stieß ihn gegen die Seite des schwarzen Range Rover.

Auf einmal ertönten laute Funkgeräusche. »Celt 2? Hier Celt 1, over. Alles klar bei euch da unten?«

Die Stimme drang aus einem Gerät unter den Armaturen des Wagens der Wächter. Declan und Shane schauten einander an, beide mit dem gleichen Gedanken.

Kapitel 58

»Ich wiederhole: Celt 2, hier spricht Celt 1. Könnt ihr bestätigen, dass bei euch alles in Ordnung ist?«

»Mach es!«, befahl Shane, indem er die Waffe des einen Mannes auf den anderen richtete, den sein Freund am Wagen außer Gefecht gesetzt hatte.

»Nein«, sagte Declan und schob sich mit erhobenen Händen dazwischen. »Das dürfen wir nicht riskieren. Er könnte einen verschlüsselten Notruf aufgeben, und wir würden es nicht einmal bemerken; mach du's.«

»Willst du mich verarschen?«

»Mach es – in deinem besten Londoner Englisch ... oder wohnst du nicht schon lange genug in der Stadt?«

Shane nahm die Pistole herunter und ging zur Fahrertür. »Genauso gut könnten wir uns im Ton vergreifen«, wandte er ein, wobei er Declan mit hochgezogenen Augenbrauen ansah.

»Irgendetwas müssen wir antworten. Ich gehe nicht davon aus, dass die Sicherheitsvorkehrungen hier aktuellen Maßstäben entsprechen. Das wundert mich eigentlich.«

Shane nickte und ließ sich auf dem Fahrersitz nieder, wo er das Sprechteil vorne am Funkgerät abzog. »Celt 1, hier Celt 2. Alles klar hier unten, ist nur ein verirrter Tourist. Wir haben ihn wieder weggeschickt. Seine Begegnung mit dem berühmten Special Air Service gibt's dann demnächst in einem amerikanischen Reiseblog nachzulesen.« Der letzte Satz triefte vor Sarkasmus.

Mehrere Sekunden vergingen, nachdem Shane die Leitung freigegeben hatte. Er verharrte still im Fahrersitz. Declan suchte im Blick des Fahrers, der noch neben dem Wagen lag, nach einer Reaktion, erkannte aber nur Angst, während der Mann abwechselnd ihn und Shane anstarrte.

Endlich knisterte es wieder in der Leitung: »Verstanden, Celt 2.« Die Stimme klang jetzt entspannt. »Weiß Gott, was der arme Tölpel hinter diesen Hügeln witterte.«

Shane grinste übermütig. »Werwölfe oder so was in der Art, kein Zweifel. Celt 2, over.« Daraufhin herrschte Schweigen, und er hängte das Sprechteil zurück ans Gerät.

»So, das wäre erledigt«, sagte er nickend beim Aussteigen. »Jetzt müssen wir nur noch das Haus finden. Bin mir sicher, Ihre Lordschaft hat den Kamin für uns angefacht.«

Nachdem Declan das Natursteingebäude durchsucht hatte, band er die Wachen mit Shanes Hilfe und ihren eigenen Kabelbindern in dem Schuppen fest. Ihre Schlüssel nahm er mit, den des schwarzen Range Rovers schloss er im Wagen ein und ließ ihn vor dem Haus stehen, bevor sie auf dem Feldweg weiterfuhren.

Während der SUV wieder durch Schlaglöcher rumpelte, legte Declan sein Augenmerk erneut auf Überwachungsmaßnahmen, vor allem Bewegungsmelder am Fahrbahnrand, die ihren Vorstoß verraten hätten. 20 Minuten und sieben ruckelige Meilen später hatte er jedoch nichts gesehen. »Wo zur Hölle steht dieses Haus?«

»Gleich hinter der nächsten Hügelkuppe, falls die Karte korrekt ist, die mir mein Mittelsmann gegeben hat.«

»Dann lass uns hier halten. Ihre Lordschaft rechnet sicher nicht damit, dass ihn die Wachleute besuchen kommen.«

Shane nickte und blieb unmittelbar vor einer steilen Auffahrt stehen. »Also, wie willst du weiter vorgehen?«

»Lass uns zuerst einen genaueren Blick auf das Gebäude werfen. Dann fällt mir schon was ein.«

Sie stiegen aus und gingen den Hügel hinauf. Sowohl die stockfinstere schottische Nacht als auch die tief hängende Wolkendecke am Himmel machten es nahezu unmöglich, etwas im Umkreis von mehr als 20 Yards zu sehen.

»Das Gebäude soll am Südufer des Loch Builg stehen«, gab Shane an, als sie über den Hügel kamen und ins Tal dahinter schauten. Aufkommender Nebel erschwerte die Sicht zusätzlich, aber vor ihnen lag unleugbar ein See. Als Declan den Blick schweifen ließ, entdeckte er dumpfes Licht.

Er zeigte darauf. »Da.«

»Ja, ich seh's.«

Teilweise verdeckt durch dicke Schwaden stand dort ein gemauertes Haus mit rundem Spitzturm an einer der vorderen Ecken. Declan machte sich zuerst auf den Weg, Shane folgte ihm. Je näher sie kamen, desto mehr gab die Nacht von dem Bauwerk preis: Greumach Manor schien dreistöckig zu sein und wirkte klein für ein Herrenhaus. Der architektonische Stil deutete auf Spätgotik hin. An einigen Stellen der Außenmauern wuchs üppiger Efeu. Ein kleines Rondell zum Parken befand sich direkt gegenüber des Turmes, der ihnen schon vom Hügel aus aufgefallen war. Steinbögen überspannten den Platz, sodass die Insassen eintreffender Fahrzeuge aussteigen konnten, ohne sich den regelmäßigen Regenfällen auszusetzen. Unter den Bögen stand ein neuerer, schwarzer Bentley neben einem weiteren Range Rover, der ebenfalls schwarz war.

»Mann, Dec. Vom Dach aus könnte ein ganzer Verband Scharfschützen mit Nachtsichtgeräten auf uns zielen, und wir wüssten in dieser Suppe nichts davon.«

»Jemand, der bei diesem Wetter ein Nachtsichtgerät trägt, steht dümmer da als wir.«

»Ach ja, richtig«, erwiderte Shane, als er sich daran erinnerte, dass Restlichtverstärker bei Nebel unbrauchbar waren. »Egal, wir können trotzdem nicht einfach zur Tür gehen und klingeln. Was schlägst du vor?«

Declan bemerkte ein Flackern hinter einer Fensterscheibe im ersten Stock und beobachtete, wie ein Schatten daran vorbeihuschte.

»Sieh mal.« Er deutete darauf. »Anscheinend hattest du recht; bei Ihrer Lordschaft brennt ein Feuer für uns.«

Shanes Blick folgte dem Fingerzeig zu dem breiten Bogenfenster.

»Die Rahmen an diesem Gemäuer dürften ziemlich alt sein«, fuhr Declan fort. »Ein bisschen Nachhelfen, dann gehen sie bestimmt leicht auf, wetten?«

»Mag sein, aber dafür müssen wir zuerst herankommen.«

Declan ignorierte den Einwand und näherte sich dem Bogendach über dem Rondell, an dessen Seite ein rostiges Regenwasserrohr herabhing. Er packte es und rüttelte daran, um zu prüfen, ob es sein Gewicht tragen konnte. Dann legte er Hand an eine der Metallhalterungen, die das Rohr am Gestein sicherten, und zog sich hoch. Als er das Dach erreicht und sich über die Kante gewälzt hatte, durchnässte Regenwasser seine Kleider. »Komm schon«, flüsterte er mit ausgestrecktem Arm zu Shane.

Er schaute noch einmal auf die Fenster, um sich davon zu überzeugen, dass sie nicht beobachtet wurden. Als er Shane zupacken spürte, zog er. Dabei hörte er, wie die Schuhe seines Freundes an dem rostigen Metall scharrten, und streckte auch die andere Hand aus, um ihm zu helfen. Niemand im Haus durfte sie hören. Dass sie unbemerkt blieben, würde entscheidend sein, um sich Zugang zu verschaffen. Nachdem er Shane aufs Dach gezogen hatte, stellte er sich hin und klopfte seine Kleider ab, obwohl das Wasser bereits an vielen Stellen durch den Stoff gedrungen war.

»Und nun?«, fragte Shane.

Declan antwortete nicht, sondern ging zum Ende des Bogendachs, das sich ans Gebäude fügte. Ein paar Fuß über der Kante stand zwischen Erdgeschoss und erstem Stock ein Vorsprung an der Fassade ab.

»Ah«, bemerkte Shane. »Jetzt verstehe ich, was du vorhast.«

Plötzlich quietschten die Angeln einer Tür unter ihnen. Jemand kam heraus. Declan stellte sich mit dem Rücken an die Mauer und winkte Shane mit einer Hand, der blitzschnell reagierte, indem er in die Hocke ging, um nicht gesehen zu werden. Die beiden verharrten still, während eine Person mit hörbar schweren Stiefeln eine Steintreppe hinunterging, nachdem hinter ihr die Tür zugefallen war. Als kurz darauf ein tiefes Seufzen erklang und ein Feuerzeug entzündet wurde, lächelte Declan. Er schob sich vorsichtig vorwärts, um keinen Lärm zu verursachen. Shane blickte ihn verwundert an und formte tonlos die Frage: »*Was tust du da?*«

Declan hielt sich einen Zeigefinger vor die Lippen und näherte sich weiter dem Rand des Dachs. Dort angekommen kauerte er nieder und blickte über die Kante, wo immer wieder bläulicher Qualm aufstieg. Als er einen Zigarettenstummel unter dem Steinbogen herausfliegen und im Dunkeln dahintrudeln sah, legte er seine Hände an den Rand des Dachs und sprang ab, nachdem er die Stiefelschritte zur Tür zurückkehren hörte. Bei seiner Landung auf dem Steinboden krümmte er sich, um den Aufprall abzufedern, doch der Raucher hatte ihn bemerkt und drehte sich um. Declan stürmte vorwärts und verübte einen Handkantenschlag gegen die Halsarterie des Mannes. Es war ein wagemutiger Angriff, der sich jedoch auszahlte, denn der Mann brach zusammen; der kräftige Hieb hatte die Durchblutung zum Gehirn zeitweilig unterbrochen.

»Planänderung«, kündigte Declan flüsternd an. »Komm da runter, wir nehmen die Haustür.« Er zog den Wachmann außer Sicht und lief die Steintreppe hinauf zum Eingang. Die Tür bestand aus Eichenholz und verfügte über einen Kippriegel, den er hinunterdrückte, während er Shane dumpf am Boden aufkommen hörte. Mit einem Blick über die Schulter vergewisserte er sich, dass sein Freund hinter ihm war, und stieß die Tür auf.

Beim Öffnen strömte warme Luft heraus, bevor Declan zaghaft eintrat und einem großen Empfangssaal erblickte. Der Boden war schwarz-weiß parkettiert, und gleich vor ihm – an der Wand entlang, die man mit Mahagoni vertäfelt hatte – führte eine stattliche Treppe auf eine Galerie im ersten Stock, die sowohl den Eingangsbereich überblickte als auch Einsicht in einen Raum hinter der geschlossenen Tür gegenüber gewährte. Die Beleuchtung war dezent, doch auf der anderen Seite der Treppe sah er einen offenen Bogendurchgang in ein Esszimmer mit langer Holztafel und dahinter befand sich ein kleiner Salon mit Schreibtisch und Stuhl, umgeben von raumhohen Fenstern.

Shane folgte ihm und drückte die Tür sanft zu. Declan wollte die Pistole aus seinem Gürtel ziehen, besann sich dann aber um; er wollte hier niemanden erschießen. Unschuldige zu töten kam nicht infrage.

»Warte dort«, wisperte er und verwies seinen Freund in den Salon. Shane nickte, ging hinüber und postierte sich gleich hinter der Tür, wo er nicht gesehen wurde, falls jemand aus dem Inneren des Hauses kam.

Declan bedachte das Esszimmer mit wenigen flüchtigen Blicken, bevor er die mit rotem Teppich überzogene Treppe betrat. Während er hinaufging, sah er zur Galerie und achtete auf Anzeichen dafür, dass sich weitere Wachleute blicken ließen. Das flackernde Licht, welches er durch das Fenster im ersten Stock gesehen hatte, musste von einem Kamin stammen. Dieser stand hoffentlich in einem Arbeits- oder Studierzimmer, wo sich auch Lord Allardyce aufhielt. Declan war nicht daran gelegen, diesen Palast komplett zu durchforsten – war er auch verhältnismäßig klein –, um den Mann zu finden.

Als er den oberen Absatz erreichte, drehte er sich sofort nach links um und sah nach, ob sich dort jemand im Flur befand. Er fand jedoch nur eine weitere geschlossene Holztür vor, an deren Kanten kein Licht durch die Spalte fiel. Dann schlich er zur anderen Seite des Balkons, wo eine weitere Treppe in den zweiten Stock führte, während er hinunter in den angrenzenden Erdgeschossraum schaute. Dabei handelte es sich um einen Saal, eingerichtet als Ruhezimmer mit Kamin und zwei runden Panoramafenstern, durch welche man wohl den See gesehen hätte, wenn es draußen hell gewesen wäre. Wohl wissend, dass er sich auf der Galerie preisgab, ging Declan an der Treppe vorbei in einen anderen Flur, der ebenfalls zu einer geschlossenen Holztür führte. Vier weitere, ebenfalls geschlossene Räume flankierten ihn links und rechts, also schob sich Declan mit dem Rücken an der Wand vorwärts und passierte leise eine nach der anderen.

Unter einer Tür auf halben Weg durch den Flur erkannte er, was er suchte: schwach flackerndes Licht, vermutlich von einer

Feuerstelle. Er verharrte und lauschte. Hinter der Tür ließ sich eine leise Unterhaltung ausmachen. Declan nahm den eisernen Griff in eine Hand, drückte ihn nieder und die Tür vorsichtig auf, sodass orangefarbenes Licht in den Flur fiel …

Kapitel 59

Er hielt kurz inne, damit sich seine Augen an die Helligkeit gewöhnen konnten. Da sich im Raum weder hör- noch sichtbar etwas regte, trat er einen Schritt hinein. Von einem Billardtisch aus schauten zwei Männer in seine Richtung – offensichtlich überrascht, wie er an ihren Gesichtern erkannte.

»Wer sind Sie?«, wollte der Mann auf der entgegengesetzten Seite des Tisches wissen. In Declan rief er vage Kindheitserinnerungen auf … und an den Artikel im *Daily Telegraph,* den er jüngst gelesen hatte.

Lord Dennis Allardyce war ein schlaksiger Mann mit sich lichtendem blonden Haar, das über den Ohren ergraute. Er trug einen roten Wollpullover und eine braune Hose und starrte Declan mit leerem Blick an, der ganz kurz einen Eindruck von Unsicherheit erweckte, dann aber wieder jeglichen Ausdruck verlor.

»Ich komme in friedlicher Absicht«, beteuerte Declan und hob die Hände, um zu zeigen, dass er unbewaffnet war.

»Na ja, das lässt sich schwerlich glauben, Sie sind schließlich hier eingedrungen. Ich nehme an, Sie sind der *verirrte Tourist,* und meine Wachen haben uns eben eine Entwarnung gegeben, weil sie um ihr Leben fürchten mussten.«

Declan nickte. »Ihnen geht es aber gut. Sie haben nur ein paar Beulen und Schrammen abbekommen, sonst nichts.«

Allardyce blickte missfällig drein, und der Mann, der ihm mit einem Billardqueue in der Hand gegenüberstand, drehte sich langsam um. Er war ebenfalls etwas älter – ganz grau auf dem Kopf, dessen Haaransatz sich zurückgezogen hatte – und auffallend faltig. Seine braunen Pupillen pendelten zwischen Tür und Declan, während er anscheinend überlegte, was er von dieser Situation halten sollte.

»Also, tun Sie sich keinen Zwang an«, sagte Allardyce, während er sich aufrichtete, als wäre er darauf gefasst, sich eine Kugel einzufangen. »Ich hielt eigentlich an der Hoffnung fest, dass Ihresgleichen es aufgegeben hatte, uns ermorden zu wollen, doch daran wird sich wohl nie etwas ändern, schätze ich.«

Declan nahm die Hände herunter. »Ich bin nicht hier, um Sie zu ermorden. Es ist bedauerlich, dass ich Ihre Sicherheitsmänner verletzen musste, war aber unumgänglich.«

»Ist Ihnen klar, wie viele Straftaten Sie dadurch begangen haben, dass Sie hier eingebrochen sind?«

»Bagatellen im Vergleich zu dem, was ich tun musste, um hierher zu gelangen. Während der letzten vier Tage habe ich mir mehr Gewalttaten zuschulden kommen lassen als in den ersten 40 Jahren meines Lebens, und das will etwas heißen, weil schon einiges hinter mir liegt. Mein Name ist Declan McIver, und ich bin nur hier, um mit Ihnen zu sprechen.«

»Declan McIver?«, hakte der Lord nach, während er ihn musterte. »Sollte das wahr sein, sind eine ganze Menge Menschen hinter Ihnen her.«

»Deshalb brauche ich Ihre Hilfe.«

»Meine *Hilfe*«, betonte Allardyce und zuckte mit den Mundwinkeln, ein andeutungsweise zynisches Grinsen. »Oh, Sie hätten bessere Chancen, mich zu töten, als Hilfe von mir zu bekommen.«

»Hören Sie einfach zu, was ich zu sagen habe. Falls Sie nicht glauben, was ich erzähle, dürfen Sie mich festhalten, bis die Polizei hier ist.« Declan zog die Glock aus der Innentasche seiner Jacke und trat vor, um sie auf den Billardtisch zu legen und sich gleich wieder zurückzuziehen. Allardyce erschrak beim Anblick der Waffe, beruhigte sich aber wieder, als sie abgelegt wurde.

Plötzlich flog die Tür mit einem heftigen Knall auf, und ein schwarz gekleideter Mann wurde in den Raum gestoßen. Eine seiner Wangen war unter dem Auge rot angeschwollen.

»Hab diesen Penner draußen aufgelesen, bevor er dumme Dinger drehen konnte«, ächzte Shane, der mit einer Pistole – jener des Wächters, wie Declan annahm – hinter dem Fremden erschien.

Allardyce räusperte sich und betrachtete seinen überwältigten Sicherheitsmann. Nach ein paar Augenblicken war es wieder so ruhig im Raum wie zuvor. »Eine nette Geste von Ihnen«, meinte der Lord mit Verweis auf die Waffe, die Declan quasi ausgehändigt hatte, »aber da Sie nicht allein gekommen sind, wird mir diese Pistole nicht großartig helfen, oder?«

»Ich musste meine Freundesliste in den letzten Tagen sehr zusammenstreichen, aber zum Glück gibt es noch den einen oder anderen, auf den ich mich verlassen kann.«

»Nun denn, wo Sie mich schon dazu nötigen, den Gastgeber für Sie zu mimen: Warum fahren Sie nicht fort?«

Declan nickte erleichtert und erzählte von seinen Geschäften bis zu dem Bombenanschlag auf die Universität und allem Weiteren, was er seitdem getan hatte. Als er fertig war, ließ Allardyce das Ganze auf sich wirken, bevor er sprach: »Ich schätze, es gibt niemanden, der sich dafür verbürgen kann, dass das alles wahr ist, richtig?«

Declan schüttelte den Kopf. »Nein. Ich wurde von allem und jedem abgeschnitten. Ohne die Unterstützung einer Handvoll alter Bekannter wäre ich wahrscheinlich bereits tot, meine Frau auch.«

»Ich muss Ihnen wohl nicht sagen, wie viele Häftlinge in unseren Gefängnissen beteuern, im Sinne der Anklagen unschuldig zu sein, die gegen sie erhoben wurden.«

»Warum sollte ich alles aufs Spiel setzen, um hierher zu kommen, wenn das, was ich sage, gelogen wäre? Wie könnte ich so vermessen sein, Sie aufzusuchen und um Hilfe zu bitten, obwohl ich eigentlich keine bräuchte? Sie kannten meinen Vater, der Sie für einen ehrenwerten Mann hielt. Er riet mir – es war kurz vor seinem Tod –, mich an Sie zu wenden, sollte ich je in Schwierigkeiten geraten. Es hat ungefähr 30 Jahre gedauert, doch hier bin ich nun und hoffe jeglicher Vernunft zum Trotz, dass er sich nicht täuschte.«

»Ihr Vater?«

»Paul McIver, ein Parlamentarier, der die Region North Down vertrat. Sie waren zu jener Zeit Staatssekretär für Nordirland. Er wurde nur ein Jahr später gemeinsam mit seiner Frau Lorna umgebracht. Sein Sohn – Declan – musste den Mord vom Rücksitz ihres kurz vorher gekauften Mercedes aus mit ansehen.«

Allardyce blickte für einen Augenblick zu Boden. Als er wieder aufsah, fragte er: »Sie sind Paul und Lorna McIvers Sohn?«

Declan nickte.

Der Aristokrat wollte es genau wissen: »Wo haben die beiden gewohnt?«

»In Ballygowan, in einem zweistöckigen Haus in der Tullygarvan Road.«

»Wie hieß das Haus?«

»Brae Bridge House, doch das brachte man nur in Erfahrung, wenn man den Efeu an der Steinsäule rechts neben dem Eingang zurückzog, denn dort war die schwarze Eisenplatte mit dem Namenzug angebracht.«

»Sie haben Ihre Hausaufgaben gemacht.«

»Mein Vater trug immer ein in schwarzes Leder geschlagenes Tagebuch in seiner Aktentasche«, erzählte Declan weiter. »Dad stand jeden Morgen mit der Sonne auf und verbrachte ein paar Stunden in seinem Arbeitszimmer, bis der Rest der Familie wach war. Der letzte Eintrag in dem Buch stammt vom Morgen des Tages, an dem meine Eltern auf dem Nachhauseweg an einer angeblich vom Ulster Defence Regiment errichteten Straßensperre in der Ravara Road erschossen wurden. Vater Liam Donnelly ließ mir das Tagebuch Jahre später zukommen; heute liegt es in meinem Haus in den Vereinigten Staaten in einem Schrank. Auf der Innenseite des Deckels steht ein Zitat von Thomas Jefferson: *Wer die richtige Einstellung hat, den kann nichts und niemand aufhalten.* Tagebuch zu führen war etwas, das er von Ihnen gelernt hatte. Sie schenkten solche Bücher allen Kandidaten der Parlamentswahlen 1979, die für die Idee gerechter Machtteilung innerhalb der Regierung Nordirlands eintraten.«

Allardyces Blick ruhte ein wenig länger auf Declan, ohne dass er mit einer Wimper zuckte. »Mein Gott«, begann er schließlich, »das blonde Kerlchen, das vor so vielen Jahren an der Seite seines Vaters zur Wahl ging … darauf wäre ich nie gekommen. Was sollte das ganze Gerede von dem Angriffsverband der IRA, der auf London abzielte? Da gehörten Sie nicht dazu, oder?«

Declan verneinte. »Wie ich schon sagte, es hat ungefähr 30 Jahre gedauert, und ich muss leider zugeben, dass ich aufgrund meines Lebenswandels in Nordirland nach dem Tod meiner Eltern in die Gesellschaft einiger durchaus gewaltbereiter Menschen geraten war.«

Der Lord bewegte seinen Kopf langsam vor und zurück; er schien einen Hauch von Verständnis zu zeigen. »Das ist eine traurige Geschichte, die sich in Nordirland leider oft wiederholte; so viele Menschen dort wurden in die Troubles hineingezogen, obwohl sie keine Fanatiker waren.«

»Sie wollen diesem Kerl doch nicht ernsthaft helfen«, warf nun der ältere Mann ein, der bisher stumm geblieben war. »Er ist ein gesuchter Terrorist, Sie sind der Generaldirektor des Security Service; das wäre Selbstmord aus politischer Sicht.«

»Ich diene meinem Land schon sehr lange, also belehren Sie mich nicht über Politik. Falls ich – und somit auch das Vereinigte Königreich – zum Spielball von Personen mit alles andere als hehren Absichten wurde, möchte ich es erfahren und den Irrtum richtigstellen.«

»Dann werden Sie mir also dabei helfen, dieses Komplott aufzudecken?«, fragte Declan. »Mir sagen, wer Informationen über mich verlangte und wohin diese weitergeleitet wurden?«

»Nein«, stellte Allardyce klar, während er seinen Billardqueue abstellte und eine Walther PP aus einer Hosentasche zog. »Lassen Sie die Waffe fallen, Junge.«

Der Ältere, den er gerade Tom genannt hatte, streckte seine Rechte aus und nahm die Glock vom Tisch.

»Hör auf ihn, Shane«, verlangte Declan. »Wir wollen hier niemandem wehtun; das wird uns nicht weiterbringen.«

Der Angesprochene öffnete seine Hand, sodass die Pistole an seinem Zeigefinger baumelte. So hielt er sie hoch, woraufhin der Wächter vor ihm sie zurücknahm.

»Was jetzt?«, fragte Declan.

»Jetzt befinden Sie beide sich offiziell in meiner Gewalt«, erwiderte Allardyce, »und das wird auch so bleiben, bis diese Angelegenheit geklärt ist.«

Kapitel 60

18:23 Uhr, Eastern Standard Time – Freitag, staatliche Eigentumswohnungen, Kreuzung 6th Street und Maryland Avenue – Washington, D.C.

David Kemiss ging zur Tür und öffnete, nachdem es laut geklopft hatte.

»Kommen Sie herein, Colin, nur zu.«

Der junge Bellanger betrat das Appartement. Auf Kemiss wirkte er in Knopfhemd und Krawatte, das erforderte die Kleiderordnung im Senatsgebäude, stets ungewandt und zu lang geraten, doch heute Abend nach Dienstschluss – er trug eine schwarze Jacke aus Drillich mit Reißverschluss, die seiner hageren Figur perfekt stand, hatte vom Regen nasses Haar und Kontaktlinsen statt einer Brille – wohnte ihm etwas Athletisches und vielleicht sogar Weltmännisches inne.

»Etwas zu essen ist gerade geliefert worden. Sie haben doch hoffentlich nichts gegen Chinesisch von City Lights.«

»Im Gegenteil. Die fahren den ganzen Weg bis Stanton Park? Beeindruckend. Vielen Dank, Senator.«

»Die fahren überallhin, wenn die Regierung anruft, und heute Abend bin ich David für Sie. Mir werden die Förmlichkeiten manchmal zu viel.«

Bellanger lächelte, zog seine Jacke auf und nahm eine dicke Aktenmappe hervor. »Das kann ich gut verstehen.« Er wirkte nervös.

»Also, ich wollte Sie abends bei dem Wetter nur ungern aufscheuchen, aber Sie sagten, Sie hätten da was gefunden, richtig?«, fragte Kemiss.

Obwohl er äußerst bemüht höflich blieb und den gefassten, coolen Typen markieren wollte, war Kemiss innerlich fast panisch. Heute hatte er erfahren, dass man Declan McIver in Wales gesichtet hatte, und die Neuigkeiten seitdem schienen die schlimmsten Ängste des Senators zu rechtfertigen. Wie es aussah, wollte der Ire landeinwärts nach London. Die Polizeibehörden in Großbritannien waren dahintergekommen, dass er nicht weit von seiner Nachtunterkunft bei einer Naturschützerin und deren Vater ein Auto mit einem Touristenpaar entführt hatte. Dieser gestohlene Wagen soll, so hieß es, nur eine Fahrtstunde außerhalb der Hauptstadt wieder aufgetaucht sein, doch McIver selbst war wieder untergetaucht. Kemiss' Reaktion auf diese Entwicklungen hatte darin bestanden, Lukas Kreft damit zu beauftragen, einen Mörder anzuheuern, um Lane Simard auszuschalten – die einzige Person in London, die Verbindungen zwischen dem Senator und dem Flüchtigen, also auch zu den Attentaten auf die Liberty-Universität und Abidan Kafni bestätigen konnte. Was ihn nun nicht losließ, war die Frage, ob Kreft einen Killer auftreiben würde, der den Auftrag rechtzeitig erledigte. Da er die Dienste von Profis noch nie selbst in Anspruch genommen hatte, wüsste er nicht, wo er suchen sollte. Hoffentlich war Kreft erfahrener und besser vorbereitet.

»Nun, was ist es, was haben Sie für mich?«

»Wenn ich mich nicht irre, konnte ich endlich etwas finden. Wäre toll, wenn es Ihnen nützen würde.«

»Spannen Sie mich nicht auf die Folter«, entgegnete Kemiss schmunzelnd, während sie in den Wohnbereich gingen. Dort nahm er auf dem Sofa Platz. Auf dem Tisch standen zwei große Tüten mit diversen asiatischen Speisen, die er beiseiteschob, damit Bellanger die Mappe ablegen und aufschlagen konnte.

»Werde ich nicht, Sir.« Der junge Mann begann, einige Papiere aus dem Karton zu ziehen. »Ich bin die Dokumente durchgegangen, um deren Prüfung Sie mich gebeten hatten, und stieß dabei auf eine – so will ich meinen – maßgebliche Spur. Erinnern Sie sich an das Flugzeug, das nach seiner Landung in Irland vom FBI durchsucht wurde?«

»Ja.«

»Ich gehe davon aus, dass Declan McIver doch an Bord war.«

»Wieso?«

»Viele Namen in der Akte wurden geändert, und ohne die wahren ist es nicht leicht, Bezüge herzustellen, doch per Ausschlussverfahren konnte ich, wenn mich nicht alles täuscht, den Mann ausfindig machen, der bei der IRA-Kampfeinheit Black Shuck das Sagen hatte. Sein Name lautete wahrscheinlich Eamon McGuire.«

Es machte Kemiss zunächst wütend, das zu hören. Wie hatten die irischen Gesetzeshüter zulassen können, dass ein international gesuchter Flüchtling unbemerkt aus einem Flugzeug gestiegen war? Und wie erklärte dies McIvers Aufenthalt in England? Bellanger sollte zusehen, dass er auf den Punkt kam. »So wie in McGuire & Lyons Industries?«

»Genau, Sir, das Unternehmen, dem die Maschine gehört. Eamon McGuire beteiligte sich nie aktiv an den Geschäften; gewiss beanspruchten seine Aktivitäten in der IRA zu viel Zeit, weshalb er die Leitung des Familienkonzerns seinem Bruder überließ. Die beiden leben nicht mehr, doch Eamons Sohn Fintan führt das Erbe weiter – und steht zugleich auf der Liste mutmaßlicher Mitglieder von Black Shuck.«

»Also spielen Sie darauf an, dass dieser *Fintan* seinem Kindheitsfreund Declan McIver beim Verstecken half?«

»Richtig, Sir. Nun gut, ich kann mir denken, was Sie sagen wollen: Da könne kein Zusammenhang bestehen, weil McIver in England und nicht Irland ist, aber darf ich den Faden zu Ende spinnen?«

Kemiss nickte.

»Fintan McGuire zählte zu den Passagieren, als das Flugzeug in Irland eintraf, was bedeutet, dass er aus den Vereinigten Staaten kam. Ich recherchierte dann über Google im ganzen Netz, um mehr über ihn zu erfahren, kann mir aber immer noch nicht erklären, was er in West Virginia getrieben haben mag. Es scheint nicht einmal einen Grund dafür zu geben, warum er überhaupt in den USA war. McGuire & Lyons Industries sind in erster Linie in den Schwellenländern Osteuropas, Südasiens und Südamerikas präsent. Könnte es also sein, dass er anlässlich eines Meetings im Greenbrier-Ressort war? Jawohl, selbstverständlich. Leider wäre das ein Riesenzufall, und wenn Sie meine Meinung dazu hören möchten: Ich glaube nicht an Zufälle.«

»Er war hier, um seinen alten Weggefährten außer Landes zu schaffen«, kombinierte Kemiss, obwohl er fand, dass der Bursche sich zu weit aus dem Fenster lehnte, vermutlich aus dem Bedürfnis heraus, sich im Kreis der Mächtigen, wo er gerade verkehrte, einen Namen zu machen. Manch einer hatte schon mit weniger in Washington Karriere gemacht. Dennoch war Bellanger auf einer Spur, und auch wenn er es nicht gewusst haben konnte, so handelte es sich bei dem Flughafen, den McGuires Jet in den USA angesteuert und später verlassen hatte, um einen kleinen abgelegenen Flughafen, wo man normalerweise nicht landete, wenn man zum Ressort wollte, also ließ sich durchaus unterstellen, dass Mcguire versucht hatte, etwas zu verbergen.

»Tja, ich gebe zu, dabei kommen zahlreiche Faktoren zum Tragen, also besteht höchstens eine 50-prozentige Chance darauf, dass Ihre Theorie stimmt, aber sie ist es trotzdem wert, weiterverfolgt zu werden.«

Das war sie in der Tat. Declan McIver mochte auf der Hauptinsel gesehen worden sein, doch alle Augenzeugenberichte besagten, dass er allein war. Von seiner Frau fehlte jede Spur, was den Schluss zuließ, dass er sie erneut irgendwo verbarg, und was lag als Ausgangspunkt für eine Suche näher als Grundeigentum, das man McGuire & Lyons zuordnen konnte? Auch wenn McIver selbst nicht dort war, musste er wegen seiner Frau über kurz oder lang auftauchen. Kemiss griff zu seinem Handy und wählte eine Nummer. »Allan, David hier. Ich hätte da etwas, dem du bitte auf den Grund gehst.«

Er schilderte dem NSA-Analyseexperten Ayers alles und hielt ihn an, sich unverzüglich an die Arbeit zu machen. Nachdem er aufgelegt hatte, widmete er sich wieder Bellanger. »Essen wir jetzt.«

Der junge Mann war nicht nur bestellt worden, weil er angerufen und gesagt hatte, dass er fündig geworden war. Vielmehr wollte sich der Senator vergewissern, dass Verlass auf ihn war. Die Aufgabe, mit der er ihn betraut hatte, musste streng unter Verschluss gehalten werden, und die Konsequenzen für den Fall, dass er Kemiss' Vertrauen missbrauchte, mussten ihm noch einmal nachdrücklich bewusst gemacht werden.

Kapitel 61

8:19 Uhr, Ortszeit – Samstag, Greumach Manor, Loch Builg, Aberdeenshire – Schottland

»Eines steht jetzt wenigstens fest«, sagte Shane, während er sich umsah. »Es gibt tatsächlich einen Bunker unter Greumach Manor. Wenn ich im Knast sitze, kann ich Bücher darüber schreiben und ein Vermögen damit machen. Meine Kinder werden das zu schätzen wissen, ganz bestimmt.«

Nach ihrem gescheiterten Versuch, Lord Dennis Allardyces Hilfe für sich zu gewinnen, waren sie in die Katakomben des Landsitzes gebracht und eingesperrt worden. Auf dem Weg dorthin hatte man die beiden durch mehrere Eichentüren geführt, die so alt wie das Anwesen selbst sein mochten und mit Eisenstangen verstärkt waren. Der einzige andere Eingang befand sich am hinteren Ende des Raumes und war durch drei mit der Steinwand verbundene Metallquerstäbe gesichert. Was hinter ihr liegen mochte, wurde in jedem Fall schon seit sehr langer Zeit nicht mehr gebraucht.

»Jawohl«, fuhr Shane fort, indem er sich von seiner Pritsche erhob, wobei eine Staubwolke von der dünnen Matratze aufstieg. »Ich werde mir eine dieser Bräute suchen, die sich zu Knackis hingezogen fühlen, du weißt schon. Dann heiratet sie mich, darf mich besuchen, und wir adoptieren ein ganzes Rudel Waisenkinder aus aller Welt – genauso wie Brangelica.«

»Brangelina.«

»Ach, wie auch immer.«

Shane war nie um einen Scherz verlegen, doch Declan wusste, dass auch ihm nicht entging, wie schlecht es um sie bestellt war. Weil ihnen Allardyce nicht helfen wollte, würde man sie nicht nur inhaftieren und teils zu Unrecht verurteilen; auch ihre einzige Hoffnung darauf, die Identität der Person aufzudecken, die

Informationen über Declan von Großbritannien nach Amerika übermittelt hatte, existierte nicht mehr – genauso wenig wie jegliche Chancen, die Verschwörung offenzulegen, in deren Mittelpunkt er gerückt war. Obwohl Allardyce versprochen hatte, dafür zu sorgen, dass »diese Angelegenheit geklärt« würde, fiel Declan niemand ein, der mit dem Aristokraten Kontakt hatte und wissen konnte, was in Wirklichkeit vor sich ging. Vorausgesetzt, die Regierungen von Großbritannien und Amerika lancierten keine gemeinsame Geheimoperation, um die Intriganten zu stellen, blieb Allardyce auf die offizielle Version der Geschehnisse zurückgeworfen, die Declans Kenntnisstand zufolge von denjenigen fingiert und gestreut wurde, die auch die Ermittlungen durch Seth Castellano überwacht hatten. Dem Ernst seiner eigenen Lage zum Trotz blieb Declan ruhig, weil er Constance in sicheren Händen wähnte. Fintan würde sie behüten und ihr dabei helfen, eine neue Identität anzunehmen, wobei sie zwar nicht das Leben führen konnte, das sie sich erträumt hatte, aber am Leben blieb und irgendwann einmal ein neues Glück finden würde.

Als ein lautes Poltern in den Raum drang, wusste Declan, dass die Doppeltür auf dem langen Flur, der zu ihnen führte, aufgesperrt worden war – aber weshalb? Hatten sich die Behörden eingefunden, um ihn ordnungsgemäß festzunehmen? Soweit er abschätzen konnte, war es knapp acht Stunden her, dass er sich Zugang in Greumach Manor verschafft sowie an den Direktor des MI5 gewendet hatte, und auch fast genau acht Stunden lang waren sie am Vortag von London aus hierher gefahren.

Mit einem weiteren erschütternden Knall wurde einer der Eisenriegel zurückgezogen, dann ging die Tür auf und zwei Wächter in Schwarz traten ein, jeweils mit vorgehaltener Pistole. Declan und Shane bewegten sich nicht. Die beiden starrten sie eine Weile emotionslos an. Als sie auseinandergingen, erschien der Lord im Türrahmen; er trug dieselben Kleider wie am Abend zuvor.

»Verschwindet«, befahl er den Wächtern winkend. »Sofort.«

Die beiden schauten einander verdutzt an und verließen den Raum. Allardyce drückte die schwere Tür hinter ihnen zu, ehe er tief Luft holte. »Ich bin das hier während der letzten Stunden noch einmal durchgegangen«, begann er und warf einen dicken Aktenordner auf einen von zwei länglichen Holztischen, die zwischen den beiden Bettreihen standen. Der Ordner fiel dumpf auf die Tischplatte und wirbelte Staub auf. »Es liest sich zwar spannend, lässt aber manches zu wünschen übrig – zuallererst die Frage, ob sich die rund 100 Männer, die als mögliche Verdächtige gelistet werden, auch wirklich eines Verbrechens schuldig gemacht haben.«

Declan schaute auf den alten Karton im Folio-Format, der an den Kanten abgegriffen war und dessen Inhalt mit einem breiten Gummiband zusammengehalten wurde. Der verblasste Schriftzug eines roten Stempels – STRENG GEHEIM – zog sich über das amtliche Siegel des britischen Cabinet Office, und auf dem Registrierreiter standen deutlich mit blauer Tinte geschrieben die Worte PIRA – BLACK SHUCK.

»Ihr Name wird in dieser Akte 38 Mal genannt«, fuhr der Lord fort. »Jede einzelne Erwähnung ist bloßen Gerüchten und Spekulationen seitens der Hinweisgeber geschuldet – genauer gesagt jede einzelne Erwähnung aller Personen –, aber dennoch scheinen die Medien in Amerika und jetzt auch der restlichen Welt dem Glauben aufzusitzen, man hätte Ihnen schon den Prozess gemacht und die Schuld an ausnahmslos allen angeführten Straftaten nachgewiesen.«

»Manche Kommentatoren im Radio sprechen in dem Zusammenhang nicht umsonst von oberflächlichen Scharfrichtern.«

»Ja … aber gut, Ihre Aussagen mir gegenüber gestern Abend belasten Sie streng genommen, doch ich ahne so langsam, dass Sie gar keinen Wert darauf legen, Ihre Taten zu kaschieren. Liege ich da richtig?«

»Ich bin mir sicher, dass jeder Mann auf der Liste in dieser Akte irgendeine Tat begangen hat«, erwiderte Declan. »Ich für meinen Teil war Mitglied der South Armagh Brigade der provisorischen

IRA. Während jener Zeit wurde ich in einer geheim gehaltenen Sondereinheit mit dem Codenamen Black Shuck ausgebildet, und um auf Ihre Frage zurückzukommen: Was Black Shuck betrifft, braucht niemand etwas zu kaschieren, weil unsere geplante Operation nie über die Phase der Informationsbeschaffung hinausging. Die Einheit wurde gegründet, um einen Anschlag zu verüben, zu dem es nie kam. Die Medien halten mich für schuldig, weil es den Personen, die für die Herausgabe der Daten dort verantwortlich sind, nicht um die Wahrheit geht. Sie wollen mich um meine Glaubwürdigkeit bringen – und dann ums Leben.«

»Und genau das ist auch Ihre Rettung«, behauptete Allardyce. »Die Daten wurden unter der Bedingung zur Verfügung gestellt, dass man sie nur dazu verwendet, den Hauptverdächtigen – *Sie* – im Fall sowohl des Bombenanschlags als auch der darauffolgenden Ermordung festzunehmen. Die Veröffentlichung der Daten durch die Medien war hingegen kein Teil der Abmachung. Ich mag aussehen wie ein zunehmend tattriger Politiker, darf Ihnen aber versichern, dass ich dem Militär gedient und eine lange Laufbahn in der Welt der Spionage hinter mir habe. Darum erkenne ich sofort, wenn sich jemand widerrechtlich Informationen beschafft. Seit die Sache am Donnerstagnachmittag zum ersten Mal über den Äther ging, klingelte mein Telefon ununterbrochen, und obwohl ich diese Position erst vor nicht ganz einem Monat übernommen habe, wurde mir deutlich gemacht, dass ich äußerst schnell als Direktor des Sicherheitsdienstes zurücktreten werde, falls ich sie nicht in den Griff bekomme und zusehe, sie nicht zu einer sehr peinlichen Affäre für die Regierung des Vereinigten Königreichs ausarten zu lassen.«

»Wir beide wissen, dass es nur eine Erklärung dafür gibt, wie die Informationen in falsche Hände geraten konnten. Sie wurden vorsätzlich herausgegeben. Die Person oder die Personen, die von Ihnen damit versorgt wurden, handelten nicht im Namen desjenigen, für den sie zu handeln vorgaben.«

Allardyce pflichtete ihm bei. »Nun gut, auch andere haben Kontakte im Ausland. Bevor ich diesen Ordner vor ein paar Stunden erhielt, machte ich mich über Sie beide schlau. Wer Sie sind, Mr. O'Reilly, hat mich doch ziemlich verstört. Sie können sich vorstellen, dass ich nicht schlecht staunte, als ich erfuhr, dass der legendäre IRA-Spitzel Homeless Viper als Angestellter in der Abteilung für irischen und nationalen Terrorismus arbeitet, die ich leite. Jemand aus unseren eigenen Reihen leistet einem international gesuchten Mann Beihilfe, das ist ein unerhörtes Vergehen.«

Shane verzog sein Gesicht, während er zwischen Declan und dem Lord hin und her schaute. »Er wird zu Unrecht gesucht, ist der beste Freund, den ich je hatte … und wenn Sie mal ehrlich sind, auch der beste Freund, den *Sie* haben.«

»Ja, das ist nicht ganz aus der Luft gegriffen. Soviel ich sagen kann, gab es bislang nur eine Person, die aufrichtig zu mir gewesen ist, seitdem dieses Elend am Mittwochmorgen bei unserer Besprechung begonnen hat, und zwar Sie, Mr. McIver. So sehr ich mich bemühen mag, es fällt mir kein einziger Grund dafür ein, warum Sie an dem Bomben- oder Mordanschlag beteiligt gewesen sein könnten. Die zu einem solchen Verbrechen erforderliche Erfahrung haben Sie sicherlich, und Ihre offensichtliche Freundschaft zu Abidan Kafni versetzte Sie in die Lage, es zu begehen, doch was mich angeht, hatten Sie absolut kein Motiv. Die Kolportage der Medien, Sie hätten monetäre Ziele verfolgt, ist lächerlich. Immerhin sitzen Sie auf Eigentum im Wert von fast zwei Millionen Dollar, und Ihre Frau hat ein weiteres kleines Vermögen geerbt. Sollte es Ihnen an irgendetwas nicht mangeln, dann ist es Geld.«

»Auch Sie haben Ihre Hausaufgaben gemacht«, bemerkte Declan mit einem kurzen Lächeln.

»Der Mann, der dem Komitee den Antrag auf Herausgabe der Informationen über Sie stellte, ist der Leiter des Londoner Außenbüros der amerikanischen CIA.«

Die Iren wechselten einen verständnisinnigen Blick. »Genau das dachten wir uns«, murmelte Shane.

»Wo finde ich ihn?«, wollte Declan wissen.

»Ich bringe Sie zu ihm.«

Kapitel 62

16:06 Uhr, Ortszeit – Samstag, Ashford Road, Zwei Meilen südlich von Faversham im County Kent – England

Lane Simard saß allein auf der Rückbank eines schwarzen Range Rovers aus der jüngsten Modelllinie, den er von der Regierung der Vereinigten Staaten gestellt bekam, um seinen Pflichten als Chef der Außendienststelle der Central Intelligence Agency in London nachzugehen. Er schaute durch die getönte Türscheibe dabei zu, wie eine Gruppe von vier jugendlich wirkenden Agenten, die für seine Sicherheit und Beförderung zuständig waren, das zweistöckige Bauernhaus im Tudor-Stil betraten, wo er einen seiner seltenen Urlaube verbringen wollte.

Das Gebäude stand am Ende der Baggins Road, die eine Meile lang war und deren Name augenscheinlich Bezug auf den Schriftsteller Tolkien nahm. Es gehörte der Familie eines englischen Ehepaares, mit dem er und seine Frau während ihres vierjährigen Aufenthalts in London Freundschaft geschlossen hatten und dessen Landsitz er großzügigerweise schon zu mehreren Gelegenhciten hatte in Anspruch nehmen dürfen. Aufgrund seiner Arbeitsbedingungen war er oftmals durchgehend für mehrere Wochen unterwegs, weshalb er sich auf ein paar entspannte Tage mit seiner Familie freute, die später am Abend eintreffen sollte.

»Alles fertig, Sir«, kündigte einer der jungen Agenten an, als er ihm die Beifahrertür aufhielt. »Wir haben das Haus vollständig durchsucht. Es ist sauber.«

Simard wusste, dass der Mann meinte, sie hätten keinerlei Abhörgeräte im Gebäude entdeckt, und auch wenn er nicht damit rechnete, vertrauliche Anrufe tätigen oder entgegennehmen zu müssen, waren sie in seinem Metier nie völlig auszuschließen.

»Danke sehr«, erwiderte er beim Aussteigen und ging auf den Eingang zu, den ein Türbogen zierte. »Ich möchte, dass sich zwei von Ihnen in einem der Geländewagen an der Einmündung der Straße postieren, um meine Familie herzubegleiten, wenn sie eintrifft. Ein Fahrer bringt sie in ein paar Stunden aus London.«

»Gut, Sir«, bestätigte der Mann, als er die Haustür öffnete. »Agent Fuller und ich werden das übernehmen.«

Simard nickte, trat ein und begab sich in die große Küche, deren Mauerwerk naturbelassen war. Das Mobiltelefon in seiner Tasche vibrierte und er zog es heraus.

»Ja bitte?«

»Mr. Simard, David Kemiss«, begann die Stimme am anderen Ende.

»Guten Abend, Senator«, grüßte der CIA-Mann, den der freundliche Ton seines Gesprächspartners ein wenig beunruhigte. Der altgediente Politiker war bis zuletzt immer nur mit der Tür ins Haus gefallen, ja manchmal fast beleidigend gewesen. »Wie kann ich Ihnen helfen?«

»Ach, Sie haben mir schon erheblich geholfen, wofür ich Ihnen danken möchte. Ich sandte ein Geschenk an Ihre Londoner Adresse, aber dem Paketboten wurde gesagt, dass Sie für ein paar Tage verreist seien.«

»Also, das ist sehr freundlich von Ihnen, Senator. Ich habe London verlassen, um Urlaub mit meiner Familie zu machen. Ihr Geschenk nehme ich mit Freude entgegen, wenn ich zurückkehre.«

»Ich fürchte, es kann nicht so lange liegen bleiben. Würden Sie es sich an Ihre Ferienunterkunft zustellen lassen? Sie und Ihre Frau könnten sich während Ihrer wohlverdienten Auszeit daran erfreuen.«

Simard missfiel der Gedanke, in dem Landhaus von jemandem gestört zu werden, doch während er hektisch nachdachte, um einen glaubwürdigen Vorwand dafür zu finden, das Angebot abzulehnen, drängte sich ihm die Vorahnung auf, dass es keine gute Idee wäre, dem Senator einen Wunsch abzuschlagen. »Das wäre großartig, vielen Dank. Ich kenne die Adresse gar nicht auswendig, aber es ist ein Bauernhaus in Kent, zwei Meilen südlich des Motorway M2 in der Nähe von Faversham. Der Straßenname lautet Baggins Road. Dort steht kein anderes Gebäude, nur dieses ganz am Ende. Die Zusteller können es also nicht übersehen; ich lasse das Päckchen von einem meiner Männer annehmen.«

»Schöne Gegend, meine Frau und ich waren vor einigen Jahren auch dort. Hoffentlich genießen Sie Ihren Aufenthalt. Ich werde das dem Kurier umgehend durchgeben. Nochmals danke für alles, was Sie für mich getan haben – und für Ihr Land.«

Simard nickte, obwohl ihm bewusst war, dass der Senator ihn nicht sah. »War mir ein Vergnügen, Sir.«

Ein wenig Stolz empfand er durchaus, weil sich ein so hochrangiges Mitglied der Regierung seiner Heimat ihm gegenüber erkenntlich zeigte, auch wenn er nichts weiter als seine Arbeit getan hatte. Er wartete, bis Kemiss die Verbindung trennte, klappte sein Handy zu und steckte es zurück in die Tasche. Nachdem er die schmale Holztreppe im Haus hinaufgegangen war, betrat er einen Flur und dann das Studierzimmer links, dessen Fenster Ausblick auf die geschotterte Einfahrt des Anwesens bot. Aus seinem Koffer nahm er mehrere Papiere und ein Buch seines Lieblingsautors. Beides legte er auf den Schreibtisch, bevor er den Knoten seiner Krawatte löste und die Schuhe auszog, um sich in dem Ledersessel neben der breiten Scheibe niederzulassen. Er wollte es nicht, schlief aber binnen weniger Augenblicke ein.

Plötzlich schlug die Haustür im Erdgeschoss zu, sodass Simard zusammenzuckend aufwachte. Ein kurzer Blick auf seine Uhr, dann stand er auf und schaute aus dem Fenster. Ein schwaches Glimmen im Westen, das den grünen Büschen entlang der Einfahrt einen orangefarbenen Ton angedeihen ließ, begleitete den unmittelbar bevorstehenden Sonnenuntergang. Er neigte sich nach vorne und legte die Hände aufs Fensterbrett, um die prachtvolle Abenddämmerung einen Moment lang zu bewundern. Die Besinnlichkeit währte aber nicht lange, denn sogleich fiel das Licht zweier Scheinwerfer in die Einfahrt. War seine Familie schon angekommen? Er lächelte und klopfte vor Überschwang mit einer Faust aufs Sims, ehe er sich abwandte, um das Zimmer zu verlassen.

Kapitel 63

18:02 Uhr, Ortszeit – Samstag, Ashford Road hinter der Abfahrt vom Motorway M2, eine halbe Meile südlich von Faversham im County Kent – England

»Wie kam es dazu, dass Sie beim Sicherheitsbüro Ihrer Majestät arbeiten, Mr. O'Reilly?«, fragte Lord Dennis Allardyce, während der Range Rover, den sie genommen hatten, ruhig von der Schnellstraße M2 in die Ashford Road ausrollte. Declan kam nicht umhin, zu schmunzeln, während Shane nervös auf dem Beifahrersitz vor ihm herumrutschte. Über ihren Umgang mit den Nachrichtendiensten Großbritanniens hätte man in gleicher Weise Romane schreiben können wie über ihre Aktivitäten in der IRA und die Tage von Black Shuck.

Shane räusperte sich. »Ich wurde in den späten 1980ern zum Informanten des Militärgeheimdienstes, daher auch der Name Homeless Viper. Als ich aufflog und die IRA versuchte, mich zu exekutieren, brachte mich mein Betreuer, Harold Thom, nach London, wo ich seitdem arbeite. Wer könnte sich denn besser um irische Spitzel kümmern als ein ehemaliger irischer Spitzel? Ich traf eine Abmachung mit der Regierung Ihrer Majestät, hochwertige Informationen zu besorgen, um dafür Immunität zu genießen ... und eine Anstellung zu besitzen.«

»So ganz haben Sie sich aber nicht an die Abmachung gehalten, oder? Sie sorgten dafür, dass die Regierung Ihrer Majestät nicht hinter die wahre Identität der Mitglieder von Black Shuck kam, darunter auch Ihr Freund Declan McIver.«

Shane nickte.

»Außerdem standen Sie beide über die Jahre hinweg weiterhin in Kontakt, sodass Sie ihn warnen konnten, als jemand versuchte, seine Vergangenheit öffentlich zu machen, um ihm den Mord an Abidan Kafni anzuhängen, richtig?«

»So ungefähr, Sir. Ich kenne Declan schon seit der Pubertät. Er hat mir mehrmals das Leben gerettet. Ich hätte niemanden in Schutz genommen, den ich nicht genau kenne. Declan schwor der Gewalt ab, noch bevor ich es tat.«

»Ich glaube Ihnen«, entgegnete Allardyce, bevor er Declan anschaute. »Wie ergab es sich überhaupt, dass ein irischer Paramilitär und ein konservativer israelischer Prominenter Freunde wurden? So etwas sieht man nicht aller Tage.«

Declan ließ die Frage zunächst einmal sacken. Der Lord löcherte ihn und Shane fast ununterbrochen, seitdem sie losgefahren waren, was ihn zusehends anstrengte. Sich über die Vergangenheit auszulassen zählte nicht zu den Dingen, die er gerne tat, doch bei diesem Mann hatte er das Gefühl, dazu gezwungen zu sein. »Abidan Kafni war ein facettenreicherer Mensch, als die Mehrheit zu wissen glaubte«, sagte Declan. »Wir lernten uns in Belfast kennen.«

Allardyce lächelte, als sei ihm die Antwort auf seine Frage schlagartig bewusst geworden. »Er arbeitete in geheimer Mission für Israel, nicht wahr?«

Declan nickte. »Er war der Leiter einer überschaubaren Belegschaft von Mossad-Agenten in der Stadt, die den Schulterschluss der Provos mit der PLO im Auge behielten.«

»Thatcher war der Meinung, dass der Mossad illegal handelte, indem er in Nordirland operierte, aber mich wundert nicht, dass er sie ignorierte; Gesetze einzuhalten gehörte noch nie zu seinen Stärken. Wie haben sich die Agenten getarnt?«

»Als Einzelhändler. Sie unterhielten einen Buchladen namens Sallinger's an der A6, wenige Blocks nordwestlich der Belfaster Synagoge.«

»Unglaublich.« Allardyce lachte kopfschüttelnd.

»Da sind wir«, warf Tom Gordon ein, der den Wagen fuhr. »Das ist die Baggins Road.«

Er bremste ab und bog auf die einspurige, ungeteerte Straße ab, die beiderseits von dichtem Wildwuchs flankiert wurde, einem natürlichen Zaun für die angrenzenden Felder.

Declan, der hinten neben Allardyce auf der Beifahrerseite saß, schaute geradeaus durch die Windschutzscheibe. Sie waren zur Mittagszeit von Greumach Manor zum County Kent aufgebrochen, wo Lord Allardyce Lane Simard ausfindig gemacht hatte, den Chef des Londoner CIA-Außenbüros und Antragsteller in Sachen Informationen über Declan. Der wiederum konnte sich nicht so ganz erklären, woher der Lord vom Verbleib des Mannes wusste, hegte aber den starken Verdacht, dass der Security Service die Diplomaten und Angestellten ausländischer Botschaften im Land beobachtete. Demnach überraschte es ihn nicht.

Die Tatsache, dass ausgerechnet die CIA auf seine Daten erpicht gewesen war, hätte ihn ebenso wenig überraschen sollen, tat es aber trotzdem. Dies war sein erster konkreter Beweis dafür, dass es sich bei den Verschwörern, die sich zusammengetan hatten, um Kafni hinzurichten und auch ihn zu jagen, um US-Regierungsbeamte handelte. Declan war in diesem Land zu seinem Wunschleben gekommen und mit ganzem Herzen vom amerikanischen Traum überzeugt gewesen. Doch die Vorstellung an sich, dass die Regierung der Vereinigten Staaten daran beteiligt sei, die Anwesenheit eines tschetschenischen Terroristen auf ihrem Boden zu vertuschen, der mehr Blut an den Händen hatte als ein Fleischer während der Grillsaison, erschien ihm auch trotz der Ereignisse der letzten fünf Tage weit hergeholt, entsprach aber anscheinend der Realität. Irgendwo innerhalb des aufgeblähten Büroapparates in Washington D.C. sah sich irgendjemand veranlasst, Morde zu begehen, und hoffentlich konnte der Mann, dem sie einen Besuch abstatten würden, ihnen ein paar Antworten liefern, wer es war und warum er es tat.

»Was ist das?«, merkte Gordon auf, als das Licht des Range Rovers auf ein geparktes Fahrzeug fiel. Er hielt langsam an und suchte die Blicke seiner Mitfahrer. »Da hat irgendein Besoffener die Türen weit offenstehen lassen.«

»Nein, das glaube ich nicht«, entgegnete Declan von hinten. Seine Miene spiegelte die Besorgnis in den Gesichtern von Shane und Allardyce wider. »Was ist das für ein Nummernschild? Es sieht anders aus als die der Autos, an denen wir vorbeigekommen sind.«

»Ein Diplomatenkennzeichen«, erklärte Shane. »Es bedeutet, dass der Wagen einer ausländischen Organisation gehört. Die 274 steht für die Vereinigten Staaten und das X für Angestellte der Diplomaten. Der Leiter der CIA-Außendienstelle müsste ein solches Auto haben, vielleicht auch mehrere.«

Declan öffnete die Tür und stieg aus. Allardyce hielt ihn zurück. »Hier, die brauchen Sie vielleicht.« Er gab die Glock zurück, die ihm der Ire am vorangegangenen Abend überlassen hatte.

»Ich blende ab«, sagte Gordon und beugte sich leicht vor, um den Schalter neben dem Lenkrad umzulegen.

»Nein«, erwiderte Declan, als er die Pistole nahm. »Sobald ich ausgestiegen bin, setzen Sie bis zur Abbiegung in die Straße zurück, als würden Sie wieder verschwinden. Fahren Sie ein Stück weit und wenden Sie. Dann kommen Sie mit ausgeschalteten Scheinwerfern zurück.« Damit machte er die Tür zu, indem er sie so leise wie möglich ins Schloss fallen ließ. Declan hatte eine böse Vorahnung. Was ihn erwartete, würde ihm nicht gefallen, und falls wirklich jemand Wache hielt oder lauschte, wollte er sich nicht zu erkennen geben, wenn es sich vermeiden ließ. Er nahm das Magazin aus der Pistole und überprüfte es, bevor er es wieder hineinschob und durchlud.

Während er sich dem schwarzen Range Rover näherte und mit seiner Waffe auf die offenstehende Beifahrertür zielte, hörte er Gordon den Rückwärtsgang einlegen und losfahren. Als er den Wagen erreichte und das Innere einsehen konnte, stieß er genau auf das, was er erwartet hatte: zwei Leichen, beide in schwarzem Anzug und vornübergebeugt auf den vorderen Sitzen. Anhand des Blutes auf den Polstern und am Fenster der Fahrertür war augenfällig, dass sie von der Stelle aus erschossen worden waren, wo nun Declan stand, und zwar erst kürzlich.

»Was siehst du?«, fragte Shane durchs heruntergelassene Beifahrerfenster, als Allardyces Wagen mit abgeblendetem Licht zurückkehrte.

»Zwei fremde Männer, aber sie sind tot – anscheinend erschossen, und das kann noch nicht allzu lange her sein.«

»Grundgütiger«, stöhnte der Lord auf dem Rücksitz. »Was glauben Sie, geschieht hier.«

»Ich glaube, jemand versucht, ein paar unerledigte Probleme zu lösen, und Mr. Simard ist eines davon. Wir müssen zum Haus, schnell.«

Declan stieg wieder ein, woraufhin Gordon rasch losfuhr und hochschaltete, als die Tür noch gar nicht geschlossen war.

»Halten Sie hier an«, verlangte Declan, als 50 Yards vor ihnen eine mit Ziersteinen aufgefüllte Rundeinfahrt in Sicht kam, die zu einem Tudor-Landhaus gehörte. »Ich will nicht, dass Sie alle aussteigen. Wir können nicht absehen, ob wir in eine Falle laufen.«

»Mr. McIver, wir tun dergleichen nicht erst seit gestern«, versetzte Allardyce. »Fahren Sie weiter, Tom, und halten Sie unter dem Überstand dort. Da wird man uns schlecht sehen.«

Gordon befolgte die Anweisung und bremste neben einem Haus, wo eine Mauer ihren Schatten auf den Wagen warf, sodass nur eine Seite sichtbar blieb. Declan war das nicht geheuer, aber Einwände geltend zu machen stand ihm nicht zu. Er öffnete seine Tür erneut, stieg aus und lief sofort los, kaum dass er die Füße auf den Boden gesetzt hatte. Während er auf den Türbogen des Eingangs zurannte und sich nervös nach möglichen Angreifern umschaute, streckte er seinen Pistolenarm gerade nach vorne aus. Auf der anderen Seite des runden Platzes stand ein hellbrauner Landrover mit weit geöffneten Türen.

Die Tür des Landhauses war nur angelehnt, und als Declan eintrat, gelangte er in eine Küche mit schmuckvollen Mauerwänden. Neben einer Kochinsel in der Mitte des Raumes lag noch jemand. Nachdem er die Durchgänge überprüft hatte, bückte sich Declan und prüfte den Puls des jungen Mannes; er war tot.

»Das ist nicht Simard«, bemerkte plötzlich eine Stimme hinter ihm. Declan machte einen Satz vorwärts und schwenkte seine Waffe herum.

Lord Allardyce hob die Arme. »Gemach, ich bin es, Dennis!«

Declan schnaufte erleichtert.

»Entschuldigung«, fuhr Allardyce fort. »Schätze, ich bin doch ein wenig eingerostet.«

»Gehen Sie zum Wagen zurück. Ich kann hier nicht auf Sie aufpassen?«

»Das verlange ich auch nicht von Ihnen«, entgegnete der Lord und nahm die Walther PP aus seiner Jackeninnentasche. Sie haben keine Ahnung, wie Simard aussieht, also brauchen Sie mich.«

Declan gab nach. »Dann bleiben Sie hinter mir und halten Sie mir den Rücken frei.« Ihm war nicht nach Diskutieren darüber zumute, ob sich ein betagtes Mitglied des britischen Adels in einem Haus aufhalten sollte, das aller Wahrscheinlichkeit nach von Schießwütigen besetzt worden war. Sollte Allardyce zu Schaden oder gar ums Leben kommen, würde der einzige Notanker abreißen, der Declan davor bewahrte, in die Hände der hiesigen Polizei und somit auch an die Männer zu geraten, die ihn töten wollten.

»Gehen Sie vor.«

Declan schritt durch die Küche ins Wohnzimmer. Im Haus war es stockdunkel. Kein Zweifel, der Strom war abgestellt worden, und der Überfall war rasch über die Bühne gegangen, denn nichts deutete auf einen Kampf hin – abgesehen von den drei Toten befand sich alles in einem ordentlichen Zustand. Nachdem er im abgetrennten Essbereich des Wohnzimmers nachgesehen hatte, stieß Declan weiter zur Treppe vor. Beim Hinaufgehen lauschte er angestrengt, bis er oben ankam.

Er überprüfte zwei Schlafzimmer, bevor er ein Büro betrat. Dort auf dem Boden vor einem Panoramafenster, das auf die Einfahrt zeigte, lag noch jemand. Der Mann hielt eine Pistole fest. Declan trat sie weg und prüfte seinen Puls. Er war ebenfalls tot.

»Das ist er auch nicht«, bemerkte Allardyce. »Für mich sehen diese Männer nach seiner Eskorte aus; sie haben ihn in London herumgefahren und waren für seine Sicherheit zuständig. Er kam jeden Mittwochmorgen mit ihnen in die Downing Street.«

Declan stand auf, kam aber gar nicht dazu, etwas daraus zu folgern, denn draußen fielen mehrere Schüsse. Sofort eilte er aus dem Zimmer – Allardyce hinterher –, dann die Treppe hinunter, indem er einzelne Stufen übersprang, und durch die Küche zur Haustür. »Wo sind Shane und Gordon?«, wunderte er sich, als sie den Range Rover leer vorfanden.

»Ich schickte sie hinters Gebäude, um dort aufzupassen.«

Als Declan dort ankam, sah er eine leere Terrasse, die von einer kniehohen Steinbrüstung umgeben war. Er näherte sich. Shane schnellte hinter der Mauer hoch und richtete eine Pistole auf eine Reihe Bäume an der Rückseite des Hauses.

»Was ist passiert?«, fragte Declan, als er neben ihm stand. Gordon erhob sich nun ebenfalls hinter der Brüstung.

»Wir sind an der Seite des Hauses hergekommen, wie der Lord es vorschlug, und sahen einen Mann herauslaufen«, berichtete Shane. »Zwei weitere folgten und fingen an, auf uns zu feuern.«

»Simard«, ahnte Allardyce. »Er hat wohl versucht, vor den Einbrechern zu fliehen.«

»Bleiben Sie hier und behalten Sie das Haus im Blick, die könnten zurückkehren«, wies Declan Gordon an. »Shane, du übernimmst diese Seite der Hecke; Dennis, Sie kommen mit mir.«

So schwärmten sie aus, wobei Shane als Erster verschwand, als sie sich einem gut sechs Fuß hohen Gebüsch näherten, das 20 Yards von der Gartentür des Landhauses entfernt wuchs.

»Warum wurde das so hier gepflanzt?«, flüsterte Declan, als Allardyce und er die hintere Ecke des quadratischen Walls erreichten, den die Sträucher bildeten.

»Es dient bestimmt als Koppel. Durch die Hecke entsteht ein natürlicher Zaun um einen Reitplatz; bis zum Gatter kann es nicht weit sein.«

Er hatte recht. Declan machte vor ihnen eine Lücke in der Bepflanzung aus, weshalb er vorsichtiger weiterging. Es handelte sich um ein grünes Metalltor, das geschlossen war, doch da er das Gelände nun besser einsehen konnte, erkannte er eine offenstehende Stalltür. Wohin war Simard verschwunden? Hatte er das Gatter übersprungen und sich im Stall versteckt oder war er weiter auf die dunklen Felder geflohen? Declan verließ sich darauf, dass die Eigentümer des Grundstücks den Stall nicht unverschlossen zurückgelassen haben konnten. Er sprang über das Gatter.

Der Lord tat sich schwer, ihm zügig zu folgen, hatte das Hindernis aber überwunden, als Declan den Stall erreichte und vorsichtig hineinschaute. Leere Pferdeboxen, mehr sah er nicht. Er drehte sich zu Allardyce um, der ihn endlich einholte. »Er muss doch in die Felder gelaufen sein, verdammt!«

Kaum hatte er die Worte geäußert, da fiel hinter dem Gebäude ein Schuss, gefolgt von einem gequälten Schrei. Declan lief an der Seitenwand entlang, so schnell er konnte. Mit erhobener Waffe stürzte er um die Ecke. An der Rückseite der Koppel sah er vage die Umrisse zweier Männer, die Sturmgewehre auf einen dritten Mann am Boden richteten. Als er näherkam, drehte sich einer um. Declan feuerte zwei Schüsse auf dessen Körpermitte. Sie warfen den Mann rücklings zu Boden, bevor ein Kopfschuss den anderen zu Fall brachte.

Statt die Waffe herunterzunehmen, richtete Declan sie auf den dritten Mann. Es war Shane, der sich eine Kniewunde hielt, aus welcher Blut zwischen seinen Fingern herausströmte. »Ich dachte schon, das war's für mich.«

»Wo ist Simard?«, fragte Declan mit Blick auf die zwei Männer in Schwarz, die er gerade erschossen hatte. Sie trugen Kampfanzüge. Ihre Waffen und Kleider machten deutlich, dass es Profis gewesen waren, die Shane an genau der richtigen Stelle getroffen hatten, um ihn niederzustrecken, aber nicht zu töten – wohl in der Annahme, er sei der CIA-Chef.

»Hab ihn nicht gesehen«, gab Shane mit schmerzverzerrter Miene an. »Die beiden sind kurz vor dir gekommen.«

»Helfen Sie ihm hoch und bringen Sie ihn wieder zum Haus«, trug Declan Allardyce auf. »Simard kann nur in die Felder oder zurückgelaufen, aber noch nicht weit gekommen sein.«

Während er sich im Kreis drehte und überlegte, wo er am besten mit der Suche begann, strahlte auf einmal grelles Licht von der Seite des Hauses ab, und ein mechanisches Schleifgeräusch ertönte.

»Der andere Rover!«, rief Declan und stürzte los. Simard musste tatsächlich zurückgekehrt sein und nun mit dem hellbraunen Wagen fliehen wollen, der in der Einfahrt parkte. Da von den beiden Eindringlingen nichts mehr zu befürchten war, sprintete Declan mit zusammengebissenen Zähnen aufs Gatter zu, sprang hinüber und hastete weiter. Die 50 Yards zwischen Reitplatz und Haus legte er so schnell zurück, dass er das Gefühl hatte, seine Füße würden die Erde kaum berühren. Nachdem er an der Gebäudeseite vorbeigelaufen war, rannte er in die Einfahrt, wo Gordon an der Fahrertür des schwarzen Land Rovers stand, mit dem sie gekommen waren.

»Hier …« Der ältere Mann warf ihm den Schlüssel zu. »Er entwischt uns!«

Declan blickte zur Einmündung des Vorplatzes, wo der helle Wagen gerade auf den einspurigen Weg abgebogen war und auf die Straße zuraste, wobei das Getriebe knirschte, weil die Person hinter dem Steuer nicht mit der manuellen Schaltung umgehen konnte. Declan sprang in den Wagen, startete den Motor und trat aufs Gas, als er den Rückwärtsgang eingelegt hatte. Das Auto beschleunigte mit einem Ruck, bis Declan hart einlenkte, sofort den ersten Gang einlegte und die Verfolgung des braunen Fahrzeugs aufnahm.

Er schloss rasch zu dem anderen Fahrer auf, dem es merklich an Erfahrung mit manuellen Getrieben fehlte. Deshalb zuckelte er auf dem geschotterten Weg vor Declan her, der schließlich rechts ausscheren musste, um einen Auffahrunfall zu vermeiden, ihn überholte und ausbremste.

Declan stieg aus, ging um die Vorderseite seines Wagens und legte auf den Fahrer des anderen an.

»Nicht schießen«, bat dieser und hob die Hände vom Steuer hoch. »Nicht schießen.«

Kapitel 64

»Bitte töten Sie mich nicht«, flehte Lane Simard, nachdem Declan ihn aufgefordert hatte, das Auto zu verlassen. Sein Gesicht war schweißnass und ihm zitterten die Hände, deren Innenflächen er über seinem Kopf nach vorne hielt. »Ich habe Ihnen nichts getan.«

So gebannt, wie er seinen Verfolger anstarrte, als dieser die Fahrertür aufzog, konnte er nicht verbergen, dass er ihn erkannte. Der Mann stieg aus, und Declan sah, dass er unbewaffnet war, also nahm er die Pistole herunter.

»Ich will Sie nicht töten«, versicherte er, »aber das konnte man von diesen Typen nicht behaupten, die hinter Ihnen her waren.«

Nachdem er Simard nach etwaigen Waffen abgetastet hatte, schubste er ihn über den Schotter aufs Haus zu, wobei er mehrere Fuß Abstand wahrte für den Fall, dass sich der CIA-Veteran zu wehren versuchte. Auch wenn er seine Furcht wohl nicht heuchelte, war sich Declan sicher, dass er sich als Agent sehr gut auf Täuschungsmanöver verstand.

»Ich muss nach London«, drängte Simard, während er sich ein wenig zur Seite drehte. »Meine Angehörigen sollten hier sein, lassen aber auf sich warten. Ich muss mich vergewissern, dass ihnen nichts zugestoßen ist.«

Declan ging nicht darauf ein. Er wusste nicht so recht, was er sagen sollte. Mit Sorgen um Nahestehende kannte er sich hinlänglich aus, doch inwiefern Simard in dem Komplott gegen ihn eine Rolle spielte, würde darüber entscheiden, ob er dem Mann in seiner Ungewissheit Mitleid entgegenbrachte oder nicht. Er trieb ihn weiter bis zum Haus, wo Allardyce und Gordon mit Shane um die Ecke gekommen waren. Sie halfen ihm gerade auf dem Weg zur Tür.

»Lord Allardyce?«, merkte Simard auf, als er Notiz von den drei Männern nahm.

»Mr. Simard«, erwiderte Allardyce sichtlich ungehalten.

Der CIA-Chef blieb stehen und kehrte sich um, schaute zwischen Declan und dem Adligen hin und her. »Was ist hier los?«

»Die Fragen werden wir stellen, Mr. Simard«, stellte Allardyce klar. »Jetzt sehen Sie zu, dass Sie reinkommen.«

»Ich gehe nirgendwohin, bis jemand …«

Declan packte Simard bei den Schultern und schob ihn durch die Haustür. Der Amerikaner wollte sich entziehen und einen rechten Haken landen, wurde aber mühelos abgeblockt und kassierte einen Konter in Form einer Faust in der Magengrube. »Das ist dafür, dass Sie dabei geholfen haben, mich anzuschwärzen«, sagte Declan, während Simard nach Luft ringend in die Knie ging. »Von Ihren Antworten auf meine Fragen hängt ab, wie viele Schmerzen ich Ihnen noch zufügen werde.«

»Warum anschwärzen?«, hustete Simard. »Sie haben doch Dutzende ermordet!«

Declan zog ihn gewaltsam am Kragen hoch und schob ihn durch die Küche ins Wohnzimmer des Landsitzes, wo er ihn in einen Sessel niederdrückte. »Sie wissen genauso gut wie ich selbst, dass ich niemanden ermordet habe. Jetzt würde ich sagen, Sie packen aus, oder das, was die Scheißkerle mit Ihnen vorhatten, die hinterm Haus liegen, wird Ihnen vorkommen wie ein Spaziergang im Park!«

Allardyce lenkte ein: »Ruhig bleiben.« Gordon und er setzten Simard auf ein Sofa. »Möglicherweise hatte er gar nichts damit zu tun, Sie anzuschwärzen. Anträge beim Komitee werden nach einer strikten Regelung gestellt, an die er sich hielt. Ich kann nicht urteilen, wie man die Dinge auf der anderen Seite des Atlantiks handhabt, bin mir aber sicher, Mr. Simard wird uns darüber aufklären.«

»Ich kläre niemanden auf, bis ich nicht weiß, dass meine Familie unversehrt ist! Ich habe eine Frau und zwei Söhne, die aus London anreisen sollten!«

»Und meine Frau läuft schon seit einer Woche gemeinsam mit mir auf zwei Kontinenten vor Auftragskillern und Polizeibehörden davon!«, hielt Declan dagegen. »Dass ich Sie bedauere, kann ich bisher nicht sagen.«

»Bitte, bleiben wir alle besonnen«, raunte Allardyce, stellte sich zwischen die beiden und fing an, mit Blicken zwischen ihnen zu vermitteln. »Also, Mr. Simard, uns ist genauso an der Sicherheit Ihrer Familie gelegen wie Ihnen selbst. Wir haben nichts getan, um ihr Schaden zuzufügen, und würden nie daran denken. Warum atmen Sie nicht tief durch und erklären uns dann, was heute Abend hier geschehen sollte, aber anders gekommen ist?«

Simard stierte Declan einen Moment lang böse an. »Ich wollte hier Urlaub mit meiner Familie machen. Meine Frau sollte die Jungs nach ihrem wöchentlichen Fußballtraining mitbringen, sie sind aber nicht aufgetaucht.«

»Und von wem wurden Sie überfallen?«, fragte Allardyce.

»Weiß ich nicht. Ich sah die Scheinwerfer eines Autos in der Einfahrt und dachte, das seien die Drei, doch im nächsten Augenblick stürzte der Agent herein, der draußen postiert war, verfolgt von zwei fremden Männern, die ihn dann niedergeschossen haben. Ich bin mit einem anderen Agenten nach oben gelaufen, aber wir wurden schnell eingeholt. Die Fremden töteten ihn und brachten mich dort hinüber.« Simard verwies nickend auf die Essnische. »Gerade als sie auch mich erschießen wollten, hielt draußen ein Auto. Das lenkte sie ab, also nutzte ich die Gelegenheit zur Flucht.«

»Das waren wir«, schlussfolgerte Allardyce und sah Declan an. »So sind wir wohl keine Minute zu spät gekommen. Was geschah dann?«

»Ich nahm die Tür in den Garten, und die beiden stürzten hinterher, doch ich konnte sie abhängen, indem ich hinter der Hecke um den Pferdestall zurück zum Haus lief. Als ich davonfahren wollte, wurde ich von diesem elenden Terroristen aufgehalten.«

»Er ist kein Terrorist – nicht mehr jedenfalls«, widersprach der Lord. »Wenn man Sie so erzählen hört, stellt man fest, dass Sie beide vieles gemein haben: Auch ihm haben in den letzten Tagen wiederholt angeheuerte Mörder aufgelauert, aber zum Glück half ihm seine Lebenserfahrung dabei, sich zu retten. Sie wollen mir also weiszumachen, Sie hätten keine Ahnung, wer diese Männer waren und von wem sie auf Sie angesetzt worden sein könnten? Die seien einfach so hier eingefallen und auf Sie losgegangen – in einem Haus, das nicht Ihnen gehört und wo niemand wissentlich nach Ihnen hätte suchen können?«

Simard schwieg, wobei sein Blick fahrig am Boden umherschweifte, während er den ganzen Sachverhalt überdachte.

»Kemiss«, sagte er schließlich. »Dieser Dreckskerl.«

»Wer ist Kemiss?«, wollte Declan wissen.

Simard hob den Kopf. »David Kemiss, ein US-Senator, der auch zum Geheimdienstausschuss gehört.«

»Jesus«, stöhnte Shane auf dem Sofa, wo Gordon gerade versuchte, die Blutung der Schusswunde über seinem Knie zu stoppen. »Ein beschissener Politiker?«

»Er rief mich heute Nachmittag an und erzählte, er hätte ein Geschenk für mich an meine Londoner Adresse geschickt, ein Dankeschön für die Informationen über Sie. Dann bat er darum, es hierher umleiten zu dürfen, und wenige Stunden später kreuzten diese Kerle auf. Dieser Hund … er wollte mich ausschalten lassen.«

»Also hetzte er die Männer auf Sie, weil Sie ihn kennen und aussagen könnten, dass er wegen der Informationen von der Regierung Ihrer Majestät direkt an Sie herantrat?«, argwöhnte Allardyce. »Informationen, die er dann der Presse zuspielte.«

Simard nickte. »Ja. Wir trafen uns diese Woche schon wegen des Antrags, während ich beruflich in Washington zu tun hatte. Ohne triftigen Grund sagt man in meiner Position niemandem ab, der in einem Geheimdienstausschuss sitzt. Er meinte, jemand aus dem FBI-Büro in Richmond habe ihn darum gebeten.«

»Dort arbeitete Castellano«, erinnerte sich Declan. »Er war der leitende Ermittler, der mich Baktayews Männern ausliefern wollte, nachdem er vorgegeben hatte, mich in ein anderes Gefängnis zu bringen.«

»Derselbe, der Sie der Morde bezichtigte?«, fragte Allardyce.

Declan bestätigte. »Er wurde bei dem Hinterhalt erschossen. Ich versuchte, sein Leben zu retten, schaffte es aber nicht. Er starb hinter einem Müllcontainer, wo wir in Deckung gegangen waren.«

»Warum sollte ein amtierender Politiker der Vereinigten Staaten einen russischen Terroristen dabei unterstützen wollen, eine Gräueltat in ebendiesen Vereinigten Staaten zu begehen?«, sann der Lord ins Leere starrend, ohne konkret jemanden anzusprechen.

»Die Frage müssen wir wohl ihm selbst stellen«, sagte Declan.

Simard schlug einen flehenden Ton an: »Bitte, ich muss sichergehen, dass meiner Familie nichts passiert ist!«

»Besorgen Sie dem Mann ein Telefon«, verlangte Allardyce. »Er hat es verdient.«

Kapitel 65

»Es geht ihnen gut«, sagte Simard, nachdem er den Anruf beendet hatte. Seine Stimme brach beim Sprechen. »Sie sind nie in London losgefahren. Der Jüngste hatte während des Trainings einen Asthmaanfall. Meine Frau war mit ihm beim Arzt, und sie versuchten die ganze Zeit, mich zu erreichen. Gott sei Dank, ihnen ist nichts passiert.«

Declan, Allardyce, Gordon und Shane saßen am Esszimmertisch. Sie nahmen die Nachricht nickend zur Kenntnis.

»Ich war fest davon überzeugt, dass diese Typen auch bei uns zu Hause angerückt waren und meine Familie umgebracht hatten«, fuhr Simard fort, als er sich zu den anderen setzte. Er gab Shane das Telefon zurück. »So will ich mich nie wieder fühlen müssen.«

»Sich gezwungen sehen, alles zu opfern, um sie zu retten«, entgegnete Declan. »Alle Fehler wiedergutzumachen, die man im Leben begangen hat, und jedes noch so schreckliche Schicksal erdulden, damit sie weiterleben können … Ich kenne dieses Gefühl.«

Simard bewegte den Kopf vor und zurück, während er seine auf dem Tisch gefalteten Hände betrachtete, als bedürften sie einer eingehenden Begutachtung. »Ich, äh … ich wusste nichts davon, wie es Ihnen erging. Tut mir leid.«

Declan nickte, obwohl ihn die Worte kaum trösteten.

»Was ich gerade erlebt habe, wünsche ich wirklich niemandem«, bekräftigte Simard. »Eines verstehe ich allerdings nicht: Mir wurde gesagt, Sie wären ein Terrorist und hätten das Attentat auf Kafni unter Zuhilfenahme Ihres Einflusses als ehemaliges Mitglied seiner Leibgarde organisiert. Jetzt hingegen höre ich von allen Seiten, dass es sich dabei um eine Lüge handelt.«

Und wieder nickten alle am Tisch. Allardyce ergriff das Wort:

»Eine unerhörte Lüge, wie es aussieht, und ich bedaure, selbst einen Teil dazu beigetragen zu haben, dass sie verbreitet wurde. Hätte Mr. McIver nicht den Schneid besessen, sich an mich zu wenden und die Situation zu schildern – trotz größter Gefahr, der er sich dabei aussetzte –, wäre er mittlerweile tot, fürchte ich, und unsere amerikanischen Freunde könnten nie erfahren, was Ihnen Entsetzliches bevorsteht.«

»Noch wissen Sie es nicht«, bemerkte Declan.

»Das ist richtig«, gab Allardyce mit schmerzlicher Miene zu.

Simard schaute einem nach dem anderen ins Gesicht, als erwarte er eine Erklärung. Da niemand reagierte, sagte er: »Verzeihung, aber warum glauben Sie alle so sicher, das sei wahr? Ich kenne die Akten, die der Security Service zu diesem Mann angelegt hat. Die Liste seiner terroristischen Vergehen ist doch ellenlang!«

»Hätten Sie sich die Mühe gemacht, diese Akten durchzulesen«, entgegnete Shane, »wüssten Sie, dass Declan streng genommen nie wegen irgendetwas verurteilt oder überhaupt festgenommen wurde! War er in den Konflikt in Nordirland verwickelt? Jawohl, genauso wie ich und die Mehrheit der Bevölkerung dort. Das sind schreckliche Zeiten gewesen, die man nicht annähernd begreifen kann, wenn man sie nicht miterlebt hat.«

»Shane, ist gut jetzt, das reicht«, unterbrach Declan mit erhobenen Händen. »Er stellt die gleichen Fragen, die dir und auch mir selbst auf den Lippen brennen würden, wenn wir gerade jemanden wie mich unter diesen Umständen kennengelernt hätten.«

Shane gestand ihm abwinkend zu, dass er recht hatte, meinte aber noch: »Declan hat seine Waffe nie gegen jemanden erhoben, der kein irrer Räuber, Vergewaltiger oder Mörder war.«

Damit gab sich Simard nicht zufrieden. »Bleibt noch diese Black-Shuck-Sache: Ein geplanter Anschlag auf London, um die Infrastruktur der Stadt zu zerstören, ihre Regierenden zu ermorden oder zu entführen und die gesamte britische Gesellschaft ins Unheil zu stürzen?«

»Diese Black-Shuck-Sache«, wiederholte Shane, »beruhte auf einer anberaumten Operation, die nie stattfand, größtenteils wegen Declan McIver, der seine Meinung änderte und dazu beitrug, sie zu verhindern, bevor wir alle kopfüber in einen sehr tiefen Abgrund gefallen und mit Nordirland in einen Strudel der Gewalt geraten wären, von dem es sich niemals erholt hätte.«

»Genug«, rief Allardyce mit einem Faustschlag auf den Tisch. »Wir alle mögen verständlicherweise an gewissen Ereignissen im Laufe von Mr. McIvers Leben Anstoß nehmen, doch der Punkt ist: Sie liegen sehr weit zurück und haben sich unter äußerst fragwürdigen Umständen zugetragen. Als britischer Regierungsbeamter in Nordirland zu jener Zeit kann ich zudem unverblümt zugeben, dass wir selbst auch nicht immer ein Ausbund von Tugendhaftigkeit waren, obwohl wir uns so darstellten. Das Hier und Jetzt – darum geht es im Augenblick. Mein Land wurde unter Vorspieglung falscher Tatsachen als Quelle für Informationen über diesen Mann ausgenutzt, damit ihm dieser Senator Kemiss in den Medien übel nachreden und ihn wie einen tollwütigen Hund jagen lassen konnte. Allein der Umstand, dass Ihnen Kemiss Killer auf den Hals hetzte, Mr. Simard, sollte als Beweis dafür genügen, dass Declan McIvers Ausführungen der Wahrheit entsprechen. Er wurde mehrerer Verbrechen bezichtigt, die er nicht begangen hat, denn so möchte man verschleiern, was Kemiss und seine Komplizen – wer auch immer sie sein mögen – wirklich bezwecken. Das stimmt doch, oder?«

Der CIA-Chef nickte.

»Gut, dann brechen wir diese Diskussion ab und beratschlagen, was wir in dieser verfahrenen Angelegenheit unternehmen sollen. Irgendwie muss man die Amerikaner darauf stoßen, dass Kemiss diesen Tschetschenen, Ruslan Baktayew, dazu einsetzt, einen verabscheuungswürdigen Terrorakt zu begehen, der den 11. September 2001 und die Londoner Bombenanschläge 2005 wie Aufwärmübungen wirken lässt.«

»Bei allem gebührenden Respekt, Lord Allardyce«, wandte Simard ein. »David Kemiss ist ein bewanderter und berechnender

Politprofi. Ich garantiere Ihnen, dass er seine Spuren äußerst gründlich verwischt hat. Selbst mit Ihrem starken Einfluss aufs politische Geschehen als Mitglied des House Of Lords werden Sie niemanden aus der amerikanischen Regierung davon überzeugen, dass ein Mann die Wahrheit sagt, der als Terrorist gilt – und sei es auch nur im Auge der Öffentlichkeit –, solange keine ordentlichen Ermittlungen stattgefunden haben … für die keine Zeit bleibt, wie Sie alle betonen.«

»Nein, wir haben keine Zeit«, meinte Declan. »Baktayew könnte jeden Augenblick von der Kette gelassen werden. Genau genommen wurde er das nur deshalb noch nicht, weil sich Kemiss bis zuletzt bemüht hat, vorab noch alle bestehenden Hindernisse zu beseitigen.« Er zeigte mit einem Daumen auf sich selbst und dann auf Simard.

»Dann müssen wir uns selbst darum kümmern«, schlug Shane vor, wobei er mit einer Kopfbewegung auf Declan verwies. »Genau so, wie wir es vor Jahren bei *Wympel* gelernt haben: Schwachpunkte finden und Druck darauf ausüben. Treiben wir ihn dazu, ein Geständnis darüber abzulegen. Heizen wir ihm derart ein, dass er alle anderen Beteiligten anschwärzt, und schieben dem Plan einen Riegel vor, bevor sie ihn umsetzen.«

»Ich will kein Spielverderber sein«, merkte Simard an, »doch auch, falls es Ihnen gelingt, ihn zu einem Geständnis zu nötigen, wird man trotzdem Ermittlungen anstellen müssen, bevor irgendjemand in den USA einen Finger rührt. Geständnisse unter Zwang jeglicher Art sind vor Gericht unzulässig und werden die Regierung nicht zum Handeln bewegen, zumal es darum geht, einem altbewährten Mitstreiter aus ihrem eigenen exklusiven Kader zu diffamieren.«

»Das stimmt«, räumte Declan ein, »aber Politiker fürchten nichts so sehr wie Skandale.«

»Exakt. Wir müssen uns die Öffentlichkeit zunutze machen, auf deren Bedeutung Sie eben hingewiesen haben, Mr. Simard«, sagte Allardyce. »Man schneide das Geständnis mit, lasse es den Medien beziehungsweise jedermann zukommen, der es weiterverbreiten will, und hoffe dann, dass es den Betroffenen einen solchen Schock versetzt, dass sie die ganze Sache abblasen. Geschieht dann genau die Untat, derer Planung man sie bezichtigt, wird es umso schwieriger für sie, sich zu rechtfertigen. Käme ein solches Bekenntnis ans Tageslicht, wären ihnen unweigerlich alle Wege verbaut.«

»Was Baktayew aber nicht zwangsläufig aufhalten wird«, gab Declan zu bedenken. »Wir gehen davon aus, dass er nur im Auftrag dieser Personen handelt, doch das bezweifle ich. Er ist ein Tier. Eigentlich wundert es mich, dass sie ihn schon so lange unter Kontrolle halten können.«

»Einen besseren Ansatz finden wir nicht«, behauptete Allardyce. »Und selbst wenn der Plan gelingt – Gott behüte –, wird man die Verantwortlichen wenigstens ausfindig machen, vor eine Jury stellen und zur Rechenschaft ziehen. Ich gebe Ihnen Brief und Siegel darauf, dass ein US-Senator keine Unschuldigen tötet, um Allah zu ehren oder Freiheit für Tschetschenien zu gewährleisten.«

Alle am Tisch bekundeten ihre Zustimmung.

»Wunderbar«, sprach der Adlige weiter. »Also, wie verfahren wir nun mit David Kemiss?«

Kapitel 66

»Tja, dieses Ding werden wir wohl nicht gemeinsam drehen«, seufzte Shane, als er mit Declan allein in der Esszimmernische saß. Shane hielt sein Bein knapp oberhalb der Stelle fest, wo eine Kugel durchs Fleisch gegangen war und die Kniescheibe nur um ein Haar verfehlt, ihn aber wie vom Schützen beabsichtigt zu Fall gebracht hatte. Das Hosenbein war am Oberschenkelansatz abgeschnitten worden, weil sein Freund die Wunde desinfiziert und mit Mull aus dem Badezimmer des Landhauses verbunden hatte.

Declan nickte. »Nein, das nicht, aber du kannst bestimmt schon bald wieder mitmischen.«

»Ich will dieses Schwein bluten sehen, Dec. Ich möchte dabei sein, wenn er sich vor Schmerzen windet und seine tiefsten Geheimnisse preisgibt. Typen wie der sind es, die Schuld am Übel dieser Welt tragen, findest du nicht auch? Seinesgleichen sind der Grund dafür, dass wir Kriege führen und Unschuldige sterben müssen, jawohl.«

»Ich mache ein Foto von ihm für dich, aber zuerst müssen wir ihn schnappen.« Declan konnte Shanes Gedanken und Empfindungen nachvollziehen, denn er selbst hatte mit der gleichen Einstellung beschlossen, denjenigen zu trotzen, die ihn beseitigen wollten, statt davonzulaufen und sich zu verstecken. Viele Menschen aus ihrem Umfeld waren inmitten von Korruption und politischen Winkelzügen zerrieben worden. »Es wäre schon schwierig genug, wenn wir ein paar Wochen hätten, um zu planen; innerhalb des kurzen Zeitfensters, das wir wirklich haben, wird es beinahe unmöglich.«

»Ich weiß, aber wenn einer dazu imstande ist, dann du. So war es schon immer. Weißt du noch, wie du mich aus diesem fiesen Sumpf gezogen hast, nachdem uns die Russen mitten im Nirgendwo ausgesetzt hatten? Du bist auf die Bretterbude gestoßen, hast mich dorthin geschleift und es geschafft, uns ein Dutzend bewaffneter Salafisten mit einer Makarow vom Leib zu halten. Ohne dich wäre ich nie nach Irland zurückgekehrt. Du bekommst das hin.«

Declan lächelte. »Wirst du immer so gefühlsduselig, nachdem du dir eine Schusswunde zugezogen hast?«

»Ach, leck mich doch«, blaffte Shane, während er rot im Gesicht wurde. »Damals hat mich niemand angeschossen.«

»Nein, du bist in einem Loch gestolpert und ...«

»Entschuldigung«, unterbrach Lane Simard, »aber ich habe etwas gefunden, das Sie sicherlich interessieren wird.«

Declan nickte und stand auf. Shane blieb sitzen. »Hey, Dec«, merkte er noch auf, bevor sein Freund den Esszimmerbereich verließ. »Danke, Mann.«

»Kein Thema«, entgegnete Declan. Auf dem Weg die schmale Treppe hinauf zu dem Büroraum fragte er Simard: »Was genau haben Sie gefunden?«

»Kemiss schien penibel darauf geachtet zu haben, nicht zu viel von seinem Privatleben offenzulegen, aber das hier fiel mir in die Hände.« Der Amerikaner setzte sich vor einen Computer auf einem Eichentisch und bewegte die Maus, woraufhin der laufende Bildschirmschoner ausblendete und eine Webseite auf dem Monitor erschien.

»Das ist ein aktueller Artikel über ihn. Bisher gab es nur wenige Informationen, die über seine politische Laufbahn hinausreichten, doch seine letzte Amtszeit war anscheinend ausgesprochen ungemütlich, weshalb er sich gezwungen sah, mehr von seiner Person publik zu machen, um sein Amt behalten zu können; damit wollte er sich vermutlich nahbarer zeigen oder so etwas in der Art. Im Original stammt der Text aus einem Lifestylemagazin für Männer.«

Declan betrachtete das Foto über dem Titel des Artikels. Darauf saß ein älterer Mann, dessen grauer Haaransatz zurückwich, auf einem Zaun vor einer großen Villa nach georgianischer Art.

Er trug eine Brille mit dünner Fassung sowie einen dunkelroten Pullunder über einem hellblauen Hemd mit geknöpften Kragenspitzen und schaute verbissen freundlich drein. Declan wusste nicht so recht, ob es daran lag, was er kürzlich über Kemiss erfahren hatte, oder auch Einbildung war, aber in jedem Fall wohnte dem Blick des Senators eine majestätische Kälte inne, die sich nicht verbergen ließ, trotz seiner offensichtlichen Anstrengungen.

»Dort steht, dass seine Familie seit zwei Generationen auf einem alten Weingut im Wohnbezirk Graemont in Virginia wohnt. Nicht weit nördlich von Charlottesville. Das im Hintergrund des Fotos ist ihr Haus, und hier sehen Sie es auf Google Earth.« Simard klickte von dem Fenster mit dem Text auf ein anderes, das ein Satellitenbild zeigte. »Die Gesamtfläche beläuft sich auf fast 100 Morgen und ist an drei Seiten von Wald umgeben. Der nächste Nachbar wohnt eine Meile entfernt. Dies ist im Grunde der einzige Ort, wo wir ihn abfangen können. Zu versuchen, ihn in D.C. zur Rede zu stellen, wäre zwecklos.«

»Verstehe«, bemerkte Declan, während er sich das Bild anschaute.

»Da wäre noch etwas, von dem ich hoffe, dass es sich nicht nur um eine Lüge anlässlich der Wahl zu der Zeit handelte: Der Autor berichtet, dass Kemiss einmal pro Woche auf einen traditionellen Familienabend bestehe, den er auch nie versäumt. Immer sonntags. Ich will keine Garantie geben, doch wenn das stimmt, hält er sich morgen Abend in dem Haus auf.«

»Womit unsere Zeit knapp bemessen wäre«, ergänzte Declan mit einem Blick auf die Uhr unten rechts auf dem Bildschirm.

»«Zeit wozu?«, bemerkte Allardyce, der nun in der Tür des Büros stand.

Simard klärte ihn auf.

»Länger dürfen wir einfach nicht warten, weil wir nicht mehr Zeit bekommen werden«, meinte Allardyce. »Davon abgesehen schaffen Sie das niemals allein. Falls Sie sich überhaupt Erfolgschancen ausrechnen wollen, werden Sie Hilfe benötigen. Die kann ich Ihnen aus naheliegenden Gründen lediglich aus dem Hintergrund geben, Tom ebenfalls, und Shane wird wegen seines Knies eine ganze Weile außer Gefecht gesetzt sein. Was ist mit den Männern, die Ihre Frau in ihre Obhut genommen haben, könnten die sich einbringen?«

Declan schüttelte den Kopf. »Nein, ich werde sie nicht hineinziehen und Constance dabei gefährden. Sie befindet sich in Sicherheit, dort wo sie ist, und ich möchte, dass das so bleibt.«

»Dann täten Sie gut daran, noch irgendwo ein paar treue Freunde zu wissen. Ich pflege Kontakte zum Militär und den Nachrichtendiensten, kenne aber kaum jemanden, der in der Lage wäre, uns kurzfristig bei einer Angelegenheit wie dieser zu unterstützen, ohne allzu viele Fragen zu stellen.«

»Mir fallen nur zwei Personen ein, doch momentan zweifle ich daran, dass es klappen wird. Ich habe im Lauf der Woche immer wieder versucht, sie zu verständigen, allerdings vergeblich. Ich brauche ein Telefon.«

Declan nahm das Handy, welches der Lord aus einer seiner Taschen zog. Nun wagte er den fünften Anlauf, um Okan Osman und Altair Nazari zu erreichen, die beiden einzigen Männer, die der Situation in seinen Augen gewachsen waren. Allardyce hatte recht: Er brauchte Hilfe, da er die Wohnung eines aktiven Politikers, für dessen körperliche Unversehrtheit wahrscheinlich auf die eine oder andere Weise gesorgt wurde, nicht im Alleingang stürmen konnte.

Er wählte Osmans Nummer und wartete, während es klingelte.

»Hallo?«

Er brachte zunächst kein Wort heraus, als er die Stimme des Israelis hörte.

»Osman, ich bin es, Declan.«

»Declan! Wo steckst du? Wir versuchen schon seit Tagen, dich anzurufen!«

»Ich hatte ziemlich viel zu erledigen.«

»Ja, ich hörte davon. Was ist los, wo hältst du dich gerade auf?«

»In England, aber mehr möchte ich im Augenblick lieber nicht sagen.«

»Verstehe. Ist es sicher, wo du bist? Wie geht es Constance?«

»Uns beiden geht es gut. Wo bist du?«

»In Roanoke. Wie gesagt, wir versuchen seit Tagen, uns mit dir in Verbindung zu setzen. Nazari nahm die erste verfügbare Maschine, als die Berichte zu uns durchsickerten.«

»Ich brauche eure Hilfe.«

»Sag schon.«

Ohne mehr Einzelheiten herauszugeben als nötig, schilderte er Osman alles, was gesehen war, seit er an einem früheren Wochentag die letzte Nachricht für ihn hinterlassen hatte.

»Und du bist dir sicher, dass Kemiss hinter alledem steckt? Ich habe ihn einmal kurz getroffen, Abidan kannte ihn besser. Ein solcher Verrat wäre unglaublich.«

»Das ist er«, betonte Declan. »Heute Abend sandte er Männer, um einen CIA-Direktor aus dem Weg zu räumen, der ihm dabei geholfen hatte, die Akten der britischen Regierung über meine Vergangenheit zu besorgen. Wir konnten in letzter Sekunde einschreiten.«

»Dann muss er aufgehalten werden. Wie lautet dein Plan?«

»Wir wollen ihn zu einem Geständnis zwingen. Um ihm einen Besuch abzustatten, brauchen wir Waffen und Ausrüstung. Ihn irgendwie beobachten zu können wäre großartig, falls dir da was einfällt. Und wenn wir sein Geständnis haben, werden wir jemanden finden müssen, der sich auf dem politischen Parkett bestens auskennt, damit die Aufnahme in die richtigen Hände gerät. Ich dachte da an Asher Harel.«

»Ihn zu fragen, erübrigt sich«, entgegnete Osman. »Er weiß Bescheid. Wir haben Israel unter seiner Weisung verlassen. Er stellte uns eine Mannschaft aus der Botschaft zur Seite, um dich aufzuspüren. An deine Schuld glaubt er genauso wenig wie ich.«

Declan musste unwillkürlich schmunzeln. David Kemiss würde bald ins Straucheln geraten … und äußerst unsanft stürzen.

Kapitel 67

11:19 Uhr, Eastern Standard Time – Sonntag, Flughafen Charlottesville-Albemarle, Charlottesville, Virginia

Die beiden Honeywell-Mantelstromtriebwerke brausten laut auf, als die gemietete Hawker 800XPR auf dem Rollfeld aufsetzte. Ihr Heulen fiel zu einem gleichmäßigen Dröhnen ab, während die Mittelklassemaschine auf der einzigen Landebahn des Flughafens nach Norden fuhr, wo man den Privathangar für die Ankunft von Lord Dennis Allardyce hergerichtet hatte. Sobald es drinnen war, zog man die Torflügel des Gebäudes zu, damit die Insassen des Flugzeugs in aller Ruhe aussteigen konnten.

»Es war mir eine Ehre, Sie an Bord zu haben, Sir«, sagte der Kapitän beim Verlassen des Cockpits und bot dem Lord seine rechte Hand an. »Bitte ziehen Sie Jet Plus in Betracht, wann immer Sie in Zukunft eine Flugreise antreten müssen.«

Die Faszination, die der Adel auf den britischen Durchschnittsbürger ausübte, verblüffte Declan immer wieder aufs Neue. Er stand als einer von zwei vorgeblichen Leibwächtern hinter Allardyce. In seiner schwarzen Kleidung mit Mütze, deren langer Schirm seine Züge verdeckte, nickte er dem Piloten und dessen Assistenten zu. Er hatte der Idee, einen Privatjet zu chartern, um in die Vereinigten Staaten zurückzukehren, skeptisch gegenübergestanden, aber letztendlich dem Argument des Aristokraten nachgegeben, dass niemand damit rechnen würde, dass er mit einem britischen Edelmann verkehrte.

»Das werde ich ganz bestimmt, Captain«, versicherte Allardyce, während er die Hand des Mannes kurz schüttelte, und dann auf die Gangway trat. Die Besatzungsmitglieder strahlten, als Allardyce und seine Begleiter die Stufen hinabgingen. Am Boden stiegen sie in die schwarze Limousine, die auf sie wartete.

»Geschafft«, schnaufte der Lord, während Declan die Tür zumachte und seine Mütze abnahm. »Das ging ja reibungslos.«

Declan nickte. »Ja, und jetzt müssen wir nur noch so lange unbemerkt bleiben, bis wir Kemiss dorthin bekommen, wo wir ihn haben wollen.«

»Das dürfte wohl das eigentlich Schwierige werden«, erwiderte Gordon. »Wie genau sieht unser Plan aus?«

Allardyce hielt eine Hand hoch. »Darüber wollen wir nicht sprechen, Tom.«

Der Sicherheitsmann nickte, und ihr Fahrer lenkte die Limousine durch ein kleineres Doppeltor an der Hinterseite des Hangars auf eine zweispurige Straße, die vom Flughafengelände wegführte. An einem Kreisel vor dem Haupttterminal bogen sie nach Osten ab. Durch die getönten Scheiben sah Declan 24-Stunden-Apotheken, Fast-Food-Restaurants und Autohäuser vorbeiziehen – ein unverkennbar amerikanischer Anblick.

Nachdem sie auf der Hauptverkehrsstraße nach Süden in Richtung Charlottesville abgefahren waren, meldete sich der Fahrer über die Sprechanlage des Wagens: »Wir nähern uns der Adresse, die Sie angegeben haben, Sir. Es ist ein Mietlager. Sind Sie sicher, dass Sie dorthin möchten?«

»Ja«, antwortete Allardyce. »Wir setzen einen meiner Leibwächter dort ab und führen unseren Weg dann zu der zweiten Adresse fort, die ich nannte.«

»Gut, Sir«, erwiderte der Mann und nahm eine befestigte Einfahrt, die einen Hügel hinaufführte, wo ein altes Haus vor einem hohen Maschendrahtzaun stand.

Das automatische Tor verfügte über ein elektronisches Zahlenschloss, und hinter dem Zaun machte Declan mehrere Reihen von Metallverschlägen aus, den Lagergebäuden. Bevor er die Wagentür öffnete, setzte er seine schwarze Mütze wieder auf und zog sie sich ins Gesicht.

»Danke sehr«, sagte er über seine Schulter hinweg zu Allardyce.

»Bringen Sie einfach nur diesen Schurken zur Strecke und beenden Sie diesen Wahnsinn.«

»Was tun Sie in der Zwischenzeit?«

»Ich bewunderte von jeher Thomas Jefferson, der in dieser Gegend, soweit ich weiß, deutliche Spuren hinterlassen hat. Wir werden in der Nähe sein, wenn Sie uns brauchen.«

Declan schloss die Tür und ging zu dem Torpaneel, während die Limousine zurücksetzte und wendete. Nachdem er einen Zettel aus der Tasche gezogen hatte, tippte er den Nummerncode ein, den er erhalten hatte, und wartete, bis sich das Tor zur Seite bewegte. Er ging an den Lagerhallen vorbei zum hinteren Bereich des Areals, wo er fand, wonach er suchte: Vor einem Eckgebäude stand ein schwarzer Ford Explorer.

Er öffnete die kleinere der beiden Türen des Lagers und trat ein.

»Höchste Zeit, dass du kommst«, grüßte Okan Osman mit verschlagenem Grinsen, der gerade dabei war, ein AR-15-Gewehr zu polieren. »Wir dachten schon, du hättest vielleicht beschlossen, dich zu ergeben und uns damit den Spaß vorzuenthalten.«

Der Israeli stand mit seinem Landsmann Altair Nazari vor einer Werkbank, die eine Wand des schummrig beleuchteten Lagerraumes einnahm. Vor ihnen lag ein kleines Arsenal an Waffen und Hunderten Patronen.

»Alles vorhanden«, sagte Nazari, während er eine MP5-Maschinenpistole zur Hand nahm, um sie mit einem Tuch abzustauben. »Brauchen wir wirklich dieses ganze Zeug, nur um in ein Haus reinzukommen?«

Declan verneinte, trat vor den Tisch und betrachtete ihre Ausrüstung. »Diese Sachen brauchen wir nicht zum Stürmen des Hauses, sondern danach.«

Osman und Nazari schauten einander stirnrunzelnd an. »Ich dachte, dieser Senator Kemiss wäre der große Macher hinter alledem. Halten wir ihn auf, kommt die ganze Sache zum Erliegen, und wir finden heraus, wer Abidan wirklich umgebracht hat, richtig?«

»Ja, aber bedauerlicherweise können wir uns nicht darauf verlassen, dass die Amerikaner Baktayew zur Strecke bringen, bevor sie Kemiss den Prozess gemacht haben, was lange dauern wird. Sobald er sich zu der Operation bekannt hat, die auf seinem Mist gewachsen ist, muss immer noch jemand sicherstellen, dass der Tschetschene und seine Bande nicht ungehindert weitermachen. Sie brauchten weder Kemiss noch sonst jemanden, um die Geiselnahme in Beslan zu planen, also wird das hier nicht anders sein. Ich lege es bestimmt nicht auf eine Schießerei an, aber wir müssen mit allem rechnen. Wie weit ist es bis zum Haus?«

»Wird nicht lange dauern«, gab Nazari an. »Wir sind schon ein paarmal vorbeigefahren. Von der Straße aus kann man nicht viel sehen, aber es ist die richtige Adresse. Im Wald in der Nähe haben wir drei Männer postiert, um das Grundstück zu überwachen, und zwei weitere beschatten Kemiss selbst.«

»Und wir können ihnen allen vertrauen?«

»Selbstverständlich«, beteuerte Osman. »Sie arbeiten für den Mossad und sind hier in Amerika stationiert, um Informationen zu sammeln beziehungsweise zu streuen, womit sie einen Teil unseres weltweiten Netzwerkes von *Sayanim* ausmachen.«

»Die US-Regierung weiß auch nicht, dass sie hier sind?«

»Das würde ich jetzt nicht behaupten. Ich bin mir sicher, dass die Amerikaner davon ausgehen, dass diese Männer womöglich zum Mossad gehören, doch das ist eines dieser Dinge, über die niemand spricht. Das Gleiche gilt für US-Agenten in Israel, von denen es ebenfalls einige gibt. Wirklich wichtig ist: Niemand weiß, dass sie sich momentan in den Bäumen 100 Yards vor der Hintertür des Senators verstecken und uns Bericht über jede Bewegung auf dem Grundstück erstatten.«

Das bewegte Declan zu einem Lächeln. Er hatte sich darüber gefreut, dass Asher Harel so umsichtig gewesen war, Osman und Nazari ein halbes Dutzend Helfer zur Verfügung zu stellen, und zwar persönliche Bekannte von Abidan Kafni, und somit ausnahmslos Männer, die sich emotional einbringen würden, um dafür zu sorgen, dass ihre Aktion erfolgreich war.

»Also, was genau schwebt dir vor, um diesen Typen zum Singen zu bringen?«, fragte Osman.

»Konntet ihr die anderen Sachen besorgen, um die ich gebeten hatte?«

Nazari zeigte auf eine Werkzeugtasche aus Nylon und mehrere andere Gegenstände neben der Tür. »Frisch aus dem Baumarktregal.«

»Prima. Seht zu, dass alles in den Wagen kommt und bis zum Abend bereit ist. Ich muss noch ein paar Anrufe machen«, sagte Declan auf dem Weg zur Tür. Als er sie geöffnet hatte, ergänzte er: »Da der Kerl meint, unschuldige Kinder in Gefahr bringen zu müssen, wollen wir mal sehen, wie er es findet, wenn jemand seine eigenen bedroht.«

Kapitel 68

18:42 Uhr, Eastern Standard Time – Sonntag, Industriepark Van Deman, Dundalk, Maryland

»Ihr dürft mich nicht einfach hier einsperren«, rief Scharpuddin. »Albek! Er wird mich umbringen. Das könnt ihr nicht machen!«

Die Tür der schmutzigen Toilette ging ein paar Zoll weit auf, sodass ein senkrechter Lichtstreif einfiel. Dann trat ein Schatten davor, und ein bärtiges Gesicht erschien im Spalt. »Still, Junge.« Daraufhin wurde wieder geschlossen, und erneut herrschte völlige Finsternis im Raum.

Scharpuddin zerrte an seinen Fesseln, doch seine Handgelenke waren bereits wund, nachdem er zu lange daran gerieben hatte. Mit verkniffenem Mund gab er auf. Wie spät war es, und welches Datum überhaupt? Die einzigen Personen, die er seit Tagen – so lange kam es ihm zumindest vor – gesehen hatte, waren die Männer, die hereinkamen, um das Klo neben ihm zu benutzen, wobei ihm viele den Rücken zukehrten, während sie urinierten. Er hatte versucht, das Gebäude zu verlassen, als Abu Tabak und seine rechte Hand weggefahren waren, aber lediglich seinen Verdacht bestätigt gesehen, dass niemand es zuließ, ihn gehen zu lassen.

»Albek! Hilf mir! Er wird mich um…«

Plötzlich flog die Toilettentür mit einem Knall auf, und Scharpuddin musste die Augen zukneifen, weil das Licht von draußen grell hereindrang. »Halt dein Maul, Junge!«, hörte er jemanden grollen, während er an der Kehle gepackt und mit dem Hinterkopf gegen das Waschbecken gestoßen wurde, an dessen Abflussrohr er gekettet war.

»Komm wieder runter, Anzor«, brummte jemand vom Eingang. Als Scharpuddin die Augen öffnete und blinzelte, sah er in der Tür Abu Tabak stehen, der lässig ein Bowiemesser mit gezackter Klinge in der Hand hielt.

»Stich mich nicht ab, Abu! Töte mich nicht, General! Ich werde keinen Ärger machen, ich schwöre!« Scharpuddin bettelte um sein Leben, obwohl er sich nicht viel davon erhoffte. Er war während ihrer Zeit in Tschetschenien mehrmals Zeuge von Tabaks Hinrichtungen geworden. Einmal hatte der Kerl sich sogar Zeit genommen, um getötete russische Soldaten zu enthaupten und die Köpfe zwischen ihre Beine zu legen – eine finale Erniedrigung und Warnung an jene, die auf den grauenerregenden Tatort stoßen sollten. Seinerzeit hatte Scharpuddin die Tat bejubelt – schließlich waren es ausländische Kämpfer gewesen, die tschetschenisches Land hatten erobern wollen –, doch im Nachhinein betrachtet wäre es doch besser nie geschehen. Er wünschte sich, gar nicht dort gewesen zu sein.

»Vacha ist schon tot, lasst mich frei. Ich will ihn würdevoll begraben. Legt die Leiche in seinen Kofferraum, dann bringe ich ihn nach Hause. Bis jemand herausfindet, dass ich hier war, habt ihr eure Pläne umgesetzt. Ich werde euch nicht in die Quere kommen, ehrlich.«

»Wir sollten diesen verräterischen Hund abmurksen!«, knurrte Anzor, der neben Baktayew stand, und spuckte Scharpuddin an.

»Nein«, entgegnete der Anführer. »Ich brauche ihn für etwas anderes.« Er bückte sich und hielt dem jungen Mann die Klinge des Messers an den Hals. »Du wirst in der Welt verbreiten, dass die tapferen Diener Allahs kurz davorstehen, ihre Leben für Gott und Land zu opfern.« Dann drehte er den Kopf. »Albek?«

Der Mann mit dem dichten Bart, der Scharpuddin die ganze Zeit über bewacht hatte, trat in den Türrahmen.

»Sieh nach, ob alles in den Lieferwagen liegt, damit wir fahren können. Wir brechen auf, jetzt gleich.«

»Jawohl, General«, entgegnete Albek, drehte sich um und eilte in die Werkstatt zurück.

»Wir dürfen uns nicht darauf verlassen, dass dieser Köter

niemandem etwas erzählt!«, wandte Kasparow ein. »Er ist ein Lügner mit gespaltener Zunge, der die Amerikaner liebt!«

Baktayew musste lächeln. Er blickte zu Kasparow auf. »Also, ich hatte nicht vor, sie zu zusammenzunähen, aber was will er noch erzählen, wenn ich sie ausreiße?«

Scharpuddin stierte großäugig und scharrte mit den Füßen auf dem Betonboden, als könnte er irgendwohin in Sicherheit kriechen. »Nein, Abu – nein … bitte alles, bloß das nicht! Bitte! Alles, bloß das nicht!«

Kapitel 69

19:53 Uhr, Eastern Standard Time – Sonntag, Graemont Lane, Charlottesville, Virginia

David Kemiss bog von der Reas Ford Road in die Graemont Lane ein. Es war eine unbefestigte Straße, an der nur drei andere Häuser standen, allerdings weit voneinander entfernt. Das Licht seines dunkelblauen Cadillac fiel auf den dichten Kiefernwald am Rand, während er die Kurven nahm und dann die Sackgasse erreichte, von der seine Einfahrt abzweigte. Gerade als die Ziegelsäulen, die sie flankierten, in Sicht kamen, klingelte sein Handy. Er hielt an und griff danach.

»Mist«, fluchte er leise, als es zum dritten Mal läutete, während er sich mühte, es aus der Tasche seines Jacketts zu ziehen, das über dem Beifahrersitz hing. »Kemiss?«, platzte er heraus, sobald er das Gerät aufgeklappt hatte und an sein Ohr hielt. Hoffentlich war dies der erwartete Anruf …

»Sir, ich bin es, Allan Ayers.«

Kemiss seufzte. Nein, das war er nicht. Eigentlich wollte er etwas von Lukas Kreft hören, der ihm beim Eliminieren eines möglichen Zeugen helfen sollte. Der Kerl hatte beinahe 24 Stunden gebraucht, um dazu fähige Männer aufzutreiben, und als diese endlich bei Lane Simard auftauchten, hatten sie nur das angestellte Kindermädchen der Familie angetroffen. Der Senator war danach so verzweifelt gewesen, den CIA-Mann selbst anzurufen, um herauszufinden, wo er sich aufhielt. Er sollte nun längst tot sein, aber Kreft ließ immer noch auf sich warten.

»Ich glaube, ich habe sie gefunden, Sir«, fuhr Ayers nach mehreren Sekunden Stille seitens seines Gesprächspartners fort.

»Sie glauben? Sie sollen nicht glauben, sondern wissen.« Kemiss atmete schwer. »Na, spucken Sie's schon aus!«

»Die Information ist nahezu hundertprozentig verlässlich. Ich habe alle Immobilien in Irland gesucht, die sich in Besitz von

McGuire & Lyons Industries oder den Unternehmensleitern befinden beziehungsweise jemals befanden. Es gibt da einen alten Landsitz in Mullaghmore, einer einsamen Gegend gleich hinter der nordirischen Grenze.«

»Und dort sind sie definitiv?«

»Da ich alle Adressen in ToRuS eingespeist habe, darf ich das insoweit verbindlich sagen, als ich nicht selbst vor Ort gewesen bin.«

»Was soll denn bitte Torus sein?«

»ToRus ist eine Software, die …«

»Bitte die Kurzfassung, ja?«

»Damit lassen sich Wasser- und Stromverbrauch aufzeichnen, um herauszufinden, ob sich diese erhöht haben, was normalerweise bedeutet, dass die Haushalte Gäste bewirten. Im Falle dieser einen Immobilie ist das umso auffälliger, weil sie meines Wissens schon recht lange leersteht.«

»Und darauf stützen Sie die These, Fintan McGuire habe Declan McIver und seine Frau bei sich zu Hause aufgenommen?«

»Das Programm zeigt einen erheblichen Anstieg bei der Beanspruchung der Energieversorger, also ja: Das ist meine Vermutung.«

Kemiss stieß einen Lacher aus. Declan McIver schien die sprichwörtlichen neun Leben zu haben, doch früher oder später würden alle aufgebraucht sein, und ginge es nach dem Senator, was es höchste Zeit. Der Kerl mochte noch so ausgekocht sein, konnte aber nicht ewig jeder Kugel ausweichen, die auf ihn gefeuert wurde, zumal seinen Freunden irgendwann die Verstecke für ihn ausgehen mussten. »Schicken Sie mir zu, was Sie über diesen Landsitz haben. Diesmal sorge ich dafür, dass sie nicht entkommen werden.«

Damit beendete er das Gespräch und warf das Telefon auf den Beifahrersitz. Dieses Katz-und-Maus-Spiel ermüdete ihn zusehends. Sicher, er stellte sich gerne Herausforderungen, aber solche wie diese waren noch nie seine Stärke gewesen. Er verstand darunter vielmehr so etwas wie Rudern auf dem Potomac oder eine lebhafte Partie Racquetball, aber nicht die Betreuung einer Bande von Meuchelmördern. So etwas fiel in den Zuständigkeitsbereich viel niedrigerer Gehaltsklassen. Somit blieb zu hoffen, dass es Krefts Leuten gelungen war, sich um Lane Simard zu kümmern, und sie in der Lage waren, einen weiteren Auftrag in Irland zu erledigen. Dabei sollten sie jedoch, falls Kemiss mitentscheiden konnte, wesentliche Verstärkung beiseitegestellt bekommen, denn einen Sesselfurzer wie Simard kaltzumachen war eine Sache, Declan McIver zu töten aber eine ganz andere, wenn man die Ereignisse der vergangenen Woche zur Prognose heranziehen durfte.

Kemiss nahm den Fuß von der Bremse, um den Cadillac in die Einfahrt rollen zu lassen. Als er die Steigung zum Haus hinauf erreichte, trat er wieder leicht aufs Gas und fluchte leise, da er sah, dass kein Licht in dem dreistöckigen Gebäude brannte. War etwa niemand zu Hause? Er wollte die lange Fahrt in keinem Fall auf sich genommen haben, nur um das Haus leer vorzufinden. Während er zur Garage des Gebäudes einlenkte, drückte er einen Knopf auf dem Bedienfeld neben der Sonnenblende, um das Tor zu öffnen. Daraufhin erzitterte es kurz und öffnete sich ein paar Zoll, fiel jedoch gleich wieder zu.

»Was soll das denn?«, wunderte sich der Senator laut. »Kann sie nicht einmal die Garage unverriegelt lassen, wenn sie weiß, dass ich heimkomme.«

Kemiss' Ehe war zu einer Zweckgemeinschaft verkommen und hatte schon seit langer Zeit nichts mehr mit Liebe zu tun. Es gab Zeiten, da bezweifelte er sogar, dass die Beziehung jemals darauf gegründet hatte, andererseits mussten sie irgendwann einmal genug füreinander übriggehabt haben, um zwei Kinder zu zeugen. Jetzt ging es nur noch darum, Vorteile voneinander zu ziehen. Er galt als der Senator mit dem hübschen Heimchen am Herd und den wohlerzogenen Kindern, wohingegen sie auf Veranstaltungen im ganzen Land die reiche Vorzeigedame spielen durfte.

Nachdem Kemiss den Schalthebel ruppig auf ›P‹ gestellt hatte, stieß er die Tür auf, schnappte sich sein Jackett und zog zugleich den Schlüssel ab. Dann stieg er aus und ging ums Gebäude zur Eingangsterrasse, schloss auf und trat ein. Die Wohnung war stockfinster, so wie er es von der Einfahrt aus gesehen hatte.

»Hallo?«, rief er, bevor er die Tür mit einem Fuß zudrückte. »Ein wenig Respekt wäre nett, weißt du? Wenn du schon nicht da bist, ruf mich wenigstens vorher an und gib Bescheid. Ist ja nicht so, dass ich keine Arbeit hätte.«

Als er Jackett und Schlüsselbund auf den Eichentisch neben der Tür gelegt hatte, schaltete er eine Lampe an. Er wusste, die seit Jahren regelmäßigen Familienabende fielen seiner Frau gehörig auf die Nerven. Ihm ging es genauso, doch ihre beiden Söhne begeisterten sich dafür, weshalb er diese Sitte – abgesehen davon, dass er sie in Wahljahren politisch ausschöpfte – auch weiterhin bewahren wollte. Die beiden Jungs waren für ihn das einzig Gute, was bei seiner Partnerschaft herausgekommen war, und sie bemerkten noch nicht, dass das Verhältnis ihrer Eltern keinen Bestand mehr hatte.

»Tja, dann eben nicht«, sagte er auf dem Weg zur Treppe, denn er wollte sich in sein Arbeitszimmer im zweiten Stock zurückziehen. Was er noch beruflich zu tun hatte, konnte er schließlich auch von zu Hause erledigen, obwohl er die Zerstreuungen vorzog, die das Leben in Washington D.C. mit sich brachte. Als er einen Fuß auf die unterste Stufe setzte, warf er einen Blick ins dunkle Wohnzimmer neben der Treppe und hielt inne. Die Augen verdrehend seufzte er schwer. »Lass mich raten: Ist mal wieder Zeit für eins unserer Gespräche, richtig? Mary Ellen, wie oft müssen wir denselben Quark noch breittreten? Wäre mir recht, wenn du diesmal auf Scheidung pochen würdest.«

Damit trat in den finsteren Raum, wo er den Schattenriss seiner Frau auf dem Ledersofa ausgemacht hatte. »Wirklich, mir zu antworten, wäre das Mindeste, was du tun könntest. Dann hätte ich immerhin gewusst, dass die Jungs schon schlafen, und mir das Fluchen verkniffen.« Er ging weiter und schaute genauer auf die schemenhafte Gestalt, die da saß.

»Oh«, stöhnte er und taumelte zurück, als er erkannte, dass ihr Mund mit Isolierband zugeklebt und ihre Hände und Füße gefesselt waren. Sogleich wandte er sich wieder der Tür zu. Als er auf die Diele zurückkehrte und eine Hand nach seinem Autoschlüssel auf dem Tisch ausstreckte, spürte er etwas Kaltes, das gegen seinen Hinterkopf gedrückt wurde. Nachdem er die Arme hochgehoben und sich umgedreht hatte, sah er in den Schalldämpfer und Lauf einer Pistole.

Kapitel 70

»Wer in Gottes Namen sind Sie?«

»Mittlerweile, Senator, hätte ich eigentlich gedacht, wir zwei seien so vertraut miteinander, dass Sie mich wiedererkennen würden.« Es war Declan, der aus dem Schatten hervorgetreten und eine schwarze Skimaske bis zur Stirn hochgerollt hatte, um sein Gesicht zu zeigen. »Ich heiße Declan McIver und Sie haben sich auf ein Tänzchen mit mir eingelassen. Jetzt bin ich mit dem Führen an der Reihe.«

»Ich weiß nicht, wovon Sie sprechen.«

Declan konnte anhand der verschlagenen Miene des Mannes erkennen, dass er sehr wohl wusste, wer er war und was ihn dazu geführt hatte, hier zu sein. Der Politiker lauerte regelrecht darauf, seine üblichen Dementis und Überzeugungstaktiken anführen zu können, um zu beteuern, dass er der Falsche war. Er würde Declan aber nichts vormachen können. Alles an Kemiss ermahnte ihn zur Vorsicht, denn der Mann war gefährlich wie ein Brandstifter in einer öffentlichen Bibliothek. Nun endlich, nach zahllosen Anschlägen auf sein Leben, hatte er denjenigen gefunden, der eine Liaison mit Ruslan Baktayew eingegangen war, um Abidan Kafni zu ermorden und einen Terrorakt gegen sein eigenes Land zu begehen. Jetzt galt es nur noch, ihn dazu zu veranlassen, es zuzugeben.

»Sparen Sie sich die leeren Worte, Senator«, zischte Declan, während er nähertrat und Kemiss an einer Schulter festhielt, um ihn zur Haustür zu drängen. »Es ist Zeit für ein bisschen Unterricht darin, wie man die Wahrheit sagt.«

»Sie werden von mir nichts zu hören …«

In dem Moment baute sich Okan Osman, der genau die gleichen schwarzen Kleider trug wie sein Gefährte, die Maske aber ganz heruntergezogen hatte, vor Kemiss auf, der nach Declans

Stoß ins Stolpern geraten war. Der Israeli boxte ihm in den Magen. »Das ist für Abidan Kafnis Kinder.« Der Senator beugte sich vornüber und japste atemlos.

»Alles wäre dann so weit«, fuhr Osman fort, wobei er Kemiss stützte, der sonst umgefallen wäre.

Declan nickte. »Was meinst du, soll ich Mr. und Mrs. Kemiss einen kleinen Eindruck von irischer Gastfreundschaft vermitteln?«

Nachdem Osman den Senator wiederaufgerichtet hatte, führte er ihn fort, während Declan ins Wohnzimmer zurückkehrte und Mary Ellen Kemiss an ihrer Handfessel vom Sofa hochzog. Sie bettelte nuschelnd mit dem Klebeband auf ihrem Mund, doch er schob sie auf die Diele an der Treppe vorbei hinter ihrem Ehemann und Osman her.

Letzterer blieb im hinteren Teil der Luxusküche der Villa stehen und öffnete eine Tür. Declan wehte ein Schwall heißer Luft ins Gesicht, begleitet von tosendem Lärm. Aus dem dunklen Raum drang schwach orangefarbenes Licht, und er schluckte gespannt, denn die Aussicht darauf, was er gleich tun würde, lastete schwer wie Blei auf seinem Gewissen.

Osman führte Kemiss in die Garage, bevor Declan mit Mary Ellen folgte und sie auf einen gleich hinter dem Eingang stehenden Gartenstuhl niederdrückte. Dann schloss er die Tür und sperrte sie ab. In dem auf drei Autos ausgelegten Raum war es brüllend heiß. Declan wandte sich von der Frau ab und ihrem Mann zu, den Osman auf einen zweiten Gartenstuhl gesetzt hatte. Dieser stand wiederum vor einer improvisierten Lampe, die gleißendes Licht aufs Garagentor warf. David Kemiss saß auf seinen Händen, da Osman sie hinter seinem Rücken zusammengebunden hatte, und rutschte in dieser unbequemen Haltung herum, während er die Umgebung, die nicht wiederzuerkennen war, staunend ins Auge fasste. Er begann zu schwitzen.

Declan stellte sich hinter ihn und beobachtete, wie sein Blick auf den dritten Maskierten in der Garage fiel, der gebückt mit einem Schürhaken vor einem brausenden Propangas-Heizstrahler verharrte. Die Spitze des Hakens glühte rot, und der Mann – Altair Nazari – drehte ihn weiter, um das Metall gleichmäßig zu erhitzen.

Als Nächstes drehte Kemiss seinen Kopf zu einer breiten, schwarzen Plane um, die von der Decke hing und einen Teil der Garage abtrennte. »Sie wollen mich also foltern?«, keuchte er mit tropfendem Gesicht. »Ich kann so einiges aushalten.«

Declan trat in sein Sichtfeld und erwiderte kopfschüttelnd: »Nein, Senator, das glaube ich nicht. Ich bin mir sogar ziemlich sicher, dass Sie kaum etwas mit den Schmerzen vergleichen können, die wir Ihnen gleich zufügen werden, höchstens das Gefühl, sich die Zunge zu verbrennen. Das tut zwar auch höllisch weh, ist aber nichts gegen ein sengend heißes Schüreisen an der Innenseite Ihres Oberschenkels. Wissen Sie, was 800 Grad mit Körpergewebe anstellen?«

Kemiss leckte seine trockenen Lippen. »Die amerikanische Regierung verhandelt nicht mit Terroristen.«

Dass sich Kemiss erdreistete, den Namen des Landes in den Mund zu nehmen und sich zum Hüter der Vereinigten Staaten stilisieren wollte, machte Declan wütend. Kannte die Verderbtheit denn kein Ende, zu der Menschen wie er in der Lage waren? Konnten sie nicht einfach einsehen, dass man sie gestellt hatte, und sich zu ihrer Schuld bekennen? Der Kerl durfte nun wirklich nicht so tun, als wisse er von nichts. Unschuldigen Menschen Schaden zuzufügen – insbesondere Kindern – war grundfalsch, egal, aus welchem Land man stammte und in welcher Sprache man sich verständigte.

»Oh, ich weiß«, raunte Declan, stark darum bemühte, die Fassung zu wahren. »Ich habe aber keine Lust auf Verhandlungen, und Sie vertreten auch nicht die amerikanische Regierung. Wir beide wissen, dass Sie in diesem Fall derjenige sind, der andere terrorisiert. Warum haben Sie Abidan Kafni umbringen lassen?«

»Habe ich nicht, das waren Sie – nachdem Sie es nicht mit der Bombe geschafft hatten, die am Barton Center explodierte.«

»Das war jetzt ganz hübsch auswendig gelernt, Senator. Zugegeben, ein wenig beeindruckt bin ich schon davon, wie Sie das Ganze zusammengestrickt haben.« Mit diesen Worten drehte sich Declan um und zog einen Werkzeugwagen, auf dem eine weitere Plane lag, zu Kemiss' Stuhl. »Leider fühlten Sie sich genötigt, dem falschen Mann den Schwarzen Peter zuzuschieben. Was meinen Sie, wie gut hält eine menschliche Kniescheibe einen Schlag mit einem Zimmermannshammer aus?« Nachdem er die Plane aufgeklappt hatte, zeigte er Kemiss eine Reihe von Werkzeugen, darunter eben auch einen solchen Hammer mit einem Griff aus Hickory. »Haut man kräftig genug an der richtigen Stelle zu, platzt die Haut auf, und die Klaue schiebt sich unter die Scheibe. Dann drückt man einfach auf den Griff und hebelt sie aus wie einen krummen Nagel. Das funktioniert sogar noch besser, wenn man zuvor einen kurzen Einschnitt macht.« Declan nahm ein Taschenmesser hervor und klappte es auf.

Der Angstschweiß rann Kemiss in die Augen und brannte, obwohl er ununterbrochen blinzelte, sodass sich Tränen in den Winkeln sammelten. Mehrmals sperrte er den Mund auf und schloss ihn wieder, während er seine Lippen befeuchten wollte. Sein Unbehagen war offensichtlich.

Declan fuhr fort, nachdem er eine Flasche Wasser von dem Wagen genommen und einen Schluck getrunken hatte. »Sie und Castellano interessierten sich anscheinend so brennend dafür, was ich in der Vergangenheit getrieben habe, dass ich dachte: Zeig ihm doch einfach mal etwas von dem, was die Provos damals mit Nestbeschmutzern wie ihm gemacht haben.« Er ließ Wasser vor Kemiss Füße schwappen und griff zu einem kurzen Verlängerungskabel zwischen den Werkzeugen. Ein Ende hielt er hoch, wickelte es einmal um seine Hand und durchtrennte es mit dem Taschenmesser.

»Die IRA war Touts gegenüber – Verrätern, wenn Ihnen das lieber ist – nämlich sehr nachtragend. Sie wurde ziemlich grantig, wenn sie herausfand, dass jemand sich mit dem Feind zusammentat. Dann wurde ein Termin für eine Sitzung mit einer internen Aufklärungseinheit festgelegt, dem sogenannten ›Nussknackerkommando‹, und war man klug, fand man sich pünktlich am abgesprochenen Ort ein, gab ehrlich Antwort auf ihre Fragen, und die Sache wurde vergessen – vorausgesetzt, man war unschuldig. Falls aber nicht, nun ja … je schneller man mit der Wahrheit herausrückte, desto besser, denn die Mitglieder der Einheit quälten sehr gerne. Die haben einen richtigen Kick davon bekommen, und Sie, Senator, möchten nicht erfahren, wie ein ausgedehntes Verhör damals ausging.«

Declan machte eine Pause, damit das Geäußerte seine Wirkung entfaltete. Er redete nur ungern darüber, wie die IRA mit mutmaßlichen Überläufern umgegangen war. Strafmaße, so wie sie den Begriff aufgefasst hatte, waren alles andere als gerecht verhängt worden, und oft hatte die Marter begonnen, ohne dass vorher ein Wort gefallen wäre. Viele Male hatten sich die Opfer als völlig unschuldig erwiesen, und selbst die Schuld jener, die geständig gewesen waren, blieb zweifelhaft. Unter derart bestürzenden Umständen bekannte sich der Mensch praktisch zu jeder Art von Verbrechen, nur damit die Schmerzen aufhörten. Im Fall der Nussknackerkommandos war das Drangsal zumeist mit dem Besuch eines Priesters und einem Kopfschuss zu Ende gegangen.

Declan bemühte sich nach Kräften, die Gedanken an entsorgte Leichen oder sich vor Kummer verzehrende Witwen und Kinder zu verbannen. Dabei handelte es sich um Erinnerungen aus einem Kapitel seines Lebens, das er gerne umgeschrieben hätte, und auch wenn er selbst niemals direkt für solches Leid verantwortlich gewesen war oder mit den Tätern verkehrt hatte, fühlte er sich schuldig. Folter war ihm ein Graus und darum wahrlich nichts, was er billigte oder in irgendeiner Weise nützlich fand. In den meisten Situationen genügte die psychologische Wirkung der Androhung, und genau darauf zielte sein Plan heute Abend ab.

»Warum haben Sie Abidan Kafni ermorden lassen, und aus welchem Grund intrigieren Sie gemeinsam mit Baktayew gegen Ihr Vaterland?«

»Sie sind geistesgestört«, gab Kemiss zurück, bevor er die Augen schloss und sein Gesicht verzog. »Ein Tier.«

Declan spürte, dass Kemiss fast so weit war, dass der vorgesehene Höhepunkt dieses Gesprächs den gewünschten Effekt erzielen würde. »Ein geistesgestörtes Tier? Interessanter Vergleich, Senator. Sie kennen sich bestimmt trefflich damit aus und wissen, was solche Irre Unschuldigen antun. Militante Islamisten wie Baktayew? Sie sind die geistesgestörten Tiere, und er ist sozusagen ihr Leitwolf.«

»Ich kenne keinen Ruslan Baktayew!«, entgegnete Kemiss mit dem scheinbar letzten Rest Kühnheit, der in ihm steckte.

Die Temperatur in der Garage musste so weit gestiegen sein, dass ein Funke die Luft entzünden könnte, und das stete Rauschen des Propanheizers schlug sich zweifelsohne genau so auf Kemiss' Gemüt nieder, wie es sich Declan ausgerechnet hatte. Die Umstände waren vorsätzlich so geschaffen worden, und Kemiss wies sich in jeder Hinsicht als Weichei aus. Wie erwartet.

»Ich erwähnte den Vornamen Ruslan bisher mit keiner Silbe, Senator. Schachmatt.«

Kemiss riss die Augen auf und sein Blick irrte zwischen Declan, den beiden Vermummten sowie Mary Ellen umher, die unverständliche Brummtöne von sich gab.

»Ich glaube, Ihre Frau möchte Ihnen etwas sagen«, bemerkte Declan, der das Klebeband von ihrem Mund abzog.

»Du verkommenes Subjekt!«, schrie sie sofort. »Die ganze Zeit sitzt du hier, ohne ein einziges Mal nach deinen Kindern zu fragen!«

Als Kemiss Mary Ellen anstarrte, klebte Declan ihren Mund wieder zu.

»Oh, tut mir leid, Senator«, sagte er. »Sie dachten doch nicht etwa, ich würde das alles mit *Ihnen* anstellen, oder?«

Auf der anderen Seite des Raumes zog Nazari die Plane herunter, die als Raumteiler diente. Kemiss starrte entgeistert dorthin, wo seine Söhne auf Metallstühlen saßen. Auch ihnen waren die Hände am Rücken gefesselt, aber zusätzlich schwarze Säcke über die Köpfe gestülpt worden. Die beiden trugen nur Unterhosen.

Der Senator holte mühevoll Luft. Er konnte nicht glauben, was er sah. Declan griff zu dem Zimmermannshammer.

»Ich erzähle Ihnen alles, was ich weiß!«, schrie Kemiss. »Ich weiß, wer Ruslan Baktayew ist, und ich weiß auch, dass er Abidan Kafni umgebracht hat. Ich weiß, Sie sind unschuldig, glauben Sie mir! Seth Castellano und ich, wir wollten Sie aus dem Weg räumen lassen, weil Sie gesehen haben, wie Baktayew nach Kafnis Tod vom Tatort aufgebrochen war. Niemand durfte herausfinden, dass er sich in den USA aufhält.«

»Warum der Mord an Kafni?«

»Er war die Voraussetzung dafür, dass sich Baktayew überhaupt auf uns einließ. Es war eine persönliche Angelegenheit, Rache wegen irgendetwas … ich weiß nicht, worum es ging, aber er erklärte sich bereit, alles zu tun, was wir verlangten, wenn wir ihm bei seinem Feldzug gegen Kafni halfen.«

»Wieso gerade Baktayew?«

»Weil er sich mit Terroranschlägen auskennt. Ihm fiel eine wichtige Rolle in der Geiselnahme an der Grundschule in Beslan zu, und niemand würde damit rechnen, dass er so etwas noch einmal wagt. Es soll eine Selbstmordmission sein, ein Martyrium für Allah, also wird er sich hinterher keinem Verhör stellen können. Er organisierte das Ganze im Alleingang nach Beslan und vor seiner Festnahme in Russland. Wir holten ihn aus dem Gefängnis und baten darum, dort weiterzumachen, wo er aufgehört hatte.«

»Und wer hat das Attentat am Barton Center begangen?«

»Wir selbst. Das war ein Täuschungsmanöver, mit dem wir erzwungen hatten, dass Kafni evakuiert und zur Villa gebracht wurde.«

»Wer hat die Bombe gelegt? Waren es dieselben Männer, die mich später jagten?«

»Castellano heuerte sie an. Er kannte sie bereits, doch woher, ist mir nicht bekannt. Sie sollten die Bombe im Kofferraum eines

Wagens des Sicherheitsdienstes scharfmachen und Kafnis Leibwächter ablenken. Nach Ihrer Befragung war Castellano bewusst, dass Ihnen Baktayew ein Begriff ist, weshalb er die Mörder auch auf Sie und Ihre Frau ansetzte.«

»Warum haben Sie das alles getan?«

»Es war nicht meine Idee. Jemand anderes schlug es mir vor, das ist mehrere Monate her.«

»Wer?«

Kemiss schüttelte den Kopf.

»Wer war es?«, beharrte Declan und nahm den Hammer erneut zur Hand.

Kemiss leckte sich abermals die Lippen. »Ein Mann namens Kreft – Lukas Kreft. Er plante und finanzierte das Ganze. An mich trat er heran, weil er Hilfe dabei brauchte, Baktayew ins Land zu schmuggeln und die erforderlichen Dokumente für den Anschlag zu beschaffen.«

Declan hatte bereits in Betracht gezogen, dass Kemiss möglicherweise nicht der einzige Koordinator im Hintergrund war. Entsprach seine Aussage der Wahrheit oder handelte es sich lediglich um den hoffnungslosen Versuch eines korrupten alten Mannes, jemand anderem die Schuld zuzuschieben und sich von dem Übel reinzuwaschen, auf das er sich eingelassen hatte? Eigentlich war die Antwort auf diese Frage zu diesem Zeitpunkt nicht mehr von Bedeutung. Alle Ungereimtheiten würden sich aufklären lassen, sobald die Verschwörung aufgedeckt war und amtlich untersucht wurde.

»Nur eines möchte ich noch von Ihnen wissen, Senator, und Ihre Antwort entscheidet darüber, wie unsere gemeinsame Zeit enden soll: Im Stillen oder mit den Schmerzensschreien Ihrer jungen Söhne? Es liegt an Ihnen. Wo ist Ruslan Baktayew?«

Kemiss schürzte die Lippen und wollte Declan anspucken, doch aus seinem Mund kam kaum ein Tropfen Feuchtigkeit. »Was lässt Sie glauben, ich wüsste das? Kreft ist kein Volltrottel. Er hat das geheimgehalten, selbst vor mir. Immerhin kennt er die schwachen Glieder in der Kette. Er erpresste mich und Castellano, der auch homosexuell war. Wir zwei führten eine Liebesbeziehung, und zwar über Jahre hinweg. Wäre das herausgekommen, hätte die Öffentlichkeit unterstellt, er sei nur dadurch an seine Stelle beim FBI gelangt, dass er mit mir ins Bett ging. Kreft nutzte Seth aus, um die Ermittlungen zu leiten, und verschaffte sich über mich schrankenlosen Freiraum in den USA. Nachdem er meine letzte Wahlkampagne illegalerweise unterstützt hatte, drohte er damit, es publik zu machen. Das wäre mein Ruin gewesen.«

»Sie lügen, Senator. Homosexualität ist seit dem Ende des 20. Jahrhunderts kein Stigma mehr, und würden Sie Ihrer Karriere wirklich den Vorzug geben, wenn die Leben Hunderter amerikanischer Kinder auf dem Spiel stünden? Ich glaube nicht an eine Kette; wie kann da also die Rede von schwachen Gliedern sein? Sie wollen sich von der ganzen Sache distanzieren, und ich bin mit meiner Geduld so gut wie am Ende.«

Nazari zog den nunmehr kirschroten Schürhaken vom Gitter des Gasheizers weg, richtete sich auf und kehrte sich den wehrlosen Knaben zu.

»Eine letzte Chance, Senator«, hob Declan an. »Wo ist Ruslan Baktayew?«

Kemiss zappelte auf seinem Stuhl und schloss die Augen. »In einem leeren Lagerhaus in Dundalk, Maryland. Am Tor dort hängt ein Schild mit der Aufschrift *Schweißerei Broughman*. Sie sind jedoch zu spät dran; er lässt sich nicht mehr aufhalten. Die Kinder in dieser Schule werden sterben – und Sie genauso, falls Sie versuchen, es zu verhindern!«

Nun sah Declan rot. Außerstande, seinen Hass auf den Mann herunterzuschlucken, packte er den Stoff an den Schultern seines Hemdes, zog ihn aus dem Stuhl und versetzte ihm einen kräftigen Stoß, sodass er durch die Garage torkelte. Kemiss stürzte über eine Mülltonne voller Gartengeräte. Declan wollte ihm nachsetzen.

»Das reicht!«, rief Okan Osman, indem er den Wutentbrannten zurückzog.

Das glühende Eisen fiel polternd zu Boden, als Altair Nazari ihm beisprang. Die Nasenflügel des Iren flatterten, und sein stechender Blick ruhte auf Kemiss, der mit blutender Stirn vom Boden zu ihm aufsah.

»Welche Schule ist es?«, wollte Declan wissen, während er seinen Zorn zu bändigen suchte.

»Sagen Sie es ihm«, verlangte Osman, der einiges daransetzen musste, seinen Gefährten unter Kontrolle zu halten. »Andernfalls lasse ich ihn los, dann prügelt er Sie zu Tode und wird sich auch an Ihren Kindern vergreifen.«

Kemiss wich weiter zurück. »Eine Junior Highschool in Victoria, Virginia.«

Declan entspannte sich etwas. »Schafft ihn hier raus, sofort.«

Osman ließ Declan los, um Kemiss wenig gefühlvoll aufzuhelfen. Dann scheuchte er ihn zur Küchentür, die er mit einem Schlüssel öffnete, schleifte ihn hindurch und war verschwunden.

»Also gut«, sagte Nazari. »Alles in Ordnung?«

Declan nickte, woraufhin der Israeli ihn losließ. Beide mussten zunächst Luft schnappen, dann trat Nazari zu dem Propangasheizer und stellte ihn aus. Danach ging er zu einem der Garagentore und drückte einen Knopf an der Wand, um es zu öffnen. Als es sich ein wenig geöffnet hatte, hielt er den Motor an. Kühle Luft strömte herein.

Declan sah sich um, während Nazari auch die Lampen ausschaltete, die sie zur Einschüchterung des Ehepaars gebraucht hatten. Eine unartikulierte Stimme ertönte, als er die Halogenleuchte an der Decke anknipste. Mary Ellen Kemiss fiel ihm ins Auge. Sie stemmte sich gegen ihre Fesseln, hörte jedoch auf, als Declan ihren Blick suchte.

»Ich würde Ihnen oder Ihren Kindern niemals etwas antun, Mrs. Kemiss«, versicherte er, während er hinter die beiden trat und die Säcke von ihren Köpfen streifte.

»War's das?«, fragte ein fremder Junge, als Declan den Kopfhörer von seinen Ohren genommen hatte, den er unter dem Sack getragen hatte. »Sind wir fertig mit dem Dreh?«

»Klar«, antwortete Declan, während er auch den Kopfhörer des anderen abnahm.

»Wurde auch langsam Zeit, Mann. Diese Musik war echt öde.«

»Geht durch die Tür dort, die Männer draußen werden dafür sorgen, dass ihr eure Belohnung bekommt. Großartige Arbeit, Jungs.« Declan durchschnitt ihre Fesseln, die sehr locker anlagen, dann standen die beiden auf und zogen jeweils einen der Bademäntel an, die griffbereit zusammengefaltet neben dem Eingang lagen. Damit verließen sie die Garage.

Declan schloss die Tür. Er persönlich hätte seinen eigenen Kindern, sollte er je welche bekommen, wohl nie erlaubt, in einem Film wie jenem mitzuwirken, den er nachmittags während seines Telefongesprächs mit einer Schauspielagentur zu drehen vorgegeben hatte, doch zum Glück gab es Eltern, denen so etwas nichts auszumachen schien.

»Ihr Söhne waren die ganze Zeit oben im Gästezimmer, sie schauen fern«, erklärte er, nachdem er sich Mary Ellen wieder zugewandt hatte. Er schnitt auch ihre Fesseln durch und zog den Klebstreifen von ihrem Mund. »Jetzt werden sie sich bestimmt freuen, ihre Mutter zu sehen.«

»Sie skrupelloses Schwein!«, schrie sie beim Aufstehen und ohrfeigte ihn. »Wie können Sie so etwas tun, egal mit wem?«

Er schob sie von sich zur Tür, wo Nazari sie ins Haus führte und hinter sich zumachte. Als die beiden fort waren, ging Declan zu der Lampe, vor der Kemiss gesessen hatte, und drückte die Ausschalttaste eines kleinen Digitalcamcorders, der an ihrem Fuß befestigt war. Dann ließ er sich in den Stuhl fallen, auf dem die Frau des Senators gesessen hatte, und legte tief durchatmend seinen Kopf in die Hände. Wäre Kemiss die Finte aufgefallen, hätte Declan verloren … gemeinsam mit vielen anderen nichts ahnenden Menschen.

Kapitel 71

»Also gut, Männer«, sagte Declan, als er aus der Garage in die Küche kam. »Wissen wir schon mehr?«

Vor Osman und Nazari stand ein Laptop, auf dem letzterer tippte, und auf der Kochinsel lag eine ausgeklappte Landkarte.

»Victoria liegt hier in Virginia«, sagte Altair und streckte sich mit einem roten Stift aus, um den Ort einzukreisen. »Das ist Dundalk in Maryland, und wir befinden uns hier.« Damit markierte er zwei weitere Städte.

»Daraus könnten wir einen Vorteil ziehen«, bemerkte Osman mit Bezug auf die Lage von Dundalk auf der Karte nicht weit südwestlich von Baltimore. Zwischen den drei Kreisen ließ sich ein stumpfes Dreieck ziehen, dessen eine Ecke – der Unterschlupf des Tschetschenen – am weitesten abgelegen war.

»Stimmt«, pflichtete Nazari bei, »doch falls es so ist, wie der Senator sagte, hat sich Baktayew bereits auf den Weg gemacht. Er könnte durchaus schon an der Schule sein.«

»Ich werde jemanden anrufen«, schlug Osman vor. »Ein paar *Diplomaten* aus unserer Botschaft in Washington würden sich dann bei dieser Schweißerei umsehen. Auf diese Art würden wir herausfinden, ob noch jemand dort ist oder sich überhaupt je dort versteckt hat. Ich zweifle daran, dass uns dieser Widerling die Wahrheit gesagt hat.«

»Hat er«, bekräftigte Declan. »Das Einzige, was ihm mehr Angst bereitet als die Vorstellung, seine Macht zu verlieren, ist der Gedanke an den Verlust seiner Söhne.«

»Dann glaubst du ihm?«

Declan nickte. »Ich hatte ihn praktisch zum Äußersten getrieben. Jetzt müssen wir uns darauf konzentrieren, Baktayew aufzuhalten.«

»Trotzdem würde es nicht schaden, jemanden nach Dundalk zu schicken. Vielleicht erhalten wir so einen Eindruck davon, auf welche Weise sich diese Typen dort vorbereitet haben.«

»Nicht dumm, das könnte hilfreich sein. Wir brauchen Informationen über Victoria. Es muss einen Grund geben, dass die Stadt als Ziel ausgesucht wurde.«

»Aus dem Wikipedia-Eintrag geht hervor, dass es sich um einen ziemlich verarmten Ort handelt«, sagte Nazari, der sich wieder dem Computer zugekehrt hatte. »Recht hohe Arbeitslosigkeit, und ich fand mehrere Presseartikel über schwere Drogenprobleme in der Gegend.«

»Das erklärt einiges«, warf Declan ein.

»Die Schule selbst – W.N. Page Junior High – ist die älteste in der Umgebung. Hier, ein Foto.« Nazari drehte den Laptop, damit die anderen es sehen konnten.

»Und das erklärt noch mehr«, fuhr Declan fort, während er das Bild des einstöckigen Gebäudes aus der Zeit des Industriebooms betrachtete, ein schmaler, lang gezogener Kasten mit Metallrahmenfenstern. »Im Grunde gehen sie nach dem gleichen Schema vor wie in Beslan; die Schule dort war auch die älteste im Umland. Hat Google Maps ein Luftbild dazu?«

Nazari rief den Webdienst auf. »Hier«, sagte er gleich darauf.

»Genau, wie ich es mir dachte. Seht euch diesen Grundriss an, furchtbar verwinkelt«, meinte Declan, während er auf mehrere Stellen der Draufsicht zeigte. »Wie in Beslan ist das Gebäude unter taktischen Gesichtspunkten ein Albtraum. Nur zwei Eingänge, jeweils erreichbar auf einem Fahrtweg und darum von drinnen aus leicht überschaubar. Es steht auf einem weiten, ansonsten unbebauten Stück Land mit Bäumen ringsum, das man je nachdem, in welchem Raum man sich gerade aufhält, ohne Weiteres vollständig einsehen kann. Da selbst das Gelände auf der anderen Straßenseite größtenteils aus Wald besteht, taugt es in keiner Weise als Ausgangspunkt für einen Einsatz. Die Polizei müsste sich ein gutes Stück weit von der Schule entfernt einrichten und hätte keinen Sichtkontakt.«

»Das hier sieht nach einer Siedlung aus.« Osman meinte ein paar kleinere Bauten auf der anderen Straßenseite. »Die Bäume dort würden immer noch ein wenig Schutz bieten. Die Polizei könnte ein Sondereinsatzkommando postieren, falls es hart auf hart kommt und nichts mehr an einer Erstürmung vorbeiführt.«

»Denke ich nicht«, widersprach Declan. »Ruf mal Street View auf.«

Nazari tat es.

»Siehst du?«, fragte Declan, als das Bild zur Straßenansicht wechselte. »Weil die Schule an einem Hang steht und viele Fenster auf die Straße zeigen, stünde jeder, der sie überquert, heftig unter Beschuss. Das würde in einem Massaker ausarten.«

»Er hat das also wirklich gründlich durchdacht«, sagte Nazari.

»Sicher, ihm geht es nicht nur darum, Unschuldige in den Tod zu reißen; Baktayew will mit diesen Morden eine eindeutige Aussage machen. Er hat die eine oder andere Lehre aus Beslan gezogen. Die Gegend ist arm und eine Drogenhochburg, also steht bestimmt nicht zu erwarten, dass sich viele Eltern blicken lassen. Die Schüler werden mit dem Bus eintreffen, und den wenigen Vätern oder Müttern, die ihre Kinder selbst fahren, fällt nichts Ungewöhnliches auf. Aufgrund dessen und der Wahrscheinlichkeit, dass die Polizei in einer so kleinen, abgeschiedenen Stadt nicht sonderlich präsent ist, wird Baktayew leichtes Spiel haben, die Kontrolle über das Gebäude und die Anwesenden darin zu gewinnen. Sobald er sich Zugang verschafft und Geiseln in seiner Gewalt hat, lässt er es sich nicht mehr nehmen, alle umzubringen … und will so viele Helfer vor Ort mitreißen wie möglich.«

»Wie sollen wir ihn also aufhalten?«, wollte Osman wissen. »Wir sind nur zu dritt. Bei allen anderen, die uns bisher unterstützen, handelt es sich um Spione, nicht um erfahrene Kämpfer. In einem Gefecht würden sie uns nicht viel bringen. Wir haben Kemiss Geständnis, darum sind wir hergekommen. Warum müssen wir das noch weiterverfolgen?«

Declan blickte zwischen den beiden hin und her. In den Gesichtern erkannte er Zweifel, wofür er Verständnis hatte. Das, worauf sie sich hier einließen, konnte ihnen allen das Leben kosten.

»Hör mal, Os«, sagte er. »Ich kann nachvollziehen, wie du dich fühlst. Ich könnte mir auch etwas Angenehmeres vorstellen, als es mit einer Gruppe schwer bewaffneter Terroristen aufzunehmen, aber außer uns wird es niemand tun. Was würde Abidan von uns verlangen? Er stünde nicht teilnahmslos da und ließe es geschehen, sondern zöge alle Register, um es zu verhindern, das weißt du.«

Osman gab ihm mit einem Nicken recht. »Das stelle ich nicht in Abrede. Doch wieso müssen wir diesen Kerlen auf die Füße treten und sie aus der Reserve locken? Lass uns eine Bombendrohung melden, damit der Unterricht ausfällt, und die Gefahr ist gebannt.«

»Ich wünschte, es wäre so einfach, obwohl … vielleicht ist es das am Ende tatsächlich«, sann Declan. »Wir stellen uns ja nicht auf eine langwierige Belagerung ein. Baktayews ganzer Plan fußt auf dem Moment der Überraschung. Ohne dies steht er mit leeren Händen da. Um die Schule in den Griff zu bekommen, kann er sich kein Feuergefecht leisten, das sich ewig dahinzieht. Sobald man weiß, dass er dort ist, muss er notgedrungen fliehen, aber wir dürfen auch nicht riskieren, dass er ein Ausweichziel hat: Eine andere Schule, die mit dem Auto leicht erreichbar ist, ganz zu schweigen von einer kirchlichen Kinderkrippe oder etwas Ähnlichem. Deshalb bietet sich uns nur eine Chance, um ihn aufzuhalten, und die müssen wir nutzen.«

Osman nickte erneut. »Okay, okay, du hast mich überzeugt.«

»Wunderbar, und jetzt lasst uns nicht aus den Augen verlieren, worauf es ankommt: Wir müssen irgendwie herausfinden, woher sie kommen werden.«

Nazari stellte sich auf die andere Seite der Kücheninsel und verkleinerte das Satellitenbild mit der kabellosen Maus. »Die Hauptverkehrsader der Stadt führt genau an der Schule vorbei.«

»Da«, merkte Osman auf, nachdem er auf eine Sackgasse nordwestlich der Schule verwiesen hatte. »Hol das mal näher ran.«

Nazari klickte mehrmals, um auf eine Straße zu vergrößern, die an einem Parkplatz und einer Gruppe von Gebäuden endete.

»Das sieht nach Appartements oder Reihenhäusern aus.« Declan schüttelte den Kopf. »Zu gewagt.«

Nazari zoomte wieder heraus.

»Was ist das da?«, fragte Declan, als er eine dünne, graue Linie entdeckte, die sich durch den Wald hinter dem Schulgelände zog.

»Der Tobacco Heritage Trail«, las Nazari, als die Worte in der Naheinstellung eingeblendet wurden.

»Ist das eine Straße?«

»Vermutlich nicht«, antwortete Nazari. »Sieht für mich zu schmal aus.« Er öffnete einen neuen Tab im Browser und suchte den Namen bei Wikipedia. »Nichts zu finden.« Nachdem er die Worte in einem weiteren Reiter bei Google eingetippt hatte, erhielt er als oberstes Suchergebnis eine offizielle Webseite. »Der Tobacco Heritage Trail ist ein Netz von Wanderwegen entlang stillgelegter Bahngleise in der Region Southside Virginia mit vielfältigen Freizeitangeboten«, zitierte er.

Declan sah sich die Fotos auf der Website an, während Nazari scrollte. Der sogenannte Trail war fast so breit wie eine normale Straße und mit feinkörnigem Gestein aufgeschüttet. »Von dorther«, sagte er schließlich. »Anders kann es nicht sein – und die Straße gleich östlich der Schule: Die nehmen sie, um auf diesen Wanderweg zu gelangen. Keine Häuser in der Nähe, und nur dichter Wald. Sie stellen ihre Autos früh genug ab, um sie versteckt zu halten, und dringen von hinten in die Schule ein. Niemand wird auch nur ahnen, dass sie da sind, und wenn, ist es schon zu spät. Sie könnten die ganze Nacht über zwischen ihren Wagen hin und her gehen, um in die Schule zu bringen, was sie wollen, ohne dass es jemandem auffallen würde. Gegen Morgen wäre dann das ganze Gelände mit Stolperdrähten und Sprengfallen durchzogen. So übernehmen sie die Kontrolle vor Ort.«

»Twin Cemetery Road«, las Osman. »Schnappen wir sie uns.«

Kapitel 72

22:54 Uhr, Eastern Standard Time – Sonntag, elf Meilen außerhalb von Victoria, Lunenburg County, Virginia

»Sie sind nicht mehr dort und haben allem Anschein nach auch nicht vor, zurückzukommen«, gab Osman an, nachdem er das Gespräch auf seinem Handy beendet hatte. »Die sollen da gewohnt haben, meinen die Männer, die für mich vor Ort gewesen sind. Jedenfalls fanden sie Schlafgelegenheiten für mindestens 20 Personen im Gebäude – und Indizien dafür, dass sie selbst Bomben gebaut haben.«

Der schwarze Ford Explorer holperte über die Schienen eines außer Gebrauch geratenen Bahnübergangs auf einer zweispurigen Landstraße, die man lange nicht mehr asphaltiert hatte. Beidseits zogen hohe Bäume und ebene, brachliegende Felder vorüber, wenn nicht gerade abbruchreife Wohnhäuser auftauchten, die den Eindruck hinterließen, älter zu sein als die Strecke selbst. Auch in der nächtlichen Dunkelheit wurde die Armut der Gegend offenbar, die sie ansteuerten.

»Zudem fanden sie in einem Frachtcontainer auf dem Platz hinter dem Gebäude drei übereinanderliegende Tote.«

»Das könnte erklären, weshalb die Polizei keine Leichen fand, die meine Aussage bestätigt hätten: Baktayew will gemeinsam mit seinen Weggefährten in den Himmel auffahren«, mutmaßte Declan, der auf der Rückbank saß. »Irgendwelche Hinweise darauf, welche Waffen sie benutzt haben?«

Osman verneinte. »Meine Kollegen entdeckten Patronenhülsen unterschiedlicher Kaliber, aber keine Gewehre oder Pistolen.«

»Ließ sich einschätzen, wie lange sie schon verschwunden waren?«, fragte Nazari.

»Dürfte nicht allzu lange gewesen sein«, antwortete Osman. »In einem Toilettenraum lag ein junger Mann, dem jemand die

Zunge herausgeschnitten hatte. Er lebte noch, also müssen sie erst kurz vorher aufgebrochen sein. Den Profilabdrücken nach zu urteilen, die ihre Reifen in der aufgeweichten Erde auf dem Platz hinterließen, handelte es sich um zwei relativ große Fahrzeuge, entweder Liefer- oder Geländewagen. Da sich nach einem mehrtägigen Aufenthalt aber viele Spuren überlagerten, ließ sich der Zeitpunkt ihrer Abfahrt unmöglich exakt bestimmen.«

»Sie fuhren dunkelrote Suburbans, als sie Kafni und Levitt umbrachten, aber Castellano und ich wurden von Männern in einem weißen Transportbus verfolgt«, erinnerte sich Declan. »Gut möglich, dass es dieselben Wagen waren.«

Nazari bremste ab, um in eine Kurve einzulenken, und hielt dann vor einem Stoppschild, wobei er aber nicht zum Stillstand kam, sondern sich schnell nach beiden Richtungen umschaute und dann weiterfuhr.

»Was ist das?«, fragte Osman, während er seinen Kopf zur Seite drehte, um auf eine Reihe von Betonbauten mit grünen Dächern zu schauen, die hinter mehreren hohen Zäunen standen.

»Ein Gefängnis«, erwiderte Declan, nachdem sie es passiert hatten. »Einer der wenigen nennenswerten Arbeitgeber in der Gegend.«

Osman grinste. »Erinnere mich daran, Victoria nicht auf die Liste der Orte zu setzen, wo ich gerne Urlaub machen möchte.«

Nach einer Meile gingen die Felder im Dunkeln zusehends in noch ärmlichere Anwesen über. Vornehme Häuser mit Backsteinfassaden aus der goldenen Ära der Industriewirtschaft ragten wie eingezwängt zwischen Mobilheimen und ebenerdigen Wohnbunkern auf, umgeben von verwilderten Rasenflächen und demolierten Pkws.

»Lauschig hier«, meinte Declan, als sie in die Hauptstraße des Ortes einbogen, wo verbretterte Lokale das Bild prägten.

»Ist nicht mehr weit«, ließ Nazari mit Blick aufs Navigationsgerät wissen. »Ich hätte gern die H&K.«

Declan drehte sich um, streckte einen Arm über die Rückenlehne aus und nahm eine Maschinenpistole vom Typ H&K MP7 unter einer Stoffdecke hervor. »Das Automatikgewehr gehört mir«, stellte er klar und führte ein Magazin mit 40 Patronen in Nazaris Waffe ein, bevor er sie an Osman weiterreichte, der sie dem Fahrer auf den Schoß legte und sagte: »Womit die Flinte für mich übrig bleibt.«

»Wir müssen alles mitnehmen, was wir tragen können«, betonte Declan. »Wenn wir erst einmal drin sind, kommen wir nicht mehr raus, um zum Wagen zu laufen und Nachschub zu holen. Versuchen wir das, sind wir tot.« Er hielt eine Mossberg 590 – eine Repetierflinte für den Kampfeinsatz mit Pistolengriff – und eine Schachtel Munition für Osman über den Sitz.

»Fahr vorbei zum anderen Eingang«, verlangte er, als Nazari langsamer wurde und das Schulgebäude in Sicht kam. »Ganz lässig, falls sie drinnen lauern. Am besten halten sie uns für irgendwelche Teenies, die sich zum Fummeln in den Wald verdrücken.«

Als Nazari an der ersten Auffahrt vorbeizog, die vor Schlaglöchern strotzte, sahen sie auf einem Hügel ein niedriges Gebäude im Dunkeln liegen. Auf dem leicht abschüssigen Vorplatz wucherten Grasbüschel, was das Gelände umso verwahrloster wirken ließ. Gleich darauf erreichten sie die zweite Auffahrt und fuhren langsam daran vorbei.

»Man könnte glatt meinen, das sei eine Geisterstadt«, bemerkte Osman.

»Oh ja, der Jugend hier geht es richtig dreckig, jede Wette.«

Declan war nichts aufgefallen, was darauf hingedeutet hätte, dass sich jemand im Gebäude oder auch in dessen Nähe aufhielt. Mehrere Türen hatten ausgesehen, als seien sie irgendwann einmal aufgebrochen worden, doch dies ließ sich angesichts des Ausmaßes mutwilliger Zerstörung nur schwerlich genau sagen. »Suchen wir lieber diese Twin Cemetery Road«, schlug er vor. »Falls wir die Ersten hier sind, möchte ich keine Spuren hinterlassen. Baktayew soll glauben, dass er freie Hand hat.«

Nazari fuhr weiter. Die Straße wand sich an mehreren Wohnsiedlungen, unbebautem Terrain und dichten Baumgruppen vorbei. Nachdem sie über knapp eine Meile hinweg nichts als Häuser gesehen hatten, waren sie nur noch von Feld und Wald umgeben. Als der Weg einen Bogen zurück zur Schule machte, streiften die Lichtkegel der Scheinwerfer einen schlecht gepflegten Friedhof. Nazari bremste und blieb stehen. »Twin Cemetery Road«, las er auf einem schief hängenden Schild an der Ecke.

»Also gut«, sagte Declan, als Nazari den Wagen an die Seite der Straße unter herabhängende Baumäste stellte und das Licht ausschaltete. Er bestückte das AR-15 mit einem 30er-Magazin, lud durch und klappte die Schulterstütze aus. »Ich übernehme die Spitze. Nazari, du folgst mir, und Osman bildet die Nachhut. Jeweils zehn Schritte Abstand voneinander halten, bis wir genau wissen, dass wir allein sind.«

Kapitel 73

23:06 Uhr, Eastern Standard Time – Sonntag, W.N. Pace Junior Highschool, Victoria, Virginia

Ruslan Baktayew hielt eine Hand hoch, um die 16 Mann hinter ihm zum Stehenbleiben aufzufordern. Er hielt die Nase kurz in den schwachen Wind, während das Laub der Bäume ringsum leise raschelte. Die Schlacht konnte beginnen; es lag in der Luft, motivierte ihn bis in die Haarspitzen. Er lebte schon eine Woche lang nur hierfür, einzig und allein für diesen Moment. Seine Gegner waren tot, und auch das letzte Hindernis – das letzte Aufbäumen der Amerikaner – hatte er mit der Verstümmlung jenes wertlosen Halbstarken überwunden, der so dreist gewesen war, gegen ihn aufzubegehren. *Scharpuddin,* dachte er mit finsterer Miene und spuckte verächtlich aus.

Soweit lief alles wie geplant, nachdem sie ihre Fahrzeuge sorgfältig entlang des alten Gleisbettes versteckt hatten, das jetzt ein Wanderweg sein sollte und sich durch den Wald hinter der Schule zog. Sie waren früh in Victoria eingetroffen, weshalb ihnen viel Zeit blieb, und sie würden sich bis zum frühen Morgen fest verschanzt haben, wenn das Schulpersonal nach und nach eintrudelte. Zunächst galt es, die Lehrer und Verwaltungsangestellten einzeln zu überwältigen, so wie sie ankamen, und dazu zu zwingen, ihre Arbeit wie gehabt aufzunehmen, während die Schulbusse – die ersten sollten gegen 8:15 Uhr vorfahren – die Kinder absetzten. Keiner der Eltern, die ihre Kinder vorm Eingang hinausließen, würde Anstoß daran nehmen, dass Anzor Kasparow sie begrüßte und ins Gebäude führte. Als Aufseher der Schule tat er ebendies schließlich schon seit Jahren.

Scheinwerferlicht strahlte über die Bäume hinweg. Baktayew drehte sich um und schaute gespannt in die Richtung, während seine Männer jeweils auf einem Knie niedergingen. Drei Wagentüren fielen zu, während sie etwas zu erkennen suchten und sich ihre Kalaschnikows quer vor die Brust hielten, um jederzeit anlegen zu können. Dank ihrer Flecktarnhosen und Armeestiefel konnte man sie in dem üppigen Grün rings um das Schulgelände kaum erkennen.

Baktayew wickelte sich den Schultergurt seiner AK-47 um eine Hand und ging in Schussstellung, während sich drei Männer näherten, die augenscheinlich bewaffnet waren. Er verharrte, bis sie vor ihn getreten waren, erhob sich und bellte einen Befehl in seiner Muttersprache, dem die restlichen Mitglieder Folge leisteten, indem sie ebenfalls aufstanden.

Alle johlten ausgelassen. Baktayew lächelte beim Anblick des Blutes an den Kleidern der drei Männer. »Dann ist es also vollbracht?«

Einer von ihnen erwiderte das Lächeln. »Es ist vollbracht.«

Sie hatten den Rest der Gruppe in einem PKW verlassen, um zum Haus des Personalleiters der Schule zu fahren, der als schnellster Draht der Lehrer zur Polizei zum Problem geworden wäre. Jetzt konnten weder er noch seine Angehörigen in irgendeiner Weise auf etwas reagieren, denn sie lebten nicht mehr. Da der Mann erst zu Beginn des Schultages an seinem Schreibtisch erwartet wurde, konnten Stunden vergehen, bis jemandem seine Abwesenheit auffiel.

Baktayew winkte seine Männer weiter. Einer nach dem anderen verließen sie das Waldstück und betraten die hohe Wiese 100 Yards hinter der Turnhalle der Schule. Sie erreichten zügig das Gebäude und stellten sich hintereinander an die hohe Ziegelmauer. Obwohl Baktayew nicht glaubte, dass sie viel von irgendwelchen Einwohnern zu befürchten hatten, verlangte er präzises und unauffälliges Vorgehen von seinen Männern. Dies war die kritische Phase ihres Vorhabens; falls jemand sie hier draußen entdeckte, der genug Verstand besaß, um ein Telefon in die Hand zu nehmen, waren die langen Planungen – all ihre Vorbereitungen – für die Katz. Dann würden sie zur Flucht gezwungen, und der ruhmvolle Tod, wofür jeder von ihnen gebetet hatte, wäre nichts weiter als ein nebelhafter Traum gewesen.

Baktayew nahm die Spitze an der Gebäudeecke ein und winkte Anzor Kasparow zu sich nach vorne. Der Mann besaß die Schlüssel, war ihre Eintrittskarte in die Schule. »Bist du bereit?«, fragte Baktayew, als sie nebeneinanderstanden. Kasparow klimperte mit dem Schlüsselbund in seiner Tasche und grinste. Nach einem Wink mit einer Hand trat Baktayew um die Ecke und schlich geduckt an der Mauer entlang auf den Schulhof zu. Kurz davor hielt er die Hand hoch – ein erneuter Haltebefehl – und blickte in den überdachten Übergang von der Turnhalle zum Hauptgebäude. Dort auf halbem Weg führte eine Tür ins Gebäude. Kasparow bekam zwei Minuten Zeit, um zum Vordereingang zu gehen und die Alarmanlage der Schule zu deaktivieren, während sich die übrigen Männer verteilen sollten. Nachdem sich Baktayew vergewissert hatte, dass auf dem Hof keine bösen Überraschungen auf sie warteten, zog er sich wieder zurück und blieb mit dem Rücken zur Wand stehen.

»Wenn du die Tür aufgehen hörst, General«, flüsterte Kasparow, »warte 30 Sekunden, bis du in den Hof trittst. Ich werde sie mit einem Stein offenhalten, bevor ich reingehe.«

Stille schien in der nächtlichen Umgebung einzukehren, als warte die Natur selbst mit stockendem Atem darauf, ob die Terroristen erfolgreich sein würden. Baktayew packte den Griff seines Gewehrs fester und nickte. Kasparow nahm einen Ring mit zahllosen Schlüsseln aus seiner Tasche und suchte den richtigen. Zuletzt reckte er eine geballte Faust – eine Siegesgeste – und ging zur Gebäudeecke in Richtung Hof.

Auf einmal knallte es laut über dem Gelände. Kasparows Kopf platzte, rötlicher Brei spritzte auf Baktayew und die beiden Männer, die ihm am nächsten standen. Baktayew zwinkerte hektisch, als ihm Blut in die Augen rann, während Anzor Kasparow im wahrsten Sinn des Wortes um einen Kopf kürzer zusammenbrach; die Schlüssel fielen klimpernd aus seiner Hand auf den Boden. Der Anführer begriff nur allmählich, was gerade geschehen war, warf sich dann aber auf die Knie und schließlich auf den Bauch, als ringsum die Hölle losbrach.

Kapitel 74

»Überraschung, Schweinepriester«, flüsterte Declan, während sein AR-15 eine Messinghülse auswarf und er dabei zusah, wie der Mann zusammensackte, auf den er gezielt hatte. War es Baktayew, der als Erster losgelaufen war? Das blieb bei dem dürftigen Licht ungewiss. Declan stellte den Wahlschalter an der Seite des umgebauten Gewehrs auf Dauerfeuer und betätigte den Abzug erneut. Hinsichtlich der Überzahl, der er gegenüberstand, musste er so viel Schaden anrichten wie möglich, und zwar schnell. Die Waffe zitterte in seinen Händen, während er den Lauf von einem Tschetschenen an der Steinmauer zum nächsten schwenkte. Einige wurden gegen die Wand geworfen, als die Kugeln trafen, und blieben auf der Erde liegen. Declan konnte auf die Entfernung hin mit dieser Waffe nicht sonderlich gut zielen, und nur wenige Sekunden, nachdem er das Feuer eröffnet hatte, war sein Magazin leer.

Okan Osman stand hinter einem liegenden Baumstamm auf, wo er in Deckung gegangen war, und legte mit seiner Flinte an. Noch während er feuerte, was einen Heidenlärm verursachte, ließ sich absehen, dass die Waffe nicht akkurat genug war, um von der Baumgrenze am Rand des Geländes aus, wo er mit Declan stand, maßgebliche Treffer zu erzielen.

»Runter«, schrie sein Gefährte auf einmal, als sich mehrere Tschetschenen erhoben und ihre Gewehre auf die Mündungsblitze richteten, die sie in der Ferne sahen. Osman legte sich wieder hinter den umgestürzten Baum, wohingegen Declan an einer dicken Kiefer Schutz suchte, wo er auch das Magazin seines Gewehrs wechselte. Dann knatterten die Kalaschnikows los. Während Holzsplitter von den Bäumen ringsum abplatzten und Geschosse durchs Laub zischten, hechtete Declan vorwärts und blieb auf dem Bauch liegen.

»Die wollen uns ausstechen!«, erkannte Osman, als sich mehrere Terroristen in Bewegung setzten, während ihre Kameraden weiterfeuerten. »Wir müssen weg von hier, sofort!«

»Los, los, los!«, rief Declan, der jetzt am Boden ausgestreckt anlegte und abdrückte. Ein Kugelhagel ging über den Tschetschenen nieder, sodass sie Schutz hinter den Erhebungen auf dem unebenen Hof suchten. Aus dem Augenwinkel bekam Declan mit, wie Osman loslief und mit hochgezogenen Schultern an ihm vorbeirannte – zurück zu dem Weg, von welchem sie gekommen waren. Als sein zweites Magazin leer war, sprang auch Declan auf und stürzte mit dem fremd klingenden Gegröle der Tschetschenen im Nacken los, die erkannten, dass sie vorerst nicht mehr in Bedrängnis waren. Declan schlug sich ins Dickicht des Waldes. Er eilte gebückt weiter, wenngleich die Terroristen nicht gesehen haben konnten, dass er getürmt war, denn sonst hätten sie ihr Feuer nicht weiterhin auf die Stelle konzentriert, wo er und Osman zu Beginn des Gefechts gestanden hatten.

Er hastete weiter, bis plötzlich Schüsse vor ihm lospeitschten. Schnell erkannte er aber, dass sie gegen die Tschetschenen gerichtet waren, also bewegte er sich vorwärts und schloss bald zu Osman auf, der nunmehr an der Seite von Altair Nazari kämpfte. Dieser hatte sich mit seiner H&K MP7 hinter einem ausgebrannten Metallfass positioniert, das im Unterholz stand. Als sich Declan umdrehte, sah er mehrere Männer Baktayews getroffen zu Boden gehen. Sein Blick fiel auf die Schule, und er bemerkte, dass sich jemand hinter der Angriffslinie der getarnten Bluttäter erhob – Ruslan Baktayew, wie er im schwachen Mondlicht erkannte. Der Kerl lief zur Ecke des Gebäudes und verschwand dahinter.

»Wie viele hast du gezählt, als sie ankamen?«, rief Declan.

»19, und wenn ich richtig sehe, stehen noch zwölf!«, erwiderte Osman.

Er bekam das MG zugeworfen und fing es auf. »Tauschen wir«, schlug der Ire vor. »Baktayew will abhauen. Ich werde ihn mir greifen!«

Der Israeli willigte ein und reichte ihm die Flinte. »Du hast nur noch vier Schuss, aber am Gurt stecken noch 15 Patronen«, erklärte er. Fast im selben Moment, da Declan sie an sich nahm, stellte Nazari sein Feuer ein, und Osman löste ihn mit dem AR-15 ab. Declan setzte die olivgrüne Umhängetasche, die seine Reservemagazine enthielt, vor den Füßen seines Freundes ab und schaute zu dem anderen, der gerade nachlud.

»Hast du dafür gesorgt, dass sie ihre Autos nicht mehr benutzen können?«

Nazari nickte.

»Gut. Mach so viele von diesen Wichsern platt, wie du kannst, und dann weg von hier! Die Polizei dürfte nicht mehr lange auf sich warten lassen.«

»Wo willst du hin?«, fragte Nazari, da er den Wortwechsel zwischen seinen Mitstreitern nicht gehört hatte.

Declan hob die Flinte an und hielt sie knapp unter Augenhöhe im Anschlag. »Einen Feigling kaltstellen.«

Kapitel 75

Declan stieß behutsam vom Wald auf den Tobacco Heritage Trail vor, während er die Flinte geradeaus gerichtet hielt. Er hatte Ruslan Baktayew vom Hof fliehen und vom Gebäude aus nach Osten fortlaufen sehen, also würde er, um die Autos zu erreichen, die Gegenrichtung einschlagen müssen, sobald er in den Wald gelangte. Declan konnte sich nicht vorstellen, dass er einen anderen Weg wählte, falls er entkommen wollte. Vorsichtig untersuchte er die zwei weißen Transporter und den Honda-SUV, mit welchen Baktayew und seine Männer hergekommen waren. Sie standen ungefähr 1.000 Fuß von der nächsten Straße entfernt hintereinander am Rand des Wanderweges. An allen Fahrzeugen stand der Motorraum offen – Zeugnis von Nazaris Sabotage. Niemand würde mehr mit ihnen irgendwo hinfahren.

Declan ging auf einem Knie nieder und lauschte. Aus der Ferne ertönte Sirenengeheul und wurde lauter, und von der Schule drangen gelegentliche Salven an sein Ohr, doch der Kampf neigte sich zweifellos seinem Ende zu. Der Überraschungsangriff hatte Baktayews Truppe schwer getroffen. Declan konzentrierte sich nun wieder auf seine unmittelbare Umgebung. Hatte Baktayew seinen Weg nach Osten zu Fuß fortgesetzt? War noch ein weiteres Fahrzeug in der Nähe der Schule versteckt worden? Plötzlich brach ein Zweig im Wald. Declan wirbelte herum und legte aufs Dunkel zwischen den Bäumen an, während er hinter einem der Kleinbusse in Deckung ging. Die Geräusche nahmen zu und kamen in seine Richtung – das Rascheln von Laub und knackendes Holz. Aufgrund der schlechten Lichtverhältnisse erkannte er erst etwas, als er es fast direkt vor der Nase hatte: Ein Reh hüpfte aus dem Wald, blieb erschrocken stehen und stierte Declan an, bevor es Reißaus nahm und über den Weg auf die andere Seite weiterlief.

Declan atmete auf und richtete seine Aufmerksamkeit erneut nach Osten. Von dem Terroristenführer fehlte jedwede Spur. Auf einmal glomm schwach rotes Licht durch die getönte Scheibe eines der Transportbusse und etwas knatterte hinter der Baumgrenze. Schnell trat er vor den Wagen und legte auf den Wald an. Zwischen den Bäumen entdeckte er das rote Quadrat wieder, heller nun als durch das braune Fenster des Fahrzeugs. Das Knattern schwoll an. Als ihm bewusst wurde, worum es sich handelte, hängte er sich die Waffe über die Schulter und rannte auf dem Weg los.

Declan sprintete mit aller Kraft, um das Geländemotorrad abzufangen. 30 Yards hinter dem Transporter jagte der Fahrer über die Böschung am Wegrand und landete ein paar Fuß weiter vorn auf dem Weg. Declan sprang, als der Hinterreifen auf dem feinen Kies ausscherte, und schlang seine Arme um die Taille des Fahrers, um ihn von dem Motorrad herunterzureißen. Die Flinte rutschte von seiner Schulter, als sie am Boden aufschlugen.

Der Mann schrie überrascht auf und begann mit Declan zu ringen, um sich zu befreien, wobei er ihm einen Ellbogen seitlich gegen den Kopf rammte. Declan wälzte sich von ihm weg und sprang auf, während der Mann in die andere Richtung rollte, sich ebenfalls erhob und bedrohlich knurrend herumfuhr.

Declan erkannte den Kerl, den er vor sich hatte, als denjenigen aus der Nacht, in der Abidan Kafni ermordet worden war.

»Hallo, Ruslan«, rang er sich schnaufend ab und nahm Kampfhaltung an, während er dem Tschetschenen in die Augen schaute.

Dieser wiederum kniff seine ein wenig zusammen, während er ein langes Messer mit Sägeklinge aus seiner Tarnfleckjacke zog. »Wer zum Teufel bist du?«

»Schülerlotse«, spöttelte Declan. »Motorräder sind auf dem Gelände von Lehranstalten nicht erlaubt.«

Baktayew knurrte erneut wütend und griff mit dem Messer an. Declan wehrte ihn mit einer Armbewegung ab und landete einen Hieb seitlich gegen den Unterkiefer, als der Mann an ihm vorbei stolperte, den Aufprall allerdings dämpfte, indem er sich wegdrehte und nachsetzte, diesmal mit einem Stich nach unten. Declan packte seine Waffenhand in der Abwärtsbewegung und trat zu, sodass sich sein Stiefelabsatz in den Magen des Tschetschenen bohrte. Zugleich rollte er sich auf den Rücken und ließ ihn getragen von seinem eigenen Schwung über sich fliegen. Baktayew landete auf dem Rücken und japste, da ihm die Luft wegblieb.

Beide Männer rafften sich schnell wieder auf. Mit seiner ungeschlachten Kampftechnik war der Osteuropäer eindeutig unterlegen.

»Hey, Ruslan, ich hatte mehr von dir erwartet.«

»Arghh!«, brüllte Baktayew und näherte sich abermals, wobei er wild mit dem Messer fuchtelte. Declan ging schrittweise rückwärts, um den Schlägen vorsätzlich knapp auszuweichen. Den fünften Versuch blockte er ab und trat dem Tschetschenen in die Seite, sodass dieser sich krümmte und gleichzeitig zurückwich. Als ihn der lockere Boden zu Fall brachte, hörte Declan den Motor eines zweiten Geländemotorrads.

Plötzlich fiel das Licht eines einzelnen Scheinwerfers auf den Kampfplatz, und Declan warf sich beiseite, bevor der Fahrer vorbeischoss. Nachdem sein Versuch, den Iren zu überrollen, fehlgeschlagen war, bremste er abrupt und wendete. Declan stand bereits wieder, als der Unbekannte seine Maschine aufheulen ließ und erneut vorwärtsraste. Dabei zog er eine Pistole und feuerte. Declan stürzte sich in den Wald, während der Fahrer neben Baktayew stehenblieb, der noch am Boden lag, und weiterfeuerte. Bäuchlings außerhalb der Schusslinie des Mannes liegend beobachtete Declan, wie der Tschetschene aufstand und hinter dem Fahrer aufstieg, der immer noch mit der Pistole in den Wald zielte. Schließlich steckte er die Waffe ein und gab Gas. Der Hinterreifen warf Kies auf, als die beiden das Weite suchten.

Declan sprang auf und lief zu dem Motorrad, von dem er Baktayew heruntergerissen hatte und das noch im Leerlauf knatternd dalag. Zuerst nahm er die Flinte und hängte sie sich um, dann stellte er die Maschine hin, stieg auf und drehte am Gasgriff. Sie zog ihn sogleich vorwärts und bäumte sich kurz mit dem Vorderrad auf. Ganz vage vor ihm flackerte eine Heckleuchte – der fliehende Terrorist ein paar Hundert Yards weiter auf dem Wanderweg. Wohin wollte der Kerl, und wer war der andere, der aus dem Nichts aufgetaucht war? Gehörte er zu einer Ersatztruppe, und hatten sie ein zweites Angriffsziel im Sinn? Darauf durfte es Declan nicht ankommen lassen, er musste sie unbedingt einholen. Er gab Vollgas und neigte sich nach vorne, während der Fahrtwind sein Gesicht peitschte und ihm Tränen in die Augen trieb.

Im Gegensatz zu dem Motorrad vor ihm, das zwei Personen tragen musste, kam er zügiger voran und schloss stetig auf. Nachdem er unter einer Überführung durchgefahren und eine Kurve genommen hatte, bemerkte er, dass der Weg im weiteren Verlauf breiter wurde, denn das Waldstück auf der einen Wegseite war zu Ende. Baktayews Fahrer hatte noch etwa 100 Yards Vorsprung, als die Strecke in ein riesiges freies Gelände überging, auf dem drei große Metallgebäude standen und ein langer, begradigter Abschnitt geteert war. Anhand von Blinklichtern in der Umgebung der Bauten und entlang der Fahrbahn erkannte Declan, dass es sich um einen Flugplatz handelte. Als er seinen Blick über das Rollfeld schweifen ließ, entdeckte er eine einmotorige Maschine mit blinkenden Flügellampen. Wollte sich Baktayew auf dem Luftweg davonmachen?

Von vorne fiel ein Schuss. Declan riss den Lenker herum. Der Tschetschene hatte sich auf dem Sitz umgedreht und auf ihn angelegt. Declan drehte am Gas und legte den restlichen Abstand im Eiltempo zurück. Der Terroristenführer feuerte noch mehrere Male, konnte aber nicht richtig zielen. Schließlich gab er es auf und drehte sich wieder nach vorne. Sein Fahrer bremste und bog vom Weg ab, um an einem Schräghang auf die Startbahn mit dem wartenden Flugzeug zuzufahren.

Trotz der Erkenntnis, dass er ein großes Wagnis einging, folgte Declan ihnen. Nun waren es noch 30 Yards bis zur Startbahn, also gab er weiter Gas und raste über holprigen Grund auf das andere

Motorrad zu. Er wollte es abfangen. Als der Boden etwas ebener wurde, griff er über seine Schulter nach der Flinte.

15 ... zehn ... fünf. Indem er die Waffe wie einen Knüppel hielt, schlug er Baktayew im Vorbeiziehen gegen den Kopf und legte eine Vollbremsung hin, bei welcher sein Hinterrad herumrutschte. Dann sprang er ab und legte mit der Flinte an – auf das Flugzeug. Durch die Windschutzscheibe der kleinen Maschine konnte er nur eine Person ausmachen. Der Pilot starrte gebannt darauf, was draußen geschah.

Das andere Motorrad lag zwischen Declan und dem Flugzeug, und sowohl Fahrer als auch Beifahrer wanden sich darunter hervor, um wieder aufzustehen. Der Unbekannte schaffte es zuerst. Er taumelte, nahm seinen Gegner aber zur Kenntnis und langte hastig in seine Armeejacke. Declan gab einen Schuss ab, lud durch und feuerte noch einmal. Der Mann stürzte mit zwei großen Löchern in der Brust rücklinks über das umgefallene Motorrad und blieb liegen.

Baktayew kämpfte noch mit seinem Gleichgewicht, als Declan die nächste Kugel lud. Am Gesicht des Tschetschenen lief Blut hinunter, während er den Iren mit glänzend pechschwarzen Augen anstierte und sich mit erhobenen Händen geschlagen gab.

»Du verpasst deinen Flug, Ruslan!«

Als Baktayew einen Blick zurückwarf, sah er, dass die Maschine davonrollte.

»So war es von vornherein geplant, nicht wahr? Deine Männer sollten sich in der Schule einnisten, und du wolltest abhauen, bevor die Belagerung anfängt! Deshalb stand das Flugzeug bereit, richtig? Ein Fluchtweg – hast du so auch in Beslan überlebt? Was würde dein Allah von solcher verschissener Feigheit halten?«

Das Triebwerk der Maschine donnerte los, und sie beschleunigte schnell. Als sie das letzte Metallgebäude passierte, hob sie ab und überflog den Waldrand am Ende der Startbahn.

Baktayew drehte Declan den Kopf zu und spuckte verächtlich aus.

»Du verstehst nichts von der Großartigkeit Allahs. Er rächt sich beizeiten und greift …«

Der Tschetschene riss die Augen weit auf, als Declan abdrückte, den Vorderschaft gleich wieder zurückzog und erneut feuerte. Er brach neben seinem Fahrer zusammen und streckte die Arme von sich. Declan nahm die Flinte herunter und ging zu ihm. Als er vor Baktayews Füßen stand, schaute er in seine gebrochenen Augen und sagte: »Das ist für Abidan Kafni.«

In diesem Moment fiel Scheinwerferlicht auf ihn. Er drehte sich mit erhobener Waffe um. Es war Nazaris schwarzer Explorer, der sich näherte. Die beiden Israelis schauten ihn stumm an, als der Wagen anhielt. Declan nickte. »Hab meinen erwischt. Ihr eure auch?«

»Sie sind tot oder werden es bald sein«, antwortete Osman vom Beifahrersitz. »Zeit zum Verschwinden.«

Declan drehte sich ein letztes Mal nach Ruslan Baktayew um. Die Augen dieser Leiche würden ihn in Zukunft nicht quälen, wenn er sich schlafen legte.

Kapitel 76

Zwei Tage später, Lee Highway, Gainesville, Virginia

David Kemiss saß in dem Zimmer, das er am Abend zuvor gemietet hatte, auf der Bettkante und zündete sich eine Zigarette an. Eigentlich rauchte er schon seit Jahren nicht mehr, doch nach den Ereignissen der vergangenen 48 Stunden, durfte jeder zur Hölle fahren, der ihm die Kippe vergönnte. Als es zaghaft an der Tür klopfte, stand er auf und zupfte noch einmal seinem Krawattenknoten zurecht, bevor er über den stark abgetretenen Teppich ging und öffnete.

»Sie ist da, Senator«, begann Colin Bellanger.

»Lassen Sie sie rein, worauf warten Sie?«

Der junge Mann trat beiseite.

Eine blonde Frau in dunkelrotem Bürokleid erschien in der Tür. »Senator Kemiss.«

Er nickte. »Ms. Courtney, bitte.«

Die Frau trat in das kleine Zimmer, gefolgt von einem Kameramann, der sofort ein Stativ in einer Ecke aufbaute. Die beiden machten einen ebenso erstaunten wie angewiderten Eindruck, während sie sich umsahen. Bellanger schloss die Tür hinter sich und setzte sich auf das Bett.

»Tut mir leid, dass es hier so schäbig aussieht«, entschuldigte Kemiss, »aber Sie verstehen bestimmt, dass ich um Unauffälligkeit bemüht sein muss.«

Das Motel Manassas Gap war weit davon entfernt, den Anforderungen Genüge zu tun, die er normalerweise an Unterkünfte stellte, garantierte aber Anonymität in einer Zeit, die ebendies erforderte. 24 Stunden zuvor, nachdem er endlich aus seinem eigenen Haus freigekommen war, wo ihn irgendwelche maskierten Männer wiederum über zwölf Stunden lang festgehalten hatten, bekam er endlich wieder etwas vom Weltgeschehen mit und hatte erfahren müssen, dass es auf dem Gelände einer

Schule in Victoria im Bundesstaat Virginia zu einer Schießerei gekommen war, woraufhin man 20 tote Tschetschenen vor Ort und in der Umgebung vorgefunden hatte.

Zunächst hatten die Medien nur verhaltenes Interesse gezeigt, da man Stadt und Region gemeinhin mit Gewalt im Zusammenhang mit Drogendelikten kannte, doch wenige Stunden später, als die Polizei das Gebäude schließlich geräumt hatte, war herausgekommen, dass sich doch etwas viel Weitreichenderes dort zugetragen hatte. Einer der toten Männer war im Besitz handschriftlicher Forderungen im Austausch gegen Gefangene, Landkarten und Pläne der Schule gewesen. Die Behörden und bald auch die Medien hatten schnell und richtig kombiniert, dass nichts weniger als ein Geiseldrama seitens islamischer Gotteskrieger geplant gewesen war. Wer jedoch einschritt und die am Ort des Geschehens gefundenen Männer getötet hatte, blieb ein Rätsel, weshalb bereits Stimmen laut wurden, dass die US-Armee oder irgendeine speziell ausgebildete Einheit des FBI involviert gewesen wäre, und der Einsatz eine unvorhergesehene Wendung genommen hatte. Mittlerweile stürzte sich jeder halbwegs wichtige Nachrichtensender auf die Stadt, die noch nicht einmal 2.000 Einwohner vorzuweisen hatte.

»Ich weiß zu schätzen, dass Sie uns eingeladen haben, Senator, und bereit sind, uns ein Exklusivinterview zu geben. Ein wenig wundere ich mich aber ehrlich gesagt schon darüber, dass WSET Ihre erste Anlaufstelle war, denn wir sind ja nur ein kleiner Tochtersender.«

»In Zeiten wie diesen, Ms. Courtney, kann es selbst jemandem wie mir schwerfallen, sich über all den Lärm hinweg bemerkbar zu machen. Ich bin schon früher zu der Einsicht gelangt, dass man sich manchmal besser an die kleineren Medienorgane hält. Soweit ich weiß, sind Sie in Ihrer Arbeit sowohl ans Lokalradio als auch an eine Zeitung gebunden, richtig?«

»Ja, Sir.«

»Und meine Aussagen werden über alle drei Kanäle veröffentlicht?«

»Sicher, Sir.«

»Dann lassen Sie uns anfangen.«

Die Reporterin nahm einen Spiralblock sowie ein digitales Aufnahmegerät heraus und legte beides auf den Tisch vor dem breiten Fenster des Zimmers. Nachdem sie ihren Rock glatt gestrichen und sich in einen der Sessel gesetzt hatte, die nicht zueinander passten, zog Kemiss an seiner Zigarette und ließ sich ihr gegenüber nieder.

»Erzählen Sie meiner Frau nichts davon«, bat er lächelnd, bevor er Qualm ausatmete und den Stummel in einem Aschenbecher zerdrückte.

Die junge Frau lachte kurz höflich, schlug ihren Block auf und schaltete den Rekorder ein. »Schieß los, Kenny«, sagte sie mit einem schnellen Wink zu ihrem Kameramann.

»Hallo, Stacey Courtney von WSET hier«, fing sie an, als ein rotes Lämpchen an der Kamerafront aufleuchtete. »Ich sitze hier an einem nicht bekannt gegebenen Ort bei unserem Senator David Kemiss, der eingewilligt hat, sich Fragen bezüglich der verstörenden Vorfälle in Victoria hier in Virginia zu stellen, von denen wir seit 36 Stunden wissen. Senator, wie Sie mir letzte Woche in Lunenburg nach Dr. Kafnis Tod und später auch der in Washington versammelten Presse erzählten, betrübt Sie dieses Unglück zutiefst, und die staatlichen Ordnungsbehörden hätten Ihnen versichert, dass man alle Hebel in Bewegung setzen werde, um die Mörder zu finden. Jetzt im Lichte des mutmaßlichen Terroranschlags in Victoria – einer Stadt in ihrem ehemaligen Bundeswahlkreis, bevor Sie in den Senat berufen wurden – behaupten Sie, über Informationen zu verfügen, die beide Taten in Zusammenhang bringen. Ist das korrekt?«

Kemiss räusperte sich und nahm eine aufrechte Haltung an. Zu Anfang war er sich nicht sicher gewesen, wie er auf die Neuigkeit reagieren sollte, es sei Declan McIver gelungen, Ruslan Baktayew aufzuhalten und somit auch die Pläne zu durchkreuzen, die Lukas Kreft mit dem Senator vorangetrieben hatte. Nach gründlicher Überlegung war er aber zu dem Schluss gelangt, dass in diesem Fall Angriff die beste Verteidigung war. Tatsächlich war er froh um die Vereitlung des Anschlags, und wenn er das Kind richtig schaukelte, schaffte er es womöglich sogar, am Ende besser dastehen als zuvor. Krefts unverbindliche Versprechungen, die Tode so vieler unschuldiger Amerikaner würden sich zu einem politischen Sieg ummünzen lassen, konnten ihm gestohlen bleiben. Wenn dieses Interview beendet war, würde er als Held in einer fingierten Geschichte erstrahlen.

»Es ist korrekt«, antwortete er. »Abidan Kafni war ein persönlicher Freund von mir und wurde von einem wahnsinnigen Terroristen umgebracht, der Vergeltung suchte.«

Die Reporterin nickte. »Verzeihen Sie die Bemerkung, Senator, doch das sind keine neuen Informationen. Seit der Tat geht man stark davon aus, dass Dr. Kafni von islamischen Fundamentalisten hingerichtet worden sei, mit denen er im Laufe seiner Karriere wiederholt in Konflikt geraten war.«

»Lassen Sie mich ausreden, bitte. Danke. Die Vergeltung, von der ich sprach, wurde nicht aufgrund dessen verübt, was er während seiner Karriere bewirkte, sondern da er mein Freund war. Der Mord geschah, weil ich mich querstellte, als sein Killer versuchte, sowohl mich als auch mein Büro zu erpressen, um Hilfe bei dem Anschlag im County Lynchburg zu erhalten.«

»Senator, Sie unterstellen, dass dieselben Personen, die gestern Morgen Schulkinder als Geiseln nehmen wollten, Kontakt zu Ihrem Büro hatten und auch Dr. Kafni ermordeten?«

Kemiss bestätigte: »Ganz richtig. Dr. Kafnis Ermordung und das damit einhergehende Bombenattentat auf die Liberty-Universität waren als Warnschuss für mich und meinen Stab gedacht. Ich sollte bei der Gala zur Einweihung des C.H. Barton Center für Internationale Beziehungen und Politik zu Gast sein, wurde aber davon abgehalten – gezielt, wie sich später herausstellte. Wahrscheinlich wäre ich dort umgekommen, und ebendies wollten mir die Terroristen zu verstehen geben.«

»Aber wie haben Sie auf diesen *Warnschuss* reagiert, Senator?«

»Nun ja, Ms. Courtney, die Täter verrechneten sich erheblich, als sie meinten, mich erpressen zu können. Vielleicht hätte jemand mit weniger Erfahrung in Washington ein leichteres Ziel abgegeben, wohingegen ich zahlreiche Kontakte pflege und in der Lage war, Antiterror-Experten sowohl beim Militär als auch in den Vollzugsbehörden unseres Landes einzuschalten.«

»Woraufhin Sie gemeinsam Pläne entwickelten, die zur Verhinderung des Anschlags in Victoria führten?«

Bei dieser Frage schlug die Frau einen beinahe euphorischen Ton an, was Kemiss unmissverständlich zu verstehen gab, dass sie ihm regelrecht aus der Hand fraß. Er zwang sich, nicht zu schmunzeln, und entgegnete: »Ganz genau. Durch die Zusammenarbeit des FBI und der CIA mit der NSA und uns ließen sich die Verantwortlichen auffinden und identifizieren, ehe sie ihr Vorhaben umsetzen konnten. Dank der Anstrengungen redlicher amerikanischer Männer und Frauen in Uniform wurden gestern Morgen viele Leben gerettet.«

»Sir, Gerüchten zufolge ging dabei etwas schief, sodass an der Schule eine Schießerei ausbrach. Wie lautet Ihr Kommentar dazu?«

»Dazu kann ich nichts sagen, weil mir schlichtweg entsprechende Informationen fehlen. Ich war logischerweise nicht selbst vor Ort in Victoria, als unsere tapferen Beamten zur Festnahme der Terroristen schritten und – jawohl – unbestreitbar etwas schiefging.«

»Geht es ihnen gut? Wurde jemand im Zuge des Gefechts verletzt?«

»Ich weiß es nicht, doch falls ja, bete ich für sie und ihre Angehörigen.«

Courtney überflog die Notizen, die sie sich während Kemiss Ausführungen gemacht hatte, und lächelte begeistert. Dies sollte genau die Art von Story sein, mit der man im Journalismus groß herauskam.

»Eine letzte Frage noch, Senator: Angesichts Ihrer Offenbarungen hätte ich es fast vergessen, doch was gibt es über die noch andauernde Fahndung nach dem ehemaligen IRA-Aktivisten

Declan McIver zu sagen? Ist er derjenige, der Sie erpressen wollte? Steckt er als Terrorrist hinter alledem?«

Kemiss verneinte. »Inwieweit Declan McIver in diese Angelegenheit verstrickt ist, bleibt weiterhin unklar. Wir wissen, dass er auf die eine oder andere Weise damit zu tun hat, gehen aber nicht davon aus, dass er allein handelte oder eine tragende Rolle einnahm. Seine Funktion gelangt mit Sicherheit vollständig ans Tageslicht, wenn wir ihn fassen … und das werden wir.«

»Danke für diese Informationen, Senator. Die Welt wird bestimmt den Atem anhalten, bis die offiziellen Ermittlungen zu einem Ergebnis führen. Sie schauen WSET, und ich bin Stacey Courtney.«

Damit schaltete sie das Aufnahmegerät ab. »Danke noch einmal, Senator, dass Sie uns angerufen haben«, ergänzte sie, nachdem das rote Lämpchen an der Kamera erloschen war.

»Ich danke Ihnen, Ms. Courtney. Bitte wenden Sie sich an meinen Assistenten Mr. Bellanger, falls noch etwas unklar sein sollte. Gewiss wird man gründliche Untersuchungen anstellen, sodass weitere Fragen aufkommen, die ich liebend gerne beantworten werde.«

Colin Bellanger erhob sich von seinem Platz auf dem Bett und ging zur Tür. Er öffnete und hielt sie auf, damit Stacey Courtney und ihr Kameramann hinausgehen konnten, nachdem sie ihre Sachen zusammengepackt hatten.

»Ich finde, das ist gut gelaufen, und Sie?«, fragte Kemiss, nachdem sein Assistent die Tür geschlossen hatte.

»Ich auch, Sir, sehr gut.«

Der Senator nickte und stand auf. »Das hoffe ich. Holen Sie den Wagen. In dieser Absteige kann ich mich nicht mehr lange verstecken, nun da der Bus vom Fernsehen davorgestanden hat. Ich muss irgendwo … anders hin.«

»Ja, Sir, Sie haben recht.« Bellanger öffnete die Tür wieder und verließ das Zimmer.

Kemiss wollte ins Bad, blieb aber stehen, als sein Handy läutete. Nachdem er es aus der Tasche genommen hatte, schaute er auf die Anrufkennung und nahm das Gespräch entgegen. »Wo bist du gewesen, verflucht noch mal? Ich versuche schon seit Samstagabend, dich zu erreichen!«

»Entschuldige, David«, murrte Lukas Kreft. »Die letzten Tage waren ziemlich aufreibend.«

»Was du nichts sagst! Ich musste mich allein mit dem ganzen Scheiß herumschlagen!«

»Ich bin mir sicher, dass du das gut hinbekommen hast. Du bist ein erfahrener Mann.«

»Darum geht es nicht. Der Punkt ist vielmehr: Ich hätte Hilfe dabei gebrauchen können, es vor der Presse schönzureden. Dein Schützling Baktayew hat versagt – wieder einmal. Zum Glück wurde er von McIver beseitigt, ansonsten wäre die Sache für uns zu einem echten Albtraum ausgeartet.«

»Für uns? Du meinst für dich, David. Dein Versuch, die Geschichte zu deinem eigenen Nutzen aufzuhübschen, wird misslingen. Da du deine eigene unmittelbare Beteiligung eingestehen musstest, hast du nichts weiter getan, als deinen Niedergang zu beschleunigen. Wenn die Ermittlungen beginnen, werden alle Wege der Behörden direkt vor deine Haustür führen.«

Kemiss fuhr herum und blickte beunruhigt durchs Zimmer. »Wovon redest du? Ich hatte nichts damit zu tun. Ich habe nichts weiter getan als das, wozu du mich angewiesen hast.«

»Lass uns das mal kurz genauer beleuchten«, sagte Kreft. »Es war dein Einfluss, der Baktayews Einreise als Asylsuchender ermöglichte. Es war dein Einfluss, der ihm zu den Lageplänen und Karten verhalf. Die Schule, in der man beides fand, steht in deinem früheren Wahlbezirk, also einer Gegend, wo du Beziehungen hast, die dir Zugang zu den besagten Dokumenten verschafften. Die Fahrzeuge und das Gebäude, die Baktayew benutzte, sind auf eine Strohfirma mit Standort Grand Cayman eingetragen, die wiederum deinen Namen trägt, und Geldzahlungen an diverse Beteiligte werden ebenfalls auf wunderbar geradem Wege zu Belegen führen, die du unterschrieben hast, beziehungsweise zu Konten, die dir gehören. Selbst dein jüngster

Einfall, den CIA-Direktor Simard umbringen zu lassen, bedingte Aufwendungen von einem dieser Konten. Also, was werden die Behörden deiner Meinung nach denken, wenn Sie all dies erfahren?«

»Du mieses Schwein, das hast du alles von langer Hand eingefädelt«, flüsterte Kemiss. »Ich sollte mich nie aus der Affäre ziehen können, nicht wahr?«

»Sehr wahr, David. Dein Verhältnis mit Castellano wird darauf hindeuten, wie du versucht hast, die Untersuchungen zu beeinflussen und zu lenken, ganz zu schweigen von der Aktion heute, dem Gespräch mit dem Fernsehen, das auf den ersten Blick zwar befremdlich wirkt, aber vor dem Hintergrund all der anderen Fakten nur nach falschem Eifer aussieht. Insgesamt wird man den Fall als Bemühung deinerseits werten, ein sinkendes politisches Schiff wieder auf Kurs zu bringen. Die US-Regierung dürfte sich monatelang die Köpfe heißreden, während das Wählervolk seinen Vertretern fortan noch weniger Vertrauen schenkt als ohnehin schon. So wird der Keil tiefer zwischen amerikanische Politiker und amerikanische Bürger getrieben, was dazu führen muss, dass der Innenpolitik mehr Aufmerksamkeit zuteilwird als dem Treiben anderer Nationen. Nun, so gehört es sich auch.«

»Dir war egal, ob Baktayew Erfolg haben würde oder nicht, solange du alles auf mich schieben konntest, stimmt's? Von Anfang an hast du ein Netz um mich gesponnen!«

»Ja, David, und du hast es mir viel zu leicht gemacht.«

»Tja, Lukas, dann sage ich dir was: McIver zeichnete am Sonntagabend ein Geständnis von mir auf, und ich nannte ihm deinen Namen! Sobald er den Mitschnitt veröffentlicht hat, werden dir ein paar ernste Leute viele ernste Fragen stellen, und du wirst derjenige sein, der *mich* um Hilfe bittet!«

»Netter Versuch, David, aber wieder nur deiner Verzweiflung geschuldet, um dich selbst schuldlos darzustellen.«

»Warte nur! Ich mag vor die Hunde gehen, dich aber werde ich mitziehen!«

Plötzlich war die Leitung tot. Kemiss nahm das Gerät vom Ohr und schaute aufs Display. Lukas Kreft hatte die Verbindung getrennt. Der Senator legte das Telefon auf die Kommode neben dem Fernseher und ließ sich aufs Bett fallen, wo er sich die Hände vors Gesicht hielt. Dabei spürte er, wie warm seine Haut geworden war.

»Senator?«, fragte jemand vor der Tür, bevor es ungeduldig klopfte. »Ist alles okay bei Ihnen? Senator? Ich habe Schreie gehört. Geht es Ihnen gut da drin?«

Kemiss spürte, wie sein Herz in der Brust klopfte. Hatte er tatsächlich geschrien? Das war ihm nicht bewusst gewesen, aber durchaus möglich.

Das Klopfen wurde lauter. »Senator? Sind Sie noch da?«

Er streckte sich über die Kommode aus, um die Vordertasche des Reisekoffers zu öffnen, den er mitgebracht hatte. Dort nahm er einen .38er Revolver heraus und fuhr mit der Hand über die glatte, vernickelte Oberfläche. Wenn der schwere Sturm losbrach, wollte er nicht zugegen sein. Er könnte es nicht ertragen, seinen Kindern mit einer solchen Bürde auf den Schultern entgegenzutreten.

Kapitel 77

Flughafen Sligo, Strandhill, County Sligo – Irland

Nachdem er für zwei Tage untergetaucht war, hatte sich Declan von Osman und Nazari verabschiedet, um letztlich mithilfe von Fintan McGuire aus den Vereinigten Staaten zu verschwinden. Da die gescheiterte Geiselnahme und Angst vor ähnlichen Bestrebungen anderswo im Land sowohl die Medien als auch die Exekutivbehörden in Beschlag nahmen, war es ihm gelungen, sich unbemerkt davonzumachen. Als nun Fintans Firmenjet zur Landung ansetzte, schaute er hinab auf die große irische Stadt Sligo und ins strahlend dunkelblaue Wasser der Ballysadare Bay.

Gleich nachdem die Maschine auf der Landebahn aufgesetzt hatte, sah Declan einen schwarzen Range Rover nahe der Rollbahn stehen.

»Da ist ja mein alter Kumpel wieder«, grüßte Fintan freudestrahlend, als Declan das Flugzeug über die Heckrampe verließ.

»Warum der Aufwand?«, fragte Declan.

»So etwas wie in den letzten anderthalb Wochen kannst du nicht abziehen, ohne ein bisschen Tamtam zu erwarten«, erklärte Fintan, während die anderen Autotüren aufgingen. Declan musterte die aussteigenden Personen mit einem Lächeln: Lord Dennis Allardyce, Shane O'Reilly und Dean Lynch näherten sich der Rampe. Vor allem Shane zu sehen, der auf Gehhilfen herbei humpelte, freute ihn. »Jetzt könnt ihr beiden ja Wettrennen veranstalten«, feixte Declan und deutete auf Fintan.

»Vergiss es – und diese Stöcke hier am besten auch«, erwiderte Shane mit Verdruss.

»Gut gemacht, Mr. McIver. Wirklich sehr gut gemacht«, lobte Lord Allardyce, bevor er eine Hand ausstreckte und Declan auf die Schulter klopfte wie ein Vater einem Sohn. »Ich möchte Ihnen die Laune nicht verderben, aber wissen Sie schon das Neuste aus den Staaten?«

Declan schüttelte den Kopf. »Nein, Sir. Wir hatten einen Zwischenstopp in Reykjavik, aber ich habe keine Nachrichten gesehen.«

Allardyce nickte. »Was sich dort drüben entwickelt hat, ist gelinde gesprochen grenzwertig, wenn Sie mich fragen. Senator David Kemiss soll nach einem Treffen mit einer Fernsehreporterin Suizid begangen haben.«

Der Lord weihte Declan in sämtliche Behauptungen von Kemiss während des Interviews ein, das nun auf allen Nachrichtenkanälen weltweit ausgestrahlt wurde.

»Dieser verlogene Schweinehund«, schimpfte Shane, als Allardyce fertig war. »Er brüstete sich wirklich mit dem, was Declan geleistet hat?«

Declan wurde nachdenklich. Ihm ging durch den Kopf, was der Senator zwei Nächte zuvor geäußert hatte. Gab es tatsächlich einen Komplizen? Und stellte der Mann, den Kemiss genannt hatte, eine weitere Gefahr dar, oder bedeuteten die Ereignisse in Virginia das Ende der Geschichte? Im Eifer des Moments war Declan davon ausgegangen, dass diese Behauptung nur eine weitere fruchtlose Unternehmung seitens Kemiss gewesen war, um zu verhindern, dass die Wahrheit herauskam. Doch jetzt begann Declan zu zweifeln.

»Ich schätze, ich will auf Folgendes hinaus«, fuhr Allardyce fort, nachdem niemand gesprochen hatte. »Mit Ihrem Vorgehen haben Sie zwar unleugbar zahlreiche Leben gerettet, aber anscheinend nicht viel daran geändert, dass Sie gejagt werden. Sie sind im Grunde weiterhin ein gesuchter Mann.«

Declan blieb unerschrocken. »Dann hilft mir das womöglich«, sagte er und zog einen roten USB-Stick aus seiner Jackentasche. »Darauf ist das Geständnis von Kemiss gespeichert, welches er neulich nachts in seinem Haus abgab und mit dessen Hilfe wir Baktayew aufspürten. Es sollte dazu beitragen, dass die Behörden einen logischen Zusammenhang herstellen können, falls wir es dem Richtigen anvertrauen.«

Allardyce nahm den Stick und drehte ihn kurz in den Händen.

»Osman und Nazari lassen Asher Harel eine Kopie zukommen.«

Der Lord nickte erneut. »Keine Frage, dass es sehr viel bewirken wird. Ich mache sofort ein paar Anrufe, und bis heute Abend hat der Premierminister eine Kopie vorliegen, der amerikanische Präsident bis morgen früh.«

»Das wäre langfristig betrachtet großartig, da bin ich mir sicher«, warf Shane ein, »aber wir müssen uns Gedanken darüber machen, was uns unmittelbar bevorsteht.«

»Lynch und ich kehren nach Dublin zurück, sobald hier alles erledigt ist«, gab Fintan an. »Mullaghmore steht euch zur Verfügung, solange ihr irgendwo unterkommen müsst. Ich will meinen, dass du mit Constance dort ziemlich sicher bist, Declan.«

»Das ist sehr nett von dir, aber wir würden wirklich gerne wieder nach Hause und so weiterleben wie vor diesem ganzen Elend.«

»Ich fürchte«, bemerkte Allardyce, »gerade diesen Wunsch wird Ihnen niemand erfüllen können.«

Daraufhin schauten alle verständnislos auf den Aristokraten.

»Die Katze ist aus dem Sack, wie es so schön heißt«, sprach er weiter. »Selbst wenn die Wahrheit hinter der Verschleierung, die Kemiss betrieben hat, zum Vorschein kommt, werden die Medien nicht so schnell vergessen, was ihnen über Sie zugespielt worden ist. In deren Wahrnehmung ist das etwas Aufsehenerregendes, und ich glaube nicht, dass sie ihre Faszination dafür in absehbarer Zeit verlieren werden.«

»Sie meinen, das Stigma meiner Vergangenheit wird selbst dann nicht von uns abfallen, wenn meine Unschuld bewiesen ist – dass es für uns nie mehr so sein kann wie früher?«

Allardyce nickte. »Leider meine ich das, ja. Ich denke zwar, dass Ihre heldenhaften Bemühungen, um diese grauenerregende Geschichte zu einem glücklichen Ende zu führen, unser aller Ansehen bei der Regierung heben wird, bei Ihren Freunden und Geschäftspartnern allerdings wohl eher nicht. Sollte man Sie auch von ausnahmslos allen Vorwürfen freisprechen, was sicherlich kommen wird, wie könnte deren Reaktion auf all das ausfallen? Auf die Neuigkeit, dass Sie früher ein Terrorist waren, von Russen ausgebildet wurden und für eine Organisation arbeiteten, die in erster Linie für unzählige Morde an unschuldigen Zivilisten in die Geschichte eingegangen ist?«

Declan schien gelassen zu bleiben. »Ich weiß es nicht. So wie Sie das formulieren, schätze ich, dass wir in den nächsten Jahren zu Halloween nur wenige Süßigkeiten herausgeben müssen.«

Die ganze Gruppe musste lachen.

Im Augenblick interessierte sich Declan wirklich nicht im Geringsten dafür, was die Allgemeinheit von ihm dachte. Er konnte nicht zurück, um die Fehler der Vergangenheit auszumerzen, und wenn er während der letzten anderthalb Wochen eines verinnerlicht hatte, dann die Weisheit, dass jedes Unglück auch etwas Gutes hatte. Dank seiner Ausbildung waren Constance und er noch am Leben – von vielen anderen Menschen ganz zu schweigen. Er glaubte fest daran, dass sie beide über alles hinwegkommen würden – gemeinsam – und ihre Leben wieder in Ordnung bringen konnten.

Dieser Gedanke lenkte seinen Blick aufs Auto.

»Wir haben ihr verschwiegen, dass du einfliegst, Kumpel«, sagte Fintan, als er bemerkte, wohin Declan schaute. »Bei all der Geheimniskrämerei wäre es nach unserem Dafürhalten nicht gerade hilfreich gewesen, ihr Hoffnungen zu machen, falls etwas … na ja, falls es dich erwischt hätte.«

Das verstand Declan. Fintan hatte richtig entschieden.

»Sie wird aber bestimmt angenehm überrascht sein, wenn du mit dem Wagen vorfährst.«

Der schwarze Range Rover bog zu schnell in die schlecht gepflasterte Auffahrt ein und holperte an mehreren Viehgattern vorbei. Declan schaute hinaus, während sie an einem großen Landhaus vorbeifuhren und eine von Hecken gesäumte Steigung erklommen. Endlich hatte er das Gefühl, nicht mehr weglaufen zu müssen.

Dean Lynch hupte, als sie auf dem Parkplatz eines dreistöckigen Steinhauses ohne Putz mit zahlreichen Balkonen ankamen, an dessen Fassade dunkelgrüner Efeu wuchs. »Dann bist du also bereit, Kumpel?«, fragte Fintan, als Lynch auf der Fahrerseite ausstieg und die hintere Tür öffnete.

»Absolut«, versicherte Declan, griff zu seiner kleinen Reisetasche und verließ den Wagen.

Die schwere Eichentür des Hauses flog mit einem dumpfen Knall gegen die Außenmauer, und Constance stürzte heraus. Declan ließ sein Gepäck fallen, als sie sich ihm mit weit ausgestreckten Armen entgegenwarf. Ihr rotbraunes Haar fiel über seinen Kopf, als er sie hochhob. Nachdem sie seine Wangen gestreichelt und ihn mehrmals geküsst hatte, sagte sie verlegen lächelnd: »Hi.«

»Hi«, erwiderte er und setzte sie ab. »Hast du mich sehr vermisst?«

Sie kicherte nervös und trat zur Seite, als eine dicke Frau mit weißer Schürze in der Tür erschien, begleitet von einem dünnen Herrn vom Typ Ehrenmann im fortgeschrittenen Alter.

»Das sind Alan und Nicola Hogan«, sagte Constance. »Sie haben sich während der letzten Tage um mich gekümmert.«

»Guten Abend, Sir«, sprach Alan Hogan, während er die Treppe hinunterstieg und die Reisetasche aufhob. Er nahm sie mit zurück zu seiner Frau an der Tür und gab ihr verstohlen einen schnellen Kuss auf die rosige Wange.

»Das wird schön, wieder wie in einer richtigen Familie, nicht wahr?«

Declan drehte sich noch einmal zum Range Rover um und bedachte jeden der Insassen mit einem Blick.

»Falls ihr noch etwas braucht«, begann Fintan und sprach nicht weiter, sondern hielt sich wie ein Telefon Daumen und kleinen Finger ans Ohr. Declan nahm es nickend zur Kenntnis und schloss die Tür. Lynch legte den ersten Gang ein und fuhr los.

Declan wandte sich wieder Constance zu, und die beiden folgten den Hogans durch das elegante Foyer des Hauses in ein großes Wohnzimmer, wo drei braune Ledersofas vor einem Kamin standen. Ein grüner Teppich, der mit bunten Mustern bestickt war, bedeckte den Steinfußboden, und man erkannte deutlich, dass das Gebäude recht lange unbewohnt gewesen war: Die Flächen rings um die Feuerstelle und die Fensterbänke waren kürzlich abgestaubt worden – allerdings in aller Eile, wie Schlieren bezeugten.

Als sich Declan im Raum umsah, brachen Erinnerungen über ihn herein. Dieses Haus hatte einst Eamon McGuire gehört und als Einsatzzentrale für die Black-Shuck-Einheit der IRA gedient. Obwohl sich Declan früher einmal, als er ein junger Erwachsener gewesen war, so heimisch darin gefühlt hatte wie nirgendwo sonst, war er jahrelang nicht zurückgekehrt. Zuletzt von innen gesehen hatte er das Haus in jener Nacht, als er gemeinsam mit Shane auf ihre ermordeten Kameraden und ihren leitenden Befehlshaber gestoßen war.

Nun ging er zu einem der breiten Fenster neben dem Kamin und schaute für einen Moment hinaus in die weite irische Landschaft, bevor er sich wieder umdrehte. Constance streckte eine Hand aus, zog ihn zu sich und drückte ihn innig.

»Um acht gibt es Abendessen, Sir«, bemerkte Alan Hogan beim Hinausgehen mit seiner Frau. Sie schlossen die Tür hinter sich.

»Auf uns kommt noch einiges zu«, deutete Declan an, während er Constance umarmte. »Ich würde liebend gerne sagen, es sei endgültig vorbei, aber vieles steht noch offen und muss geklärt werden.«

»Im Augenblick ist mir das alles egal. Wichtig ist nur, dass du hier bei mir bist. Morgen werden wir tun, was auch immer nötig ist, aber heute Abend – jetzt – möchte ich nichts weiter, als ein paar Stunden mit dir genießen, und zwar allein.«

Declan lächelte. »Oh, das hört sich prima an.« Er deutete durchs Fenster nach Westen, wo die Sonne ihr letztes Licht über jenes Hügelmeer warf, dessentwegen Irland weltberühmt war. »Weißt du, ich kam nur 60 Meilen von hier in einem Bauernhaus zur Welt.«

»Was für ein Zufall, dass du gerade davon sprichst«, entgegnete Constance.

Er schaute sie an, während ihr verhaltenes Grinsen immer breiter wurde.

»Ich bin schwanger«, gestand sie. »Du wirst Papa.«

-ENDE-

LUZIFER
VERLAG